# La chica oculta

**Lucinda Riley** (1965-2021) fue actriz de cine y teatro durante su juventud y escribió su primer libro a los veinticuatro años. Sus novelas han sido traducidas a treinta y siete idiomas y se han vendido más de cincuenta millones de ejemplares en todo el mundo. La saga Las Siete Hermanas, que cuenta la historia de varias hermanas adoptadas y está inspirada en los mitos en torno a la famosa constelación del mismo nombre, se ha convertido en un fenómeno global y actualmente está en proceso de adaptación por una importante productora de televisión. Sus libros han sido nominados a numerosos galardones, incluido el Premio Bancarella, en Italia; el premio Lovely Books, en Alemania, y el Premio a la Novela Romántica del Año, en el Reino Unido. En colaboración con su hijo Harry Whittaker, también creó y escribió una serie de libros infantiles titulada The Guardian Angels. Aunque crio a sus hijos principalmente en Norfolk, Inglaterra, en 2015 Lucinda cumplió su sueño de comprar una remota granja en West Cork, Irlanda, el lugar que siempre consideró su hogar espiritual y donde escribió sus últimos cinco libros.

# LUCINDA RILEY

## Escrito como Lucinda Edmonds

## La chica oculta

Traducción de
**Matuca Fernández de Villavicencio**

**DEBOLS!LLO**

Papel certificado por el Forest Stewardship Council®

Título original: *The Hidden Girl*

Primera edición en Debolsillo: julio de 2025

*Printed in Spain* – Impreso en España

ISBN: 978-84-663-7948-9
Depósito legal: B-8.818-2025

Compuesto en M. I. Maquetación, S. L.
Impreso en Black Print CPI Ibérica
Sant Andreu de la Barca (Barcelona)

P379489

# Prefacio

Querido lector:

Gracias por elegir esta novela de Lucinda Riley. Soy su hijo, Harry Whittaker. Si conoces mi nombre, será sin duda por *Atlas: la historia de Pa Salt*, la conclusión de la saga Las Siete Hermanas de mi madre, la cual se convirtió en mi responsabilidad después de su fallecimiento en 2021.

Quería explicar cómo ha llegado a publicarse en 2024 *La chica oculta*. Para ello debo ofrecer una historia resumida de su obra, por lo que apelo a tu paciencia.

Desde 1993 hasta 2000, mi madre escribió ocho novelas bajo el nombre de Lucinda Edmonds. Su carrera se vio súbitamente interrumpida por un libro titulado *Seeing Double*. La trama sugería que existía un miembro ilegítimo en la familia real británica. La muerte reciente de la princesa Diana y el consiguiente revuelo monárquico llevaron a las librerías a considerar demasiado arriesgado el proyecto. Como consecuencia de ello, se cancelaron los pedidos de la novela de Lucinda Edmonds y su editorial le rescindió el contrato.

Entre 2000 y 2008 mi madre escribió tres novelas, ninguna de las cuales vio la luz. Luego, en el año 2010, se produjo el gran salto en su carrera. Su primera novela como Lucinda Riley, *El secreto de la orquídea*, llegó a las estanterías. Bajo su nuevo nombre pasó a convertirse en una de las escritoras de ficción femenina de mayor éxito del mundo, con sesenta millones de ejemplares vendidos hasta el momento. Junto con sus novelas más recientes, mi madre reescribió tres libros como Edmonds: *Aria* (que se convirtió en *The Italian Girl*, en castellano *La chica italiana*), *Not Quite an Angel* (que se convirtió en *The Angel Tree*, en castellano *Las raíces del ángel*) y el arriba mencionado *Seeing Double* (que se convirtió en *The Love Letter*, en castellano *La carta olvidada*). En cuanto a las tres novelas inéditas, todas han sido publicadas ya con gran éxito.

Esto me lleva a *La chica oculta*. Se editó originalmente en 1993 con el título *Hidden Beauty* y fue la segunda novela que escribió mi madre, a la edad de veintiséis años. Ella hablaba a menudo de lo orgullosa que estaba de la historia y era su intención relanzarla al mundo. Por desgracia, nunca tuvo la oportunidad de hacerlo.

Cuando la leí por primera vez, me causó una fuerte impresión. En estas páginas descubrirás ambiciones frustradas, amores prohibidos, venganzas y asesinatos… que culminarán en una profecía del pasado aciaga y olvidada. Me sorprendió que el manuscrito contuviera tanto de lo que Lucinda plasmó en sus obras posteriores: escenarios glamurosos, la importancia de la familia y la capacidad del amor para perdurar a lo largo de generaciones. Pero, como siempre, no huye de realidades difíciles, como la depresión, el alcoholismo y la violencia sexual contra las mujeres.

No hay duda de que Lucinda ha sido una de las mejores narradoras del mundo, pero, naturalmente, su voz como autora maduró a lo largo de sus treinta años de profesión. En las tres novelas que reescribió llevó a cabo un extenso trabajo, cambiando tramas, añadiendo personajes y corrigiendo el estilo. Por consiguiente, yo he asumido aquí la función de revisar y actualizar el texto y ayudar a convertir el Edmonds en un Riley.

El proceso ha sido un reto. Como es lógico, yo deseaba mantener la obra original tan intacta como fuera posible, pero era mi responsabilidad modernizar enfoques y sensibilidades sin arrancarle el corazón a la novela. El mundo ha cambiado mucho en los últimos treinta años y los comentarios de internet son cada vez más agresivos. Confío en haber atravesado la cuerda floja con éxito y haberle hecho justicia a mi madre. Debo señalar que ella estaba muy familiarizada con el mundo en el que te dispones a sumergirte. De joven trabajó como actriz y modelo, y estoy convencido de que partes de este libro están basadas en experiencias personales.

Como los lectores de Lucinda saben, solía estructurar su ficción en torno a acontecimientos históricos reales, a menudo para contar hechos menos conocidos de esos periodos. La saga Las Siete Hermanas plasma las tensiones de las guerras mundiales, el conflicto entre Gran Bretaña e Irlanda, el movimiento de los derechos civiles en Estados Unidos, así como los desafíos de los aborígenes australianos y del pueblo gitano en España. En *La chica oculta*, Lucinda retrata los horrores del campo de exterminio de Treblinka en la Polonia ocupada durante la Segunda Guerra Mundial. El tema era importante para ella, como lo será sin duda para cualquier ciudadano compasivo y comprometido. A ella le gustaría que los acontecimientos ficticios retratados en esta novela alentaran a la gente a leer más sobre el Holocausto.

Y, así, *La chica oculta* deja de estarlo. A los lectores recurrentes de Lucinda: mi madre os espera como a un viejo amigo, lista para hacer que os zambulláis en el pasado y os deis un paseo por el planeta. En cuanto a los nuevos: ¡bienvenidos! Estoy muy contento de que hayáis elegido pasar un tiempo con Lucinda Riley.

HARRY WHITTAKER, 2024

# Prólogo

La anciana miró fijamente a Leah, esbozó una sonrisa y miles de arrugas le surcaron el rostro. Ella pensó que debía de tener por lo menos ciento cincuenta años. Todos los chicos y chicas de su colegio decían que era una bruja y aullaban como espíritus al pasar junto a su destartalada cabaña cuando cruzaban el pueblo después del colegio. Para los adultos era la vieja Megan, que recogía pájaros malheridos y empleaba mejunjes de hierbas para curarles las alas. Unos decían que estaba loca; otros, que poseía el don de sanar y extraños poderes psíquicos.

A la madre de Leah le daba pena.

—Pobre vieja —decía—, tan sola en esa cabaña sucia y húmeda. —Acto seguido, le pedía que cogiera huevos del gallinero y se los llevara.

El corazón siempre le palpitaba de miedo al llamar a la desvencijada puerta. Por lo general, Megan la abría despacio, asomaba la cabeza y cogía los huevos con un asentimiento. Luego cerraba y Leah regresaba a su casa como una bala.

Pero esta vez, cuando llamó con los nudillos, se abrió mucho más, permitiéndole vislumbrar más allá de Megan los oscuros recovecos de la cabaña.

La anciana seguía mirándola.

—Eh…, mi madre ha pensado que le gustarían unos huevos. —Le presentó la caja y observó cómo cerraba los dedos largos y huesudos en torno a ella.

—Gracias.

A Leah le sorprendió el tono amable. Megan no sonaba como una bruja.

—¿Por qué no entras?

—Es que...

La mujer ya le había deslizado un brazo por los hombros y estaba tirando de ella.

—No puedo quedarme mucho. Mi madre se preguntará dónde me he metido.

—Puedes contarle que estabas tomando el té con Megan la bruja. —Rio la anciana entre dientes—. Siéntate ahí. Estaba a punto de prepararlo. —Señaló una de las maltrechas butacas colocadas a sendos lados de una chimenea pequeña y vacía.

Nerviosa, Leah tomó asiento con las manos debajo de los muslos. Paseó la mirada por la abarrotada cocina. Las paredes estaban forradas de estantes repletos de viejos tarros de café con brebajes de extraños colores. Megan cogió uno, lo abrió e introdujo dos cucharadas pequeñas de un polvo amarillo en una decrépita tetera de acero inoxidable. Le echó agua del hervidor y la colocó en una bandeja con dos tazas que dejó sobre una mesa, delante de Leah. Acto seguido se acomodó despacio en la otra butaca.

—¿Sirves, querida?

Ella asintió, se inclinó y vertió el líquido humeante en las dos tazas desconchadas. Lo olisqueó. Desprendía un olor extraño, acre.

—Tranquila, no estoy intentando envenenarte. Primero beberé yo y así podrás ver si me muero o no. Es solo diente de león, te sentará bien. —La anciana tomó la taza entre las manos y bebió—. Pruébalo.

Leah se llevó la taza a los labios con vacilación, procurando respirar por la boca porque el punzante aroma le resultaba repugnante. Dio un sorbo y tragó el líquido sin degustarlo.

—No está tan malo, ¿verdad?

Ella negó con la cabeza y dejó la taza en la mesa. Se removió en la butaca mientras Megan apuraba la suya.

—Gracias por el té, estaba muy bueno. Ahora debo irme o mi madre empezará a...

—Te veo pasar por aquí todos los días. De mayor poseerás una belleza extraordinaria. De hecho, ya está empezando a asomar.

Leah se sonrojó cuando la anciana la recorrió de arriba abajo con sus penetrantes ojos verdes.

—Puede que eso no sea la bendición que el mundo cree. Ten cuidado.

Megan frunció el entrecejo y alargó el brazo por encima de la mesa. Ella se estremeció cuando le aferró la mano como una garra con sus dedos huesudos. Le entró el pánico.

—Sí, pero… he de volver a casa.

La anciana tenía el cuerpo rígido y los ojos fijos en un punto por encima de Leah.

—Siento el mal. Debes permanecer alerta. —Estaba elevando la voz.

Ella estaba paralizada de miedo. La garra le apretó la mano con más fuerza.

—Cosas antinaturales… Cosas malas… Nunca juegues con la naturaleza o alterarás su patrón. Pobre ser… Está perdido… Condenado… Volverá a los páramos en tu busca… y tú regresarás por voluntad propia. No puedes cambiar el destino… Debes tener cuidado con él.

La presión en la mano se desvaneció bruscamente y Megan se recostó de nuevo en la butaca con los ojos cerrados. Leah se levantó de un salto, se apresuró hasta la puerta y salió a la calle. No dejó de correr hasta que llegó al gallinero situado detrás de la pequeña casa adosada donde vivía con sus padres. Descorrió el pestillo y se desplomó en el suelo, haciendo que las gallinas huyeran despavoridas.

Descansó la cabeza en la pared de madera y esperó a que su respiración se calmara.

La gente del pueblo tenía razón. Megan estaba loca. ¿Qué era eso que le había dicho de que anduviera con cuidado? La había asustado. Tenía once años y no lo entendía. Quería ir con su madre, pero no podía contarle lo que había pasado. Pensaría que se lo había inventado y diría que no estaba bien difundir rumores feos sobre una anciana pobre e indefensa.

Se levantó y caminó despacio hasta la puerta de atrás de la casa. Cuando entró en la acogedora cocina, el aroma a hogar la tranquilizó.

—Hola, Leah, llegas justo para el té. Siéntate. —Doreen Thompson se dio la vuelta y sonrió, pero enseguida un ceño de preocupación le arrugó la frente—. ¿Qué pasa? Parece que hayas visto un fantasma.

Ella se acercó a su madre y la abrazó con fuerza.

—¿A qué viene esto?

—Te... te quiero, mamá. —Se acurrucó en los reconfortantes brazos y se sintió mucho mejor.

Pero, a la semana siguiente, cuando su madre le pidió, como de costumbre, que llevara huevos a Megan, se negó en redondo.

La anciana murió seis meses después y Leah se alegró.

# Primera parte

*De junio de 1976
a octubre de 1977*

# 1

*Yorkshire, junio de 1976*

Rose Delancey introdujo el fino pincel de marta cibelina en el tarro de aguarrás. Dejó la paleta en la mesa salpicada de pegotes de pintura y se derrumbó en el sillón deshilachado, apartándose de la cara el denso cabello rojo Tiziano. Cogió la fotografía con la que estaba trabajando y la comparó con el lienzo terminado que descansaba frente a ella en el caballete.

El parecido era increíble, aunque le resultaba difícil diferenciar a una yegua de otra. Sin embargo, mientras intentaba crear una colección de obras para exponerlas en la galería de Londres, cuadros como este pagaban las facturas.

El trabajo era un encargo de un granjero adinerado de la zona que tenía tres caballos de carreras. Ondine, la yegua castaña que miraba de forma conmovedora a Rose desde la tela, era el segundo retrato. El hombre iba a pagarle quinientas libras por cada uno, lo cual le permitiría reemplazar el tejado del viejo caserón donde vivían ella y sus hijos. No le llegaría para solucionar el problema de las humedades o empezar a ocuparse de la pudrición y la carcoma, pero era un comienzo.

Rose tenía sus esperanzas puestas en la exposición. Si conseguía vender unos pocos cuadros, reduciría sobremanera sus crecientes deudas. Las constantes promesas al director del banco se estaban agotando y ella sabía que su situación era delicada.

Pero hacía mucho que no exponía, casi veinte años. Puede que la gente la hubiera olvidado desde aquellos embriagadores días en que críticos y público la adoraban por igual. En aquel entonces Rose era joven, guapa y sumamente talentosa..., pero después las cosas se torcieron y dejó las luces brillantes de Londres para vivir en reclusión aquí, en Sawood, en los ondulantes páramos de Yorkshire.

Sí, la exposición de abril del año próximo era una apuesta arriesgada, pero tenía que funcionar.

Se levantó y sorteó hábilmente con su corpulenta figura el desorden del pequeño estudio. Contempló la serenidad al otro lado del ventanal. La vista siempre conseguía llenarla de paz y era la principal razón por la que había comprado la granja. Estaba enclavada en lo alto de una colina, con una vista ininterrumpida del valle. Abajo, la lengua de agua plateada conocida como el embalse de Leeming contrastaba con el verdor circundante. Detestaría perder esta vista, pero sabía que, si la exposición fracasaba, no tendría más remedio que vender la granja.

—¡Porras! ¡Porras! ¡Porras! —Rose clavó el puño en la piedra gris del alféizar.

Existía otra opción, desde luego. Siempre había existido, pero llevaba casi veinte años resistiéndose.

Pensó en su hermano David, con su ático en Nueva York, una casa de campo en Gloucestershire, un chalet en una isla exclusiva del Caribe y el yate amarrado en algún lugar de la costa de Amalfi. Eran muchas las noches que, mientras oía el goteo del agua en el cazo colocado a la derecha de su cama, había barajado la posibilidad de pedirle ayuda. No obstante, prefería el desahucio a pedirle dinero. Las cosas se habían torcido demasiado hacía mucho tiempo.

Rose llevaba años sin ver a su hermano. Se mantenía al tanto de su ascenso meteórico en las esferas del poder a través de los artículos de prensa. Había leído sobre el fallecimiento de su esposa, acaecido hacía ocho meses, el cual lo había dejado viudo y con un hijo de dieciséis años.

Entonces, una semana atrás, había recibido un telegrama:

Querida Rose stop tengo compromisos empresariales ineludibles los próximos dos meses stop mi hijo Brett sale del internado el 20 de junio stop no quiero dejarlo solo stop todavía afectado por la muerte de su madre stop podría ir a tu casa stop el aire del campo le sentará bien stop lo recogeré a finales de agosto stop David.

La llegada del telegrama le había impedido a Rose entrar en el estudio durante cinco días. Había dado largos paseos por los páramos, preguntándose por qué su hermano estaba obrando así.

En fin, poco podía hacer al respecto. David se lo había presentado como un hecho consumado. El chico iba a venir; probablemente era un mocoso malcriado con aires de grandeza al que no iba a hacerle ni pizca de gracia alojarse en un caserón destartalado sin nada que hacer salvo ver crecer la hierba.

Se preguntó cómo se tomarían sus hijos la llegada de un primo cuya existencia desconocían. Tenía que encontrar la manera de explicar la repentina aparición no solo de Brett, sino de un tío que era probable que fuera uno de los hombres más ricos del mundo.

Miles, su hijo de veinte años, alto y guapo, asentiría y lo aceptaría sin hacer preguntas, mientras que Miranda, de quince… Notó la habitual punzada de culpa al pensar en su difícil hija adoptiva.

A Rose le preocupaba ser la responsable de que la chica resultara tan conflictiva. Era una joven consentida y maleducada que discutía con ella por todo. Rose siempre había intentado mostrarle el mismo amor que a Miles, pero Miranda parecía sentir que no podía competir con el vínculo entre madre e hijo, sangre de su sangre.

Se había esmerado por quererla y criarla lo mejor posible. No obstante, en lugar de contribuir a la atmósfera familiar, sentía que la chica no hacía más que crear tensión. La mezcla de culpa y falta de comunicación entre madre e hija hacía que, en el mejor de los casos, se toleraran mutuamente.

Rose sabía lo mucho que a Miranda le impresionarían la llegada de Brett y la increíble fortuna de su padre. Seguro que coquetearía con él. Era una muchacha muy bonita con una larga cola ya de corazones rotos a su espalda. Ella preferiría que su hija no fuera tan… evidente. Su cuerpo ya estaba bien desarrollado y no hacía nada para ocultarlo. Sacaba el máximo partido a su deslumbrante melena rubia. Rose había renunciado a prohibirle el carmín y las faldas cortas, pues Miranda se pasaba varios días de morros y la tensión en la casa era insoportable.

Miró su reloj de pulsera. No tardaría en volver del colegio y Miles estaba regresando de Leeds, donde acababa de terminar el trimestre universitario. Había pedido a la señora Thompson que pusiera un mantel especial para el té.

Rose les anunciaría entonces la llegada inminente de su sobrino como si fuera la cosa más natural del mundo que el hijo de su hermano pasara con ellos las vacaciones de verano.

Se preparó. Tenía un papel que interpretar, pues ninguno de ellos debía saberlo jamás…

## 2

—Leah, ¿te gustaría ir hoy a la casa grande para echarme una mano? La señora Delancey espera un invitado mañana y he de dar un buen repaso a una de las habitaciones de arriba. Gracias a Dios que es verano. Si abrimos las ventanas, se llevará ese horrible olor a humedad. —Doreen Thompson arrugó la nariz.

—Sí, claro —dijo Leah, observando detenidamente a su madre.

El pelo de esta, denso y moreno, lucía un peinado corto y conservador. La reciente semipermanente hacía que los rizos se le arremolinaran en la frente y la nuca. Años de preocupaciones y duro trabajo habían mantenido la delgadez de su escultural figura, pero también le habían añadido demasiadas líneas en el rostro a sus treinta y siete años.

—Bien. Ve a ponerte el tejano más viejo que tengas, Leah. Habrá mucho polvo en esa habitación. Y date prisa. Quiero salir en cuanto le haya preparado la comida a tu padre.

No necesitó insistirle. Ella corrió escaleras arriba, abrió la puerta de su cuarto diminuto y buscó un tejano raído en el fondo del armario. Encontró una sudadera vieja, se la puso y acto seguido se sentó a los pies de la cama para verse en el espejo y trenzarse los bucles color caoba que le llegaban hasta la cintura. Con la pesada trenza colgándole por la espalda, Leah aparentaba menos de quince años, pero, cuando se puso de pie, el espejo reflejó las suaves e incipientes curvas de una chica mucho más madura. Como Doreen, siempre había sido alta para su edad, pero en el último año parecía haber pegado un estirón y les sacaba más de una cabeza a las chicas de su clase. Su madre solía decir que solo crecía de largo, lo que hacía que Leah se sintiera como un girasol, y la instaba a comer para llenar su flacucho cuerpo.

Encontró las bambas debajo de la cama y se ató los cordones deprisa y corriendo, impaciente por llegar a la casa grande. Le encantaba que su madre la llevara. El caserón tenía muchísimo espacio comparado con la pequeña casa de dos habitaciones arriba y dos abajo en la que vivía. Y la señora Delancey la fascinaba. Era muy diferente de las demás personas que conocía y ella pensaba que Miranda era muy afortunada de tenerla como madre. No porque no quisiera a la suya, pero, como tenía que cuidar de su padre y trabajar todo el día, a veces se ponía de mal humor y gritaba. Leah sabía que se debía solo al cansancio e intentaba ayudarla todo lo que podía con las tareas de la casa.

Apenas recordaba los tiempos en que el hombre podía caminar. Había contraído una artritis reumatoide cuando ella tenía cinco años y llevaba los últimos once años confinado a una silla de ruedas. Dejó su duro trabajo manual en la fábrica de lana y su madre se puso a trabajar de asistenta para la señora Delancey a fin de llevar dinero a casa. En todo este tiempo jamás había oído a su padre quejarse, y Leah sabía que se sentía culpable por el hecho de que su mujer tuviera que cuidar de él y mantener a los tres.

Ella lo adoraba y le hacía compañía siempre que podía.

Bajó las escaleras a la carrera y llamó con los nudillos a la puerta de la sala de estar. Cuando su padre enfermó, esa estancia se convirtió en el dormitorio del matrimonio y el ayuntamiento le instaló una ducha y un retrete en el cuarto de la despensa, junto a la cocina.

—Adelante.

Leah abrió la puerta. El señor Thompson estaba sentado en su acostumbrado lugar frente a la ventana. Los ojos castaños, que ella había heredado, se iluminaron al verla.

—Hola, cariño. Ven y dale un beso a tu padre.

Leah así lo hizo.

—Me voy a la casa grande con mamá para ayudarla.

—Bien hecho, muchacha. Hasta luego, entonces. Pásalo bien.

—Lo haré. Ahora te trae mamá tus sándwiches.

—Estupendo. Adiós, cariño.

Ella cerró la puerta y fue a la cocina, donde su madre estaba cubriendo con papel encerado una fuente de sándwiches de carne de cerdo enlatada.

—Se los llevo a tu padre y nos vamos, Leah —dijo.

Tres kilómetros separaban Oxenhope de la pequeña aldea de Sawood y la colina sobre la que descansaba la granja de la señora Delancey. La señora Thompson solía ir en bicicleta, pero, como hoy la acompañaba su hija, salieron del pueblo a pie y con paso ligero subieron la cuesta en dirección a los páramos.

El sol brillaba en el deslumbrante cielo azul y el día era cálido y agradable. Aun así, Leah se había colgado el anorak del hombro para el camino de vuelta, pues sabía que en los páramos la temperatura podía caer de golpe.

—Creo que este año va a apretar el calor —comentó Doreen—. La señora Delancey me dijo que el invitado es su sobrino. No sabía que tuviera uno.

—¿Cuántos años tiene?

—Quince o dieciséis. Eso significa que la mujer tendrá la casa llena, ahora que Miles ha vuelto de la universidad y Miranda ha terminado el colegio. Y en medio está lo de su exposición.

Hubo una pausa.

—¿Puedo hacerte una pregunta, mamá? —dijo Leah.

—Claro —contestó su madre.

—¿Qué… qué piensas de Miles?

La señora Thompson detuvo los pasos y miró fijamente a su hija.

—Me cae bien, claro está. Yo misma ayudé a criarlo. ¿Por qué me haces una pregunta tan tonta?

—Eh, por nada —dijo Leah al ver la mirada feroz y protectora de su madre.

—Ahora que, si me preguntas por su hermana, en fin, las cosas que viste a veces… son indecentes para una chica de su edad.

A ella le encantaban los atrevidos conjuntos de Miranda y observaba con admiración cómo los muchachos revoloteaban a su alrededor en el Greenhead Grammar School, el colegio donde las dos jóvenes estudiaban el mismo curso. A veces Leah la veía dirigirse al parque Cliffe Castle después de clase con un grupo de chicos del curso superior. Se preguntaba cómo se las arreglaba para estar tan bonita y parecer tan adulta dentro del insulso uniforme, cuando en ella no hacía sino acentuar su cuerpo larguirucho. Aunque Miranda apenas le llevaba un mes, Leah se sentía una cría a su lado.

—A menudo dices que la señora Delancey no tiene dinero, pero la hija siempre está estrenando ropa. Y viven en esa casa grande.

La señora Thompson asintió.

—Depende del rasero con que se mida, Leah. Mira nuestra familia, por ejemplo. Nosotros no tenemos un penique; eso dice ella de sí misma, pero antes la señora Dalency era rica, muy rica, de modo que, si se compara con aquella época, piensa que es pobre. ¿Lo entiendes?

—Creo que sí.

—Miranda se queja si no puede comprarse un conjunto nuevo para ir a una fiesta. Tú te quejas si no hay comida en la mesa con el té.

—¿Por qué ya no es rica?

Su madre hizo un gesto vago con la mano.

—No sé qué hizo con todo su dinero, pero empezó a pintar de nuevo hace solo un par de años, por lo que seguro que no vendió nada durante mucho tiempo. Y basta de charla, muchacha. Apura el paso o llegaremos tarde.

La señora Thompson abrió la puerta trasera del caserón que daba directamente a la cocina. Esta era, por sí sola, más grande que la planta baja de la casa de Leah.

Ataviada con una bata rosa de satén y zapatillas de pelo a juego, Miranda estaba desayunando en la larga mesa de pino mientras sus rubios cabellos atrapaban los rayos del sol.

—¡Hola, Doreen! ¡Llega justo a tiempo para prepararme más tostadas!

—Me temo que hoy tendrá que hacérselas usted, señorita. He de preparar la habitación para el invitado de su madre.

—Entonces, estoy segura de que a Leah no le importará hacérmelas. ¿A que no, querida? —dijo Miranda alargando las palabras.

Ella miró a su madre, que estaba a punto de replicar, y se apresuró a decir:

—Claro que no. Sube tú, mamá, enseguida voy.

La señora Thompson frunció el ceño, se encogió de hombros y salió de la cocina. Leah introdujo dos rebanadas de pan en la tostadora.

—Cada día estás más alta. —Miranda la examinó despacio—. ¿Haces régimen? Estás muy delgada.

—Qué va, mi madre dice que soy una tragona. Lamería el plato si me dejara.

—Tienes suerte. Yo engordo solo con mirar la comida —se lamentó la otra.

—Pues tienes un tipo precioso. Todos los chicos de nuestro curso lo dicen. —Leah dio un brinco cuando las tostadas saltaron.

—Utiliza la margarina sin grasa y únicamente una capa fina de mermelada. ¿Y qué más dicen los chicos de mí? —preguntó Miranda con desenfado.

Ella se puso colorada.

—Bueno, piensan que eres muy… guapa.

—¿Tú crees que lo soy, Leah?

—Uy, sí, mucho. Me… me gusta tu ropa. —Le puso el plato de tostadas delante—. ¿Quieres otra taza de té?

Miranda asintió.

—Pues deberías decírselo a mi madre. ¡Se pone como una fiera si la falda me queda por encima de los tobillos! Es una carca. ¿Por qué no te sirves una taza de té y me haces compañía mientras desayuno?

Leah vaciló.

—Mejor no. He de subir a ayudar a mi madre.

—Como quieras. Si luego te sobra tiempo, ven a mi habitación y te enseño el conjunto que me compré el sábado pasado.

—Estupendo. Hasta luego, Miranda.

—Hasta luego.

Leah subió dos pisos de escaleras chirriantes y encontró a su madre sacudiendo enérgicamente una alfombra raída en el amplio pasillo.

—Estaba a punto de ir a buscarte. Necesito que me ayudes a girar el colchón. Tiene moho en una de las esquinas. He encendido la chimenea para que se vaya un poco la humedad de la habitación.

Leah la siguió hasta el espacioso dormitorio y agarró el pesado colchón de matrimonio por un extremo.

—Bien, vamos a levantarlo por el costado..., eso es. Espero que no te acostumbres a dejar que esa señorita te trate como una sirvienta. Como le des la mano, te tomará el brazo. La próxima vez le dices que no, muchacha. No es tu trabajo darle de comer.

—Lo siento, mamá. Parece muy mayor, ¿verdad?

Doreen Thompson percibió la admiración en los ojos de su hija.

—Ya lo creo que lo parece, y ni se te ocurra imitarla, señorita. —Se llevó las manos a las caderas con un suspiro—. Mucho mejor así. Esperaremos hasta el último momento para poner las sábanas, así habrá tiempo para que el colchón se seque. Con suerte, el pobre muchacho se librará de pillar una neumonía. —Posó la mirada en la ventana—. En esa caja hay un limpiacristales. Dales un buen repaso a esos vidrios, ¿quieres, cariño?

Leah asintió y llevó el bote hasta las hojas emplomadas. Pasó un dedo por el polvo y arrancó una araña de su tela en el proceso.

—Bajo a buscar el aspirador.

La señora Thompson salió del dormitorio y ella se puso con los cristales, esparciendo el líquido y frotando hasta dejar el paño negro. Cuando iba por el cuarto panel, miró afuera. El sol seguía bañando los páramos. La vista era magnífica y descendía hasta el valle, donde se veían las chimeneas del pueblo de Oxenhope al otro lado del embalse.

Leah divisó una figura en lo alto de un montículo, quizá a medio kilómetro de la casa. Estaba sentada con los brazos alrededor de las rodillas, contemplando el valle a sus pies. Reconoció el pelo negro y grueso. Era Miles.

El chico le daba miedo. Nunca sonreía, jamás saludaba; simplemente… la miraba. Cuando estaba en la granja, parecía pasar horas y horas solo en los páramos. De vez en cuando veía su silueta negra dibujada contra el sol, cabalgando por la parte alta del valle a lomos de uno de los caballos del señor Morris.

De repente, Miles se volvió. Y, como si hubiera sabido que Leah estaba observándolo, clavó sus negros ojos en ella, que sintió que la penetraba con la mirada. Se quedó muy quieta, como paralizada. Luego, con un escalofrío, se apartó de la ventana a toda prisa.

La señora Thompson había llegado con el aspirador.

—Espabila, Leah. Solo has limpiado una cuarta parte de esos vidrios.

Ella retomó de mala gana la tarea.

La figura del montículo había desaparecido.

—Doreen, quería preguntarle si a Leah le gustaría ganarse un dinero.

Ella estaba sentada en la cocina con su madre, tomando una taza de té antes de regresar al pueblo.

La señora Delancey se había detenido en el marco de la puerta con un blusón cubierto de manchas de pintura de vivos colores.

—Parece una buena idea, ¿no crees, Leah? —dijo la señora Thompson.

—Sí, señora Delancey. ¿Qué quiere que haga?

—Como ya sabes, mi sobrino Brett llega mañana. El problema es que estoy muy ocupada pintando para mi exposición y apenas dispondré de tiempo, ni siquiera para cocinar. Me preguntaba si te gustaría venir y ayudar a tu madre a mantener la casa limpia y preparar el desayuno y la cena para los chicos y para mí. Mis hijos son perfectamente capaces de apañárselas solos, pero mi sobrino…, en fin, digamos que está acostumbrado a un estilo de vida más elevado. Como es lógico, le pagaré las horas extras, Doreen, y también le daré algo a Leah.

La señora Thompson miró a su hija.

—Mientras una de nosotras llegue a tiempo para hacerle la cena a papá, me parece buena idea. ¿Tú qué dices, Leah?

Ella sabía que su madre estaba pensando en lo bien que les iría el dinero extra. Asintió.

—Sí, señora Delancey, me gustaría mucho.

—No se hable más, entonces. Tengo una bicicleta vieja en el granero que puedes utilizar para venir aquí. Brett llegará mañana por la tarde y me gustaría que prepararan algo especial. Cenaremos en el comedor. Doreen, saque la vajilla Wedgwood y haga una lista de las cosas que necesitará para la semana. Llamaré a la tienda y les pediré que lo traigan. Y ahora no me queda más remedio que volver a mi estudio. Hasta mañana.

—Muy bien, señora Delancey —dijo la señora Thompson.

Rose estaba a punto de marcharse cuando, en el último momento, se dio la vuelta.

—Si mi sobrino les parece un poco diferente…, no se lo tengan en cuenta. Su madre murió no hace mucho y, como dije, está acostumbrado a lo mejor de lo mejor. —Pareció encogerse—. Bien, hasta mañana. —Salió de la cocina y cerró la puerta.

—Pobre chico, perder a su madre tan joven. —La señora Thompson lavó las tazas en el fregadero.

La puerta se abrió y Miranda entró luciendo una minifalda roja ceñida y una blusa escotada de gasa.

—Pensaba que vendrías a ver mi nuevo conjunto, Leah.

—Es que…

—Da igual, ya he venido yo para enseñártelo. ¿Qué te parece? ¿No es espectacular? —Sonrió y giró sobre los talones.

—Me parece…

—Me parece que es hora de irse y prepararle la cena a tu padre —la interrumpió su madre.

Miranda la ignoró.

—Lo compré en esa boutique nueva de Keighley. Me lo pondré para la cena de mañana en honor a mi primo. —Esbozó una gran sonrisa—. Sabéis que su padre es uno de los hombres más ricos del mundo, ¿verdad?

—No se invente historias, señorita —la reconvino la señora Thompson.

—¡Es cierto! —Miranda se sentó en una silla y puso las piernas encima de la mesa, dejando al descubierto un gran tramo de muslo blanco—. Hay que ver lo calladito que se lo tenía mamá. Su hermano es David Cooper. Sí, ese David Cooper. —Miró fijamente a Doreen, esperando una reacción, y arrugó la frente al no recibir ninguna—. No me diga que no ha oído hablar de él. Es famoso en todo el mundo. El dueño de Cooper Industries, una de las empresas más grandes del planeta. Solo Dios sabe por qué tenemos que vivir en esta casucha cuando es el hermano de nuestra querida Rosie.

—No llame a su madre Rosie, señorita.

—Lo siento, señora T. —respondió Miranda—. Y yo que creía que en este agujero no sucedía nada emocionante cuando, de repente, me entero de que tengo un tío forrado y que su hijo llega mañana. Y lo mejor de todo es que tiene dieciséis años. Me pregunto si tiene novia —rumió.

—Trátelo bien, Miranda. El pobrecillo perdió a su madre no hace mucho.

La chica sonrió.

—No tiene de qué preocuparse, señora T… En fin, voy a probar mi nueva mascarilla facial. Hasta luego. —Se levantó y salió de la cocina.

La señora Thompson meneó la cabeza.

—Más vale que nos pongamos en marcha, Leah. Mañana será un día de mucho trajín. —Se secó las manos con un trapo y señaló la puerta con el mentón—. Y ya huelo los problemas.

## 3

La larga limusina negra cruzó los pintorescos pueblos de Yorkshire sin contratiempos. La gente la miraba con curiosidad y trataba de distinguir la figura sentada detrás del vidrio tintado.

Brett Cooper los miraba a su vez, desconsolado y haciendo muecas grotescas que sabía que no podían ver. El cielo justo se había encapotado y había empezado a llover. Los páramos que lo rodeaban parecían tan desolados como él.

Se inclinó hacia delante y sacó una lata de Coca-Cola del minibar. El interior del vehículo le recordaba a una tumba de lujo, con sus paredes de cuero y sus cortinillas en todos los lados para que su padre se aislara del mundo.

Brett apretó un botón.

—¿Cuánto falta, Bill?

—Media hora escasa, señor —contestó la voz metálica.

Soltó el botón, estiró las largas piernas vestidas con vaqueros y bebió un sorbo de Coca-Cola.

Su padre le había prometido que lo recogería en el colegio y lo acompañaría a Yorkshire para presentarle personalmente a esa tía suya. No obstante, cuando se subió ilusionado al asiento de atrás de la limusina, lo encontró vacío.

Bill, el chófer de su progenitor, le dijo que el señor Cooper lo sentía mucho, pero había tenido que volar a Estados Unidos antes de lo esperado.

Durante las cinco horas de trayecto desde Windsor, Brett había experimentado rabia hacia su padre por repetir una vez más el patrón de su infancia: miedo a enfrentarse solo a esa tía desconocida y una profunda tristeza por el hecho de que su madre no estuviera allí para evitarle sentir que su padre pasaba de él.

Los ojos se le llenaron de lágrimas al pensar en ese mismo día de hacía un año. Había volado directamente al aeropuerto de Niza, donde ella acudió a recibirlo. Fueron en coche hasta el chalet que había alquilado en Cap Ferrat y pasaron un maravilloso verano ellos dos solos. Su padre fue a verlos en un par de ocasiones, pero se pasaba el día encerrado en su despacho o en el yate agasajando a socios importantes que habían volado hasta allí para verlo.

Tres meses después, su madre murió. Recordaba haber sido conducido hasta el despacho del director de su internado para recibir la noticia.

Brett se metió en el dormitorio, en aquel momento vacío, y se sentó en el borde de su cama mirando al vacío. Tanto dinero y tanto lujo no habían conseguido evitar que su madre muriera. La odiaba por no haberle dicho que algo le pasaba. ¿Acaso no sabía cómo iba a sentirse él por no estar a su lado en los últimos momentos?

Y su padre... Él también lo sabía, pero calló.

Brett sospechaba que el hombre había tomado la decisión consciente de volcar todos sus esfuerzos en su negocio. Daba la impresión de que fuera lo único que le importaba en el mundo. De hecho, él se preguntaba por qué se había casado siquiera. Así y todo, su madre había sido extremadamente leal. Jamás se quejaba de que apenas viera a su marido ni de que su hijo y ella parecieran ocupar el último lugar en su lista de prioridades. Brett solo los había oído discutir una vez, cuando él tenía cuatro años.

—Por lo que más quieras, Vivien, piénsalo bien. Nueva York es una ciudad maravillosa para vivir. Cuando Brett empiece el colegio, podrá venir en avión en vacaciones. El piso es una maravilla. Por lo menos ven a verlo.

Ella había respondido en su tono quedo y tranquilo:

—No, David, lo siento. Quiero quedarme en Inglaterra por si me necesita.

Brett había empezado a comprender, a medida que crecía, que su madre había hecho una elección ese día. Y que esa elección había sido él. Después de eso, su padre empezó a pasar menos tiempo en casa y más en Nueva York, donde estableció su base, y raras veces le insistía a su esposa para que fuera a verlo.

Cuando Brett ingresó en Eaton, los chicos le preguntaban cómo era su célebre progenitor. Él respondía: «Genial» o «Un tío fantástico», pero lo cierto era que no lo sabía.

Cuando tenía trece años, a David le dio por enseñarle los planos de un nuevo bloque de pisos que estaba construyendo. Él procuraba mostrar interés por lo que su padre le contaba.

—En cuanto termines en Cambridge, ingresarás en la empresa para aprender a dirigirla. Un día será tuya, Brett.

Él asentía y sonreía, pero por dentro torcía el gesto. No tenía el menor interés en entender el imperio paterno. Los números no se le daban bien y las estadísticas lo superaban. Había pasado la prueba de ingreso de Eaton por los pelos gracias a la excelente nota obtenida en su trabajo de literatura inglesa.

En los últimos dos años, a medida que tomaba conciencia del futuro que su padre tenía planeado para él, Brett había empezado a despertarse con sudores fríos. El año pasado, en Cap Ferrat, le había contado abiertamente a su madre cómo se sentía. Incluso le enseñó algunas de sus pinturas. Ella las contempló con asombro.

—¡Caramba, cielo! No tenía ni idea de que se te daba tan bien pintar. Son preciosas. Tienes mucho talento. He de enseñárselas a tu padre.

David las miró por encima y se encogió de hombros.

—No están mal. Es bueno que un empresario tenga una afición que lo relaje.

Brett guardó las acuarelas y el caballete. Su madre trató de consolarlo y animarlo a que siguiera plasmando las espléndidas vistas desde el chalet.

—Es inútil, mamá, papá nunca me dejará estudiar Bellas Artes. Lo tiene todo planeado. Está tan seguro de que ingresaré en Cambridge que ni se le pasa por la cabeza que pueda suspender los exámenes.

Vivien suspiró. Ambos sabían que, de ocurrir lo peor, le conseguirían una plaza en la universidad adecuada mediante una generosa donación.

—Escúchame, Brett, te prometo que le hablaré en tu nombre. Solo tienes quince años. Estoy segura de que podremos hacérselo entender cuando llegue el momento. Debes seguir pintando, cariño. ¡Prometes mucho como artista!

Él meneó la cabeza. Un mes después regresó al colegio y pintó a su madre sentada en el columpio del jardín de su casa de Gloucestershire. Lo había copiado de su foto predilecta, la cual la mostraba en toda su delicada belleza. Brett había planeado regalarle el retrato por Navidad. Pero para entonces estaba muerta y el cuadro seguía dentro del envoltorio, debajo de su cama del internado. Desde entonces se había negado a pisar el aula de arte.

Transcurridos ocho meses, seguía sintiéndose como si hubiese fallecido ayer. Su madre había sido el centro de su mundo, su apoyo, su pilar. Ahora que no había un mediador entre su padre y él, se sentía tremendamente vulnerable.

Había dado por sentado que pasaría las vacaciones estivales en la casa de Gloucestershire o puede que en Antigua. De modo que, cuando recibió la carta mecanografiada por Pat, la secretaria de David, en la que le contaba que su padre iba a enviarlo a Yorkshire para pasar el verano con una tía de la que nunca había oído hablar, su desesperación no hizo sino aumentar. Intentó ponerse en contacto con él, que estaba en Nueva York, y quejarse, pero Pat interceptó sus llamadas.

—Brett, cariño, tu padre insiste en que debes ir, pues los próximos dos meses tiene la agenda muy ocupada. Seguro que estarás bien. Te haré un giro de quinientas libras para tus gastos. Ya me dirás si necesitas más.

Él sabía que no serviría de nada discutir. David Cooper siempre se salía con la suya.

Sonó el interfono.

—Llegaremos dentro de cinco minutos, señor. Ya se ve la casa desde aquí. Si mira a su izquierda, es la que está en lo alto de la colina.

Brett la divisó a través de la llovizna. Un edificio grande y solitario, de piedra gris, en medio de un páramo. Parecía deshabitado y harto inhóspito, como sacado de una novela de Dickens.

—Casa desolada —murmuró para sí. El corazón se le aceleró cuando la limusina tomó la cuesta. Por enésima vez deseó que su madre estuviera a su lado, diciéndole que todo iba a ir bien.

El coche se detuvo suavemente frente a la casa. Brett respiró hondo. Su progenitora no estaba y tenía que afrontar esta situación él solo.

Rose oyó el motor detenerse. Miró a hurtadillas por la ventana de su estudio y vio la elegante limusina con los vidrios tintados. Observó al chófer bajar y rodear el vehículo para abrir la puerta del pasajero. Contuvo la respiración al tiempo que un hombre joven y alto se apeaba. El hombre cerró la portezuela y ella comprendió que Brett había venido solo.

—Gracias a Dios —susurró soltando el aire. Desde su escondrijo examinó al hijo de su hermano.

Como ella, tenía el pelo de color rojo Tiziano. Cuando el chico se dio la vuelta, Rose vio los ojos azul oscuro y la mandíbula cuadrada de David. Brett era un joven guapísimo. Advirtió que jugueteaba nerviosamente con algo que tenía en el bolsillo de la chaqueta mientras el chófer sacaba las maletas del portaequipajes y se encaminaba a la puerta. Percibió cierta tristeza en el muchacho. «Seguro que está más nervioso que yo», pensó. Sonó el timbre y Rose comprobó corriendo su aspecto en el espejo. Oyó a la señora Thompson abrir la puerta, tal como ella le había pedido. Había mandado a Miles y a Miranda a cabalgar para tener un rato a solas con Brett.

Oyó una voz increíblemente parecida a la de David hablar con la señora Thompson mientras lo conducía a la sala de estar.

Rose abrió la puerta con gesto vacilante y echó a andar por el pasillo. El chófer estaba metiendo la última maleta.

—La señora Cooper, supongo.

—Señora Delancey, en realidad.

—Disculpe, señora Delancey. El señor Cooper me ha pedido que le transmita su agradecimiento. También me ha pedido que le entregue esto para cubrir la manutención de Brett. —El chófer le tendió un sobre.

—Gracias. ¿Le apetece una taza de té y algo de comer? El viaje de vuelta es largo.

—No, señora Delancey. Le agradezco la invitación, pero debo partir de inmediato. He de recoger a una gente en el aeropuerto de Leeds Bradford a las cinco.

—Parece que David lo hace trabajar duro.

—Me mantiene ocupado, pero me gusta. Llevo casi trece años con él y conozco a Brett desde que era un niño. Es un buen muchacho y no le dará problemas. Si parece un poco callado es porque ha pasado una mala época. Sentía adoración por su madre. Ha sido una terrible pérdida.

—No se preocupe, cuidaré de él. Estoy segura de que nos llevaremos bien. Conduzca con cuidado.

—Lo haré. —Bill se tocó la gorra—. Adiós, señora Delancey.

Rose cerró la puerta y oyó cómo se alejaba la limusina. Abrió el sobre y encontró una tarjeta de Cooper Industries y mil libras en efectivo.

—Santo Dios —susurró—. Si he de gastar todo esto, tendré que darle caviar y champán todas las noches.

Se lo guardó en el bolsillo de la voluminosa falda preguntándose cuándo podría hacer venir al constructor para que le presupuestara el tejado y abrió la puerta de la sala.

La mujer que cruzó la puerta no tenía nada que ver con el aspecto que Brett había imaginado que tendría su tía.

Su madre siempre se había preguntado de quién había heredado el crío el extraordinario tono cobrizo del pelo y ahora lo sabía.

Su tía Rose era una dama de figura voluptuosa ataviada con una blusa de colores alegres y una falda de campesina. Brett intuyó que en otros tiempos había sido una mujer muy bella. Mientras la observaba a través de sus ojos de artista, captó la elegancia de sus facciones, acentuada por unos pómulos altos y prominentes. Unos enormes ojos verdes dominaban el rostro y compartía con su padre los labios grandes y carnosos. Rose sonrió, mostrando una dentadura blanca y uniforme. Su cara le sonaba de algo. Estaba seguro de que la había visto antes en algún lugar, pero no lograba recordar dónde.

—Hola, Brett, soy Rose. —Su voz era firme y profunda.

Él se levantó.

—Es un placer conocerla, tía Rose. —Le tendió la mano, pero, en lugar de estrechársela, la mujer lo envolvió en un abrazo.

Brett percibió un perfume intenso y algo más… Sí, estaba seguro de que era el olor peculiar de la pintura al óleo. Ella se apartó, tomó asiento en el sofá y dio unas palmaditas al cojín contiguo. Él se sentó y Rose le cogió las manos.

—Estamos encantados de tenerte con nosotros, Brett. Imagino que se te hace un poco extraño tener que venir aquí y alojarte con unos parientes a los que no conoces. Estoy segura de que pronto te sentirás como en casa. Debes de estar hambriento después del viaje. ¿Te gustaría comer algo?

—No, gracias. Bill me preparó un almuerzo para tomar durante el trayecto.

—¿Una taza de té, entonces?

—Sí, me encantaría.

—Voy a pedirle a Doreen que lo traiga.

Mientras Rose iba a la cocina, Brett paseó la mirada por la sala. Estaba llena de objetos y muebles viejos, pero lo que le llamó la atención fueron los cuadros de la pared…

—¿Cuánto ha durado el viaje? —La mujer se sentó de nuevo a su lado.

—Unas cinco horas. Había poco tráfico.

—Debes de estar cansado.

—Un poco.

—Después del té te enseñaré tu habitación. La casa está tranquila porque los chicos están montando a caballo. Quizá te apetezca echar una cabezada antes de la cena.

—Quizá —dijo Brett.

Se hizo el silencio y ella trató de pensar en algo que decir.

—Ah, aquí llega Doreen con el té. ¿Lo tomas con azúcar?

—No, gracias, tía Rose.

—No me llames tía, por lo que más quieras. —Sonrió—. Ya eres casi un hombre y me hace sentir vieja. Mis hijos también me llaman por mi nombre. Detesto lo de «madre» o «mamá».

Rose se mordió el labio al ver la angustia reflejada en el rostro de Brett. El chico arrogante y seguro de sí mismo que había esperado encontrar no tenía nada que ver con este joven tímido y tenso que, al parecer, seguía profundamente afectado por la muerte de su madre.

—Conocerás a Miles y a Miranda en la cena. Ella tiene quince años. Solo es unos meses menor que tú, por lo que podréis haceros compañía.

—¿Cuántos años tiene su hijo?

—Tutéame, te lo ruego. Miles tiene veinte años y acaba de volver de su segundo curso en la Universidad de Leeds. No habla mucho, así que no te preocupes si te lleva tiempo conocerlo. Seguro que congeniáis. —Rose apenas podía creer que estuviera teniendo esta conversación—. Bien, si has terminado el té, te enseñaré tu habitación.

Brett subió dos pisos de escaleras chirriantes y la siguió por un pasillo revestido de linóleo.

—Aquí la tienes. Me temo que es muy básica, pero las vistas desde esta ventana son las mejores de la casa. Te dejo solo para que deshagas el equipaje. Si necesitas algo, Doreen suele estar en la cocina. Nos vemos a las ocho para cenar. —Rose sonrió y cerró la puerta.

Brett contempló la que iba a ser su habitación durante los siguientes dos meses. Había una cama grande con una vieja colcha de patchwork echada por encima. El linóleo que cubría los tablones del suelo estaba gastado y el yeso del techo tenía importantes grietas. Caminó hasta la ventana y miró fuera. El sirimiri se había transformado en lluvia y nubarrones grises coronaban las cumbres de las colinas. Tuvo un escalofrío. En la habitación hacía frío y olía a humedad. Oyó un goteo tenue y reparó en un pequeño charco de agua junto a la puerta. En esa zona, el techo estaba combándose de una manera preocupante.

Se le hizo un nudo en la garganta. Se sentía abandonado, abatido y completamente solo. ¿Cómo había sido capaz su padre de enviarlo aquí, a este terrible e inhóspito lugar? Se arrojó sobre la cama y lloró por primera vez desde la muerte de su madre.

Las lágrimas siguieron brotando durante un buen rato, hasta que, tras darse cuenta de que estaba tiritando, se metió debajo de la colcha vestido y, presa del agotamiento, se durmió.

Así lo encontró Rose tres horas más tarde. Tras zarandearlo con suavidad y no obtener respuesta, abandonó el cuarto de puntillas y cerró la puerta.

# 4

Brett abrió los ojos y parpadeó mientras los rayos de un sol dorado entraban a raudales por la ventana. No recordaba dónde estaba. Cuando finalmente lo hizo, se incorporó y contempló por los cristales el hermoso follaje. Le costaba creer que el sol pudiera transformar un paisaje desolador en una escena de tanta tranquilidad.

Se dio la vuelta y estiró los brazos. Fue entonces cuando la vio.

Estaba en el hueco de la puerta con una bandeja en las manos. Era alta y casi flacucha en su delgadez, y poseía una espectacular melena de color castaño oscuro que le llegaba casi hasta la cintura. Los ojos, enmarcados por largas pestañas negras, también eran castaños. El rostro tenía forma de corazón, con unos labios de un rojo natural y una nariz pequeña y respingona.

Con el sol refulgiendo justo sobre ella y creando destellos danzantes entre los bucles, parecía tan perfecta que Brett se preguntó si estaba ante una imagen de la Virgen. Entonces cayó en la cuenta de que las vírgenes no acostumbraban a llevar bandejas de desayuno, tampoco sudadera y tejanos, por lo que tenía que ser real. Sencillamente era la chica más bella que había visto en su vida.

—Hola —saludó ella con timidez—. Mi madre pensó que podrías tener hambre.

La chica hablaba con un ligero acento de Yorkshire. «Así que esta es Miranda», pensó Brett. Guau, dos meses enteros con ella de compañía. Quizá estas vacaciones no iban a estar tan mal como creía.

—Eres muy amable. La verdad es que estoy hambriento. Creo que anoche me perdí la cena.

—Así es. —La chica sonrió, desvelando una dentadura perfecta de un blanco perla—. Dejaré esto a los pies de la cama. Hay té y tostadas, y debajo del plato tienes beicon y huevos.

Él la observó mientras se acercaba con elegancia y dejaba la bandeja.

—Gracias, Miranda. Soy Brett, por cierto.

Frunció su rostro encantador con un ceño y sacudió la cabeza.

—Eh, no, yo no soy...

—¿Alguien ha mencionado mi nombre?

Una muchacha rubia con pantalones de montar ajustados y una camiseta escotada irrumpió en la habitación. Habría sido muy bonita si no hubiera tenido la cara embadurnada de maquillaje. Se acercó con desenfado y se sentó en el borde de la cama. La bandeja resbaló por la colcha y cayó al suelo con un estruendo.

—¡Mierda! ¿Quién ha puesto esto aquí? Recógela, Leah, ¿quieres? —Obsequió a Brett con una sonrisa mientras la otra muchacha se arrodillaba—. Miranda Delancey, tu prima, o debería decir primastra, ya que mi querida Rose me adoptó cuando era pequeña.

A él se le cayó el alma a los pies. Vio que la chica llamada Leah se afanaba en recoger los fragmentos de loza entre el revoltijo de beicon y huevos.

—Encantado de conocerte —dijo y se levantó de un salto—. Deja que te ayude. —Se arrodilló junto a la otra.

—Que lo haga ella, para eso le pagan —espetó Miranda, subiendo las piernas a la cama.

Brett vislumbró un breve destello de furia en los ojos castaños de Leah al entregarle el último fragmento de loza.

—Ya está —dijo, levantándose.

—Voy a buscar una escoba y un trapo para limpiar el resto. ¿Todavía quieres tu desayuno aquí arriba?

Él contempló los ojos transparentes de ella pensando que el desayuno era lo que menos le importaba en ese momento.

—No, lo tomaré abajo.

La chica asintió, recogió la bandeja y salió del dormitorio.

—¿Quién es? —preguntó a Miranda.

—Leah Thompson, la hija de la asistenta. Ayuda en la casa durante las vacaciones —explicó la prima con desdén—. Y ahora concentrémonos en cosas más importantes, por ejemplo, lo que tú y yo vamos a hacer hoy. Rosie me ha nombrado presidenta del comité de entretenimientos de Brett Cooper y voy a asegurarme de que no estés solo ni un minuto.

La determinación en sus ojos lo sorprendió. No estaba acostumbrado a tratar con chicas de su misma edad, pues en su colegio solo había chicos y pasaba la mayor parte de sus vacaciones en compañía de adultos. Miranda estaba recorriéndolo con la mirada y Brett notó que se ponía colorado.

—¿Y bien? ¿Qué te apetece hacer hoy?

—Eh...

—¿Montas a caballo?

Él tragó saliva.

—Sí.

—Pues no se hable más. Cuando estés listo, iremos a las cuadras del viejo Morris a coger un par de caballos para una larga cabalgata por los páramos. Así nos vamos conociendo.
—Miranda se acarició la melena y observó a Brett.

—Vale. Esto, ¿puedes decirme dónde está el cuarto de baño? Creo que debería lavarme y cambiarme de ropa.

—En el pasillo, segunda puerta a la izquierda. ¿Qué te pasó anoche? Me arreglé especialmente para la cena.

—Eh..., supongo que estaba cansado después del viaje.

—Espero que no tengas la costumbre de dormir vestido.
—Miranda se levantó de la cama—. Te espero abajo. No tardes mucho, ¿de acuerdo?

Cuando se hubo tranquilizado, Brett salió al pasillo. Enseguida encontró el cuarto de baño y abrió los grifos para llenar la bañera. Tosieron y escupieron, y, cuando por fin el agua hizo su aparición, tenía un extraño color amarillo.

Se quitó la ropa arrugada y se metió en la vieja bañera de hierro tratando de no prestar atención al arenoso sedimento marrón que recorría el fondo. Al cerrar los ojos le vino la imagen de Leah en la puerta de su habitación. Le decepcionaba profundamente que ella no fuera la chica con la que iba a pasar las vacaciones.

Veinte minutos después estaba sentado en la amplia cocina, comiendo un gran plato de huevos con beicon. Miranda estaba hablando sin parar de sus planes para los siguientes dos meses y Leah ayudaba a su madre a secar los platos.

—Hora de irse —anunció la prima—. La granja está a menos de un kilómetro de aquí. Podemos ir en bici, si quieres.

—No, me hará bien caminar.

Miranda lo condujo hacia la puerta de la cocina. Antes de salir, él se volvió.

—Adiós, Leah, hasta luego.

—Adiós, Brett.

—¿No crees que debería dar los buenos días a tía…, quiero decir, a Rose antes de irnos? —preguntó a su prima, que ya estaba bajando por la colina a paso ligero.

—Qué va. Está encerrada en su estudio y no se la puede molestar so pena de muerte. Solo sale para comer.

—¿Qué clase de estudio?

—¿No lo sabes? Rosie era una pintora famosa en la Edad Media. Llevaba siglos sin pintar cuando, hace un par de años, vació una de las habitaciones de abajo y la convirtió en un estudio. Tiene previsto exponer en Londres el año que viene. Será su gran reaparición o algo así. Personalmente creo que pierde el tiempo. Porque, dime, ¿quién va a acordarse de ella después de veinte años?

Las piezas empezaron a encajar enseguida mientras Brett descendía por la colina. Aquel olor de pintura al óleo cuando

lo abrazó, los cuadros en la pared de la sala y la cara de Rose…
¡Claro!

—¿Se apellida Delancey?

La chica asintió.

—Sí. ¿Por qué?

—Miranda, te aseguro que tu madre era una estrella en el mundo del arte hace veinte años. Podría decirse que era la pintora más famosa de Europa, hasta que un día desapareció sin más.

La prima arrugó la nariz.

—Personalmente no soporto sus cuadros, son rarísimos. En cualquier caso, pareces saber muchas cosas de ella. ¿Te interesa el arte?

—La verdad es que sí.

Brett estaba entusiasmado, pero también desconcertado. ¿Por qué su padre no había mencionado nunca que Rose Delancey era su hermana? ¿No era algo de lo que sentirse orgullosísimo?

—Estoy segura de que Rosie podrá dedicar un par de segundos a hablar contigo de su tema favorito. Por cierto, ¿eres buen jinete? El caballo es fantástico, pero impredecible, y la yegua…, bueno, si quieres un trote fácil, yo iría a por ella.

Habían llegado a las cuadras y ella estaba enseñándole los establos móviles.

—Me quedo con la yegua, Miranda, gracias.

Ensillaron los caballos y guardaron en la alforja del macho el almuerzo que la señora Thompson les había preparado. Trotaron a un ritmo tranquilo en dirección a los páramos.

—No puedo creer que sea el mismo lugar al que llegué anoche. Creo que nunca me había sentido tan deprimido. Todo me parecía oscuro y sombrío.

—Así es aquí arriba. El tiempo cambia en un instante. Es increíble lo diferentes que parecen los páramos cuando luce el sol —coincidió Miranda.

—¿A quién pertenecen todas estas tierras? —preguntó Brett.

—A granjeros, en su mayor parte. Son para que pasten sus ovejas.

—Se diría que abarcan varios kilómetros. —Oteó el valle mientras trotaban hasta los pastos abiertos y subían por la colina.

—Así es. Aquello de allí, al otro lado del embalse, es Blackmoor. Llega hasta el borde de Haworth, que está a cinco kilómetros. Es un lugar bastante desolado en invierno. Nos hemos quedado aislados por la nieve cientos de veces.

Brett experimentó una repentina sensación de bienestar. Se alegraba de haber venido. Y estaba deseando regresar y hablar con su tía.

—Caray —dijo Miranda, secándose la frente—, qué calor hace hoy. Cuando lleguemos arriba podemos sentarnos y beber algo.

—Vale.

Quince minutos después, los caballos estaban amarrados y ellos tendidos en la basta hierba de lo alto de la colina, bebiendo Coca-Cola.

—¡Eh, mira! —Miranda se levantó de un salto—. Miles está montando allí abajo.

Brett se incorporó y, mirando el valle en la dirección que señalaba ella, divisó una pequeña figura trotando por los páramos a lomos de un gran caballo negro.

—Cuando vuelve de la universidad se pasa la mayor parte del tiempo cabalgando por allí —comentó Miranda con un atisbo de melancolía en la voz.

—¿Qué estudia?

—Historia. Lo añoro mucho cuando no está. —Arrancó un manojo de hierba—. Antes, cuando estaba en casa, pasábamos mucho tiempo juntos. Miles es diferente del resto de la gente…, muy callado… —Su voz se fue apagando. Se volvió hacia Brett y esbozó una sonrisa, desterrando la seriedad del semblante—. A mí me gusta la gente animada, el bullicio. En cuanto acabe el colegio, me iré a Londres. Esto es muy aburrido, nunca pasa nada.

—A mí me parece muy bonito —murmuró él.

—Porque no tienes que vivir aquí. Seguro que tú te pasas el día yendo a fiestas elegantes y a restaurantes de moda.

Brett pensó en la de veces que había sido exhibido como un caniche de competición en los actos sociales de David Cooper, desesperado por volver a casa y quitarse el traje rígido y convencional que a su padre le gustaba que vistiera.

—En serio, Miranda, esa clase de cosas no molan tanto como lo pintan.

—Me gustaría comprobarlo por mí misma. Algún día quiero ser superrica para comprarme todo lo que me apetezca. Tendré una habitación entera llena de ropa de diseño y zapatos a juego. Una casa enorme y un Rolls-Royce y...

Brett se tumbó en la hierba y se preguntó por qué todo el mundo pensaba que el dinero podía comprar la felicidad. Él sabía que no era así.

Al rato devolvieron los caballos a las cuadras y regresaron a casa caminando.

La señora Thompson estaba en la cocina preparando la cena.

—¿Han disfrutado del paseo? —preguntó con una sonrisa.

—Mucho, gracias —respondió Brett.

—Como se perdió la cena de ayer, esta noche la señora Delancey quiere hacerla de nuevo en el comedor. Estará lista a las ocho. Y, ahora, ¿qué tal una taza de té?


Esa noche, a las ocho, bajó al comedor. No había nadie, de manera que fue a sentarse en una vieja silla de cuero colocada junto al ventanal con parteluz.

Leah entró portando una bandeja de cuencos que procedió a colocar en la rayada mesa de roble.

—Déjame ayudarte, Leah. —Brett se levantó.

—No es necesario. La señora Delancey llegará enseguida. —Parecía nerviosa.

—¿Vives aquí, Leah?

—Eh, no, vivo en el pueblo con mis padres.

—Ya. Miranda me dijo esta mañana que Haworth no está lejos. Me encantaría visitar la casa parroquial donde vivían las hermanas Brontë.

A ella se le iluminó la cara.

—No puedes perdértela. Yo he estado un montón de veces. He leído todas sus novelas. Son fantásticas.

—Yo también. ¿Cuál es tu favorita?

—*Cumbres borrascosas* —respondió Leah sin titubear—. Es muy romántica.

Brett la observó sonrojarse y encaminarse a la puerta.

Le puso una mano en el brazo para detenerla.

—Ya que eres experta en el tema, a lo mejor podrías acompañarme un día y hacerme de guía.

Ella lo miró a los ojos, hizo una pausa y sonrió.

—Vale; si te apetece, sí.

—Me apetece mucho.

Rose entró en el comedor y Leah se marchó a toda prisa. Aquella ocupó la cabecera de la mesa.

—Dime, Brett, ¿estás mejor después de tu larga siesta? —preguntó con un guiño en la mirada.

—Mucho mejor. Siento mucho lo de anoche. No sé qué me pasó.

—El aire de Yorkshire, probablemente. Miranda me ha contado que habéis estado cabalgando. Parece que el paseo te ha sentado bien. Tenías muy mala cara cuando llegaste. ¿Te estás adaptando bien?

—Sí.

—Debo disculparme por la gotera que hay en tu cuarto. El albañil vendrá mañana para echarle un vistazo. Me temo que hay que reemplazar el tejado entero.

—No pasa nada —dijo con educación Brett—. Rose, Miranda me ha contado que has empezado a pintar otra vez. Conozco tus obras de los años cincuenta y me estaba preguntando si en algún momento me dejarías echar un vistazo a tu nuevo trabajo.

A ella se le iluminó el rostro.

—Por supuesto. Así que ¿te interesa el arte?

—Mucho. Pensaba que tu apellido era Cooper, como el de mi padre, no Delancey.

—Llevo mucho tiempo retirada. Me halaga que conozcas mi obra. Si te apetece venir al estudio después de cenar, te enseño lo que he hecho hasta ahora para mi exposición.

—Será un placer. Pero he de reconocer que no entiendo por qué no te ha mencionado antes, sobre todo teniendo en cuenta lo mucho que me interesa el arte.

Rose abrió la boca para contestar, pero en ese momento Miranda irrumpió en el comedor.

—Hola. —Llevaba la ceñida minifalda roja y la blusa de gasa. Se sentó a la mesa y dio unas palmaditas a la silla que tenía al lado—. Ven a sentarte aquí, Brett.

Él obedeció a regañadientes mientras su tía reía.

—Desde luego, Miranda…

—Siento llegar tarde —la cortó una voz profunda desde la puerta—. Espero que no hayáis retrasado la cena por mí.

Brett miró al hombre que acababa de hablar y recordó de inmediato su conversación con Leah. Su elevada estatura, el pelo negro y los ojos oscuros le hicieron pensar enseguida en el Heathcliff de Emily Brontë. Lo observó mientras besaba a su madre antes de sentarse a su lado y volverse hacia Miranda. Los hermanos cruzaron una mirada.

Brett reconoció, como suele ocurrir entre hombres, que era sumamente atractivo. Cuando Miles clavó los ojos en él, durante un breve instante percibió algo salvaje en el joven. Se sostuvieron la mirada, hasta que el primo esbozó una gran sonrisa y alargó el brazo por encima de la mesa.

—Miles Delancey. Un placer conocerte, Brett.

Este notó la fuerza de su musculosa constitución cuando le estrechó la mano.

—Lo mismo digo.

Leah entró en el comedor con la sopera y procedió a servir a Rose. Él la miró atentamente y en un momento dado advirtió que no era el único que la observaba. Miles tenía los ojos fijos en ella mientras la chica rodeaba la mesa. No los apartó ni un segundo y Brett vio el ligero nerviosismo de la joven cuando se disponía a servir al susodicho. Él siguió mirándola en tanto ella vertía la sopa en el cuenco.

—¿Cómo estás, Leah? Has crecido mucho desde la última vez que te vi. —Cuando la perforó con los ojos, Brett vio que un escalofrío casi imperceptible la recorría.

—Estoy bien, Miles, gracias.

Se encaminó rauda a la puerta con la sopera vacía y Miles apartó la mirada.

—Empezad, por favor —dijo Rose, levantando su cuchara.

—Por cierto, supongo que sois conscientes de que el 23 de julio tendrá lugar un gran acontecimiento —comentó Miranda—. Ese día cumpliré dieciséis años y todos sabemos lo importante que es un cumpleaños como ese, ¿no? Rose, querida Rose, ¿podré celebrarlo con una pequeña fiesta?

La mujer parecía dudosa.

—Miranda, estoy hasta arriba de trabajo. Lo último que necesito es una casa llena de adolescentes.

—A Miles le preguntaste si quería una fiesta por sus dieciséis. —Los ojos le brillaron de rabia.

Rose sabía que no tenía escapatoria.

—Está bien, Miranda, puedes invitar a unos cuantos amigos el sábado por la noche.

—Gracias, gracias. ¿Y no te apetecería por casualidad ir al cine o a algún otro sitio ese día?

Rose dejó claro que no con la mirada y la hija comprendió que no debía tensar la cuerda.

Cambió de estrategia.

—La señora Thompson y Leah podrían preparar la comida y servirla.

—¿No crees que Leah debería estar invitada? Después de todo, vais al mismo curso —opinó Miles con calma.

Miranda lo miró mientras él le sonreía y asintió de inmediato.

—Sí, claro. Bueno, tendré que comprarme un vestido nuevo y creo que me cortaré el pelo como Farrah Fawcett Major...

Siguió charlando animadamente el resto de la cena. Miles no volvió a abrir la boca y una vez finalizado el postre se levantó de la mesa.

—Si me disculpáis, tengo trabajo que hacer. Buenas noches —dijo y salió del comedor.

—¿Tiene que estudiar? —preguntó con educación Brett.

—No —respondió Rose—. La gran pasión de Miles es la fotografía. Pasa casi todo su tiempo en los páramos haciendo fotos y ha convertido una de las habitaciones pequeñas de arriba en un cuarto oscuro. Imagino que es ahí adonde ha ido. Tiene fotografías muy bonitas.

—Me gustaría verlas.

—Entonces debes pedirle a Miles que te las enseñe. Y, ahora, ¿te apetece acompañarme a mi estudio?

—¡Sí, por favor!

Miranda se interpuso de inmediato.

—Pero, Brett, pensaba llevarte arriba y ponerte el álbum de ABBA que compré el sábado.

—Seguro que puede escucharlo en otro momento.

Rose se levantó de la mesa y se encaminó a la puerta. Él la siguió mientras dirigía una sonrisa falsa a Miranda, que estaba molesta.

Cruzaron el pasillo hasta el estudio. La estancia se encontraba a oscuras y ella encendió la luz. Brett aspiró el familiar y reconfortante olor a pintura y aguarrás. El estudio no era especialmente grande y estaba abarrotado de lienzos apilados contra las paredes. Los pinceles, paletas y tubos de pintura típicos de un artista se encontraban desparramados sobre una mesa de trabajo arrimada a una pared.

Brett se acercó al lienzo que descansaba en el caballete y lo examinó. Tan solo había un contorno básico hecho con gruesos trazos negros y no acertó a adivinar ninguna forma en particular.

—No pierdas el tiempo mirando eso. Lo empecé justo esta tarde. Ven y echa un vistazo a las obras terminadas. —Rose estaba seleccionando uno de los lienzos apoyados contra la pared.

Brett supo que sería reconocido como un Delancey en cualquier lugar. Seguía predominando el estilo realista, pero los colores eran más suaves, más tenues que en los cuadros crudos, en ocasiones escalofriantes, por los que se había hecho famosa.

—¿Qué te parece? —preguntó expectante.

Brett pensó en lo extraño que se le hacía tener a la gran Rose Delancey pidiéndole una opinión sobre su trabajo. El realismo no era su estilo; su propia obra reflejaba el impresionismo inglés, pero siempre había admirado la obra de ella por su fuerza y su personalidad, y veía que sus nuevos cuadros tenían todo eso y más.

—Me parece maravilloso, Rose, en serio. Es diferente de tus anteriores trabajos, pero posee una sutileza que hace que quieras examinarlo más de cerca.

La mujer soltó un suspiro de alivio.

—Gracias, querido Brett. Eres la primera persona a la que se lo enseño. Quizá te parezca una tontería, pero tenía miedo de haber perdido mi don para la pintura.

—Ten por seguro que no. No sé hasta qué punto es válida mi opinión, porque en realidad soy un novato, pero creo que puedes enseñarle esto con total confianza a una persona cuya opinión importe. ¿Puedo ver el resto?

Durante la siguiente hora estudiaron con detenimiento los demás cuadros terminados, ocho en total. Ella explicaba detalladamente cada uno y juntos analizaban los colores y las formas. Rose comentó que sentía que estaba dejando atrás el realismo por el que se había hecho famosa.

—Es curioso —rumió—. De adolescente tenía un estilo muy figurativo, con un contenido casi demasiado romántico. Luego, cuando me convertí en adulta, solo veía las vetas y defectos fríos y oscuros de todo lo que pintaba, y quería resaltar eso en mi obra. Los críticos solían comentar que mi obra era casi masculina. Además, en el Royal College me encontraba rodeada de gente de la Kitchen Sink. Y estaba muy influenciada por Auerbach y Kossoff, y por la obra de Graham Sutherland. No obstante, desde que retomé la pintura, mi manera de sentir es otra. También quiero que la gente vea belleza.

Brett advirtió que ella tenía los ojos empañados.

—La verán, Rose, te lo prometo.

Ella se volvió hacia él y sonrió.

—Seguro que te estoy aburriendo. Te pido perdón. Vamos a la cocina a tomar un café, ¿te parece?

Brett la ayudó a apilar de nuevo los cuadros contra la pared.

—¿Por qué dejaste de pintar, Rose? —Estaban sentados a la mesa de la cocina bebiendo café.

El semblante de Rose se ensombreció.

—Es una larga historia, Brett. Digamos que me había quedado vacía, que sentía que ya no tenía nada que plasmar en el lienzo. Me llegó el éxito muy joven, lo cual no es nada habitual en un artista. —Suspiró—. Simplemente me desperté una mañana y sentí que no quería seguir pintando.

—¿Y has tardado casi veinte años en recuperar las ganas?

—Sí, pero no imaginas cuánto mayor es el placer que experimento ahora cuando pinto. En aquellos tiempos me sentía como una máquina produciendo cuadros en serie, trabajando con plazos para galerías y coleccionistas. Ahora no hay expectativas de otros, solo mi necesidad de pintar.

—Apuesto a que no has tenido problemas para conseguir una exposición en una galería. —Brett sonrió.

—En realidad fue una casualidad. Había empezado a pintar de nuevo y acababa de terminar mi primer cuadro cuando recibí una llamada de un viejo amigo que había estudiado Bellas Artes conmigo. Va a abrir una galería a principios de año. Le conté que estaba pintando otra vez y enseguida me propuso que hiciera una exposición. En un primer momento me negué, pero, cuando terminé el segundo cuadro, pensé: «¿Por qué no?». —Rose dirigió la mirada al suelo—. También por una cuestión económica, querido Brett. A esta casa hay que echarle miles de libras y mis arcas están vacías. Necesito ganar dinero y pintar es lo único que se me da bien.

—Seguro que despertarás un gran interés.

—Agradezco tu confianza, Brett, pero recuerda que el público tiene poca memoria. En fin, basta de hablar de mí. ¿Siempre te ha interesado el arte?

—Siempre. Antes… antes era mi *hobby*.

—Pues a mí me parece que eres demasiado joven para retirarte —dijo riendo Rose.

Brett buscó una manera sencilla de explicar por qué había intentado olvidarse de su sueño y del retrato de su madre, y que no era capaz de ponerse delante de un lienzo porque era una pérdida de tiempo.

—Verás, Rose, a mi padre no le hace gracia que me dedique a la pintura. Tiene mi futuro totalmente planeado. Primero, estudiar en Cambridge y, después, entrar en su empresa para aprender el negocio y dirigirlo cuando él se jubile. Mi madre sabía que yo deseaba estudiar Bellas Artes y quería hablarle de ello a mi padre cuando llegara el momento. Pero ahora… —Se encogió de hombros y la miró con tanta tristeza que Rose deslizó el brazo por la mesa y le estrechó la mano.

—Brett, por muchos problemas que tengas, y, créeme, no hay un solo artista famoso que no los haya tenido al principio de su carrera, debes seguir pintando. Puede que incluso encuentres consuelo en ello. Yo, desde luego, lo encontré.

—Ya, pero ¿para qué? Mi padre…

—Es un hombre muy complejo. Yo sé mejor que nadie cómo puede ser. —Rose hizo una pausa y contempló el fondo de su taza—. Sin embargo, has de aferrarte a tu sueño, Brett. —Se dio una palmada en los muslos—. Y ahora creo que ha llegado la hora de acostarse. Mañana ven a mi estudio y te daré un caballete, pinturas y papel. ¿Por qué no subes a los páramos? Hay unos paisajes fantásticos para dibujar. ¡Quiero ver si voy a tener un competidor en el futuro! —Se puso en pie—. Buenas noches, querido Brett. Que duermas bien.

Él se quedó un largo rato en la cocina antes de subir a su cuarto con aire pensativo.

Eran tantas las cosas que le habría gustado preguntar a Rose… Quería saber por qué le habían ocultado que tenía una tía, pero la tristeza en su mirada al hablar de su hermano le había impedido expresar en alto tales preguntas.

Brett encendió la luz de la mesilla de noche.

Ella tenía razón. Debía seguir pintando. Aunque no le había contado que también se había enfrentado a problemas de joven, él intuía que así era. De repente se preguntó si el hecho de que su padre pareciera tan decidido a ignorar sus inclinaciones artísticas estaba relacionado con Rose.

Había un misterio que deseaba desentrañar, pero entretanto debía pintar.

Y sabía exactamente por quién quería empezar.

# 5

—Brett, cariño, hoy tendrás que entretenerte solo. Me largo a York a comprarme un supervestido para mi fiesta de cumpleaños y a cortarme el pelo. Además, estoy harta de pasarme el día sentada entre boñigas mientras tú dibujas paisajes deprimentes.

Brett dejó escapar un suspiro de alivio. Tener a Miranda con él mientras intentaba pintar estaba empezando a ser una distracción irritante. Aparte de eso, los últimos diez días se había sentido más animado de lo que lo había estado desde la muerte de su madre. Había terminado cuatro cuadros. La combinación de hacer lo que más le gustaba y el aire fresco del norte había constituido un tónico curativo para él.

Miranda se levantó de la mesa de la cocina.

—Volveré a la hora del té. Hasta luego.

Cuando se hubo marchado, Brett se volvió con disimulo y observó a Leah, que estaba secando los platos con su madre.

Debido a la presencia constante de su prima, quien estaba demostrando ser una guardaespaldas muy competente, apenas había tenido oportunidad de hablar con ella. Sabía que debía aprovechar ese momento.

—Estaba pensando en ir a Haworth para visitar la casa parroquial. El problema es que no sé cómo se llega.

—Es muy fácil, solo tiene que coger el tren de Worth Valley en la estación del pueblo —dijo la señora Thompson—. Hasta Harworth solo son diez minutos y el trayecto es precioso. Si se da prisa, puede tomar el de las diez.

—Genial. Me preguntaba si podría pedirle prestada a Leah para que me haga de guía. Es una experta en las hermanas Brontë y no quiero perderme nada.

La señora Thompson frunció el entrecejo.

—No sé qué decirle, señor Brett. Tenemos que cambiar todas las sábanas de arriba y...

—Por favor, mamá. Sabes lo mucho que me gusta Haworth. —Leah miró a su madre con ojos suplicantes.

La mujer pensó en lo duro que su hija había trabajado las últimas dos semanas. Era una buena chica y se merecía un premio.

—Está bien, muchacha, siempre y cuando estés de vuelta a las cuatro para prepararle el té a tu padre. ¿Llevas dinero para el billete?

—No se preocupe por eso, señora Thompson. Deje que la invite, ya que he sido yo quien le ha pedido a Leah que me acompañe.

—Llevo suficiente, mamá. Gracias —dijo ella con la mirada brillante.

—Tendréis que daros prisa si queréis llegar el tren de las diez.

Minutos después estaban corriendo colina abajo en dirección al pueblo. Ahora que por fin se encontraba a solas con Leah, Brett no sabía qué decir.

Tuvieron el tiempo justo para comprar los billetes en la pintoresca taquilla de la estación antes de que el tren hiciera su entrada. Él abrió la puerta de un vagón y estaba atestado de turistas alemanes, pero dio con dos asientos libres.

No podía apartar la vista de la hermosa muchacha sentada a su lado, que miraba por la ventanilla mientras él admiraba su perfecto perfil. Hicieron el viaje en completo silencio y Brett comprendió que ella era tan tímida como él.

—Por aquí —dijo Leah y él la siguió cuando enfiló con elegancia la cuesta empedrada de la calle principal, la cual hervía de gente entrando y saliendo de las numerosas tiendas de recuerdos—. Probablemente tengamos que hacer cola. El aforo es limitado —comentó.

Brett asintió, consciente de que estaba quedando como un idiota al ser incapaz de pensar en algo que decir. Una vez arriba, Leah lo condujo por unos escalones hasta un sendero estrecho con un cementerio a la izquierda.

—Aquí está. ¿No es preciosa?

Bañada por un sol dorado, la casa parroquial se alzaba alta y orgullosa. A Brett le costó creer que en su interior hubiera tenido lugar tanta tragedia.

La cola no era tan larga como Leah había vaticinado y a los diez minutos estaban en la sala de estar, contemplando el diván donde Emily Brontë había exhalado su último aliento.

Ella enseguida se animó y condujo a Brett por las habitaciones charlando sin parar. Relajándose también, él le hacía preguntas y recibía respuestas instruidas e interesantes.

—Me cuesta creer que Charlotte Brontë fuera tan menuda. ¡En ese vestido solo cabría una muñeca! Me siento una jirafa a su lado.

Estaban delante de una vitrina con objetos que habían pertenecido a la célebre Charlotte.

—Te aseguro que no pareces una jirafa, Leah.

Brett sonrió y ella se ruborizó.

Una hora después estaban en la tienda de regalos, donde él insistió en comprar una pila de postales para enviárselas a sus amigos del colegio.

—Ahora me gustaría invitar a comer a mi guía y fuente de conocimiento. ¿Recomiendas algún lugar?

Leah lo miró desconcertada. Cuando venía a Haworth se traía un bocadillo y no había comido en un restaurante en su vida.

—Eh…, en realidad no.

—No te preocupes. Vamos a bajar por la calle principal y a ver qué encontramos.

Lo que encontraron fue el Stirrup Café, el cual servía platos tradicionales de Yorkshire. Se sentaron a una mesa al fondo del concurrido local y pidieron. A Leah le pareció un auténtico lujo.

—¿A qué se dedica tu padre?

—A nada. Sufre una artritis severa y no puede andar.

—Lo siento.

Leah le restó importancia.

—No pasa nada. Es el hombre más positivo que conozco.

La camarera llegó con dos Coca-Colas y dieron un sorbo.

—¿Siempre pasas las vacaciones trabajando para Rose?

—No. Es por lo de la exposición y porque has venido tú.

—Ostras, siento haberte arruinado las vacaciones, Leah.
—Brett sonrió.

—Oh, no, no lo decía por eso. Es cierto que necesitamos el dinero y... —Se interrumpió. Había oído hablar a Miranda de lo rico que era el padre de su primo. Él no lo entendería—. ¿Lo estás pasando bien en Yorkshire? —preguntó.

—Mucho, y hoy todavía más. Gracias por acompañarme. He estado buscando una oportunidad para hablar contigo, pero Miranda... —La voz de Brett se fue apagando.

—Es muy guapa, ¿verdad?

Él contempló la belleza absolutamente natural sentada frente a él y esbozó una sonrisa.

—Si te gusta su estilo, sí. —Se armó de valor—. Tú eres mucho más guapa.

Leah bajó la vista y volvió a ruborizarse. La llegada de los dos pasteles de carne le ahorró tener que pensar en una respuesta.

—Caray, está buenísimo —comentó Brett, atacando el plato—. Qué bien cocinan aquí. Cuando mi padre me dijo que iba a pasar el verano en Yorkshire, no me hizo ninguna gracia, pero ahora me alegro mucho de estar aquí. Es una región del mundo preciosa.

—Sí. —Leah se sentía joven y provinciana al lado de ese muchacho que hablaba tan elocuentemente con su marcado acento inglés. Le costaba creer que solo fuera unos meses mayor que ella.

—¿Dónde podríamos ir cuando terminemos de comer? Me apetece pasear.

—Quizá a los páramos que hay detrás de la casa parroquial. También están las ruinas de Top Withens, la granja en la que se cree que se inspiró Emily para *Cumbres borrascosas*, pero no llegaríamos, está muy lejos.

—Lo vemos sobre la marcha. —Brett se encogió de hombros, deseoso de que el día no acabara aún para tener más tiempo a solas con Leah.

Volvieron sobre sus pasos hasta la casa parroquial y echaron a andar por Haworth Moor, nuevamente en silencio mientras caminaban codo con codo.

Al rato, él se sentó en la hierba.

—Debo de estar haciéndome viejo —bromeó—. Estoy muerto.

Leah lo imitó, guardando cierta distancia. Brett se llevó la mano a la frente para protegerse los ojos del deslumbrante sol y contempló el imponente edificio que habían dejado atrás.

—La casa parroquial se ve muy bonita hoy, pero me imagino lo lúgubre que debe de ser esto en invierno. Casi oigo a Heathcliff golpear la ventana con los nudillos.

Leah asintió. Brett la observó contemplar los páramos con las manos alrededor de las rodillas.

—Ahí sentada me recuerdas a Cathy. Quitando la camiseta y el tejano, claro. —Rio.

Ella sonrió y él sintió un deseo irrefrenable de tomarla en sus brazos y besarla. Pero no era capaz de reunir el valor necesario.

Leah estaba pensando en lo romántico que sería que le cogiera la mano. Nunca le habían interesado los chicos, pero Brett… No, ella solo era una chica pobre de un pueblo pequeño de Yorkshire. Seguro que la sofisticada de Miranda era mucho más su tipo.

Estuvieron así sentados un rato, él instándose a por lo menos acercarse un poco más a ella. Finalmente lo hizo y ahí se quedó, arrancando briznas de hierba con las manos.

—Lo… lo he pasado muy bien, Leah. Espero que pasemos más tiempo juntos. De hecho me gustaría pedirte algo.

—¿Qué?

—Puedes negarte si quieres, pero me gustaría mucho dibujarte.

—¿Dibujarme? —El asombro en su voz fue patente.

—Sí. Creo que eres... muy bella.

Nadie le había insinuado antes que ese fuera el caso. Con excepción de Megan, la bruja, tantos años atrás... Leah contuvo un escalofrío.

—¿Me dejarás, por favor?

—Si tanto te apetece... Aunque no tengo mucho tiempo. ¿No puedes pintar a Miranda en mi lugar?

Brett fue firme en su respuesta.

—No. —Era ahora o nunca. Alargó el brazo y posó la mano en la de Leah—. Tienes que ser tú.

Ella pensó que iba a morir de placer mientras dejaba que le sostuviera la mano.

Animado por su reacción, Brett se acercó un poco más y le pasó el brazo libre por los hombros.

—Preferiría que Miranda no lo supiera o, de lo contrario, querrá venir con nosotros. Me gustaría que estuviéramos solos mientras te pinto. ¿Por qué no quedamos en un lugar de los páramos próximo a la casa? Podríamos vernos allí cada día durante una hora. ¿Cuándo te va mejor?

Leah apenas sabía lo que estaba diciendo mientras sentía el calor del cuerpo de Brett junto al suyo.

—Por la tarde, sobre las tres.

—Quedamos así, entonces. Buscaremos un buen lugar de regreso a casa.

Leah miró el reloj. Eran más de las dos y media. Aunque quería quedarse ahí para siempre, sabía que era hora de volver.

—Tenemos que irnos.

—Vale, pero primero...

Brett posó un beso casto en sus labios cerrados. Quería ser más apasionado, pero sabía que debía ir despacio. Apartó la boca, la rodeó con los brazos y la atrajo hacia sí.

Sentada con los ojos cerrados y la cabeza en su hombro, Leah se preguntó si estaba en mitad de un hermoso sueño. Su primer beso, en un entorno que adoraba, con un chico muy diferente de los muchachos brutos y vulgares de su clase. Era una sensación tan maravillosa que le entraron ganas de llorar.

Finalmente, Brett la soltó y bajaron por la colina cogidos de la mano. El silencio, tan incómodo al comienzo del día, era ahora de lo más natural para los dos. Ambos estaban teniendo su primer contacto con el amor.

# 6

—Mamá, no tengo nada que ponerme para la fiesta de Miranda y es la semana que viene —gimió Leah.

—Tienes el vestido que te pusiste para la fiesta de Jackie del año pasado.

—Pero, mamá, desde entonces he crecido y, además, ese vestido es demasiado… infantil.

Doreen chasqueó la lengua.

—Escúchame, señorita, solo tienes quince años y…

—Cumplo dieciséis a finales de agosto —replicó Leah.

—Solo tienes quince años y ese vestido te irá que ni pintado si te lo alargo un poco —resolvió su madre con firmeza.

—¿Puedo ir a Bradford y echar un vistazo? Tengo el dinero que he ganado trabajando en la casa grande. Por favor, mamá.

—A ti nunca te ha interesado la ropa, mi niña.

—Lo sé, pero me estoy haciendo mayor y todas las amigas de Miranda llevarán vestidos bonitos.

—Ellas tienen dinero, nosotros no. —La señora Thompson observó el rostro abatido de su hija y se le ablandó el corazón—. Te propongo algo: mañana vamos a Keighley y buscamos una tela para hacerte un vestido. ¿Te parece bien?

—Oh, gracias, mamá. —Leah se arrojó a su cuello.

—Bien, me voy a la casa grande. Tú prepárale la cena a tu padre. Hasta luego.

La señora Thompson salió de la cocina y ella procedió a pelar las patatas. Una vez que las hubo puesto a hervir, se sentó a la mesa. Una sonrisa le iluminó el rostro al rememorar la tarde que acababa de pasar con Brett.

Cada día, a las dos y media, Leah salía de la casa grande haciendo ver que se iba directa a la suya y cruzaba el brezo a la carrera. Habían encontrado un recodo encantador en los páramos, donde él la esperaba, cuaderno y carboncillo en mano. Se sentaba muy quieta durante media hora mientras la dibujaba. Después, Brett la rodeaba con los brazos y charlaban tendidos sobre la basta hierba. Leah todavía se pellizcaba para asegurarse de que no estaba soñando. Ya no podía pensar en él como el sobrino de la señora Delancey o el hijo de un hombre rico. Era simplemente Brett, quien le hablaba de lo mucho que deseaba ser pintor, de lo triste que estaba por la muerte de su madre y del miedo que le daba volver a Eaton y dejarla atrás a ella y también Yorkshire.

Suspiró y se levantó de la mesa para remover las patatas. Se preguntó qué diría Miranda si supiera lo que pasaba entre ellos. Era evidente que estaba colada por él, y Leah todavía no se creía que Brett la prefiriera a ella.

Sacó el pastel de salchichas del horno, machacó las patatas con un montón de mantequilla cremosa y sirvió dos platos. Hecho esto, avisó a su padre de que la cena estaba lista.

Harry Thompson cruzó hábilmente el pasillo con su silla de ruedas y se instaló delante de la mesa de la cocina.

—Mmm, qué bien huele, muchacha. Te estás convirtiendo en tan buena cocinera como tu madre.

—Gracias, papá. —Leah se sentó frente a él—. Ataca antes de que se enfríe.

—A la orden. Y ahora cuéntame cómo te va en la casa grande.

—Bien. Me gusta tener un dinero extra.

—¿Y cómo es el sobrino rico de la señora Delancey?

—Oh, es muy… simpático.

A Harry no se le escapó el brillo en la mirada de su hija. Hacía tres semanas que tenía sus sospechas, dado el brío en su andar, el rubor en las mejillas y la expresión soñadora cuando creía que nadie la miraba.

—Ya. ¿Hay algo que quieras contarme? —Harry Thompson sonrió.

Leah se puso colorada. Nunca había podido ocultarle nada a su padre.

—Papá, prométeme que no se lo dirás a mamá. Si se entera, puede que no me deje seguir trabajando en la casa y... —La historia salió a borbotones. Fue un gran alivio compartirla con alguien—. No sé cómo voy a seguir viviendo cuando Brett se vaya —terminó Leah, con lágrimas en los ojos.

—Me tienes a mí, cariño. Puedes llorar en mi hombro —respondió su padre. Vaciló antes de continuar—. Sé que tu madre dice que es un pequeño caballero, pero viene de un mundo diferente del nuestro. No dejes que te haga daño, ¿de acuerdo?

—Brett jamás me haría daño —declaró Leah, poniéndose a la defensiva.

—Seguro que no, muchacha. —Harry esbozó una sonrisa afectuosa—. Disfrútalo. El primer amor es mágico. Si alguna vez quieres hablar, aquí siempre encontrarás un oído.

Leah asintió, se levantó y rodeó la mesa para abrazar a su padre.

—Gracias, papá. Te quiero mucho. Ahora vete a ver *Coronation Street* mientras yo friego los platos y preparo té.

Harry asintió y se marchó de la cocina, preocupado por la evidente fuerza de los sentimientos de su inocente hija hacia un muchacho que en menos de seis semanas desaparecería de su vida.


—Este verano está siendo uno de los más calurosos de la historia —comentó Brett, contemplando el impoluto cielo azul.

Leah asintió, buscando una posición más cómoda entre sus brazos.

—¿Me prometes que me escribirás mínimo una vez al día cuando vuelva a Eaton?

—Solo si tú haces lo mismo —respondió ella.

—Estaba pensando que podría venir a pasar las vacaciones de mitad de trimestre y puede que las Navidades.

—Sí. —Leah no soportaba pensar en la marcha de Brett. Cambió de tema—. ¿Cuándo me dejarás ver el dibujo?

—Cuando esté terminado. Eres una impaciente, ¿sabes? —Se inclinó sobre ella y empezó a hacerle cosquillas sin piedad.

—¡Para! ¡Para! —Rio Leah, adorando cada segundo. Rodó por la hierba y miró su reloj con un suspiro—. Tengo que irme. He de prepararle la cena a mi padre.

—De acuerdo, pero primero...

Brett la atrajo hacia sí. La besó con pasión y colocó la mano en su cuello antes de bajarla hasta el suave montículo oculto bajo la blusa. Exhaló aliviado al ver que Leah no lo detenía. Tímidamente, le desabrochó el primer botón y, muy despacio, deslizó la mano por debajo de la tela.

—¡No! —Leah lo apartó con brusquedad.

Brett se sobresaltó.

—Ostras, lo siento. Pensaba que tú..., que nosotros...

—Sí, pero ya te lo he dicho, no quiero ir más lejos.

Él estaba visiblemente consternado.

—¿Es que no te gusto?

—Claro que me gustas, pero mi madre me ha advertido de los problemas en los que podemos meternos las chicas.

—¿Crees que lo que estamos haciendo puede causarte problemas? Por la manera en que Miranda se comporta, debe de haber estado aquí arriba con la mitad de los chicos de Oxenhope.

—Entonces ¿por qué no te vas con ella? —Los ojos se le llenaron de lágrimas. Se puso en pie y echó a andar colina abajo.

—Leah, no...

Brett suspiró y cayó de rodillas al tiempo que la veía correr grácilmente por los páramos. Se sentía fatal. Lo último que quería era disgustarla, pero lo estaba volviendo loco. La entendía, por supuesto. Era muy inocente, muy ingenua, y parecía mucho más joven que él. Pero las curvas del cuerpo que sentía bajo su ropa contaban una historia muy diferente. Pensaba en ella día y noche.

Estaba enamorado de ella. Y tenía intención de decírselo en la fiesta de cumpleaños de Miranda.


Leah siguió corriendo hasta estar lo suficientemente lejos de Brett y se arrojó sobre la hierba para llorar. Era tan injusto... Él sabía que no le gustaba que la tocara ahí, y, sin embargo, acabó sintiéndose culpable cuando lo detuvo.

—¿Qué te ocurre?

Una sombra cubrió el fulgurante sol y Leah levantó la vista. Miles estaba sobre su imponente caballo negro, mirándola. El escalofrío involuntario que sentía siempre le recorrió la espalda mientras él desmontaba. Se limpió las lágrimas de la cara y se puso en pie, impaciente por marcharse.

—Nada. He de irme a casa. —Se dio la vuelta, pero él le puso la mano en el hombro para detenerla.

—¿Has discutido con tu novio?

—¿De... de qué hablas? —Leah estaba petrificada. La mano de Miles le quemaba el hombro. No quería darse la vuelta y enfrentarse a esos ojos oscuros.

—Esta tarde os he visto a los dos en los páramos. Has madurado, ¿no es cierto?

Ella no podía moverse, estaba paralizada de miedo. Él le soltó el hombro y la rodeó para mirarla a los ojos.

—No te preocupes, no se lo voy a contar a nadie. Será nuestro pequeño secreto, ¿te parece?

Con una sonrisa, alargó la mano y deslizó los dedos por el cuello de Leah hasta la cintura. El gesto la hizo reaccionar y echó a correr por los páramos todo lo deprisa que le dejaron las piernas en dirección a la familiaridad y la seguridad de su casa.

Esa noche tuvo una pesadilla horrible.

Un hombre la perseguía por los páramos. Lo tenía cada vez más cerca y ella sabía exactamente lo que le haría si le daba alcance. Las piernas estaban perdiendo ímpetu y abajo, en el valle, resonaba la voz de Megan, la bruja: «Cosas malas... Condenado... No puedes cambiar el destino... Debes tener cuidado con él...».

# 7

—¿Qué me dices de nuestra Leah? ¿No está preciosa? —La señora Thompson estaba sonriendo de orgullo.

—Ya lo creo que sí. Es un vestido muy bonito. Parece salido de una de esas revistas de moda. Tienes mucha habilidad con la aguja, querida. —El señor Thompson miró afectuosamente a su mujer.

Leah estaba en la habitación de sus padres, mirando el espejo con incredulidad. El vestido era muy sencillo —confeccionado con un algodón blanco barato—, pero su madre había conseguido ajustarlo a la perfección al cuerpo alto y elegante de su hija. Era sin mangas, de cuello barco, cintura estrecha y falda plisada. En cualquier otra muchacha habría resultado infantil, pero la estatura y la delgadez de Leah le daban el grado de sofisticación justo, lo que la hacía parecer unos años mayor.

—Y ahora, señorita, prométeme que te portarás como es debido. Yo estaré sirviendo la comida y las bebidas, así que no tendré tiempo de vigilarte. La señora Delancey ha invitado a medio Yorkshire. —La mujer rio—. En cualquier caso, nada de colarse en el baño para pintarrajearse la cara, señorita. Ese pintalabios claro es más que suficiente para una chica de tu edad.

—Sí, mamá —dijo obedientemente Leah. Miró el reloj que descansaba junto a la cama—. Será mejor que nos vayamos.

Doreen asintió.

—Ve a buscar tu abrigo, Leah. Hará frío cuando volvamos.

Ella así lo hizo y regresó al dormitorio para despedirse de su padre. A veces le rompía el corazón dejarlo solo.

—Buenas noches, papá. —Le dio un beso.

—Buenas noches, cielo. Pareces muy mayor así vestida. Disfruta de la fiesta y pórtate bien. —Sonrió y le guiñó un ojo.

—Descuida.

Madre e hija salieron al aire sofocante de julio y echaron a andar colina arriba.


Miranda acabó de perfilarse los labios de «rojo fresa», colocó un pañuelo de papel entre ellos y apretó con fuerza. Contempló el contorno sobre el papel y se preguntó por enésima vez por qué Brett no ardía en deseos de besarlos.

Lo había probado todo, desde el coqueteo descarado hasta la indiferencia más absoluta, pero nada parecía funcionar.

Miranda se levantó y se miró en el espejo. Estaba perfecta. El ceñido vestido negro realzaba su cuerpo voluptuoso. Seguro que esta noche hasta Brett sería incapaz de resistirse a sus encantos. Ya sabía cómo utilizar su cara y sus curvas para conseguir que los chicos del colegio se prestaran a hacer lo que fuera por un vistazo al liguero que llevaba debajo del uniforme. Académicamente, Miranda no era la primera de la clase, pero sabía cómo funcionaba el mundo.

Estaba deseando salir de esta casucha, de este pueblo asfixiante lleno de pobres diablos cuya vida era pequeña y aburrida. Pero, por encima de todo, quería dinero. Era sinónimo de poder y control, y solo tenía una manera de lograrlo.

El amor era para los idiotas. Te volvía débil y te impedía conseguir lo que querías. Miranda no tenía intención de caer en esa trampa.

No obstante, la actitud de Brett la tenía desconcertada. No se comportaba de una forma que ella reconociera. Parecía inmune a los encantos que tanto habían cautivado hasta el momento a sus compañeros de clase. Estaba empezando a exasperarse. Él era el pasaporte que debía sacarla de aquí. Sencillamente tenía que ser suyo.

Sonrió a su reflejo. Brett no tenía nada que hacer.

—Gracias, Rose, ha quedado muy bien. —Miranda paseó la mirada por el granero, que los hombres del pueblo habían despejado y engalanado con banderines. Al fondo estaban instalando la discomóvil y la señora Thompson se hallaba en la cocina preparando la comida.

Rose miró a su hija deseando tener el valor de decirle que ese vestido negro corto y apretado, el exagerado maquillaje y los tacones de aguja no la favorecían. Sin embargo, había puesto mucho esmero en esta fiesta con la esperanza de mejorar la relación con ella y lo último que quería era provocar una discusión.

—De nada. Algunas reglas básicas para ti y tus amigos, Miranda. Tienen permitido entrar en casa para ir al baño, pero no pueden pasar de ahí. No quiero a nadie colándose en los demás graneros. Y, aparte del ponche de frutas, que tiene un poco de vino, no quiero a nadie bebiendo alcohol. Estaré en la sala de estar con los adultos y, si no dais problemas, no me moveré de allí. Pero...

—Vale, lo he entendido —la interrumpió Miranda con impaciencia—. Tú disfruta de tu fiesta, que yo disfrutaré de la mía. Por cierto, ¿te gusta mi vestido? —Dio un giro de trescientos sesenta grados.

Rose apretó la mandíbula.

—Sí, es... muy... llamativo.

—Eso pienso yo. Te veo luego. Quiero retocarme el maquillaje antes de que lleguen los invitados.

Miranda subió las escaleras como mejor pudo con el estrecho vestido y los tacones de aguja. Camino del cuarto de baño pasó junto a la habitación de Brett. Lo oyó silbar. Se acercó a la puerta ligeramente entornada y miró por la rendija. Estaba sentado en la cama, de espaldas a ella, envolviendo un objeto plano y rectangular con una manta vieja. Llamó con los nudillos y entró.

Brett pegó un brinco y escondió enseguida el objeto debajo de la cama antes de darse la vuelta.

—Por Dios, Miranda, no deberías ser tan sigilosa.

—Lo siento, querido. —Se sentó a su lado y cruzó las piernas, dejando al descubierto la cenefa de una de sus medias negras—. ¿Era mi regalo de cumpleaños?

—Eh, no. Pero este sí. —Brett le tendió un paquete cuidadosamente envuelto con la esperanza de desviar su interés de lo que había debajo de la cama.

—¿Puedo abrirlo ahora?

—Si quieres, sí. Feliz cumpleaños.

Miranda arrancó el papel y encontró un estuche azul de terciopelo. Lo abrió y se quedó mirando un delicado medallón de oro. No era para nada su estilo, pero debía de valer una pasta. Lo sacó del estuche y se lo colocó sobre los dedos.

—Gracias, Brett, es precioso. —Forcejeó con el cierre hasta que logró abrirlo—. Mira, puedo poner la foto de una persona aquí dentro y llevarla cerca del corazón. ¿Tienes una tuya?

—No, por lo menos no tan pequeña. Me alegro de que te guste, Miranda. No sabía qué comprarte, así que le pedí ayuda a la señora Thompson. —En realidad lo había elegido Leah, pero Brett sospechaba que su prima no se lo tomaría a bien.

—¿Me lo pones? Lo voy a lucir esta noche.

—Claro.

Él se colocó de rodillas en la cama, detrás de Miranda, y abrochó el cierre. Cuando se disponía a apartarse, ella se volvió rauda y se abrazó a su cuello. Tenía el rostro a solo unos centímetros del suyo y olía el intenso aroma de su perfume.

—Creo que debería darte un beso por el regalo, ¿no te parece? —Apretó sus labios contra los de Brett.

—Miranda, no...

Antes de que él se separase, ella le agarró la mano y la subió hacia su pecho.

Después de todas esas tardes infructuosas en los páramos y de tener sueños tentadores con Leah noche tras noche, a Brett le estaba costando no reaccionar. Relajó los labios y dejó que su mano deambulara por un seno y después por el otro. Sabía que no estaba bien, que era peligroso, pero era su cuerpo el que mandaba, no su mente. Miranda no lo detuvo cuando la deslizó por debajo del vestido.

Brett notó que ella le abría despacio la cremallera del pantalón.

—Dios —balbuceó. Sentir por primera vez la caricia de una mujer no tenía parangón y lo llevó, tremendamente excitado, más allá del punto de no retorno.

Tras verter su pasión acumulada en la mano de Miranda, Brett se quedó horrorizado. Solo quería alejarse de ella lo antes posible. Apartó con brusquedad la boca de sus labios vehementes y se dirigió a la puerta.

—Miranda… Eh… —Un brillo de victoria apareció en los ojos de ella—. Lo siento. —Fue lo único que se le ocurrió decir antes de salir disparado al cuarto de baño y echar el pestillo.

Se sentó en el borde de la bañera con la cabeza entre las manos. ¿Cómo había podido hacer algo así después de todo lo que le había dicho a Leah? Era como si hubiera estado poseído durante esos pocos minutos, como si no hubiese sido él, como si hubiera sido incapaz de pensar en nada salvo en su propio placer físico. ¿Así eran todos los hombres? ¿Acaso quedaban todos desarmados cuando se enfrentaban a su ansia egoísta de sexo? ¿Por eso leía constantemente sobre carreras arruinadas después de relaciones con mujeres indeseables?

No podía contárselo a Leah. Jamás se lo perdonaría, y él no se lo reprocharía.

Brett había estado esperando esta noche con mucha ilusión. Iba a decirle que la amaba e iba a regalarle el dibujo terminado. Incluso había encontrado un escondrijo en uno de los graneros, y, cuando Miranda irrumpió en su cuarto, estaba envolviendo el dibujo en una manta a fin de llevarlo allí a hurtadillas.

Se levantó y se desvistió. Se lavó el cuerpo, la cara y las manos como si quisiera desprenderse de las caricias. Hecho esto, respiró hondo y decidió que, para no perder a Leah, tendría que vivir con su vergonzoso secreto y compensarla de otras maneras.

De repente se había convertido, a sus ojos, en un icono: pura, intacta, inocente, muy diferente de Miranda, que lo había seducido y había ganado.

—¡Mierda, el dibujo!

Brett abrió la puerta y regresó corriendo a su habitación. No había nadie. Miró debajo de la cama y, para su alivio, vio que seguía allí. Confió en que la otra se hubiera olvidado de él, pues era consciente de que, si bien no podía hacerle daño a él, sí podía hacérselo a Leah.

Fue lo primero que Miranda hizo cuando Brett salió de la habitación. Satisfecha con su triunfo, sabedora de que, por mucho dinero o poder que tuvieran los hombres, en el fondo todos eran iguales, metió la mano debajo de la cama y sacó el objeto.

El golpe fue brutal. Palideció y la ira la abrasó por dentro. Plasmadas a la perfección por Brett, el dibujo era un canto a la belleza y la inocencia de Leah.

Pero Miranda no lo veía. Solo veía a la pánfila que fregaba los platos de Rose para ganarse unas monedas.

—¡Zorra! —farfulló entre dientes. Probablemente por eso él se había mostrado tan distante con ella. Estaba distraído con esa mocosa vulgar.

Su primer impulso fue romper el marco y hacer trizas el papel. No, Brett sabría que había sido ella. Tenía que haber una forma mejor de vengarse.

—Te vas a enterar —dijo al dibujo antes de envolverlo de nuevo y dejarlo bajo la cama. Miranda se levantó, se arregló el pelo frente al espejo y bajó para recibir a sus invitados.

*Mamma Mia* retumbaba en los altavoces del granero cuando el DJ dio la bienvenida a los asistentes. Algunos jóvenes se adentraron en la improvisada pista de baile y empezaron a moverse al ritmo de la música.

Miranda estaba rodeada de amigos tendiéndole regalos cuando Brett entró después de esconder el dibujo en el lugar que había encontrado en el último granero, el que lindaba con los páramos.

Ignoraba que alguien había estado espiándolo de principio a fin.

Divisó a Leah.

—Hola. ¡Caray, estás preciosa! —La besó y le pasó el brazo por los hombros.

—No, Brett. Miranda está allí y podría vernos.

—Ya no me importa. No puede detenernos.

—No, pero...

—Chis. Venga, vamos a bailar.

El granero se estaba llenando. Algunos chicos del pueblo habían traído sidra y cerveza, y la cumpleañera estaba bebiendo de las botellas que le ofrecían. Miró en derredor y, al ver a Leah y Brett juntos, su ira aumentó.

—Baila conmigo. —Miranda agarró al muchacho que tenía más cerca, lo arrastró hasta la pista de baile y empezó a contonearse seductoramente al ritmo de la música mientras bebía tragos de la botella de sidra que llevaba en la mano.

Brett tenía los brazos alrededor de Leah y estaban moviéndose despacio.

—¿Eres feliz, Leah?

Esta levantó la vista hacia él.

—Sí.

—Me alegro. Tengo algo para ti. Está en el último granero, el que linda con los páramos. Tendremos que ir por separado para que nadie nos vea, pero vas a ir, ¿no? —le suplicó Brett—. Te prometo que me voy a portar bien.

—De acuerdo. —Leah sonrió.

La señora Thompson estaba llevando comida de la cocina y dejándola sobre la mesa de caballete instalada al final del granero. Enseguida divisó a su hija bailando con Brett.

—Esto va a traer problemas —farfulló para sí. Cuando la canción tocó a su fin, dio unas palmadas y gritó—: ¡A comer!

La gente se acercó a la colmada mesa y la señora Thompson procedió a servir salchichas, patatas asadas y ensalada.

—Que sepas que te estoy vigilando —susurró a Leah mientras le llenaba el plato.

Ella clavó la vista en el suelo, abochornada.

—Solo estábamos bailando, mamá, nada más.

—Pues que siga así. Nada de desaparecer por ahí. —La señora Thompson pasó al siguiente invitado hambriento.


Miles observaba a Leah y Brett desde su posición estratégica en un recodo del granero. Ella estaba convirtiéndose en una muchacha preciosa, como siempre había vaticinado. Pero ese chico con el que estaba… no le llegaba ni a la suela del zapato, aunque su padre fuera dueño de medio mundo.

Miles tenía fotografías de Leah, hechas a escondidas, desde que era una delicada niña de cinco años y correteaba por la casa detrás de su madre. La cámara la adoraba y la nitidez del objetivo ensalzaba su belleza etérea.

Y ahora había un pretendiente al trono. Estaba impaciente por romper a tiras ese bodrio de retrato.

Brett tenía que entenderlo. Leah no estaba preparada todavía. Era pura y perfecta. Miles lo supo cuando la acarició el otro día. Tuvo que dejar su marca en ella.

Salió tranquilamente del granero en dirección a la linde con los páramos; una figura oscura y solitaria bañada por la luna.


Leah se escabulló y entró en el último granero en cuanto su madre se llevó una pila de platos sucios a la casa. La luz espectral de la luna era su única guía y confió en que él hubiese llegado primero.

—¿Brett? —susurró. Se tranquilizó al oír un ruido al fondo. Luego algo que se rompía—. ¿Brett? Brett, ¿estás bien?

Siguió a trompicones la dirección del ruido y vislumbró el círculo de una linterna en el suelo. La luz se apagó rápidamente y se hizo de nuevo el silencio.

—Brett, ¿dónde estás? —Leah había alcanzado el lugar donde había visto el haz y oyó a alguien respirando. Alargó la mano y tocó algo cálido—. Gracias a Dios, Brett. ¿Qué ha sido ese ruido?

La envolvió con los brazos y ella se acurrucó en ellos. Pero había algo extraño. Levantó la vista, sus ojos acostumbrados ya a la penumbra, y dio un grito.

Una mano le tapó la boca y ella se retorció, pero él la sujetó con fuerza.

—No voy a hacerte daño, Leah. Deja de forcejear, por lo que más quieras.

Una sensación de asco y miedo se apoderó de ella.

—¡No! —Luchando con todas sus fuerzas, logró soltarse y el impulso la lanzó contra la pared. Oyó que la tela del vestido se le desgarraba al engancharse con algo y cayó al suelo.

—¿Leah? Leah, ¿estás bien? ¡Maldita sea, no veo nada!

Ella se levantó y corrió hacia la silueta sombría de Brett, que estaba junto a la entrada del granero. Se arrojó a sus brazos llorando desconsoladamente.

—¿Qué te ocurre?

—Allí… Estaba allí y pensé que eras tú, pero… no eras tú.

—Tranquila, tranquila, ya estoy aquí —la consoló Brett. Oteó el granero y no vio nada—. No te muevas, voy a echar un vistazo.

—¡No! Vámonos.

—Pero quería enseñarte una cosa.

—Quiero volver a la casa. Ahora. Se me ha roto el vestido y…

—De acuerdo, te lo enseñaré en otro momento.

Él la giró para sacarla del granero y vio a Miranda en la puerta con los brazos cruzados.

—Vaya, vaya, vaya, veo que estás teniendo una noche movidita, Brett. —Contempló el rasgón que Leah tenía en el hombro de su vestido.

—Hola, Miranda —suspiró—. Quería contarte…

—¿Que has estado tirándotela a ella además de a mí? —dijo la chica arrastrando las palabras.

Brett apretó la mandíbula.

—Calla, Miranda.

—De eso nada. Creo que la inocente de Leah tiene derecho a saber dónde estuvo su enamorado esta tarde, ¿no te parece? —Rio con saña.

La susodicha guardaba silencio con la mirada al frente. No quería oírlo.

—Vamos, Leah, pregúntaselo, a ver si es capaz de negarlo —la provocó Miranda.

Ella se volvió hacía Brett suplicándole con la mirada que lo negara. Pero no le hizo falta preguntar. La culpa estaba escrita en su rostro.

Con un sollozo desgarrador, salió corriendo del granero, directa a los brazos de su madre.

## 8

—Vamos, Leah, cuéntale a tu madre qué ha pasado.

La señora Thompson le echó una rebeca sobre los hombros. Su hija temblaba violentamente y no podía articular palabra. La mujer había enviado a Brett a la disco. Luego preguntó a Miranda, quien era evidente que había estado bebiendo. Esta le contó que había oído gritos y los había encontrado solos en el granero.

Contempló el vestido rasgado de su hija y se temió lo peor.

—¿Intentó... intentó el señorito Brett...? —La señora Thompson no fue capaz de pronunciar las palabras. Menos mal que había salido en busca de Leah al darse cuenta de que ambos habían desaparecido. Su hija no respondió. Si ese muchacho le había puesto una mano encima, lo pagaría caro, por muy rico que fuera su padre—. Leah, ¿intentó el señorito Brett...?

—No, mamá.

—Entonces ¿qué ocurrió? ¿Cómo te has roto el vestido?

Ella seguía muda y pálida como un fantasma. La señora Thompson comprendió que no iba a sacarle nada más esta noche.

—Está bien, cariño, hablaremos mañana. Será mejor que te vayas a casa y te metas en la cama.

Dada la delicada salud de su marido, la mujer no quería que Harry se enterara de lo sucedido. Entró en el salón, donde Rose estaba atendiendo a sus invitados, y preguntó al señor Broughton, un granjero de la zona, si podía bajar a Leah al pueblo porque no se encontraba bien. El hombre accedió y la señora

Thompson la instaló en el asiento de atrás y le dijo que al llegar a casa fuera directamente a la cama.

Doreen regresó a la cocina y se puso con la montaña de platos apilados en el fregadero. La puerta se abrió y Brett entró pálido y con expresión contrita.

—¿Leah está bien, señora Thompson? —preguntó en voz baja.

—Sí. La he enviado a casa.

—Quiero que sepa que yo no le puse la mano encima. Me gusta demasiado para hacer algo que pudiera disgustarla.

—Eso no es lo que Miranda me ha contado cuando le he preguntado. Ha dicho que oyó unos gritos y que cuando entró en el granero los encontró a Leah y a usted solos.

Brett se pasó la mano por el pelo.

—¿Eso le ha dicho?

Sí. De todos modos, hablaré con ella mañana. No volverá a trabajar en la casa en lo que queda de verano. Creo que ya ha causado suficientes problemas por una noche, joven. Yo en su lugar me iría a la cama.

—Tiene razón. Por favor, señora Thompson, transmítale mi afecto y mis disculpas a Leah.

La mujer siguió fregando los platos sin responder.

Brett subió desconsolado a su cuarto. Todo se había estropeado. Y él tenía la culpa. Si hubiese sido más fuerte, si hubiese rechazado a Miranda, nada de esto habría sucedido. En cuanto a lo ocurrido en el granero, era su palabra contra la de su prima. Estaba vengándose de él por haberla engañado y sabía que Leah no querría volver a verlo nunca más.

Se desvistió y se metió abatido entre las sábanas. Cerró los ojos y soñó con su amor perdido.

## 9

David Cooper alejó la silla de su escritorio para mirar por el enorme ventanal que daba a Central Park. Muy por debajo de él, los árboles eran como puntos diminutos y los coches parecían de juguete.

Pensó en que su elevada posición física reflejaba su estatus en la vida. Raras veces tenía contacto con la gente corriente que caminaba de aquí para allá por la Quinta Avenida. Las personas con las que él se relacionaba hoy día eran muy ricas, muy poderosas y una imagen especular de sí mismo.

El placer de ganar dinero terminó para él el día que murió su mujer. La había querido, por supuesto, pero la intensidad del dolor que sentía por su pérdida lo tenía desconcertado. Con la muerte de Vivien fue consciente de su propia condición de mortal.

No había tocado a nadie en los últimos nueve meses.

David sabía que su hijo pensaba que a él no le importaba que su mujer hubiera muerto. Había visto a Brett tan solo dos veces desde el fallecimiento de Vivien: en el entierro y en Navidad. No habían pasado el duelo juntos.

Se preguntaba cómo le estaría yendo en Yorkshire con su hermana. Rose… Hacía más de dos décadas que no la veía, pero todavía conservaba la imagen de la veinteañera de una belleza deliciosa.

Últimamente pensaba mucho en el pasado. Habiendo sobrevivido solo a fuerza de desterrarlo, se había pasado la vida planeando el futuro. Pero ahora estaba empezando a mirar atrás, a permitir que los viejos recuerdos afloraran.

Algunos eran dolorosos, demasiado para dejarlos salir. No obstante, reflexionar sobre su éxito empresarial le hacía ver lo lejos que había llegado en los últimos veintiocho años.

Sentado en su despacho de doce metros de ancho, rememoró los tiempos en que había dirigido su negocio desde la sala de estar de su diminuto piso de Bayswater.

Había comenzado con una casa deteriorada en Islington a finales de los cuarenta. Compró el terreno donde descansaba por nada y menos y transformó el edificio en cuatro agradables estudios. En aquellos días los jóvenes no compraban propiedades, de modo que los alquiló y empleó el dinero que recibía en comprar otro edificio similar. A mediados de los cincuenta tenía veinte, que le proporcionaban al mes suficientes ingresos para poder pedir al banco créditos cada vez más altos.

En el centro de Londres todavía había solares intactos desde la guerra. Construía en ellos bloques de oficinas y los vendía por una fortuna al creciente número de empresas que empezaban entonces.

A mediados de los sesenta era dueño de la constructora más grande de Gran Bretaña. Comenzó a sondear el pujante mercado vacacional en el extranjero y compró terrenos a lo largo de la costa de España, las islas Baleares e Italia. Construyó hoteles y conservó algunos solares para vendérselos de nuevo a los gobiernos cinco años después por el triple.

Ahora, una década más tarde, poseía terrenos en los principales países desarrollados y estaba empezando a buscar oportunidades de negocio en otros lugares.

Lo habían citado como uno de los diez hombres más ricos de Gran Bretaña y estaba entre los cincuenta más adinerados de Estados Unidos.

Toda una proeza.

La adrenalina que le generaba cerrar un trato lucrativo compensaba la parte de él que no funcionaba. Sabía que sus colegas, su esposa y su hijo lo veían como un hombre frío. Insensible.

Ahora que Vivien había muerto, David lamentaba no haber tenido el coraje de confiarse a ella, de contarle por qué había sido incapaz de mostrarle su afecto…, pero ya era tarde.

Sabía que esta repentina avalancha de recuerdos era lo que lo había llevado a decidir que Brett debía conocer a Rose.

David no tenía intención de ir a buscar a su hijo a Yorkshire. Se había concedido el placer de saber que era una opción, pero volver a verla a ella después de todo este tiempo… No estaba preparado. No obstante, quizá se pasara por la pequeña galería que acababa de comprar en Londres cuando Rose expusiera allí, solo para ver. Pese a todo, seguía queriéndola, y mucho.

David se volvió y examinó el cuadro que pendía de la pared situada detrás de su mesa. Suspiró. A veces le entristecía la facilidad con que podía comprarse y venderse todo, especialmente las personas. Se levantó y cogió su elegante maletín de Cartier. En media hora debía estar en Sardi's para comer con un senador recién elegido.

Mientras salía de su despacho y esperaba el ascensor, se preguntó cuál era el precio de ese hombre.

# 10

—Ha sido un placer tenerte con nosotros, Brett. Espero que pronto nos hagas otra visita. —Su tía le dio un beso—. Y sigue pintando. Los trabajos que he visto muestran un gran potencial.

—Gracias, Rose. Lo he pasado muy bien. Intentaré ir a tu exposición.

Bill y la limusina esperaban fuera.

—Adiós, Brett, me ha encantado conocerte. —Miranda bajó las escaleras a la carrera y le dio un beso en la mejilla. Él no fue capaz de responderle de igual modo, así que sonrió y se despidió con un gesto de la mano antes de subir al coche.

—¿Ha disfrutado de sus vacaciones, señor? —le preguntó Bill por el interfono—. Tiene buen aspecto, he de decir.

Brett pensó en los últimos dos meses. Las primeras cinco semanas habían sido maravillosas, con su reencuentro con la pintura y Leah, mientras que el último mes le resultó espantoso, pues no conseguía quitársela de la cabeza.

Tal como había prometido la señora Thompson, la chica no había vuelto a la casa y él no la había visto desde la noche de la fiesta. Brett había pasado la mayor parte de su tiempo en los páramos, en el lugar donde Leah y él se habían encontrado a diario, esperando y rezando para que apareciera. Había preguntado repetidas veces a la señora Thompson cómo estaba, pero la mujer se limitaba a fruncir los labios y contestar «Bien», y ahí terminaba la conversación.

La última semana, llevado por la desesperación, había bajado al pueblo únicamente para ver si la divisaba por la calle, pero no hubo suerte.

—Sí, Bill, han sido… diferentes.

—Me alegro, señor. Su padre le envía recuerdos. Irá a verlo durante el receso escolar. Va a estar en Sudamérica las próximas seis semanas.

Brett estaba más deprimido ahora que a su llegada a Yorkshire. A medida que los kilómetros entre él y la chica que amaba aumentaban, pensó que se le iba a partir el corazón.

—Adiós, Leah, nunca te olvidaré —susurró al cruzar la frontera de Yorkshire y tomar la autopista que conducía a Windsor.

# 11

Rose temblaba violentamente pese a la bufanda y los tres jerséis que llevaba puestos. Se sopló las manos, las cuales tenía entumecidas por el frío y demasiado agarrotadas para pintar.

La nieve formaba grandes montículos frente a la ventana de su estudio. El deshielo había comenzado el día previo, pero en lo alto de la colina la nieve siempre tardaba más en derretirse.

Rose avivó el fuego pequeño e ineficaz y se calentó las manos. El gélido clima de enero la deprimía. Se volvió a contemplar el cuadro que descansaba en el caballete. La inseguridad la asaltó de nuevo.

—Ay —gimoteó—. ¿Es bueno? ¿Me harán trizas los críticos?

«Vamos —dijo una voz en su interior mientras encendía el viejo hervidor de agua—, piensa en el sistema de calefacción central que instalarás si la exposición tiene éxito».

Se sentó delante del fuego, caldeándose las manos con la taza de café y dando lentos sorbos. Con un suspiro, agarró el pincel y la paleta, y regresó al caballete.

—Piensa en positivo, Rosie. Dos cuadros más y listo. Y este debe de valer por lo menos cuatro radiadores y medio. —Sonrió y acercó el pincel al lienzo.

Al cabo de una hora llamaron a la puerta de su estudio.
—Adelante.

—Rose, ¿podemos hablar un momento, por favor? —Miranda estaba en la puerta, más pálida de lo habitual.

Ella había reparado en lo callada que había estado durante los últimos meses. De hecho, había sido una bendición. En los cuatro meses y medio desde la partida de Brett, y con Miles de regreso en la universidad, Rose había conseguido terminar prácticamente su obra para la exposición.

Ahora se preguntó si se le había pasado algo por alto. Miranda tenía muy mala cara. Soltó el pincel.

—Claro, cariño. Ven a sentarte. ¿Qué ocurre?

La chica rompió en llanto. Rose no recordaba haber visto a la adolescente llorar delante de ella con anterioridad. Se arrodilló a su lado y le pasó un brazo reconfortante por los hombros.

—Sea lo que sea, estoy segura de que no puede ser tan horrible.

—Lo es, lo es —sollozó Miranda.

—Vamos, cuéntale a Rose qué problema tienes.

—Creo que estoy embarazada —soltó atropelladamente la joven.

«Dios mío —pensó—. Tendría que haberlo visto venir. Uno de los muchachos del pueblo, quizá, mientras yo estaba encerrada en mi estudio».

—¿No te ha venido el último periodo, cariño?

Miranda negó con la cabeza.

—Tampoco el anterior, ni el otro, ni… No sé cuántos en total. —Levantó la vista y Rose solo sintió empatía. Después de todo, ella había pasado por lo mismo.

—Intenta hacer memoria, cariño. Es probable que aún estemos a tiempo de…

—Unos cinco, o puede que seis…, no sé.

—Vale. Voy a telefonear a una clínica muy buena que conozco en Leeds. Pediré hora para mañana e iremos si la nieve no nos lo impide. Puede que no estés embarazada. Quizá se trate de algún problema femenino y…

—Toca. —Le cogió la mano y se la deslizó por debajo de los jerséis hasta la barriga. Rose notó el bulto.

—¿Por qué no has acudido antes a mí, Miranda? Seguro que te diste cuenta hace tiempo.

El comentario desencadenó otro torrente de lágrimas.

—Porque confiaba en estar equivocada y en que el próximo mes me viniera.

—Está bien, está bien —la tranquilizó Rose, rememorando con claridad esa misma pesadilla—. No te preocupes, encontraremos una solución. ¿Te apetece un té?

Se llevó a Miranda a la cocina y preparó dos tazas. La actitud por lo general arrogante de la chica había desaparecido por completo. Sentada a la mesa había, ahora, una niña asustada.

Esta dio sorbos a su té mientras Rose pedía hora en la clínica para el día siguiente.

—Todo arreglado. Nos atenderá una doctora muy amable llamada Kate.

—Gracias, Rose —dijo quedamente Miranda.

—¿Por qué?

—Por ser tan buena conmigo. Sé que a veces soy insoportable y lo siento.

—No pasa nada. —Estaba deseando preguntar quién era el padre, ahora que Miranda se mostraba tan dócil, pero decidió que era preferible esperar a la visita con la médica.

—Tengo miedo.

Desprovista del acostumbrado maquillaje, parecía una niña, con esos ojos azules grandes y asustados. Rose fue hasta ella y la abrazó.

—No te preocupes, cariño, encontraremos una solución —declaró con todo el aplomo que pudo reunir.


—Me temo que está de más de seis meses y medio, señorita Delancey, dos semanas por encima del límite permitido por el Servicio Nacional de Salud para abortar. En mi opinión es demasiado arriesgado. Sale de cuentas el 20 de abril.

Rose suspiró hondo. Justo lo que había temido.

Miranda se quedó inmóvil, con la mirada fija en la médica.

—¿Me está diciendo que no puedo hacer nada? —Estaba muy pálida.

—Estoy diciendo que, en mi opinión, sería un riesgo para su salud que a mí no me gustaría correr.

—Por supuesto —intervino Rose—. No pienso dejar que te arriesgues, Miranda. Lo siento, pero vas a tener el bebé. —Le estrechó la mano a su hija.

—¿Lo sabe el padre? —preguntó Kate con calma.

La chica se miró las manos y negó con la cabeza.

—¿Sabes quién es el padre, cariño?

Miranda miró a su madre y durante un instante Rose vio un destello de temor en sus ojos. Desapareció rápidamente y desvió la vista.

—No.

—Pero, cariño, creo que…

—¡No! Esto no es asunto de él.

Rose vio que Kate le lanzaba una mirada de advertencia.

—Está bien, Miranda; si no le apetece hablar de esto ahora, no pasa nada. En cuanto al procedimiento para la atención prenatal, quiero que vuelva mañana para hacerle un examen completo. Solo faltan tres meses para el nacimiento del bebé y tenemos que cuidarlos a los dos. ¿Fuma, señorita Delancey?


Rose regresó a Oxenhope conduciendo su viejo Land Rover con Miranda enmudecida a su lado. Trató de pensar en algún chico en concreto que la chica hubiese mencionado a lo largo de los últimos meses. Si estaba de más de seis meses, significaba que la concepción había tenido lugar a mediados de julio… Claro, la fiesta de cumpleaños. Rose sabía que había acabado la noche bastante achispada…; podría haber sido cualquiera de los veinte chicos que habían asistido. Puede que Miranda ni siquiera lo recordara y por eso se mostraba tan reservada.

—Tendrás que dejar el colegio, cariño, al menos por el momento. Aplazaré la exposición hasta que el niño nazca y te hayas adaptado a la nueva situación.

Rose ardía en deseos de decirle que había sido una estúpida por no habérselo contado antes para que hubieran podido actuar a tiempo, pero el remordimiento por su egocentrismo de los últimos meses se lo impedía. Sentía que era su culpa y, por tanto, su responsabilidad.

Miranda se limitó a asentir y siguió mirando por la ventanilla.


Cuando llegaron a casa, la chica fue directa a su habitación, se arrojó sobre la cama y clavó la mirada en el techo.

¿Debería contárselo al padre? Seguro que lo entendería, que la ayudaría.

Se incorporó, bajó de la cama y buscó una libreta en la cajonera. Armada con bolígrafo y papel, se tumbó de nuevo, recostándose sobre los almohadones.

—Querido…

La tiró al suelo con un sollozo y las lágrimas le rodaron por el rostro.

# 12

Leah estaba sentada en su pequeño cuarto mirando al vacío. La noticia se había extendido hoy por todo el colegio. Miranda Delancey estaba embarazada y no volvería hasta después del nacimiento de su hijo. Corrían toda clase de rumores sobre la identidad del padre; a la chica nunca le faltaban admiradores, pero nadie estaba del todo seguro.

Leah sí.

La opresión en el pecho aumentó y el nudo en la garganta produjo una pequeña lágrima que rodó lentamente por la mejilla.

«Qué otra cosa podía esperarse —había resoplado la señora Thompson cuando regresó de la casa grande con la noticia—. Esa joven no ha hecho más que dar problemas. Menuda señorita está hecha. Y la pobre criatura que lleva dentro sin saber quién es su padre. La señora Delancey dice que Miranda se niega a decirlo».

Leah entendía por qué la susodicha no quería contarle nada a su madre.

Brett. El padre del hijo que esperaba. El muchacho que ella pensaba que la había querido.

Había pasado los últimos seis meses y medio creyéndose la chica más infeliz de la faz de la tierra. Había entregado su joven corazón sin reservas y dudaba de que algún día lograra reponerse.

Saber que Brett seguía viviendo tan cerca había sido lo más difícil. También imaginarse a Miranda en sus brazos. Por lo menos, cuando su madre le dijo que él había vuelto al colegio, la distancia había atenuado ligeramente el dolor.

Leah había pasado de la ira por haber sido engañada a la desolación de saber que nunca volvería a ver a Brett.

En más de una ocasión había barajado la posibilidad de que Miranda hubiese mentido por pura venganza, pero ahora sabía que había dicho la verdad.

Leah deseaba odiar a Brett, odiarlo tanto que la añoranza de su corazón desapareciera. Pero ni siquiera ahora podía odiarlo. Pensaba a menudo en la terrible noche en el granero, cuando aquel cerdo la agarró. Estaba segura de que había sido Miles, pero no quería decir nada que pudiera hacer peligrar el empleo de su madre. Brett la había salvado.

Todavía lo amaba.

Callada de por sí, Leah se había retraído aún más en su propio mundo. Estaba estudiando para los simulacros de examen y utilizaba los repasos para olvidarse de su corazón roto. Su madre atribuía los largos silencios durante la cena a los «problemas propios de la adolescencia», como ella los llamaba, pero su padre conocía la verdad. Hacía un guiño a su hija y le contaba anécdotas divertidas para arrancarle una sonrisa.

Mas nadie podía entenderla. Si hablara de Brett, su padre simplemente le diría que lo olvidara, y eso era algo que Leah no podía hacer.

Jamás.

# 13

—Sigue empujando. Eso es, buena chica. Ya casi estamos. Vamos, un poco más y...

Colorada, exhausta y completamente derrotada, Miranda dio un último empujón. Su grito se mezcló con los primeros sonidos de su recién nacido. Vio a la comadrona sostener el cuerpo azulado y se derrumbó en la cama, interesada solo en cerrar los ojos.

—Ahora, querida, sostenga a su bebé. —La mujer le puso la criatura chillona en los brazos—. Es una niña preciosa. —Sonrió mientras ella contemplaba el rostro feo y arrugado del diminuto bebé.

Se había preguntado qué sentiría al tener a la criatura en los brazos por primera vez. ¿Miedo? ¿Cariño? Miranda, sin embargo, no sentía ni una cosa ni la otra. No sentía nada en absoluto.

Devolvió el fardo berreante a la comadrona.

—Estoy demasiado cansada —dijo y volvió a cerrar los ojos.

La mujer chasqueó la lengua con reprobación, pero se llevó a la pequeña a la unidad neonatal.

Rose cruzó rauda la puerta cinco minutos después. Apartó del rostro de su hija los mechones rubios empapados de sudor.

—Felicidades, cariño. Acabo de verla y es una preciosidad. Estoy muy orgullosa de ti —dijo con una sonrisa.

Miranda asintió con los ojos firmemente cerrados, preguntándose por qué todo el mundo decía que el bebé era precioso. A ella no se lo parecía.

—Te dejo sola para que duermas, cariño. Vendré a verte más tarde.

Rose la besó en la mejilla y salió de la habitación con sigilo. Tras confirmar con la médica que madre e hija estarían bien atendidas las siguientes dos horas, abandonó el hospital, recogió su coche del aparcamiento y puso rumbo a Oxenhope. Llevaba veinticuatro horas fuera de casa, desde que había encontrado a Miranda en medio de un charco de agua en la cocina, presa del pánico. Rose había conseguido que mantuviera la calma durante el trayecto al hospital, sintiéndose por dentro tan asustada como la chica, recordando los dolores del parto y deseando ser ella quien los soportara en su lugar.

Por fortuna, el alumbramiento, aunque largo, había transcurrido sin contratiempos y, mientras llegaba a casa, Rose notó que los ojos se le llenaban de lágrimas. Lucía un precioso día de abril y el fresco perfume de la primavera impregnaba el aire.

—Renacimiento —susurró emocionada—. Lo haré lo mejor que pueda, lo juro —murmuró, consciente de que los problemas no habían hecho más que empezar.

La señora Thompson se había ofrecido a ocuparse del bebé cuando Miranda regresara al colegio, si volvía. Rose dudaba de que su hija lo hiciera, dado que nunca había sentido inclinación por los estudios. Y la actitud de sus compañeros de curso, especialmente de los chicos, bastaría para desalentar incluso a la más segura de las chicas.

Mas no le cabía duda de que Doreen Thompson sería de gran utilidad. Se las había apañado muy bien con Miles cuando este era pequeño. Rose había logrado retrasar la exposición hasta principios de agosto y la ayuda de esa mujer resultaría inestimable mientras ella estuviera en Londres.

Subió la cuesta y dejó el coche delante del caserón. Los obreros seguían trabajando en el tejado y en los graneros adyacentes. Rose se los había arrendado a un granjero de la zona para obtener un ingreso extra y estaban vaciándolos y limpiándolos a fin de instalar en ellos un rebaño de vacas.

—¿Cómo ha ido, señora Delancey? —gritó uno de los obreros desde el tejado cuando bajó del coche.

—Muy bien. Es una niña y tanto ella como la madre están perfectamente.

—Qué gran noticia. —El hombre sonrió—. Le he dejado algo en la mesa de la cocina. Lo encontró uno de los muchachos cuando vaciaba los graneros. Cree que podría ser uno de sus dibujos.

Rose arrugó la frente y asintió.

—Gracias, Tim. —Abrió la puerta de la cocina pensando que podría ser un trasto almacenado allí por el dueño anterior.

Estaba sobre la mesa: el marco roto, pero el dibujo intacto. Contuvo la respiración. Era un retrato a carboncillo de Leah absolutamente exquisito. Lo cogió, lo llevó al estudio y lo colocó en el caballete. Acto seguido tomó asiento y examinó la firma que aparecía en el ángulo inferior derecho: «B. C.». Claro. Era obra de Brett.

Rose estaba deslumbrada por el dibujo. Su sobrino le había enseñado sus paisajes y a ella le había impresionado su talento, pero esto... Transmitía una madurez y una profundidad que no se correspondían con la edad y la experiencia del artista. El rostro que la miraba era de una belleza asombrosa. Y los ojos, Dios, te hipnotizaban. Costaba apartar la vista. En ellos, Brett había plasmado la inocencia de Leah a la perfección.

Y supo que era un retrato hecho a través de los ojos del amor.

Rose suspiró y se preguntó por qué no se lo había enseñado. Si lo hubiese visto y hubiese reconocido el talento que Brett tenía en común con su tía, pensó orgullosa, lo habría alentado aún más a seguir pintando.

Se le saltaron las lágrimas mientras contemplaba el dibujo.

No podía permitir que David desincentivara a su hijo. Fue hasta un cajón, sacó un cuaderno de papel de escribir, encontró un bolígrafo manchado de pintura y se sentó en una silla.

Después de contemplar una hoja en blanco y mordisquear la punta del bolígrafo durante cinco minutos, soltó el cuaderno.

No. Se le había ocurrido una idea mucho mejor para ayudar a Brett.

# 14

—Rose, querida, qué maravilla volver a verte después de tantos años. —Roddy le dio un abrazo de oso, retrocedió y la miró de arriba abajo—. Mmm, la hermosa Rosie de siempre.

—Eres muy amable, pero creo que he ganado unos cuantos kilos en estos veinte años. —Rose sonrió con sarcasmo.

—Te sientan de maravilla. Antes eras demasiado flaca. ¡Caray! —Roddy dio una palmada—. No me puedo creer que estés aquí. —Unió su brazo al de Rose—. Sígueme. Tengo una botella de tu adorado Veuve Clicquot enfriándose en mi despacho. Nos pasearemos por la galería más tarde. Por cierto, tus cuadros llegaron ayer sanos y salvos y he de reconocer que estuve tentado de echarles un vistazo.

Cruzaron el espacioso recinto recién reformado. Las paredes desnudas le recordaron por qué estaba allí. Sintió un cosquilleo en el estómago.

—Por ti, querida —dijo Roddy, tendiéndole una copa de champán—. Sé que la exposición será un gran éxito.

Rose la alzó y bebió al tiempo que se preguntaba cómo estarían Miranda y la pequeña Chloe. Se sentía tremendamente culpable por dejarlas solas, pero, con la señora Thompson pendiente de ellas todo el día como una gallina clueca, sabía que estarían bien. Confió en que la mujer no hiciera todo el trabajo, pues su hija solía utilizarla de pretexto para ocuparse de la pequeña lo menos posible.

—Obviamente, te alojarás conmigo en Chelsea toda la semana.

—Ahora que lo dices, Roddy, he reservado habitación en un hotel y...

—Al cuerno con el hotel, insisto en que te quedes conmigo. Tengo un pisazo que me compré el año pasado. Es divino y estoy deseando que nos sentemos por las noches con un gin-tonic mientras me cuentas qué ha sido de ti estos veinte años.

Rose sonrió a su amigo. No había cambiado nada con los años, salvo por el hecho de que ahora llevaba peluquín. Su cuerpo nervudo lucía, como siempre, un traje de diseño inmaculado.

Había conocido a Roddy en 1948. Iban al mismo curso del Royal College of Art. Como si hubiera intuido los secretos de su pasado, él jamás había intentado husmear en aquellas cosas que para ella eran demasiado dolorosas de recordar.

A cambio, terminada la universidad, Rose se mudó a su cómodo piso de Earl's Court y proporcionó un oído comprensivo a Roddy y su complicada vida sexual. Apenas podía llevar la cuenta de los hombres con los que su amigo siempre parecía hacer malabares. Pertenecía a la dudosa nobleza de Devon y estaba convirtiéndose en una figura célebre en el Colony Room y el French's, donde artistas jóvenes y prometedores se reunían en los años cincuenta.

Tras decidir que sentía poca pasión por la pintura pero adoraba la atmósfera y la gente, Roddy se concentró en sacar partido a sus talentos más libidinosos. Dentro de su estrecho círculo de amigos corría la broma de que el único artista joven de renombre en Londres al que no había seducido era Rose. Cuando ella se fue a vivir a Yorkshire, él se encontraba en el sur de Francia viviendo con un marchante de arte adinerado.

—¿De quién es la galería, Roddy? —preguntó ella—. Cork Street es una ubicación excelente.

Él volvió a llenarle la copa hasta arriba.

—Recibí una llamada de una empresa de Nueva York para ofrecerme el trabajo de director —explicó—. Como estaba mano sobre mano, decidí venir y echar un vistazo al local. Uf, tendrías que haberlo visto entonces. —Roddy meneó la cabeza—. Estaba hecho un desastre. El caso es que llamé a Nueva York y les dije que se pusieran en contacto conmigo cuando lo hubiesen reformado. Me dijeron que tenía carta blanca para restaurarlo a mi gusto y que el dinero no era un problema. ¡No pude resistirme! —Bebió un trago de champán—. Luego, un ejecutivo muy agradable voló desde Nueva York para echar un vistazo al producto terminado y debo decir que le encantó. De hecho, la idea de montar exposiciones de artistas de los cincuenta fue suya. —Rose lo miró con suspicacia—. Es todo legal —le aseguró Roddy—. Pagamos todos los impuestos, así que puedes estar tranquila, cielo. Esta galería no está financiada con dinero de la mafia. Para serte franco, es un trato fantástico. Me dejan hacer lo que quiero.

—¿Y te va bien?

—Solo llevamos abiertos desde principios de enero y tú eres nuestra sexta exposición. Pero, con mis contactos, nos irá muy bien. —Roddy le guiñó un ojo—. Quiero que el mundo del arte vuelva a ser divertido. Se ha vuelto muy serio y esnob desde que nuestra alegre pandilla se hizo mayor y cada uno tiró por su lado. He invitado a todos a una inauguración privada. Sontag, Lucie-Smith y unos cuantos más se pasarán por aquí para saludar a su antigua colega. Solo para ver si sigues viva —añadió con una carcajada.

—Ay, Roddy, haces que me sienta un carcamal. Te recuerdo que solo tengo cuarenta y seis años.

—Perdona, cielo, pero a la gente le encantan los misterios. Nadie sabe por qué desapareciste de la faz de la tierra en la cumbre de tu carrera.

«Y quiera Dios que nunca lo sepan», pensó ella.

—Te he concertado un montón de entrevistas. Mañana te toca *The Guardian*, *The Telegraph*, y John Russel, el jueves. El...

Rose escuchó a Roddy recitar una larga lista de periódicos y se preguntó en qué había estado pensando cuando se metió en esto. ¿Podía manejarlo? ¿Podía mantener la serenidad y mentir con soltura a periodistas entrenados en el arte de interrogar?

Tenía que hacerlo. Veinte años de reclusión era un castigo demasiado largo por su crimen. Se debía a sí misma agarrar esta oportunidad. De manera que asintió, sonrió y acompañó a su viejo amigo a examinar sus cuadros.

Roddy pasó un buen rato estudiando las obras mientras Rose daba nerviosos sorbos al champán. Finalmente se dio la vuelta y le escrutó el rostro con sus ojillos brillantes.

—Creo que en este detecto un toque de romanticismo. ¿Te has enamorado, querida?

Ella rio y negó con la cabeza.

—No, Roddy. Sé que mi nueva obra es más suave, los colores menos severos y los trazos tenues. —El pánico se adueñó de ella—. Vamos, ¿te gustan o no? ¿He perdido mi toque? —Rose se mordió el labio, detestando ese viejo sentimiento de inseguridad cada vez que alguien examinaba sus pensamientos más íntimos plasmados en el lienzo.

—Bueno, estos cuadros son diferentes de tus obras anteriores, pero siguen poseyendo el gran toque de Rose Delancey. Has madurado. Puede que el descanso que te has tomado fuera acertado, porque estos lienzos —Roddy los abarcó con el brazo— son maravillosos. —Paseó una mirada ávida por los veinte cuadros. Ella casi oía la caja registradora repicando dentro de su cabeza—. Ahora te voy a llevar a comer a San Lorenzo y luego volveremos para colgar los cuadros. ¿Qué me dices?

—Me parece fantástico, Roddy. —Rose sonrió con patente alivio.

Tomaron un taxi hasta Beauchamp Place y Lucio, el maître, les dio una mesa discreta debajo del gran sicomoro que crecía dentro del restaurante. Frente a un suntuoso ágape de salmonetes a la parrilla con semillas de hinojo y filete de ternera San Lorenzo, bañado con una botella de Frascati Fontana Candida, él repasó la lista de pinturas y elaboraron una guía aproximada de precios.

—¿No estamos siendo demasiado ambiciosos, Roddy? Después de todo, llevo veinte años fuera del circuito y mi estilo debe de estar anticuado en comparación con lo que hacen los jóvenes de hoy día.

—Ni mucho menos, querida. Para empezar, el trabajo más figurativo que estás haciendo está muy de moda actualmente. ¡Y mira las obras de Lucien! Pide una fortuna por ellas. Tenemos que convertirte en algo exclusivo, hacer que los marchantes y coleccionistas sientan que están comprando una pieza de la historia del arte británico. La gente quiere pagar por el placer de poseer algo extraordinario, no una baratija sacada de un rastrillo.

—Supongo que tienes razón. —Rose suspiró, comprendiendo que estaba desconectada del mercado. Las cifras que Roddy barajaba le parecían exorbitantes y repondrían su cuenta bancaria hasta un nivel sumamente confortable—. Aunque sigo pensando que es arriesgado ponerme en el mismo rango de precios que algunos de los artistas más cotizados hoy día.

—Confía en mí, Rose. Eres mi proyecto más importante y el futuro de la galería depende de tu éxito. Para cuando haya terminado contigo, todos los coleccionistas de arte de aquí al Polo Norte sabrán que has vuelto al ruedo. Pretendo hacerte aún más célebre que en los cincuenta.

—Veamos cómo va la exposición, ¿te parece? —Rose estaba decidida a no dejarse llevar por el entusiasmo.

—Vale, querida, entiendo tu recelo. Bueno, voy a pedir café y me hablas de la tierra de los galgos, el queso Wensleydale y la humedad.

—Que sepas que no tengo un galgo, pero vivo con mis dos hijos y..., bueno, acabo de convertirme en abuela.

—¡Rose! —Roddy casi se atraganta con el poso de su Frascati—. Ni siquiera sabía que estuvieras casada.

—No lo estoy. De hecho, uno de mis hijos es adoptado. Se llama Miranda.

—Ya veo. ¿Y el padre del otro?

—Alguien, solo alguien.

—La dama misteriosa asoma de nuevo. —Roddy sonrió—. Pero no voy a interrogarte. Eso sí, podrías contarme por qué desapareciste de aquel modo. Te prometo que no se lo voy a decir a nadie. Llevo veinte años haciendo especulaciones con el resto del mundo del arte. Corría el rumor de que habías huido a un harén del Sáhara con aquel jeque que te compraba tantos cuadros. Alguien sugirió que te había secuestrada el conde alemán, y existía la teoría de que…

Rose rio y negó con la cabeza.

—Nada tan emocionante, Roddy. Fui a Yorkshire, eso es todo.

—He de decirte que, cuando regresé de Francia y encontré la nota donde me decías que me abandonabas y dejabas el piso sin despedirte y sin dejar una dirección, te habría estrangulado. Tardaste más de un año en escribirme desde Yorkshire, y únicamente para que te enviara tu correspondencia. Pero no importa, te perdono. Creo. —Simuló un sollozo.

—Lo siento, Roddy. Me sentí fatal por ello, pero era lo que tenía que hacer, me temo.

—Pero ¿por qué, Rose? Todo te iba de maravilla. Tu carrera, todos esos hombres ricos y adorables desesperados por casarse contigo. Aunque nunca mostraste el menor interés por ellos. Sigo pensando que tenías un novio aristocrático secreto. Recuerdo que de vez en cuando te ibas de «viaje». Seguro que ahora ya puedes contármelo, Rose. —Le hizo un guiño.

Ella bebió un sorbo de café.

—No hablemos más del pasado. Cuanto puedo decirte es que perdí la ilusión. Ya no quería pintar y necesitaba tiempo para aclararme. ¿De acuerdo, Roddy?

Él contempló el ceño fruncido de ella y comprendió que ya había hurgado suficiente.

—De acuerdo. Terminemos el café, volvamos a la galería y pongámonos a trabajar.

Rose encontró el resto de la tarde muy vigorizante. Roddy y ella se pasaron horas colgando cuadros en un orden concreto, decidiendo después que no les gustaba, bajándolos y empezando de nuevo.

—Dios, estoy agotado. Hagamos un descanso. —Se dirigió a la pequeña cocina de atrás y reapareció dos minutos más tarde con un marco pequeño en las manos.

—Creo que nos hemos dejado uno. Lo encontré en el almacén, donde estaban los demás. Vamos a echarle un vistazo. —Roddy retiró el papel y colocó el dibujo contra la pared—. ¿No me digas que es tuyo, Rose?

—Eh, no, pero ¿qué piensas de él?

Su amigo lo examinó con detenimiento.

—Es muy bonito. Y la chica es bellísima. ¿Quién lo ha pintado?

—Un amigo mío. No sabe que lo he traído aquí, pero al verlo pensé lo mismo que tú y quería una segunda opinión. El artista es muy joven aún.

—¿Huele a pupilo? —inquirió Roddy con una sonrisa.

—No exactamente. De hecho, es mi sobrino.

—¡Ajá! El hijo de David, ¿verdad? —La miró, esperando una respuesta, pero no obtuvo ninguna—. Ahora que lo pienso, he de decir que existe cierta similitud entre vosotros, no en el estilo, desde luego, pero sí en la cualidad hipnótica. Si quieres, puedo colgarlo en aquel rincón. Podría empezar una pequeña sección de artistas noveles.

—Ah, venga, está bien. Pero, como no es mío, no puedo venderlo.

—Claro que no. Pero lo colgaremos de todos modos y veremos si despierta algún interés.

—De acuerdo. Y, ahora, ¿te apetece una taza de té?


Una semana después, Rose se colocó delante del enorme espejo de la habitación de invitados de Roddy y examinó su reflejo. Por primera vez en veinte años lamentó haberse permitido perder su esbelta figura. En Yorkshire no había tenido mucho sentido cuidar de su aspecto. Nunca recibía visitas. Pero esta noche los buitres acudirían en masa y no solo se fijarían en su obra.

Enderezó el cinturón del vestido negro y holgado, y decidió que parecía la madame de un burdel. Esa prenda de Dior, por la que había pagado un precio excesivo, estaba cubierta de pequeñas lentejuelas. Cuando se lo probó en la tienda pensó que le daba un aire sofisticado y que incluso la adelgazaba, pero al mirarlo ahora comprendió que había sido un error.

—¡Mierda!

Se quitó el vestido, lo dejó hecho un ovillo en el suelo de mármol del cuarto de baño de Roddy y buscó en el armario uno de sus caftanes preferidos. Adquirido en una tienda étnica de Leeds por cuatro cuartos, tenía un montón de años, pero se encontraba a gusto en él. Regresó frente al espejo y enseguida se sintió mejor. El verde oscuro del caftán realzaba sus ojos verde esmeralda y su cabello rojo Tiziano. Añadió algunas cadenas gruesas de oro y un par de brazaletes también de oro.

Realizó varias respiraciones profundas para intentar calmarse. Estaba hecha un flan.

—Vamos, cariño, has vivido situaciones peores. Esta es tu noche. Piensa en el dinero y trata de pasarlo bien.

Rose cruzó el pasillo para ir al encuentro de él, que la esperaba en la sala de estar vestido con esmoquin.

—¿Qué tal estoy, Roddy? Sé sincero.

Su amigo le tendió las manos.

—Deslumbrante, absolutamente deslumbrante. Este caftán es espectacular. ¿Balmain? ¿Galanos, quizá?

Rose sonrió y le tomó las manos.

—Me temo que ni uno ni otro. Hoy día, hasta Marks and Sparks está por encima de mi presupuesto.

—Espera a después de esta noche. Una vez que el mundo del arte haya asistido al regreso de su hija pródiga, podrás comprarte la colección entera de cualquier casa de moda. —Roddy miró su reloj—. Bien, el taxi ya está fuera, deberíamos irnos. Y no te preocupes, querida, regresarás a este piso convertida en una reina. —Le acarició la mejilla y le ofreció su brazo. Ella sonrió y lo aceptó.

A las nueve la galería estaba a rebosar. El champán corría a raudales y Rose se hallaba rodeada de rostros que no había visto en veinte años. Con un ojo puesto en los críticos de arte que estaban examinando con detenimiento cada uno de sus cuadros, charlaba serenamente con las numerosas personas que habían acudido a apoyarla. Era como estar en un túnel del tiempo; la misma gente, el mismo ambiente…, y, sin embargo, cuántas cosas habían cambiado. Las canas y las patas de gallo que habían aparecido en los colegas con los que había salido de juerga hasta el alba años atrás daban testimonio de ello. Era extraño ver a los pintores jóvenes y despreocupados de aquellos tiempos transformados en hombres sobrios y trajeados con trabajos serios y una esposa acorde.

Todos le hacían las mismas preguntas. Después de una semana de práctica con los medios, era una experta en responderlas y las palabras le salían de la boca con naturalidad y soltura.

Miró a su alrededor y vio a Roddy hablando con un coleccionista de arte al que ella conocía de los años cincuenta. En aquel entonces era un hombre adinerado y le había comprado tres obras. Rose únicamente necesitaba a alguien tan influyente como él para dar el salto y el resto iría solo.

Echó un vistazo raudo a su reloj, preguntándose dónde demonios se había metido Miles. Le había prometido que llegaría a las ocho y media, y seguía sin aparecer.

—Rose, querida. —Roddy interrumpió sus pensamientos—. ¿No te lo dije? Sabía que sería un éxito. Quiero que vengas a saludar a Peter, seguro que lo recuerdas. Hace años compró tres de tus cuadros y está muy interesado en adquirir dos de esta colección. Sé amable con él y…

Peter Vincent era el coleccionista al que Rose había visto hablar con Roddy. Esbozó su sonrisa más encantadora y fue a estrecharle la mano.

Miles entró en la galería. La camarera le ofreció una copa de champán, pero la rechazó y en su lugar cogió un zumo de naranja. Paseó la mirada por la abarrotada sala y divisó a su madre enfrascada en una conversación.

Detestaba las multitudes. Le daban claustrofobia y lo hacían sentir insignificante, una mera astilla de humanidad arrancada de la pieza principal. Pero su madre le suplicó que asistiera y no pudo negarse, de modo que había ido a Londres y había pasado los últimos dos días paseando sus fotografías por revistas y periódicos.

Y esa misma tarde había encontrado trabajo. Se trataba solo de un contrato temporal, pero con una importante revista de moda. El mes siguiente debía volar a Milán a fin de cubrir los desfiles de alta costura de las colecciones de primavera y verano del año próximo. Él no haría las fotos, sino que trabajaría de ayudante de Steve Levitt, uno de los fotógrafos más importantes de la revista. Cuando no estuviera cambiando carretes o transportando el equipo de aquí para allá, quizá tuviera la oportunidad de hacer sus propias fotos.

Miles pasó por la galería contemplando los cuadros que pendían de las paredes. La obra de su madre se le antojaba extraña y no acertaba a relacionarla con Rose. Apreciaba su talento, pero él prefería la sencilla reproducción de la realidad que mostraban sus fotografías.

Dobló una esquina, agradeciendo que esa parte de la galería estuviera menos concurrida, y se descubrió mirando el dibujo de Leah. El bello rostro lo deslumbró, pero sabía que el retrato no era, ni de lejos, tan bueno como las incontables fotografías que él le había hecho a lo largo de los años.

—Cabrón —farfulló para sí.

—¿Perdone? —Un hombre rubio estaba a su lado, estudiando el dibujo.

—Disculpe, no he dicho nada —dijo Miles.

—Ah. —El hombre enarcó la ceja—. ¿No sabrá por casualidad quién es esta joven?

—Creo que será mejor que se lo pregunte al dueño de la galería. Lo siento, es cuanto puedo hacer por usted. —Se alejó y salió discretamente de la galería.

Steve Levitt asintió y volvió a examinar el retrato. La chica era asombrosa. Juventud, inocencia y belleza, justo lo que

Madelaine buscaba en todos los rincones todos los días de su vida. Y el tipo de rostro que él soñaba con fotografiar. Se abrió paso entre la gente y encontró al dueño hablando con Rose Delancey.

—Steve, cielo. —Roddy lo besó en las mejillas—. ¿Conoces a la artista?

—Sí. —Sonrió—. Nos conocimos hace muchos años, pero dudo que se acuerde de mí. En aquel entonces yo era un fotógrafo hambriento luchando por abrirse camino.

—Ya lo creo que me acuerdo. Una vez me hizo una foto paseando por Regent's Park con un hombre al que estaba intentando mantener en secreto y se la vendió a media Fleet Street. —Rio.

—¡Es cierto! —El aludido puso las manos en alto fingiendo terror—. Me declaro culpable.

—Estoy seguro de que Rose te perdona. Que sepas que Steve es ahora el fotógrafo más solicitado de Londres. Hasta las ricachonas de la alta sociedad lo buscan a él en lugar de a Bailey —declaró.

—No me va mal. —Sonrió él—. Por cierto, Roddy, me estaba preguntado si podrías ayudarme. En un recodo de la galería hay un dibujo a carboncillo de una chica deslumbrante. ¿Sabes quién es? Estoy seguro de que a Madelaine le encantaría echarle el lazo.

Roddy se encogió de hombros.

—Me temo que no. ¿Lo sabes tú, Rose?

—De hecho, sí. Pero ¿quién es Madelaine? —preguntó ella con recelo.

—La *châtelaine suprême* de la agencia de modelos más importante de Londres —dijo Roddy.

Rose sintió curiosidad.

—Oh. Bueno, la chica del dibujo solo tienes dieciséis años, cumplirá diecisiete a finales de mes y...

—Perfecto. Hoy día nos gustan jóvenes.

—Se llama Leah Thompson. De hecho, es la hija de mi asistenta.

—Una Cenicienta real. —Roddy sonrió con suficiencia.

—Si no te importa, mañana me gustaría traer a Madelaine para que vea el dibujo. Después podríamos pedirle a la chica que venga a la oficina y...

—Un momento —lo interrumpió Rose—. La muchacha vive en Yorkshire y está a punto de empezar el bachillerato. No creo que a sus padres les haga gracia que venga a Londres.

—En ese caso, Madelaine tendrá que ir allí. Se le da muy bien tratar con progenitores difíciles, se lo aseguro.

Rose se mantuvo firme.

—No vayamos tan deprisa. Usted no sabe nada de Leah, no la ha visto en persona y...

Steve la interrumpió:

—Si es la mitad de bella que en ese retrato, dentro de un par de años será tan famosa como Jerry y Marie. Usted la conoce, Rose. ¿Cuánto mide?

Ella dejó escapar un suspiro, consciente de que la estatura de Leah, que calculaba que superaba el metro setenta y cinco, haría que se le iluminaran los ojos todavía más. Comunicó la notica a regañadientes.

—La cosa pinta cada vez mejor. —Steve esbozó una sonrisa de oreja a oreja—. En fin, me alegro de verla después de tantos años. Espero que me haya perdonado por la instantánea en Regent's Park. De hecho, esa foto fue mi gran oportunidad. —Se volvió hacia Roddy—. Mañana traeré a Madelaine para que vea el dibujo, si te parece bien.

—Perfecto —respondió aquel—. Así podré anunciar que no solo he redescubierto a una de las artistas más grandes, sino que he ayudado a una joven modelo a emprender una brillante carrera.

Steve se despidió con un gesto de la mano antes de abandonar la galería. Roddy abrazó a Rose rebosando entusiasmo.

—Casi hemos cerrado con Peter la venta de dos cuadros, mañana vendrá un estadounidense para estudiar *Luz de mi vida* y un coleccionista de París quiere quedarse *Tempestad*. Es posible que hayas ganado una fortuna esta noche. Vamos a mezclarnos con la gente para ver si podemos detectar otros posibles compradores. La noche es joven, Rose.

Mientras se paseaba con Roddy por la todavía atestada galería, se permitió una pequeña sonrisa. Era un placer estar de vuelta.

# 15

—¿Qué puedo decir, querida? Creo que la palabra éxito lo resume todo. Has vuelto, Rose.

Mientras escuchaba la voz de Roddy al otro lado del teléfono, notaba que él estaba sonriendo de oreja a oreja.

El día después de la inauguración de la exposición, Rose, preocupada por Miranda y la pequeña, había insistido en tomar el tren de la mañana a Leeds. Su amigo protestó con vehemencia, alegando que todavía había compradores que deseaban conocerla, pero ella no se dejó convencer.

Estaba sentada en su estudio rodeada de periódicos dominicales, la mayoría de los cuales incluían excelentes críticas de su exposición.

—Gracias por tu ayuda, Roddy.

—No me las des, querida, la artista eres tú. Creo que probablemente podrás comprarte lienzos y pinceles nuevos. Hemos vendidos seis cuadros por un total de quince mil libras.

—¡Santo Dios, es increíble! —dijo Rose.

—Nada comparado con lo que vas a ganar en el futuro, pero un buen comienzo. También quería comentarte que ayer Steve Levitt llevó a Madelaine a la galería para ver el dibujo de Leah. Señor, la mujer casi se pilla un taxi a Yorkshire allí mismo.

—Cielos.

—Lo sé. Steve estará en París la próxima semana para un reportaje, pero, cuando vuelva a principios de septiembre, quiere llevar a Madelaine a Yorkshire para que conozca a esa jovencita en persona. He pensado que quizá me apunte para ver dónde vive y trabaja mi pintora predilecta. Iremos en el Jaguar y llegaremos a la hora de comer. ¿Cómo lo ves?

—Bien, Roddy, aunque no sé cómo reaccionarán los padres de Leah.

—Te propongo que les pidas a ella y a su madre que vengan después de comer. Así Madelaine podrá ponerse a trabajar.

—No sé si quiero formar parte de todo esto. Leah está a punto de empezar nuevo curso en el colegio y…

—Oye, dale a la chica la oportunidad de decidir. Siempre puede decir que no a Madelaine.

Rose cedió.

—Está bien, Roddy.

—Esa es mi chica. Dile a Leah que es todo un honor que Steve Levitt se preste a ir al salvaje Yorkshire con Madelaine Winter.

—Mañana veré a su madre y se lo comentaré.

—Genial. Y tengo otra gran noticia relacionada con tus cuadros. Mañana vendrá a la galería alguien interesado en tres de ellos. Ya te contaré. *Ciao*, cariño.

Roddy colgó. Rose entró en la cocina, donde Miranda estaba esterilizando los biberones de su hija. Encima de la mesa, la pequeña Chloe gorjeaba feliz en su moisés.

—Hola, cariño. —Arrulló al bebé, que le cogió el dedo con la manita—. Qué niña tan fuerte, cómo agarra. Estoy segura de que ha crecido en mi ausencia. ¿A que sí, preciosa? —Cogió a Chloe en brazos y la achuchó.

—Si tú lo dices —comentó malhumoradamente Miranda.

Rose miró a su hija y suspiró. Desde el nacimiento de la niña había cambiado. Había perdido toda su chispa y pasado de estar obsesionada por su aspecto a no maquillarse siquiera. Tenía su preciosa melena rubia recogida hacia atrás con una coleta. Llevaba semanas con los mismos tejanos.

—Acabo de hablar con Roddy. Me ha dado una gran noticia. Ha vendido seis de mis cuadros por una buena suma de dinero. Creo que eso merece una celebración. Mañana nos vamos de compras a York.

—¿Y qué hacemos con la niña? —Miranda se la quitó bruscamente de los brazos y se sentó a la mesa. La pequeña balbuceó cuando su madre le enchufó el biberón en la boca.

—Estoy segura de que a la señora Thompson no le importará cuidar de ella. Ya sabes que adora a Chloe. Además tengo que hablarle de Leah.

Miranda levantó la vista.

—¿Qué pasa con ella?

Con lo desmoralizada que estaba su hija, Rose sabía que debía tratar ese asunto con cautela.

—Por lo visto hay un fotógrafo que podría estar interesado en hacerle una sesión. Es un amigo de Roddy y vendrá a comer a casa en septiembre.

—¿Y cómo sabe ese hombre qué aspecto tiene Leah? —La mirada de Miranda era dura, inquisitiva.

—Había un dibujo de ella en la exposición —respondió enseguida Rose. Contrita, se puso en pie—. Hasta luego, cariño.

Cuando se hubo marchado, la chica cerró los ojos mientras escuchaba a su hija succionar con fruición la tetina del biberón.

Detestaba el olor permanente a pañales sucios, polvos de talco y vómito lechoso que impregnaba sus ropas. Detestaba tener que levantarse constantemente por las noches para dar de comer a Chloe y ver su vida arruinada por alguien que dependía de ella para todo. Apenas tenía diecisiete años y sentía que su existencia había terminado antes de empezar.

Todo lo sucedido le había enseñado una lección. Odiaba a los hombres. Los odiaba con toda su alma. ¿Por qué la vida del padre no estaba arruinada como la suya? Un año atrás había tenido claro su futuro. Iba a controlar a los hombres, a utilizarlos para conseguir lo que quería. Ahora la víctima era ella.

Retiró el biberón vacío de la boca de Chloe y se colocó a la pequeña sobre el hombro para que eructara.

Su llegada había hecho que Miranda empezara a pensar en su madre. Por primera vez en su vida estaba preguntándose quién era, por qué la había abandonado siendo un bebé. A veces deseaba poder hacer lo mismo con su hija.

Ahora lo entendía. La gente era egoísta, solo buscaba su propio beneficio. A nadie le importaba cómo estuviera ella.

Todos sus sueños de una vida mejor se habían ido al traste con la llegada de Chloe.

Lágrimas de autocompasión le rodaron lentamente por las mejillas.

# 16

Rose vio el Jaguar verde detenerse delante de la casa y examinó a la mujer que emergía del asiento del pasajero.

Madelaine Winter, exmodelo y propietaria de la agencia más importante de Europa, seguía siendo hermosa. Sabía que la susodicha era mayor que ella, pero tenía que reconocer que parecía más joven. La densa cabellera negra, recogida en un moño tirante, no exhibía una sola cana, y la figura que había brillado en las principales pasarelas de la década de los sesenta seguía siendo perfecta. El traje rojo que llevaba era de Chanel y lucía un maquillaje impecable. Una vez más, Rose se sintió vieja y anticuada, y decidida a ponerse a régimen de inmediato.

—¡Al fin estamos aquí, querida! ¡Por Dios, esto parece el fin del mundo! ¿Cómo lo aguantas?

Sonriendo, ella besó a Roddy, le estrechó la mano a Steve y a Madelaine, y condujo al trío hasta la sala de estar.

—Qué vistas tan bonitas —dijo la mujer, mirando por la ventana.

—Sí, muy bonitas —convino Steve.

—Espero que la muchacha valga la pena. Hemos pillado un atasco en la autopista y tardaremos horas en volver —se quejó Roddy.

Rose pensó en lo raro que se le hacía tener a esos tres elegantes londinenses en su sala de estar. Desentonaban totalmente con el entorno. Leah se iba a sentir abrumada y ella se preguntó si había hecho bien al animar a la señora Thompson a dejar que su hija los conociera.

—He preparado un almuerzo ligero, pero propongo que primero tomemos una copa aquí.

—Me parece perfecto. He traído una botellita de champán para celebrar que ayer vendí tu décimo cuadro. —Roddy sacó una mágnum de una bolsa de plástico.

—Enhorabuena, Rose. Londres todavía habla de tu exposición. —Madelaine sonrió, mostrando una dentadura blanca y perfecta.

Buscó unas copas y Roddy propuso brindar por ella.

—Y por Leah —añadió Steve.

—Hablando de Leah, su madre está en la cocina preparándonos la comida. Ella vendrá más tarde. A Doreen no le hace demasiada gracia todo esto, de modo que yo, en vuestro lugar, iría con pies de plomo. Es una mujer convencional de Yorkshire y una asistenta estupenda. No quiero que ninguna de las dos se sienta coaccionada.

—No te preocupes, Rose, iré con cuidado, te lo prometo —la tranquilizó Madelaine.

En ese momento, la puerta se abrió y apareció Miranda. Contuvo la respiración. Su hija vestía una de sus ceñidas minifaldas y una blusa escotada. Su cara estaba una vez más embadurnada de maquillaje. Rose no pudo evitar cierta vergüenza.

—Miranda, ellos son Madelaine Winter, Steve Levitt y Roddy Dawes. Ella es Miranda, mi hija.

La chica sonrió y posó un segundo en el marco de la puerta antes de entrar.

—He pensado que podría comer con vosotros, si te parece bien, Rose. —Hablaba despacio, arrastrando las palabras.

—Claro, cariño. Miranda acaba de darme una nieta preciosa. —Su hija la fulminó con la mirada—. ¿Qué os parece si nos sentamos a comer? —dijo enseguida.

Pasaron al comedor. Miranda aguardó deliberadamente a que Steve se hubiera sentado para colocarse a su lado.

—Aquí viene Doreen con la sopa. Doreen, me gustaría presentarte a Steve Levitt. Es el caballero del que te hablé.

—Es un placer conocerla, señora Thompson. Estoy impaciente por ver a Leah.

La señora Thompson asintió.

—Y yo. Me llamo Madelaine Winter. Dirijo la agencia de modelos Femmes.

—Un placer, señora Winter —balbuceó, abrumada, Doreen.

Rose sintió una lástima inmensa por la mujer. Sabía que, si Madelaine quería a Leah, la señora Thompson no podría hacer nada para detenerla. Sería superada en astucia y apartada como un mero incordio.

La mujer terminó de servir la sopa y salió del comedor.

—Tengo una sorpresa para ti, Steve —dijo Rose.

—¿De qué se trata?

—He oído que *Vogue* ha contratado a un asistente para que te ayude en Milán.

Él dejó ir un suspiro.

—Así es. Jimmy, mi leal y fiel sirviente desde hace dos años, me ha dejado en la estacada para trabajar por su cuenta. Diane me dijo que me buscaría a alguien. Será solo para esa semana. Si no me gusta, siempre podré encontrar a otro a mi regreso.

—Pues espero que te guste, porque da la casualidad de que tu nuevo asistente es mi hijo Miles. —Rose sonrió.

—¿Tu hijo? —Steve la miró sorprendido.

—Lo sé, una coincidencia asombrosa. Me enteré el domingo por la noche, cuando me contó por teléfono que iba a trabajar para ti en Milán.

—¿Está aquí?

—No, está en Londres. Estoy segura de que no te decepcionará. Es un fotógrafo con mucho talento y le han dicho que tiene que hacerte caso en todo.

—El mundo es un pañuelo —rumió Steve.

Rose se pasó la comida observando a Miranda, consternada por la descarada manera en que estaba coqueteando con el fotógrafo, agitando la melena e inclinándose hacia delante para que toda la mesa obtuviera una vista privilegiada de su escote.

—¿Sabe tu hija que no tiene nada que hacer? —le susurró Roddy—. Créeme, es más gay que yo.

Rose asintió mientras regresaban a la sala de estar para tomar café y se estremeció cuando Miranda se sentó increíblemente cerca de Steve en el sofá.

La señora Thompson llegó cinco minutos después con la bandeja del café. La seguía Leah, aterrorizada.

Miranda miró a Leah Thompson. No podía entender por qué el fotógrafo estaba interesado en ella. Era una chiquilla flaca y larguirucha sin el menor *sex appeal*. ¡Ni punto de comparación con ella!

—Creo que es hora de dar de comer a Chloe, cariño —le dijo Rose.

La aludida frunció el ceño.

—No es necesario, duerme como un lirón.

—Sube a ver cómo está, ¿quieres?

Miranda se levantó a regañadientes.

—Hasta luego, Steve. —Le lanzó una mirada triunfal y se marchó.

Él tenía la vista fija en la muchacha que estaba junto a la puerta. Llevaba un tejano viejo y una camiseta que le caía con una elegancia natural. Tenía un cabello maravilloso. Largo, frondoso, del color de la caoba lustrada. Pensó que el rostro era perfecto para la cámara, con sus pómulos altos y sus grandes ojos castaños. Por si eso fuera poco, la chica medía por los menos un metro setenta y cinco y era delgada como un fideo. Steve observó cómo Madelaine examinaba a Leah y, cuando aquella asintió de manera casi imperceptible, supo que había encontrado algo especial.

—Leah, permíteme que te presente a Steve Levitt y Madelaine Winter. —Rose se levantó y la condujo primero hasta él y luego hasta la otra. La muchacha les estrechó la mano con timidez—. Ven a sentarte conmigo. También usted, Doreen. A Madelaine le gustaría hablar con las dos.

La mujer se dirigió a la chica con dulzura:

—Leah, ¿sabes algo del mundo del modelaje?

Ella negó con la cabeza.

—La verdad es que no.

—Seguro que has visto a modelos en portadas de revistas, ¿no?

—Sí.

—Pues Steve, que es quien hace esas fotos, y yo creemos que tú también podrías aparecer en esas portadas de revistas.

—¿Yo? —preguntó, atónita, Leah.

Steve asintió.

—Sí, tú, Leah. Por eso he traído a Madelaine, para que te vea en persona. Dirige una de las agencias más importantes de Londres.

—¿Qué es una agencia? —preguntó ella.

—Digamos que estoy a cargo de un grupo de chicas. Les encuentro trabajos de modelo, acuerdo el dinero que les pagarán y me aseguro de que lo reciban —explicó Madelaine—. Y me gustaría mucho ocuparme de tu carrera, Leah.

Sentada al lado de su hija, la señora Thompson guardaba silencio. La chica la miró buscando su ayuda, pero fue en vano. La mujer estaba tan abrumada como ella.

—Estoy a punto de empezar el bachillerato —acertó a decir Leah y su madre asintió.

—En ese caso, no hay razón para que no puedas continuar con el curso en Londres. Tendrás tiempo de sobra para estudiar mientras viajas —la tranquilizó Madelaine.

El pavor se reflejó en los ojos de Leah.

—¿Tendría que dejar mi casa y mudarme a Londres?

Aquella asintió.

—Sí, pero podrías venir a ver a tus padres siempre que quisieras, y estoy segura de que te lo pasarías muy bien con las otras chicas.

—Pero yo... —Leah buscó con desesperación otra excusa—. Solo hace una semana que cumplí los diecisiete.

—La edad perfecta, querida. Prefiero coger a chicas sin experiencia y formarlas personalmente. Eso significa que no han adquirido malos hábitos de otras agencias.

—Ah —dijo Leah. Se volvió hacia Doreen—. ¿Qué piensas, mamá?

La señora Thompson dejó ir una exhalación.

—No estoy segura, Leah. No sé nada de este asunto del modelaje. Y no me hace gracia que te vayas a Londres y vivas sola.

—Usted podría acompañarla al principio, Doreen —dijo Madelaine.

—Imposible. Harry, mi marido, está en silla de ruedas. Tiene artritis y necesita cuidados.

—Vaya, lo siento.

Rose reparó en el fugaz interés que cruzó por la elegante frente de Madelaine.

—Yo podría buscarle a Leah un lugar donde vivir. Seguramente sería en un piso con otras de mis modelos. Y, claro está, otro aspecto que debemos tener en consideración es que la chica ganará mucho dinero si las cosas le van bien. Imagino que te gustaría ayudar a tu madre con los cuidados de tu padre, ¿verdad, Leah?

Madelaine le sonrió con dulzura. Rose no daba crédito al despiadado chantaje emocional que la mujer estaba empleando. Vio que la muchacha titubeaba.

—Sí, claro, pero…

—Creo que lo mejor sería que Leah y Doreen fueran a Londres un par de días y vieran si le gusta —la interrumpió Rose con firmeza—. Seguro que Madelaine estaría dispuesta a pagar a alguien para cuidar de Harry mientras están fuera.

—Buena idea —dijo Steve—. Podría hacerle unas fotos para ver qué tal salen. Luego Doreen y Leah podrían visitar tu agencia, Madelaine, y tener una charla contigo.

—Me parece bien. Así podré explicarles más detalladamente cómo funciona la industria. —La mujer no cabía en sí de gozo. Sabía que, una vez que las tuviera en Londres, estaría camino de asegurarse un contrato con Leah Thompson.

—¡Estupendo! —Roddy se dio una palmada en las rodillas y se levantó—. Y ahora creo que deberíamos pensar en regresar a Londres. Llegaremos en plena hora punta y yo tengo una cena a las ocho.

Los otros dos se pusieron en pie.

—La semana que viene estaré en Milán para los desfiles de moda, pero Madelaine las llamará y organizaremos una reunión para la otra semana. Adiós, Leah. Estoy deseando volver a verte muy pronto. —Le estrechó la mano.

—Adiós, querida, nos veremos dentro de poco. —Madelaine le sonrió y abandonó la sala detrás de Rose, Roddy y Steve.

Leah y la señora Thompson se quedaron solas.

—¿Qué piensas, mamá? —Tenía los ojos como platos.

—Pienso que a las dos nos iría bien una taza de té. Vamos, cielo. —Le pasó el brazo por los hombros a su hija y se dirigieron a la cocina.


—Rose, prométeme que intentarás convencer a esa madre durante la próxima semana. Leah es sensacional. He de conseguirla —suplicó Madelaine.

—Haré lo que pueda, aunque creo que es a la hija a quien debes convencer. No parecía que le hiciera mucha gracia abandonar su casa.

—Con la de chicas que sueñan con convertirse en estrellas, hemos de elegir a la única que ignora todo lo que tiene para ofrecer —se lamentó Steve.

—En eso radica parte de su belleza —le recordó Madelaine—, y no queremos perderlo. En cualquier caso, gracias por la comida, Rose. *Au revoir.* —Subió al coche y Roddy se despidió de ella con un beso.

—Te llamaré si hay novedades sobre la venta de tus cuadros. Ahora vuelve a ese estudio tuyo y ponte a trabajar. Necesito muchos más Rose Delancey para venderlos el año que viene. —Roddy sonrió.

Ella se despidió con la mano mientras el coche se perdía colina abajo y entró en casa. Leah y la señora Thompson estaban en la cocina bebiendo té.

—No sé, señora Delancey. ¿Qué opina usted de eso de hacer de modelo?

Rose se encogió de hombros.

—Bueno, Doreen, Leah debería sentirse halagada por el hecho de que el mejor fotógrafo y la mejor agente del negocio hayan venido hasta aquí especialmente para verla.

La chica se sonrojó.

—No puedo creer que piensen que soy lo bastante guapa para hacer de modelo, señora Delancey.

—Eso es asunto de ellos. Esas personas son profesionales. No perderían el tiempo si no creyeran en tu éxito.

—No sé. —La señora Thompson estaba meneando la cabeza, dudosa.

—Doreen, creo que usted debería ir a Londres con Leah y tomar luego una decisión. Lo que sí puedo decirle es que Madelaine es la mejor en este negocio y cuida muy bien de sus chicas. Y, si su hija triunfa como modelo, podría ganar mucho dinero.

—No me gustaría estar sola en Londres, pero, por otro lado, si gano dinero, papá y tú… —La voz de Leah se fue apagando.

—No quiero que tomes la decisión pensando en eso. Aparte del hecho de que sería tuyo, papá y yo nos las hemos apañado bien hasta ahora y me atrevo a decir que así seguiremos —declaró con firmeza la señora Thompson.

Miranda entró en la cocina con Chloe sobre el hombro.

—Hola, chiquitina —arrulló la mujer, cogiendo al bebé.

—¿Cómo está la nueva Twiggy? —preguntó Miranda.

—Hambrienta como su bebé —respondió secamente la señora Thompson—. ¿Por qué no te vas a casa, cariño? —dijo a Leah—. Así le hablas a tu padre de la señora Winter y te pones con la cena. Yo aún tengo que recoger aquí.

—Está bien, mamá. Adiós, señora Delancey. Adiós, Miranda. —Abrió la puerta de la cocina.

Una vez fuera, aspiró el aire fresco del otoño. Le encantaban los primeros días de septiembre, cuando los páramos comenzaban a dorarse y veía la neblina flotar amablemente sobre las colinas al despertarse por la mañana.

¿Cómo iba a dejar todo esto? ¿Y qué pasaría con sus padres? Si ella se marchaba a Londres, se quedarían más solos que la una. Por otro lado, si lo que la señora Winter decía era cierto y podía ganar mucho dinero, sería un sueño ayudarlos. Llevaban mucho tiempo viviendo con lo justo.

No obstante, comprender que podía perder todo lo que había dado por supuesto durante diecisiete años hizo que de repente se sintiera inmensamente agradecida por su vida actual.

Llegó al lugar donde Brett y ella habían pasado juntos momentos maravillosos. Detuvo sus pasos y se sentó. Habían transcurrido doce meses y todavía se despertaba cada mañana después de una noche de vívidos sueños con él. Le obsesionaba un muchacho al que deseaba odiar pero solo podía amar. Quizá marcharse a Londres la ayudara a olvidar.

Al llegar a casa fue directa a la habitación de su padre. Se había quedado dormido con un libro en las manos y tenía las gafas apoyadas en la punta de la nariz. Mientras lo observaba, Leah sintió una oleada de amor.

El señor Thompson se removió y abrió los ojos. Al ver a su hija en la puerta, sonrió.

—Hola, cariño. ¿Cómo te ha ido en la casa grande con la gente de Londres?

Ella entró y se sentó en el puf, a su lado.

—Quieren que vaya a la ciudad y sea modelo.

Harry inspiró hondo.

—¿No me digas? ¿Y tú qué piensas de eso?

Leah sacudió la cabeza.

—No lo sé, papá. La señora Delancey dice que es una gran oportunidad, pero tendría que irme a vivir a Londres. Os echaría mucho de menos a mamá y a ti.

El señor Thompson contempló el rostro angustiado de su preciosa hija y sonrió. Había estado muy preocupado por ella el último año. A la muchacha le había afectado mucho su primera experiencia amorosa. Pero estaba seguro de que lo superaría con el tiempo y ese trabajo de modelo parecía justo lo que necesitaba para recuperar la confianza en sí misma. Le rompería el corazón verla partir, pero sabía que Leah tenía algo especial. Se merecía salir al mundo y encontrar su futuro.

—Sé que nos echarás de menos a mamá y a mí, cielo, pero el trabajo aquí escasea y alguien te está ofreciendo un empleo. ¡Y encima glamuroso!

Leah le cogió la mano.

—Tendría que dejar el colegio, y me he esforzado mucho para sacar buenas notas en los exámenes. Quiero hacer el bachillerato y pensar en la universidad.

—La decisión es tuya y solo tuya, Leah, pero oportunidades como esta no surgen todos los días. Yo te apoyaré decidas lo que decidas. Eres una buena chica y, aunque no quiero que te vayas, creo que mereces algo más que acabar trabajando de secretaria con una prole de niños. Eres una muchacha preciosa, Leah. Está claro que lo has heredado de tu padre. —El señor Thompson sonrió—. Ven y dame un abrazo.

Ella le rodeó el cuello y pensó en lo maravilloso que sería tener dinero para cubrir a su padre de regalos a cambio de toda la bondad que le había mostrado. Lo abrazó con fuerza.

—Te quiero, papá.

El señor Thompson notó un nudo en la garganta.

—Venga, a preparar la cena, que tu padre tiene hambre y todavía no eres una superestrella.

La vio salir del cuarto y buscó un pañuelo en el bolsillo del jersey para secarse los ojos. Leah era la razón de su existencia. Y sabía que iba a perderla.

# *17*

—Son sencillamente fabulosas —dijo Madelaine con entusiasmo cuando extendió las fotografías por su mesa para que Leah las viera.

—¿En serio que esta soy yo, señora Winter? —preguntó, incrédula, mientras observaba a la bella muchacha de las fotos.

—Llámame Madelaine, por favor, y sí, eres tú, Leah. Es increíble lo que un buen maquillador y un buen fotógrafo pueden conseguir.

—Parezco mucho mayor.

—Yo diría que pareces más sofisticada. Y la ropa que llevas también ayuda.

La señora Thompson estaba acariciando las fotos con admiración.

—He de reconocer que el señor Levitt ha hecho un buen trabajo. Me cuesta creer que sea nuestra Leah. —Sonrió con orgullo.

Madelaine suspiró aliviada. Después del dinero que se había gastado en alojar a las dos en el Inn on the Park las últimas tres noches, de las horas invertidas en asegurar a la señora Thompson que ella cuidaría personalmente de su hija cuando viviera en Londres y de la enfermera que había contratado para atender al padre minusválido, estaba encantada de ver esa expresión de orgullo materno que tan bien conocía. Ya solo le quedaba convencer a la chica.

—¿Te gustó la sesión de fotos, Leah? Steve dijo que lo pasasteis muy bien.

—Sí, señora…, Madelaine. Es un hombre muy simpático.

—Entonces ¿crees que estás preparada para hacer eso a tiempo completo?

Leah la miró. El sentimiento de culpa por todo el dinero que se había gastado para poner a su madre y a ella en ese lujoso hotel, así como pensar en lo mucho que podría ayudar a sus padres con lo que Madelaine había dicho que podría ganar, hacía que le costara decir no.

Esa había sido justamente la intención de la agente.

—¿Qué pasa con el bachillerato? —Leah miró a su madre.

—Bueno, como ha dicho la señora Winter, puedes hacer de modelo un año y, si no te gusta, empezarlo el año que viene. Es una gran oportunidad, Leah —la alentó la señora Thompson.

—Supongo que podría probar un tiempo y ver qué tal me va —dijo ella despacio.

—Me parece bien, Leah, aunque tendrás que firmar un contrato de un año con la agencia. Es el procedimiento estándar, me temo. —Madelaine cogió el susodicho y se lo tendió—. Cuando acabes, nos iremos a comer por ahí para celebrarlo.

Leah se quedó mirando las cinco hojas repletas de texto.

—Vamos, cariño, estoy segura de que la señora Winter lo entenderá si de verdad no te gusta y quieres volver a casa.

—Por supuesto, Doreen. —Madelaine asintió.

Leah cogió el pesado bolígrafo de oro que esta le ofrecía, todavía dudosa.

—¿He de leerlo primero? —preguntó.

La mujer se encogió de hombros.

—Es un galimatías legal. Básicamente dice que Femmes será tu único representante y se llevará un porcentaje de cada trabajo que te consiga.

Leah miró a su madre, que asintió con la cabeza. Acto seguido, inspiró hondo y puso su firma en el lugar que correspondía.

—¡Fantástico! —exclamó Madelaine—. Ahora, antes de ponernos a trabajar, vamos a divertirnos.

Las llevó a un restaurante de lujo próximo a la oficina, en Berkeley Square. Pidió champán y, frente a una docena de platos minúsculos, le habló a Leah del futuro.

—Esta tarde os llevaré al piso de Jenny para que la conozcáis. Es una de mis modelos más prometedoras y tiene una habitación libre. Tiene dos años más que tú y es una chica agradable y sensata. Puede cuidar de ti y enseñarte Londres. Estoy segura de que os gustará a las dos —dijo Madelaine con una gran sonrisa—. Mañana quiero que vengas a la oficina a las nueve. Te reservaré hora con Vidal, el peluquero, y por la tarde te enviaré a Barbara. Ella te enseñará a maquillarte. Y puede que te envíe a Janet, una amiga que enseña dicción para que rebaje ese acento de Yorkshire.

La chica la escuchaba planificar su vida y observaba a su madre mostrar su acuerdo con todo lo que proponía.

—¿No es increíble, Leah? Dale las gracias a Madelaine por todo lo que ha hecho por ti.

—Gracias —dijo ella.

—Intentaré meterte en la colección *prêt-à-porter* de Milán del mes que viene. Es donde empieza la mayoría de las chicas. El redactor de moda de *Vogue* ni siquiera te mirará hasta que hayas puesto un pie en Europa.

Madelaine siguió parloteando en el taxi, camino del que iba a ser el nuevo hogar de Leah. Estaba en un barrio llamado Chelsea y el vehículo se detuvo delante de una casa grande de color blanco.

—Puede estar tranquila, Doreen, es una zona muy segura. —Pulsó un botón y una chica vestida con un chándal viejo bajó a abrir.

—Madelaine, querida. —La joven la besó en las mejillas—. Adelante. Y tú debes de ser Leah. Yo soy Jenny. Vamos.

Mientras las tres mujeres subían con Jenny dos plantas de escaleras empinadas, ella pensó que su nueva compañera de piso era la chica más guapa que había visto en su vida. Tenía más o menos la estatura de Leah, el pelo largo y rubio, y unos ojos grandes y azules. «Es mucho más bonita que yo», pensó.

Jenny les enseñó el piso, el cual, aunque pequeño, estaba elegantemente amueblado. Su habitación no era más grande que un armario de la limpieza, pero estaba decorada con buen gusto, con un papel de pared de rayas de colores y cortinas a juego.

Los «Ooh» y «Aah» de la señora Thompson al examinar la diminuta cocina equipada con los electrodomésticos más modernos del mercado hicieron suspirar a Leah por la cocina básica pero acogedora de su casa.

Jenny se ofreció a preparar café mientras Madelaine y Doreen iban a la sala de estar y tomaban asiento.

—Quédate y ayúdame a hacerlo, Leah. Pareces aterrada. —Jenny sonrió.

Ella se relajó ligeramente.

—Lo estoy, un poco.

—No te preocupes. Yo estaba como tú cuando me encontró caminando por una calle de Bristol. Ni siquiera había estado antes en Londres.

—Yo tampoco —confesó Leah.

—Madelaine cuidará de ti y yo estaré aquí para ponerte al tanto de todo. Tú limítate a bajar la cabeza y hacer todo lo que Su Majestad te ordene.

—¿Su Majestad?

—Ajá. Todas las chicas la llamamos Madelaine la Reina a sus espaldas —explicó en un tono cómplice.

Leah rio por lo bajo y llevó la bandeja del café a la sala de estar sintiéndose un poco mejor.


Esa tarde, no obstante, en el andén de King's Cross, lloró a moco tendido.

—Vamos, Leah, cualquiera diría que no vas a vernos a tu padre ni a mí nunca más. Madelaine dice que, si quieres, puedes hacernos una visita el fin de semana que viene.

—Ay, mamá —sollozó ella, aferrándose al abrigo de la señora Thompson.

—Te estás comportando como una chiquilla. Serénate y piensa en la de chicas que darían lo que fuera por una oportunidad como esta —la reprendió la mujer.

Leah se sonó la nariz con vehemencia y caminó por el andén para acompañar a su madre hasta el tren.

—No hace falta que esperes a que salga. Vuelve a ese taxi. Le estará costando una fortuna a Madelaine. —Besó a su hija y abrió la puerta del vagón—. Adiós, cariño. Pórtate bien y haz todo lo que te diga. Te escribiré tan pronto como pueda.

—Dile a papá que lo quiero.

—Por supuesto. Haz que los dos nos sintamos orgullosos de ti, cielo.

Pese a sus esfuerzos, a la señora Thompson se le estaban llenando los ojos de lágrimas. Agitó una mano rauda y desapareció en busca de un asiento.

Leah regresó cabizbaja por el andén hacia el taxi que la esperaba fuera. Abrió la portezuela del gran coche negro y subió.

—¿Adónde, señorita?

Leyó la dirección de Jenny y el conductor se puso en marcha, acompañándola al comienzo de su nueva vida.

# 18

—Le agradezco que haya accedido a recibirme sin previo aviso, señor Cooper. Quería verlo mientras estuviera en Washington.

David examinó al hombre fornido de acento marcado.

—¿De qué quiere hablar exactamente?

Se notaba un tanto irritado. Tenía una reunión de negocios importante y no estaba interesado en una organización benéfica que seguro que buscaba sacarle el dinero. Pat solía lidiar con esa clase de cosas y se preguntó cómo había conseguido este hombre colarse.

—En primer lugar, señor Cooper, debo pedirle disculpas. He llegado hasta aquí bajo un falso pretexto. No trabajo para la organización que usted cree.

Lo que le faltaba. David suspiró.

—Entonces ¿para quién trabaja?

—Siéntese, señor Cooper, y se lo explicaré.

Él meneó la cabeza con exasperación, pero obedeció.

—No perdamos más tiempo. ¿Qué puedo hacer por usted?

El hombre empezó a hablarle quedamente y su irritación no tardó en desaparecer por completo.

Cuando hubo terminado, David permaneció callado, mirando al vacío. Se había puesto pálido.

—¿Cómo ha dado conmigo? —preguntó al fin.

—Un miembro de nuestra organización reconoció su cara en un recorte de prensa. Lo conoció hace muchos años.

David asintió despacio.

—Lo felicito. Y, ahora que me ha encontrado, ¿qué quiere de mí?

—Sabemos que está a punto de hacer negocios con esta persona. —Le pasó una carpeta con el nombre escrito en la tapa—. Este es el hombre con el que se dispone a tener tratos, ¿verdad?

David asintió despacio.

—Sí. ¿Dónde está el problema?

—¿Se han visto ya?

Él respondió con cautela:

—No. Nos hemos escrito varias veces y hemos hablado un poco por teléfono. Hemos quedado para comer dentro de dos semanas.

—Entonces me gustaría que leyera el contenido de esta carpeta. Se trata de información altamente confidencial. Si se filtra una sola palabra, treinta años de trabajo de investigación habrán sido en vano. Se la dejo aquí. —El hombre se levantó—. Quiero que lea el contenido de principio a fin. Entre ambos existe una... conexión que usted desconoce. —David tragó saliva—. Cuando haya terminado de leerlo, me gustaría que llamara a este número. —Le tendió la mano y él se la estrechó—. Adiós, señor Cooper.

El hombre salió de la habitación y David caminó hasta el mueble bar. Se puso un whisky doble con hielo y se instaló en la cómoda butaca de hotel para leer el contenido de la carpeta.

Una hora después tenía el rostro bañado en lágrimas e iba por su quinta copa.

—Dios mío —sollozó.

Entró en el cuarto de baño y se echó agua fría en la cara.

Cuántos años de aquello, cuánto dolor. Todo este tiempo bloqueando el pasado y ahora...

David sabía que tenía que tomar la decisión más importante de su vida.

Recordó entonces el juramento que hizo cuando era mucho más joven.

Las manos todavía le temblaban a causa de la conmoción. Su mente lo obligó a regresar al pasado, a abrir las puertas de los oscuros recovecos de su memoria en los que hacía mucho tiempo que no entraba...

# 19

## Varsovia, 1938

—Mamá, ¿puedo ir a casa de Joshua? Le han regalado un tren y me ha pedido que lo ayude a montarlo.

Adele sonrió con ternura al niño que tenía delante. Nadie podía resistirse a él, ni siquiera ella. Era muy listo y tenía esa cara querúbica e inocente que hacía imposible que un mal pensamiento la enturbiara.

—Claro que puedes, siempre y cuando hayas terminado la lectura que te puso el profesor Rosenberg.

—Hace horas que la acabé, mamá. El inglés es un idioma muy raro. Tiene palabras que significan más de una cosa. A veces me hago un lío.

Hablaba con suma seriedad y desenvoltura para un niño de diez años. Sus maestros le auguraban un gran futuro.

—Está bien. Pídele a Samuel que te lleve con el coche. A tu vuelta me gustaría oírte tocar el violín.

—Claro, mamá.

—Dale un beso a tu madre, David. —Adele le hizo señas para que se acercara.

Él obedeció y le plantó uno en la frente.

—Adiós, mamá. —Sonrió y se marchó del salón.

Ella suspiró con satisfacción y pensó una vez más en lo afortunada que era. Y en lo mucho que se alegraba de haber corrido aquel terrible riesgo diez años atrás y huido de París con el joven pintor polaco del que se había enamorado profundamente.

En el verano de 1927 Adele se encontraba viajando por Europa con Beatriz, su tía soltera. Era su despedida antes de regresar a Inglaterra, donde iba a casarse con un hombre considerado adecuado por su padre antes de partir a la India. Durante su estancia en París, Beatriz había sufrido una intoxicación alimentaria, lo que dejó libre a Adele para explorar sola la ciudad. Un miércoles, durante un paseo vespertino, se adentró en el bohemio barrio de Montmartre. Atraída por la ruidosa cháchara de unos artistas sentados en la terraza de un concurrido café, ocupó la mesa contigua y pidió un *citron pressé*. A los pocos minutos, uno de los artistas le pidió que ayudara a zanjar una discusión: ¿quién creía que era el creador más grande de su época, Picasso o Cézanne? Adele se unió a la mesa y allí le presentaron a Jacob Delanski.

El polaco joven y alto de pelo rubio, penetrantes ojos azules y risa contagiosa la hechizó.

Esa tarde corrió el vino y transcurridas unas horas él reunió el valor suficiente para preguntarle si podía pintarla. Ella enseguida aceptó y, durante la semana que siguió, Adele abandonaba la comodidad de su suite en el hotel Ritz para ir al angosto ático de Jacob de la rue de Seine.

Jacob, con su personalidad carismática y la vitalidad que le infundían ser joven y talentoso y estar en la ciudad más apasionante del mundo, la abrumaba. Adele estaba acostumbrada a la estricta educación victoriana y a los oficiales tiesos y formales de Inglaterra que su padre consideraba adecuados para acompañarla a los bailes.

Y ahora aquí estaba, en un estudio de Montmartre, bebiendo vino a las tres de la tarde y escuchando a Jacob decirle que la quería y que deseaba casarse con ella.

Adele respondió que era imposible, pero él acalló sus reticencias diciéndole que se equivocaba, que su destino era estar juntos. Ese día le hizo el amor y ella comprendió que Jacob tenía razón, que no debían separarse nunca más. Sabía que su padre vendría a buscarla a París, por lo que acordaron irse a Varsovia, la ciudad natal de él. Adele abandonó el Ritz al alba con una maleta pequeña, sin que la abrumadora pasión que sentía por su guapo y talentoso amante le dejara ver la trascendental decisión que estaba tomando.

Cuando llegaron a Varsovia, se alojaron en casa de un viejo amigo de Jacob en Wola, el barrio de los artesanos.

Su máxima prioridad era contraer matrimonio, pero existía un problema: Jacob era judío, y Adele, cristiana británica. No había un solo rabino o sacerdote en la ciudad dispuesto a casarlos. Sencillamente, uno de los dos tenía que cambiar de religión y decidieron que debía ser ella.

Comenzó a asistir a clases preparatorias mientras Jacob se esforzaba por poner comida en la mesa. Ante la falta de encargos, fue a ver a su padre, quien le ofreció ayuda con la condición de que renunciara a su sueño de pintar y aceptara el puesto que le correspondía por derecho en el banco familiar. Jacob rechazó la oferta y encontró un empleo en una biblioteca que les proporcionó dinero suficiente para alquilar una habitación y dar una pequeña fiesta después del enlace, a la que sus padres no asistieron.

Las cosas fueron muy duras al principio, pero sobrevivían gracias a su amor. Jacob siempre conseguía arrancar una sonrisa a Adele cuando se desanimaba. Su pasión por la vida era contagiosa y ella aprendió que no había problema que no pudiera solucionarse con tesón y optimismo. Al año de casados dio a luz un niño al que llamaron David. La habitación se llenó rápidamente de pañales sucios y de olor a pintura, pues Jacob estaba más decidido que nunca a triunfar como pintor y demostrar a sus padres que no necesitaba su ayuda.

Al poco de nacer el niño, él recibió el encargo de retratar a un pariente adinerado de uno de sus amigos, por el que obtuvo dinero suficiente para ascender a un apartamento de dos habitaciones. Tres meses después le pidieron que pintara a otro miembro de la misma familia y enseguida empezó a correr la voz. Su sueño se hizo realidad y Jacob dejó su trabajo en la biblioteca.

Para cuando Adele dio a luz a Rosa en 1931, la familia había cambiado la ciudad masificada por Saska Kepa, un barrio residencial conectado con el centro de Varsovia por el nuevo puente de Poniatowski. Él estaba adquiriendo fama como retratista y obteniendo, gracias a su apostura y carisma, encargos importantes de damas maduras deseosas de ser aduladas tanto dentro como fuera del lienzo.

A medida que la reputación y la bonanza de Jacob crecían, sus padres, aunque descontentos con la profesión elegida y con su esposa pagana, fueron acortando distancias con su hijo. También ellos dejaron la ciudad para sumarse a la pareja en Saska Kepa y la comunicación se restableció. Fueron testigos del cuidado que Adele ponía en educar a sus hijos en la tradición judía y, tras descubrir que pertenecía a una familia de alta cuna, aceptaron el matrimonio y se volcaron con sus nietos.

Ella entendía a la perfección por qué Jacob no podía renunciar a su religión por ella; habría sido como pedirle que cambiara de corazón. Aun así estaba decidida a que sus hijos crecieran conociendo algo de su propio legado. Por tanto, desde su nacimiento les hablaba en inglés al tiempo que ella se esforzaba por aprender polaco. Y ahora, con diez y siete años respectivamente, David y Rosa conversaban con fluidez en tres idiomas.

Cuando los niños estaban arropados en su camita por la noche, Adele les contaba historias de su vida en Londres. Les hablaba de la enorme casa delante de Hyde Park en la que había vivido de niña, del Big Ben, del Parlamento y del viejo padre Támesis, que atravesaba la capital del mundo. Les prometía, mientras se les cerraban los ojos, que algún día los llevaría allí.

Adele pensaba a menudo en sus padres y se preguntaba cómo habrían reaccionado a su desaparición. Se había sentido terriblemente mal por cargar a su pobre tía Beatriz con el peso de dar la noticia, pero no había tenido elección. A esas alturas era probable que la creyeran muerta.

Unos golpecitos en la puerta del salón la sacaron de su ensoñación.

—¡Adelante!

Christabel, la niñera de rostro redondo, entró con Rosa de la mano.

—Hola, cariño.

La niña, una réplica en pequeño de su madre, con su mata de pelo rojo Tiziano, alzó los brazos. Adele la levantó del suelo y la achuchó.

—Cuéntale a mamá qué es eso que quieres enseñarle —dijo afectuosamente Christabel.

Rosa abrió sus grandes ojos verde esmeralda como platos mientras se sacaba una hoja del bolsillo y se la tendía a su madre.

—Toma —dijo con orgullo.

Era un dibujo de un cuenco de flores. Adele contuvo el aliento al comprender que lo había hecho su hija de siete años. Le costaba creerlo. El uso del color, la forma y los intrincados detalles mostraban la mano de una artista mucho más madura. Dejó a Rosa en el suelo y procedió a estudiar con detenimiento lo que tenía frente a ella. Era extraordinario. Se preguntó si estaba contemplándolo con mirada ecuánime..., pero sentía fuertemente que así era.

La niña estaba de pie frente a ella, esperando con los brazos cruzados sobre su impecable mandil blanco.

—¡Caramba, cariño, es precioso! ¿Seguro que lo has hecho tú?

La aludida asintió.

—Claro, mamá, lo he hecho yo.

—Doy fe de ello, señora. Lo he visto con mis propios ojos. Arriba tiene un cuaderno lleno de dibujos.

—¡Santo Dios! Rosa, creo que deberíamos enseñárselo a papá, ¿no te parece?

—Sí. ¿Y a David? —Los ojos se le iluminaron.

—Pues claro. —Habiendo sido hija única, Adele siempre se conmovía al ver lo unidos que estaban sus hijos.

Cuando Jacob vio el dibujo de su hija, se quedó atónito. Enseguida supo que en su interior se ocultaba un talento que hacía que el suyo resultara insignificante en comparación, y decidió que no había tiempo que perder. Desde ese día, cada mañana Rosa pasaba dos horas con su padre en el estudio situado en la parte de atrás de la casa. Él le enseñaba todo lo que sabía y observaba con orgullo y asombro la facilidad con que su hija asimilaba los conocimientos que le impartía, superando con creces lo que cabría esperar de alguien de su edad. Aunque no hablaban de ello con Rosa, para quien el mero placer que le producía su habilidad para retratar vívidamente cosas en una hoja de papel formaba parte de su don, Jacob y Adele eran conscientes de que poseía un talento prodigioso.

Fuera del estudio, el joven David estaba mostrando un don para el violín. Por su décimo cumpleaños le habían comprado el Ludwig, un Stradivarius raro y muy valioso. Por las noches se sentaban a escuchar a su hijo extraer melodiosos sonidos del bello instrumento.

—¿Te dije o no te dije que nuestra mejor oportunidad de ser felices era estando juntos? —solía susurrar Jacob a su mujer cuando se metían en la cama.

—Sí, amor mío —le decía ella con un beso—. Nuestra vida es perfecta.

Y se dormían abrazados, inocentemente ajenos a los horrores que estaban por venir.


El 1 de septiembre de 1939, Alemania invadió Polonia. Más de un millón de hombres, equipados con una fuerza aérea muy superior, vencieron sin dificultades al deficiente ejército polaco. Dos semanas más tarde, Rusia envió sus tropas a la parte oriental del país. Poco después, las fuerzas polacas se derrumbaron y la nación se dividió entre Rusia y Alemania.

La lucha por Varsovia continuó. Noche tras noche, Jacob, Adele, David y Rosa se refugiaban en el sótano. El miedo del padre iba en aumento. Había oído hablar de las atrocidades cometidas contra el pueblo judío en Berlín y había observado una nueva oleada de antisemitismo extenderse por su país natal. La política de «evacuar» a los judíos de muchas ciudades y pueblos polacos los había lanzado en tropel a Varsovia para escapar de los brutales pogromos. Ya habían muerto miles de personas, pero él sabía, mientras oía las explosiones que sacudían la capital día tras días, que eso no era más que el principio.

El 27 de septiembre Varsovia capituló. Por primera vez en una semana, Jacob se atrevió a salir y quedó horrorizado ante la devastación sufrida por su otrora magnífica ciudad. El Castillo Real había ardido por completo y la recién remodelada Estación Central estaba irreconocible.

Las calles se hallaban desiertas cuando echó a correr hacia la casa de sus padres. El alma se le cayó a los pies cuando vio el edificio contiguo todavía ardiendo y sus entrañas colgando.

—Dios mío, Jacob, ¿qué será de nosotros, ahora que los nazis están aquí? Tendrías que haberte llevado a Adele y a los niños cuando todavía estabas a tiempo.

Él miró el rostro pálido de su madre.

—Lo sé, mamá, pero se negó.

—Pues ha perdido su oportunidad. Ahora tendrá que quedarse aquí y morir junto a los que aún quedamos.

—¡No hables así, mamá! Hay tres millones de judíos en Polonia. Nos levantaremos y pelearemos.

Surcie Delanski contempló la actitud desafiante de su hijo, su juventud y fortaleza, pero en el fondo de su corazón sabía que la batalla estaba perdida.

Tras la rendición de Varsovia, el Gobierno polaco se exilió en París. Se formó el nuevo Gobierno General de Polonia, con Hans Frank a la cabeza, quien emitió órdenes para que la comunidad judía de Varsovia creara su propio consejo bajo supervisión alemana.

El padre de Jacob se hizo miembro e informó a su hijo de las últimas instrucciones alemanas que debía seguir la población judía.

—A partir de mañana, todos los judíos tendrán que llevar un brazalete que los identifique. El acceso a algunas partes de la ciudad nos será vetado.

Jacob hundió la cabeza en las manos.

—¡Papá, no puedo creer que esté pasando esto! ¿Es que el consejo no piensa oponerse?

—¿Cómo vamos a oponernos si ya estamos sometidos al reinado del terror? Tiroteos aleatorios, judíos amontonados en camiones y trasladados a campos de trabajo… Los muertos ya se cuentan a miles. —Tenía la expresión grave—. Y peores cosas vendrán.

—¿Dices que no tenemos permitido el acceso a ciertas partes de la ciudad? Eso es segregación.

Samuel Delanski asintió con tristeza.

—En efecto, y creemos que eso es justo lo que quieren. Hijo mío, te suplico que vendas lo que tienes y reúnas todo el dinero que puedas antes de que sea demasiado tarde. Afortunadamente tuve el buen juicio de retirar los fondos de mi cuenta del banco. Sabía que los nazis la cerrarían. Algunos de mis amigos lo han perdido todo. El círculo se está estrechando. Debes insistirle a Adele para que abandone la ciudad con los niños. Aún conserva su pasaporte británico, ¿verdad?

—Sí, papá.

—Has de sacar a tu familia de aquí, Jacob. —Bajó la mirada—. Lamento decirlo, pero una mujer inglesa y sus dos hijos cristianos tendrán muchas más probabilidades de sobrevivir sin ti.

Él sabía que era cierto.

—Adele no se irá sin mí, pero intentaré persuadirla una última vez.

—Bien. Tengo un amigo que está ayudando a gente a llegar a Gdynia. Todavía hay unos pocos barcos que salen de allí para Dinamarca. Si consiguen llegar, podrán esconderse hasta que zarpe uno a Inglaterra.

Esa noche, Jacob trasladó a su mujer lo que le había contado Samuel. Tal como esperaba, ella se negó en redondo a marcharse sin su marido.

—¿Pero no entiendes que sin mí podréis llegar a lugar seguro, Adele? Con tu pasaporte, tú y los niños sois ingleses. Nadie tiene por qué saber que te convertiste al casarte conmigo.

Ella tenía los ojos llenos de lágrimas. Negó con la cabeza.

—No me iré si no vienes conmigo. No puedo dejarte aquí con un futuro tan incierto.

Jacob miró a su mujer. El amor que sentía por ella ardió con más fuerza que nunca. Tenía la oportunidad de escapar de esa locura y, sin embargo, estaba dispuesta a quedarse y sufrir con él.

Lo intentó por última vez.

—Adele, *kochana*, sabes que no puedo ir con vosotros. Si nos descubren, nos matarán sin titubeos. Piensa en nuestros hijos. Piensa en lo mucho que sufrirán si se quedan. Te lo ruego, amor mío.

Ella suspiró, alzó la mirada y le cogió las manos.

—Jacob, el día que huimos de París para estar juntos dijiste que escuchara la voz de mi corazón. Eso hice y en ese momento supe que mi suerte estaba echada. No había vuelta atrás. Decidí casarme contigo y convertirme a tu fe. No sacrificaré nuestro amor. Nunca. Por tanto, querido mío, acepta que vamos a estar juntos, como una familia, hasta el día de nuestra muerte.

Lo rodeó con los brazos y lo atrajo hacia sí.

Él asintió despacio.

—Hasta el día de nuestra muerte.


Tal como había vaticinado Samuel Delanski, Hans Frank ordenó el confinamiento de los judíos de Varsovia en la zona norte de la ciudad para finales de noviembre de 1940. Habiendo recibido el aviso de antemano, el hombre había conseguido hacerse con un piso pequeño dentro de los márgenes del gueto, en el barrio de los fabricantes de pinceles y cepillos de la calle Lezno. Solo tenía tres estancias: una para Jacob y Adele, otra para Samuel y Surcie, y una sala de estar donde había espacio suficiente para un colchón para David y Rosa. Comparado con las condiciones en las que vivían otros, el piso era un palacio.

Jacob había vendido todo lo que tenía a fin de reunir dinero en efectivo. Sumado al de Samuel, calcularon que tenían suficiente para alimentarse durante dos años o más.

Cuatrocientos mil judíos fueron recluidos en una superficie de apenas dos kilómetros cuadrados que constaba de tan solo doce manzanas, desde la calle Jerozolimska hasta el cementerio. La masificación en el gueto era inimaginable, las condiciones sanitarias espantosas y los alimentos empezaban a escasear. Adele pasaba las mañanas haciendo cola frente a una de las pocas panaderías autorizadas a fin de llevar pan a casa.

Samuel y el consejo vecinal se esforzaban por llevar cierta normalidad a la vida de los ciudadanos del gueto. Crearon escuelas que abrían todos los días, se organizaban debates y grupos de teatro, y una magnífica orquesta sinfónica ofrecía conciertos semanales.

Pero, a finales de 1940, el número de judíos obligados a abandonar los pueblos de las provincias había elevado la población a más de medio millón de personas. Las raciones destinadas al gueto habían disminuido y a duras penas había comida suficiente para alimentar a la mitad de la población. Como resultado de ello, muchos morían de hambre y el mercado negro estaba en auge. Quienes se arriesgaban a salir para volver con víveres cobraban precios exorbitantes. A los Delanski no les quedaba más remedio que pagar o morir de hambre.

Era una vida extraña, dominada por el terror conforme iban desapareciendo amigos y el sonido de las balas retumbaba en las calles. Adele y Jacob hacían lo posible por mantener cierta rutina por el bien de los niños.

David y Rosa iban al colegio por la mañana. Por la tarde, Jacob se sentaba con su hija y pintaban empleando el dorso de lienzos viejos a fin de alargar la vida de su pequeña reserva de papel. Mientras así pasaban las horas, Adele intentaba preparar una cena gustosa con sus provisiones de patatas y otras hortalizas deterioradas. A sus nueve años, Rosa parecía ajena a lo que sucedía a su alrededor, aunque a veces se arrimaba a David por la noche, cuando el sonido de disparos la asustaba. Su carácter dulce se había ganado la simpatía de los vecinos, que a menudo le buscaban una manzana a cambio de un dibujo.

Por la noche, la familia se apiñaba alrededor del pequeño fuego y David tocaba su adorado Stradivarius, que Jacob no había tenido el valor de vender.

En abril, Surcie Delanski contrajo la fiebre tifoidea, que estaba arrasando el gueto. Murió una semana después. Su marido la siguió en julio.

Incapaz de hablar por el dolor, el hijo cargó el cuerpo de su padre en una de las carretas provistas para ese fin. Ya empezaba a rebosar.

Tras la muerte de sus padres, Jacob se volvió callado y retraído. Dejó de pintar y pasaba horas sentado, mirando por la ventana la tremenda pobreza y el sufrimiento que invadían las calles.

Adele se desesperaba al ver a su amado y entusiasta marido retraerse un poco más cada día. Cuando intentaba reconfortarlo, Jacob la miraba como si no la conociera. Pese a sus denodados esfuerzos, no conseguía sacar a su marido de su honda tristeza.

Ella se quedó al cargo de sus hijos, lo que incluía conseguir comida. Debilitada ya por la falta de alimento y el cuidado de dos enfermos, cayó desmayada en el suelo de la cocina.

Horrorizado, David la levantó. Pesaba menos que una pluma y notó los huesos debajo del desgastado vestido. Con una cuchara, le dio un poco del caldo que hervía en el fuego. En ese momento él comprendió que su querida madre había estado renunciando a sus raciones para alimentar a su familia.

A ella se le llenaron los ojos de lágrimas mientras miraba a su hijo.

—Cómetelo todo —le exigió él.

—No, David. —Adele apartó el cuenco.

—Todo va a ir bien, mamá. A partir de ahora me ocupo yo. Te prometo que esta noche habrá comida en la mesa.

Media hora después, decidido, salió del piso. Regresó a las seis con una bolsa de alimentos frescos.

A partir de ese día, David salía una vez a la semana y volvía al caer la noche con una bolsa llena de víveres. Siempre desprendía un olor pestilente y Adele imaginaba que recorría las cloacas para llegar a la ciudad del otro lado del gueto.

Rosa jamás le preguntaba de dónde sacaba la comida. Sabía que David estaba corriendo terribles peligros y no soportaba pensar en eso.

El invierno de 1941 acabó con la vida de miles de personas en el gueto. Conseguir carbón era prácticamente imposible y hasta David, tan familiarizado para entonces con el mercado negro, tenía problemas para obtenerlo. El dinero se estaba acabando y calculó que les quedaba lo justo para alimentar a la familia unos meses. Agradecía que la primavera estuviera a la vuelta de la esquina.

Sus viajes al otro lado también le proporcionaban información útil. Una de sus fuentes le contó que habían vaciado el gueto de Łódź y deportado a los judíos a Chelmo, y que lo mismo estaba sucediendo en Lublin. Corría el espantoso rumor de que Chelmo era un campo de exterminio, donde aniquilaban a los judíos a millares.

David habría deseado confiarle ese rumor a su padre para oírle decir que seguro que la información era falsa, pero Jacob estaba ahora encerrado en su propio mundo. Últimamente apenas salía de la cama. De modo que cargaba él solo con sus miedos.

En julio de 1942, el día de Tisha b'Av, fiesta judía que conmemoraba la destrucción del Templo de Jerusalén, David estaba regresando al piso con un valioso botín de cinco patatas.

Una patrulla nazi, una imagen habitual en las calles del gueto, pasó zumbando por su lado y se detuvo delante del edificio que albergaba el consejo judío. David no le dio demasiada importancia, suponiendo que los alemanes seguían con sus redadas de judíos para sus batallones de trabajos forzados, por lo que no se detuvo a escuchar lo que el comandante tenía que decir. La regla de oro era mantenerse lo más lejos posible de ellos.

Esa noche, cuando los cuatro Delanski estaban tomando su exigua cena, llamaron a la puerta.

David fue a abrir y encontró a un amigo suyo que vivía con su familia en el piso de abajo. El muchacho estaba pálido.

—Entra, Johann. ¿Qué ocurre?

—Mi padre me envía para que os ponga sobre aviso. Hoy ha visto a los alemanes rodeando a ancianos y arrebatando a niños de los brazos de las madres. Han conducido a los detenidos en la Umschlagplatz a la calle Stawki, cerca de las vías muertas, donde había una hilera de vagones de carga. Han metido a viejos y jóvenes dentro y el tren se ha ido. Nadie sabe a ciencia cierta adónde se dirigía. —Johann tenía lágrimas en los ojos—. En las calles reina el pánico. Están propagando rumores sobre campos de exterminio. David, no dejes salir a Rosa. No debería ir a la escuela. He de irme. Tengo que avisar a más gente.

—Gracias, Johann.

Cerró la puerta con el corazón en un puño. La extinción del gueto, como en Łódź y Lublin, había empezado.

Al ver el semblante de su hijo, Adele enseguida supo que algo pasaba. Más tarde, cuando Rosa dormía y Jacob estaba en el dormitorio, le hizo señas para que entrara en la cocina.

—¿Qué quería Johann?

Él le explicó la advertencia de su amigo. Los ojos verdes de Adele se ensombrecieron de miedo.

—David, he visto en tu cara que sabes más sobre lo que va a ser de nosotros de lo que dices. Debes contarme todo. Quedará entre nosotros. Rosa es demasiado joven para entenderlo y tu padre... —Cerró los ojos un instante y recuperó la serenidad—. Por tanto, David, ¿es cierto ese rumor sobre los campos de exterminio?

Miró a su madre y asintió despacio.

—La gente cree que sí.

Se sentó en el suelo y ella lo envolvió con los brazos. Él le contó todo lo que había oído y sollozó de alivio al poder confiarle la terrible información que poseía.

Adele lo escuchó en silencio antes de ofrecerle algo de consuelo.

—Admiro tu fortaleza y coraje por soportar esto solo. Quiero que sepas que fue decisión mía que nos quedáramos en Polonia con tu padre. Él se culpa por lo que le ha ocurrido a su familia, pero mi amor por él… En fin, puede que un día entiendas por qué no podía irme. Tu padre siempre ha visto únicamente la belleza y la alegría de este mundo, pues en ello encontraba una manera de abstraerse de la oscura realidad. Vive en el pasado para alejar el sentimiento de culpa. ¿Lo entiendes?

De repente, por primera vez, así fue.

—Ahora quiero darte algo. —Adele se quitó el medallón de oro que le colgaba del cuello y se lo tendió—. Ábrelo.

David obedeció. Dentro había una fotografía de su madre de cuando era mucho más joven.

—Saca la foto y gírala.

Él observó la diminuta letra.

—¿Qué es?

—Es la dirección de tus abuelos en Londres. Si, por lo que fuera, nos… separaran, has de intentar ponerte en contacto con ellos. Dios quiera que aún vivan. Explícales quién eres. El medallón lo demostrará. Ahora, memoriza las señas y cuélgatelo del cuello. Debes jurarme que nunca te lo quitarás.

David siguió las instrucciones de Adele y se lo metió debajo de la camisa.

—Lo juro, mamá.

Ella se levantó y hurgó en el fondo de uno de los armarios de la cocina. Sacó un libro delgado de color azul.

—También quiero que tengas esto. Es mi pasaporte británico. Puedes utilizarlo como una prueba de quién eres, en caso necesario. —Adele abrió los brazos—. Ven y dame un abrazo. Si nos pasa algo a tu padre o a mí, cuida de Rosa por nosotros. Tiene un gran don y te tocará a ti ayudarla a desarrollarlo.

Abrazó a su hijo un largo rato. David sabía que compartían una certeza tácita sobre el futuro.

A lo largo del verano, las patrullas alemanas peinaron las calles del gueto reclutando víctimas y enviándolas en trenes a una muerte segura. La familia Delanski permanecía dentro del piso las veinticuatro horas del día. Tan solo David se aventuraba a salir en busca de comida. Adele le rogaba que no corriera riesgos, alegando que era preferible para ellos pasar hambre a que él fuera arrestado, pero ambos sabían que la familia tenía que comer.

Tras una expedición infructuosa que solo le había aportado media hogaza de pan mohoso y dos zanahorias viejas, David rodeó la esquina de la calle Lezno justo a tiempo de ver a cuatro patrulleros alemanes llevarse por la calzada a un grupo de personas. Cuando desaparecieron, echó a correr hacia el piso.

Cuando entró en su casa vacía y destrozada, estalló en sollozos. Cayó al suelo apretándose los nudillos contra los ojos.

—Mamá, papá, Rosa. ¡No!

Ignorando cuánto hacía que se los habían llevado, David se levantó y entró en el dormitorio de sus padres. Los cajones estaban abiertos y el contenido desparramado por el suelo. El joyero de su madre descansaba vacío sobre la cama.

Se palpó el medallón y su presencia lo reconfortó ligeramente. A continuación, con el corazón latiéndole con fuerza, se metió debajo de la cama rezando para que no lo hubieran encontrado... No: el Stradivarius, con el pasaporte oculto bajo el forro del estuche, seguía allí.

Sacó el violín y sin dejar de llorar se lo colocó debajo del mentón. Alzó el arco, pero, cuando el primer sonido dulce inundó la habitación, la familiar melodía le trajo poderosos recuerdos de su amada familia y no pudo soportarlo.

Entonces oyó algo más, un ruido tan vago que pensó que lo había imaginado. David se quedó inmóvil, aguzando el oído. Ahí estaba otra vez. ¿Era... alguien llorando? ¿Podría ser...?

—¡Rosa! Rosa, *kochana*, ¿dónde estás?

Caminó a trompicones por el cuarto siguiendo los sollozos hasta el pesado armario de caoba. Tensando hasta el último músculo del cuerpo, consiguió empujarlo a lo largo de la pared. Detrás había una puerta de apenas medio metro de alto.

La abrió y su hermana, temblando de miedo y medio histérica, se arrojó a sus brazos.

—¡David, David! Los soldados han venido y se han llevado a mamá y papá. Mamá me escondió aquí. Tenía mucho miedo. Estaba muy oscuro y no podía respirar y…

—¡Tranquila! Ahora estoy aquí contigo. Tranquila. —Le acarició el pelo, recordando la promesa que le había hecho a su madre.

Juró entonces que protegería a Rosa hasta el día de su muerte.

Tras dos semanas viviendo con el pánico de ser descubiertos y subsistiendo de los restos de comida que David había encontrado en los demás pisos vacíos del bloque, sabía que no le quedaba más remedio que aventurarse a salir o morir de hambre.

Rosa se negaba a que la dejara sola y empezaba a gritar en cuanto se alejaba de ella. Solo cuando se quedaba finalmente dormida en el colchón que David había colocado cerca del diminuto armario, por si acaso, podía salir en busca de comida. Sin embargo, había arrasado con todo el edificio y necesitaba ir más lejos. No podía correr el riesgo de que su hermana se despertara mientras él estaba fuera.

—Cariño, ¿por qué no me haces un dibujo? He de salir a buscar algo de comer. No tardaré…

—¡No! —Rosa se aferró a él—. ¡No me dejes sola, David, por favor!

No había nada que hacer. Tendría que llevarla con él o sus alaridos atraerían una atención indeseada.

Respiró hondo.

—Está bien, ven conmigo, pero debes prometerme que harás todo lo que yo te diga.

David fue hasta el tablón del suelo de la cocina debajo del cual guardaba la caja con el dinero. Al ver lo poco que quedaba se le escapó un gemido.

Entonces tuvo una idea. Era una probabilidad pequeña, pero quizá alguien estuviera interesado.

Cogió el estuche que contenía su amado Stradivarius.

—Me llevo la libreta y el lápiz en la bolsa por si veo algo para dibujar por el camino —dijo Rosa con pedantería.

David no discutió.

—De acuerdo. Vamos. Y, recuerda, tienes que hacer exactamente lo que yo te diga.

Rosa lo siguió por las calles desiertas. Hacía un día caluroso y soleado, y el hedor a cuerpos en descomposición era casi insoportable. Él corría como una bala por las aceras, tirando de ella para cobijarse en un portal cada vez que oían pasos. Solo le cabía rezar para que alguno de sus contactos en el mercado negro también se hubiera librado. Sentía que había ojos observándolo mientras tiraba de Rosa, cansada y enfurruñada.

Cuando llegaron al piso de uno de los proveedores de David, no había nadie. Los armarios estaban vacíos y ella se quejó de sed.

Él hundió la cabeza en las manos. No podían seguir así. Su hermana lo estaba obligando a ir despacio y hacía más evidente su presencia. Tenía que dejarla ahí.

Vio un osito de peluche sentado en una silla del dormitorio. Cuando se lo dio, a Rosa se le iluminó la cara.

—Este osito también se llama David. Se va a quedar aquí y a cuidar de ti mientras yo busco algo de comer. Y nada de quejas. Volveré antes de que te des cuenta; de lo contrario, no habrá agua ni nada de comer para el osito David. No debes moverte de aquí. —Sonrió a su hermana—. Él me ha prometido que me contará si rechistas lo más mínimo.

Para su alivio, Rosa asintió, completamente embelesada con su nuevo juguete.

—Vale. Voy a dibujar al osito David para regalártelo —anunció.

Él salió del piso y echó a correr calle abajo.

Regresó una hora más tarde todavía aferrado al violín. Había sido inútil. Los demás también estaban pasando hambre. Nadie estaba interesado en un instrumento musical, por valioso que fuera.

Abrió la puerta de la sala y el corazón se le paró. Rosa estaba sentada en el suelo, devorando una manzana, mientras un oficial alemán contemplaba un trozo de papel. La niña levantó la vista y sonrió.

—Hola, David. Este hombre me ha dado una manzana. Le gustó mi dibujo del osito y me pidió que lo dibujara a él mientras te esperábamos.

El oficial se levantó y el chirrido de sus botas hizo que le subiera un escalofrío por la espalda. El hombre sonrió casi con amabilidad.

—Tú eres David Delanski y ella es tu hermana Rosa.

Él asintió. Había enmudecido.

—Bien. Tu hermana es una señorita con mucho talento. El retrato que me ha hecho es muy preciso. He oído hablar de tu padre. También él tenía mucho talento. Vamos, es hora de irnos.

El soldado hizo chocar los talones y levantó a la niña del suelo.

—¿Puedo llevarme mi osito?

David vio que por el semblante del nazi cruzaba un destello de compasión al mirar el rostro inocente de Rosa.

—¿Por qué no? —Encogió los hombros. Unas horas más de placer no parecía mucho pedir.

El oficial los metió en el asiento de atrás de su coche y los llevó a la calle Stawki. Al ver los vagones de carga, David sintió una oleada de pánico.

El andén estaba repleto de rostros aterrorizados y los habitáculos estaban abarrotándose de humanidad.

Él bajó del coche y Rosa lo siguió. Se puso de puntillas y le plantó un beso en la mejilla al oficial.

—Gracias por la manzana —dijo.

El oficial se quedó mirando cómo los subían a un vagón atestado ya de gente.

Vio la cara de la pequeña contraída de miedo al cerrarse la puerta corredera.

Emprendió el regreso al coche, luego se detuvo y, señalando el vagón donde estaban David y su hermana, dijo algo a uno de los guardias.

Fue el beso de Rosa lo que le salvó la vida.


De vuelta al presente, se volvió hacia la ventana de su hotel con la mirada perdida. Se levantó de la butaca, delatando en su rostro el espantoso sufrimiento que acababa de revivir, y se sirvió otro whisky doble. Se lo bebió de un trago.

Cogió el teléfono y marcó un número, aceptando que su vida estaba a punto de cambiar.

—Por ti, Rosa —murmuró cuando contestaron.

# 20

*Londres, octubre de 1977*

«Última llamada para el vuelo de Alitalia AZ459 con destino Milán. Por favor, embarquen por la Puerta 17». La voz mecánica repitió el mensaje mientras Leah y Jenny pasaban el control de pasaportes y corrían hacia la puerta de embarque.

—¡Mierda, tendríamos que haber salido con más tiempo! Hay que ver cómo estaba el tráfico —resopló su compañera con el rostro acalorado.

—¡Si perdemos el vuelo, Madelaine nos mata! —gritó Leah.

Diez minutos después, tras implorar a la azafata de embarque, las dos muchachas estaban dentro del avión. Cuando empezó a rodar, ella hundió las uñas perfectamente pintadas en los laterales de su asiento.

—Ahí vamos —dijo Jenny con alegría—. Me encanta esta sensación. ¿A ti no?

Leah cerró los ojos cuando los motores rugieron y el avión se elevó en el aire.

—Ya estamos arriba, puedes abrir los ojos. —Aquella rio—. Caray, qué bien estar al fin sentadas después de tanto correr.

—¿Desean beber algo, señoritas? —les preguntó la azafata una vez que la señal del cinturón de seguridad se hubo apagado.

Jenny asintió.

—Sí. Yo tomaré un vodka con Coca-Cola. ¿Tú qué quieres, Leah?

—Coca-Cola a secas, por favor. —Todavía estaba intentando que se le asentara el estómago.

—Tendrás que ser un poco más atrevida cuando lleguemos a Milán. Todo el mundo bebe y pensarán que eres un peñazo si no lo haces.

Leah arrugó la nariz.

—No me gusta el sabor, Jenny.

—A mí tampoco me gustaba al principio, pero con el tiempo te acostumbras.

—De todos modos, soy menor de edad.

—Como la mayoría de las chicas cuando empiezan, pero eso no las detiene. Brindemos por tu primer trabajo. Salud. —Bebió un generoso trago y paseó la mirada por la cabina—. Ah, mira, allí está Juanita. También está en la agencia de Madelaine. Y Joe, que trabaja para *Harper's*. Siempre acabamos en el mismo avión. Pronto los conocerás a todos. Voy a hablar un momento con Juanita. Enseguida vuelvo.

Jenny abandonó su asiento y Leah cerró los ojos, rezando para que la aterradora experiencia de volar terminara cuanto antes.

Le costaba creer que llevara más de un mes en Londres. Los días, repletos de sesiones de fotos para su book y clases de maquillaje, dicción y porte, se le habían pasado volando. Ni siquiera había tenido tiempo de formarse una opinión de si le gustaba o no. Y ahora Madelaine la estaba enviando a su primer trabajo.

Jenny se había portado de maravilla con ella. Se interesaba como una hermana y le había enseñado un montón de cosas.

—¿Qué demonios estás haciendo, Leah? —le había preguntado horrorizada una noche al ver a su amiga zampándose un plato de *fish-and-chips*—. Dame eso. —Agarró lo que quedaba y lo tiró a la basura.

—¿Qué pasa? Tengo hambre.

—Jamás jamás comas patatas fritas. —Jenny agitó el índice delante de su cara—. Engrasan la piel. Cómete una manzana mejor.

Leah tenía problemas para adaptarse al cambio de dieta y, las noches que su compañera salía, se escapaba al puesto de *fish-and-chips* de la esquina para darse un atracón. No entendía cómo conseguía sobrevivir, pues parecía alimentarse solo de fruta y muesli. Cuando ella intentaba imitarla, tenía siempre un hambre voraz.

—Me rindo —dijo Jenny un día que llegó a casa y se encontró a Leah saboreando un enorme petisú de chocolate—. Lo que más rabia me da es que comes lo que te da la gana y jamás te salen granos ni engordas. —Se marchó enfurruñada a darse un baño.

Jenny había intentado convencerla para que saliera por las noches, pero ella se sentía demasiado cansada y cohibida para disfrutar de las fiestas y discotecas a las que iban las demás modelos. Normalmente se quedaba en casa, veía la tele y hablaba con su madre por teléfono.

Echaba muchísimo de menos a sus padres y a veces le entraba una terrible morriña. Madelaine la había mantenido muy ocupada y no había tenido tiempo de volver a Yorkshire.

—Las chicas y yo creemos que eres la nueva protegida de la Reina. A ti te cuida mucho más que al resto. A mí me metió en un avión a París al día siguiente de firmar mi contrato —había comentado Jenny sin el menor asomo de celos.

Tampoco tenía razones para estar celosa. Su carrera había despegado en los últimos seis meses y tras su regreso de Milán iba a posar para un reportaje de seis páginas para el *Vogue* británico.

—Hola. ¿Puedo hacerte compañía un rato? Te noto un poco sola.

Leah abrió los ojos y vio a Steve Levitt inclinado sobre ella.

—Claro —contestó.

El fotógrafo se instaló en el asiento de Jenny. De todas las personas nuevas que había conocido, él era su preferido y había disfrutado mucho de sus sesiones de fotos.

—¿Siempre es así? —Leah señaló el grupo que se había formado detrás de ellos, sentados en los brazos y los bordes de los asientos, fumando y bebiendo.

—Me temo que sí. El mundo de la moda es un pañuelo. Todo el mundo se conoce. No tardarás en sumarte al club. Son simpáticos, pero… —Steve enarcó la ceja— no les confíes tus secretos o al día siguiente los sabrá toda la ciudad.

—Lo tendré en cuenta, Steve.

—Bien. ¿Quieres un poco? —Tenía una botella de vino en la mano y estaba sirviéndose una copa.

Leah suspiró.

—Venga, vale.

Él reparó en su renuencia.

—¡No está escrito en tu contrato, Leah! No tienes que beber si no quieres.

—Lo sé. Pero no me gusta el alcohol, no fumo y no tomo drogas. Jenny dice que todos pensarán que soy un peñazo.

Steve bebió un sorbo de vino y meneó la cabeza.

—Tú haz solo lo que te apetezca, Leah, y deja que los demás te acepten como eres.

—Es fácil decirlo, pero quiero caerles bien.

—Claro que sí. Es duro ser la nueva, pero todo el mundo tiene que pasar por eso. Es normal que al principio te traten con cierto recelo. —Steve se inclinó y le susurró al oído—: Corre el rumor de que Madelaine cree que vas a llegar muy lejos.

—Yo solo espero acordarme de todo lo que me dijo y no tropezar en la pasarela.

—Tienes un talento natural, cielo, lo vas a hacer muy bien. —Steve esbozó una sonrisa paternal—. Solo una pequeña advertencia. La mayoría de esta gente es buena, pero algunas chicas no se detendrán ante nada. Ve con cuidado y desconfía de cualquier cosa que te ofrezcan en las fiestas. De cualquier cosa. Milán es célebre por su animada vida social después de los desfiles, pero posee un lado que no es tan agradable. No te separes de Jenny. Es bastante moderada. —Steve rio al ver las líneas de preocupación en el bello rostro de Leah—. Tranquila, todo irá bien. Y ahora será mejor que vuelva a mi asiento.

—¿Miles estará contigo? —Ella sabía que el hijo de Rose había sido su ayudante en un viaje anterior a Milán, pero no se había cruzado con él en ninguna sesión de fotos.

Steve frunció el entrecejo.

—No. La relación no funcionó. Ahora tengo un ayudante nuevo llamado Tony que te va a encantar. Hasta luego, pequeña.

Leah se relajó ligeramente, feliz de que su camino no fuera a cruzarse con el del hombre que hacía que se le encogiera el estómago. Steve la besó en la mejilla y se marchó.


Leah y Jenny recorrieron en taxi los diez kilómetros que separaban el aeropuerto Linate de Milán, la ciudad más rica de Italia.

Ella, que nunca había salido de Inglaterra, miraba emocionada hacia todos lados mientras el vehículo sorteaba el laberinto de callejuelas y plazas. El tráfico era denso y los conductores aporreaban las bocinas y gritaban por las ventanillas. La atmósfera era cosmopolita y electrizante, con una mezcla de rascacielos y pináculos góticos —especialmente los de la magnífica catedral— dominando el horizonte.

—¡Hora punta en Milán! Esto es todo lo que verás de la ciudad, así que disfrútalo mientras puedas. —Jenny rio.

El taxi las dejó en la Piazza della Repubblica, delante de un gran edificio blanco.

—Hemos llegado, cielo. El Principe di Savoia, el mejor hotel de Milán.

Las dos jóvenes se registraron, fueron conducidas a sus respectivas habitaciones y quedaron en reunirse en el bar a la siete y media.

Leah estaba abrumada por el lujo de su suite. Dedicó diez minutos a explorarla, pulsando cada botón y dando un brinco cada vez que la televisión o la radio sonaban inesperadamente.

Colgó con gran mimo las ropas que había traído consigo. A su llegada a Londres, Madelaine la había llevado de compras y había gastado cientos de libras en un fondo de armario nuevo para ella. Tenía trajes de Bill Gibb, vestidos de Zandra Rhodes y otro de noche con brillos de Jean Muir.

«Es importante que una modelo británica vista diseñadores patrios siempre que sea posible. Si Jean te viera con este vestido, te subiría a la pasarela mañana mismo», había señalado Madelaine con una sonrisa.

Leah se duchó, se puso el suave albornoz que proporcionaba el hotel y se sentó para aplicarse un maquillaje ligero como Barbara Daley le había enseñado.

«Siempre que estés en público, ya sea en un evento profesional o social, tu aspecto ha de ser impecable. El mito de una modelo se viene abajo en cuanto el público la ve hecha un adefesio en el supermercado un lunes por la mañana. Dentro de casa puedes ir como quieras, pero fuera de ella eres una profesional».

Leah había asentido y le había dicho a Madelaine que lo entendía perfectamente. Tras cepillarse la melena con brío, echó la cabeza hacia delante tal como Vidal le había enseñado y luego hacia atrás. La ligera permanente que el estilista le había aplicado en el cabello le daba más cuerpo; también le había cortado siete centímetros, de manera que ahora le caía frondoso y brillante alrededor de los hombros.

Jenny le había dicho que esa noche se ofrecía una copa informal en el bar del hotel a la que asistirían algunos diseñadores. Leah contempló su ropero y sacó un mono negro de crep de Biba escogido por Madelaine. Le añadió un cinturón ancho del mismo color y zapatos de salón.

Examinó su imagen en el espejo y se sintió razonablemente segura en cuanto a su aspecto. Sin embargo, no lo estaba tanto de que algún día lograra dominar el arte de hablar de trivialidades.

Pero no quería decepcionar a Madelaine, así que respiró hondo y se preparó para hacerlo lo mejor posible.

Carlo Porselli paseó la vista por el bar, el cual estaba repleto de modelos, fotógrafos y redactores de moda charlando animadamente. Al fin posó los ojos en las puertas del ascensor, las cuales se abrieron para revelar a una mujer a la que no había visto antes.

Él siempre se encogía de hombros cuando otros diseñadores declaraban que habían encontrado a su «musa», pues creía que la ropa debía confeccionarse para hacer que cualquier mujer se sintiera a gusto con ella. No obstante, cuando la joven se acercó, cambió enseguida de parecer.

—¿Quién es? *Molto, molto bella.*

—Es la nueva modelo de Madelaine. —Jenny estaba sentada a su lado en el bar, apurando su quinto vodka con Coca-Cola—. Vivimos juntas. Está en tu colección junto conmigo, Juanita y Jerry. —Agitó la mano—. Leah, ven a sentarte con Carlo y conmigo. El viernes desfilaremos con su *prêt-à-porter.* Es el diseñador joven más de moda de la ciudad. —Apartó una silla para su compañera.

Él se levantó, le tomó la mano y la besó.

—*Buonasera, signorina.* Es un placer conocerla.

—Lo mismo digo —contestó ella en un tono enfático. Tomaron asiento. Carlo chasqueó los dedos y al instante apareció un camarero—. Tomaremos champán para celebrar el primer desfile de Leah.

—Si no te importa, prefiero una Coca-Cola —dijo en voz baja.

—Ah, la joven cuida de su preciosa figura y su precioso rostro. *Per favore,* una Coca-Cola y una botella de Berlucchi. —El camarero se marchó a toda prisa y Carlo se volvió hacia Leah—. ¿Así que es tu primera visita a Milán?

—Sí.

—Esta es la ciudad más bonita del mundo, sobre todo en otoño, cuando los bulliciosos turistas se han ido a casa y las hojas empiezan a caer de los árboles. Debes permitirme enseñártela.

Jenny rio.

—Dudo mucho que Leah tenga tiempo de ver la ciudad, Carlo. A partir de mañana trabajaremos día y noche.

—Seguro que encontramos un hueco —dijo él.

Las bebidas llegaron y el camarero sirvió el champán en tres copas. Ella cogió su Coca-Cola y bebió un sorbo.

—Toma. Me ofenderás si no le das aunque solo sea un sorbito. —Carlo le tendió una copa y Leah la aceptó a regañadientes.

—De acuerdo. —Se acercó el champán a los labios y lo probó. Las burbujas descendieron raudas por la garganta y se atragantó.

Él echó la cabeza hacia atrás con una carcajada.

—Caray, no es la reacción que esperaba. Me temo que vamos a tener que proteger tu inocencia de los depredadores. —Miró a Jenny, que asintió con la cabeza.

—Carlo se refiere a los playboys. Esta semana empieza la temporada de caza. Hay una cola de Ferraris aparcados delante del hotel mientras hablamos. —Su compañera señaló la otra punta del salón—. ¿Ves a esos hombres que están hablando con Juanita? ¿Y a los tres que están en la barra con esas modelos?

Leah asintió.

—Son empresarios muy ricos. Esta noche cada uno elegirá a una modelo y la acosará a flores y baratijas hasta que ceda y acepte cenar con él. Después intentarán lo que sea para..., en fin, ya sabes.

—Sí —dijo ella, sonrojándose.

Carlo suspiró.

—Me temo que Jenny tiene razón. Pido disculpas por el terrible comportamiento de mis compatriotas, pero así somos los italianos, no podemos resistirnos a una mujer bella. —Miró fijamente a Leah—. ¿Tienes ganas de desfilar?

—Estoy un poco nerviosa.

—Claro, es natural. Estoy seguro de que brillarás como una estrella en el cielo. —Carlo apuró su copa—. Ahora debo dejaros y volver al trabajo. Hay mucho que hacer antes del viernes. *Buonanotte*, Jenny. Asegúrate de mantener a esta jovencita bajo tu brazo. —Le dio dos besos.

—Ala, Carlo, *no brazo*. —Rio la chica.

—Buenas noches, *piccolina*, hasta mañana. —Le besó la mano a Leah y se marchó.

—¿Seguro que no quieres un poco de champán? —Jenny cogió la botella y llenó de nuevo su copa.

Ella negó con la cabeza y vio que Juanita salía del bar acompañada de uno de los jóvenes playboys.

—Cómo no —murmuró la otra, percatándose también—. Juanita es increíble. Está prometida con esa estrella del pop, pero dice que sí a cualquier cosa que lleve un pantalón ajustado con una cartera llena.

—Carlo parece amable —apuntó Leah.

—Ahora sí, pero por lo visto antes era tan malo como los demás hombres de esta ciudad. Empezó a diseñar ropa hace cuatro años y parece que se ha reformado. Su padre es asquerosamente rico. —Jenny miró en derredor para asegurarse de que nadie la oía y se inclinó hacia Leah—. El año pasado alguien me contó que está metido en la gran «M».

—¿La gran «M»? —susurró ella a su vez.

—La mafia —murmuró Jenny—. De hecho, están casi todos aquí. Muchas agencias de modelos están dirigidas por mafias. El año pasado, una se negó a ser absorbida y le pusieron una bomba.

Leah tenía los ojos como platos. Madelaine no le había contado nada de eso.

—*Scusate, signorine*. ¿Podemos invitarlas a una copa?

Dos apuestos italianos se habían detenido detrás de ellas.

—No, gracias —dijo Jenny con firmeza.

—¿Podemos por lo menos sentarnos y gozar de su compañía?

—En realidad, ya nos íbamos, ¿verdad, Leah? —Se levantó y ella la imitó—. *Ciao*, caballeros. —Sonrió educadamente y puso rumbo a los ascensores con la compañera a la zaga—.

Creo que esta noche nos conviene acostarnos pronto. Si tienes hambre, llama al servicio de habitaciones —dijo Jenny cuando el ascensor se abrió en su planta—. Buenas noches, Leah. Acabas de terminar tu primera lección y has aprobado con matrícula. Todo irá bien. —La besó y se metió en su habitación.

## 21

—Buena suerte, cariño, lo vas a hacer genial. —Jenny estrechó la mano a Leah cuando empezó a sonar el ritmo vibrante de la música que marcaba su entrada.

Ella se alegró de que el diseñador la hubiera puesto la última y de que solo fuera a desfilar con dos vestidos.

—¡Adelante! —dijo la coreógrafa y Leah salió a la pasarela, iluminada por un torrente de focos, detrás de las otras chicas.

El público rompió en aplausos y ovaciones. Ella siguió el patrón zigzagueante que la coreógrafa le había enseñado y acertó a sonreír cuando le tocó caminar por la plataforma circular para exhibir el vestido que lucía. Los flashes estallaron en su rostro mientras se daba la vuelta, regresaba por la pasarela y desaparecía entre bambalinas para dirigirse a la ayudante de camerino y el peluquero que le habían asignado.

Ella no tenía que correr, pero observó con interés a las modelos más experimentadas soltando palabrotas mientras se ponían con habilidad su siguiente conjunto y subían las escaleras para recorrer sosegadamente la pasarela.

El desfile duró apenas cuarenta minutos y hubo muchos besos y felicitaciones entre bastidores con el diseñador. A esto siguió un cóctel en el salón y se había pedido a las modelos que conservaran los vestidos. Leah lucía un corpiño de raso rojo con cuello *halter* y una falda harén de raso negro.

—Enhorabuena. Te dije que sería pan comido —comentó Jenny. Había sido una de las dos modelos principales de la noche y Leah pensó que estaba deslumbrante con el traje mil rayas de terciopelo y la blusa de seda con cuello de puntas y corbatín—. No te separes de mí. Ahora es cuando la cosa puede desmadrarse.

Ella asintió y siguió a su amiga hasta el salón, donde Jenny fue inmediatamente rodeada por una cuadrilla de fotógrafos y, acto seguido, besada y felicitada por el redactor de moda de *Vogue*.

Leah aceptó un zumo de naranja de una camarera que pasaba por su lado y bebió despacio, sintiéndose incómoda. Tal como le habían dicho, todo el mundo parecía conocerse.

—¡*Cara*, has estado fantástica! —Carlo la hizo girar y le dio dos besos—. Desde luego, el diseñador de esta noche hace una ropa que no favorece a la mujer tanto como la mía, pero yo solo tenía ojos para ti.

—Gracias, Carlo.

—El viernes me aseguraré de que muestres tu verdadero potencial. —Señaló al diseñador mundialmente famoso que tenía detrás—. Espero que no exhibas muchos vestidos en su desfile de mañana.

—Todavía no lo sé —respondió ella.

Carlo le cogió las manos.

—Te quiero para mí y solo para mí, Leah. Has de ser la mujer que haga inmortales mis diseños. —Estaba mirándola con sus intensos ojos castaños y la chica no supo qué contestar.

—¡Carlo, *caro*! —Una despampanante mujer de cabello negro azabache y ojos verdes brillantes lo besó directamente en los labios. A esto siguió una conversación en un italiano trepidante durante la cual él señaló a Leah en un par de ocasiones.

—Disculpa mi mala educación, pero hace meses que no veo a Maria. Ha estado en América ganando una millonada para una firma de cosméticos.

La susodicha hablaba inglés con un fuerte acento italiano.

—Un placer conocerte, querida. —La expresión de la mujer no decía lo mismo que sus palabras.

—Maria ha venido expresamente para desfilar con mi colección. El viernes trabajaréis juntas.

—Nos vemos entonces. —La chica besó de nuevo a Carlo. Mientras se alejaba, se volvió hacia Leah y murmuró algo en italiano antes de perderse entre la gente.

—Lo siento, los fotógrafos me han entretenido. —Jenny llegó junto a ellos—. ¿Esa que estaba contigo hace un momento era Maria?

Carlo asintió.

—Sí, Jenny.

Esta enarcó las cejas.

—Es… es fantástico que haya podido venir. Bien, chicos, nos vamos a la discoteca Astoria. Gianni la ha reservado para esta noche. Sally y yo iremos con él en su coche.

—En ese caso, yo llevaré a Leah. No te preocupes, Jenny, la mantendré bajo mi brazo.

—Ala, Carlo —lo corrigió la chica—. Entonces, nos vemos allí. Pórtate bien, Leah. —Le guiñó un ojo.

Él dio una palmada.

—En marcha.

—Primero he de cambiarme —dijo ella y Carlo asintió.

Leah fue a los camerinos y se puso su vestido de noche de Jean Muir.

—Ah, esto va mucho más contigo. Me gusta el estilo de Muir, es similar al mío —comentó él, como si la gran diseñadora británica le hubiera copiado.

Tomó a Leah de la mano y, abriéndose paso entre la multitud, salieron al aire fresco de la via della Spiga.

—Antes de ir al Astoria quiero llevarte a un sitio. No está lejos. Podemos ir caminando. —Carlo echó a andar calle abajo aferrándole la mano. Reparó en su cara de preocupación y sonrió—. Tranquila, *cara*. Jenny confía en mí, ¿no? —Se la soltó y señaló a su alrededor—. Mira, estamos en el Quadrilatero. En este puñado de calles encontrarás a todos los grandes diseñadores italianos.

Dobló a la derecha y Leah lo siguió por un barrio más tranquilo. En lugar de los magníficos *palazzi* neoclásicos de color blanco y las grandes tiendas de lujo de la via della Spiga, la via

Sant'Andrea era un mundo tranquilo del siglo XVIII. Ella se detuvo a mirar los escaparates de una boutique antigua.

Carlo le puso una mano firme en la espalda.

—Vamos, vamos, tenemos poco tiempo. —Leah se disculpó y lo siguió—. Mira, ese es el salón de Giorgio. Estarás ahí el jueves, ¿verdad?

Ella asintió. Él se detuvo doscientos metros más abajo.

—Hemos llegados.

Tirando de ella, subió unos escalones de piedra desgastados. La placa dorada junto al timbre rezaba: «Carlo».

Abrió la puerta.

—Julio, mi ayudante, estará todavía aquí y quiero que te conozca. Espera un momento.

Señaló una butaca recargada y desapareció en las profundidades del salón. Leah paseó la mirada por la estancia. Era increíblemente lujosa, con enormes arañas de luces suspendidas de un techo con frescos y largas cortinas de moaré colgando de los altos ventanales.

Carlo reapareció seguido de un hombre bajo de edad madura.

—Leah, por favor, levántate. —Ella así lo hizo. Él se volvió hacia el hombre maduro—. ¿Tengo razón?

—La tienes. —El tipo asintió despacio.

Carlo se acercó a Leah.

—Te presento a Julio Ponti. Ha trabajado para las principales casas de Milán y lo secuestré para que viniera a trabajar para mí, igual que te he secuestrado a ti esta noche. —Tras una pausa, se volvió hacia Giulio—. Quiero que el viernes lleve el vestido de novia.

El hombre lo miró como si estuviera loco.

—Pero... lo hemos confeccionado para las medidas de Maria.

Carlo se mostró irritado.

—Por eso he traído a Leah. Quiero que se ponga el vestido y que lo arregles para ella. No creo que tengas que hacer muchos cambios.

—Veamos. —Julio se acercó de mala gana y la examinó—. Misma estatura y cadera, creo, pero Maria... —gesticuló sin el menor reparo— tiene más aquí. —Señaló el pecho.

—Bah, eso se arregla en un momento. Leah, ve al camerino que hay arriba a la derecha. Allí encontrarás el vestido de novia. Póntelo, por favor. Enseguida subimos.

Ella asintió y empezó a subir las escaleras del salón. Julio estaba hablando en un italiano rápido y Leah solo alcanzó a entender el nombre «Maria». Encontró el camerino y abrió la puerta.

El titilante vestido blanco estaba colgado en un rincón. Siguiendo las instrucciones de Carlo, se quitó el suyo y se metió por la cabeza el otro. El ayudante estaba en lo cierto. Le quedaba como un guante salvo la parte del busto, que le iba un poco grande. Llamaron a la puerta.

—Ya estoy —dijo.

Ambos entraron y se quedaron de pie, observándola. Carlo asintió al tiempo que una sonrisa le curvaba los labios.

—Tenía razón. Leah ha de llevar este vestido el viernes.

Julio asintió a su pesar.

—Transmite la inocencia y la dicha naturales de una novia en su noche de bodas.

—Justo lo que pensaba —respondió Carlo con profunda satisfacción—. Por favor, haz los cambios pertinentes.

El hombre tardó solo diez minutos en realizar las alteraciones. Cuando hubo terminado, dejaron a Leah sola para que se cambiara antes de reunirse con ellos en el salón.

—Ahora iremos a la discoteca. —Carlo sonrió y ella pensó que parecía un niño que acababa de salirse con la suya.

—Habrá que explicarle a...

Carlo se despidió de Julio con un gesto de la mano al tiempo que cogía a Leah del brazo y la guiaba hacia la puerta.

—Yo me ocupo. No será un problema. *Arrivederci*, Giulio.

Cuando llegaron a la discoteca Astoria a bordo del Lamborghini rojo de Carlo, fueron rodeados por los paparazzi. El diseñador sonrió y le pasó el brazo por los hombros a Leah. Hubo otra avalancha de flashes. Él respondió a sus preguntas en italiano, los despidió con la mano y entró en el local con ella. La condujo hasta los asientos de piel de una mesa vacía.

—Espera aquí. Voy a por champán y, esto, una Coca-Cola. —Le hizo un guiño y partió hacia la concurrida barra.

Todavía aturdida y sintiéndose exhausta por los acontecimientos de esa noche, Leah vio a Jenny acercarse con una copa en la mano.

—¿Dónde has estado? Te pierdo de vista un segundo y desapareces. ¡Estaba muerta de preocupación! —la reprendió.

Carlo apareció detrás de ella.

—Estaba conmigo, Jenny. Y aquí la tienes, sana y salva, ¿no? —Obsequió a Leah con una sonrisa triunfal y dejó las bebidas en la mesa.

—Supongo que sí, pero la próxima vez dime adónde vais. Le prometí a Madelaine que cuidaría de ti. Quiero irme al hotel de aquí a nada y Leah parece agotada.

—Siéntate un momento con nosotros y deja que te enseñe lo que tengo para ti —dijo Carlo—. Sé que te gusta y es lo mejor que corre por Milán. —Se sacó un tubito del bolsillo superior y se lo tendió a Jenny.

La chica titubeó.

—No debo, ya he tomado suficiente.

Él se encogió de hombros.

—Entonces, guárdalo como un regalo, *cara*.

—Vale. Gracias, Carlo. —Jenny se guardó el tubito en el bolso reparando en la mirada inquisitiva de Leah. Clavó la vista en él—. Vuelvo dentro de media hora —dijo con firmeza antes de abandonar la mesa.

—¿Te apetece bailar? —Carlo se levantó y alargó las manos hacia Leah.

—Eh…, sí, claro.

Ella estaba deseando tumbarse en la cómoda cama de su hotel. Los pies la estaban matando, pero sabía que esa era la clase de cosas que debía hacer de buen grado si quería triunfar.

Cuando entraron en la pista de baile, la música cambio a un ritmo más lento y Carlo la atrajo hacia sí. Leah aspiró el fuerte aroma de su aftershave y, seguidamente, el tufo extraño que flotaba en el aire. Era un olor desconocido para ella.

—Oh, *cara, mia cara* —estaba murmurando él. Le alzó el rostro y lo examinó—. Voy a hacerte muy famosa. Nuestros nombres quedarán unidos para siempre. ¡Eres mi musa! ¡Dime que pasarás esta noche conmigo! —Se inclinó y le plantó un beso en los labios.

—¡No, Carlo! ¡Para!

Leah se deshizo de su abrazo y corrió hacia la salida. Una vez en la calle, divisó un taxi libre y le dio al conductor el nombre de su hotel. Cuando se encontró a salvo dentro de los confines de su habitación, se arrojó sobre la cama y estalló en llanto.

Estaba desbordada. Hacía solo un mes estaba viviendo con sus padres en un pueblecito del norte, recién cumplidos los diecisiete y ajena a todo este mundo. Ahora, aquí estaba, lanzada a la arena rutilante de un territorio extraño, tratando de mantener a raya a desconocidos.

Se sentía totalmente fuera de su elemento y quería volver a casa, al mundo seguro que conocía.

Llamaron a la puerta y contuvo la respiración. Volvieron a llamar.

—Leah, soy yo, Jenny. ¿Puedo entrar?

Se levantó y abrió la puerta. A la chica se le llenaron los ojos de ternura al ver el rostro lloroso de su amiga.

—Cariño, lo siento mucho. Ha sido culpa mía. No debí dejarte a solas con él. Ve al baño a lavarte la cara mientras te preparo un té.

Leah asintió en silencio. Después de quitarse el rímel se sintió un poco mejor. Abrió la puerta del cuarto de baño y Jenny le tendió una taza humeante de *earl grey*.

—¿Qué te ha hecho?

—Ha intentado besarme —susurró ella.

Su amiga suspiró aliviada.

—Menos mal que eso ha sido todo. Los hay que intentan ir mucho más lejos en una discoteca. Mañana lo mato. Me prometió que no te pondría un dedo encima.

—No es culpa tuya, Jenny. Creo que no estoy hecha para este mundo, nada más. —Leah notó que se le formaba otro nudo en la garganta.

—¿Piensas que no nos sentimos todas así al principio? Créeme, Leah, yo estaba más verde que tú cuando empecé y aprendí a palos. —Sus ojos azules se ensombrecieron al recordar el pasado.

—¿Qué te ocurrió?

Jenny inspiró hondo.

—¿Recuerdas que te conté que Madelaine me envió a París al día siguiente de reclutarme?

—Sí.

—No tenía a nadie que cuidara de mí. Nadie me dijo que los seguidores de modelos son capaces de cualquier cosa por llevarte a la cama. Así que, cuando un tío francés muy atractivo empezó a conquistarme invitándome a cenar y enviándome flores a mi habitación, me creí todo lo que me decía. Estaba abrumada por sus atenciones. —Jenny se derrumbó en la cama—. Una noche me puso coca en un cigarrillo, me llevó a su casa y… —Rompió a llorar—. Intenté resistirme, pero se puso violento. Empezó a gritarme y finalmente cedí. Después de esa noche no volví a verlo. —Sorbió—. Por cierto, la «coca» es una droga, no esa cosa marrón con gas que bebes tú.

Leah asintió.

—¿Es coca lo que hay en el tubo que te ha dado Carlo?

Jenny apretó los labios.

—Sí, pero ni se te ocurra decírselo a Madelaine, Leah Thompson. Si se entera, me despedirá sin miramientos. No siempre tomo, pero en el mundo de la moda todos la consumen. Es imposible evitarla.

Ella se sentó a su lado y la rodeó con el brazo.

—Si ese hombre te violó después de darte eso, ¿por qué sigues…?

—Al final le pillas el gusto, eso es todo —la cortó Jenny—. Cambiando de tema, quiero que me digas adónde demonios habéis ido Carlo y tú esta noche.

Leah hizo un mohín.

—Me ha llevado a su salón para que me probara un vestido de novia. Quiere que lo lleve el viernes.

—¡Ostras! —Jenny la miró horrorizada.

—¿Qué ocurre?

—Maria siempre lleva el vestido de novia de Carlo. Es su modelo principal desde que abrió el salón. Estuvieron tres años liados hasta que ella se fue a América hace seis meses. ¿Lo sabe Maria?

Leah torció el gesto.

—Carlo mencionó que iba a decírselo.

—Dios mío, Leah, te ha metido en un buen follón. Es un niño malcriado. Pasa por encima de quien sea para conseguir lo que quiere y deja que sean otros los que recojan los pedazos. —Jenny respiró hondo—. Has de tener mucho cuidado con Maria. Puede ser muy cabrona y esto… —No pudo terminar la frase.

—Quiero irme a casa —susurró Leah.

Jenny le dio un abrazo.

—Lo siento, cariño, no quería asustarte. ¿Cómo vas a irte a casa? ¡Ser elegida por el gran Carlo Porselli para desfilar con su traje de novia es todo un honor! Significa que vas a triunfar. Solo intento decirte que en este juego la competencia es feroz. Tienes que madurar muy deprisa, pero, si yo pude hacerlo, tú también. —La estrechó con fuerza.

—¿Y si Carlo intenta besarme otra vez?

Jenny se encogió de hombros.

—¿No te gusta? Es evidente que él se ha prendado de ti.

Leah arrugó la cara.

## 22

El viernes por la mañana la alarma despertó a Leah a las 6.50. Salió agotada de la cama y se metió en la ducha. Al salir oyó que llamaban a la puerta.

—¿Quién es?

—Un empleado de recepción, señorita Leah.

Abrió y encontró a un botones haciendo equilibrios con un enorme ramo de rosas blancas.

—*Grazie.*

Le dio una propina y el joven le tendió el ramo. Se lo llevó a la cama y abrió la tarjeta:

Nunca olvidarás la noche de hoy, novia mía. Carlo.

Leah no lo veía desde el lunes por la noche. Él no había acudido a los otros desfiles y ella lo había agradecido. Había pasado la semana aprendiendo a marchas forzadas y estaba empezando a comprender que, si bien la vida de modelo podía resultar glamurosa, básicamente implicaba mucho trabajo. Se levantaba cada día a las siete de la mañana para estar a las nueve en el salón de un diseñador del Quadrilatero, donde las modelos ensayaban para el desfile de la noche. Practicaban con el coreógrafo, se sometían a pruebas de peluquería y maquillaje, y terminaban con un ensayo general. Por norma general disponían de media hora como máximo para comer algo antes de prepararse para el gran acontecimiento.

Luego tocaba socializar. La mayoría de las modelos iban a fiestas y discotecas hasta altas horas de la madrugada. Leah no entendía cómo se las ingeniaban para tener tan buena cara al día siguiente. A primera hora había muchos lamentos y tráfico de aspirinas, pero la frenética actividad de la noche previa era algo que las chicas parecían aceptar como una cosa normal.

Ella, por su parte, había adquirido la costumbre de tomarse una copa en la fiesta ofrecida en el salón del diseñador después del desfile y regresar discretamente al hotel para disfrutar de su lujosa suite y de un largo baño caliente. No pertenecía a ese ambiente y, aunque algunas chicas la llamaban «muermo», el resto la dejaba tranquila.

Al día siguiente Jenny la ponía al tanto de los últimos cotilleos mientras tomaban un café en su habitación. Leah le había preguntado por qué los célebres playboys parecían dejarla tranquila y su amiga había sonreído con astucia.

—Carlo ha hecho correr la voz de que eres intocable. Ninguno se atrevería a ponerte un dedo encima. Le tienen demasiado miedo. Ya te dije que su padre y él gozan de mucha influencia en esta ciudad.

Leah estaba agradecida a Carlo por ello. Las fiestas locas, el alcohol y las drogas no la atraían y sabía que su madre la mataría si se metía en ese ambiente.

También sabía que esta noche iba a ser harina de otro costal.

Leah se preguntó qué pensarían las otras chicas cuando Carlo anunciara que ella iba a lucir el vestido de novia en el desfile. A juzgar por los comentarios que había oído en los camerinos cuando una modelo conseguía las mejores ropas, no se lo pondrían fácil.

—Tú mantén la calma y la cabeza fría, Leah —dijo para sí mientras cruzaba el pasillo y llamaba a la puerta de Jenny.

Esta le abrió todavía en pijama.

—Entra, cariño. Voy retrasada. ¡Dios, menuda resaca! Calienta agua para el café mientras me ducho.

Leah obedeció y, seguidamente, recogió el precioso vestido de noche de Chanel de su amiga, que estaba en el suelo hecho un ovillo, y lo colgó.

—Mmm, mucho mejor —dijo Jenny cuando se sentó desnuda en la cama y le dio un sorbo a su café—. Anoche conocí a alguien. —La miró por encima del canto de la taza.

—Creía que habías dicho que no querías saber nada de esos playboys.

Jenny rio.

—No es un playboy, es un príncipe.

—Oh.

—¿Oh? ¿Oh? ¿Tu mejor amiga conoce a uno de los mejores partidos del mundo, sale por la noche con él y lo único que se te ocurre decir es «Oh»?

Leah obsequió a su amiga con una sonrisa.

—Lo siento, Jenny. Háblame de él.

—Se llama Ranu y es el príncipe heredero de un país de Oriente Medio. Su padre es supuestamente el hombre más rico del mundo. Seguro que has oído hablar de él, Leah. Las páginas de sociedad siempre mencionan las fiestas que organiza en su yate o en su isla privada del Caribe. Siempre están intentando casarlo con mujeres guapas.

Ella negó con la cabeza.

—Si te digo la verdad, nunca he oído hablar de él. ¿Y cómo fue?

Jenny adoptó una expresión soñadora.

—Ay, Leah, fue la noche más romántica de mi vida. Cuando Giorgio, el diseñador, dijo que Ranu estaba deseando conocerme, no me hizo demasiada gracia, porque el tipo no tiene muy buena reputación que digamos. Pero entonces se acercó y... estuvo encantador conmigo. Es todo un caballero, Leah. Fuimos a una fiesta en un gran *palazzo* a orillas del lago de Como y no se separó de mí en toda la noche. Luego me trajo al hotel y ni siquiera intentó besarme. ¿Tú te crees? Antes de bajarme del coche se volvió hacia mí y me dijo con esa voz suya tan sexy: «Me gustaría volver a verte, Jenný». Me encanta cómo pronuncia mi nombre, con el acento en la «y».

Leah se sintió desfallecer. Creía que la dulce y sensata de Jenny no se dejaba embaucar por las cosas que decían esos hombres.

—Sé lo que estás pensando, pero no puedo explicar... —Su amiga se había levantado y estaba poniéndose su fiel mono de los ensayos—. Ranu es diferente, sé que lo es. Esta noche vendrá a la fiesta y quiero que lo conozcas y me digas qué piensas. Pero basta de hablar de mí. ¿Estás preparada para tu gran día?

Leah asintió.

—Creo que sí.

—Bien. Recuerda, no hagas caso de lo que digan las chicas. Estarán celosas de que tengas esta gran oportunidad siendo nueva en el circuito. Y ten cuidado con Maria. Me gustará ver cómo Carlo lidia con ella. Vámonos ya, se está haciendo tarde.

Cuando Leah y Jenny llegaron al salón del susodicho, la mayoría de las chicas ya estaban allí bebiendo café y fumando.

—Bien, señoritas, presten atención. Quiero repasar el programa del día y Carlo tiene algo que decirles. —Julio tenía los ojos rojos y parecía cansado.

Leah y Jenny ocuparon dos asientos del fondo y el diseñador subió a la pasarela que habían montado para el desfile.

—*Buongiorno*, señoritas. Espero que anoche estuvieran todas en la cama antes de las doce. —Hubo un murmullo de risitas. Carlo enarcó las cejas y prosiguió—: Tenemos por delante un día muy ajetreado. Este año el formato será diferente, con un cambio notable. La bella Maria, que ha tenido la amabilidad de venir desde América, tiene que mantener un perfil bajo por petición de su compañía para que su presencia aquí no interfiera en la campaña de marketing y promoción de Estados Unidos. Participará en el desfile, por supuesto, pero, dadas las circunstancias, hemos decidido que sea otra modelo la que lleve el vestido de novia.

—Buen intento, Carlo —murmuró Jenny, sabedora de que ninguno de los presentes se lo estaba tragando.

—Tras estudiar vuestras medidas, la chica que se parece más a Maria es Leah. Por tanto, ella llevará el vestido de novia esta noche.

Una exclamación ahogada recorrió el salón. Las chicas empezaron a darse codazos y se volvieron a mirarla a ella, que enrojeció y clavó la vista en las manos. Luego se giraron hacia Maria para evaluar su reacción. Estaba en la primera fila, encogiendo sus elegantes hombros y sonriendo benignamente.

—*Va bene.* Os dejo en las competentes manos de Giulio, que repasará el orden de salida, y de Luigi, el coreógrafo. *Grazie*, señoritas.

Cuando Carlo abandonó la pasarela, las chicas empezaron a murmurar. Algunas de las modelos más veteranas se congregaron en torno a Maria y otras se acercaron a Leah y le susurraron felicitaciones poco sinceras. Al rato, aquella se levantó y caminó hasta su sucesora. Todas las cabezas se volvieron hacia ella.

Para su sorpresa, la chica sonrió y le dio dos besos.

—Gracias por echarme una mano, querida. Esos estadounidenses son muy posesivos conmigo. Buena suerte. Si necesitas ayuda, dímelo, ¿de acuerdo?

Leah soltó el aire que había estado reteniendo mientras Maria regresaba a su silla y Julio subía a la pasarela para repasar el orden de salida.

Durante el resto de la mañana se concentró en dominar sus movimientos. Su predecesora la acompañaba por la pasarela y se desvivía por ayudarla. De hecho, la cuidaba como una gallina clueca, llevándole café cuando Leah estaba demasiado ocupada para ir a buscarlo y tratándola, en general, como a una hija a la que hacía mucho que no veía.

A la hora de comer, salió con Jenny a tomar el aire.

—No puedo creer lo mucho que Maria te está cuidando. Las demás chicas también lo han comentado. No obstante, su amabilidad me parece un poco exagerada, por lo que no te confíes del todo.

Leah negó con la cabeza, si bien a ella el interés de Maria le parecía bastante sincero.

Lo que más la aterraba eran los cambios rápidos. Había visto a sus compañeras hacerlos noche tras noche y se preguntaba cómo lo conseguían. Ese día iba a desfilar con media docena de conjuntos y todas las chicas, incluida ella, sabían que eran los más elegantes de la colección.

El ensayo general fue un desastre. Leah salió tarde en dos ocasiones y Julio le gritó.

Una hora antes del desfile se hallaba en estado de pánico mientras la peinaban. Maria se le acercó por detrás.

—¿Estás nerviosa, pequeña?

Leah asintió al tiempo que se levantaba y la siguiente chica ocupaba su puesto.

—Toma, esto te ayudará a tranquilizarte. —Le tendió tres comprimidos pequeños de color blanco.

Leah negó con la cabeza.

—No, gracias, Maria.

—Solo son aspirinas. Mira, yo también las tomo. —Se metió dos pastillas blancas en la boca y cogió un vaso de agua para tragarlas.

—Bueno, si... —aflojó ella. Le dolía terriblemente la cabeza a causa de los focos y los tirones de pelo. Y Maria las había tomado también, por lo que no podían hacerle daño—. Gracias —dijo antes de tomar el vaso e ingerir las pastillas.

Media hora más tarde Leah lucía su primer conjunto, un jersey acanalado de cuello redondo con falda a juego, confeccionados con la lana suave por la que habían apostado todos los diseñadores esa semana. Estaba esforzándose por mantener la calma. Diez minutos antes de comenzar el desfile, Carlo apareció en el camerino, radiante con su esmoquin blanco.

—Buena suerte, chicas. Sé que haréis que me sienta orgulloso de vosotras. —Se acercó a Leah y le tomó las manos—. Estás increíble, *cara*. —Le dio dos besos—. Créeme, dentro de una hora serás la nueva estrella del mundo de la moda. Bien, chicas, todas a vuestros puestos, por favor.

Ella ocupó su lugar. Justo entonces el estómago le dio un vuelco gigante y le empezaron a sudar las manos.

—Son los nervios, Leah. —Jenny contempló su cara blanca y la minúscula línea de sudor en la frente. Le tocó la mano para tranquilizarla—. Una vez estés ahí arriba, todo irá bien, te lo prometo.

Ella asintió. Probablemente su amiga tuviera razón, pero se notaba el estómago muy raro.

Caminó hacia la entrada de la pasarela y oyó el murmullo del público. Esta noche ella era la modelo que debía capitanear al resto de las chicas en el primer pase. Las voces se fueron apagando cuando el presentador empezó a hablar y, acto seguido, sonó el ritmo familiar de la música. El dolor de barriga iba a peor.

—¡Bien, adelante! —ordenó el coreógrafo.

Leah salió a la pasarela rodeada de focos y recibió una ronda de aplausos. Finalizado el primer pase, corrió al encuentro de su ayudante, sintiéndose un poco más tranquila, pero decididamente indispuesta.

Los siguientes veinte minutos fueron una pesadilla. Completó seis cambios, convencida de que iba a desmayarse en cualquier momento. Necesitaba con urgencia ir al cuarto de baño, pero sabía que no le sobraba ni un minuto. Apretando la mandíbula, consiguió sonreír mientras hacía sus pases sobre la pasarela.

—Ya casi estás, solo te queda el vestido de novia —se dijo cuando la abandonó y salió disparada hacia su ayudante.

Estaba quitándose el vestido de noche cuando comprendió que no podía aguantar más.

—Lo siento, he de ir al baño. —Leah se precipitó hacia los servicios, dejando a su ayudante pasmada con el vestido de novia en las manos.

—*Mamma mia!* ¿Qué hacemos ahora?

Julio bajó corriendo los escalones de la pasarela.

—¡Deprisa, no hay tiempo que perder! Maria, ven aquí y ponte el vestido.

Ella esbozó una sonrisa triunfal y se acercó con parsimonia.

—Pero a mi compañía no le gustará —comentó mientras le metían la prenda por la cabeza—. Ay, me aprieta por arriba.

—¡Pues quítate el sujetador, vamos! —aulló Giulio.

Maria sonrió de nuevo.

—Si insistes…

Un minuto después, hacía su entrada en escena. Hubo una exclamación general seguida de fuertes aplausos. Las demás chicas se unieron a ella y Carlo, desconcertado, saltó a la pasarela para recibir una ovación.

Jenny encontró la patética figura hecha un ovillo en un cubículo del servicio de señoras.

—¿Qué tienes, cariño? Hay que llevarte ahora mismo al hospital.

Leah negó con la cabeza.

—No necesito un hospital.

—Tienes muy mala cara, Leah. ¿Qué te duele? ¿La barriga?

Ella asintió.

—No puedo dejar de… Perdona. —Empujó a Jenny fuera del cubículo. Salió cinco minutos después doblada por la mitad y se sentó en el suelo.

—Parece una intoxicación, aunque hoy apenas has comido. Te he estado observando. ¿Se te ocurre qué puede ser?

—¿Ha desfilado Maria con el vestido de novia? —preguntó Leah.

Jenny asintió.

—Sí, y ha causado sensación. Tuvo que llevarlo sin sujetador, por lo que se le veía todo a través de la gasa. Creo que no era exactamente lo que Carlo pretendía, pero ten por seguro que mañana será portada en todos los periódicos.

—Me dio unas pastillas. Dijo que eran aspirinas y ella misma se tomó dos. El dolor me empezó una hora después de tomármelas —explicó Leah.

Jenny la miró atónita.

—¡Dios mío, apuesto a que esa zorra te ha dado laxantes! Sé de modelos que han hecho eso antes, pero no puedo creer que Maria haya caído tan bajo. ¿En serio piensas que fueron las pastillas?

—Sí. Hoy no he comido nada y tampoco he tenido náuseas, pero no puedo parar de ir al lavabo.

—¡Jesús! —gritó Jenny cuando Leah tuvo que cerrar de nuevo la puerta y descargar—. Vale, voy a traerte los tejanos para que te cambies mientras pido un taxi para llevarte al hotel. Luego iré a ver a Carlo. No voy a permitir que Maria se vaya de rositas.

—Déjalo, Jenny, no puedo demostrarlo —dijo ella desde el cubículo, pero su amiga ya se había ido.


Leah estaba en la cama, agotada, mareada y sintiendo lástima de sí misma. Había llegado al hotel justo a tiempo de salir disparada hacia el servicio de señoras y había pasado la última hora en su cuarto de baño. Le costaba creer que alguien fuera capaz de algo tan malvado.

Pero esta noche había confirmado su teoría. No estaba hecha para esto. En cualquier caso, había hecho el ridículo delante de todo el mundo de la moda y nadie querría volver a contratarla. Decidió que al día siguiente compraría un billete de avión con su sueldo y se iría directa a Yorkshire, el lugar al que pertenecía.

Una lágrima solitaria le rodó por la cara, pero detuvo el llanto pensado que mañana a esa hora estaría acurrucada en su cama, bajo los cuidados de su madre.

Agradecida de que lo peor hubiera pasado, se fue quedando dormida.


Un golpeteo persistente en la puerta sacó a Leah de un sueño profundo.

—¿Quién es? —preguntó débilmente.

—Carlo. Déjame entrar, por favor.

—No me encuentro bien, Carlo. Vete, por favor.

—Te lo ruego, *cara*, abre la puerta. No pienso moverme de aquí hasta que lo hagas.

Leah se levantó de mala gana, abrió la puerta y logró regresar a la cama un segundo antes de que le fallaran las piernas.

Él entró y se sentó a los pies de la cama con cara de preocupación. Le tomó la mano.

—¿Cómo te encuentras?

—Un poco mejor. Lo siento mucho, Carlo.

El diseñador italiano arrugó la frente.

—Ni se te ocurra disculparte. Jenny me ha contado lo que te ha hecho Maria y, tras algunas indagaciones, he confirmado que es cierto. La culpa es mía. Fui un estúpido al pensar que lo aceptaría de buen grado. Lo siento mucho, *piccolina*.

Leah se encogió de hombros.

—Eso me ha hecho darme cuenta de que la profesión de modelo no es para mí. Mañana vuelvo a casa —dijo apesadumbrada.

Carlo abrió sus ojos castaños como platos.

—¡Ni hablar! Mira esto.

Le puso en las manos un ejemplar de *Il Giorno*. Y allí, en la portada del periódico, aparecía una fotografía grande de ella desfilando con su penúltimo vestido de noche, acompañada de un gran titular en negrita.

—¿Qué dice, Carlo? —Leah le devolvió el periódico y él se lo tradujo.

—Dice: «¿Quién es?». Te leo el resto. —Carlo se aclaró la garganta—. «Este es el rostro de la modelo misteriosa que anoche causó sensación en el desfile de la colección *prêt-à-porter* de Carlo. No acudió a la fiesta ofrecida después y nadie la ha visto salir una sola noche de esta semana, salvo del brazo del diseñador en una discoteca el lunes, e incluso entonces estuvo solo cinco minutos antes de marcharse sola. Se rumorea que podría ser una noble rusa descendiente del mismísimo zar...».

Leah no pudo evitar una risita.

—«Nadie del mundo de la moda entiende por qué el extravagante Carlo permitió que Maria Malgasa, su examante, luciera el vestido de novia. Algunos sospechan que fue una ofrenda de paz para apaciguar a la vehemente Maria, dado que no hay duda de quién es su nueva estrella. La belleza y la luz naturales de la modelo misteriosa sobre la pasarela hicieron que la exhibición más bien vulgar de las carnes de Maria (se veían partes de la dama que por lo general solo aparecen en *Penthouse*) resultara aún más artificiosa».

Carlo sonrió a Leah por encima del periódico.

—¿Quieres que continúe?

—No.

—Como puedes ver, a Maria le ha salido el tiro por la culata. El hecho de que no lucieras el vestido de novia y no acudieras a la fiesta no ha hecho sino aumentar el interés de los medios por ti. —Carlo extendió las manos—. Es fantástico que no te guste la vida social como a las demás chicas. Eso te ha convertido en un misterio, cosa que a la prensa le encanta.

Leah apartó la mirada.

—Aun así me voy a casa, Carlo.

El diseñador suspiró.

—La decisión es tuya. Entiendo que estés disgustada por la terrible jugarreta que te ha hecho Maria, pero ¿no ves que esta es la mejor manera de devolvérsela? Tienes la posibilidad de convertirte en la verdadera estrella, que es lo que ella tanto teme. ¡Quédate y eclípsala! Si te vas a casa, creerá que ha ganado. ¿Lo entiendes?

Ella asintió lentamente.

Carlo entornó los párpados.

—¿Qué edad tienes, Leah?

—Diecisiete.

El diseñador inspiró hondo.

—Ah, *piccolina*, ahora lo entiendo. Eres demasiado joven para tener que lidiar con todo esto. A partir de ahora tendrás a Carlo siempre a tu lado para protegerte. —Le apartó el pelo de la cara—. Te pido perdón por intentar besarte. Me pareciste tan bella y sofisticada... Si te quedas, te prometo que no volveré a ponerte un dedo encima. Te doy mi palabra.

Ella lo miró a los ojos. Parecía sincero.

—Tienes que quedarte, Leah. Es tu destino.

—Está bien —dijo.

Al día siguiente, cuando emergió del ascensor, había un batallón de periodistas esperándola.

Su nueva vida había empezado.

# Segunda parte

*De agosto de 1981*
*a enero de 1982*

# 1

*Londres, agosto de 1981*

—Se acabó, colegas. Brindemos por nuestra última semana como hombres jóvenes y despreocupados. Muy pronto estaremos levantándonos al alba en lugar de remolonear en la cama hasta las once y saltarnos la primera clase. Trabajaremos sin descanso hasta las ocho de la tarde en lugar de dormir la mona a la hora de la siesta. Quién sabe, puede que algunos de nosotros hasta nos convirtamos en pilares de esta tierra hermosa y verde. Pero, mientras tanto, dediquémonos a lo que los estudiantes hacen mejor: ¡beber!

Los cinco jóvenes sentados en torno a la mesa del sórdido pub del oeste de Londres suspiraron y alzaron el vaso.

—Y pensar que me quejaba de la cantidad de trabajo que me ponía el sádico de mi tutor.

—Por lo menos disfrutarás de largas comilonas en la City, que es más de lo que pueden decir los estudiantes de Medicina —farfulló Toby celoso.

—Yo creo que Brett es el que mejor montado lo tiene. Trabajará para su papá con un salario inicial que a muchos de nosotros ya nos gustaría ganar al final de nuestra carrera. El chollo entre los chollos —dijo Sebastian sin un ápice de malicia.

Él se encogió de hombros.

—Estar en la cima es duro, chicos —bromeó, deseando poder cambiarse por cualquiera de ellos. Sus cuatro amigos de

Cambridge habían escogido su futura profesión y él habría renunciado con gusto a su elevado salario por hacer lo mismo.

Brett había disfrutado de sus tres años de universidad y lamentaba profundamente que estuvieran tocando a su fin. No se había matado a estudiar, pues la carrera de Derecho carecía de interés para él, pero había encontrado su espacio y grandes amigos en los círculos bohemios de la universidad.

Se había involucrado con el club dramático Footlights pintando decorados e incluso actuando en un par de revistas. Y, para su sorpresa, había conseguido marcharse de Cambridge con una media de notable.

Miró a sus amigos con pesar. Ninguno de ellos había decidido impulsar su talento artístico particular. Habían elegido una profesión, aceptando que la diversión de los últimos años tocaría a su fin en cuanto recibieran su título. Ser estudiante en Cambridge y comportarse de manera desenfrenada formaba parte de la diversión antes de que todos sentaran la cabeza para llevar una vida agradable y civilizada con una profesión respetable.

Brett parecía ser el único que no podía aceptar eso. Dentro de una semana empezaría a trabajar con su padre. Temía la llegada de ese momento. En el mundo enclaustrado de Cambridge había sido un estudiante más con ganas de pasarlo bien, pero, incluso ahora, a solo dos meses de dejar la universidad, sentía la diferencia entre sus amigos y él.

—Invito yo, chicos. —Abrió la cartera, sacó la tarjeta oro de American Express y la introdujo en la carpetilla de plástico desgastado de la cuenta.

—Gracias, Brett —dijo Sebastian—. No sé vosotros, pero yo no estoy listo aún para irme a casa y da la casualidad de que tengo invitaciones para la fiesta más exclusiva de la ciudad. Me las ha conseguido Bella, mi hermana. Es en Tramp y creo que se celebra el cumpleaños de una modelo. Seguro que estará llena de mujeres guapas… —Levantó las cejas.

Brett sintió que el corazón le daba un vuelco.

Sabía que Leah Thompson estaba teniendo un gran éxito y que era una de las modelos mejor pagadas del mundo. Las probabilidades de que sus caminos se cruzaran de nuevo eran escasas.

Había intentado olvidarla, pero su rostro mirándolo desde las portadas de las revistas más importantes durante los últimos años no se lo había puesto fácil.

Había salido con varias estudiantes, todas ellas consideradas un buen partido por cualquier joven de Cambridge, pero los sentimientos que todavía albergaba por su primer amor nunca fueron reemplazados. Por suave y femenino que fuera el cuerpo que tuviera debajo, todavía cerraba los ojos y veía a Leah.

Brett pensaba a veces que a lo mejor había magnificado la experiencia de su primera implicación emocional con una chica, pero el corazón todavía se le paraba cada vez que veía una foto de ella y se descubría soñando con volver a verla algún día.

—Vamos a coger un taxi, no vaya a ser que nos roben a las mejores chicas antes de que lleguemos. —Sebastian se levantó de la mesa al tiempo que el camarero devolvía discretamente la tarjeta oro a Brett.

El portero detuvo un taxi negro y el grupo puso rumbo a Tramp.


—*Cara*, esta noche estás más radiante que nunca. —El diseñador se detuvo en el felpudo de la casa de Leah de Holland Park y le dio dos besos.

—Gracias, Carlo. —Sonrió ella—. Entra, te presentaré a mi madre.

Al hacerse a un lado para dejarlo pasar, el vestido blanco que él le había diseñado especialmente para esta noche crujió un poco. Él la siguió hasta la espaciosa y acogedora sala de estar. Sentada en el sofá había una mujer de cuarenta y pocos años que parecía incómoda dentro de un vestido negro de Yves Saint Laurent.

—Mamá, te presento a Carlo.

Doreen Thompson se levantó.

—Es un placer conocerlo, señor Porselli. Nuestra Leah me ha hablado mucho de usted.

La chica le puso una mano en el hombro.

—¿No crees que está guapísima? Ayer salimos de compras y elegimos este vestido especialmente para esta noche. —Miró orgullosa a su madre.

—Señora Thompson, está usted deslumbrante. Ahora entiendo de quién ha heredado Leah su belleza.

Doreen se removió incómoda.

—Es usted muy amable, señor Porselli, pero yo estoy mucho más a gusto con una falda y un mandil.

Carlo la miró desconcertado.

—¿Mandil?

—Mamá quiere decir un delantal —tradujo Leah—. Pues yo creo que estás espectacular. Aquí tenéis un poco de champán. —Tendió una copa a cada uno.

—Ah, gracias. Es una noche de celebración, pero también de tristeza, pues la semana que viene mi musa me dejará por los estadounidenses.

—¡No seas tan dramático, Carlo! Me mudo a Nueva York por el contrato con la firma de cosméticos, pero también porque paso la mayor parte de mi tiempo allí. Sabes que es donde está la acción ahora mismo.

Él asintió.

—Sí, Leah, pero está muy lejos de Milán y por eso estoy triste.

—Dentro de seis semanas estaré de vuelta para tu desfile. Bien, antes de que nos vayamos, tengo algo para ti, mamá. Sé que es mi cumpleaños y que los regalos me los deberías hacer tú a mí, así que antes de dártelo quiero que me prometas que lo aceptarás. —Leah caminó muy seria hasta el escritorio de caoba y sacó un sobre de vitela—. Toma. —Se lo entregó a su madre—. Venga, ábrelo.

La señora Thompson lo palpó y contempló el rostro expectante de su hija. Lo abrió despacio y sacó un fajo de papeles. Se encontró con un lenguaje jurídico incomprensible, pero vio que su nombre y el de Harry Thompson aparecían tres o cuatro veces en la primera hoja.

—¿Qué es, Leah? Parece un testamento. —Doreen frunció el ceño.

Carlo y ella rieron.

—No es un testamento, mamá, es la escritura de una casa nueva en Oxenhope. La he comprado para papá y para ti.

La señora Thompson tomó asiento mientras pasaba las páginas. Leah se arrodilló a su lado. Doreen levantó la vista y vio las lágrimas que brillaban en los ojos de su hija.

—Leah, cariño, no puedo aceptarla. —También ella estaba a punto de llorar—. Ya nos has dado mucho a tu padre y a mí.

La hija le tomó la mano.

—Tienes que aceptarla, mamá. Es una de las razones por las que me hice modelo, para haceros regalos a papá y a ti. Esta casa ha sido especialmente adaptada para la silla de ruedas de papá. Está por estrenar y tiene una sala de estar muy agradable, un dormitorio grande y una habitación de invitados para cuando vaya a veros.

—Oh, Leah. —La señora Thompson rompió a llorar y madre e hija se abrazaron—. Gracias. Solo espero que no te hayas gastado todo tu dinero. Debes guardártelo para ti. Lo has ganado tú, después de todo.

—No te preocupes, tengo suficiente para vivir varios años y Carlo me ha enseñado a invertirlo. —Sonrió—. Este fin de semana iré a Yorkshire para enseñaros la casa a papá y a ti —dijo orgullosa.

El diseñador contempló la tierna escena y finalmente carraspeó.

—Bien, señoras, es hora de irse.

Llevaba mucho tiempo esperando esta noche y estaba impaciente por que empezara.


Miranda Delancey siguió al resto de los invitados hasta el interior de la famosa discoteca. Fuera aguardaba una multitud de periodistas y se sintió como una estrella. El local estaba a reventar y echó un vistazo a la pancarta que pendía del techo: «Felices veintiún años de todos tus amigos, Leah».

Una vez más hirvió de celos por dentro. No daba crédito a lo que le había sucedido a Leah Thompson mientras ella había estado atrapada en casa con pañales sucios y vómitos de bebé..., aunque tenía que reconocer que había sido todo un detalle por su parte enviar una invitación a la fiesta para «Rose y familia».

Chloe, Rose y Miranda habían ido desde Yorkshire el día previo. Su madre tenía asuntos que tratar con Roddy y había prometido cuidar de la niña para que ella pudiera ir a la fiesta.

Pues bien, esta noche era su gran oportunidad y estaba decidida a aprovecharla.


Cuando la limusina de Leah se detuvo delante de la discoteca, los paparazzi la rodearon. El dueño de Tramp la recibió en los escalones de la entrada. Carlo cerraba la marcha con la señora Thompson, que tenía el rostro colorado.

—Carlo, dele a Leah un beso de cumpleaños —gritó un fotógrafo.

Él asintió, tomó a la sorprendida chica entre los brazos y, levantándola del suelo, le plantó un beso en los labios.

—¡Fantástico! —Los flashes estallaron justo cuando el taxi en el que viajaban Brett y sus amigos se detenía detrás de la limusina.

El susodicho se detuvo en la acera, paralizado, mientras observaba al alto italiano dejar a Leah en el suelo, pasar el brazo por sus exquisitos hombros desnudos y entrar. Sintió náuseas y un deseo repentino de largarse de allí lo más deprisa posible.

—Chicos, he cambiado de opinión. Me voy a casa. Entrad vosotros, que yo...

Tras un aluvión de insultos fraternales, sus amigos lo empujaron hacia la puerta.

Para cuando accedieron a la discoteca, Leah estaba rodeada de admiradores. Brett buscó un rincón discreto donde pasar desapercibido y se preparó para sufrir en silencio.

Carlo observaba a Leah desde la distancia.

Lo embargó un sentimiento de orgullo al recordar a la patética figura tendida en la cama del hotel de Milán, decidida a renunciar a su carrera y regresar al anonimato. La mujer serena y elegante con el círculo de admiradores pendiente de cada una de sus palabras era su creación. Leah estaba en la cima de su carrera.

Como un retazo de seda salvaje, él la había moldeado y transformado en algo extraordinario que no dejaba entrever sus orígenes humildes. Lo había hecho con tiempo, destreza y paciencia, prestando atención a los detalles, como debería hacer todo gran diseñador. Durante cuatro años había observado con deseo ese cuerpo esbelto y sensual lucir sus diseños, pero jamás le había puesto un dedo encima.

Carlo sabía que el tiempo que había invertido en perfeccionarla iba a tener su recompensa esta noche.

Leah cumplía hoy veintiún años y él ya había esperado suficiente.


—Hola, preciosa. ¿Quieres bailar? —preguntó un hombre alto y mayor inclinándose sobre Miranda. Tenía un extraño acento extranjero.

La chica apuró su vodka con Coca-Cola Light.

—¿Por qué no? —dijo.

Él la condujo hasta la pista y empezó a moverse al ritmo de la música. Ella reconoció sus torpes movimientos como los de un caballero maduro que había intentado adaptar los pasos aprendidos de adolescente en el salón de baile a la moderna y agresiva música disco.

Miranda lo examinó. Era un hombre corpulento, de unos sesenta y cinco años. Pese a la tenue luz veía que tenía el rostro surcado de pequeñas venas azules y que en la sección de pelo andaba corto de existencias.

No era precisamente un adonis, pero ella había reparado en el Rolex de oro que asomaba por debajo de la manga de su traje caro y elegante. Saltando de inmediato a la acción, recurrió a todos los trucos que llevaba cuatro años sin utilizar. Se movía con sensualidad, como un animal, frotándose contra el hombre lo justo para que él admirase el bajo escote de su ceñido vestido de lamé dorado.

Terminada la canción, él la condujo a la barra.

—¿Champán? —preguntó.

Miranda asintió.

—Pero, dime, ¿qué hace una chica guapa como tú en un lugar como este? —bromeó aburridamente mientras ella esbozaba una sonrisa seductora.

—Soy amiga de la chica del cumpleaños.

—Ah, Leah Thompson. Es muy guapa, como tú. —El hombre deslizó el dedo por el contorno de su pecho.

—¿Y tú? —inquirió Miranda.

Él se encogió de hombros.

—Me dedico a averiguar cuándo hay una fiesta en la ciudad que no puedes perderte. —Le hizo un guiño—. Busquemos un lugar tranquilo donde puedas hablarme de ti. —Cogió la botella de champán y se alejó de la barra con Miranda a la zaga.


Leah se encontró de frente con Brett Cooper, que había decidido marcharse justo cuando ella salía del tocador.

El corazón empezó a latirle con fuerza mientras se instaba a recordar que él la había traicionado, pero solo alcanzó a ver al chico que durante tanto tiempo había formado parte de sus sueños.

Brett estaba más alto. Sus facciones juveniles se habían definido y guardaba un parecido aún mayor con Rose.

Mientras permanecían ahí parados, los recuerdos de aquellos días perfectos en los páramos regresaron con fuerza, eclipsando la terrible manera en que se separaron.

—Hola —dijeron al mismo tiempo y se echaron a reír.

—Feliz cumpleaños, Leah. —El sonido de su voz pronunciando ese nombre después de tanto tiempo lo estremeció.

—Gracias.

Brett se devanó los sesos buscando algo que decir para retenerla.

—Estás preciosa. —Un poco cursi, pero lo decía de corazón.

Para Leah, oír esas palabras de labios de él significó más que cualquiera de los cientos de hombres que le habían dicho eso mismo a lo largo de la noche.

—Gracias. Tienes buen aspecto. ¿Ya te vas?

Brett titubeó.

—El caso es que…

—Están a punto de hacer un brindis por mi cumpleaños —lo interrumpió, demasiado deprisa, Leah—. Quédate y tómate por lo menos una copa de champán.

Brett suspiró aliviado.

—Gracias, será un placer.

Entraron en el momento en que la música dejaba de sonar y el dueño de la discoteca caminaba hasta el centro de la pista de baile. Dio unas palmadas.

—Damas y caballeros, si es que hay alguno presente… —dijo riendo.

—¿Dónde te habías metido, Leah? Vamos. —Carlo se la llevó enfurruñado, dejando solo a Brett.

Ella se giró y pronunció con los labios «Hasta luego» mientras el otro tiraba de ella hacia la pista de baile.

—Cedo ahora la palabra al señor Carlo Porselli —hubo una ovación general—, quien, como estoy seguro de que todos sabéis, dio a nuestra cumpleañera su primera oportunidad y es, además, nuestro anfitrión esta noche. —Tras otra sonora ovación, el público dio un sorbo a su copa de champán, gentileza de Carlo.

Brett se fijó en la manera posesiva en que el italiano la miraba. Durante su discurso habló de ella como si fuera de su propiedad. Leah estaba a su lado, con expresión cohibida, mientras él ensalzaba sus muchas virtudes.

—¿Podéis alzar las copas para brindar? ¡Por Leah!

—Por Leah —coreó la multitud.

—Por Leah —susurró Brett, casi para sí.

—Y ahora me gustaría tener el honor de ser el primer hombre que baile contigo en este día tan especial. —Carlo le ofreció la mano y la condujo al centro de la pista. La gente retrocedió cuando el ritmo lento y melodioso de *Woman*, el gran éxito de Lennon, sonó en los potentes altavoces.

Brett se encogió cuando el tipo rodeó a Leah por la cintura y la atrajo hacia sí. Por su manera de bailar, estaba claro que tenían una relación romántica. No podía soportar mirarlos y se dio la vuelta.

—Llevaba tanto tiempo esperando esta noche, Leah… —le murmuró Carlo en el pelo.

Había algo diferente en su tono de voz. Ella pensó que se parecía al de aquella primera noche en Milán, cuando intentó besarla. Enseguida se sintió incómoda.

Todos los ojos estaban puestos en la pareja. Leah casi sentía la expectación.

—Bésame, Leah —susurró él, alzándole el rostro.

—Carlo…

Pero este posó los labios en los suyos antes de que ella pudiera protestar. Se apartó y enterró el rostro en el hombro de él al tiempo que la gente estallaba en una ronda de aplausos espontáneos.

—Por favor, Carlo, me muero de vergüenza.

—Tan tímida como siempre, pequeña. No te preocupes, luego ya tendremos tiempo para estar solos. Quiero que vengas a mi hotel. Tengo tu regalo de cumpleaños en mi habitación.

La canción terminó y el DJ puso un disco de Shakin' Stevens. La pista se llenó de bailarines entusiastas.

—Si me disculpas, Carlo, he de hablar con alguien.

Leah se deshizo de su abrazo y buscó a Brett con la mirada. Lo divisó dirigiéndose a la salida y fue rauda a su encuentro.

—¿Intentando escabullirte otra vez?

Él parecía azorado.

—La verdad es que sí.

Pese a toda su sofisticación, Leah no sabía cómo transmitir desenfadadamente que no deseaba que un hombre se marchara.

Brett se armó de valor.

—¿Te apetece un baile antes de que me vaya? —preguntó.

—Vaya, vaya, ¿no me digas que has conseguido llevarte a la reina del baile? —Toby, un amigo de él, se acercó con una joven de cabellos revueltos apoyada en el hombro.

—Leah y yo somos… viejos amigos. Vamos.

Esta aparición proporcionó a Brett la excusa que necesitaba para tomar la delicada mano de Leah y poner rumbo a la pista de baile. Rezó con todas sus fuerzas para que el destino conspirara y el DJ pusiera una canción lenta en el plato de su tocadiscos a fin de rodearla con los brazos. En lugar de eso, el rápido ritmo disco siguió retumbando sin piedad.

La canción tocó a su fin y la voz evocadora de Diana Ross, a dúo con Lionel Richie, inundó la pista de baile. Brett aprovechó la oportunidad y atrajo a Leah hacia sí.

—Me alegro mucho de volver a verte después de tanto tiempo —aventuró.

—Yo también —contestó ella.

Un estremecimiento electrizante le recorrió la espalda al sentir ese cuerpo perfecto contra el suyo. Se acercó un poco más.

—Me encantaría verte otro día, Leah. Me gustaría tener la oportunidad de explicarte… lo que pasó. El problema es que me voy a Nueva York el domingo. Mi padre tiene la oficina allí y la semana que viene empiezo a trabajar con él. Quizá podría escribirte.

Leah rio.

—No te molestes en comprar sobres, Brett, yo también me voy a Nueva York. Vuelo el martes para empezar una campaña para Chaval Cosmetics.

Él la miró atónito.

—¡Guau, qué coincidencia! ¿Dónde te alojas?

—Las primeras dos semanas estaré en el hotel Plaza y luego buscaré un piso con Jenny, mi mejor amiga. Ahora mismo está allí trabajando para otra firma de cosméticos.

—¿Vas sola o te acompaña Carlo? —preguntó Brett con cautela.

—Sola. Él tiene los desfiles de sus colecciones. Ha de volver a Milán mañana.

El chico se esforzó por ocultar su alegría.

—¿Puedo llamarte al hotel?

Ella asintió.

—Sí.

—Leah. —Una mano la giró con brusquedad—. Creo que es hora de que nos vayamos. —Carlo se balanceaba ligeramente y Leah se dio cuenta de que estaba borracho.

—Carlo, me temo que iré directa a mi casa. Tengo a mi madre conmigo, ¿recuerdas? Puedes darme el regalo en otro momento.

El italiano parecía estar a punto de explotar.

—*Permesso* —dijo a Brett y la arrastró hacia la salida.

—¡Para, Carlo! ¡Me estás haciendo daño! —Leah intentó que le soltara la muñeca.

—Lo siento, pero tienes que venir conmigo. Lo tengo todo organizado. —Estaba tirando de ella por los escalones y Leah se alegró de que la mayoría de los paparazzi se hubieran marchado a casa.

—¡He dicho que pares, Carlo! —Forcejeó con él. Esta no era la persona que ella conocía y sintió una punzada de miedo.

Al llegar al pie de los escalones, el italiano paró un taxi y Leah retorció el brazo para tratar de liberarlo de su mano férrea.

—No pienso ir contigo, Carlo. Estás borracho.

Él estaba intentando meterla en el vehículo y ella estaba resistiéndose.

—¡Leah, entra en el coche! ¡Lo tengo todo preparado!

—¡No! —gritó desesperada.

Dos brazos fuertes la cogieron de los hombros y tiraron de ella hacia atrás, arrancándola de las garras de Carlo.

—Me temo que la señorita no quiere ir con usted, señor Porselli.

Leah reconoció la voz y al volverse vio a Miles con tres cámaras colgadas del cuello. Este lo metió con brusquedad en el taxi y cerró la puerta.

—Lleve a este hombre a su hotel.

El conductor asintió y se alejó por la calzada.

—Gracias, Miles —acertó a decir Leah. Lo que sentía difícilmente podía llamarse gratitud después de lo ocurrido aquella noche en el granero—. No sé qué le ha pasado esta noche. Nunca lo había visto así.

Él no contestó. Se limitó a mirarla de esa manera extraña.

—¿Estás bien, Leah? —Brett llegó corriendo con cara de preocupación.

—Sí, estoy bien, gracias a Miles.

—Ah, hola, Miles. —Le tendió la mano y este se la estrechó a regañadientes—. ¿Qué haces aquí? —le preguntó extrañado.

—Ejercer mi oficio —respondió con frialdad.

—Miles es fotógrafo *freelance*. Su trabajo sale en todos los periódicos nacionales. —Leah se abstuvo de mencionar que se pasaba las noches frente a la entrada de discotecas y restaurantes para pillar a ricos y famosos en situaciones embarazosas y vender las imágenes a la prensa sensacionalista de Fleet Street.

—Te pararé un taxi —dijo Miles.

—He de ir a buscar a mi madre. Sigue dentro.

—Ya voy yo. Tú sube al coche. —Detuvo uno, abrió la portezuela y regresó a la discoteca.

—Adiós, Leah, nos vemos en Nueva York —dijo Brett con una sonrisa.

—Estoy deseando que nos pongamos al día.

Se hizo el silencio cuando se quedaron solos en la acera, mirándose a los ojos. Él se disponía a atraerla hacia sí cuando

Miles apareció con la señora Thompson. Le dio un beso casto en la mejilla, se despidió con un gesto de la mano de la sorprendida Doreen y se marchó.

Brett fue hasta el pequeño piso de su padre de Knightsbridge dando un paseo para que el aire fresco de la noche le ayudara a aclarar las ideas.

Los dos en Nueva York. Tenía que ser cosa del destino. ¿Y qué pasaba con el Carlo ese? Puede que ya fuera demasiado tarde para Brett, pero tenía que intentarlo. La vida le había ofrecido una segunda oportunidad. Esta vez haría las cosas bien.

Poco después, Miles también regresó a pie a su diminuto piso de alquiler en Chelsea, pensando en Leah. Cogió del armario de la cocina una botella de whisky medio llena y se sirvió un buen vaso para apaciguar su rabia.

Había tenido que hacer un gran esfuerzo para no retorcerle el cuello a ese cabrón de Carlo. ¿No se daba cuenta de que ella era especial? Era una criatura que había que mirar y adorar, no tratarla como si fuera una puta barata. Tras apurar la copa, cogió la llave de su cuarto secreto, abrió la puerta y entró. Fotografías que le había hecho a Leah a lo largo de su vida adornaban cada centímetro de pared. Este era su templo. Se detuvo en medio del cuarto, inhaló profundamente y, muy despacio, dio una vuelta de trescientos sesenta grados aspirándola, empapándose de su belleza etérea. Las imágenes, como siempre, tuvieron un efecto calmante.

Al rato salió de la habitación, cerró con llave y descolgó el teléfono. Marcó el número y respondió una voz femenina. Tras un minuto de conservación, colgó, satisfecho de que solo viviera a unas calles de su casa.

Abrió sus cámaras de fotos, sacó los carretes y los guardó en la nevera, como hacía siempre.

Y esperó.

Diez minutos después sonó el timbre de la puerta y Miles dejó pasar a la chica. Sin más preámbulos, la llevó al dormitorio y se quitó ordenadamente la ropa mientras ella se desvestía también. Acto seguido apagó las luces principales y dejó solo el brillo tenue de la lámpara de noche. Era su rutina habitual.

La chica estiró sus largas piernas sobre la cama, lista para recibirlo. Esta aguantaba más que la mayoría de las prostitutas con las que se acostaba. Aceptaba sus juegos rudos, se prestaba a sus extrañas peticiones y, para colmo, poseía una larga melena color caoba. A la débil luz, con el pelo cubriéndole parcialmente la cara, casi se creía que era Leah.

Miles se colocó a horcajadas sobre ella, gozando de la sensación de dominar a la mujer que tenía debajo. Jamás las besaba. Esto no era amor. Solo había una persona que podía ofrecerle eso.

Durante el acto disfrutó de los gritos de dolor mientras la chica se retorcía debajo de él.

—Date la vuelta —le ordenó.

Ella parecía asustada. Esta noche había algo diferente en los ojos de su cliente. Algo maniaco.

—Miles… —Empezó a arrastrarse por la cama, pero él tiró de ella y procedió a abofetearla con fuerza hasta que empezó a sangrarle el labio.

—¡Date la vuelta, zorra!

Demasiado atemorizada para desobedecer, la chica siguió sus instrucciones y vio sangre de su labio cayendo en la almohada.

—Miles, por favor, para…

Él no la oía. Terminó el acto con un rugido. Mientras ella sollozaba con la cara enterrada en la almohada, se levantó, entró en el cuarto de baño y cerró la puerta tras de sí. Cuando salió, la chica estaba vestida y de pie junto a la puerta con la cara hinchada y los ojos llenos de lágrimas.

—A los hombres como tú habría que encerrarlos. No vuelvas a llamarme. Si lo haces, te denuncio. —Retiró el cerrojo antes de volverse de nuevo hacia Miles—. Algún día vas a matar a alguien.

La muchacha se alejó rauda por el pasillo y él oyó sus pasos apresurados bajando las dos plantas. Sonrió y se encogió de hombros.

Mañana tendría que buscarse a otra.

Se metió entre las sábanas arrugadas y retiró con aversión la funda manchada de sangre. Se sentía bien ahora y cerró tranquilamente los ojos.

## 2

Miranda se despertó con un fuerte martilleo en la cabeza. Desorientada, se incorporó y miró en derredor. La habitación no le resultaba familiar y trató de recordar dónde se encontraba. En cualquier caso, ella estaba desnuda y su vestido tirado sobre una butaca junto con la ropa interior y los zapatos. En la mesilla de noche había un fajo de billetes con una nota encima. La leyó:

Querida Miranda:

Gracias por la noche de ayer, lo pasé muy bien. Este fin de semana tendré invitados en mi barco, en Saint-Tropez, y me gustaría que te unieras a nosotros. Por favor, vuelve aquí a las seis para que podamos ir juntos al aeropuerto.

Mi ayudante está preparándote un pasaporte, pues anoche mencionaste que no tenías. Te telefoneará esta mañana.

La boutique de abajo enviará una selección de ropa para que elijas. Aquí tienes dinero para que te compres un regalo esta tarde.

La nota estaba firmada con un garabato ilegible y acompañada de un beso. Miranda se esforzó por recordar el nombre del tipo y los acontecimientos de la noche previa. Recordaba haber bebido mucho champán y al hombre sacándola tambaleante de la discoteca, pero el resto era confuso.

—¡Mierda!

Rose estaría histérica. Descolgó el teléfono que había junto a la cama tratando de recordar el número de Roddy.

—Recepción —respondió una voz vigorosa.

Miranda cayó en la cuenta de que estaba en un hotel.

—Eh, sí. Quería saber si puede llamar a información y conseguirme un número. —Facilitó a la mujer el apellido y la dirección de Roddy.

—Por supuesto, señora. ¿Quiere que le pida el desayuno?

La idea de desayunar le revolvió el estómago.

—No, gracias. Pero agradecería un café.

—Enseguida, señora. La llamaré en cuanto tenga el número. ¿Puedo decirle a la boutique que le suba la ropa que encargó?

Miranda no sabía qué responder.

—De acuerdo —contestó al fin.

Mientras esperaba a que el teléfono sonara, pensó en lo que iba a decirle a Rose. No podía rechazar esta oportunidad. Tenía que seguir a su gran partido a Francia. Esto era lo que había soñado toda su vida: una invitación para codearse con la jet set.

—¡Que no te coman los celos, Leah! —Soltó una risita mientras la llamaban de recepción para darle el número de Roddy.

Miranda reflexionó unos instantes y marcó. Contestó él.

—Hola, Roddy, soy Miranda.

—¡Gracias a Dios! ¿Dónde estás? Tu madre está muerta de preocupación. Tuve que disuadirla de que llamara a la policía.

Ella se encogió.

—Estoy bien. Dile que tengo veintiún años y ya no soy una niña.

Roddy acertó a sonreír.

—Por lo menos podrías habernos dicho adónde ibas, cielo. Tu madre se ha pasado la mañana llamando a gente, pero nadie sabía dónde te habías metido. —La crítica no la hizo reaccionar—. En cualquier caso, ella quiere regresar a Yorkshire con Chloe. ¿A qué hora vendrás aquí?

Miranda resopló.

—De hecho, no voy a regresar con ellas. Una amiga de Leah me ha invitado a una fiesta este fin de semana. Dile a Rose que estoy bien, que la veré el lunes y que le dé un beso a Chloe de mi parte. Adiós, Roddy. —Colgó antes de que él respondiera.

Al pensar en su hija, sintió una punzada de remordimiento. Pero, se dijo a modo de consuelo, le había dedicado cuatro años de su vida. ¿No merecía también ella un poco de diversión?

Volvió a sonar el teléfono. La recepcionista anunció que tenía una llamada de «Ian Devonshire». Ella no sabía quién era, pero le pidió que se la pasara.

—¿Diga?

—Hola, Miranda. Soy Ian Devonshire. Trabajo para el señor Santos. Me ha pedido que le saque un pasaporte de inmediato.

—Bien. —Una sonrisa le curvó lentamente los labios por el servicio que le estaba siendo proporcionado. Y ahora sabía el nombre de su amante.

—Necesito que me facilite su apellido y otros detalles para obtener una copia de su certificado de nacimiento en Somerset House.

—Mi apellido es Delancey. Mi fecha de nacimiento es el 23 de julio de 1960.

—Gracias. Pasaré por el hotel a mediodía con los impresos. Cuando los haya firmado, los llevaré a la oficina de pasaportes. Tengo un amigo allí que tramitará su solicitud esta misma tarde. ¿Puede hacerse dos fotografías? Hay un fotomatón en la estación de Charing Cross, justo a una calle del Savoy.

¡El Savoy! ¿En serio estaba en el Savoy? La embargó una gran emoción. Confirmó que tendría las fotos para entonces y que se reuniría con Ian en el American Bar del hotel a mediodía.

Nada más colgar, llamaron a la puerta. Miranda se levantó de la cama demasiado deprisa y le dio un mareo.

—Voy —dijo mientras buscaba por la habitación algo con lo que cubrirse. Optó por tirar de la sábana y echársela por los hombros a modo de toga.

Cuando abrió la puerta, un joven entró con un carrito que contenía café junto con una rosa y una botella de champán dentro de una cubitera.

—No he pedido champán —señaló rápidamente.

El muchacho sonrió.

—Obsequio del señor Santos. —Llamaron de nuevo—. ¿Quiere que abra yo, señora? —preguntó el joven.

Miranda asintió. Otro botones con el mismo uniforme elegante entró empujando un carro repleto de bolsas y cajas.

—Una selección de ropa de la boutique, señora. El señor Santos ha dicho que puede elegir lo quiera. Si no encuentra nada que le guste, le ruego que baje y seguro que el director encontrará algo de su agrado.

Los dos hombres se quedaron mirándola y Miranda cayó en la cuenta de que estaban esperando una propina. Se acordó del fajo de billetes que había junto a la cama y fue a buscarlo. Ahogó una exclamación al ver que todos, más de una treintena, eran de cincuenta. No tuvo más remedio que entregar uno a los chicos.

—Dividilo entre los dos —dijo con pomposidad, reparando vagamente en la cara de decepción de ambos. Seguro que el señor Santos habría dado uno a cada uno.

Una vez que el personal del hotel se hubo marchado, Miranda caminó hasta la pesada puerta de caoba situada en el otro extremo del dormitorio. La abrió esperando encontrar el cuarto de baño, pero, en lugar de eso, se descubrió en un suntuoso salón con grandes ventanales flanqueados de cortinas de damasco dorado. Se acercó a ellos sorteando los pesados y elegantes muebles.

Contuvo el aliento al contemplar el Embankment y las aguas plateadas del Támesis corriendo a sus pies. Esa suite tenía que estar en el último piso. Regresó al dormitorio y cogió tantas cajas de ropa como pudo. Una vez que hubo trasladado todo al salón, se sirvió un café.

Se arrodilló en el suelo, rodeada de ellas. ¿Por dónde empezar? Por la más grande, obviamente. La levantó con nerviosismo. Sobre el papel de seda descansaba una tarjeta con el ribete dorado que rezaba: «Un cordial saludo, Hotel Savoy».

Miranda se levantó de un salto y empezó a bailar por la habitación sin dar crédito a lo que estaba ocurriendo. Retiró las capas de papel y dentro encontró el vestido de noche más exquisito que había visto en su vida. Era de seda negra y en la etiqueta aparecía el nombre de un diseñador mundialmente famoso.

Se despojó enseguida de la sábana, se lo puso y regresó al dormitorio para mirarse en el espejo de cuerpo entero. Le quedaba como un guante. Recogiéndose el pelo con una mano, giró sobre los talones.

—Voy a por ti, Leah —se regodeó mientras, como una niña la mañana de Navidad, volvía corriendo al salón para abrir las demás cajas.

Al cabo de una hora, por toda la estancia había papeles, etiquetas y miles de libras en prendas de vestir exclusivas colgando del mobiliario. Miranda se hallaba sentada con un conjunto de lencería de seda negra y un pañuelo de Hermès atado al cuello, admirando los zapatos de delicada piel que lucía en los pies.

Advirtió con pesar que solo quedaba un paquete por abrir. Lo cogió y arrancó la tapa. Dentro había dos estuches forrados en piel, uno más pequeño que el otro, el cual abrió primero. Contenía unos pendientes de brillantes con forma de lágrima. En el grande había un fabuloso collar a juego.

—Guau —susurró.

Recuperada de la resaca, se acercó al carrito y se sirvió una copa de champán.

—Por ti —brindó Miranda. Bebió un sorbo y, haciendo un hueco entre las prendas, se sentó en el sofá. Todo eso por un polvo rápido que ni siquiera recordaba—. Debí de hacerlo muy bien. —Sonrió con suficiencia antes de dar otro sorbo.

Finalmente se dio una ducha y eligió una blusa rosa de seda a juego con un precioso traje Chanel. Salió de la habitación, bajó al vestíbulo y preguntó al conserje cómo se iba a la estación de Charing Cross.

Bajó la calle con paso ligero y cambió uno de los billetes de cincuenta libras en la taquilla.

Mientras aguardaba a que las fotos salieran de la ranura, miró el reloj: 11.50. El tiempo justo para regresar al hotel y reunirse con Ian Devonshire en el bar.

Sin considerar realmente la posibilidad de que hubiera algo extraño en los acontecimientos de la mañana —pues Miranda había creído toda su vida que algún día le sucedería así—, regresó al Savoy, entró en el bar y tomó asiento.

—¿Miranda?

—Sí.

Un joven anodino de traje elegante y gafas de montura gruesa se sentó frente a ella.

—Ian Devonshire. —Le tendió la mano y ella se la estrechó—. Un placer conocerla. ¿Le apetece tomar algo?

—Sí, por favor. Vino blanco.

Él pidió y, seguidamente, sacó de su cartera una pila de papeles. Parecía un poco incómodo.

—Bien, imagino que sabe que es…, que fue… —Miró a Miranda con la esperanza de que terminara la frase por él, pero ella no tenía ni idea de adónde quería llegar—. ¿Sabe usted que es adoptada?

—Sí —confirmó y el joven respiró aliviado—. ¿Significa eso que tiene mi partida de nacimiento original?

—Sí.

—¿Puedo verla?

Ian le entregó la hoja y Miranda la leyó con interés.

—O sea que mi apellido de nacimiento es Rosstoff. —Lo miró mientras una idea le rondaba por la cabeza—. ¿Sabe? Me gusta más mi apellido original. ¿Pueden ponerlo en mi pasaporte? —Dedujo que a Rose le sería más difícil seguirle la pista si decidía ausentarse... un poco más.

—No veo por qué no. Se lo preguntaré a mi amigo.

Miranda sonrió.

—Bien.

—Ya solo queda que firme aquí. —Ian le señaló el lugar en el impreso—. Y que compruebe que los datos que he puesto son correctos. —Ella así lo hizo—. Estupendo. Lo llevaré ahora mismo a la oficina de pasaportes y regresaré con los documentos a las cuatro.

—El señor Santos debe de ser un hombre poderoso si es capaz de arreglar todo esto para mí —sondeó Miranda.

Ian asintió.

—Ya lo creo. Aunque no viene mucho a Londres, tiene muchos contactos.

—¿Dónde vive? —preguntó ella.

—En Sudamérica —respondió él sin mirarla a los ojos.

—¿Hace a menudo esta clase de cosas para él? Me refiero a tramitar pasaportes.

Ian se encogió de hombros.

—Como le he dicho, no viene mucho por aquí. En fin, me temo que he de dejarla y ponerme con las gestiones. Ha sido un placer conocerla, señorita Delancey... —Levantó el dedo índice y se corrigió—: Señorita Rosstoff. Buen viaje a Francia.

Ian abandonó el bar y Miranda se quedó dando sorbos a su copa con aire pensativo.

¿Quién era ese señor Santos? Intentó recordar si alguna vez había oído mencionar su nombre en la tele o en la prensa.

No. Un asomo de duda le cruzó por la mente. ¿Debía irse de viaje con un desconocido? Podría estar involucrado con la mafia. O con la trata de seres humanos.

Por otro lado..., aquí estaba, en el Savoy, vestida con ropa de marca por valor de miles de libras. Todo el personal del hotel parecía conocer a Santos e Ian le había parecido un joven honrado.

Presa de un cansancio repentino, se levantó y puso rumbo al ascensor demasiado absorta en sus pensamientos para advertir que un hombre que había estado sentado discretamente en un recodo del bar se levantaba también.

La observó llamar al ascensor y abandonó el hotel.

Miranda abrió la puerta de su suite. Era evidente que la camarera se había pasado por ella, porque las prendas habían vuelto a sus cajas y la cama estaba hecha.

Tras decidir que reposaría antes de pasar el resto de la tarde preparándose para el regreso de Santos, se derrumbó sobre el colchón. Cerró los ojos mientras la cabeza le daba vueltas con los acontecimientos de las últimas horas. Sintiendo que nunca había sido tan feliz, se quedó dormida.

## 3

—Hola, David. —El hombre alto y barbudo le estrechó calurosamente la mano—. ¿Cómo está?

—Bien, gracias. Empezaba a pensar que no volvería a saber de usted. Han pasado más de ocho meses desde la última vez que hablamos.

El hombre entornó los párpados.

—Tengo mis razones, se lo aseguro. Como puede ver, esta partida de ajedrez es increíblemente larga. Hay que meditar con calma cada movimiento. Esta operación en concreto ha durado años, y lo que le queda.

David tomó asiento frente a su mesa e invitó a su invitado a hacer lo propio.

—¿Ha realizado las comprobaciones de seguridad que le sugerimos? —preguntó el hombre.

Él asintió.

—En efecto. El equipo ha registrado minuciosamente el despacho. Le garantizo que es muy seguro hablar aquí.

El hombre suspiró.

—Hablar nunca es del todo seguro. Sin embargo, deseaba verlo en su despacho para no levantar sospechas. Los aparcamientos subterráneos a medianoche y los encuentros en playas desiertas al amanecer son para las películas. Esto es el mundo real. —Hubo una pausa incómoda entre los dos hombres—. Las cosas están empezando a avanzar tanto de nuestro lado como del suyo, ¿no es cierto?

David tragó saliva.

—Sí. He hecho lo que me pidieron. Espero que entienda lo difícil que está siendo para mí todo esto. No obstante, el proyecto comenzó hace seis meses y me estoy ganando su confianza.

El hombre se mostró complacido.

—Lo está haciendo muy bien, pero le advierto que es un individuo muy astuto.

—¿Llevan todos estos años vigilándolo?

—Sí.

—¿Y por qué han esperado hasta ahora para actuar? Tengo la sensación de que van muy despacio.

El hombre se encogió de hombros.

—A la hora de lidiar con casos como este, y le aseguro que hay muchos más, es preciso reunir pruebas irrefutables. Hemos comprobado que, con el paso del tiempo, nuestros enemigos se vuelven más confiados, menos cuidadosos, y finalmente cometen un error. Poco importa si nos lleva toda una vida.

David lo miró en silencio.

—Me está resultando muy difícil todo esto —murmuró.

El hombre se recostó en el sillón de cuero.

—Me lo imagino, pero es la persona idónea para esta misión, señor Cooper. Sin olvidar sus motivaciones personales para ayudarnos, guarda usted ciertas similitudes con nuestro objetivo. Los dos tienen un pasado que han elegido olvidar, comprensiblemente. Los dos son empresarios poderosos e intachables en sus negocios. —El hombre succionó el aire entre los dientes—. Por lo general, las manzanas son un buen cebo para las manzanas.

David no supo qué decir. La respuesta no había destacado por su empatía. A lo largo de los últimos cuatro años había aprendido que esta gente no tenía por costumbre dejarse llevar por ella.

El hombre habló de nuevo:

—Le pedimos que continúe haciendo negocios con él y dedique tiempo a conocerlo. Conviértase en su amigo. Para poder atraparlo han de darse ciertas circunstancias. Le informaremos sobre ellas cuando llegue el momento.

David martilleó con el dedo índice la superficie marmórea de su mesa.

—Debo confesarle que…, en muchas ocasiones, me he planteado rechazar esta misión.

El hombre rio entre dientes.

—No puede ser, señor Cooper. Usted fue cuidadosamente seleccionado para representar este papel para nosotros. No es mi deseo recordarle quién es, pero… es hora de que se cierre el círculo. Y es su derecho hacerlo. —Le tendió la mano por encima de la mesa—. Adiós, David.

El hombre cruzó el espacioso despacho, abrió la puerta y la cerró tras de sí.

Hacía cuatro años que el pasado había regresado a su vida, pero las pesadillas seguían despertándolo por la noche. Los recuerdos eran inmunes al paso del tiempo.

David se pasó la mano por el pelo. Esperaban demasiado de él. Estaba poniendo en peligro no solo su persona, sino todo su negocio.

Pero entonces, como hacía siempre, recordó la promesa que hizo a los catorce años…

# 4

*Polonia, 1942*

Sentado en un pequeño recodo del vagón de carga, abrazando a Rosa y oyendo sus sollozos y el traqueteo del tren mientras cruzaba Polonia, David pensó que ni siquiera la muerte podía ser peor. Otros habían ido pertrechados con agua y víveres, mas todo lo que ellos tenían era el violín, algunos papeles y lápices, y el osito de peluche de su hermana. No fue hasta que ella, desesperada, pidió a gritos algo de beber y comer cuando una mujer mayor se apiadó de ella y le pasó una botellita de agua y media salchicha fría.

El calor en el hermético vagón era insoportable y el hedor a excremento mezclado con desinfectante sobre la paja vieja permanecería para siempre en su memoria. David no hablaba con los demás, simplemente los escuchaba especular sobre la suerte que les aguardaba al final del trayecto. Él ya lo sabía. Confió en que fuera rápido, por su bien y por el de Rosa.

Las mujeres estaban quitándose las joyas del cuello, los brazos y los dedos, y escondiéndolas en la ropa interior. Siguiendo su ejemplo, él ocultó el medallón y el pasaporte en el forro del estuche de su violín.

Mientras el viaje seguía su curso, el hombre sentado al lado de David se derrumbó presa de un ataque al corazón y falleció en su regazo. «Afortunado él», pensó mientras la esposa pasaba el resto de la noche llorando sin consuelo. Sostenía la cabeza de su marido muerto contra el pecho en tanto que las piernas seguían descansando sobre él.

Al rayar el día, el tren se detuvo con un chirrido. David miró por la diminuta rejilla de alambre y vio un letrero en el andén: «Treblinka». Alcanzó a distinguir varios trabajadores ferroviarios junto a oficiales de las SS. El tren arrancó de nuevo, se paró y retrocedió con un bandazo que zarandeó violentamente a los ocupantes del vagón.

David vio que estaban introduciendo su vagón, junto con otros, en una vía muerta. La luz disminuyó cuando los rodeó un bosque frondoso antes de hacerse visibles algunos barracones y, detrás, lo que parecía una enorme pila de zapatos. El tren entró en un claro y él divisó una valla de alambre que rodeaba una especie de campo. Delante se extendía una franja de tierra convertida en andén. Había hombres de las SS por todas partes, algunos portando látigos. Guardias con uniforme negro patrullaban la valla armados con fusiles.

Cuando el tren se detuvo de nuevo, algunos ocupantes del vagón se agolparon detrás de él para tratar de ver algo por la rejilla. Apenas les dio tiempo. Las puertas se abrieron de golpe y los guardias subieron al coche para arrojar fuera a sus ocupantes.

—¡David, David! —Los gritos de Rosa retumbaron en su cabeza cuando fue arrastrada por uno y desapareció entre la muchedumbre que sollozaba y gritaba en el andén.

Todavía aferrado a su amado violín, él desfiló por el andén mientras los conducían en manada hacia la verja abierta en mitad de la valla. Llamó a Rosa una y otra vez, pero le era imposible hacerse oír por encima del espantoso clamor de la desesperación.

—Ay, mamá, ay, mamá —repetía, avanzando hacia una explanada acompañado de los gritos de los guardias: «Schnell! Raus!».

Al entrar en la explanada, empujaban a las mujeres a un lado y a los hombres al otro. David buscó desesperadamente a Rosa entre ellas, pero era imposible. Ajeno a las lágrimas que le rodaban por el rostro, se sentó con los demás y procedió a descalzarse, siguiendo las órdenes de un grupo de judíos con brazalete. Estaban repartiendo trozos de cordel para que los prisioneros ataran los zapatos.

Cuando uno de estos hombres se acercó, reparó en el violín que descansaba al lado de David.

—¿Es tuyo? —le preguntó en polaco.

Él asintió.

—¿Sabes tocarlo?

—Desde luego.

El hombre pareció alegrarse por él.

—Se lo diré al guardia. —Siguió repartiendo trozos de cordel y luego desapareció.

David vio que las mujeres recibían la orden de entrar en un barracón situado al otro lado de la explanada. No era lo bastante grande para que cupiesen todas, de modo que a algunas las obligaban a quedarse fuera y quitarse la ropa.

Un guardia ordenó a los hombres que hicieran lo mismo. Cuando él se disponía a quitarse el pantalón, lo levantaron del suelo.

—¡Toca!

Al darse la vuelta vio a un oficial de las SS señalando el violín.

Desorientado, David se meció en silencio. Un látigo le golpeó el pecho desnudo.

—¡Toca!

Abrió el estuche con manos temblorosas. Se colocó el instrumento debajo del mentón y empuñó el arco. Por mucho que lo intentara, no le venía ninguna tonada a la cabeza.

El resto de los hombres lo miraban en silencio. Estaban todos desnudos.

—¡Embustero!

Al ver el látigo cernirse sobre él por segunda vez, su cerebro entró en acción. Levantó el arco y empezó a tocar la suave y conmovedora melodía del Concierto para violín de Brahms. El dulce sonido inundó el aire. Algunos hombres desnudos empezaron a llorar.

—Suficiente. ¡Espera allí!

David alcanzó a agarrar el estuche del violín antes de ser arrastrado por el brazo y metido a empujones en un barracón. Miró por un agujero y vio que obligaban a los hombres desnudos a cruzar una abertura en la valla. Las mujeres también se habían ido.

El suelo estaba cubierto de paquetes y ropas.

David cayó de rodillas con la cabeza en las manos. Debilitado por el miedo y la falta de comida y sueño, rememoró los tiempos en que su familia se reunía en el salón y él tocaba el violín que acababa de salvarle la vida.

Su mente no se atrevía a imaginar lo que estaba sucediéndole a su hermanita, su querida Rosa. Confió en que todo hubiese acabado para ella y descansara en paz.

Oyó un ruido fuera que lo instó a mirar de nuevo por el agujero. Una quincena de judíos con brazaletes apareció en la explanada y, bajo la supervisión de los guardias, procedió a recoger los fardos y ropas.

David miró en torno al barracón. Desparramadas por el suelo había pilas de trapos junto con tazas, platos y camisas de pijama. Se trataba, sin duda, de algún tipo de dormitorio. Todavía desnudo de cintura para arriba, agarró una camisa del suelo y se la puso. Advirtió que el tejido era de buena calidad y que la camisa estaba prácticamente nueva.

La puerta del barracón se abrió y una avalancha de prisioneros judíos ensangrentados entró seguida de un guardia.

—¡Sígueme! —ladró a David.

Él cruzó la explanada abrazado a su violín. Aquel lo condujo hasta otro barracón. Dentro había grupos de hombres vestidos con toda clase de atuendos extraños. Estaban sentados en largos bancos de madera, comiendo ávidamente de cuencos. El soldado señaló a un caballero mayor cuyo rostro le era familiar.

—Coge tu sopa y ve a ver a Albert Goldstein. Es el encargado.

David agarró el cuenco de sopa de delicioso olor que le tendía una mujer situada detrás de una mesa de caballete. Cuando tomó asiento junto al hombre que le había indicado el guardia, de repente lo reconoció. Era uno de los directores de orquesta más eminentes de Varsovia.

—Señor Goldstein…, no imagina el honor que es para mí conocerlo…

El señor le indicó que callara.

—Come, después hablamos.

David obedeció, sorprendido de lo sabrosa que estaba la sopa. Era mejor que todo lo que había comido durante sus años en el gueto. La comida lo reanimó y el mareo empezó a remitir.

Cuando Albert hubo terminado de rebañar su cuenco, se volvió hacia él.

—¿Qué tocas, muchacho?

—El violín, señor.

El hombre se limpió la boca con el dorso de la mano.

—Debí suponerlo. Nuestro último violinista sufrió un… accidente. —Enarcó la ceja—. ¿Eres bueno?

—No soy nada comparado con los hombres a los que lo he visto dirigir, señor, pero en Varsovia era considerado un prodigio para mi edad. —Albert asintió—. ¿Podría decirme, por favor, dónde estamos y qué le va a pasar a mi hermana?

El hombre lo miró con tristeza.

—¿Cuántos años tienes, muchacho?

—Catorce, señor.

—¿Y tu hermana?

—Once, señor.

Albert suspiró.

—Ven, vamos a nuestro alojamiento.

David cruzó de nuevo la explanada con el señor Goldstein y entró en otro barracón. Este estaba más limpio que el anterior y tenía varios colchones delgados en el suelo. El maestro señaló el del rincón, el cual carecía de manta.

—Esa era la cama de Josef y ahora será la tuya.

—¿Josef?

—El último violinista.

—Por favor, señor, ¿puede explicarme dónde estamos? ¿Adónde fueron las otras personas del tren? —En el fondo, David conocía la respuesta, pero necesitaba que se la confirmaran.

Albert lo miró a los ojos.

—A morir. Lamento decirte que estás en Treblinka. No es un campo de trabajo. Es un lugar donde los alemanes traen a los judíos para exterminarlos. Eso te salvó el cuello. —Señaló el violín.

A David se le llenaron los ojos de lágrimas.

—¿Y mi hermana? —preguntó con coraje.

Albert meneó la cabeza con pesar.

—Las mujeres son de poca utilidad, especialmente las niñas. No abrigues esperanzas. Es preferible que comprendas desde ahora la mentalidad de nuestros captores.

A David se le escapó un pequeño lamento de los labios.

—Todas las personas que siguen vivas en este agujero infernal han perdido a su familia. Todos vivimos a diario con el sentimiento de culpa; por estar vivos y ellos no. No obstante, con el tiempo comprenderás que quizá haya sido lo mejor para tu hermana. Lo que presenciarás aquí cada día… te volverá de piedra el corazón. —Albert tenía la mirada clavada en el suelo.

—¿De qué está hablando, señor?

—El trío musical del que ahora formas parte está obligado a tocar mientras los oficiales envían a las familias a la muerte. —A Albert se le humedecieron los ojos—. Ayuda a ahogar los gritos de los que están dentro de la cámara de gas y mantiene tranquilos a los que aguardan su turno. Muchacho, verás a miles de personas caminar hacia su muerte creyendo que se dirigen a las duchas.

David no pudo soportarlo más y se derrumbó en el suelo.

—Lo siento, muchacho, pero es mejor que seas consciente de la situación. También es nuestro deber entretener a los guardias alemanes y a sus rameras ucranianas después de la cena.

—¿Ucranianas? —preguntó David.

—Sí. Y no solo mujeres. Descubrirás que la mayoría de los soldados de aquí son ucranianos que operan bajo el mandato alemán. En realidad son prisioneros también. Esta región estaba controlada por los soviéticos después de la anexión de 1939: polacos, ucranianos, bielorrusos...; pero luego llegó la operación Barbarroja. Ahora los alemanes dirigen esta zona. —David había empalidecido—. Puede que ahora comprendas que no fuiste tú el afortunado. La masacre continúa noche y día. Y nosotros tenemos que presenciarla.

Él trató de serenarse.

—También se llevaron de Varsovia a mis padres.

—¿Cómo te llamas?

—David Delanski, señor.

Un destello de esperanza le iluminó el rostro a Albert.

—¿Delanski? ¿Como Jacob Delanski?

Él asintió.

—¿Eres su hijo?

—Sí, señor.

Albert sonrió.

—En ese caso tengo buenas noticias para ti. Tu padre está vivo. Es el pintor del campo. Vive en este mismo dormitorio y pinta retratos para nuestros captores.

A David le brillaron los ojos.

—¡No puedo creerlo, señor!

—Lo sé. Momentos como este me hacen creer que aún hay esperanza en el universo. Pero aquí no hay lugar para sentimentalismos. Debo advertirte que tu vida está en peligro cada segundo. A los oficiales les gusta disparar porque sí. Para ellos siempre habrá otro judío que te reemplace. Y, por favor, ten mucho cuidado con el comandante adjunto... —Albert tuvo un estremecimiento.

—¿Cómo se llama? —preguntó David.

—Kurt Franzen. Nunca nunca hagas nada que atraiga su atención cuando estés en su presencia. Es el hombre más sádico y malvado con el que he tenido la desgracia de cruzarme.

Seguro que no tardarás en conocerlo. Ahora deja que te explique las normas del campo.

David escuchaba atentamente mientras Albert le contaba que su padre, Jacob, formaba parte de un pequeño grupo de *Hofjuden*, judíos privilegiados que realizaban servicios para los alemanes. Entre ellos había carpinteros, mecánicos, zapateros y joyeros. No había escasez de comida ni ropa debido a la gran cantidad de provisiones que llegaba a diario al campo con aquellos que ya no iban a hacer uso de tales cosas.

—Físicamente estamos cómodos, puede que más incluso de lo que lo estabas en el gueto, si evitamos las palizas. No te metas en problemas y trata de mantener la cordura. Ahora deja que te oiga tocar. Pronto nos llamarán para pasar revista y debemos actuar a la perfección para evitar que vuelen balas.

El otro miembro del trío se unió a ellos y durante dos horas ensayaron célebres melodías de preguerra que le llenaron los ojos de lágrimas a David.

Finalmente los llamaron y él siguió a Albert hasta una pequeña plataforma de madera colocada en medio de la explanada. Contempló el mar de personas dispuestas en filas frente a ellos. Un oficial alemán pronunció tres nombres. Los hombres dieron un paso al frente con la cara contraída de miedo. Los colocaron delante de la plataforma y, uno a uno, los arrojaron sobre un taburete bajo y los azotaron.

David sintió que le fallaban las piernas. Pensó que iba a desmayarse, pero una mano férrea sobre el brazo lo impidió.

—Te dije que no debes llamar la atención —farfulló Albert.

Terminados los latigazos, el guardia de las SS se volvió hacia las figuras harapientas del estrado y asintió.

El trío empezó a tocar.

Veinte minutos después estaban haciendo cola en el comedor. David buscó a su padre con la mirada y lo divisó sentado a una mesa en el otro extremo de la sala.

—¡Papá! —Abandonó la cola y corrió hacia él. El jubiloso saludo parecía carecer de significado para el hombre cadavérico que tenía delante. Jacob simplemente ignoró a su hijo y siguió comiendo—. ¡Papá, soy yo, David! ¡Tu hijo! *Jaz się masz? ¿Cómo estás?*

El hombre dejó de comer y se quedó inmóvil. El que estaba sentado a su lado se levantó de la silla para cederle su sitio.

—No oye, pero vuelve a intentarlo —le dijo.

Él se sentó y le posó la mano en la delgada muñeca a su padre.

—Papá, por favor, soy David.

El rostro hundido de Jacob se volvió hacia él, que vio que los ojos vacíos se llenaban de reconocimiento.

—¿De verdad eres tú, David? ¿Estoy muerto y en el cielo?

—No, papá, estás vivo. Me perdonaron la vida porque toco el violín. ¿Mamá está…? —La voz se le fue apagando.

Jacob miró por encima de su hijo.

—Se la llevaron. —Contempló el vacío en silencio. Luego volvió a posar la mirada en él, como si estuviera recordando—. ¿Y Rosa?

David negó con la cabeza.

—Tan joven, tanto talento… Dime, ¿por qué vivimos nosotros? —Jacob buscó en el rostro la respuesta, pero no la encontró. Se puso en pie.

—Adiós, hijo mío. —Abandonó la mesa.

Él hizo ademán de levantarse, pero una mano se lo impidió.

—Oye, has de entender que tu padre ha perdido las ganas de vivir —le susurró el hombre—. Lleva dos días sin pintar. Se queda quieto mirando el caballete. Los alemanes están empezando a enfadarse. Le queda poco tiempo.

—Entonces debo ayudarlo.

—No hay nada que puedas hacer. Corre el rumor de que el último tren trajo a un pintor nuevo.

—¡Soy su hijo! ¡Iré con él!

David apartó al hombre con brusquedad y se dirigió a la puerta del comedor. De regreso en el dormitorio, Albert y Filip, el violoncelista, estaban preparándose para la actuación de la noche. Jacob no estaba.

—¿Ha visto a mi padre? —preguntó a Albert.

—Reclamaron su presencia en la habitación donde pinta. Está junto al taller del peletero, al final de esa hilera de barracones de la izquierda. Verás un caballete junto a la ventana.

—Gracias. —David se marchó.

—No te retrases. ¡Empezamos dentro de diez minutos! —gritó Albert.

Él reparó en que el cielo crepuscular estaba iluminado por un resplandor rojo aterrador. Un humo denso y oscuro flotaba sobre el campo y un espantoso olor a carne quemada inundaba el aire. Corrió junto a los barracones, vio el caballete y entró en la pequeña habitación.

Jacob estaba sentado en una silla, inmóvil bajo la débil luz.

—¡Padre! —David se acercó y se arrodilló frente a él. En ese momento, la puerta se abrió y un oficial de las SS entró con un cuadro en los brazos—. Padre, por favor —susurró.

—*Schnell!* ¡Atención! —gritó el oficial.

Lo puso en el caballete y lo acercó a otro lienzo, que David reconoció como una obra de su padre. El oficial salió de la caseta y fue sustituido por otro que sostenía una lámpara de aceite. Él distinguió una figura más pequeña detrás de él, cogida a la otra mano.

Se volvió hacia Jacob.

—Padre, por favor...

—¿Qué has dicho? —gritó el oficial—. ¡Levantaos! ¡Los dos!

David se puso en pie y se topó con unos ojos tan crueles que el cuerpo le tembló involuntariamente.

—Te he hecho una pregunta. ¿Qué has dicho hace un momento? —Tenía la cara del oficial de las SS a solo unos centímetros de la suya.

—He dicho «Padre», señor.

Los ojos del oficial salieron disparados hacia Jacob, que estaba de pie, todavía mirando al frente. Dejó la lámpara de aceite en la mesa y la luz inundó la habitación.

—Vaya, toda una coincidencia. El reencuentro de la familia Delanski. —El duro acento alemán del hombre desentonaba con el suave idioma de la patria de David. Empujó la pequeña figura que tenía detrás hasta el centro del cuarto—. Tres Delanski en la misma habitación. Saluda a tu hermano y a tu padre, Rosa.

El chico ahogó un grito mientras la expresión aterrorizada de la niña daba paso a la dicha. Corrió hasta él. Sin atreverse casi a creer que fuera ella, la abrazó con gesto protector. Entonces Rosa vio a Jacob. Los ojos de su padre seguían fijos en un punto lejano.

—¡Papá! —aulló. Se arrojó a su cuello y lo cubrió de besos.

El oficial parecía contemplar la escena con cierto placer.

—Bien, parece que mi dilema se ha resuelto. Iba a llamar a un *Hofjuden* para que me ayudara, pero creo que tu opinión será mucho más acertada. Verás. —El oficial señaló los dos cuadros con su bastón—. Uno lo ha pintado tu padre, el otro tu hermana. Un guardia me dijo que sabía pintar, de modo que esta tarde le pedí que me hiciera esto. Es un dibujo de mi perro. Wolf. —El oficial se volvió hacia David—. Obviamente, tener dos artistas en el campo es un despilfarro, por lo que quiero que me digas qué cuadro te parece mejor.

Él tardó unos instantes en comprender lo que le estaba pidiendo el oficial. Horrorizado, se volvió hacia su hermana, ahora envuelta por el fuerte abrazo de su padre. Jacob estaba mirando a su hija y acariciándole el cabello con incredulidad.

—¿Y bien, herr Delanski? ¿Cuál eliges? ¿El de Rosa o el de tu padre?

David miró a su alrededor en busca de ayuda, de un consejo divino. No recibió ninguno. Esto no podía estar ocurriendo. ¿Cómo podía alguien tomar semejante decisión y conservar la cordura?

—¡Quiero una respuesta, muchacho!

El oficial estaba sacando una pistola. Él supo entonces lo que debía hacer. Se arrodilló delante del oficial con las manos en el suelo.

—Lléveseme a mí, señor, por favor. Se lo ruego. Habrá una boca menos que alimentar, tal como usted desea.

El oficial meneó muy despacio la cabeza fingiendo preocupación.

—Eso no es posible, muchacho. Te necesitamos en nuestra pequeña orquesta. ¡Elige! —Lo agarró por el cuello de la camisa y lo plantó delante de los cuadros.

«¡Ayúdame, mamá!», gritó David por dentro mientras miraba desesperadamente los dos cuadros sin verlos.

—Bien, muchacho; si tanto te cuesta elegir, significa que ninguno de los artistas te parece lo bastante bueno. Tendré que buscar a otro en la próxima remesa.

—¡No! —David se dio la vuelta temblando y con el rostro inundado de lágrimas. Rosa y Jacob estaban observándolo.

Su padre asintió de manera casi imperceptible y, con un ligero movimiento de la cabeza, señaló a la niña.

David oyó al oficial retirar el seguro de la pistola.

Él jadeaba tan deprisa que casi no podía hablar.

«Dios, mamá, papá, perdonadme».

—Rosa. —Fue apenas un susurro.

—Lo siento, chico, ¿has dicho algo?

—Rosa.

—¡Más fuerte!

—¡Rosa! —gritó David y corrió hacia la puerta.

El oficial de las SS que había llevado el cuadro le bloqueó la salida y lo hizo retroceder con un violento empujón.

—Estoy de acuerdo contigo. El retrato de mi perro es sencillamente excelente. Rosa, ven y colócate junto a tu hermano. Te ha elegido para que continúes la obra de tu padre.

Jacob la besó en la coronilla mientras ella se aferraba a su cuello. Luego la apartó con suavidad. David abrió los brazos y la niña corrió a ellos.

El oficial apuntó al hombre con la pistola. Disparó tres veces.

Los gritos histéricos de Rosa inundaron el aire. El oficial la agarró del brazo y la separó de su hermano.

—Por favor, señor, ¿no puede quedarse conmigo un rato? —imploró David mientras ella gritaba su nombre una y otra vez.

—Yo cuidaré de nuestra pequeña protegida. —El oficial tiró bruscamente de Rosa hacia la puerta y se la entregó al otro oficial de las SS. Hecho esto, entró de nuevo—. Me llamo Franzen. No lo olvides. Estoy seguro de que volveremos a vernos pronto. —Sonrió una vez más y lo dejó solo con el cuerpo acribillado de su padre.

David ignoraba cuánto tiempo había pasado. Un día de terror, humillación y dolor se fundía con el siguiente. Supo que estaban entrando en el invierno cuando el campo despertó cubierto de escarcha. Empezó a nevar y vio a los hombres y mujeres desnudos ponerse azules mientras hacían cola para dirigirse hacia su muerte.

Ahora entendía por qué su padre se había recluido en sí mismo. El horror de lo que había presenciado diariamente era una pesadilla surrealista de la que nunca despertaba.

Cada día que David vivía, rezaba para que la muerte se lo llevara.

De noche yacía despierto y preguntaba a Dios por qué castigaban a gente inocente de ese modo. Nunca le respondía, de modo que, con el tiempo, dejó de rezar. Su fe desapareció junto con su percepción de la realidad. Había aceptado que nadie iba a ir a salvarlos a su hermana y a él. Tendría que hacerlo solo.

Rosa estaba viva y bien. Estaba en los alojamientos de las mujeres ucranianas. Franzen, a quien había visto cometer atrocidades innombrables, parecía fascinado con ella. Había ordenado a una de las mujeres a las que trataba como furcias personales que la acogiera bajo su ala.

Se llamaba Anya y trabajaba en las cocinas del campo. Tenía dieciséis años, era muy bonita y dulce, y adoraba a Rosa. David veía que le tenía más miedo a Franzen que su hermana.

Suspiró y giró sobre el costado, consciente de que debía dormir. La idea de escapar le rondaba por la cabeza. Durante los últimos meses había conseguido esconder una pila de billetes, monedas de oro y joyas debajo de los tablones de su dormitorio. Sabía que los demás prisioneros hacían lo mismo. Tales cosas aparecían ocultas entre las pertenencias de quienes fallecían y los guardias ucranianos estaban dispuestos a cambiar fruta y carne fresca por dinero cuando las raciones del campo menguaban. Para David, su mayor tesoro era su pasaporte, el cual podría utilizar una vez que consiguiera sacarlos a Rosa y a él del campo.

Las lágrimas acudieron a sus ojos al comprender lo inútil que era todo. Los densos bosques y los ucranianos fáciles de sobornar que vivían fuera del campo, en los pueblos circundantes, convertían la huida en una empresa casi imposible. Desde su llegada a Treblinka, los prisioneros que habían intentado escapar habían sido capturados, devueltos al campo y fusilados por Franzen delante de todos los demás. Hecho esto, cogía a un hombre de cada diez en la fila y lo asesinaba también.

Tenía que haber una manera. Si permanecían aquí mucho más tiempo, morirían de todos modos. David cerró los ojos e intentó conciliar el sueño.


—Rosa, *Liebchen*, enséñame el cuadro que has pintado hoy.

Nerviosa, ella se detuvo delante del escritorio del oficial Franzen y deslizó el lienzo por la mesa. Él lo cogió y esbozó una gran sonrisa.

—Muy bonito. Creo que estás mejorando. Ven a darle un beso al tío Kurt, Rosa. —Abrió los brazos.

La niña rodeó la mesa. Se alegraba de que a él siempre le gustara su arte y disfrutaba de su recompensa de caramelos diaria. El tío Kurt había sido muy bueno con ella desde que llegó con David a Treblinka. Se aseguraba de que tuviera siempre ropa de abrigo y comida sabrosa, y le daba muchos regalos. La hacía sentir muy especial.

Pero, cuando tenía que besarlo, el grueso bigote le pinchaba los labios y su aliento siempre olía a cigarrillos.

Franzen la levantó del suelo, se la sentó en la rodilla y se dio unos golpecitos en la boca con el dedo. Rosa conocía bien esa rutina. Le dio un beso. Cuando hizo ademán de apartarse, él la sujetó por la nuca e intentó abrirle los labios con la lengua.

El oficial sonrió.

—Bien, bien, vas mejorando. Mañana te enseñaré otro juego que te gustará.

—Sí, herr Franzen.

Rosa se bajó de la rodilla del susodicho y caminó hasta la puerta. Cuando la hubo cerrado tras de sí, corrió con todas sus fuerzas hasta su dormitorio, donde encontró a Anya tumbada en el colchón con los ojos cerrados.

—¿Estás bien, Anya? Pareces triste.

La chica abrió los ojos y miró a Rosa.

—Claro que estoy bien. Es hora de que te acuestes. Yo debo prepararme para esta noche.

Mientras ella se desvestía y se metía por la cabeza un camisón enorme, Anya se puso un vestido que había encontrado entre los montones de ropa trasladados el día previo al barracón de selección. Decía que estaba confeccionado por Chanel. Confiaba en que a Franzen le gustara y que disimulara el creciente bulto en la barriga. Si lo veía…, Anya sabía que sería el fin de sus días. Había oído historias terribles de compañeras que habían visto a oficiales de la SS matar a mujeres de un tiro cuando se cansaban de ellas.

Se recogió los suaves cabellos rubios en un moño alto.

Aunque solo tenía cinco años más que Rosa, Anya ya era una mujer. Había llegado al campo un año atrás, cuando sus padres, hambrientos y necesitados de dinero, se enteraron por una vecina del pueblo de que había un puesto vacante en las cocinas. Su padre movió hilos, mientras que su madre le suplicó que no hiciera trabajar a Anya para los nazis. No obstante, pese a sus protestas, la realidad era que la familia necesitaba comer.

De modo que la chica empezó a trabajar en Treblinka.

Una semana después de su llegada, Franzen la invitó a sus dependencias. Le ofreció vino y comida de una calidad que Anya no había probado antes. Estaba agradecida y al principio no rechazó las insinuaciones cuando llegaron después de la cena. Sin embargo, él no se detuvo cuando ella se lo pidió, se lo exigió y se lo suplicó. Esa noche, Franzen la violó y le ordenó que viviera en el campo. Si se negaba, mandaría fusilar a sus padres.

Durante el último año, Anya había sido sometida a actos tan humillantes y obscenos que no se sentía más humana que los prisioneros del campo. A veces, si se resistía, Franzen sacaba la pistola y la obligaba a cumplir con esta apuntándole a la cabeza. También la había compartido con multitud de oficiales, a menudo para recompensarlos por un trabajo bien hecho.

En público, Franzen cubría a Anya de regalos y la trataba como si fuera una diosa. Por consiguiente, los prisioneros le escupían cuando pasaban por su lado, pero ella sabía que, si no le daba a él lo que quería, elegiría a otras en su lugar.

La única persona a la que lo había visto tratar con amabilidad era Rosa. Franzen se prendó de la chiquilla en cuanto llegó al campo. Anya creía que su afecto era genuino y se alegraba por ella.

Naturalmente había pensado muchas veces en escapar. Cada noche, tendida en su colchón, humillada y avergonzada por lo que la había obligado a hacer, Anya se juraba que sería la última vez. Y ahora ya no tenía elección. Estaba embarazada, calculaba que de más de cinco meses. No podía seguir ocultándoselo. A Franzen le gustaba Anya por su cuerpo delgado y flexible, rasgos que estaban desapareciendo con rapidez. El bebé no la salvaría. No sería considerada lo bastante digna para dar a luz a un miembro de la «raza superior». Tampoco sabía si él era el padre. Podría ser cualquiera de la docena de oficiales de las SS que la habían utilizado.

Últimamente había oído a Franzen conversar con el comandante del campo. Estaban hablando del hecho de que Treblinka sería pronto una tierra de labranza tranquila sin rastro de lo que había ocurrido en ella.

Anya se pintó los labios frente a su preciado trozo de espejo roto y vio el miedo reflejado en sus ojos. Si intentaba huir, sus padres, y sin duda ella misma, serían fusilados.

Aunque a veces se preguntaba si no estaría mejor muerta.


—¡Hola, Rosa! —Franzen sonrió—. ¿Qué le has pintado hoy al tío Kurt?

—Un lago —contestó.

—¿Un lago, dices? Maravilloso. Tráemelo para que lo vea.

Ella rodeó la mesa para colocarse al lado de Franzen y le enseñó su obra. El oficial la examinó asintiendo con aprobación.

—Es muy bonito, Rosa. Como tú. Toma.

Abrió un cajón y sacó una bolsa de papel llena de caramelos de regaliz rojos. Cuando ella fue a coger uno, él le agarró la mano.

—¡Hoy debes de estar hambrienta! —La niña asintió—. Deja que el tío Kurt te dé de comer. —Cogió un caramelo—. Abre la boca.

Rosa obedeció y Franzen le puso el regaliz rojo en la lengua.

—¿Está bueno? —preguntó.

—Sí, tío Kurt, gracias.

—De nada. Eres una jovencita muy especial con un talento muy especial y mereces que te recompense por ello. —La obsequió con una gran sonrisa y la niña respondió de igual modo—. ¿Te gusta que el tío Kurt cuide de ti, Rosa? —Ella asintió con energía—. Porque no puedo cuidar de todo el mundo, ¿sabes? Tú siempre tienes la barriga llena, ¿verdad?

—Sí.

—¿Y una manta gruesa para que te abrigue por las noches?

—Ajá.

—Nadie más tiene esas cosas, Rosa, solo tú. —La miró fijamente a los ojos—. ¿No crees que eres afortunada por tener al tío Kurt para que te proteja? —Ella asintió de nuevo—. Bien. —Franzen se levantó y cruzó el despacho. Miró por la ventana e inspeccionó la zona antes de correr las cortinas—. ¿No crees que yo también merezco una recompensa por cuidar tan bien de ti, Rosa?

—Claro, tío Kurt. ¡Te pintaré más cuadros!

Franzen rio.

—Gracias, Rosa. Tus cuadros me encantan, pero la recompensa de la que hablo es un poco diferente. Puedes dármela ahora mismo. —La niña lo miró sin comprender—. ¿Quieres otro regaliz? —Cogió un caramelo rojo de la bolsa y esta vez se lo metió en la boca a la fuerza.

Rosa trató de evitar una arcada y al levantar la vista vio algo en los ojos de Franzen que la asustó. Su expresión cordial había sido reemplazada por algo oscuro.

—Tú eres importante para mí, Rosa. Muy importante, de hecho. Voy a seguir protegiéndote, pero a cambio has de aprender a hacer algo para mí.

—¿Qué? —preguntó ella con voz trémula.

—Algo que solo dos personas que tienen un vínculo muy especial harían. —Se le acercó—. No tengas miedo, yo te enseñaré.

Franzen caminó hasta la puerta de su despacho y echó la llave.


Anya supo que algo había pasado en cuanto vio a Rosa entrar en el dormitorio. Estaba blanca como la nieve y las manitas le temblaban.

—¿Qué tienes, Rosa? Cuéntaselo a Anya.

Ella negó con la cabeza, temerosa de hablar. A la chica le dio un vuelco el estómago al temerse lo peor.

—Franzen. ¿Qué te ha…?

No contestó. Anya la tomó entre los brazos y la pequeña empezó a tiritar.

—Ay, mi pobre niña, mi pobre niña. —Le acarició el pelo. Basta. Ninguna de las dos podía seguir así.


David ocupó su lugar habitual en la sastrería después de la cena. Los pocos prisioneros con puestos de autoridad se reunían allí porque era la sala más espaciosa y agradable del campo.

Albert asintió y el trío empezó a tocar. Él agradecía esas veladas, pues era el único momento del día en que la vida adquiría cierta apariencia de normalidad. La gente sonreía y bailaba. Aquí podía perderse en la música y olvidarse de sus huesos doloridos y del hambre que lo atenazaba.

Últimamente habían dejado de llegar trenes y, por consiguiente, alimentos. Casi todos los prisioneros del campo pasaban hambre y los ucranianos estaban cobrando sumas desorbitadas por productos de contrabando.

Como siempre, unos pocos alemanes empezaron a llegar y a ocupar la pista de baile. Franzen entró en la sala con Anya y se sumó a los bailarines. David los veía moverse con elegancia al compás de la música, como si estuvieran en uno de los salones de baile de Varsovia y no en el mismísimo infierno en la tierra. Pasados diez minutos, vio que la chica se excusaba y se abría paso hasta él.

—¿Puedes tocar *El Danubio azul*? —le preguntó antes de acercarse un poco más—. Tengo que hablar contigo. Te espero esta noche en el taller de pieles después del baile. —Dio un paso atrás—. Gracias —dijo elevando la voz y cruzó la pista para reunirse con Franzen.

El taller de pieles estaba completamente a oscuras.

—¿Anya? —susurró David.

—Aquí.

Siguió el sonido de su voz y por fin la divisó sentada contra una montaña de abrigos de pieles.

—¿Por qué querías verme, Anya?

—Porque Rosa y yo tenemos que escapar y necesitamos tu ayuda.

—¿Mi hermana está bien?

—No, David. El interés de Franzen por ella no es inocente. Ha estado obligándola a hacer cosas indecentes.

Un gemido desgarrador emergió de su interior.

—¡El muy cabrón! Ahora mismo voy y lo mato con mis propias...

—¡Calla, David! Tengo un plan para escapar. Yo también me encuentro en peligro. Cuando Franzen descubra que estoy embarazada, me matará. Ahora escucha con atención mientras te explico...


Al día siguiente, después de pasar lista, los prisioneros partieron hacia sus macabras tareas. David volvió a su dormitorio mientras el corazón le latía sereno contra el pecho.

Todo estaba preparado. Solo tenía que elegir bien el momento y dentro de dos horas estaría abandonando este infierno. Sabía que otros prisioneros sufrirían las consecuencias de su huida, pero tenía que escapar aunque solo fuera para contar al mundo la locura que tenía lugar aquí y dar caza a Franzen.

Tal como Anya le había prometido, David había encontrado la gasolina en la caseta de las herramientas; solo una lata pequeña, pero suficiente para hacer lo que se requería. El plan era prender fuego a la valla que ocultaba las cámaras de gas, la cual estaba camuflada por una montaña de ramas secas. Durante la confusión consiguiente, David debía llegar hasta el tren que, según Anya, tenía previsto salir hoy para trasladar la ropa descartada a la Patria. Tendría que pasar justo por debajo de la torre de vigilancia, pero confiaba en que toda la atención estuviera puesta en el fuego, al otro lado de la zona de selección.

Era la hora. Avanzó desenfadadamente por el camino hasta las cámaras de gas y entró en la explanada con el estuche del violín en la mano antes de escurrirse en el barracón que se usaba para que se desvistieran las mujeres. Buscó debajo del banco de madera la gasolina que había escondido allí la noche previa junto con las tres cerillas que Anya le había dado. Era la parte más peligrosa del plan. Tenía que llegar al otro lado de la explanada, la cual no proporcionaba protección alguna frente a la torre de vigilancia.

David asomó la cabeza. Tras comprobar que no había moros en la costa, atravesó la explanada como una bala y se ocultó debajo de la valla de cinco metros de altura. Actuando todo lo deprisa que podía, vertió la gasolina en las ramas secas que tenía más cerca y frotó la cerilla contra el duro suelo de grava. Se encendió y, seguidamente, se apagó. Lo intentó de nuevo y obtuvo el mismo resultado. Solo le quedaba una.

«Por favor, mamá, ayúdame».

La frotó, rodeó la llama con las manos y la acercó a una rama. Esta prendió con tal fiereza que David dio un salto atrás.

Oyó un grito y al darse la vuelta vio que los hombres de la torre de vigilancia lo estaban mirando. Un segundo después los disparos empezaron a retumbar alrededor de su cabeza.

El fuego se había apoderado de la valla y los guardias empezaron a bajar de la torre. David aprovechó el momento para regresar al vestuario de las mujeres. Cruzó el barracón a la carrera y miró por un agujero. Allí se hallaba el tren. Los sorprendidos ucranianos que estaban cargando las montañas de ropa dejaron lo que estaban haciendo y acudieron al llamamiento de los alemanes para ayudar a apagar el fuego.

Cuando el andén se quedó vacío, abrió la puerta del barracón. Diez metros lo separaban del vagón. Vio a Anya subir a él.

—¡Vamos, David, deprisa! Rosa ya está enterrada.

Él cruzó el andén como una bala, arrojó el violín dentro del vagón y subió de un salto. Se zambulló en la enorme montaña de ropa y trató de calmar la respiración. Una mano pequeña estaba tocándole el hombro. Se dio la vuelta y la agarró con fuerza.

Después de lo que recordaría siempre como una eternidad, el tren empezó a moverse. Lágrimas de alivio le brotaron de los ojos. Le estrechó la mano a Rosa. Ella avanzó entre las ropas y se acurrucó contra él.

—Te quiero, David.

—Y yo a ti, Rosa. Y un día haré que ese hombre pague por lo que os ha hecho a papá y a ti. Te lo juro.

La niña se durmió con el suave vaivén del tren. Él contempló su rostro dulce e inocente y supo que estaba decidido a cumplir su juramento.


Sonó el interfono, arrancando a David de su ensimismamiento y devolviéndolo a su elegante despacho de Nueva York. Se limpió el sudor de la frente y se secó los ojos.

—¿Sí?

—El señor Brett Cooper lo espera en recepción, señor.

—Gracias, Pat. Sírvele un café y dígale que enseguida estoy con él.

—De acuerdo, señor.

—¡Maldita sea! —David se preguntó por primera vez si había tomado la decisión correcta al ocultarle su pasado a su hijo. Lo había hecho con la mejor de las intenciones, llevado por el deseo de protegerlo, pero, ahora que el pasado estaba colándose sigilosamente en su futuro, amenazando con cambiarlo a él, ya no estaba tan seguro de que su decisión fuera la acertada.

De una cosa estaba seguro: le habían ofrecido la oportunidad de vengarse. Costara lo que costara, David estaba dispuesto a pagar el precio.

Hizo lo posible por serenarse y pulsó el botón del interfono.

—Pat, dígale a Brett que pase.

Quizá algún día, cuando todo terminase, se lo contaría. Pero esta era su guerra, no la de su hijo.

La puerta se abrió y el chico, agotado y con los ojos enrojecidos, caminó hasta la mesa.

—Hola, papá, me alegro de verte. —Se detuvo con las manos en los bolsillos y admiró la estancia—. Guau, este despacho es increíble. Mucho más bonito que el de Londres.

—Sí. Acabarás acostumbrándote a que todo sea diez veces más grande que en Inglaterra. ¿Qué tal el vuelo?

—Bien, gracias. No he dormido mucho, por lo que estoy un poco fatigado.

David sonrió.

—Tranquilo, no te voy a pedir que empieces a trabajar hoy mismo, pero sí te propongo que dediquemos una hora a estudiar el plan que he elaborado para ti. Luego te llevaré a comer al 21 Club, después de lo cual te mandaré a mi apartamento para que duermas un poco. ¿Qué te parece?

El chaval esbozó una sonrisa cansada.

—Fantástico. Me alegro de estar aquí, papá.

—Y yo me alegro de tenerte aquí, Brett.

David se tranquilizó al ver que su hijo parecía haber aceptado por fin la idea de trabajar para Cooper Industries y olvidado el estúpido sueño de ser pintor. Actualmente era algo con lo que no se veía capaz de lidiar.

Lo que él no sabía era que la felicidad de Brett se debía, casi por entero, al hecho de que Leah Thompson llegaría a Nueva York en menos de cuarenta y ocho horas.

Padre e hijo pasaron una hora agradable examinando el plan de trabajo del segundo. David quería que pasara cuatro meses en la oficina de Nueva York aprendiendo los entresijos del negocio. Luego lo enviaría un año por todo el mundo para que visitara las obras de Cooper Industries en sus diferentes fases de desarrollo.

—Yo no creo en eso de que hay que empezar desde abajo, Brett. Todos los empleados saben que algún día me sustituirás. Sin embargo, durante los próximos dieciocho meses no ocuparás oficialmente ningún cargo y espero que eches una mano en lo que haga falta. Lo más importante es ganarse el respeto de la gente que algún día dirigirás. Humildad y ganas de aprender, eso es lo que quiero ver. Estás aquí para dejarte enseñar por todas las personas que tenemos en nómina. ¡Bien, basta de discursos! Vamos a comer.

Después de un grato almuerzo, tomaron un taxi y regresaron al dúplex recién estrenado de David, situado en la Quinta Avenida, a seis manzanas de las oficinas de Cooper Industries.

—He pensado que esta podría ser tu suite. Tiene buenas vistas del parque.

Brett contempló la espléndida sala de estar y entró en el espacioso dormitorio dotado de un cuarto de baño de mármol.

—Está muy bien, papá, gracias.

—Pensé en instalarte en otro apartamento, pero yo apenas paso tiempo aquí y tú te irás dentro de cuatro meses.

—Claro, lo entiendo.

David sabía que no tenía que impresionar a su hijo, pero deseaba hacer el esfuerzo.

—Ah, también está Georgia, la cocinera, siempre a mano para que te prepare algo.

—Es genial, papá, en serio.

—Bien, me marcho para que puedas dormir. Esta noche tengo una cena de negocios, pero te veré mañana por la mañana. Si necesitas algo, pulsa el timbre que hay junto a la cama. —David se dio la vuelta para salir de la habitación. Al llegar a la puerta se detuvo y miró de nuevo a su hijo—. Me alegro mucho de que estés aquí, Brett —dijo simplemente y se marchó.

El chico se derrumbó en la cama y cerró los ojos. Aunque su cuerpo imploraba descanso, su mente estaba demasiado despierta para que el sueño lo envolviera. A los veinte minutos tiró la toalla y decidió explorar su nuevo hogar.

El dúplex era enorme, con el salón y el comedor en la planta superior dando a una terraza con vistas a Central Park. Las dependencias de David comunicaban con su cómodo despacho. La planta inferior, donde se hallaba su suite, albergaba además una cocina inmensa, otras tres suites y habitaciones para el personal. Brett estaba acostumbrado al lujo, pero hasta él tuvo que reconocer que esto superaba sus expectativas.

Se preguntó qué pensaría Leah, pero se detuvo. Estaba dando por sentado que ella querría volver a verlo.

Regresó a su habitación y se tumbó de nuevo en la cama. Menos de dos días para que estuviera aquí.

Con la cabeza repleta de imágenes de ella, finalmente se durmió.

# 5

## Nueva York, agosto de 1981

—¡Leah, cariño, no puedo creer que estés aquí! —Jenny abrazó con fuerza a su amiga—. Te he echado mucho de menos. Siéntate, voy a pedir champán.

—Agua mineral para mí, Jenny.

—¿Serás muermo? ¡No puedes sentarte en el Oak Room tu primera noche en Nueva York y brindar con agua! —Rio.

Leah tuvo que darle la razón.

—Está bien, tomaré una copa.

Jenny pidió una botella a un camarero que pasaba por su lado.

—Me alegra ver que no has cambiado. ¡Ojalá tuviera tu disciplina! —Sonrió con pesar—. Deja que te mire. —La examinó de arriba abajo y soltó un suspiro melancólico—. Tan guapa como siempre. Ni un centímetro de grasa ni una pata de gallo. Qué suerte tienes. —Puso los ojos en blanco—. Yo, en cambio, estoy empezando a aparentar mi edad.

Leah observó detenidamente a su amiga. Aunque no quería admitirlo, ofrecía un aspecto cansado y trasnochado. Tenía los ojos rojos y el delicado contorno de la cara mostraba una patente redondez.

—No digas tonterías, Jenny, estás como siempre —mintió con tacto.

La otra negó con la cabeza.

—Estoy hecha un trapo, Leah. No te preocupes, soy consciente de ello. Esta mañana me llamó Madelaine para decirme que, si no perdía tres kilos y me enmendaba, mi firma de cosméticos no me renovaría el contrato el mes que viene. Quiere que me vaya una semana a un balneario de desintoxicación de Palm Springs. El problema es que no puedes beber ni fumar y solo te dan comida para conejos.

—A mí me parece una gran idea.

Las dos muchachas brindaron con las copas por el futuro.

—Espero que haya hecho bien en mudarme a Nueva York —rumió ella—. Solo tengo un mes de trabajo con Chaval y luego volveré a depender de los encargos.

—Venga ya, Leah. Van a pagarte medio millón de dólares por veinte días de trabajo y apuesto a que te renovarán el contrato. Tu cara va a estar por todo Estados Unidos. Las revistas y los fotógrafos se pelearán por ti. —Jenny torció el gesto—. Eso les pasó conmigo cuando llegué. —Vació su copa—. Ahora quiero saberlo todo sobre tu fiesta de cumpleaños. Siento mucho que no pudiera organizármelo para ir. Mi asquerosa firma se negó a cambiar la fecha de una sesión de fotos —se lamentó, sirviéndose más champán.

—La verdad es que pasaron muchas cosas —dijo, pensativa, Leah—. Me encontré a Brett, mi primer amor, al que hacía años que no veía. Luego Carlo montó un numerito y tuvieron que enviarlo a su hotel borracho como una cuba.

Jenny rio.

—Parece que fue una noche entretenida. Pero siempre te he dicho que tengas cuidado con él, Leah. Ese tío está perdidamente enamorado de ti. Está convencido de que él te convirtió en lo que eres. —Jenny entornó los párpados—. Sospecho que está intentando cobrarse el favor.

Leah frunció el ceño.

—¿Qué quieres decir?

—Carlo se ha comportado los últimos cuatro años como si fuera tu dueño y está decidido a reclamar lo que cree que es suyo por derecho. —Jenny enarcó la ceja—. En cualquier caso, todo el mundo de la moda, y también la prensa, da por sentado que lleváis años liados.

Ella la miró horrorizada.

—¡Jenny! ¡Por favor! Yo le agradezco a Carlo lo que ha hecho por mí y lo considero un buen amigo, pero no siento y nunca he sentido… nada más por él. Estoy segura de que lo sabe.

Jenny suspiró.

—Mi querida Leah, puede que hayas madurado en algunos aspectos, pero en otros sigues siendo increíblemente ingenua. Pero dejemos el tema. Háblame de ese antiguo amor que te encontraste en la fiesta.

Ella se encogió de hombros.

—Lo conocí cuando tenía quince años y me traicionó.

—Espero que no le dedicaras ni un minuto.

Leah se miró las uñas.

—Me temo que sí lo hice. Bailamos y quedamos en vernos en Nueva York. Da la casualidad de que llegó aquí hace un par de días para trabajar.

—¿No me digas que la virginal veinteañera ha notado un cosquilleo ahí abajo?

Leah puso los ojos en blanco.

—Caray, Jenny, hablas como si fuera una monja. Estos últimos años no he tenido un minuto libre y…

—Y Carlo no te ha dejado sola el tiempo suficiente para poder pensar en otros hombres, y no digamos en hacer algo al respecto —terminó Jenny por ella—. Ese chico te gusta mucho, ¿verdad?

Leah hizo una pausa y miró a su amiga.

—No debería, porque hace años me hizo algo horrible. Pero sí, me gusta mucho.

Jenny bebió otro trago de champán.

—Pues ya es hora de que te unas a la raza humana. Que te guste un tío es lo más natural del mundo.

—Lo sé. Y, hablando de tíos, ¿qué tal con tu príncipe?

Jenny se sirvió una tercera copa de Veuve Clicquot.

—Hace dos semanas que no me llama. Ha estado atendiendo un asunto familiar urgente con su padre. Estoy segura de que me llamará cuando llegue a Nueva York.

Leah se alegró de que Jenny no hubiera visto la prensa británica de los últimos días. El príncipe Ranu aparecía en casi todas las secciones de sociedad abrazado a la hija de un adinerado aristócrata ruso. Un columnista incluso había mencionado que se hablaba de un posible compromiso.

—Pero no lo quieres, ¿verdad, Jenny?

Su amiga guardó silencio mientras deslizaba el dedo por el canto de la copa.

—En realidad, sí. Lo adoro. Después de cuatro años sigo sintiendo lo mismo que la noche que nos conocimos. Si me lo pidiera, me casaría con él mañana mismo y dejaría esta profesión de locos. —Jenny miró a Leah con tristeza—. Lo sé, no hace falta que me lo digas. Tiene una aventura con esa princesa de apellido impronunciable. Te aseguro que no es la primera vez. Pero al final siempre regresa corriendo a mí, suplicando que lo perdone.

—¿Por qué lo haces, Jenny?

—¿Por qué estás dispuesta tú a perdonar a ese chico con el que te reencontraste en tu fiesta de cumpleaños?

Leah se sonrojó.

—*Touché.*

—Lo siento, ha sido un golpe bajo, pero ilustra lo que quiero decir. Lo quiero, Leah. Y es rico. Muy muy rico. Puede tener la chica que quiera cuando quiera. No necesita ser fiel porque siempre habrá otra más joven y más guapa haciendo cola detrás de mí. Así que imagino que la única oportunidad que tengo de cazarlo es agarrarme con fuerza a mi lugar en la cola.

—Dios. —Leah no supo qué más decir.

—No te preocupes, cuando vuelvas a ver a ese chico lo entenderás.

—Pero yo no voy a enamorarme, Jenny.

—Ah, ¿no? —Los ojos le titilaron—. Que te crees tú eso, Leah Thompson —dijo antes de pedir otra botella de champán.

# 6

—Leah, soy Brett.

—Hola, Brett.

—Tienes la voz dormida. ¿Te he despertado?

—Eh, no. Perdona. —Se incorporó en la enorme cama con la cabeza todavía aletargada y el corazón agitado por el sonido de su voz.

Había regresado al Plaza hacía una hora después de un pesado almuerzo con la gente de relaciones públicas de la firma de cosméticos y una tarde de entrevistas de prensa. Con el *jet lag* a cuestas y agotada después de una noche en blanco, se había desplomado sobre la cama y había cerrado los ojos.

—Me preguntaba si te gustaría tomar una copa conmigo esta noche.

Leah veía su cara pálida y su pelo desgreñado en el espejo de la pared de enfrente. Arreglarse y salir era lo que menos le apetecía en ese momento. Por otro lado… Se detestó por tener tantas ganas de ver a Brett.

—Vale.

—¡Genial! Te espero en el vestíbulo del hotel dentro de cuarenta minutos.

Leah suspiró. Cuarenta minutos para transformarse. Más le valía ponerse en marcha.

Después de darse una ducha rápida y secarse cuidadosamente el pelo, se probó el ropero entero, descartando un conjunto detrás de otro.

—¡Mierda! —gritó con frustración. Ella, toda una modelo profesional, estaba comportándose esta noche como una adolescente en su primera cita.

Al final optó por un vestido diseñado por Carlo especialmente para ella. Se sentó delante del espejo y probó una miríada de peinados, todos los cuales, en su opinión, le quedaban fatal. Viendo que ya llegaba diez minutos tarde, se soltó el rodete y dejó que el pelo le cayera por los hombros.

—Es lo que hay —farfulló, agarrando el bolso y poniendo rumbo al ascensor.

Brett estaba en el vestíbulo hecho un manojo de nervios. Miró su reloj justo en el momento en que las puertas del ascensor se abrían. Cuando Leah emergió, él se fijó en que todas las cabezas masculinas se volvían a mirarla. Sintió un arrebato de orgullo cuando la mujer más bella del mundo echó a andar hacia él.

Brett pensó que esta noche estaba aún más adorable que el día de su cumpleaños. Desprendía un brillo especial y, con la melena ondeando con naturalidad alrededor de sus hombros, le recordó al primer día que la vio, perfilada por el sol de la mañana que inundaba su habitación de Yorkshire. Su belleza, naturalmente, había madurado con el añadido de las ropas de diseño y el lustre de los últimos años desfilando sobre las pasarelas. Cuando ella le dio dos besos desenfadados, Brett se sintió como un colegial.

—Hola.

—Hola. —Él casi notó cómo enrojecía—. ¿Vamos al bar del hotel?

Mientras entraban en el Oak Room, ambos buscaron con desesperación algo que decir. Como no se les ocurría nada, tomaron asiento en silencio.

Brett rompió la tensión:

—¿Qué te apetece beber?

—Agua mineral, por favor.

—¿No bebes?

—Raras veces.

—¡Caray, es increíble!

Brett pidió agua y una cerveza pensando en lo fría e imperturbable que estaba Leah. No era de extrañar, después de lo que le había hecho años atrás.

—¿Qué tal tu vuelo? —preguntaron al unísono.

Las risas que siguieron ayudaron a rebajar la tensión.

—El mío bien —respondió ella.

—El mío también, aunque todavía tengo *jet lag*.

—Y yo —dijo Leah—. Ayer no pegué ojo. Estuve casi toda la noche mirando por la ventana de mi habitación. Esta ciudad nunca duerme.

—Y que lo digas. Estoy todo el día sintiendo la necesidad de ducharme. Aquí el polvo y la polución son mucho peores que en Londres. —Brett levantó su cerveza—. En fin, salud. Me alegro mucho de volver a verte.

—Gracias.

—Me cuesta creer que los dos estemos en Nueva York.

—Lo sé. —Leah trató de no pensar que era cosa del destino—. Cuéntame qué has estado haciendo estos últimos años.

Brett le hizo un resumen. Habló de Cambridge y de sus amigos con sumo cariño. Era evidente que no había pasado sus días echándola de menos, pensó absurdamente Leah.

—De modo que ahora estoy en Nueva York para aprender cómo dirige mi padre su empresa —concluyó Brett—. Ahora háblame de ti. Mi vida es aburridísima comparada con la tuya. Casi no podía creerlo cuando vi tu cara mirándome desde la portada de *Vogue*. Quiero que me lo cuentes todo, Leah. —Como es obvio, la meteórica carrera de ella había sido mejor documentada por la prensa que la del primer ministro. Lo que en realidad quería decir Brett era: «Háblame de Carlo».

—Empezaré por el principio. Has de saber que tú eres el responsable de que se fijaran en mí.

Él la miró atónito.

—¿De qué estás hablando?

—Rose cogió el dibujo que me hiciste en los páramos y lo colgó en la galería en su primera exposición. Steve Levitt, el fotógrafo, lo vio y aquí estoy. —Leah sonrió.

Brett no daba crédito.

—¡Caray! ¿Y dónde encontró el dibujo? ¿Todavía lo tiene? Ella negó con la cabeza.

—No. Es todo un misterio. Desapareció unos días después de la exposición y nadie lo ha visto desde entonces. ¿Sigues pintando, Brett?

—La respuesta rápida es no. Digamos que he madurado. En el mundo no hay lugar para los ridículos sueños de la infancia. —Sonrió con tristeza.

—Tus sueños no eran ridículos. Tienes verdadero talento, Brett. Creo que deberías desarrollarlo, aunque solo sea como afición. Es evidente que has heredado el don de Rose.

—Puede, aunque nuestros estilos no podrían ser más diferentes. Le ha ido bien en los últimos años. De hecho, le escribí para felicitarla por la última exposición. Me pareció magnífica.

—Deberías ver la casa ahora. Apenas la reconocerías. Está equipada con todas las comodidades modernas y sofás de Laura Ashley. —Leah respiró hondo. Tenía que saberlo—. Y Chloe ha pegado un estirón desde la última vez que la vi.

—¿Chloe? —preguntó Brett con cara de desconcierto.

—La hija de Miranda.

Al oír su nombre notó un nudo en el estómago.

—Dios mío. ¿Ya se ha casado?

—No, y no quiere decir quién es el padre. Chloe tiene ahora cuatro años. Miranda le dijo a Rose que estaba embarazada justo después de que te marcharas de Yorkshire. —Leah bebió un sorbo de agua para tener algo en lo que concentrarse.

Un escalofrío le recorrió los huesos a Brett. Había llegado el momento.

—Oye, Leah, en cuanto a lo de Miranda, ¿me permites que te lo explique?

—Si quieres…, pero la cosa está bastante clara. Chloe es tu hija, ¿verdad? —Vio que él empalidecía—. No te preocupes, soy la única que lo sabe.

—¡No! Por Dios, no. No. Eso es del todo imposible. —No podría haber sido más enfático.

—Pero Miranda dijo aquella noche que vosotros dos… Brett, te lo ruego, no me mientas. La culpa estaba escrita en tu cara.

Él puso las manos en alto.

—Leah, te juro que Chloe no puede ser mi hija. Miranda y yo… Señor… En fin, nos besamos y abrazamos, pero no…, ya sabes.

—Entonces ¿por qué me dijo ella que lo hicisteis? ¿Y por qué se niega a decir quién es el padre?

—La respuesta a la primera pregunta es sencilla. Quería vengarse. La segunda, si te soy franco, la ignoro.

Leah suspiró.

—Me temo que, cuando Miranda se mostró tan reservada con respecto a la identidad del padre de Chloe, para mí fue una confirmación de que eras culpable. Pensé que callaba porque eras tú y le daba demasiado miedo decírselo a Rose.

Brett se pasó la mano por el pelo.

—Escúchame, Leah. Sé que no puedo demostrarlo, pero te juro que no soy culpable de ese delito. Fui un estúpido y un egoísta, sí, pero pagué por ello cuando te perdí. Entiendo cómo debes de sentirte ahora mismo y me parece totalmente justificado. —La miró con expresión suplicante—. Pero ¿me darías la oportunidad de demostrarte que hoy día soy un tío decente?

Leah se sentía de repente muy cansada.

—Lo siento, Brett, pero estoy agotada. Mañana tengo un día largo y debo dormir.

Él soltó un exhalación.

—Claro. —No lo había perdonado—. ¿Puedo llamarte mañana?

Leah lo meditó un instante.

—Sí, aunque esta semana voy a estar muy ocupada y el fin de semana lo dedicaré a buscar apartamento con Jenny.

—¿Me harás saber tu dirección y teléfono nuevos? —Brett sacó una tarjeta de su cartera y se la tendió—. Si no puedo ponerme, déjale un mensaje a Pat, la secretaria de mi padre.

—De acuerdo. —Leah se levantó—. Gracias por el agua.

Brett la acompañó al ascensor.

—No te olvidarás de llamarme para darme tu número, ¿verdad?

—No. —Las puertas se abrieron—. Buenas noches, Brett. —Le dio dos besos y entró.

—Buenas noches, Leah. —Y ahora se cerraron.

Él salió a la calle y detuvo un taxi amarillo. Miró su reloj. Las nueve y media. Adiós a su sueño de escabullirse en la habitación de ella y hacer apasionadamente el amor hasta el amanecer. Suspiró. Nadie tenía la culpa salvo él. Leah tenía la sartén por el mango y a Brett solo le quedaba soportar la angustiosa espera hasta que ella decidiera llamarlo.

# 7

Miranda se desperezó ociosamente, abrió los ojos y contempló el techo de espejos. Le gustó lo que vio. Su cuerpo desnudo estaba medio oculto bajo las sábanas blancas de raso y la rubia melena esparcida sobre la almohada.

Se incorporó y miró en torno al cómodo dormitorio. Su nuevo hogar. Todo ese lujo, una cuenta bancaria con tanto dinero como deseara gastar y un armario lleno de bellas prendas de marca. Sonrió y se abrazó las rodillas. Todo lo que siempre había deseado se había hecho realidad en cuestión de días. Y había sido facilísimo.

Un sexo rápido e indoloro era el precio por todo esto.

El sábado por la mañana, Santos y ella habían volado a Niza y viajado hasta el puerto de Saint-Tropez para comenzar su crucero de fin de semana por el Mediterráneo. Él se había mostrado encantador y le había presentado a sus numerosos socios, la mayoría de los cuales trabajaban para él.

Miranda jamás había visto tanto lujo. Había imaginado que un yate era un barco pequeño con un par de camarotes estrechos bajo cubierta, pero eso... Era como estar en el QE2. Tenía tres plantas con elegantes suites para los quince invitados, un magnífico salón acristalado, un gran comedor y cinco terrazas enormes.

Durante los dos días que había pasado a bordo, Santos la había cubierto de regalos y afecto, dejando claro a los invitados varones que era suya. Por tanto, la habían tratado con respeto y deferencia, como si fuera la anfitriona.

Miranda había intentado extraer información sobre él a sus amigos, pero solo había obtenido que vivía en algún lugar de Sudamérica, tenía más de sesenta años y era increíblemente rico... Todo lo cual ya había deducido ella misma.

Cuando él fue a verla a su camarote entrada la noche, Miranda había cerrado los ojos y visualizado su collar de brillantes, sus bellos vestidos y el lujoso avión privado, emitiendo de vez en cuando lo que esperaba fueran gemidos de placer convincentes. Luego Santos la besó, se puso su batín de seda y se fue a su camarote.

El domingo por la tarde el barco había entrado de nuevo en Saint-Tropez y los invitados procedieron a desembarcar y a subirse en sus respectivas limusinas. Miranda los observó con nostalgia desde una de las cubiertas superiores, aceptando que había llegado el momento de volver a Yorkshire y a la normalidad. Hasta que Santos se acercó por detrás y le tendió una llave.

—Tu limusina te espera para llevarte al aeropuerto, Miranda.

—¿No vienes conmigo?

—No puedo, tengo que ir a casa. Esta llave abre la puerta de un piso de Londres. El chófer que te recogerá en Heathrow te llevará allí. Te llamaré más tarde. —La besó—. Adiós, encanto.

Tras aterrizar, pasó corriendo la aduana y la llevaron hasta un Rolls-Royce. El coche recorrió las calles oscurecidas de la ciudad y se detuvo delante de un edificio palatino de estuco blanco con vistas a un parque.

—Sígame, señora, por favor —dijo el chófer antes de conducir a Miranda por un amplio vestíbulo hasta un pequeño ascensor que los llevó a la tercera planta. Tras recorrer brevemente un pasillo enmoquetado, abrió la puerta de un piso de un dormitorio decorado con gusto.

El chófer había metido las maletas y se había tocado la gorra.

—El número al que ha de llamar si me necesita aparece en la lista que hay junto al teléfono. Buenas noches, señora.

Miranda tuvo la sensación de que el chófer ya había pasado por eso antes, de modo que dedicó la siguiente hora a peinar el apartamento buscando indicios de ocupantes femeninas previas o del propio Santos. No encontró nada en los cajones perfumados ni detrás del respaldo del elegante sofá de seda lavada. Sí se topó, no obstante, con un sobre junto al teléfono que llevaba su nombre. Dentro había dos mil libras en efectivo, junto con el mensaje de que pronto recibiría dos tarjetas de crédito a su nombre vinculadas a la cuenta del señor F. Santos. Eso más una cuenta bancaria para ella que contenía la suma de diez mil libras, cantidad que se recargaría el último día de cada mes con otras cinco mil.

Miranda había tomado asiento, presa del pasmo. Esto era todavía mejor de lo que había soñado. Era rica.

A las nueve en punto de esa noche, el teléfono ornamental retumbó en el silencioso apartamento. Descolgó el auricular.

—¿Diga?

—Hola, Miranda —susurró Santos—. ¿Lo has encontrado todo a tu gusto?

—Sí, cariño, todo es perfecto —respondió.

—Bien, bien. —Hubo una pausa mientras las interferencias delataban la distancia entre ellos—. Espero que entiendas que todas esas cosas vienen con ciertas condiciones. No quiero que salgas del piso sin llamar primero a Roger, el chófer, para que te lleve en el Rolls-Royce. Y nada de invitados. Los hombres están prohibidos en el piso, con excepción de Ian, a quien conociste en el Savoy. Irá a verte de vez en cuando y, si tienes problemas, debes ponerte en contacto con él. Te telefonearé cada noche a las nueve para asegurarme de que estás bien y contenta. Camila, la asistenta, vive en el piso de abajo. Ella te preparará todas las comidas y se ocupará de las tareas de la casa.

Miranda no sabía qué contestar.

—Claro, cielo —acertó a decir.

—Bien. Una última cosa. Ten siempre una maleta preparada porque podría llamarte en cualquier momento y pedirte que vengas a verme. —El tono de voz cambió—. En ningún caso intentes ponerte en contacto conmigo. —Siguió un silencio incómodo—. En fin, espero que estas pequeñas normas no te impidan disfrutar de tu nuevo hogar. Hay champán en la nevera. Brinda por los dos. Adiós, Miranda.

La comunicación se cortó y ella devolvió el auricular a la horquilla. Se dejó caer en el sofá e intentó asimilar lo que Santos había dicho.

Todo ese lujo tenía un precio mucho más alto del que había imaginado al principio. De pronto tomó conciencia de la cruda realidad. Acababa de comprarla. Ella era su posesión y, por tanto, tenía derecho a dictar cómo debía vivir.

Era su amante.

—Su amante. —Miranda pronunció la palabra para ver cómo sonaba en sus labios mientras contemplaba los espejos del techo.

Después de pasar cuatro días sola, encontraba el silencio del piso ensordecedor. Estaba acostumbrada a los sonidos matutinos de la señora Thompson trajinando en la cocina, a Rose cantando mientras pintaba y a la voz dulce y aguda de Chloe, su hija.

De repente añoraba terriblemente su casa. Cogió el teléfono de la mesilla de noche y marcó.


El aparato sonó y Rose acudió al instante.

—¿Diga? —Tenía la voz ronca por la falta de sueño y el exceso de cigarrillos.

—Rose, soy yo.

La mujer ahogó un sollozo.

—¡Miranda, gracias a Dios! ¿Estás bien?

—Mejor que nunca —trinó la voz al otro lado del teléfono.

Rose quería estrangular a su hija. Había pasado los últimos cuatro días muerta de preocupación.

—¿Dónde estás, Miranda? Me tenías preocupadísima. Podrías haber llamado. Hace días que esperábamos que volvieras a casa y…

—Por Dios, Rose, tengo veintiún años y sé cuidarme sola. Estoy en Londres y me encuentro estupendamente.

—Tendrás veintiún años, jovencita, pero sigues siendo mi hija y…

—Vale, vale. Lo siento, Rose.

Esta respiró hondo.

—Está bien. ¿Qué tren vas a coger? Iré a recogerte a Leeds.

—Todavía no tengo intención de volver a Yorkshire.

—¿Por qué no, Miranda?

—Porque he conocido a gente aquí y me gustaría quedarme un poco más. ¿Puedes cuidar de Chloe unos días?

Rose se mordió el labio.

—Claro, pero… ¿dónde te alojas? ¿Quién es esa gente? ¿Tienes suficiente dinero…? —Reparó en la mano regordeta que estaba abriendo la puerta de la sala de estar.

—¿Mami? ¿Dónde está mami? —El rostro angelical, una réplica de Miranda a esa edad, frunció el ceño.

—Ven con la abuela, cariño. —Rose abrió los brazos y la niña se acercó—. Hay alguien aquí que quiere hablar contigo, Miranda. Chloe, dile hola a mamá.

—Hola, mamá. ¿Puedes venir a casa?

—Hola, Chloe, cariño. No te preocupes, mamá volverá muy pronto.

Rose se sentó a su nieta en el regazo.

—Te echa mucho de menos, Miranda. Cada día pregunta por ti.

—Ya, bueno. Tengo que dejarte. Te llamaré pronto. Dale un beso a Chloe de mi parte. Y no te preocupes, Rose, estoy bien, en serio. Adiós.

La comunicación se cortó. Ella colgó despacio y observó a la preciosa niña que estaba chupándose alegremente el pulgar en su falda.

—¿Cuándo viene mami, abuela? —La carita la miró con tanta confianza e inocencia en sus grandes ojos azules que a Rose se le llenaron de lágrimas.

—No lo sé, cielo —dijo, abrazándola con fuerza—. De veras que no lo sé.

## 8

Jenny se tiró en el cómodo sofá de color crema y se apartó el pelo de la frente sudorosa.

—Nunca más —dijo meneando la cabeza.

—Y que lo digas. —Leah se dejó caer en un sillón que había en la otra punta de la sala—. No pienso ayudarte nunca más a trasladar tus cosas. En serio, Jenny, solo llevas aquí nueve meses. ¡No puedo creer que hayas acumulado tanto trasto!

La amiga sonrió.

—Lo siento. Pero ha merecido la pena, ¿a que sí? —Contempló orgullosa el nuevo apartamento.

Se habían pasado el fin de semana mirando pisos de alquiler hasta que finalmente habían dado con su nuevo hogar. No era, ni de lejos, tan grande como algunos de los vastos lofts que habían visto en el Soho, pero, acostumbradas como estaban a los reducidos pisos ingleses, tener demasiado espacio las intimidaba.

El apartamento se hallaba en la decimosegunda planta de un rascacielos de lujo de la calle Setenta Este. Nada más cruzar la puerta, las dos habían sentido que era justo lo que buscaban. Tenía una amplia sala de estar con puertas acristaladas que se abrían a un balcón sobre una bulliciosa calle. A lo largo del pasillo había una cocina pequeña pero práctica con una zona para comer, dos dormitorios dobles con baño dentro, una habitación de invitados y un aseo. Estaba decorado con gusto, en suaves tonos beis y crema, y los suelos se hallaban cubiertos de alfombras de colores claros. Como resultado de ello, el precio del alquiler impresionaba tanto como el apartamento, pero pagaba la firma de cosméticos de Leah, por lo que no representaba un problema.

—Me encanta. Es muy acogedor —observó—. ¿Un café, Jenny?

—Para mí algo más fuerte. Creo que me lo merezco. Debo de haber perdido tres kilos después de cargar cajas todo el día.

—De acuerdo. Puedes tomar un vodka corto con mucho hielo.

Las dos muchachas caminaron por el pasillo hasta la cocina. Leah se puso a hurgar en las cajas, buscando la cafetera.

—Es un piso ideal para fiestas. Creo que deberíamos montar una de inauguración el fin de semana que viene. Podría presentarte a algunas personas de esta ciudad —dijo Jenny, apoyándose en la abarrotada barra de desayuno.

—Buena idea. ¿Podría ser el sábado por la noche? Así tendría veinticuatro horas para recuperarme de México. —Leah debía volar para un reportaje de fotos el lunes por la mañana y no volvería hasta el viernes por la noche.

—Yo me ocupo. No tengo nada en toda la semana. ¡Considérame la presidenta del Comité de Fiestas!

Leah suspiró al tiempo que desenterraba el café del fondo de una caja. Jenny llevaba diciéndole que no tenía «nada» desde su llegada a Nueva York. Eso, para una top model, era inaudito.

Madelaine la había telefoneado a media semana y sus palabras la habían dejado preocupada.

—Me alegro de que vayas a vivir con Jenny, Leah. Necesita alguien que la vigile. Supongo que te has percatado de su problema con la bebida.

—Soy consciente de que le gusta beber, pero…

—El mes pasado apareció en dos sesiones de fotos fumada y borracha. Ha engordado y tiene la piel dura como el hormigón. Está empezando a correr la voz. Le he dicho que la firma de cosméticos está pensando seriamente en rescindir su contrato si no se pone las pilas. Y me está costando encontrarle algo mientras espera a que arranque la nueva campaña. Tiene dos meses para enderezarse. Ayúdala, Leah. Sé lo unidas que estáis.

—Haré todo lo que esté en mi mano, Madelaine. Seguro que le irá bien. Sigue siendo una de las mejores.

—Es posible, pero hay miles de chicas guapas ahí fuera dispuestas a quitarle el puesto. Esta es su última oportunidad. Díselo de mi parte.

Leah no había encontrado un solo momento en toda la semana para hablar con Jenny. Su agenda había estado repleta de sesiones de fotos y entrevistas, junto con el gran lanzamiento de la campaña de Chaval la noche previa. Apenas tenía veinticuatro horas antes de viajar a México. No era la persona más indicada para hacerle de niñera. Pero esta noche era preciso que tuviera una charla con ella.

—Toma. —Leah dejó el vodka sobre la mesa de la cocina y tomó asiento frente a Jenny.

—Salud. Por nuestro nuevo hogar.

Ella se encogió al ver que se lo bebía de un trago.

—Mmm, mucho mejor. ¿Pedimos comida china? Estoy hambrienta.

—Vale.

—Iré a la tienda de la esquina a comprar un par de botellas de vino. Esta noche nos quedamos en casa.


Una hora después estaban sentadas en el balcón, comiendo y contemplando la puesta de sol sobre Nueva York. Jenny había encargado un festín de comida china y estaban acompañándolo con vino blanco. En el tiempo que Leah había tardado en consumir la mitad de su copa, su amiga había llenado la suya tres veces.

—Eres consciente de que esta es la última comida china que vas a tomar durante un tiempo, ¿verdad, Jenny?

Esta estaba chupándose los dedos.

—¿Por qué lo dices?

—La semana pasada hablé con Madelaine. Está muy preocupada por ti.

—Lo que quieres decir es que es una bruja mandona y controladora que disfruta metiendo las narices donde no la llaman.

—Sabes que eso no es cierto. Antes la adorabas. Se preocupa por nosotras, eso es todo.

—Siempre y cuando sigamos engordando su cuenta bancaria —contraatacó Jenny.

—Es una mujer de negocios. Y su negocio consiste en vendernos. Si uno de sus «productos» no rinde, tiene que…

—¡Productos! —estalló la otra—. Acabas de dar justo en el clavo, Leah, te felicito. Nosotras no somos personas. ¡Somos Barbies parlantes sin una sola neurona en el cerebro!

—Lo siento, Jenny, no lo decía en ese sentido. —Observó el semblante enfadado de su amiga y lamentó no haber sabido abordar el tema con más tacto—. El caso es que Madelaine cree que podrías perder el contrato con la firma de cosméticos.

La otra se miró los pies.

—Lo sé. Yo misma te lo dije.

—Imagino que no querrás que eso ocurra.

—¡Claro que no!

—Entonces ¿no te merece la pena dejar el alcohol y los porros, y sustituirlos por ejercicio?

Jenny contempló el anochecer y se encogió de hombros.

—Para ti es fácil, Leah. No te gusta el alcohol, nunca te drogas y podrías pasarte el día comiendo patatas fritas sin engordar un gramo. Yo no soy así. Yo tengo una naturaleza adictiva. —Jenny apuró la copa—. Además, ¿de qué serviría? Es un círculo vicioso. Me deprimo porque sé que peso demasiado y bebo demasiado, ¿y qué hago para sentirme mejor? Como más y me emborracho o me drogo. ¡No hay nada que hacer! —Rompió a llorar, se levantó bruscamente de la mesa y entró en la sala de estar, derribando la copa casi intacta de Leah por el camino.

Esta fue tras ella y se sentó a su lado en el sofá, pasándole el brazo por los hombros.

—No llores, cariño. Siento mucho haberte disgustado.

—No lo sientas, sé que solo intentas ayudarme. ¡Y ese cabrón de Ranu hace semanas que no me llama! —Derramó otro torrente de lágrimas—. Ay, Leah, estoy totalmente hundida. Hace dos años todo era maravilloso —sollozó—. Ahora mi vida es un desastre y no sé cómo empezar a arreglarla.

Ella tomó a su amiga por los hombros.

—Jen, escúchame bien. Tienes veintitrés años. A esta edad la mayoría de las chicas están empezando su vida. Tú, en cambio, hablas como si la tuya hubiese acabado. ¿Es que no te das cuenta de la suerte que tienes? —Leah sonrió con empatía—. La presión te ha podido, eso es todo. Eres fuerte, Jenny. Puedes hacerlo, sé que puedes.

—Yo no estoy tan segura. —Resopló quedamente.

—Yo sí. ¿Recuerdas cómo cuidaste de mí cuando empecé? De no ser por ti, a saber dónde habría acabado. Ahora me toca a mí hacer lo mismo por ti. Madelaine está dispuesta a pagarte una semana en ese centro de desintoxicación de Palm Springs. Yo en tu lugar aceptaría la oferta.

Jenny guardó silencio unos instantes.

—Tienes razón. Me lo debo a mí misma —dijo con valentía—. Si continúo así, acabaré matándome. —Miró a Leah—. Caray, cuánto has madurado. ¿Cómo consigues ser tan sensata?

—Será porque tengo sangre de Yorkshire. —La abrazó—. Y ahora, ¿por qué no telefoneas a Madelaine y le dices que irás a Palm Springs?

—De acuerdo. —Jenny se levantó, cogió la botella de vino del balcón y vertió el contenido en la maceta que había junto al sofá.

—Por mi nuevo yo.

—Por tu nuevo yo. —Leah sonrió.

# 9

Exactamente una semana después, el abarrotado apartamento vibraba con el latido de la música.

Jenny tenía un vaso de Coca-Cola en la mano y sonreía a su príncipe árabe con ojos llenos de amor. Leah había dejado ir un suspiro de alivio cuando aquella la telefoneó el jueves a México para contarle que Ranu estaba en la ciudad. Era justo el impulso que su amiga necesitaba. Él hasta le había ofrecido su avión privado para que la llevara a Palm Springs el lunes por la mañana.

Leah se encontraba rodeada de una multitud que no conocía, compuesta en su mayoría por modelos y fotógrafos, artistas y diseñadores; la crema y nata de la gente de moda de Nueva York.

Sin embargo, todos sabían quién era ella y le hicieron las mismas preguntas: ¿cómo estaba Carlo? ¿Era cierto que le habían pagado medio millón por el contrato con Chaval? ¿Cuánto tiempo iba a quedarse en Nueva York?

Leah hinchó las mejillas. Tal vez se debiera al cansancio, pero no estaba de humor para conversaciones triviales. Abandonó la sala de estar y se dirigió a su cuarto de baño en busca de un poco de silencio e intimidad. Cerró la puerta y se miró en el espejo.

«El rostro más caro del mundo».

Ese había sido uno de los titulares de la semana pasada, cuando la prensa se enteró de la cifra que había recibido por el contrato con Chaval.

Muchas veces le costaba reconciliar su cara con la persona que era por dentro. La primera era mundialmente famosa; la segunda, en fin, nadie se molestaba en mirarla. No estaban interesados.

Apoyó la cabeza en las manos. Pensó en lo mucho que le gustaría gozar de un día de anonimato, conocer a alguien que no tuviera ni idea de quién era y que la tratara como a una persona cualquiera.

Se cepilló el pelo y se preguntó si Brett vendría esta noche. Después de darle muchas vueltas toda la semana, había decidido concederle el beneficio de la duda. Siguiendo sus instrucciones, le había dejado un mensaje a Pat en Cooper Industries con los detalles de la fiesta y la dirección.

Cayó en la cuenta de que estaba eludiendo sus deberes como anfitriona. Salió del cuarto de baño a regañadientes, abrió la puerta del dormitorio y en el pasillo tropezó con un hombre alto y moreno de mediana edad.

—Lo siento —farfulló.

—Oh, no se preocupe. De hecho, la estaba buscando.

—¿De veras? —respondió ella en un tono cansino.

—Sí. Soy Anthony Van Schiele.

Si esperaba que el nombre le sonara, no fue el caso.

—Hola.

—Creo que trabaja para mí.

—¿Yo? —preguntó Leah sin comprender.

El hombre estaba sonriéndole con un guiño en la mirada.

—Sí, usted. Soy el dueño de Chaval Cosmetics.

—Vaya por Dios, cuánto lo siento. No lo sabía. —El bochorno en su rostro era evidente.

—No se preocupe. La mayor parte de la gente que trabaja para mí no lo sabe. Compré la firma hace apenas unos meses y no hay nada peor que un nuevo dueño autoritario que lo pone todo patas arriba.

Su actitud relajada, un bien que parecía escasear en Nueva York, la tranquilizó.

—Es un placer conocerlo, señor Van Schiele.

—Lo mismo digo. Me preguntaba si podría invitarla a cenar para celebrar nuestra colaboración.

Leah no podía negarse.

—Por supuesto.

—Fantástico. La espero en Delmonico's el miércoles a las ocho, si le va bien. —Ella asintió—. Perfecto. Ahora tengo que irme, pero será un placer verla entonces. Adiós, señorita Thompson. —Se despidió con una inclinación de cabeza y se dirigió a la puerta. Al abrirla, Brett entró y fue a su encuentro.

—Hola, Leah. —Le dio dos besos y le tendió la botella de champán que llevaba en la mano—. Feliz inauguración.

—Gracias, Brett. ¿Qué te apetece beber? ¿Cerveza?

—Estupendo. Menuda fiesta. ¿Conoces a toda esta gente? —le susurró él con asombro.

—Qué va —dijo Leah con una risita—. Pero, por desgracia, todos parecen conocerme a mí.

—Porque resulta que eres bastante famosa. Hasta mi padre sonó celoso cuando le dije que iba a una fiesta de Leah Thompson.

—Pues, ya que has venido y me has traído una botella de champán, haré una excepción y me tomaré una copa. Brindaremos por los británicos.

Pegó un salto cuando el corcho salió disparado con un estallido. De repente se sintió flotar como una cometa y con ganas de coquetear, algo inusual en ella.

—¡Por los británicos! —Alzó su copa.

—Por nosotros —contestó él.

Pasaron a la sala, donde *Satisfaction* estaba sonando a todo volumen. Brett la cogió del brazo.

—¡Me encanta esta canción! Vamos a bailar. —Se sumaron a la masa que gritaba y se contoneaba en la pista de baile improvisada en medio de la sala. Cuando la canción tocó a su fin, la tomó en brazos y empezó a dar vueltas—. Dios, qué bien me siento —dijo, devolviéndola al suelo.

—Yo también —respondió Leah con una sonrisa de oreja a oreja.

Y lo decía en serio. Era como si hubiera resucitado por dentro desde el instante en que Brett entró en el apartamento. Tenía todos los sentidos a flor de piel y el mundo parecía de repente un lugar extraordinariamente bello.

Una canción de Lionel Richie siguió a los Rolling Stones y bajó el ritmo. Él la tomó por la cintura y ella se acurrucó en sus brazos.

Jenny se acercó a la pareja.

—Cariño, Ranu y yo nos vamos a su casa. ¿Estarás bien?

Leah se dio la vuelta, irritada por la interrupción.

—Claro. Jenny, te presento a Brett.

Se dieron la mano.

—Brett, te presento a Ranu.

—¿Qué tal, Brett? —Ranu se volvió hacia Jenny—. Ya nos conocemos. Iba seis cursos por debajo de mí en Eaton.

El aludido asintió.

—Así es. Le hice de lacayo durante un trimestre. Era un hombre difícil de complacer.

Aunque lo dijo en tono de broma, Leah vio en su mirada que Ranu no era santo de su devoción.

—Cuando vuelva de Palm Springs tenemos que salir a cenar los cuatro —dijo Jenny—. Adiós, Brett. Adiós, Leah. Volveré mañana. —Le hizo un guiño a su amiga antes de abandonar la sala con su pareja.

Él meneó la cabeza.

—No me digas que está saliendo con Ranu. Es un imbécil con demasiado dinero. En Eaton todo el mundo lo detestaba.

—Me temo que sí —dijo Leah—. No te preocupes, Jenny sabe cuidar de sí misma —añadió con una convicción que no sentía.

Pasó el resto de la noche haciendo de anfitriona, controlando que todos los invitados estuvieran servidos y siendo arrastrada de un grupo a otro para que se presentara a la élite del mundo de la moda neoyorquino. Brett la acompañaba con cara de aburrimiento. Parecía imposible tener dos minutos a solas con ella.

Pero por fin se fueron los últimos juerguistas y ellos se quedaron en medio del estropicio.

—Madre mía —gimió Leah, paseando la mirada por las botellas, los vasos y los ceniceros rebosantes de colillas alegremente abandonados por toda la sala. Se dejó caer en el sofá—. No me veo capaz.

—Venga, yo te ayudo. No tardaremos nada una vez que nos pongamos. —Brett la levantó—. Si no lo haces ahora, tendrás que hacerlo mañana.

Durante la hora siguiente los dos se afanaron en devolver el apartamento a su estado original. Empezaba a clarear cuando Leah se desplomó de nuevo en el sofá.

—¿Café? —propuso Brett.

—Mmm. Sí, por favor. —Cerró los ojos.

Él preparó dos tazas humeantes y se sentó en el suelo frente a ella.

—Bébetelo, bella durmiente. Eres demasiado grande para llevarte al cuarto en brazos. Hace frío aquí. Voy a encender la chimenea.

Leah se obligó a abrir los ojos y observó a Brett mientras encendía la chimenea de gas. Tuvo un estremecimiento al caer en la cuenta de que estaban solos por primera vez en mucho tiempo.

Dio un sorbo a su café.

—Me encanta el amanecer en Nueva York. La semana pasada lo vi un montón de veces. Por alguna razón me está costando dormir —rumió Brett mientras el fuego cobraba vida. Se instaló en la amplia alfombra de pelo que Leah había comprado esa misma mañana y contempló el *skyline* que se dibujaba al otro lado de las puertas acristaladas.

Bebieron el café en silencio. La sensación de expectación les impedía hablar.

Ella dejó su taza vacía en el suelo. Al levantar el brazo, Brett le cogió la mano. La miró fijamente a los ojos mientras acercaba el rostro al de ella y la besó.

Abrió los labios de buen grado y él la tomó en los brazos.

Leah sintió estremecerse hasta la última fibra de su cuerpo. Ahogó un gemido cuando descendió la boca por el cuello al tiempo que la tendía con suavidad sobre la alfombra. Brett se inclinó sobre ella y su mano sobrevoló la botonadura de la blusa negra que llevaba.

—¿Puedo? —preguntó.

Leah asintió tímidamente y él desabrochó con devoción cada uno de los botones de perla, hasta que la prenda cayó.

—Eres muy bella, Leah. Demasiado bella.

Ella yacía con los ojos cerrados, disfrutando de las nuevas sensaciones que la invadían, pero consciente de que debía tomar una decisión. Había protegido su inocencia tanto tiempo que casi se había vuelto sagrada.

Súbitamente comprendió por qué. Había estado esperándolo a él.

Brett debió de leerle el pensamiento, porque dejó de besarla y la miró a los ojos.

—Deseo con todo mi ser hacerte el amor.

Hablaba con dulzura y Leah vio la sinceridad en sus ojos.

Asintió, tentada por un segundo de decirle que él iba a ser el primero, pero la vergüenza le impidió pronunciar las palabras en alto.

Que sus cuerpos se fundieran le parecía de lo más natural. Leah sabía que siempre había estado esperándolo, que nadie podía hacerla sentir plena como este hombre.

Sus sensaciones físicas y emocionales se unieron hasta alcanzar un clímax de puro gozo.

Más tarde yació acurrucada en sus brazos sobre la alfombra, delante del fuego, contemplando la luz violeta del amanecer a través de los cristales.

Leah sabía que esta noche había encontrado la llave de su futuro. Brett era su otra mitad. Era el eslabón que le faltaba a su alma.

Él sentía lo mismo. Había intentado negarlo, pero, mientras la miraba, supo que amarla era su destino y que marcaría su existencia a partir de ese momento.

Absorto cada uno en sus pensamientos, permanecieron abrazados, sabedores de que acababan de sellar su destino.

## 10

Jenny voló a Palm Springs el lunes y Brett dejó el dúplex de su padre y se instaló en el apartamento de Leah.

Pasaron la noche reviviendo el placer que habían experimentado el domingo por la mañana y encontrándolo aún mejor de lo que recordaban. Ella estaba ansiosa por aprender a complacerlo y descubrió que podía tocarlo sin el menor asomo de timidez.

Durmieron poco y el martes por la mañana Brett llegó a la oficina sintiéndose como si hubiese regresado de la luna. Tenía la cabeza en otra parte y era incapaz de concentrarse. Mientras su padre le hablaba, se descubría pensando en Leah y contando los minutos que faltaban para escapar del mundo real y regresar al mundo de ensueño que compartía con ella.

Cuando llegó a la puerta del apartamento, estaba allí para recibirlo con el pelo chorreando y su hermoso rostro desprovisto de maquillaje.

—Te he echado de menos —dijo, tomándola por la cintura y aspirando su delicioso olor.

Después de hacer el amor una vez más, Leah entró desnuda en la cocina y puso un puñado de espaguetis a hervir. Brett se dio una ducha y se sentó a la mesa de la cocina, dichoso de observarla preparar con mano experta una salsa boloñesa.

Se instalaron delante del fuego con la pasta y una botella de tinto.

—Guau, también eres una gran cocinera. ¿Qué más puede pedir un hombre?

Leah rio. Estaba adorable sentada en el sofá con su albornoz. Brett apenas podía creer que fuera la misma mujer cuya belleza y sofisticación detenían el tráfico cuando aparecía en las incontables vallas publicitarias que estaban colocando a lo largo y ancho de Estados Unidos.

—¿Te apetece que mañana salgamos a cenar? La semana pasada fui con mi padre al 21 Club y me encantó.

Leah hizo un mohín.

—Mañana no puedo. Tengo que cenar con Anthony van Schiele. Es el dueño de Chaval.

Una punzada de miedo recorrió a Brett. Los últimos dos días nada se había interpuesto en sus maravillosas noches juntos. La idea de que ella pasara tiempo con otro hombre le provocaba un nudo en el estómago. Pero sabía que eso no era más que el principio de las inevitables inseguridades. Estaba enamorado de una de las mujeres más bellas del mundo y tenía que aceptar las consecuencias.

—Está bien, lo entiendo —dijo fingiendo indignación.

Leah soltó enseguida el plato y fue corriendo a sentarse en su regazo.

—No quiero ir, Brett, pero he de hacerlo.

—Lo sé, cariño. Tengo un montón de trabajo atrasado, así que pasaré la noche en mi casa e intentaré dormir.


Brett estaba desolado cuando al día siguiente se despidió de ella frente al edificio de apartamentos.

—Hasta mañana. Y recuerda que te quiero.

—Y yo a ti. —Leah lo besó y subió a la limusina que aguardaba junto al bordillo para llevarla a Chaval.

Él detuvo un taxi y se dirigió al trabajo, sintiéndose ridículo cuando las lágrimas amenazaron con acudir a los ojos al pensar que iba a tener que esperar hasta la noche siguiente para verla.

—Señorita Thompson, está usted radiante, como siempre.

Anthony van Schiele la recibió en el vestíbulo de Delmonico's y el maître los condujo hasta la mejor mesa del magnífico salón.

—¿Puedo servirles algo de beber? —preguntó.

—Sí. Una botella de mi vino blanco preferido y agua mineral con mucho hielo para la señorita Thompson.

A ella le sorprendió gratamente que Anthony van Schiele se hubiese tomado la molestia de averiguar qué bebía ella.

—Llámeme Leah, por favor —dijo con una sonrisa.

—En ese caso, tú debes llamarme Anthony.

La chica miró al hombre que tenía delante y se dijo que era sumamente atractivo. Le suponía unos cuarenta y cinco años, aunque parecía más joven, con ese pelo moreno salpicado de canas solo en las sientes. Poseía un cuerpo delgado y fibroso, pero su carisma residía en los ojos. Eran de color gris claro, marcados por años sonriendo y un brillo que irradiaba bondad. Había algo en él que inspiraba fuerza y confianza.

—Dime, ¿cómo va la campaña? He visto los carteles… Bueno, ¿quién de Nueva York no los ha visto? —Anthony sonrió—. Creo que son maravillosos y que le harás ganar mucho dinero a nuestra pequeña empresa.

Leah contuvo la risa. Chaval se hallaba probablemente entre las firmas de cosméticos más grandes y prósperas del mundo.

—Eso espero. Parece que la cosa va bien.

—Confío en que el vicepresidente de marketing te esté tratando bien y no haciéndote trabajar demasiado.

—Por supuesto. Henry es un hombre muy considerado.

—Me alegro. Si tienes alguna queja, no dudes en llamarme —dijo Anthony de corazón—. ¿Qué tal te estás adaptando a Nueva York? ¿Has visto muchas cosas?

—No. La verdad es que he estado demasiado cansada. El ritmo frenético de esta ciudad está empezando a agobiarme.

Él asintió.

—Te entiendo. Yo, personalmente, no lo soporto. Lo encuentro intimidante e impersonal. Tengo una casa en Southport, en Connecticut, donde el ritmo es más lento y el aire es limpio. No obstante, debo decir que Nueva York te sienta muy bien. Esta noche estás deslumbrante. —Anthony contempló su cutis terso y luminoso, el cual estaba vendiendo muchos millones de dólares de cosméticos Chaval.

Aunque Leah había estado convencida de que sería una velada tediosa, el tiempo se le pasó volando. Él la trataba con sumo respeto y decoro, y parecía verdaderamente interesado en sus ideas y opiniones. Como consecuencia de ello se descubrió bajando su acostumbrada barrera y contándole cosas acerca de ella que no solía compartir.

Cuando miró su reloj en los tocadores y vio que eran casi las once, se llevó una sorpresa.

Regresó a la mesa y dio un sorbo a su capuchino.

—¿De modo que esta noche vuelves a tu casa de Southport?

—Sí. Intento ir todas las noches, a menos que el trabajo me lo impida. Tengo un apartamento en la última planta del edificio de Chaval donde puedo estirarme unas horas.

—Me imagino que tu mujer no te ve mucho —comentó Leah.

—Mi mujer murió hace dos años, así que no tengo a nadie en casa que me eche de menos —respondió él con calma.

Ella enrojeció.

—Lo siento mucho, Anthony.

—Gracias. En el fondo fue una bendición. Llevaba mucho tiempo sufriendo. —Miró a lo lejos—. A veces todavía llego a casa esperando que esté allí, en su butaca junto al fuego. La gente dice que el tiempo cura el dolor y yo sigo esperando que sea cierto.

Ella sintió un arrebato de compasión. Alargó el brazo por instinto y le estrechó la mano.

Su empatía conmovió a Anthony.

—Perdona, Leah, no te he traído aquí para deprimirte. No es fácil cuando la gente mira a las personas ricas y exitosas como nosotros y solo ve la fachada exterior, que supongo que habla de felicidad.

La chica asintió enérgicamente, agradecida de haber encontrado a alguien que expresaba en alto lo mismo que ella sentía.

—Lo sé. Debido a mi profesión, a nadie parece interesarle cómo soy por dentro. Solo se fijan en mi cara.

—A mí sí me interesa, Leah —dijo él—. Si alguna vez necesitas hablar, ya sabes dónde estoy. Y ahora será mejor que te lleve a casa. ¡No puedo ser el responsable de que la empleada más valiosa de Chaval llegue a una sesión de fotos con bolsas en los ojos!

Salieron del restaurante. El chófer se puso firme de inmediato y abrió la puerta de la lustrosa limusina negra. Leah subió seguida de Anthony. Recorrieron las concurridas calles en un silencio amistoso hasta que llegaron al bloque de apartamentos de ella.

Anthony le besó la mano.

—Gracias por tan encantadora velada. Me gustaría repetirla otro día.

Para su sorpresa, Leah respondió sin vacilar:

—A mí también.

Hizo además de apearse, pero él la detuvo.

—Eres una persona muy real en un mundo muy irreal. Sigue así, ¿de acuerdo?

Ella asintió y bajó del coche.

—De acuerdo. Buenas noches, Anthony, y gracias.

Mientras esperaba el ascensor, Leah pensó en el hombre peculiar con el que había pasado la velada. Entre ellos se había creado un vínculo especial y supo que acababa de hacer un amigo.

## 11

El timbre del teléfono atravesó el sueño de Leah. Se obligó a abrir los ojos y estiró el brazo para descolgar el auricular.

—¿Diga?

—*Mia cara*, soy yo, Carlo.

Ella miró la hora en el despertador digital.

—¡Carlo, son las cuatro de la mañana! ¿Qué haces llamando a estas horas? Sabes que tengo que madrugar.

—*Scusa, cara*, pero no podía esperar un segundo más para hablar contigo. Te he echado mucho de menos.

Leah sabía que Carlo esperaba oír que ella también lo había echado de menos, pero lo cierto era que apenas había pensado en él desde su llegada a Nueva York.

Guardó silencio. Él prosiguió:

—¿Me echas de menos tanto como yo a ti?

—Claro, Carlo —contestó mecánicamente. Un brazo estaba rodeándola y sumergiéndola de nuevo en el calor del edredón. Al ver que no respondía, el otro se deslizó por su cuerpo y le cogió un seno.

—Para —susurró.

—¿Perdón? ¿Hay alguien contigo, Leah?

—No, claro que no. —Brett aflojó—. Oye, solo faltan tres semanas para el desfile. Nos veremos entonces. —Vio que él abría los ojos y fruncía el ceño—. Perdona, he de colgar. Me gustaría dormir un poco más. Mañana tengo una sesión de fotos importante.

—Está bien, lo entiendo. —Su tono petulante dejaba claro que no lo entendía en absoluto—. Pero me echas de menos, ¿verdad?

—Claro, Carlo.

—Espero que estés portándote bien y reservándote para mí. Tengo espías por todas partes que me contarán si estás siendo una niña mala.

—Sí, Carlo. Nos vemos en Milán.

—Esperaré con ansia tu llegada. *Buonanotte, cara.*

Leah colgó despacio y se recostó en las almohadas.

—Imagino que ese era el señor Porselli controlando a su protegida —dijo Brett.

—Sí.

Él se acodó en la cama y la miró fríamente.

—¿Y qué era eso de que estás deseando que pasen estas tres semanas para verlo?

Ella suspiró.

—No seas bobo, Brett. Lo estás interpretando mal. Carlo solo...

—Estoy celoso, Leah. ¿Hay algo de verdad en los rumores sobre vosotros dos?

—Por supuesto que no. —Se puso a la defensiva—. Carlo se ha portado muy bien conmigo, pero nunca ha habido nada físico entre nosotros. Nunca. —Ni con ningún otro hombre, pensó, deseando ser capaz de expresarlo en alto—. Me da mucha rabia cuando la prensa se inventa esas historias ridículas. Pensaba que tú no te creías toda esa basura.

Brett vio el enfado en los ojos de Leah. Se recostó en la almohada.

—Vale, perdona. Te quiero tanto que esas cosas me hacen sentir inseguro, eso es todo.

—Cariño, tienes que confiar en mí. —Le buscó la mano por debajo del edredón—. Yo también te quiero. Jamás habrá otro hombre, te lo prometo. —Se la estrechó y él se acurrucó en su hombro.

—Buenas noches, cielo. Lo siento.

Cinco minutos después, Brett oía la respiración regular de Leah, pero él estaba teniendo problemas para conciliar el sueño. La manera en que había hablado a Carlo… Estaba seguro de que había habido algo entre ellos. Recordó la noche del veintiún cumpleaños de ella, cuando bailaron juntos. Dentro de tres semanas Leah se marcharía a Milán y caería de nuevo en las garras de él. Brett ignoraba cómo iba a soportar la idea de que estuvieran los dos a solas.

Todo pensamiento sobre Carlo se desvaneció mientras pasaban un fin de semana idílico explorando las maravillas de Nueva York.

El sábado por la mañana fueron de compras al Rockefeller Center y por la tarde dieron un largo paseo por Central Park y contemplaron a los niños jugar en el tiovivo. Por la noche Brett la invitó a Sardi's y ambos observaron cual chiquillos con aspiraciones teatrales a las estrellas de Broadway que cenaban a pocos centímetros de ellos. A continuación regresaron en taxi al dúplex del padre de él y tomaron un café en la terraza, disfrutando de la agradable temperatura de septiembre.

—Este piso es precioso —dijo Leah con admiración—. Mi apartamento debe de parecerte una chabola a su lado.

—Tu apartamento tiene alma. —Brett señaló el espacio con el brazo—. Este no.

La convenció para que se quedara esa noche tras asegurarle que su padre estaba de viaje de negocios y no tendría que soportar encuentros incómodos en el desayuno.

Por desgracia, Brett estaba equivocado y, cuando subieron a la terraza en albornoz para desayunar disfrutando de las espléndidas vistas de Central Park, el padre ya se encontraba allí, leyendo la prensa.

Leah lo miró con detenimiento. David Cooper no se parecía en nada a su hijo ni a su hermana Rose. Tenía un pelo rubio salpicado de canas, la piel bronceada y unos penetrantes ojos azules que la estudiaron con igual interés que ella a él.

—Veo que tenemos una invitada a desayunar. Leah Thompson, supongo. —Se levantó para darle la mano y la chica se fijó en que David, aunque de cuerpo firme y fornido, era un poco más bajo que ella, que le tendió la mano y él la apretó con fuerza—. No nos conocemos, pero tu cara me suena mucho —bromeó.

Leah rio con él, aunque había oído la frase miles de veces.

Se sentaron a la mesa de la terraza y la asistenta les sirvió café y cruasanes. Mientras Brett charlaba relajadamente con su padre, ella se descubrió comparando a David Cooper con Anthony van Schiele. El aura de poder que irradiaba resultaba imponente, pero, igual que el dueño de Chaval no hacía alarde de su vasta fortuna, David Cooper parecía lucir la suya como una toga. Leah se sentía intimidada por su presencia y un tanto incómoda. Se alegró cuando él se levantó de la mesa, se despidió con educación de ella y los dejó solos.

—Lo siento, mi padre tuvo un cambio de planes en el último momento —dijo Brett, masticando un cruasán—. ¿Qué piensas? —Echó una ojeada a un periódico.

—¿Qué pienso de qué?

—De mi padre, evidentemente.

—Sois muy diferentes —respondió Leah con cautela.

—Eso dicen todos en la empresa. La mayoría de los empleados le tienen pánico.

—No me sorprende.

Brett le pidió con la mirada que se explicara.

—Lo que quiero decir es que… rezuma poder. Pero parece muy agradable —añadió.

—Lo es una vez que lo conoces. Es una de las razones por las que me alegro de haber venido a trabajar con él. De niño apenas lo conocí porque estaba siempre viajando. Creo que ese temor también me fue transmitido a mí. Pero, desde que llegué a Nueva York, está diferente, más amable. —Brett se encogió de hombros—. Admiro lo que ha conseguido. Levantó esta enorme empresa desde cero él solo. Buena parte de las grandes corporaciones de aquí son de segunda o tercera generación. Lo que mi padre ha logrado en treinta y pocos años a otras empresas les ha llevado varias generaciones. —Torció el gesto—. Me temo que eso no se consigue siendo un cielo con tus empleados.

—Claro que no. —Leah se sorprendió de que Brett sintiese la necesidad de defender a su padre.

—¿Qué te gustaría hacer hoy?

Ella lo meditó.

—¿Y si cogemos uno de esos barcos que rodean Manhattan? Hace un día precioso.

Tomaron un taxi amarillo hasta el muelle de la calle Cuarenta y dos, subieron al Circle Line y encontraron dos asientos delante. Leah y Brett celebraron la brisa fresca cuando los motores arrancaron y el barco se internó en el río.

Oyeron el crepitar de los altavoces mientras el capitán ofrecía una explicación breve al pasar junto a la Estatua de la Libertad.

Brett estaba acodado en la barandilla, mirando el mar.

—Los barcos de inmigrantes solían entrar por aquí llevando a sus pasajeros a una nueva vida en la tierra prometida. Me pregunto qué se les pasaba por la cabeza al ver Estados Unidos por primera vez —rumió—. Dios, me habría encantado pintar esos momentos —añadió quedamente.

Cuando el barco terminó su recorrido y emprendió el regreso al muelle, Brett se inclinó sobre Leah y la atrajo hacia sí.

—¿Alguna vez has deseado retener para siempre un instante y lo que estás sintiendo?

—Sí.

—Pues este es para mí uno de esos instantes. Te quiero, Leah. Nunca he sido tan feliz como en estas dos semanas. No puedo imaginarme la vida sin ti.

Olvidándose de los demás pasajeros, se besaron y abrazaron hasta que amarraron el barco al muelle y llegó el momento de bajar.

—Ya sé dónde me gustaría pasar la tarde, si no te parece demasiado aburrido —dijo Brett con un repentino brillo de entusiasmo en la mirada.

—Seguro que no. ¿Dónde?

—En el Museo de Arte Moderno.

—Me parece genial.

Leah sentía un cosquilleo de placer mientras el tren atravesaba las estaciones de metro. Este era el Nueva York real: la atmósfera de tensión y peligro, el vagón sucio con su olor a sudor, marihuana y perfume, y sus ocupantes, quienes vivían con la esperanza de unirse a Brett y a ella en su exclusivo mundo de dinero y confort.

Leah salió del metro con la sensación de haber estado en otro planeta. Mientras paseaban por la calle de la mano, pensó en lo mucho que su vida había cambiado en los últimos años y en todo lo que ahora daba por sentado. Sintió cierta vergüenza.

Pasó el resto de la tarde siguiendo a Brett por la vasta colección de valiosos cuadros que albergaba el museo y escuchando embelesada sus eruditos comentarios sobre lo que estaban viendo.

Él la ayudó a entender *La noche estrellada* de Van Gogh, *Las señoritas de Avignon* de Picasso y *La danza* de Matisse.

Brett parecía estar en otro mundo, como si algo hubiese adquirido vida dentro de él. Para cuando la tarde tocó a su fin, Leah comprendió que él sentía un amor y una pasión por el arte que únicamente podía envidiar y admirar, pues ella no la sentía.

—¿Quién es tu pintor favorito? —le preguntó.

Brett abrió los ojos de par en par.

—No puedo responder a eso. Encuentro un cuadro que me gusta, una auténtica obra de arte por su atmósfera, exposición y empleo del color, y al rato descubro otro que no puedo dejar de mirar. Siento debilidad por Manet, Seurat… Y Degas plasmaba a la perfección la vitalidad y elegancia de sus bailarinas. Me gustan todos, Leah. —Rio—. En cierto modo, me alegro de no haber estudiado Bellas Artes. Yo no examino las pinturas desde un punto de vista técnico porque no sé hacerlo. Creo que un cuadro ha de ser una obra bella, algo que nunca te canses de contemplar. Si tienes demasiados conocimientos, puedes encontrarle defectos a todo y eso mata el simple disfrute.

—Sin embargo, sabes mucho sobre todos ellos. —Leah le tomó la mano al salir del museo.

—No soy ningún experto —reconoció él.

—Tienes que seguir pintando, Brett.

Este hizo una mueca.

—Puede. Ven, hablaremos de ello frente a unos blinis de caviar en el Russian Tea Room. Mi padre me dijo que era una visita obligada y está a solo un paseo de aquí.

Quince minutos después estaban sentados en un cómodo banco de terciopelo, bebiendo un té bien cargado. Ella miró con desconfianza las tortitas rellenas de caviar rojo y negro.

—Mmm, delicioso. Prueba uno, Leah.

—Vale, pero te advierto que a mí me va más el *fish-and-chips.*

Brett rio mientras la chica daba un bocado cauto al blini y descubría que su peculiar sabor le gustaba.

—Que estés trabajando con tu padre no significa que tengas que dejar de pintar. Posees mucho talento. —Leah estaba decidida a no dejar que la inyección de entusiasmo experimentada por Brett en el museo se apagara.

—¿Cómo sabes que tengo talento?

—Porque te observaba cuando pintabas en los páramos. Mostrabas una habilidad completamente natural. Si yo tuviera un talento como el tuyo… —Leah meneó la cabeza—. Pero no es el caso. No tengo ningún talento.

—¿Qué estás diciendo, boba? Eres una de las modelos más famosas del mundo. Para eso hace falta talento —la reprendió Brett antes de llevarse a la boca su cuarto blini.

Leah suspiró.

—No es cierto, o por lo menos yo no lo creo. Lo que pasa es que tengo una cara bonita y un buen cuerpo, y la ropa me queda bien. Eso no es algo que salga de mi interior. Yo no tengo un don natural para el arte ni un cerebro matemático que aporte algo bueno a la humanidad.

Brett miró a Leah y pensó que nunca dejaba de sorprenderlo. El verano que la conoció en Yorkshire, él mismo se había enamorado de su envoltorio externo y de su carácter dulce y amable.

Pero cuanto más unido estaba a ella, más consciente era de que aún quedaba mucho por descubrir.

—Vivimos en el mundo de la inmediatez, Leah, y lo más inmediato de ti es tu belleza. No te sientas mal por ello, porque forma parte de ti y te ha reportado éxito. E imagino que mucho dinero.

Ella asintió.

—Lo sé, Brett. —Dejó ir un suspiro—. Pero a veces, cuando me paso una hora en la misma postura, observo a la gente que va de un lado a otro encargándose de los focos, de los objetivos de las cámaras o de un mechón fuera de lugar. Se preocupan muchísimo, cuando no es más que una foto. Lo que hacemos no va a cambiar el mundo. Me parece muy falso e inútil. Y allí estoy yo, ganando todo ese dinero por no hacer nada cuando hay gente con verdadero talento que tiene que luchar mucho para salir adelante, como el grafitero que pintó aquel dragón en el tren o los actores jóvenes que trabajan de camareros.

Él le cogió la mano.

—Cariño, entiendo perfectamente lo que dices. Sin embargo, existe una respuesta para eso, una manera de reconciliarte con lo que haces.

—¿Cuál, Brett?

—Gozas de una posición privilegiada. La gente sabe quién eres y conoce tu rostro. En la actualidad eres embajadora de una firma de cosméticos, pero en el futuro podrías utilizar tu dinero y tu fama para un fin mejor. Si quieres aportar algo al mundo, no podrías estar en una posición mejor.

Leah reflexionó sobre lo que acababa de decirle. Una expresión de alivio le cruzó el rostro.

—Tienes razón, Brett. En el futuro podré hacer algo bueno. Nunca lo había visto desde ese ángulo. Gracias.

—¿Por qué?

—Por darme un motivo para levantarme a las seis de la mañana y lucir una sonrisa profesional durante todo el día.

Brett le estrechó la mano.

—Simplemente recuerda, cariño, que hay gente real a tu alrededor. Y es maravilloso ver que no te has dejado arrastrar por el falso glamour del mundo en el que vives. Por eso te quiero tanto.

Al llegar al apartamento de Leah, fueron recibidos por Jenny, radiante y recién llegada de su semana en Palm Springs.

—¡Leah, cariño, cuánto te he echado de menos! —Se arrojó al cuello de su amiga y luego dio un paso atrás—. ¿Qué tal estoy?

—Absolutamente fantástica. ¿No estás de acuerdo, Brett?

—Desde luego. —Sonrió.

—Venid a sentaros y os lo cuento todo. Acabo de preparar una infusión de hierbas. ¿Os apetece? —A Leah se le escapó la risa y Jenny le dio un puñetazo cariñoso—. Vale, vale, sé que suena raro que tu amiga amante del vodka esté bebiendo diente de león, ¡pero es que soy otra! —Fue a la cocina, sirvió un líquido amarillento en tres tazas y las llevó a la sala—. Aquí están. Probadlo. Es muy saludable.

Leah se llevó la suya a los labios y enseguida la asaltó el pestilente olor. Iba unido a un recuerdo vivo. Durante unos instantes se sintió aturdida y mareada.

De repente estaba de nuevo en la cocina de Megan, con once años y muerta de miedo.

Como si quisiera romper el hechizo, dejó la taza en la mesa con un golpe. El líquido amarillo rebosó y formó un pequeño charco.

—¿Estás bien, Leah? —Brett estaba mirando su cara blanca con preocupación.

—No está tan mala, Leah, en serio. —Jenny rio—. Pero dejad que os hable del balneario. Tenéis que ir sí o sí. Es un lugar alucinante y me siento una mujer nueva. Han elaborado una dieta especial para mí, me han enseñado los ejercicios que tengo que hacer para mantenerme en mi peso y no he bebido ni fumado desde que me marché de Nueva York. ¡Me siento genial!

Leah estaba muy orgullosa de Jenny. Realmente parecía otra. El ejercicio constante se había llevado los kilos de sobra y había recuperado su antigua gracilidad. La melena rubia le caía lustrosa y ondulada por los hombros, la piel irradiaba salud y, más importante aún, los ojos habían recuperado su brillo.

—Estoy muy contenta, Jenny. Ahora lo único que tienes que hacer es mantenerte así.

—Lo haré, Leah. No me queda otra, ¿no? —dijo la chica sin más.

# 12

El teléfono sonó a las nueve en punto.

A Miranda le latió el corazón con fuerza contra el pecho cuando descolgó.

—¿Diga?

—¿Estás sola?

Se lo preguntaba cada día.

—Sí.

—Bien. ¿Me echas de menos?

Ella apretó la mandíbula.

—Claro.

—Yo también. Ahora mismo me estoy tocando mientras pienso en ti. ¿Tú también?

Miranda se miró la mano, aferrada con firmeza al tallo de su copa de vino añejo.

—Sí.

—No te creo.

—Te lo prometo. —Procuró que el asco no se le colara en la voz.

—Aaah, qué placer. ¿A ti también te da placer?

—Sí, mucho —respondió Miranda sin la menor emoción.

—El viernes te recogerá mi avión en Londres. —El tono de Santos había cambiado por completo—. Roger irá a buscarte a las cuatro y una limusina te estará esperando cuando aterrices.

—¿Adónde voy? —preguntó.

—Al barco. Estoy deseando pasar contigo el que será un fin de semana de lo más agradable. Que duermas bien, Miranda.

Ella colgó despacio. Había acabado por temer las nueve y, cuando la hora se acercaba, se servía una generosa copa de vino a fin de reunir valor para la llamada de Santos.

Las primeras dos semanas en el piso, Santos había sido todo dulzura. Después, el tono de voz comenzó a cambiarle. Empezó a pedirle que le dijera cosas obscenas por teléfono. Si ella protestaba, él le gritaba. Le daba miedo cuando se enfadaba, de modo que Miranda hacía lo que le pedía.

Se pasó la mano por la espesa melena rubia. No podía seguir viviendo así. Las cosas no habían salido en absoluto como esperaba. Las últimas seis semanas había vivido como una princesa, comiendo platos suntuosos y vistiendo ropa cara y elegante. La llevaban de aquí para allá en un Rolls-Royce y pasaba las tardes en Harrods ampliando su ropero o comprando vestiditos preciosos que enviaba a Yorkshire para Chloe.

Pero todo eso lo hacía sola. Miranda no veía a nadie aparte de Maria, la asistenta alemana de semblante severo, y Roger, el viejo chófer *cockney* que insistía en entrar y salir con ella de todos los lugares a los que iba. Había intentado conversar con ellos, por pura desesperación, pero ella apenas hablaba inglés y él respondía a su cháchara con monosílabos.

Últimamente había empezado a soñar con Chloe. Siempre era la misma pesadilla aterradora.

La niña corría por los páramos perseguida por una figura oscura. Lloraba y la llamaba: «¡Mami, mami! ¿Dónde estás? ¡Ayúdame!». Miranda abría los brazos mientras su hija corría hacia ella, pero Chloe no la veía y pasaba de largo. Sus gritos se sumaban a los de la cría cuando la silueta amenazante le daba alcance y ella observaba impotente la escena.

Se despertaba a causa de sus propios sollozos, sudando y temblando incontroladamente.

Se paseaba por el piso hasta el alba, temiendo la oscuridad y reprendiéndose por el rencor que le había tenido a Chloe desde su nacimiento. Jamás la había tratado con el amor y la ternura que se merecía. La niña había tenido que buscar eso en otras personas, como Rose o la señora Thompson.

Quería arreglar las cosas. Quería despertarse por la mañana en su bonita habitación de Yorkshire abrazada a Chloe y oír los graznidos de los alcaravanes mientras sobrevolaban los páramos.

Esta noche el sentimiento de nostalgia era insoportable.

Miranda tenía miedo, mucho miedo. Deseaba con todas sus fuerzas escapar, pero sabía que estaba atrapada.

Pasó el resto de la noche sentada en el sofá, bebiendo vino a grandes tragos y cayendo poco a poco en la inconsciencia.

Cuando el timbre sonó por la mañana, seguía en el sofá. Se arrastró hasta el interfono con un fuerte martilleo en la cabeza.

—¿Diga?

—Soy Ian.

—Hola. —Pulsó el botón y dos minutos después este se detenía en el recibidor con cara de preocupación.

—Buenos días, Miranda. Por Dios, ¿estás bien?

Su empatía hizo que ella estallara en llanto. Ian la acompañó hasta el sofá, la sentó y aguardó pacientemente a que terminara de llorar. Acto seguido fue a la cocina y le preparó un café bien cargado.

—Bébetelo e intenta calmarte.

Tomó asiento y la observó en silencio. Ella encontraba su presencia reconfortante. Con sus gafas y su semblante bondadoso y anodino, no era la clase de hombre al que habría mirado dos veces un par de meses atrás. Ahora, sin embargo, Ian aportaba el toque de normalidad y seguridad que tanto escaseaba en su extraña vida.

—Ahora quiero que te pongas tu mejor vestido y salgamos a comer.

Miranda asintió y se retiró a su dormitorio para darse una ducha y vestirse.

—Vuelves a estar tan bonita como siempre —dijo con amabilidad él. Le ofreció el brazo—. ¿Vamos?

Bajaron a la calle y ella se sorprendió gratamente cuando Ian abrió la puerta del pasajero de un Range Rover nuevo.

—Tranquila, tienes permitido venir conmigo. Soy de confianza y he pensado que preferirías ir en mi coche.

Miranda subió, feliz de alejarse de ese piso y de la mirada entrometida de Roger y Maria.

Ian cruzó Londres en silencio y estacionó en una callejuela adoquinada que daba a Kensington High Street.

—Conozco un bistró muy bueno aquí. He pensado que podríamos picar algo y charlar.

Una vez dentro del pequeño restaurante, ocuparon una mesa apartada e Ian pidió una botella de vino.

—Va bien para la resaca, creo. Hará que te sientas mejor. Si no puedes vencerla, únete a ella. Ese es mi lema —dijo riendo.

Por primera vez en semanas, Miranda consiguió reír también.

—Te he traído aquí porque Roger me telefoneó para contarme lo que ocurrió anoche y quería hablar contigo. —Ian se puso serio—. Ignoro cuánto sabes del señor Santos.

Miranda se encogió de hombros.

—Casi nada.

—No es de sorprender. Fuera del mundo de los negocios procura pasar desapercibido. Podría ir a cualquier lugar del planeta sin ser reconocido por nadie. Su círculo de amigos, algunos de los cuales conociste en el barco, es pequeño y exclusivo. La mayor parte trabaja para él desde hace tiempo y Santos confía en ellos. Fuera de ese grupo no socializa y fue un suceso excepcional que lo conocieras en una discoteca de Londres, pero su última… amiga había sido despachada y había salido a la caza de una nueva. Y te encontró a ti.

«Presa. Cazada, capturada, como una mosca indefensa atraída hacia una telaraña», pensó Miranda.

—¿Siempre trata así a sus… amigas? ¿Como prisioneras?

Ian la miró desde el otro lado de la mesa y suavizó la expresión. Dejó escapar un suspiro.

—Miranda, llevo más de diez años trabajando para Santos, desde que salí del colegio y me dio un trabajo cuando estaba desesperado. Es un jefe generoso y yo siempre he sido un empleado leal. Voy a romper esa norma durante los próximos diez minutos porque, sinceramente, creo que no eres consciente de dónde te has metido. Por lo general las chicas que escoge son profesionales, mujeres de mundo dispuestas a hacer lo que sea por un abrigo de pieles y una vida de lujos. Tú no eres así, ¿verdad?

Miranda negó con la cabeza.

—Creía que lo era. Lo que quiero decir es que yo también deseaba todas esas cosas, pero no de esta manera.

—Pues lamento decirte que te has metido en un tremendo agujero. Pese a su anonimato, Santos controla uno de los imperios empresariales más poderosos del mundo. Está metido en infinidad de negocios, aunque la mayoría de las veces utiliza a un representante para que se ocupe de la negociación y la otra parte ignora que Santos es el dueño de la empresa. Eso le ha permitido amasar una gran fortuna y poder en todo el planeta sin que nadie lo sepa.

—¿Y por qué hace eso?

Ian meneó la cabeza.

—No tengo ni idea, pero siempre ha sido así. Yo, por ejemplo, trabajo para una empresa en Londres y solo yo y ningún otro director se comunica con Santos. Los demás no saben quién es el verdadero propietario. Extraño, lo sé, pero es que él lo es.

—No hace falta que lo digas —suspiró Miranda—. Entonces ¿soy su única amante? —Detestaba la palabra, pero sabía que no había otra expresión para eso.

—No podría asegurarlo del todo, pero creo que sí. Santos está casado. Su mujer es alemana. Yo solo la he visto una vez. No hagas nada que pueda provocar su ira. Es un hombre peligroso cuando se enfada —dijo Ian bajando la voz.

Miranda sintió un escalofrío.

—¿De qué estás hablando?

—No puedo decirte nada más, pero no quiero que te haga daño, y tampoco a tu hija. —No pudo detenerse a tiempo y al ver la cara de espanto de ella enseguida lo lamentó.

—¿Cómo sabes lo de Chloe? —le preguntó Miranda, tratando de controlarse.

—Por las compras en tiendas de ropa infantil y por las llamadas telefónicas que ha oído Maria. Para eso les paga tanto dinero a ella y a Roger. Enseguida sumaron dos más dos. Por fortuna, me lo han dicho a mí y no a él. Es de vital importancia que Santos continúe sin saber que tienes una hija; de lo contrario, podría utilizarla como medio de chantaje en caso necesario. Por tanto, se acabaron las llamadas y las cartas. Debes cortar de inmediato todo contacto para protegerla a ella y a ti.

Sintiendo que el pánico crecía dentro de ella, Miranda hizo varias respiraciones profundas para intentar controlarlo.

—No consigo entenderlo, Ian. ¿Por qué me trata como a una prisionera? ¿Por qué paga a la gente para que me espíe? ¿Por qué no puedo hablar con Chloe? —Los ojos le brillaron con lágrimas de impotencia. Era como una pesadilla horrible.

Ian parecía nervioso.

—Me metería un gran lío si Santos se enterara de lo que te he contado. Te ha comprado y eres de su propiedad. Es así con todas sus mujeres. Si eres buena con él y haces todo lo que te dice, estarás bien. Si no…

La amenaza quedó flotando en el aire.

Miranda se armó de valor.

—Voy a irme. Iré a King's Cross y tomaré un tren a Leeds. ¿Qué puede pasar?

Ian la miró sombrío.

—Que te lo impedirán.

—¿Quién?

Se removió incómodo.

—Roger, probablemente. Como bien sabes, la empatía no es su fuerte. Si se chiva al señor Santos…, yo me preocuparía por tu familia.

Miranda estaba sacudiendo la cabeza con incredulidad.

—¿No puedes ayudarme, Ian? ¿No hay nada que puedas hacer por mí?

Él bajó la vista.

—Mis padres están mayores y necesito el dinero que gano.

—¿Qué me dices de la policía? —Su desesperación iba en aumento.

—Santos tiene a media policía en el bolsillo, por no hablar de los funcionarios. —Miranda hundió la cabeza en las manos—. Lo siento, no es mi intención asustarte. Es terrible que estés envuelta en todo esto, pero lo estás y quería prevenirte. Haré todo lo que pueda para ayudarte con tu situación actual, te lo prometo. —Hubo una pausa incómoda mientras la desesperanza los embargaba—. ¿Pedimos?

Ian intentó animar la atmósfera durante el resto del almuerzo gastando bromas y contando anécdotas. Miranda apenas lo escuchaba. Picoteaba la comida de su plato con desgana y se alegró cuando él pidió la cuenta.

Durante el trayecto a casa miró por la ventanilla en silencio.

—No entro porque tengo trabajo que hacer. ¿Estarás bien?

—Sí —respondió ella en un tono inexpresivo.

—Creo que el viernes te vas a pasar el fin de semana con Santos.

—Sí.

—Como te dije, sé amable con él. Lo pasarás bien, ya lo verás. Te haré una visita cuando hayas vuelto. Cuídate, Miranda.

—Gracias por la comida.

Ian la vio caminar cabizbaja hasta el portal de su edificio y desaparecer.

—Pobre muchacha —suspiró antes de poner el coche en marcha y alejarse por la elegante calle arbolada.

# 13

—¡*Buongiorno*, Leah! Estás radiante, *cara*. Cuánto me alegro de verte. —Carlo parecía un niño excitado mientras buscaba una silla para ella en el concurrido salón y pedía a uno de sus ayudantes que le llevara una taza de café.

Leah paseó la mirada por la estancia y sonrió. No pudo evitar rememorar la mañana que Maria Malgasa había sido la estrella del desfile y Carlo la había tratado a ella como una reina. Volvió la vista y reparó en un par de caras jóvenes sentadas con nerviosismo en la parte de atrás, tal como había hecho ella en aquella ocasión. Estaban mirándola fascinadas y Leah las obsequió con una sonrisa.

Los desfiles bianuales eran una oportunidad para ponerse al día con el mundo de la moda. Después de su primer año, siempre había disfrutado mucho de ellos. Naturalmente, ahora ella era la estrella de la colección de alta costura de septiembre, no solo de la colección *prêt-à-porter* de octubre, y los fotógrafos ansiaban fotografiar a Leah tanto como las creaciones de Carlo.

Este año, sin embargo, al oír a Julio repasar el orden de salida no experimentó la misma ilusión. Quizá fuera por el *jet lag* tras el largo vuelo o, más probablemente, por la idea de no ver a Brett durante toda una semana. Eso y tener que aguantar las agobiantes atenciones de Carlo después de haberse acostumbrado a vivir sin él.

Para colmo, este año no estaba Jenny. Ningún diseñador había querido contratarla cuando Madelaine les ofreció sus servicios. No se creían que la chica volviera a ser la de antes. Leah incluso había apretado los dientes y telefoneado a Carlo para suplicarle que le diera una oportunidad.

—Incluso para ti, cariño, la respuesta es no. Jenny está *finita*, acabada.

Leah le aseguró que había dejado la bebida y las drogas y que tenía un aspecto fantástico, pero el hecho de que su firma de cosméticos hubiese rescindido el contrato no ayudaba. Jenny había reaccionado relativamente bien cuando Madelaine la llamó para darle la noticia.

—Ellos se lo pierden. Ya habrá otros contratos —dijo, restándole importancia.

Leah se sintió fatal cuando su amiga la ayudó a hacer el equipaje para volar a Milán, pero se alegraba de que su relación con el príncipe pareciera ir bien. Ranu tenía planeado llevársela unos días de vacaciones y ella estaba segura de que eso era lo único que la ayudaba a seguir adelante. La llenaba de tristeza pensar en lo mucho que Jenny se había esforzado por rehabilitarse y que nadie estuviera dispuesto a darle una oportunidad.

—Bien, señoritas, es hora de trabajar —dijo Julio.


La colección de primavera fue todo un éxito y este año Carlo se había superado. Después del desfile, los fotógrafos se congregaron alrededor de Leah. Como siempre, él insistió en tomarla por la cintura y besarla en la mejilla. Ella trató de zafarse, pero ya era tarde.

—¿Sigue habiendo una relación amorosa entre ustedes, señorita Thompson? —vociferó un columnista de sociedad por encima del gentío.

Leah le dio la espalda.

—Ya es suficiente, caballeros —dijo Carlo—. Como bien saben, Leah es tímida y los dos estamos cansados.

—¿Qué me dice del joven con el que la han visto cenando en Sardi's?

Ella suspiró. Alguien había visto a Leah y a Brett salir del restaurante cogidos del brazo, había hecho una foto y la había vendido a toda la prensa amarilla de Estados Unidos. «La modelo y el hijo del millonario», rezaban los titulares. Ignoraba que la foto hubiera llegado a Italia.

Carlo la miró extrañado y respondió:

—¿Acaso no puede la señorita Thompson salir con un socio cuando está sola en una ciudad nueva? Bien, damas y caballeros, creo que ya tienen suficiente. *Scusate*.

Alejó a Leah de las garras de los fotógrafos.

—*Scusa*, he de hablar con una gente y después quiero invitarte a cenar.

Carlo se marchó y ella comprendió que acababa de recibir una orden, no una invitación.

Media hora después, él regresó para recogerla. Salieron a la calle y el italiano abrió la portezuela del pasajero de su Lamborghini rojo.

Envueltos en un silencio incómodo, recorrieron las tranquilas calles de Milán y salieron a campo abierto.

—¿Adónde vamos, Carlo?

—Ya te lo dije, a cenar.

Después de confiar plenamente en él durante años, Leah había acabado por aceptar que algo cambió la noche de su vigésimo primer cumpleaños. Conforme se alejaban de Milán, el desasosiego fue creciendo dentro de ella.

En un momento dado, Carlo dobló a la izquierda, cruzó una gran verja de hierro y subió por un amplio camino. Detuvo el coche delante de un enorme *palazzo*, el cual estaba iluminado con focos y semejaba un castillo de cuento de hadas.

—Bienvenida a mi hogar —dijo Carlo.

Leah contuvo el aliento. Él siempre había insistido en enseñarle su *palazzo*, pero sus visitas a Milán de los últimos años habían sido ajetreadas y nunca había encontrado el momento.

Bajó del coche y subió con Carlo la escalinata hasta el pórtico de la entrada. Les abrió la puerta un mayordomo.

—Buenas noches, Antonio.

—Buenas noches, señor.

—¿Está todo dispuesto?

—Sí, señor. Por aquí.

Leah siguió a Carlo y al mayordomo por una serie de estancias exquisitas, cada una de las cuales parecía más imponente que la anterior. Los altos techos estaban pintados en tonos pastel y representaban escenas religiosas, y el mobiliario era de una elegancia extrema. A ella le recordó más a un museo que a un hogar y pensó que Brett habría sabido apreciar las obras de arte que cubrían las paredes.

Al final de un largo pasillo de mármol iluminado con incontables candelabros de techo, Antonio abrió una puerta doble y los hizo pasar.

Leah ahogó una exclamación. Alzó la vista hacia el techo, que estaba unos quince metros por encima de ella. La estancia era tan grande que apenas alcanzaba a ver el otro extremo.

—El salón de baile —dijo Carlo, ofreciéndole el brazo—. Vamos a comer.

El salón estaba vacío salvo por una mesa instalada frente a las puertas vidrieras que daban a una terraza iluminada con focos.

Carlo la condujo por el vasto suelo hasta la mesa, que estaba preparada para cenar.

Cuando se hubieron sentado, un camarero surgió de la nada y abrió la botella de champán que descansaba en una cubitera. Sirvió dos copas, salió a la terraza y chasqueó los dedos. Al instante, el suave sonido de una música clásica entró flotando por los ventanales y Leah reparó en el cuarteto que estaba tocando fuera.

Carlo sonrió al ver su cara de asombro.

—Te dije que te llevaría a cenar. Es precioso, ¿verdad?

Ella asintió.

—Sí. Parece el escenario de un cuento de hadas.

Él amplió la sonrisa.

—Me alegro de que te guste. Y ahora brindemos. Sé que no te gusta beber, pero una copa no te hará daño.

Carlo alzó la suya y Leah lo imitó a regañadientes.

—Por nosotros.

—Por nosotros —musitó.

La comida que siguió era la más suntuosa que había probado jamás. Minestrone, osobuco, jarrete de ternera sobre un lecho de risotto —delicadamente especiado con hierbas cultivadas en los jardines— y zabaione de postre.

Levantó las manos cuando el camarero apareció con una amplia selección de quesos y la dejó en la mesa.

—En serio, Carlo, no puedo. Estoy a punto de reventar. Ha sido la comida más deliciosa que he tomado en mi vida. Me sorprende que quieras salir a cenar cuando tienes semejante cocinera en casa.

—Sí, Isabella es una maravilla. Lleva años con nuestra familia. Y ahora creo que ha llegado el momento de bailar.

El camarero le retiró la silla y Leah se levantó. Carlo la condujo a la terraza e hizo una reverencia.

—¿Me concede el honor?

Ella asintió y él la tomó por la cintura. Bailaron un vals al son de la música y se sintió abrumada por la belleza del entorno. Deseó que los brazos que la rodeaban fueran los de Brett.

—Oh, *cara*, esta noche estás más hermosa que nunca. Tu belleza parece aumentar con cada año que pasa. Ven, quiero enseñarte algo.

Carlo detuvo bruscamente el vals y la condujo por la terraza hasta cruzar otra puerta vidriera.

Esta estancia era mucho más pequeña y casi resultaba acogedora en comparación con el salón de baile. Él cerró las cristaleras.

—Siéntate junto al fuego. La brisa otoñal es fresca.

Leah se instaló en una butaca roja de terciopelo y Carlo tomó asiento frente a ella.

—¿Te apetece un brandy, *cara*?

Ella negó con la cabeza y lo observó levantarse y dirigirse a un armario bajo con incrustaciones doradas sobre el que descansaba una colección de decantadores pesados. Advirtió que Carlo parecía extrañamente nervioso. Se sirvió un brandy doble y se lo bebió de un trago. Se puso otro y regresó a su butaca frente a la chimenea.

Clavó la vista en el fuego girando la copa entre las manos.

—Imagino que estarás preguntándote por qué te he traído aquí esta noche. Las últimas seis semanas sin ti han sido insoportables. La separación ha confirmado lo que siempre he sabido. Te quiero, Leah. Deseo que seas mi esposa.

Extrajo de su bolsillo superior un estuche de terciopelo negro, le mostró el anillo de brillantes que contenía y se inclinó frente a su butaca.

—Es lo que el mundo de la moda ha estado esperando. Tú y yo estamos destinados a estar juntos. Vivirás aquí conmigo, rodeada del esplendor que tu belleza merece, y algún día me darás hijos tan hermosos como tú. —Carlo le tomó la mano y deslizó el anillo por el dedo anular.

—Acepta, *cara*, y te haré la mujer más feliz del mundo.

Leah contempló la joya. De repente tomó conciencia del absurdo montaje y le entraron ganas de reír.

Todo era perfecto. El príncipe joven y guapo proponiendo matrimonio a su dama en medio del opulento esplendor de su palacio. Exactamente como en los cuentos. El único problema era que ella amaba a otro hombre.

Respiró hondo, negó con la cabeza, retiró del dedo el exquisito anillo y se lo tendió.

—No, Carlo, no puedo casarme contigo.

Él la miró como si lo hubiera abofeteado.

—¿Por qué no? —Su desconcierto era genuino y Leah comprendió que no había contemplado ni por un instante la posibilidad de que ella no aceptara.

—Porque estoy enamorada de otro hombre.

El desconcierto se transformó en espanto.

—¿De quién?

—Del caballero que viste conmigo en la fotografía. Se llama Brett Cooper y lo conozco desde los quince años.

—¿Me estás diciendo que habéis estado liados todos estos años mientras el paciente de Carlo te cuidaba, se preocupaba por ti y jamás te ponía un dedo encima? —La voz le temblaba de ira.

Leah negó con la cabeza.

—No, Carlo. Volví a verlo en la fiesta de mi veintiún cumpleaños. Vive en Nueva York y nos encontramos allí.

Él se puso en pie y empezó a pasearse por la estancia.

—*Un momento, per favore!* O sea que no es más que un escarceo pasajero. Un muchachito que te ha hecho compañía mientras estabas sola en Nueva York. Se te pasará, Leah. Él no puede ofrecerte lo que yo, lo que mereces. Una casa hermosa, un título. No tires todo esto por la borda. Estamos hechos el uno para el otro.

—Da la casualidad de que el padre de Brett es uno de los hombres más ricos del mundo. No es que el dinero me importe, desde luego —añadió—. Recuerda que tengo mis propios recursos y querría a Brett aunque no tuviera un céntimo.

—Después de todo lo que he hecho por ti, esta es mi recompensa. Te convertí en lo que eres y ahora me pagas tirándote a un niñato que todavía no ha salido del cascarón. —Estaba elevando la voz.

Leah se levantó.

—Estoy muy agradecida por todo lo que has hecho por mí, Carlo. Te has portado de maravilla conmigo y te considero uno de mis mejores amigos. Pero creo que es mejor que me vaya. —Se encaminó con calma a la puerta.

—Todos estos años has actuado como la Virgen María conmigo mientras te veías con otros hombres. Pues bien —Carlo la rodeó y Leah vio el brillo del triunfo en sus ojos—, ahora ya es tarde. Hoy mismo he comunicado a la prensa nuestro compromiso y futuro enlace.

Ella frenó en seco.

—¿Que has hecho qué? —Carlo se limitó a sonreír—. ¿Cómo te atreves a decir algo así sin mi permiso? ¿Quién demonios te crees que eres?

—El hombre que siendo una chiquilla *goffa* y estúpida te convirtió en la estrella que eres ahora.

—Jenny tenía razón. Me dijo que creías que todo mi éxito te lo debía a ti. Pero tú no eres mi dueño, Carlo, nadie lo es. Más te vale llamar a la prensa mañana y decirle que ha habido un malentendido. Si no lo haces tú, lo haré yo.

—No puedo. Mañana por la mañana aparecerá en todos los periódicos del mundo. *Cara*, por favor, no discutamos. Yo sé que me quieres. Te olvidarás de ese otro muchacho. —Abrió los brazos, pero Leah retrocedió, temblando de rabia.

—¡No me toques, Carlo!

Él la siguió y la atrajo bruscamente hacia sí.

—Creo que por lo menos me debes un beso. —Apretó los labios contra los de ella e intentó abrirle la boca.

—¡Para, para! —Leah forcejeó hasta apartarlo, jadeando—. Por lo que a mí respecta, no quiero volver a verte nunca más. Nuestro contrato acabará al término de este desfile y no volveré a firmar contigo. Quiero que avises a tu chófer y le digas que me devuelva a Milán ahora mismo.

Carlo cambió la expresión y suavizó el tono.

—*Cara*, no puedes hablar en serio. *Va bene*, puede que me haya precipitado al hablar con la prensa antes de tenerlo todo organizado…

—Carlo, por última vez, no te quiero, no deseo casarme contigo y lo que has hecho es despreciable. ¡Pídeme el coche ya! De lo contrario, seré yo la que hable con la prensa.

—Está bien, está bien. —Tocó el timbre—. Hablaremos mañana, cuando estés más tranquila.

El mayordomo apareció y él le habló en italiano.

—El coche te espera fuera.

—Adiós, Carlo. Espero, por tu bien, que el daño que has causado pueda rectificarse.

Leah salió de la estancia y siguió al mayordomo por el largo pasillo temblando de furia.

Durante el trayecto a Milán trató de asimilar lo que Carlo había hecho. Si decía la verdad, ya era tarde para cambiarlo. La historia saldría en los diarios mañana por la mañana.

«Brett».

Leah se mordió el labio. Sabía lo terriblemente inseguro que ya lo hacía sentir su relación con Carlo.

En cuanto llegó a la habitación, lo telefoneó a su oficina. Pat le dijo que acababa de irse. Probó el dúplex, pero le saltó el contestador, de modo que dejó un mensaje en el que le pedía que la llamara al hotel.

Tenía que intentar explicárselo antes de que viera la prensa.

Leah quiso convencerse de que Brett lo entendería, pero, conforme se acercaba la mañana, también aumentaba la duda en su corazón.

# 14

Carlo Porselli, el diseñador italiano que arrasó en la semana de la moda de Milán, anunció ayer su compromiso con su musa y top model, Leah Thompson. No es un acontecimiento inesperado: los dos jóvenes amantes han sido inseparables los últimos cuatro años.

Anoche, la señorita Thompson pasó una velada romántica con Carlo en su *palazzo* a orillas del lago de Como para celebrar su próxima boda. La modelo fue vista regresando discretamente a su suite del hotel Principe di Savoia cuando amanecía.

La señorita Thompson vuelve hoy a Nueva York para continuar con sus compromisos con Chaval Cosmetics, pero Carlo me aseguró que se mudará a Milán en cuanto finalice su contrato. ¡Enhorabuena a los dos!

Leah estudió la foto de Carlo besándola delante del salón y suspiró. Mientras el taxi que la llevaba a su apartamento desde el aeropuerto Kennedy recorría raudo las calles, leyó cuatro artículos de otros periódicos. Eran casi idénticos, palabra por palabra.

—Dios.

Se frotó descorazonada la frente, sabedora de que no existía la menor esperanza de que Brett evitara la noticia. Se preguntó si debería telefonear a su abogado y poner una demanda, pero ¿de qué serviría? La prensa tenía derecho a publicar lo que Carlo les había contado…, por lo que tendría que demandarlo a él. Para cuando llegó a su edificio, la cabeza le daba vueltas.

—Madre mía —susurró horrorizada al ver a los paparazzi abalanzarse hacia su taxi.

—¿Tenéis ya una fecha, Leah?

—¡Felicidades, señorita Thompson!

—¿Qué pasa entonces con Brett Cooper, el hombre que ha estado acompañándola desde que llegó a Nueva York?

—Sin comentarios.

Leah se abrió paso entre la masa de periodistas y fotógrafos. Necesitaba calmarse antes de empezar a hacer declaraciones y Madelaine siempre aconsejaba a sus chicas que no hablaran directamente con la prensa. Lo primero que quería hacer era telefonear a Brett.

El apartamento estaba en silencio. Dejó la maleta en su cuarto y se dirigió a la habitación de Jenny.

La puerta estaba cerrada. Leah llamó con los nudillos.

—¡Jenny, Jenny! ¡Ya estoy aquí! Necesito hablar contigo. —No hubo respuesta. Abrió la puerta y encontró la habitación a oscuras, pero adivinó la silueta dormida en la cama—. Jenny, despierta. Hay una horda de periodistas abajo y... —Se acercó a la cama. La chica dormía profundamente—. Jen, despierta. —Zarandeó con suavidad a su amiga. Siguió sin reaccionar.

Descorrió las cortinas y la luz inundó el rostro pálido e inmóvil de Jenny.

Leah reparó entonces en la botella de vodka tirada sobre el edredón junto con el frasco de pastillas vacío.

—¡Jenny, despierta! —gritó al tiempo que la sacudía con violencia y el pánico se apoderaba de ella—. Dios mío.

Agarró el teléfono de la mesilla de noche y marcó el número de urgencias.

—Hola. Una ambulancia, por favor. Sí. —Leah facilitó la dirección—. Puede que haya tomado una sobredosis. Dense prisa, por favor, no puedo despertarla... ¿Qué? No, no sé cuánto tiempo lleva así. De acuerdo, lo haré.

Colgó y corrió a buscar su edredón. Lo echó sobre el cuerpo inerte y se sentó a su lado, tomándole la mano helada.

—Jenny, por favor, no te mueras. Vamos, Leah está ahora contigo.

El rostro se le cubrió de lágrimas mientras cada segundo se le hacía eterno y lo único que podía hacer era seguir ahí sentada, incapaz de ayudar. Se olvidó de todos sus problemas mientras rezaba para que no fuera demasiado tarde.

Finalmente sonó el interfono.

Abrió la puerta y un minuto después los sanitarios estaban junto a Jenny, comprobándole las constantes vitales.

—Vamos a llevarla al hospital.

La subieron a una camilla y Leah retuvo el ascensor mientras se apretujaban dentro.

—¿Está...?

No fue capaz de terminar la frase.

—Está viva, pero por los pelos. Lleva varias horas inconsciente.

Los paparazzi se agolparon frente a las puertas del edificio cuando los sanitarios salieron para subir a Jenny a la ambulancia y ponerle una máscara de oxígeno.

—¿Quién es, señorita Thompson? ¿Una amiga? —preguntó una periodista, abriéndose paso entre la masa de gente.

—¿Viene con nosotros, señorita? —preguntaron los sanitarios.

Leah asintió agradecida. La ayudaron a subir y cerraron las puertas.

Al llegar al hospital Lenox Hill, trasladaron a Jenny directamente a urgencias y ella se quedó dando vueltas en la sala de espera desierta. No podía dejar de llorar mientras pensaba en lo mucho que su amiga se había esforzado por rehabilitarse y en que nadie se había mostrado dispuesto a darle una oportunidad. Se estaba muriendo por la presión de tener que ser perfecta.

Por fin, un médico cruzó las puertas batientes.

—¿Es usted la amiga de Jennifer Amory?

Leah levantó la vista despacio y empalideció.

—Sí —susurró.

—Creemos que la señorita Amory saldrá adelante. La tenemos en cuidados intensivos y estará muy débil durante unos días, pero sobrevivirá.

—Gracias a Dios —suspiró al tiempo que volvían a caerle las lágrimas—. ¿Ha sido una sobredosis?

El médico levantó las palmas de las manos.

—Sí, aunque todavía no sabemos si fue intencionada. Al médico que le recetó las pastillas para adelgazar que acabamos de sacarle del estómago deberían colgarlo. Mezcladas con alcohol pueden ser letales. Dudo que la señorita Amory haya ingerido algo en los últimos dos días, porque no hemos encontrado rastros de comida en su interior. ¿Sabe si estaba a régimen?

—Sí, pero no tenía ni idea de que en el balneario le habían recetado pastillas.

—¿Balneario? ¿Es así como lo llaman ahora? —El médico enarcó la ceja—. Le diré a la señorita Amory que en el futuro no malgaste su dinero en esos lugares. Algunas de las pastillas que recetan no han sido probadas y son peligrosas. No se puede jugar con el metabolismo como si fuera un coche de segunda mano.

—¿Puedo verla?

El médico asintió.

—Está amodorrada y un poco asustada, lo cual es buena señal. Acompáñeme.

Leah lo siguió por un pasillo hasta una habitación privada.

Jenny yacía en la cama con el cuerpo lleno de tubos conectados a grandes monitores. Estaba pálida y los ojos se le iluminaron al verla.

—Hola. —Su voz era apenas un susurro ronco.

Leah le besó la fría mejilla y se sentó en una silla a su lado.

—Los médicos dicen que te pondrás bien —dijo con una sonrisa.

—No pretendía tomar tantas. Simplemente... perdí la cuenta.

—A partir de ahora se acabaron para ti. Ahora ya sabes lo que esa clase de pastillas pueden hacerte —dijo con suavidad Leah.

—Sí, pero estaba desesperada por bajar peso. El lunes tenía una cita importante y quería estar perfecta. Madelaine dijo que era mi última oportunidad y... —Los ojos se le llenaron de lágrimas y ella le cogió la mano.

—Chis. El lunes a primera hora la llamo y lo solucionamos, así que no te preocupes por eso. Tú intenta descansar. Vendré a verte tan pronto como pueda.

—¡No! —Jenny le apretó la mano—. No quiero que nadie lo sepa. Por favor, Leah, prométeme que no dirás una palabra.

—Vale, vale, te lo prometo. —El médico estaba señalándole la puerta—. Tengo que irme. Intenta dormir. Todo irá bien. Adiós, cariño.

Jenny esbozó una sonrisa débil cuando la besó. Ella salió de la habitación con él.

—No venga a verla hasta mañana. Lo que ahora necesita es dormir todo lo que pueda.

—Me ha dicho que no pretendía tomarse tantas pastillas, por lo que no creo que fuera deliberado.

El médico se encogió de hombros.

—¿Quién sabe? A veces esta clase de comportamiento puede ser un grito de socorro. En cualquier caso, nos aseguraremos de que nuestra terapeuta tenga una larga charla con ella antes de darle el alta.


Leah tomó un taxi a casa, sintiendo frío en el cuerpo pese al relativo calor de finales de septiembre. Los periodistas afortunadamente se habían dispersado, pero los acontecimientos de las últimas veinticuatro horas no paraban de darle vueltas en la cabeza. Entró en el silencioso apartamento y se dirigió a la sala de estar, donde vio una figura familiar sentada en el sofá.

—Hola, Brett.

Él no se volvió.

—Espero que no te importe que haya entrado con mi llave. Pensé que, dadas las circunstancias, era mejor devolvértela.

Hablaba en un tono desinflado y frío, arrastrando las palabras. Leah comprendió que estaba borracho.

Estaba agotada y lo último que deseaba era un enfrentamiento.

—Has tardado mucho en volver. ¿Estabas celebrando la gran noticia?

—No, Brett. De hecho, estaba en el hospital. Jenny... En fin, no importa.

Su amiga le había hecho jurar que no diría nada. Meneó débilmente la cabeza y fue a sentarse en el sillón, de cara a él.

—Anoche te llamé, pero...

—Lo sé, escuché tus mensajes. Todo un detalle que quisieras advertirme, ¿o era para pedirme que fuera tu padrino? —escupió el otro.

—Brett, te lo ruego, dame la oportunidad de explicarme antes de sacar conclusiones. No...

—¡Conclusiones! ¡Por Dios, Leah! Toda América sabe que te vieron entrar en tu hotel al amanecer después de pasar una velada íntima con Carlo. ¿Vas a negarlo?

—No..., pero lo han malinterpretado. Es cierto que fui al *palazzo* de Carlo. Me invitó a cenar y yo ignoraba lo que había planeado y...

—Oh, la dulce e inocente Leah, llevada a rastras por el malvado Carlo hasta su guarida. ¿Cómo es que te llevó hasta el amanecer escapar? ¿Acaso te tenía retenida? ¿O es que no te apetecía abandonar el calor de su cama?

—¡Basta! —espetó ella enfurecida—. No estoy dispuesta a que me hables así en mi casa. Has decidido que soy culpable antes de darme la oportunidad de explicarme. —Su vehemencia lo sorprendió—. Es cierto que Carlo me propuso matrimonio en su *palazzo*. Yo estaba horrorizada e indignada y le dije que NO. Pero él ya le había contado a la prensa que yo había aceptado y fue imposible pararlo. Yo no he hecho nada malo, Brett. Nada.

Él se puso en pie y se tambaleó ligeramente. Le costaba fijar la mirada en Leah.

—Qué historia tan ingeniosa.

—Estás borracho, Brett. Será mejor que hablemos cuando se te haya pasado la mona.

Él dio un paso torpe hacia ella.

—¿Y tú no te emborracharías si la chica que amas te hubiese mentido, hubiese pasado la noche con otro hombre y hubiese anunciado su compromiso a los cuatro vientos? Ya has conseguido lo que querías, Leah. Al final te has vengado por el dolor que te causé hace unos años. Espero que estés satisfecha.

Ella lo observó caminar a trompicones hacia la puerta. No tenía sentido que siguiera intentando explicarse. Brett estaba demasiado borracho y espeso para escuchar. Las lágrimas pugnaban por salir mientras lo seguía por el pasillo.

—Adiós, Leah. Ha sido un placer conocerte. Te deseo muchos años de felicidad con ese cabrón italiano.

—Brett —lo cogió del brazo—, vete a casa y llámame cuando te hayas calmado. Y recuerda que yo te creí y te di una segunda oportunidad.

Durante un instante vio un atisbo de comprensión en su mirada. Luego el orgullo herido y la ira regresaron. Brett sacudió la cabeza, giró sobre los talones y se dirigió con paso tambaleante al ascensor.

Leah cerró con un portazo, cayó de rodillas y lloró sin consuelo. Sabía que había vuelto a perderlo.

Al final se arrastró hasta el cuarto de baño y se dio una ducha. Algo más tranquila, se sentó en la cama y telefoneó al hospital. Su amiga estaba descansando plácidamente. Desconectó el auricular y se metió entre las sábanas tibias.

Pero el sueño la eludía. Se sentía sobrepasada. Carlo, Jenny, Brett... Clavó la vista en el techo y pensó en todas las chicas del mundo que darían lo que fuera por ser ella. Bella, rica, famosa. No obstante, esas cosas venían con un precio muy alto. Y Leah no estaba segura de si quería seguir pagándolo.

# 15

—¿Quién era? —preguntó el patético bulto tendido en el sofá.

—Anthony van Schiele. Quiere que vaya a comer a su casa de Southport mañana. Me enviará un coche a las doce. Puede que se haya asustado por lo de Carlo y tema que vaya a renunciar al contrato para convertirme en una *principessa*. No tendré más remedio que ir para tranquilizarlo. ¿Estarás bien?

—Claro que sí.

Leah cruzó la estancia y se sentó en el borde del sofá, junto a los pies de Jenny. El rostro macilento y el cuerpo escuálido apenas guardaban semejanza con la chica que había conocido en otros tiempos.

Habían transcurrido dos semanas desde que recibió el alta del hospital, las cuales habían coincidido con la terminación del contrato de Leah con Chaval. Había cancelado los demás trabajos y cuidaba de Jenny día y noche. Sin embargo, no detectaba mejoría alguna. Si acaso, estaba peor. Parecía haber perdido su espíritu de lucha y cada día se encerraba un poco más en sí misma.

El médico le había explicado que la depresión era de esperar después de una sobredosis y que el mono por dejar el alcohol y las pastillas para adelgazar tendría un efecto debilitante en la estabilidad emocional de Jenny.

Después de años batallando con su peso, la chica se había ido al otro extremo. Leah casi tenía que meterle la comida en la boca a la fuerza. No era más que un saco de huesos y ella pensó irónicamente en lo contenta que estaría Madelaine.

—Si te caliento esa sopa tan buena que compré ayer, ¿comerás un poco?

Jenny negó con la cabeza.

—No tengo hambre.

—Tienes que comer, cariño. Te estás consumiendo.

—La gente se ha tirado años diciéndome que debía adelgazar y ahora insisten en que coma.

—Entonces no podías tenerte en pie, y no digamos mostrar tu cuerpo ante una cámara. Tienes que recuperar fuerzas y engordar un poco.

—¿Para qué, Leah? Sé que quieres animarme, pero sabes tan bien como yo que mi carrera está acabada. Nadie querrá darme trabajo —dijo Jenny con pesar.

Ella se mordió el labio. Después de su conversación con Madelaine sabía que su amiga estaba en lo cierto.

—¿Y qué me dices de Ranu? No le gustaría nada verte así.

—No he sabido nada de él desde que regresamos de nuestras vacaciones. Ignora que he estado enferma y preferiría que no se enterara. De todos modos, Ranu pasa de mí.

—Eso no es verdad. Dijiste que lo pasasteis muy bien en Aspen.

—Así es, pero sé que no me quiere, Leah. Además, él quiere que lo vean llevando del brazo a una *sex symbol* exitosa, no a una drogadicta hecha polvo como yo.

—No hables así —dijo desesperada ella.

—¿Por qué no? Es la verdad.

Leah suspiró hondo.

—Jenny, tienes que remontar. Eres demasiado joven para tirar la toalla. Tienes toda la vida por delante. Aunque no ejerzas de modelo, hay otras cosas que valen mucho más la pena.

—Lo único que tengo es mi cara y mi cuerpo. He intentado destruirlos y ya no me queda nada.

—¡Jenny, esa es la mayor estupidez que he oído en mi vida! Los fotógrafos y los diseñadores son los que te hacen sentir que ese es tu único valor y has acabado por creértelo. —Meditó detenidamente sus siguientes palabras—. Estoy muy decepcionada contigo.

—Lo lamento, pero es lo que siento. —Jenny se encogió de hombros.

Presa de la frustración, Leah lanzó las manos al aire y se marchó a su cuarto. Era una mañana de sábado de octubre y los árboles bajo su ventana estaban adquiriendo suaves tonos dorados y amarillos.

Por alguna razón, la bella escena hizo que se le saltaran las lágrimas. Quizá fuera porque cuidar de Jenny le había proporcionado un pretexto para hibernar las dos últimas semanas. Había necesitado alejarse de las cámaras y la prensa, y hacer balance antes de volver a la vida pública. Había hablado del tema de Carlo con Madelaine, quien se mostró sumamente preocupada cuando Leah mencionó que estaba pensando en demandarlo.

—No lo hagas, cariño. Es perjudicial para tu imagen. —«Y para tu agencia», pensó ella—. Deja que pase el tiempo y que las cosas se calmen. La semana que viene la prensa tendrá el foco en otra historia. Dentro de un par de meses estarán emparejándote con otro hombre.

—Pero, Madelaine, no debería permitirse que Carlo salga impune de esto.

—Lo sé, cariño. Se ha portado como un niño malcriado…, pero es cierto que él te dio tu gran oportunidad.

—¿Por qué la gente no para de decirme eso? ¿Es que yo no tuve nada que ver? Es mi maldita cara, después de todo. —Leah era consciente de que nunca había empleado ese tono con su agente.

—Claro que sí, cariño. Pero Carlo es un hombre poderoso. Yo creo que lo mejor es dejar las cosas como están. La historia se olvidará. Dentro de unos días ya nadie hablará de vosotros.

Leah sintió que le hervía la sangre.

—No quieres que le ponga una demanda porque si lo hago él y sus amigos dejarán de utilizar a tus modelos.

Se produjo un silencio tenso.

—Te gusta tu vida, ¿verdad, Leah?

—¿Qué?

—El apartamento de Nueva York, el estatus, el dinero. Y todo por aparecer en lugares glamurosos y dejar que te hagan fotos. La gente mataría por un trabajo como el tuyo.

—¿Qué intentas decirme, Madelaine?

—Que, si quieres que la industria y el público sigan adorándote, hagas de tripas corazón y continúes como si nada. Carlo sabe que ha cometido un error. Utilicemos eso a nuestro favor.

Leah no tenía fuerzas para discutir.

—Pues dile de mi parte que no quiero volver a trabajar con él y que no intente ponerse en contacto conmigo. ¡De lo contrario, no dudaré en demandarlo!

La injusticia de las acciones de Carlo la carcomía día y noche. Lo odiaba por haber destruido su relación con Brett, que no había llamado. Y, en el caso de que lo hiciera, sería imposible recuperar la confianza en la relación.

En suma, habían sido dos semanas terribles.


—Hola, Leah. Caramba, estás guapísima. Pasa, por favor.

Ella quedó abrumada por la vasta residencia cuando siguió a Anthony por las estancias decoradas de manera sencilla pero exquisita. La mansión ocupaba una amplia extensión de tierra en el frondoso pueblo de Southport, en Connecticut.

—¿Qué te apetece beber? —preguntó él.

—Agua, por favor.

Anthony asintió y preparó las bebidas mientras Leah contemplaba el paisaje verde y ondulante que se extendía al otro lado de los ventanales del elegante salón.

—Tienes una casa preciosa, Anthony —dijo.

—Gracias. La diseñamos… La diseñé yo mismo. Aunque, ahora que mi hijo viene solo en vacaciones y que mi esposa…, pues se me ha quedado un poco grande. Normalmente solo uso el salón y el dormitorio. De hecho, estoy pensando en venderla.

Leah lo miró horrorizada.

—Ni se te ocurra. Es una casa muy especial. No puedo creer que estemos tan cerca de Nueva York. Las vistas me recuerdan al lugar donde crecí.

—¿Y ese lugar es?

—Yorkshire.

—La tierra de las hermanas Brontë. He leído todos sus libros.

Leah no ocultó su sorpresa.

—¿En serio? Yo también. Me encantan.

Charlaron sobre sus novelas favoritas, discutiendo amigablemente sobre los diferentes estilos de Charlotte, Emily y Anne.

Una criada entró en el salón para anunciar que la comida estaba lista y Leah siguió a Anthony hasta el comedor, cuya larga mesa estaba puesta para dos.

—Me siento un poco ridículo comiendo aquí, pero hace demasiado frío para estar en la galería y pensé que la cocina era demasiado informal —se disculpó—. Mi hijo y yo siempre comemos en la cocina.

—¿Qué edad tiene?

—¿Mi hijo? Acaba de cumplir dieciocho. Lo mandé a Yale en septiembre. —Anthony hundió los hombros—. He de reconocer que lo añoro muchísimo. En fin, te pido perdón, porque no he hecho más que hablar de mí desde que has llegado.

—En absoluto. Me interesa mucho lo que cuentas —respondió ella con sinceridad.

Después de comer tomaron un café en el salón.

—Leah, tengo que preguntarte si hay algo de verdad en la historia que ha publicado la prensa de que vas a casarte con Carlo Porselli y a mudarte a Italia. Sé que tu trabajo con Chaval ha terminado, pero, obviamente, nos gustaría renovar tu contrato otro año.

Él advirtió que a ella se le nublaba la mirada.

—No, Anthony, no hay ni un ápice de verdad. Estaba decidida a demandarlo, pero mi agente me aconsejó que no lo hiciera.

—Entonces ¿se lo inventaron?

—No… Carlo dio la historia a la prensa. Por extraño que parezca, estaba tan seguro de que iba a casarme con él que no se molestó en consultármelo primero. Lo irónico del caso es que en todos estos años ni siquiera nos hemos besado. De todos modos —Leah se encogió de hombros—, Madelaine dice que la gente no tardará en olvidarse. He de reconocer que por dentro sigo echando humo. Como resultado de las acciones de Carlo, una relación fantástica que tenía con alguien que me gustaba mucho ha terminado.

Anthony dio un sorbo a su café con aire pensativo.

—¿No hay posibilidades de reconciliación?

—No, pero quizá sea mejor así. Viviendo como vivo en el punto de mira, estaba destinada a terminar tarde o temprano. No creo que él hubiera podido soportar los constantes rumores.

—Los medios pueden ser muy peligrosos. Obviamente, a Chaval le encanta que hablen de ti, pero no en detrimento de tu vida personal.

Leah estaba a punto de expresar lo desilusionada que estaba con su profesión, pero se contuvo. Puede que Anthony fuera un hombre comprensivo, pero le estaba pagando una fortuna por hacer un trabajo.

El anfitrión propuso dar un paseo por los jardines para despejar la mente. Aunque solo eran las tres menos cuarto, el cielo ya empezaba a oscurecer. Pasearon por el cuidado vergel y el espacio y la paz de la naturaleza que Leah añoraba de su infancia en Yorkshire le levantaron el ánimo. Mientras aspiraba el aire limpio y fresco sintió que recuperaba parte de su optimismo natural. De repente, la ciudad de Nueva York y sus problemas se le antojaron muy lejanos.

—Cuánto añoro los espacios abiertos. Creo que la ciudad está acabando conmigo. Esto es precioso.

—Gracias, Leah.

—Aunque quizá demasiado ordenado para mí. Yo prefiero el aspecto salvaje y agreste de los páramos —bromeó.

Anthony rio.

—Estoy de acuerdo, pero aquí hay un montón de leyes vecinales que te obligan a mantener los jardines impecables. Probablemente el comité me echaría de aquí si no mantuviese los bordes del césped por debajo de un centímetro. —Sonrió—. Creo que Nueva Inglaterra te gustaría. Tengo una casa allí. Estás invitada cuando quieras.

—Puede que te tome la palabra.

Anthony se mostró complacido.

—Antes dijiste que te gustaba el ballet.

Leah asintió.

—Así es. De pequeña quería dedicarme a la danza, pero al cumplir los once comprendí que tenía que abandonar toda esperanza de convertirme en primera bailarina. No podría encontrar un galán más alto que yo y seguro que se hacía una hernia al intentar levantarme. —Soltó una risita.

—Serás alta, pero apuesto a que eres ligera como una pluma. El caso es que estoy en la junta del Met y dentro de dos semanas habrá una función de gala con Baryshnikov de bailarín principal. ¿Te gustaría asistir?

A ella se le iluminó la cara.

—¡Ay, Anthony, me encantaría!

Él la miró seriamente.

—Leah, debes venir solo si te apetece. Esta mañana estaba pensando en que a lo mejor habías aceptado mi invitación de hoy porque en teoría soy tu jefe y sentías que no podías negarte. —Dejó de caminar y miró hacia delante—. Me encanta tu compañía, pero espero que sepas que no me ofenderé si no quieres pasar tu tiempo libre con un dinosaurio como yo.

—Me encantaría, Anthony, en serio. La primera vez que me invitaste a cenar acepté por obligación, pero disfruté... disfruto mucho de tu compañía. Y no pienso renunciar a la oportunidad de ir al Met, así que me temo que no podrás deshacerte de mí.

Leah rio y enlazó cordialmente su brazo al de él mientras daban la vuelta y regresaban a casa. Anthony sonrió.

—Seguro que tú puedes tener al hombre que quieras.

A ella se le nubló el semblante.

—En realidad, no. Es un ámbito de mi vida que no consigo que funcione, por lo que he decidido que no quiero saber nada más de los hombres en el futuro. A partir de ahora solo tendré amigos. Como tú.

Anthony no pudo evitar la pequeña punzada de decepción que le atravesó el corazón. Entendía el mensaje que Leah estaba enviándole, pero quizá con el tiempo… En cualquier caso, tenerla como compañía era mejor que nada.

Más tarde, mientras su chófer partía para devolverla a Nueva York, el sentimiento de tristeza, que no lo había abandonado durante los casi dos años desde la muerte de su esposa, se evaporó.

Anthony fue al salón y se sirvió un brandy.

Sabía que ella aún no estaba preparada, pero estaba dispuesto a esperar hasta que lo estuviera.

Una hora más tarde, de nuevo en Nueva York, Leah se sentía revitalizada y más contenta de lo que lo había estado en mucho tiempo. Cuando el coche se acercaba a la calle Setenta Este, decidió que no iba a dejar que Jenny y sus problemas la deprimieran.

Al abrir la puerta del apartamento le llegó un murmullo de voces procedente de la sala de estar. Cuando entró, se quedó de piedra.

Miles Delancey estaba sentado en el sillón, junto al fuego, y Jenny, lejos de encontrarse tumbada en su habitual estado de apatía, estaba sentada y charlando animadamente con él.

—Hola, Leah. —La saludó con la mano—. Tienes visita.

—Ya lo veo —contestó—. ¿Qué haces aquí, Miles?

—Hola, Leah. —Este sonrió y se levantó—. ¿Cómo estás?

—Bien. ¿Has venido de vacaciones?

Él negó con la cabeza.

—No. De hecho he decidido instalarme en la ciudad de manera permanente.

—Pero el mes pasado vi tu doble plana en *Vogue*. Justo estás despegando en Inglaterra.

—Lo sé, pero en la actualidad el centro de la moda está en la Gran Manzana. Decidí que antes de acomodarme debía cruzar el charco y probar suerte.

—Ah. —Las razones de Miles no la convencieron.

—Jenny ha sido una compañía muy amena estas dos últimas horas. —Le lanzó una sonrisa arrebatadora y la susodicha se ruborizó. Leah sabía que el chico podía ser sumamente encantador cuando quería.

—Miles me ha puesto al día de todos los cotilleos de la moda británica —dijo su amiga mirándolo.

Ella percibió un brillo en los ojos de Jenny que no había visto en muchos meses.

—Así es, aunque tampoco hay mucho que contar. ¿Vino, Leah?

—No, gracias.

Lo observó servirse una copa y le incomodó el hecho de que se comportara como si estuviese en su casa.

—Miles quiere que le presentes a gente que creas que podría ayudarlo a arrancar aquí —dijo su amiga.

Él miró azorado su copa.

—Caray, Jenny, esa no es la manera de plantearlo. —Se volvió hacia Leah—. Lo único que le he dicho es que toda ayuda será bienvenida. Ya sabes cómo funciona este negocio. No importa lo que sabes, sino a quién conoces.

Cuando la miró con sus ojos penetrantes, ella sintió el mismo escalofrío que experimentó años atrás.

—Miles se aloja en un hotel de mala muerte del Lower East Side. Como es un viejo amigo tuyo, le he dicho que puede quedarse aquí hasta que encuentre un lugar donde vivir.

Leah suspiró hondo. Tener a Miles Delancey viviendo en su apartamento era lo último que necesitaba. Por otro lado, estaba claro que había sido un tónico para Jenny, por lo que no podía negarse.

—Claro. Voy a darme un baño y a acostarme. Estoy agotada. No la tengas despierta hasta muy tarde, Miles. Ha estado muy enferma.

—Estoy bien, Leah, deja de preocuparte —repuso aquella irritada—. Que duermas bien. —Devolvió su atención al chico.

Ella se marchó a su dormitorio molesta por ver su tranquilidad perturbada una vez más. Tener al escalofriante de Miles Delancey tan cerca la inquietaba.

Se metió en la cama y cerró los ojos.

Esa noche volvió a tener el mismo sueño. La vocecita repitiendo en su cabeza… «Cosas antinaturales, cosas malas… Nunca juegues con la naturaleza… Él te encontrará…».

Leah se incorporó bruscamente y encendió la luz. El corazón le latía con fuerza y tenía el cuerpo empapado de sudor.

En ese momento supo con una certeza aterradora que la pesadilla de su infancia estaba relacionada con el hombre alojado en su apartamento.

# 16

—Gracias por decírmelo, Roddy. ¿Miranda? No, no sé nada de ella. Meditaré tu propuesta y te llamaré lo antes posible. Cuídate. Hasta la semana que viene.

Rose colgó despacio y respiró hondo. Estaba agotada y no recordaba la última vez que había dormido de un tirón. Salió del estudio, se sentó a la mesa de la cocina y encendió un cigarrillo. No era ni la una de la tarde y ya iba por el décimo.

Había transcurrido un mes desde la última llamada de Miranda. Rose se hacía las mismas preguntas una y otra vez en su esfuerzo por tratar de entender por qué se había roto el contacto de manera tan brusca.

Había acudido a la policía, pero de nada había servido. Como la chica tenía veintiún años, le dijeron que estaba en su derecho de desaparecer sin decirle a nadie dónde estaba y que esas cosas ocurrían todos los días. Más aún, dado que era Miranda quien había telefoneado a Rose, la policía no tenía razones para pensar que estaba desaparecida o que había sido víctima de un crimen. Ella, pese a todo, había dejado una fotografía de su hija a la policía de West Yorkshire y pedido que la enviaran a Londres por si algún agente la veía. Sabía que era una posibilidad entre un millón.

Rose se preguntaba una y otra vez si era culpa suya que Miranda se hubiese ido. Repasaba constantemente su infancia y sus numerosas discusiones la perseguían como si hubieran tenido lugar ayer. Roddy le había dicho que dejara de torturarse, que la había adoptado cuando era un bebé y que la quería como si fuese su propia hija.

Pero él no tenía que ver cada día la versión en miniatura de la desaparecida. La carita de Chloe se iluminaba al ver a Rose y eso le rompía el corazón. Entre la señora Thompson y ella la malcriaban para tratar de compensar el hecho de que la pequeña fuese prácticamente huérfana.

Ella lamentaba no haberle contado a Miranda lo mucho que había luchado por su adopción... Había movido cielo y tierra para obtener el derecho de convertirse en su madre... Pero ya era tarde.

Aplastó el cigarrillo en el cenicero y decidió escuchar las noticias de la una en la radio.

La señora Thompson entró en la cocina.

—¿Hiervo agua? —sugirió.

Rose asintió. Ambas atendieron en silencio, como se había convertido en su rutina. Hoy, el locutor informaba de que habían encontrado el cuerpo de una joven violada y estrangulada en su estudio de King's Cross, en el norte de Londres. Doreen Thompson miró con compasión a Rose cuando se puso rígida y agarró un cigarrillo.

«Se cree que la mujer, todavía por identificar, tenía poco más de veinte años. Se trata de una conocida prostituta que trabajaba en King's Cross desde hacía año y medio. Se ha pedido a otras prostitutas de la zona que tengan cuidado después de lo que la policía ha descrito como una agresión particularmente violenta. Se ha puesto en marcha una investigación a gran escala para encontrar al asesino».

Rose dejó ir un suspiro de alivio.

—Gracias a Dios —susurró.

—Aquí tiene, señora Delancey. —La señora Thompson le puso delante una taza de café humeante—. ¿Quiere comer algo antes de que me marche al pueblo para recoger a Chloe de la guardería?

—No, gracias, Doreen. Creo que me llevaré el café al estudio.

—De acuerdo. —La mujer hizo una pausa—. Está viva, señora Delancey. Miranda volverá, sé que lo hará.

Rose miró por la ventana de la cocina.

—Espero que tenga razón, Doreen. —Se levantó con un suspiro—. Gracias.

—¿Por qué?

—Por lo mucho que me ayuda con Chloe y… por el mero hecho de estar aquí.

—No tiene nada que agradecerme, señora Delancey. Adoro a esa niña. Vuelvo dentro de cuarenta y cinco minutos.

Rose asintió, regresó a su estudio y contempló la obra en la que estaba trabajando. Vio el miedo y la frustración que había trasladado desde el interior de su ser al lienzo.

Lo que se le antojaba especialmente cruel era que su carrera hubiera despegado a partir de su primera exposición, hasta llegar al punto en que tenía suficientes encargos para trabajar hasta los noventa. Su cuenta bancaria contenía una pequeña fortuna y todas sus angustias económicas habían quedado atrás.

Incluso sus años de preocupación por el futuro de Miles parecían haber tocado a su fin.

A decir verdad, su hijo siempre había sido para ella un motivo de desasosiego. Aunque sumamente educado, había sido un niño muy solitario. Pese a los esfuerzos de Rose por hacer que se relacionara con otros niños, él siempre se había evadido de la realidad y había preferido vivir dentro de su imaginación. Incluso cuando pasaban tiempo juntos, Miles siempre se había mostrado distante con su madre. Y en alguna ocasión, aunque ella intentara ignorarlo, veía en sus ojos… algo frío. No se atrevía a pensar sobre la razón. No. Mejor dejar el pasado atrás.

Ahora parecía que su hijo había encontrado su vocación y se había convertido en un joven talentoso. Últimamente sus conversaciones con él habían sido de lo más positivas.

A decir verdad, debería sentirse más satisfecha consigo misma de lo que lo había estado en mucho tiempo.

Pero Miranda era ahora la causa de sus canas y sus noches en vela.

Rose se levantó, cogió un pincel y lo deslizó por la pintura ocre y verde Hooker que había mezclado de antemano. Dibujó un largo trazo en la tela y se preguntó si estaba destinada a que nunca hubiera paz en su vida.

*17*

—Miranda, bienvenida a bordo. —Santos sonrió y le ofreció la mano para ayudarla a subir por la empinada escalerilla desde la pequeña lancha que flotaba junto al barco. Ella hizo un mohín mientras él le daba dos besos—. Estás preciosa, como siempre. ¿Has tenido un vuelo agradable?

—Sí, gracias.

—Me alegro. Te sugiero que vayas a descansar a tu camarote y te reúnas conmigo en el salón a las ocho. Tomaremos una copa antes de la cena. Marius te bajará el equipaje. Síguelo.

Miranda asintió y bajó con el fornido tripulante los escalones que conducían a las entrañas elegantemente enmoquetadas del yate. Se detuvieron delante de su camarote habitual. Una vez ella estuvo dentro, Marius, ataviado con su impecable uniforme blanco, cerró la puerta y regresó a la cubierta de popa.

A Miranda ya no le impresionaban el lujo y la opulencia de su camarote. Fue directa al mueble bar y se preparó un vodka con tónica bien cargado. Luego se sentó en uno de los cómodos sillones de cuero y contempló el rutilante mar azul por el amplio ojo de buey.

Bebió un largo sorbo. Durante el vuelo a Niza había decidido que la única manera de sobrellevar otro espantoso fin de semana con Santos era emborrachándose en extremo. La idea de que la tocara le daba escalofríos.

La repugnaba. No existía otra palabra para ello. Llevaba un mes sin verlo y en Londres había pasado cada noche temiendo que le pidiera que volviera a reunirse con él en el yate. La última vez que había pasado el fin de semana a bordo de este palacio flotante con sus lacayos, en público, Santos se había mostrado con ella tan atento como siempre. No obstante, una vez solos en el camarote de él... Miranda sintió náuseas al recordar las cosas que le había pedido... ordenado que hiciera.

Ian había adquirido la costumbre de ir a verla los viernes por la tarde y ella vivía para esas ocasiones. Era la única oportunidad que tenía de hablar con otro ser humano en toda la semana. Él le compraba libros y regalos para mantenerla ocupada y Miranda veía en sus ojos la compasión por su situación.

Se quedaba a tomar una copa y le hablaba de su semana. También le contaba anécdotas divertidas para arrancarle una sonrisa, pero siempre tenía que marcharse demasiado pronto. Por lo general, corría a su casa a fin de cambiarse para alguna cena o para pasar el fin de semana en el campo con amigos.

—Ojalá pudiera ir —suspiraba ella con pesar.

—Lo mismo digo —respondía Ian antes de darle un beso casto en la mejilla—. Cuídate y trata de no deprimirte. Estoy seguro de que las cosas acabarán arreglándose.

Pero Miranda sabía que eran palabras de consuelo vacías. Ian sabía tan bien como ella que eso era poco probable que ocurriera.

Las últimas dos semanas había empezado a fantasear con él. Se imaginaba cómo sería su vida si las cosas fueran diferentes: saliendo a cenar juntos, paseando por el parque, yendo al teatro... Ella le había suplicado que la sacara de nuevo por ahí, pero Ian se había mostrado cauto y había dicho que podría parecer sospechoso y que era mejor que se vieran en el apartamento.

¿Qué consuelo podía proporcionarle él cuando Miranda sabía que le tenía tanto miedo a Santos como ella?

A diferencia de los hombres que había conocido hasta entonces, era bueno y amable. Ella estaba empezando a preguntarse si se había enamorado de él. Nunca había creído en esas cosas y menos aún con alguien de aspecto tan corriente como

Ian. Pero el sentimiento que la embargaba al despertarse los viernes por la mañana y recordar que iba a verlo dentro de unas horas era mágico.

Él comprendía lo que le sucedía con Chloe y la culpa que le producía estar resentida con la pequeña por haberla obligado a ser madre cuando ella misma era apenas una chiquilla. Miranda se reprendía constantemente por tales sentimientos y anhelaba que hubiese alguna manera de ponerse en contacto con Rose y decirle lo mucho que quería a su hijita y cuánto sentía no haber tratado a Chloe con el debido cariño. La echaba muchísimo de menos.

Ian, no obstante, le había advertido repetidas veces que Santos utilizaría a la niña como medio de chantaje. Cada semana, Miranda volcaba sus sentimientos y él la escuchaba en silencio, sin juzgarla. Cada vez le costaba más verlo marchar.


Miranda se sirvió otro vodka y oyó el rumor de los motores cuando el barco abandonó lentamente el puerto de Saint-Tropez.

Volvió a sentarse y pensó en el detalle que había tenido Ian la noche previa, pasándose un jueves porque sabía que ella tenía que volar al barco al día siguiente. Cuando oyó la llave en la puerta, estaba sentada en el sofá, mirando la pantalla del televisor con los ojos empañados de lágrimas.

Ian le había puesto una copa y se había sentado a su lado.

—No puedo pasar por eso, Ian. Sé las cosas que me obligará a hacer. Dios mío.

Él la tomó en los brazos y la meció mientras ella lloraba. La sensación de que la abrazara hacía más insoportable aún el fin de semana que tenía por delante.

—Prefiero estar muerta. Por favor, no me obligues a ir.

—Tranquilízate, Miranda. No será tan malo. Algunas mujeres darían lo que fuera por volar en un avión privado para pasar el fin de semana con un millonario en su barco.

Ella levantó la vista.

—Pero yo no soy así. Antes pensaba que haría cualquier cosa por tener una vida de lujos. Creía que podría manejarlo.

Lo único que quiero ahora es vivir en una casita con mi hija y tener la libertad de salir a la calle cuando me apetezca. —Miranda quiso añadir «y tenerte conmigo todos los días», pero se contuvo—. Tienes que ayudarme, Ian. No podré aguantarlo mucho más. ¿Sabías que Santos tiene una pistola debajo de la almohada?

Él enarcó las cejas.

—No, pero no me sorprende.

—Ian, te juro que si me obliga a hacer algo... Dios, te juro que lo mato.

El susodicho observó el rostro pálido y los ojos exaltados de Miranda y supo que hablaba en serio.

—No digas tonterías, eso no solucionaría nada. Pasa el fin de semana como mejor puedas y cuando vuelvas hablaremos. Tiene que haber algo que podamos hacer.

—¿Lo dices en serio? —La cara se le iluminó.

Ian asintió.

—Sí, pero prométeme que serás una buena chica y harás todo lo que Santos te pida.

Se había marchado justo antes de las nueve, cuando el otro telefoneó, y Miranda se sintió capaz de hablarle con normalidad.

Y ahora aquí estaba, en el yate, con Ian a cientos de kilómetros de distancia y a merced de su captor.

—Vamos, Miranda, aprieta los dientes y piensa en lo que te dijo. Nunca tendrás que volver a hacer esto —declaró y fue a darse un baño caliente con otro vaso de vodka.

—Buenas noches, querida. Estás preciosa. Toma, un pequeño regalo.

Santos le tendió un estuche forrado en piel y los diez invitados del salón detuvieron sus conversaciones y observaron a Miranda mientras lo abría.

Ella contuvo el aliento al ver el collar de brillantes con la pulsera y los pendientes a juego. Era, de lejos, el regalo más caro que Santos le había hecho hasta la fecha. Se preguntó qué le pediría a cambio más tarde.

Durante una hora lo escuchó hablar de adónde irían con el barco al día siguiente. Atraía la atención de cuantos tenía a su alrededor y Miranda detestó en silencio la cantidad de poder que el dinero podía proporcionar. El hombre no se merecía que se respetara su opinión. Pero ella había caído en la trampa con todos los demás y, como ellos, tenía que asentir y bajar la cabeza.

Reparó en un hombre que en ese momento entraba tranquilamente en el salón y aceptaba una copa de champán de uno de los camareros. Su cara le sonaba. Le impactó lo guapo que era. Tenía quizá unos cuarenta largos, un pelo rubio en el que asomaban algunas canas y unos ojos penetrantes cuya mirada sabía que había visto antes en algún lugar.

Santos se dio la vuelta y lo vio.

—Ah, David, bienvenido. Me alegro mucho de que haya podido venir.

—Lamento el retraso. Un tema de trabajo me retuvo en Nueva York. —Se obligó a sonreír. Ella reconoció la misma repulsión que ella experimentaba cada vez que miraba a Santos.

—Miranda, te presento a David Cooper. Nos hicimos buenos amigos durante el tiempo que estuvimos trabajando en un proyecto en Río. Es todo un honor para mí que un hombre tan ocupado como él nos haya obsequiado con su compañía este fin de semana.

—Es un placer estar aquí —dijo el susodicho.

Miranda contuvo la respiración mientras miraba a David Cooper de hito en hito, esperando a que recordara que tenía una sobrina con el mismo nombre a quien su hijo había conocido años atrás durante sus vacaciones en Yorkshire.

Él, sin embargo, se limitó a sonreír con amabilidad y le besó la mano.

—Encantado, Miranda.

Se volvió hacia Santos y se puso a charlar con él. Tratando de calmar su acelerado corazón, ella soltó despacio el aire. Menos mal que Rose y David no habían tenido contacto en el pasado. Miranda comprendió que él no tenía por qué saber quién era ella. Probablemente Brett no la había mencionado nunca. Con todo, le inquietaba saber que existía una conexión entre ella y ese hombre. Si Rose se enteraba de que su hija era una querida que se ganaba su manutención realizando actos depravados, puede que nunca más le dejara ver a Chloe.

No obstante, una parte de ella quería confiarse a su tío recién descubierto, contarle por lo que estaba pasando y pedirle ayuda. Después de todo era, según se decía, tan poderoso como su captor y la primera persona que había visto que atrajera de verdad la atención de Santos.

Estalló un flash cuando uno de los invitados utilizó una cámara pequeña para hacerles una foto a Santos, Miranda y David.

—Para mi álbum —dijo, sonriendo halagadoramente.

—¡No! —El bramido sobresaltó a todos los presentes en el salón—. Quitadle la cámara y deshaceos de ella y del carrete. —Santos estaba rojo de ira. Uno de los camareros que había estado sirviendo las bebidas asintió y arrebató el aparato al atemorizado invitado.

—Lo… lo siento. Le pido mil disculpas.

La ira de aquel se evaporó y volvió a ser el anfitrión encantador.

—No se disculpe. Es una norma, tengo para evitar convertirme en una figura pública. Me gustan demasiado mi anonimato y mi libertad. Es hora de cenar. Miranda, por favor, acompaña a David al comedor.

Ella estaba estudiando el semblante de su tío, que miraba a Santos con una expresión que parecía… ¿de triunfo? Él le sonrió y le ofreció el brazo. Siguieron al anfitrión, que había enganchado el suyo al de una joven y guapa pelirroja, hasta el comedor.

A Miranda le asignaron el asiento entre los dos hombres. La chica, que se llamaba Kim, se sentó al otro lado de Santos. Advirtió que él estaba muy pendiente de ella y se preguntó, esperanzada, si eso la dejaría libre esta noche.

—¿No es una maravilla este barco? —comentó David a Miranda con una sonrisa cálida—. Yo tengo un yate en la costa de Amalfi, pero no se puede comparar con este. Por desgracia, nunca encuentro tiempo para navegar. De hecho, estaba pensando en venderlo, pero quizá debería esperar y ver hasta qué punto disfruto del barco este fin de semana.

—Sí —dijo Miranda.

—¿Es usted inglesa? —le preguntó David al tiempo que los camareros entraban con grandes soperas.

—Sí.

—¿De dónde?

—Eh…, de Londres.

—¿En serio? Su acento me había parecido del norte, pero he pasado los últimos veinticinco años en Nueva York, por lo que es probable que haya perdido el oído para los matices británicos. —Sonrió—. Me encanta Londres. Pasé allí algunos de los mejores años de mi vida. ¿Cómo se gana la vida, Miranda?

Ella se quedó atónita. ¿Acaso David no comprendía qué era?

—Vale, déjeme adivinar. —La observó con aire pensativo—. Es lo bastante guapa para ser modelo, pero algo me dice que no es el caso. ¿Trabaja para Santos?

Ella asintió despacio. Era verdad, después de todo. No entendía por qué parecía tan interesado en su persona.

—Es un hombre fascinante, ¿no cree?

Sus palabras sonaban sinceras y Miranda se preguntó si había imaginado la mirada de asco en sus ojos cuando entró en el salón.

—Sí. —Sabía que su nivel de conversación era el de una niña de diez años, pero no podía arriesgarse a cometer un error.

David, sin embargo, no pareció notarlo. Le habló de su proyecto con Santos y pareció dar por sentado que Miranda estaba al tanto de todo. Ella lo escuchaba y notó que se estaba relajando. Parecía un hombre muy agradable, nada que ver con el megalómano ávido de poder que le había descrito Brett. Además, la trataba con respeto, lo cual le devolvió un poco la confianza en sí misma.

Después de cenar regresaron al salón, donde se sirvieron licores.

David tomó asiento en una butaca junto a Miranda. Estaba fascinado con ella. Pese a su sofisticado envoltorio, era claramente muy joven y estaba decidida a no desvelar nada sobre su persona. Era un cambio agradable. Una vez que las mujeres sabían quién era él, solían arrojarse a sus pies.

Por otro lado, Miranda le recordaba mucho a alguien, pero no conseguía ponerle cara.

David se preguntó cuál era su papel aquí. No podía ser una de las fulanas de Santos. No poseía esa actitud de hastío y desengaño que las caracterizaba.

—Creo que ha llegado la hora de retirarse. Mañana atracaremos en Lavandou. El desayuno es a las ocho. —El anfitrión se levantó y la velada tocó enseguida a su fin para el resto de los presentes en el salón.

—Vamos, Miranda.

Santos le ofreció el brazo. Ella lo miró, detestándolo por dejar claro ante todos que era de su propiedad e iba a pasar la noche con él. Se levantó despacio y se volvió hacia David.

—Buenas noches, señor Cooper.

Él se levantó y le besó la mano.

—Buenas noches, Miranda. Ha sido un placer. —Le sonrió con cierta tristeza mientras ella tomaba el brazo de Santos y salía del salón.

El hombre la condujo a su camarote.

—Creo que el señor Cooper ha quedado encantado contigo, Miranda. Buen trabajo. Es un colega de negocios importante y quiero tenerlo contento. Pero ahora concentrémonos en nosotros.

Abrió la puerta del camarote. La iluminación era tenue, pero, para su horror, vio claramente la silueta desnuda de la chica pelirroja tendida en la cama. Santos se acercó al mueble bar y sirvió un cóctel ya preparado en una copa antes de tendérsela a ella.

Miranda se lo bebió de un trago y, cerrando los ojos, empezó a sumergirse en las aguas profundas y turbias del adormecimiento inducido por las drogas. Incapaz de seguir luchando, se dejó arrastrar hasta el fondo.

## 18

—¿Estás bien, Leah? Últimamente pareces muy callada.

Jenny estaba de pie en la cocina, en bata y con una taza de café en cada mano, observándola untar mantequilla en una tostada.

Ella asintió.

—Sí, Jenny. He estado muy ocupada, eso es todo.

—Hay que trabajar para vivir, no vivir para trabajar, Leah —declaró su amiga—. ¿Has visto a Brett últimamente? —Dejó las tazas en la encimera.

Leah sabía que iba a preguntárselo tarde o temprano. Aunque había pasado más de un mes desde que su relación terminó de forma brusca, no se lo había mencionado. Las dos últimas semanas había estado hasta arriba de trabajo y Jenny había salido casi todas las noches con Miles Delancey. En cualquier caso, no era algo sobre lo que deseara hacer balance.

—No. Brett y yo hemos cortado y, para serte sincera, preferiría no hablar de ello, si no te importa.

Jenny la miró con genuina consternación.

—Vaya, Leah. Pensaba que vosotros dos... —Se detuvo al ver que el rostro se le endurecía—. Vale, lo siento, no diré nada más.

—A Miles y a ti parece que os va bien.

Observó a su amiga. Le costaba creer que fuera la misma chica. El susodicho había conseguido en dos semanas lo que ella no había sido capaz de lograr en meses. Jenny tenía la mirada brillante, había ganado peso y el color le había vuelto a las mejillas. Con independencia de lo que pensara de Miles, Leah se alegraba de que hubiera proporcionado el estímulo que la chica necesitaba para iniciar su recuperación física y mental.

A Jenny se le iluminó la cara. Sonrió con falsa modestia.

—Sí. Es lo mejor que me ha pasado en siglos. Me siento una mujer nueva. ¿No te parece adorable?

Leah asintió débilmente. Aunque Miles se había mostrado muy atento con Jenny desde su llegada al apartamento, su desconfianza permanecía intacta. Después de todo, él había hecho creer a su madre y a Rose que era el caballero perfecto, cuando ella sabía, desde lo sucedido aquella noche en el granero, que no lo era. Seguía estando convencida de que había sido Miles quien la había agarrado.

—Creo que estoy enamorada —susurró Jenny—. Nos llevamos superbién. Estamos todo el día pegados y no para de decirme lo guapa que soy. De hecho, estoy empezando a creérmelo. —Rio—. En fin, será mejor que le lleve el café antes de que se enfríe. Hasta luego.

Cuando cogió las dos tazas de la encimera, la manga de su bata de raso le resbaló hasta el codo y Leah vio una gran marca morada en torno al brazo.

—Guau, Jenny, ¿cómo demonios te has hecho eso?

Ella enrojeció y sacudió el brazo hasta que la manga tapó de nuevo el cardenal, derramando café en el suelo en el proceso.

—Me caí ayer. Ya sabes lo patosa que soy. Creo que todavía no he recuperado el equilibrio desde que estuve enferma. Pero estoy bien.

Leah la observó mientras salía de la cocina. La forma del cardenal y el rubor de Jenny al preguntarle cómo se lo había hecho le dijeron que su amiga mentía.

Al día siguiente por la tarde, cuando Leah llegó al apartamento, reinaba el silencio y supuso que Miles y Jenny habían salido. Había tenido otro día largo y agotador, pero le apetecía mucho ir al ballet con Anthony esa noche. Se dio una ducha, se secó el pelo y trató de decidir qué iba a ponerse. Eligió un vestido de Lanvin, se maquilló ligeramente y se introdujo en la lujosa prenda. Probó diferentes collares y, como no le convencía ninguno, recordó que Jenny tenía un brillante de imitación en forma de lágrima que le quedaría perfecto. Salió del cuarto y llamó a su puerta, aunque no esperaba respuesta.

—Estoy ocupada, Leah —contestó con una dureza impropia de ella.

—Lo siento, Jenny. Quería saber si puedes prestarme tu gargantilla de la lágrima para esta noche.

Hubo una pausa.

—La he perdido —respondió finalmente la otra.

—Pero ayer la vi encima de tu tocador. ¿Puedes mirar si está?

—Vete, Leah, por favor. Estoy ocupada.

Su mente se llenó de imágenes de pastillas y botellas de vodka. Esta vez no iba a correr riesgos. Intentó abrir la puerta. Estaba cerrada con pestillo.

—Jenny, déjame entrar o llamo al médico del hospital.

—Estoy bien. Déjame en paz.

Leah reconoció que no sonaba borracha, pero a saber lo que estaba pasando detrás de esa puerta.

—Hablo en serio. Si no me dejas pasar, llamo ahora mismo al Lenox Hill. Me dijeron que lo hiciera si empezabas a comportarte de manera extraña. Vamos, Jenny, abre la puerta.

—Vale, vale. —Asomó la cara, medio oculta por el marco—. ¿Lo ves? Estoy bien. —Le tendió la gargantilla—. Toma. Pásalo bien esta noche. Hasta luego.

Procedió a cerrar la puerta, pero Leah fue más rápida que ella. La abrió del todo e irrumpió en el cuarto en busca de pruebas. No había nada a la vista. Sintiéndose fatal por haber desconfiado de ella, se volvió hacia ella para disculparse.

—Lo siento, Jenny, pensaba qué... ¡Dios mío!

Su amiga estaba mirando el suelo. Tenía el lado derecho de la cara de color morado y un ojo medio cerrado.

—¿Qué te ha pasado? ¿Cómo demonios te has hecho eso?

Jenny se encogió de hombros.

—Me lo hice anoche cuando fui a la cocina por un vaso de agua. No me molesté en encender la luz y tropecé con la mesita del pasillo y me caí.

Ella enseguida se acordó del cardenal que le había visto el día previo en el brazo.

—No te creo. Dime la verdad o llamo al hospital.

—Leah, esto no es asunto tuyo, y, si no me crees, me da igual. Te estoy diciendo la verdad. Deja de meterte en mi vida, ¿quieres? ¡Es como tener una madre sobreprotectora vigilando cada uno de mis movimientos! Sé cuidar de mí misma, gracias.

Leah se enfureció.

—Ah, ¿sí? ¿Y qué habría ocurrido si no hubiese regresado de Milán y te hubiese encontrado? No espero que me des las gracias por cuidar de ti como lo he hecho, ¡pero no me trates como si fuera idiota! No soy tu enemiga, Jenny. Soy tu mejor amiga y te quiero. Te lo ha hecho Miles, ¿verdad? ¿Verdad?

La chica se vino abajo. Las lágrimas le asomaron a los ojos y se sentó en la cama.

—Por favor, Leah, no me grites. Siento haber sido desagradecida, pero sabía que no lo entenderías. Vale, Miles se puso un poco agresivo anoche, pero me pidió perdón. Me prometió que no volvería a hacerlo.

—¿En serio? ¿Y qué me dices del morado que te vi en el brazo ayer? Esto es ridículo, Jenny. Aparte de todo lo demás, ¿cómo esperas empezar a trabajar de nuevo como modelo si estás llena de morados? Quiero a Miles fuera de aquí hoy mismo —dijo Leah con firmeza.

—No, no, no lo eches, por favor. Me ha ayudado mucho. Antes de que él llegara me quería morir y ha sido muy bueno y cariñoso conmigo. Lo quiero, Leah. Lo necesito. Y lo creo cuando dice que no volverá a hacerme daño. A veces es demasiado impulsivo, nada más.

Ella suspiró hondo. Se hallaba en un serio dilema. Si le decía a Miles que se fuera, Jenny la culparía y caería de nuevo en una depresión. Por otro lado, si lo dejaba quedarse, ¿no estaba poniendo a su amiga en otra clase de peligro?

—Por favor, Leah —suplicó—, te prometo que no volverá a ocurrir. Dale otra oportunidad. No sé qué haría sin él.

Ella se sentó a su lado.

—Solo hace dos semanas que lo conoces. ¿Cómo puedes querer a alguien que ha intentado hacerte daño de ese modo?

Jenny se encogió de hombros.

—No era su intención, en serio. Me ha dicho que me quiere. Y estaba nervioso por la entrevista de hoy, nada más. Seguro que, cuando tenga trabajo y le den el permiso de residencia, se calmará.

Leah no podía creer que estuviera protegiendo a Miles. Que un hombre empleara la fuerza física contra una mujer era un acto atroz. Miró a su amiga con lástima en el corazón y miedo en la mente.

—Está bien, Jenny, puede quedarse. Personalmente creo que estás loca si dejas que vuelva a acercarse a ti, pero, como bien dices, no soy tu guardiana. Aun así, el apartamento está a mi nombre y, como tu casera, si ese hombre vuelve a tratarte con algo que no sea pura amabilidad, lo echo de aquí. No más oportunidades ni excusas. Esta situación no me hace ninguna gracia, pero…

Interrumpiéndola en mitad de la frase, Jenny se arrojó a sus brazos.

—Gracias, Leah. Te juro que no volverá a ocurrir. Sé que te parece horrible, pero Miles no es así, en serio.

—¿A quién ha ido a ver?

—A *Vanity Fair*. Le di el contacto, los telefoneó y mencionó tu nombre. Espero que no te importe, pero sé que, una vez que arranque, se sentirá mucho mejor.

Lo último que ella deseaba era que un energúmeno que pegaba a las mujeres obtuviera un empleo por recomendación suya. Se levantó.

—Tengo que irme. He quedado con Anthony a las siete y ya llego tarde. Cuídate, por lo que más quieras, y dile a Miles que a partir de ahora no quiero que utilice mi nombre para que le abran más puertas, ¿entendido?

Leah salió del cuarto, se puso la gargantilla aprisa y corriendo, se echó un chal sobre los hombros y bajó a la calle. Detuvo un taxi y subió al mismo presa de una gran frustración. ¿Acaso Jenny no veía que era imposible que Miles la amara si lo único que quería era hacerle daño de ese modo? Las estaba utilizando a las dos por sus contactos y para tener un lugar donde quedarse en Nueva York.

Y había visto una oportunidad para abusar de alguien débil e indefenso.

El taxi se detuvo delante de la Metropolitan Opera House del Lincoln Center. Según lo acordado, se reunió con Anthony en el bar. La recibió con dos besos antes de dar un paso atrás.

—¿Estás bien, Leah? Pareces disgustada. ¿Puedo hacer algo por ti?

Ella negó con la cabeza al tiempo que aceptaba una copa de Buck's Fizz.

—Estoy bien, Anthony, en serio. Y deseando ver el ballet. Muchas gracias por invitarme.

Mientras la obertura de *El lago de los cisnes* sonaba suavemente en el abarrotado auditorio y Baryshnikov aparecía en el vasto escenario, Leah se relajó.

Los ojos se le llenaron de lágrimas en el momento álgido del ballet y, cuando abandonaron el teatro después de varias ovaciones por la brillante actuación del famoso bailarín, apenas podía hablar.

—Ha sido maravilloso —suspiró. Cuando salieron a la avenida Columbus sentía que flotaba.

—¿Tienes hambre, Leah?

Ella sonrió.

—Siempre estoy dispuesta a comer.

—En ese caso, vamos a picar algo.

La limusina los dejó en el GE Building del Rockefeller Center. Ella siguió a Anthony hasta el ascensor. Una vez arriba, entraron en un comedor espectacular. Las paredes de seda morada, las sillas de cuero verde y los camareros con frac en tonos pastel ofrecían un salto a los años treinta mientras una banda tocaba.

Tras saludar afectuosamente a Anthony, el maître los condujo hasta una mesa junto a la cristalera. Leah contempló la abismal distancia hasta la calle, situada sesenta y cinco plantas más abajo.

—¿Dónde estamos?

—En el Rainbow Room, uno de mis restaurantes favoritos.

—Me encanta —aseguró Leah.

Después de consultarlo con su acompañante, Anthony pidió dos filetes tártaros y una botella de vino blanco seco.

—¿Seguro que no te pasa nada? Estás muy callada esta noche.

—De verdad que no.

—¿Seguro?

Leah asintió, sintiéndose mal por el hecho de que Anthony lo hubiera notado.

—Está bien, aunque espero que a estas alturas ya sepas que, además de tu jefe, soy tu amigo. Si alguna vez quieres hablar, siéntete libre de hacerlo. Siempre estaré aquí para escucharte. De hecho, y espero que no te lo tomes como un atrevimiento, me estaba preguntando qué planes tienes para Navidad.

—Le prometí a Jenny, mi compañera de piso, que la pasaría con ella.

—Oh. ¿Recuerdas que te dije que tenía una casa en Vermont?

—Sí.

—Tengo previsto pasar las fiestas allí con mi hijo Jack. ¿Te gustaría acompañarnos? Jenny también sería bienvenida. La casa es grande y es muy bonito cuando nieva.

—Gracias por la invitación. Hablaré con ella.

Una hora y media más tarde, Anthony dejó a Leah delante de su edificio. La encantadora velada le había levantado el ánimo, pero se preguntó qué la esperaba en casa.

Jenny estaba sola en la sala de estar, bebiendo café tranquilamente.

—Hola, Leah. ¿Lo has pasado bien?

—Sí, muy bien. ¿Dónde está Miles?

—En el cuarto de invitados. Está muy arrepentido, Leah. Me compró un ramo de flores enorme y le canté las cuarenta y le dije que no volvería a mi cama hasta que yo lo dijera. Pero la gran noticia es que *Vanity Fair* le ha encargado un reportaje de tres páginas. ¿No es genial?

—Sí —mintió Leah—. Oye, quiero proponerte algo. Anthony me ha invitado a pasar las Navidades con él y su hijo en Vermont. Quiero que vengas conmigo.

A su amiga le cambió la cara.

—Pero ¿y Miles?

—Jenny, no podría pegar ojo sabiendo que estás sola aquí con él. Estoy segura de que podrá apañárselas solo unos días y pienso que un descanso te sentaría de maravilla. Además, creo que lo pasaríamos muy bien. Anthony es un tío muy simpático.

—No sé, Leah. Tendré que preguntarle a Miles y…

—Hagamos un trato. Te prometo que haré la vista gorda a lo que te ha hecho si aceptas ir a Vermont conmigo. Recuerda que me debes una.

—Está bien —aceptó Jenny con un suspiro—. Aunque a él no le va a hacer ninguna gracia.

—Mala suerte. Es hora de que comprenda que tienes tu propia vida. Me voy a la cama. Buenas noches.

—Buenas noches. Leah…

—¿Sí?

—Gracias. Y, en serio, Miles no volverá a hacerme daño.

—Mientras tú estés segura de eso...

—Lo estoy.

Leah asintió y se marchó a su habitación, todavía escéptica.

No obstante, ya tendida en la cama empezó a pensar con ilusión en las Navidades. Y tenía que reconocer que Anthony le gustaba. En un mundo lleno de hombres egoístas y agresivos, su amabilidad y sensibilidad brillaban como un faro.

Él le hacía tener esperanza en el futuro.

# 19

Miranda oyó la llave en la cerradura. Se quedó inmóvil en el sofá, dando vueltas a un pañuelo entre los dedos. Escuchó los pasos en el recibidor mientras el corazón le latía despacio contra el pecho. Cada vez que la llave giraba, el miedo la paralizaba. Temía que fuera él, que hubiera decidido volar a Londres para verla.

—Hola, Miranda. Decidí pasarme para ver cómo te ha ido el fin de semana con Santos y...

Sin darle tiempo a terminar, ella se arrojó a sus brazos y lloró desconsoladamente. Él posó las manos en sus agitados hombros, deseoso de consolarla, pero nervioso por tenerla tan cerca.

—Ay, Ian, no puedo más. Las cosas que me ha obligado a hacer... No... no te imaginas. Estoy muy avergonzada.

—Vamos, Miranda, no pudo ser tan horrible.

Pero ella se aferró a él.

—Sí lo fue. Ay, Dios.

Estaba cada vez más alterada. Ian la sentó de nuevo en el sofá e intentó separarse, pero ella se lo impidió. Lo miró con ojos suplicantes.

—Tienes que ayudarme. No aguanto más. Prefiero matarme antes que volver a verlo. Te lo ruego, Ian.

—Está bien, está bien —susurró él—. Deja que nos ponga una copa y hablamos con calma.

Miranda le soltó el brazo e Ian fue hasta el mueble bar para servir dos whiskies solos.

—Bébetelo, te calmará.

Ella aceptó el vaso y dio un sorbo.

—Tranquila. No hay nada que merezca ponerse así, ¿no crees? —Ian sonrió con dulzura—. Cuéntame exactamente qué ha pasado.

Después de mucha persuasión y dos whiskies más, consiguió hacerla hablar. El relato de lo que Santos la había obligado a hacer lo llenó de odio y repulsión.

—Lo peor de todo es que me drogó con algo, pero recuerdo todo lo que pasó. No puedo volver a pasar por eso, Ian, en serio.

Al rodearla con los brazos le invadió el sentimiento instintivo de que debía proteger a esta muchacha del monstruo de su jefe. Los últimos meses había intentado fingir que al visitar con regularidad a Miranda solo cumplía con su deber, pero lo cierto era que se moría por verla.

Ian no podía seguir negando sus sentimientos.

No quería ni pensar en lo que eso significaba para sus aspiraciones profesionales y sus ancianos padres, pero no podía cruzarse de brazos y ver a la mujer que amaba soportar de nuevo esa clase de trato por parte de Santos.

—Miranda, querida Miranda. Créeme, voy a hacer todo lo que esté en mi mano para ayudarte.

—¿En serio?

La gratitud que vio en sus ojos cuando levantó la vista disipó en Ian cualquier duda que aún le quedara.

—Sí.

—Gracias, Ian. —Le rodeó el cuello y lo abrazó con fuerza mientras murmuraba algo incomprensible en su hombro.

—¿Qué has dicho?

Miranda se apartó y se miró las manos.

—He dicho que te quiero, Ian. —Suspiró hondo—. No espero que sientas lo mismo por mí. Después de todo, soy la prostituta de Santos y...

Esta vez fue él quien la tomó en los brazos.

—Cariño, eso da igual. No te haces una idea de cómo lo he

pasado este fin de semana, imaginándote con él, pensando en lo que te estaba obligando a hacer. He intentado sofocar lo que siento, pero no puedo. Yo también te quiero.

Tomó el rostro de Miranda entre las manos y la besó tímidamente en los labios, consciente de que podría apartarse por miedo. Pero no lo hizo.

Y ya no pudieron separarse. Por primera vez en su vida, ella comprendió que el sexo podía ser la manifestación máxima del amor puro y bello, y supo que jamás podría dejar que otro hombre utilizara su cuerpo como un recipiente para su propio placer.

Después, agotados, yacieron desnudos y entrelazados.

Ian le acarició el pelo con dulzura.

—Miranda, te prometo que, pase lo que pase, jamás permitiré que ese hombre vuelva a tocarte.

El miedo atroz de los últimos meses la abandonó por primera vez. Qué equivocada había estado al pensar que lo importante en el mundo era el poder y el dinero. En ese momento habría dado cualquier cosa por trasladar su vida a una casita con Ian y Chloe. Tendría amor y libertad. Y eso era lo único que importaba.

—Voy a pensar en algo, cariño. Voy a sacarte de aquí. Empezaremos de cero en otro lugar, donde Santos no pueda encontrarnos y...

El timbre del teléfono interrumpió bruscamente su paz recién hallada. Ambos se sobresaltaron y el miedo asomó de nuevo en el rostro de Miranda.

—Contesta, cielo.

—No puedo. —Se mordió el labio y se aferró a él—. Haz que pare, Ian, por favor.

—Vamos, cariño. No podemos permitir que piense que pasa algo. Se volverá suspicaz y eso empeorará las cosas para ti. Tienes que contestar. Te prometo que no tendrás que hablar con él por mucho más tiempo. Vamos. —Alargó el brazo, descolgó el auricular y se lo tendió.

—Hola.

La expresión atormentada de Miranda fue más de lo que Ian podía soportar. Se levantó, salió de la habitación y caminó por el pasillo hasta el cuarto de baño.

Se apoyó en la puerta y se preguntó si ella era consciente de las consecuencias que podrían tener sus actos de esta noche.

# 20

En el aeropuerto de LaGuardia se respiraba un ambiente festivo. Las caras ilusionadas y sonrientes suponían un cambio con respecto a los acostumbrados hombres de negocios estresados y ansiosos por llegar a su siguiente reunión.

Leah y Jenny cruzaron la puerta de embarque y ocuparon sus asientos en el avión.

—Cuéntame más cosas de nuestro anfitrión. ¿Hay… algo entre vosotros? —preguntó su compañera.

—Qué va. Anthony es solo un buen amigo. Te caerá bien, ya lo verás. Su hijo también estará.

—Entonces ¿no crees que te ha invitado a su casa con falsas pretensiones?

Leah negó con la cabeza.

—No, en absoluto. —Sonrió—. Perdió a su mujer hace dos años y todavía la echa mucho de menos. Seguramente quiere tener la casa llena, nada más.

Cuando el avión aterrizó en el aeropuerto de Lebanon, Anthony estaba esperándolas. Al ver a Leah se le iluminó la cara y se acercó para ayudar con el equipaje.

—Santo Dios, cualquiera diría que vas a quedarte varios meses en lugar de una semana.

—Es lo que pasa cuando eres Mamá Noel. No traigo ni una prenda de ropa, solo juguetes. —Leah rio—. Te presento a mi amiga Jenny.

—Bienvenida, Jenny. Me alegro de conocerte.

Las mujeres lo siguieron hasta el jeep, aspirando el aire fresco y vigorizante. Tras ponerse en marcha, Leah contempló asombrada el paisaje.

—Esto es precioso, Anthony. Me recuerda a Inglaterra.

—Supongo que por eso le pusieron el nombre de tu pequeño país. Sabía que te gustaría.

Había una atmósfera navideña mientras recorrían las carreteras rurales hasta el pintoresco pueblo de Woodstock, enclavado a los pies de las montañas de Catskill. Anthony les habló de sus planes para la semana.

—En realidad, todo vale. Haz lo que quieras cuando quieras. Hay nieve en Suicide Six y se espera que caiga mucha más, así que podemos esquiar si os apetece.

Leah negó con la cabeza.

—Yo no esquío.

—¡Pero yo sí! —celebró Jenny—. Me encanta.

—Genial. A mi hijo Jack también. Yo no esquío mucho, por lo que se alegrará de tener una compañera de pistas. —Levantó una mano del volante y señaló a través del parabrisas—. Ya hemos llegado, chicas. Hogar, dulce hogar.

La casa de Anthony descansaba entre campos ondulantes con vistas a las montañas. Estaba pintada de blanco, con postigos verdes enmarcando ventanas de cristales emplomados. Una terraza porticada rodeaba todo el edificio, en torno al cual él había colgado guirnaldas de luces.

—Guau, Anthony, es muy... pintoresca —susurró Leah.

—Gracias. Era de mis abuelos. Vivieron aquí cincuenta años y pasó a mí cuando mis padres fallecieron.

Este sacó el equipaje del maletero y Leah y Jenny lo siguieron por los escalones hasta la puerta. Entraron en el amplio recibidor y pasaron a la sala de estar, donde lo primero que vieron fue un árbol de Navidad de tres metros instalado en un rincón con luces titilantes y regalos apilados debajo. La gran chimenea albergaba un cálido fuego anaranjado y la repisa estaba decorada con acebo. Había cojines de patchwork desparramados por el sofá Sheraton Nueva Inglaterra de caoba y una valiosísima alfombra Sarouk cubría el suelo de madera.

—Parece sacado de un cuento de hadas —exclamó Jenny.

—Me recuerda a un ballet que vi hace tiempo. *El cascanueces*. Es preciosa. —Leah sonrió.

Un joven bajó de dos en dos los peldaños de la amplia escalera, irrumpió en la sala y sonrió efusivamente a las dos muchachas.

—A ver, déjame adivinar. ¿No serás por casualidad el hijo de Anthony? —dijo Jenny con una sonrisa.

—¿Lo dices por el parecido? Me gustaría decir que mi padre heredó su atractivo juvenil de mí, pero… —El joven se encogió de hombros—. ¿Y quién es quién de vosotras? Sé que las dos sois supermodelos y que me voy a tirar los próximos seis meses fardando en la universidad de que las dos chicas más guapas del mundo pasaron las Navidades en mi casa, pero… —Jack examinó a Jenny—. ¿Eres Leah?

La chica negó con la cabeza, encantada por dentro de que pensara que ella podía ser la famosa modelo contratada por su padre.

—Eso demuestra la capacidad de nuestra fabulosa campaña publicitaria para penetrar en la psique del público estadounidense —dijo Anthony con un guiño.

Su hijo le estrechó la mano a ambas.

—Un placer conoceros.

—Jack, ¿por qué no subes con Jenny y Leah y les enseñas sus respectivas habitaciones mientras yo preparo la comida? Lo divertido de venir aquí, entre otras cosas, es que lo hacemos todo nosotros.

Ella subió detrás de Jenny y Jack.

—Leah, tú estás aquí. —La hizo pasar a un dormitorio espacioso—. Si quieres asearte y deshacer el equipaje, te veremos abajo para comer dentro de veinte minutos. Ven, Jenny, te voy a enseñar tu habitación.

Salieron del dormitorio y ella fue directa a la ventana. Se preguntó si Anthony le había adjudicado esta habitación a propósito, pues la vista de los verdes campos ondulantes desde aquí cortaba la respiración e hizo que de repente extrañara su casa. Se preguntó qué estarían haciendo sus padres.

Se acomodó en el asiento del gran ventanal, disfrutando del dulce dolor de la reminiscencia, hasta que Brett se coló en sus pensamientos, como ocurría siempre que pensaba en su casa. Se permitió preguntarse dónde iba a pasar la Navidad, cómo se sentía y si la echaba de menos tanto como ella a él.

—Deja que te ayude, Mamá Noel. —Anthony rio cuando, minutos después, Leah entró tambaleándose en la sala con una montaña de regalos. Colocaron los paquetes debajo del árbol—. ¿Te apetece ayudarme con la comida? —Llevaba un delantal floreado encima de los tejanos.

—Claro. Creo que con eso podrías crear una nueva tendencia de moda masculina —comentó Leah mientras lo seguía hasta la acogedora cocina, que enseguida le recordó a la de la casa de Rose en Yorkshire. El olor a buena comida casera flotaba en el aire y en la radio sonaban villancicos. La embargó una sensación de bienestar y empezó a alegrarse de haber ido.

—¿Qué tal un vino caliente? —propuso Anthony—. Casi todo el alcohol se evapora al calentarlo.

Leah se asomó a la olla que hervía a fuego lento en el fogón. El olor era delicioso.

—Vale, lo probaré.

—Bien. Es una receta especial. Y, hablando de recetas, he de advertirte que mañana la comida de Navidad la preparará, cocinará y llevará a la mesa un servidor.

Con ayuda de un cucharón, Anthony vertió el vino caliente en dos vasos y ofreció uno a Leah, que le dio un sorbo y elogió su sabor especiado.

—Está riquísimo. Tu destreza en la cocina me tiene impresionada. Yo soy un desastre.

—No seas modesta. Seguro que no es cierto.

Mientras Leah avisaba a Jenny y a Jack, Anthony procedió a servir la sopa en cuatro cuencos que, seguidamente, colocó en la mesa de pino junto con pan recién hecho.

Los chicos entraron en la cocina riéndose de algo y Leah se alegró al ver que a Jenny le brillaban los ojos.

—Antes de atacar lo que espero que sea una comida espectacular, me gustaría decir, en mi nombre y en el de mi hijo, que estamos encantados de teneros aquí. Ahora, por favor, empezad antes de que la sopa se enfríe.

El almuerzo fue divertido, regado con vino caliente, y la comida casi tan buena como la de la señora Thompson. Era evidente que Jenny y Jack habían conectado de inmediato, y su amiga parecía haber recuperado la agudeza por la que siempre había destacado en el mundo de la moda.

Para cuando hubieron terminado, eran más de las tres y el cielo empezaba a oscurecer.

—No sé vosotros, pero a mí no me iría nada mal una siesta antes de la celebración de esta noche. Es una tradición que en Nochebuena invitemos a unos cuantos amigos de toda la vida a tomar una copa. Después caminaremos todos juntos hasta la iglesia para la misa del gallo.

Los demás estuvieron de acuerdo en que les vendría bien una cabezada.

Leah se tumbó en la cómoda cama con una sensación de paz dentro de ella y las preocupaciones de los últimos meses se evaporaron en esa atmósfera tranquila...


—Hola, bella durmiente. —Jack sonrió cuando Leah entró en la sala de estar—. Nos estábamos preguntando si ibas a despertar algún día.

—Lo siento, no...

—Está bromeando, Leah. Es el efecto que este lugar tiene en la gente. Permíteme decirte que esta noche estás preciosa —aventuró Anthony.

—Sí, estás muy guapa cuando te arreglas —bromeó Jenny.

—Ignórala. Siéntate y tómate algo. —Jack dio unas palmadas en el sofá y le tendió una copa de champán—. Mi padre dice que no bebes mucho, pero es Navidad.

—Haces que parezca un muermo, Anthony. —Leah le sonrió—. Veo que te has quitado el delantal para recibir a tus invitados.

—Eh, sí. Renovarse o morir. Además, mañana tendré que llevarlo puesto todo el día. —Iba impecable con un pantalón de franela gris y una americana de corte elegante.

Llamaron a la puerta y Jack fue a abrir.

Una pareja mayor, cargada de regalos, entró en la sala de estar. Anthony besó a ambos, les ofreció una copa de champán y les presentó a Jenny y Leah.

El timbre siguió sonando a lo largo de la siguiente hora. La sala de estar no tardó en llenarse de gente.

Ella observó que todos los invitados parecían tan relajados como Anthony. No había entre ellos un solo empresario neoyorquino y, aunque todos sabían quién era ella, nadie mencionó su contrato con Chaval.

Fue a la cocina a por un zumo de naranja y el anfitrión la siguió.

—¿Lo estás pasando bien, Leah? Espero que no te moleste que hayan venido mis amigos. Sé lo harta que estás de asistir a fiestas y hablar de trivialidades.

—En absoluto. Parecen mucho más relajados que otros estadounidenses que he conocido. Más reales —añadió.

—Sí. Aunque te sorprenderá saber que casi todos ellos tienen importantes empresas asentadas en Nueva York. Pero todos vienen aquí en Navidad y es una norma tácita no hablar del «oficio» mientras estamos en Vermont. Bill, con quien estabas charlando antes, es director de una importante empresa de electrónica y Andy dirige una agencia de relaciones públicas en Manhattan.

—Caray, qué sorpresa —dijo sinceramente Leah.

—Iremos a la iglesia dentro de unos minutos, pero no tienes que venir si no quieres.

—Me encantará ir. Hace años que no asisto a una misa del gallo.

—Estupendo. Me hace muy feliz que Jenny y tú estéis aquí. Es casi como... volver a tener una familia. —Leah le sonrió con ternura—. Será mejor que subas a coger tu abrigo. Fuera hace un frío que pela y está previsto que nieve.

La pequeña iglesia, iluminada con velas y acompañada por un coro vestido con las tradicionales túnicas, parecía extraída de una postal de Navidad. La gente cantaba los villancicos a pleno pulmón y al final del oficio Leah fue con Anthony a recibir la comunión. Contempló su cabeza inclinada a su lado en el altar y sintió una oleada de afecto por él.

Al salir de la iglesia empezaron a caer pequeños copos de nieve.

La congregación observó embelesada la mágica escena. Luego procedieron a despedirse con besos y se marcharon a casa con gritos de «Feliz Navidad».

Anthony ofreció su brazo a Leah.

—La nieve es muy bonita, pero sobre el hielo puede ser letal.

Ella se agarró y echaron a andar con Jenny y Jack a la zaga.

—Reconozco que esta es mi noche favorita del año y este lugar siempre consigue proporcionar el escenario perfecto.

—Hacía años que no me sentía tan navideña —admitió ella.

—Ha hablado la ancianita cansada de la vida. ¿Cuántos años dijiste que tenías? ¿Cincuenta? —Anthony sonrió—. Es una broma, Leah —añadió, examinando su expresión grave con preocupación.

—Lo sé, pero tienes razón. Tengo veintiún años y a veces pienso como si tuviera cincuenta. ¿Te das cuenta de que solo tengo tres años más que Jack?

—Se me ha pasado por la cabeza, aunque cuesta creerlo. Habéis tenido vidas muy diferentes. —Llegaron a casa y Anthony la cogió de la mano para cruzar el camino cada vez más nevado—. Vamos frente al fuego para entrar en calor.

Los cuatro se sentaron cerca de las llamas con un chocolate caliente.

Al cabo de media hora, primero Jenny y después Jack, se retiraron a sus respectivas habitaciones.

Anthony miró su reloj.

—Las dos menos cuarto. Ya hace dos horas que estamos en Navidad, por lo que ha llegado el momento de abrir mi botella especial de oporto.

Se levantó y fue hasta el mueble bar. Regresó con dos copas.

—Yo no quiero, Anthony.

—En realidad no es para ti. —Dejó una en el borde de la chimenea—. Es para nuestro alegre amigo, por si se le ocurre bajar por la chimenea y hacernos una visita. Cada año tomamos una copa de oporto juntos. Salud. —Anthony alzó su copa frente a la chimenea y bebió el líquido color rubí—. Si estás cansada, vete a dormir, te lo ruego. Yo siempre me quedo levantado hasta la madrugada de esta noche especial.

Leah no se sentía cansada, solo maravillosamente relajada y tranquila. Contempló el fuego y pensó en lo fantástico que era estar con un hombre al que no encontraba en absoluto amenazador. Con quien podía ser ella misma.

—Es una pena que nos hagamos mayores y dejemos de creer en la magia —comentó.

—Sí —dijo Anthony—. Sin embargo, estamos rodeados de magia. Cuando crecemos, la mente se nos llena de pensamientos prácticos y perdemos el contacto con ella. Por eso las noches como esta son especiales. Nos permiten desconectar del mundo real. Es un momento para soñar y recuperar nuestra inocencia perdida. Cuando estoy aquí, recuerdo que el mundo es un lugar maravilloso, lleno de belleza. A medida que nos hacemos mayores, hemos de esforzarnos más por encontrar esa belleza. Está ahí, pero escondida.

Leah asintió y experimentó otra oleada de cariño por ese hombre profundo y sensible.

Contemplaron el fuego en un silencio cordial.

—Bien, dado que solo voy a dormir un par de horas antes de ponerme en marcha, creo que debería acostarme.

—Mmm. —Se desperezó—. Estoy relajadísima. ¿No puedo hacerme un ovillo delante del fuego, como un gato, y dormir aquí?

—Puedes hacer lo que quieras, Leah, pero creo que estarás más cómoda en tu cama.

—Tienes razón. —Se levantó a regañadientes y él hizo lo propio—. Buenas noches, Anthony, y gracias por este precioso día. —Le dio un beso en la mejilla.

—No me des las gracias, Leah. No imaginas lo mucho que significa para mí que estés aquí. —Le besó la mano.

Ella sonrió, se encaminó despacio a la escalera y se detuvo en el primer escalón.

—Feliz Navidad, Anthony.

—Feliz Navidad, Leah. —Observó su cuerpo perfecto subir elegantemente las escaleras y se inclinó para coger la otra copa de oporto. Bebió despacio, degustando su sabor.

Leah era una mujer excepcional. Debajo de esa fachada perfecta había una gran madurez y profundidad. En ella había encontrado la belleza oculta de la que acababa de hablar.

Leah despertó seis días después con el ánimo alicaído. Detestaba la idea de volver a Nueva York esa tarde.

Apenas podía creer lo maravillosa que había sido esa semana. Sin estrés, sin problemas, únicamente buena compañía, buena comida y, lo más importante de todo, sin horarios: levantándose cuando le apetecía, comiendo cuando tenía hambre y durmiendo cuando estaba cansada.

Anthony había sido un anfitrión de lo más amable, siempre ofreciendo cosas para hacer, pero asegurando a Leah que, si quería pasarse el día tumbada delante de la chimenea comiendo tartaletas de frutas y leyendo una novela, era libre de hacerlo. Y, de hecho, cuando había hecho muy mal tiempo, así fue como los dos pasaron las horas. Jenny y Jack se habían hecho grandes amigos y ya estaban en las pistas de esquí para cuando Leah se levantaba. Regresaban en torno a las cuatro, listos para involucrarlos a ella y Anthony en una guerra de bolas de nieve.

Se alegraba de ver lo mucho que su amiga había florecido y pensaba en el gran bien que le habían hecho esas vacaciones también a ella. Se preguntaba si tenía algo con Jack y confió en que eso significara que Miles desaparecería de la escena, pero su relación parecía ser más bien de colegas, no de amantes.

Mientras sacaba la ropa del armario y la guardaba en la maleta, supo que a su regreso a Nueva York echaría de menos la compañía constante de Anthony. Los últimos días había estado preguntándose si se sentía atraída por él y la respuesta era… sí. No con la pasión arrolladora que había sentido por Brett, sino de una manera más tranquila, quizá más madura.

Ignoraba lo que Anthony sentía por ella. No le había dado indicios de que la viera como algo más que una buena amiga, lo cual, en sus actuales circunstancias, era cuanto deseaba.

Aun así, cuando bajó a desayunar le apenó que sus vacaciones juntos hubieran tocado a su fin.

—Buenos días. Tortitas y sirope de arce para coger fuerzas para volver a la ciudad.

Anthony le puso delante un plato rebosante de calorías. Por una vez, Leah no tenía hambre.

—No me lo recuerdes —gimió—. No me apetece nada el gran baile de Nochevieja al que Chaval quiere que asista.

Él se sentó y atacó su plato de tortitas.

—Lo sé. Yo también he de ir. Podríamos hacer novillos y quedarnos aquí.

—No me tientes. Me encanta esto y me horroriza la idea de volver a Nueva York. ¿Cuándo vuelves tú?

—Mañana. Dedicaré la tarde a recoger la casa y tomaré un vuelo a media mañana. ¿Quieres que te recoja para ir al baile de mañana?

—Sería estupendo. Detesto ir sola a esos sitios y por lo menos llegaré con el presidente de la firma —bromeó Leah.


Tres horas después, en el aeropuerto, los adioses fueron tristes. Jenny y Jack parecían desolados por tener que separarse.

—Caray —suspiró Anthony—, me siento como cuando era niño y tenía que despedirme de mi mejor amigo porque había que volver al colegio.

Su hijo sonrió y se despidió de Leah con un beso.

—Ha sido un placer conocerte. Gracias por venir. Le haces mucho bien a mi padre. Cuídate.

Miró tristemente por la ventanilla del avión cuando se elevaron por encima de los campos nevados.

—He de decir que han sido las mejores Navidades de mi vida —declaró Jenny.

—Lo mismo digo —convino Leah—. Vamos, desembucha. ¿Cuándo es la boda?

—Mi relación con Jack no va por ahí. Es como el hermano que nunca he tenido. Hemos conectado mucho, eso es todo. Además, él tiene una novia en la universidad y yo tengo a Miles.

Leah sintió que el alma se le caía a los pies.

—Ah.

—Estoy deseando verlo. ¿Y qué me dices de ti? Anthony es un hombre encantador. No puedo creer que sea el jefe de una firma tan grande, con lo modesto que es. —Jenny esbozó una sonrisa pícara—. Y está colado por ti.

Leah se volvió rauda hacia ella.

—Lo dudo mucho. Lo nuestro es como lo tuyo con Jack. Lo pasamos bien juntos. Es extraño, porque me lleva veinte años, pero conectamos.

—¿Qué sientes por él?

—Me cae muy bien.

—Pero ¿te gusta?

Leah hizo una pausa. No quería analizar lo que sentía por Anthony por temor a estropearlo.

—No lo sé.

Jenny se encogió de hombros.

—Leah, si yo tuviera a un hombre encantador como él que me adorara, no lo soltaría. Hacéis muy buena pareja. No descartes la posibilidad.

Ella miró a su amiga y sacudió lentamente la cabeza.

—No lo haré.

# 22

Llamaron a la puerta y Miranda corrió a recibir a Ian. La levantó en brazos.

—Feliz Año Nuevo, amor mío —susurró Ian mientras la abrazaba con dulzura.

—Lo mismo digo. —Se acurrucó en su hombro, feliz de que las horas interminables de la semana previa hubieran acabado y él estuviera aquí, abrazándola.

La devolvió al suelo.

—Vamos a la sala, tengo algunos regalos para ti —dijo, tomándola por la cintura.

Al ver el pequeño árbol de Navidad que Miranda había montado, Ian enseguida se sintió triste y culpable. Ella corrió a recoger los tres presentes que descansaban debajo.

—Para ti —dijo ilusionada.

—Oh, cariño, me siento fatal por haberte dejado sola durante las Navidades, pero no podíamos permitirnos despertar las sospechas de Santos. ¿Sabes que te he echado muchísimo de menos? Me he pasado los días contando las horas que faltaban para volver a verte.

—Y yo —suspiró Miranda—. Menos mal que estaba el televisor. Lo he visto todo, desde *Qué bello es vivir* hasta *Una Navidad con Mickey*.

No le contó que había pasado el día de Navidad envuelta en una nebulosa de lágrimas y alcohol, pensando en lo que Rose y Chloe estarían haciendo en Yorkshire. Lo único que la había ayudado a seguir adelante había sido saber que Ian iba a volver de casa de sus padres el día de Año Nuevo.

—Pero adivina cuál es el mejor regalo de todos. —Los ojos le brillaron.

—¿Cuál?

—Que Maria vino ayer para decirme que se marchaba una semana a Alemania para ver a su familia. Se fue por la tarde y no volverá hasta el martes. Por tanto, esta noche puedes quedarte si quieres. No habrá espías.

Ian ya lo sabía, pues la propia Maria le había telefoneado tres semanas atrás. Eso le había proporcionado la oportunidad perfecta para poner en marcha su plan. Atrajo a Miranda hacia sí.

—Será un placer.

—Tengo una botella de champán en el congelador. He pensado que podríamos celebrar juntos nuestra propia Navidad y Año Nuevo.

—Pues tomemos una copa y abramos los regalos.

—¡Vale! —exclamó Miranda. Se acurrucó de nuevo contra él, como si no pudiera separarse ni un segundo por miedo a que desapareciera.

Ian rio.

—Ve a buscar el champán, boba. Tengo una sorpresa para ti.

Después de sacar la mejor botella que había encontrado, él hizo saltar el corcho y sirvió dos copas.

—Por nosotros —dijo Miranda.

—Por nosotros. —Brindaron—. Te prometo que haré lo que sea para que este año sea mejor que el anterior.

Enseguida se pusieron con la seria tarea de abrir los regalos. Miranda había enloquecido con una de sus tarjetas de crédito, encontrando un gran placer en gastarse el dinero de Santos en Ian. Era la única manera que se le ocurría de desafiarlo.

Este la besó.

—Gracias, cariño, son maravillosos. Ahora te toca a ti abrir los tuyos. —Le tendió un sobre delgado envuelto con papel de regalo y un lazo.

Cuando Miranda vio el contenido, se le saltaron las lágrimas.

—Ian, es... —Examinó los billetes con detenimiento. Dos vuelos a Hong Kong a nombre de «Señor y señora Devonshire». El sobre también contenía una licencia matrimonial—. Ian..., ¿me estás pidiendo que...?

—Sí, amor mío. Te estoy pidiendo que te cases conmigo, que huyamos y empecemos de nuevo en un lugar donde Santos no pueda encontrarnos. Lo tengo todo planeado. Nos casaremos en el registro civil e inmediatamente después cogeremos un taxi a Heathrow. Esa tarde nos subiremos a un avión que nos llevará a Hong Kong. Un amigo mío tiene una empresa allí y me ha ofrecido trabajo. Me temo que no podré darte los lujos a los que estás acostumbrada, pero seremos libres y estaremos lejos de Santos. Tenemos que hacerlo esta semana, porque la ausencia de Maria nos lo pondrá mucho más fácil. Además sé que él está pasando las Navidades con su mujer y sus hijos. Estará en el barco hasta el 10 de enero, de modo que, para cuando vuelva, tú y yo ya nos habremos ido.

—Pero, Ian, necesito un pasaporte y...

—Tranquila, Miranda. Mañana por la mañana, Roger estará ocupado ayudándome en la oficina. Quiero que salgas a primera hora y te tiñas el pelo de un color más oscuro. Luego quiero que te hagas unas fotos de pasaporte. Mañana por la noche vendré a recogerlas. Si sales en coche con Roger, ponte sombrero. El viernes tendré pasaportes nuevos para los dos. Todos estos contactos que he adquirido durante los años que he trabajado para Santos me han sido de gran utilidad.

—¿Es necesario que me tiña el pelo, Ian?

—Es una precaución más. No quiero dejar nada al azar. Si esto sale mal... —Meneó la cabeza.

Miranda rompió a llorar.

—Gracias, Ian. Soy tan feliz...

Él le enjugó las lágrimas de las mejillas.

—Cualquiera lo diría —dijo con una sonrisa.

—Perdona. Son lágrimas de felicidad, te lo prometo. No puedo creer que esta pesadilla esté a punto de terminar. Te quiero. —Lo besó con tanta pasión que él casi se sintió abrumado.

Un pensamiento cruzó por la mente de Miranda y el semblante se le ensombreció.

—Ian, ¿qué pasa con Chloe?

—He pensado mucho en eso. No podemos sacarla del país con nosotros, pero, una vez que estemos a miles de kilómetros de aquí, podrás ponerte en contacto con tu madre, decirle que estás bien y ver qué se puede hacer. Lo siento, Miranda, pero, mientras seas una prisionera aquí, no podrás ver a Chloe. Por lo menos, si eres libre, existe una posibilidad.

—Tienes razón —dijo ella—. ¿Crees que volveré a verla algún día, Ian?

Él le estrechó la mano.

—Claro que sí, cariño. —La puso de pie—. Ahora, vamos a celebrar nuestro compromiso. —Se cogieron de la cintura y se encaminaron despacio al dormitorio.

Seguían despiertos al despuntar el día e Ian se levantó para irse.

—Mañana, cuando venga a por las fotos, no tendremos tiempo de hablar, así que recuerda: solo un bolso pequeño. Queremos que parezca que estoy llevándote a comer. Yo mismo te prepararé una maleta con ropa, pero ponte algo bonito. Después de todo, será tu vestido de novia.

—¿No crees que Santos supondrá que nos hemos ido juntos cuando Roger le diga que la última vez que me vio estaba contigo?

—Sí, pero eso es algo que no podemos evitar. Él y yo somos las únicas personas que podemos sacarte de casa, de modo que por fuerza he de ser yo. —Se acercó a la cama, besó a Miranda en los labios y se volvió para marcharse.

Al verlo partir, el miedo le atravesó las venas.

—¡Ian! —dijo, casi gritando.

—¿Qué ocurre?

—Tengo miedo. ¿Y si algo sale mal?

—Está todo organizado. Recuerda: dentro de una semana seremos marido y mujer, y todo esto parecerá un mal sueño. Te quiero, Miranda.

—Y yo a ti.

Ian le lanzó un beso antes de salir del dormitorio.

Ella se recostó en las almohadas, hasta que comprendió que no iba a poder conciliar el sueño. Fue hasta la ventana y descorrió la cortina.

Lo vio bajo la tenue luz de la mañana, alejándose a paso ligero de ella y del piso en dirección a su coche, que había dejado a unas calles de allí.

—Adiós, amor mío —susurró al tiempo que cerraba de nuevo la cortina.

# 23

—Hola, Leah. ¿Qué tal el vuelo? —Anthony le dio dos besos cuando subió a la limusina y partieron hacia el Museo de Arte Moderno.

—Muy bien. Me cuesta creer que solo haga veinticuatro horas que salí de Woodstock.

Él la observó al ver que guardaba silencio y miraba por la ventanilla.

—¿Estás bien? Te noto callada.

—Perdona, Anthony. Sí, estoy bien. —Leah sonrió.

A decir verdad, no se sentía nada bien, pero no era capaz de señalar el motivo. Miles las había recibido calurosamente cuando llegaron a casa el día previo. El apartamento estaba impecable y esta noche Jenny y él iban a una fiesta en el East Village.

Por la razón que fuera, tenía una sensación de fatalidad que no lograba sacarse de encima.

La limusina se detuvo en la Quinta Avenida cuando un grupo de juerguistas celebrando la Nochevieja y vestidos con disfraces delirantes cruzó la calzada. Eran jóvenes, quizá de la edad de Leah. De pronto le entraron ganas de quitarse su vestido de noche, escapar de los restrictivos confines del mundo privilegiado y exclusivo en el que vivía, y unirse a ellos.

Anthony le leyó el pensamiento y se sintió culpable por querer retirar a Leah para siempre. Por otro lado, si le hacía la pregunta esta noche, ¿no estaría devolviéndole la libertad? No tendría que volver a ponerse delante de una cámara y podría pasar sus días como le apeteciera.

Mientras el coche recorría despacio la calle Cincuenta y tres Oeste, Anthony le tocó suavemente el brazo.

—Cielo, no pongas esa cara tan triste. Tienes el poder de cambiar tu destino, si es lo que deseas.

Leah lo miró con detenimiento. Le sorprendía que Anthony hubiera comprendido cómo se sentía.

—Me estoy comportando como una niña malcriada. Después de todo, ¿quién no cambiaría su vida por la mía? Dinero, fama, juventud… Supongo que soy la personificación del sueño americano.

La limusina se detuvo delante del Museo de Arte Moderno y él ayudó a Leah a bajar. Al sumarse a la enjoyada multitud que entraba en el edificio, ella no pudo evitar recordar con quién había estado allí la última vez.

Dejó a Anthony para quitarse la larga capa de terciopelo. Cuando se reunieron en el vasto salón de la planta baja donde iba a tener lugar el baile, él estaba rodeado por un grupo de personas, algunas de las cuales Leah conocía de Chaval. Todas las miradas se volvieron hacia ella.

Hasta las modelos profesionales que adornaban pasarelas y vallas publicitarias de todo el mundo tenían noches que brillaban de manera especial. En el caso de ella, esta era una de esas noches.

Lucía un recogido de bucles alto y un traje de noche de Jan Muir. El cuerpo era de raso negro cubierto con hilos de plata. La falda, formada por varias capas de tul negro, se movía con tanta gracilidad como la de una bailarina alrededor de sus tobillos.

Anthony le ofreció la mano.

—Leah, ¿qué puedo decir? Estás… absolutamente deslumbrante. Creo que ya conoces a casi todos.

Le presentó a los invitados que no conocía y ocuparon sus asientos en una de las mesas, las cuales estaban abarrotadas de cristalería y platos de porcelana antigua.

Finalizado el delicioso ágape, la orquesta empezó a tocar y la gente salió a bailar.

—¿Me permites este baile? —preguntó Anthony.

—Claro. —Leah tomó la mano que le tendía y se dirigieron a la pista.

Cuando empezaron a moverse al ritmo de la música, ella vislumbró a David Cooper bailando a pocos metros. Él la vio, agitó la mano y sonrió. Anthony también reparó en él y lo saludó con una leve inclinación de cabeza.

—No sabía que conocieras a David —dijo.

—Lo conozco poco. En realidad, solo lo he visto una vez.

—Es un tipo extraño. La comunidad de empresarios de Nueva York lo tiene por un hombre enigmático. De hecho, no es habitual verlo en esta clase de eventos. Es muy reservado, sobre todo desde que su esposa falleció hace unos años. Aunque entiendo cómo se siente. Te puedes volver muy antisocial.

La orquesta dejó de tocar y regresaron a la mesa. El director del museo se levantó y ofreció un discurso sobre el bien que el baile de esta noche iba a hacer a la fundación, y pidió a la gente que alzara la copa para brindar por la inminente llegada del nuevo año.

Los invitados se sumaron a la cuenta atrás. Cuando dieron las doce, hubo una gran ovación y él la abrazó y la besó castamente en las mejillas.

—Feliz Año Nuevo, Leah. Espero que te traiga paz y felicidad.

—Lo mismo digo, Anthony.

Fueron a la pista para unir las manos a las de los demás invitados y entonar el tradicional *Auld Lang Syne*.

Acto seguido, la orquesta aceleró el ritmo y las damas se recogieron el fondo del vestido para bailar el jive.

—Me temo que no se me da muy bien —dijo Anthony—, pero tú sigue, por favor.

Se disponía a dejarla ir cuando alguien los interrumpió.

—¿Puedo? —Era David Cooper.

—Hola, David. Adelante. —Dejó a Leah en sus brazos.

Ante el dilema de resultar maleducada o bailar con el padre de Brett, eligió lo segundo y, asintiendo, empezó a moverse al ritmo de la música.

—¿Cómo estás? —le preguntó David.

—Bien, gracias.

—Esta noche estás radiante.

—Gracias.

—Fue una pena que lo tuyo con Brett no prosperara. Tenía la sensación de que ibais en serio. —Hablar con David Cooper de su relación con su hijo no era la manera en que Leah deseaba recibir el nuevo año—. Me llevé una sorpresa cuando me pidió que adelantara su primer viaje al extranjero.

De modo que Brett se había ido del país.

—Sí —respondió ambiguamente ella.

—¿Estás saliendo con Anthony van Schiele? —inquirió David.

Leah negó con la cabeza.

—No. Es mi jefe y nos hemos hecho buenos amigos.

Él sonrió.

—No hace falta que disimules conmigo. Sé cómo funciona el mundo. Que hayas tenido un devaneo con mi hijo no significa que tengas que entrar en un convento ahora que ha terminado.

A Leah le entraron ganas de gritar. Ese hombre desconocía por completo sus sentimientos por Brett y el hecho de que describiera su amor como un «devaneo» le revolvió el estómago.

—Te aseguro que no tengo la menor intención de entrar en un convento. Ahora, si me disculpas... —Se apartó de los brazos de David y puso rumbo al tocador.

Se lavó las manos, las cuales notaba pegajosas, y se demoró, reacia a volver a la fiesta. Quería irse a casa.

Finalmente salió al vestíbulo y encontró a Anthony sosteniendo su capa.

—¿Hora de irse? —preguntó.

Leah asintió agradecida.

—¿Cómo lo has sabido?

Salieron del edificio y se dirigieron a la limusina.

—Te observé mientras bailabas con David Cooper. He de reconocer que vuestra relación me tiene intrigado. ¿Quieres venir a mi casa para una última copa? Puedes contármelo todo allí.

—De acuerdo. —Leah comprendió que era absurdo andarse con reticencias después de haber pasado una semana bajo el mismo techo.


El piso de Anthony, situado en la planta sesenta y siete, era un conjunto de estancias agradables y espaciosas con unas vistas magníficas de Nueva York. Como en el caso de su casa de Southport, la decoración era sobria pero elegante.

—¿Me acompañas? Me da reparo beber solo —dijo él, abriendo el mueble bar.

—De acuerdo. Sabes que si no bebo alcohol no es por razones morales. Simplemente no me gusta el sabor.

Él asintió.

—Te haré un *crême de menthe frappé*.

Anthony preparó las bebidas y se sentó frente a ella.

—Y ahora, dime, ¿de qué conoces a David Cooper?

Leah se frotó los ojos.

—Es una larga historia.

—Tenemos toda la noche. —Anthony alzó su copa y el hielo tintineó.

—Está bien. ¿Recuerdas que la primera vez que fui a tu casa te conté que acababa de salir de una relación?

—Sí.

—David Cooper es su padre.

Leah le relató toda la historia, desde cómo conoció a Brett hasta el golpe final de saber que se había marchado del país sin despedirse.

Anthony escuchaba en silencio y asentía de vez en cuando.

—Todo este asunto me ha hecho perder la confianza en mí misma.

—Es comprensible, Leah. Cuando alguien te importa mucho, como era tu caso con Brett, y te decepciona, te deja con una sensación extraña. Sin intención de resultar condescendiente, lo superarás con el tiempo. Sé de lo que hablo.

—Lo sé, pero ver a David Cooper esta noche me ha removido.

De repente, Anthony se puso un poco nervioso.

—Leah, puede que no sea un buen momento después de lo que me has contado, pero nosotros siempre hemos sido sinceros el uno con el otro, ¿verdad?

—Claro que sí.

—Verás, el caso es que… —Anthony, por lo general tan elocuente, tenía problemas para encontrar las palabras adecuadas—. La primera vez que te vi pensé que eras una mujer excepcionalmente bella. Luego, cuando empecé a conocerte, comprendí que eras mucho más que eso. Tu belleza eclipsa tus otras cualidades, por lo que ha sido un placer constante descubrir tu carácter profundo y tu buen corazón. —Tenía los ojos clavados en el fondo de su copa mientras intentaba compartir sus sentimientos—. Puede que esto te suene a elogio típico de Estados Unidos, pero lo que quiero decir es que la última semana me ha confirmado lo que en realidad ya sabía. Me ha pasado algo que creía que no volvería a pasarme después de morir Florence. Me he enamorado de ti.

Siguió escudriñando su brandy mientras Leah lo observaba, eligiendo no hablar. Sabía que Anthony no había terminado.

—Yo no soy la clase de hombre que se pasa el día saliendo por ahí con mujeres diferentes. Cuando me di cuenta de que te quería, me sentí culpable por Florence, y también por la diferencia de edad entre nosotros. Intenté convencerme de que no podía funcionar y de que necesitabas a alguien más joven. —La miró a los ojos—. Como Brett. —Dejó ir un suspiro—. Pero, después de pasar tiempo contigo, empecé a pensar que, habiendo madurado tan deprisa, quizá preferías a alguien mayor. —Tragó saliva—. Resumiendo…, que quiero casarme contigo, Leah.

El silencio se apoderó del apartamento mientras ella lo miraba estupefacta.

—Después de lo que me has contado sobre Brett, entiendo que te llevará tiempo superarlo. Sé lo mal que se pasa. Perder a un ser querido es la experiencia más dolorosa que existe, así que tómate el tiempo que necesites. Simplemente pensé que, antes de continuar con nuestra... relación, debías conocer mis motivaciones ocultas. Pero te prometo que, si no sientes lo mismo que yo, podemos seguir como hasta ahora. —Levantó tres dedos—. Palabra de *boy scout*.

—Anthony...

—Tranquila, no tienes que decir nada. No estoy buscando respuestas esta noche. Estoy seguro de que ha sido una sorpresa y quiero que todo siga como antes. Cuando te sientas preparada, dame una respuesta.

Leah tenía los ojos muy abiertos.

—Gracias por contármelo, sé que no te habrá resultado fácil. Es un honor para mí que me pidas que me case contigo... Me siento... Bueno, no sé cómo me siento porque nunca he pensado en nuestra relación de ese modo. —Lo miró directamente a los ojos—. Te prometo que lo pensaré.

Anthony se mostró aliviado.

—Es todo lo que pido. Mañana vuelo a Francia para una reunión y estaré fuera un par de días. ¿Puedo telefonearte a mi vuelta?

—Claro.

—Bien. Voy a avisar a Malcolm para que te lleve a casa. —Anthony la acompañó hasta la puerta del ascensor y una vez más la besó en las mejillas—. Cuídate, Leah, nos vemos pronto. Y, en serio, no hay ninguna prisa, así que no te agobies por lo que te he dicho esta noche.

—De acuerdo. Gracias por una velada encantadora.

La puerta del ascensor se cerró y bajó al vestíbulo, donde la esperaba Malcolm. La cabeza le daba vueltas cuando se hundió en el elegante cuero de la limusina. A pesar de lo que Jenny le había dicho en el avión, cuando regresaban de Nueva Inglaterra, realmente no lo había visto venir. Anthony y ella ni siquiera se habían besado. Entre ellos había una amistad. Una amistad maravillosa, pero ahí quedaba todo. ¿O no?

Tras media hora de trayecto, Leah giró la llave en la cerradura y entró en la oscuridad de su apartamento. Empezó a andar hacia su habitación, pero la detuvo un ruido. Era muy débil, como de un animal herido. Siguió los quedos gemidos hasta la sala de estar, pero la encontró a oscuras. Buscó el interruptor y encendió la luz en el nivel tenue.

Y allí, sentada en el suelo hecha un ovillo, estaba Jenny. Desnuda, temblando y meciéndose mientras emitía pequeños lamentos. Leah se detuvo a dos metros de ella y contuvo el aliento, horrorizada.

Tenía el cuerpo cubierto de moretones.

# 24

Leah trató de calmarse. Su amiga todavía parecía ajena a su presencia. Se arrodilló a su lado con sumo cuidado para no asustarla.

—Jenny, soy Leah —dijo en voz baja.

Esta se sobresaltó cuando le puso la mano en el hombro.

—Ay, Dios —gimió.

Leah se quitó la capa de terciopelo y se la echó sobre los hombros trémulos antes de encender la chimenea de gas.

—Ven, siéntate aquí o pillarás una pulmonía.

Despacio, la instaló frente al calor de las llamas. Lloraba quedamente y cuanto Leah podía hacer era mecerla en los brazos.

—Ay, Jenny, Jenny —susurró—. ¿Por qué te ha hecho esto?

—Le... le mencioné lo bien que nos lo habíamos pasado en Woodstock y lo mucho que Jack y yo habíamos conectado. Me acusó de acostarme con él. Me... me llamó... zorra... Intentó estrangularme y...

Jenny no pudo continuar. Levantó la vista hacia Leah, quien vio que las agresivas marcas rojas en la delicada piel del cuello estaban adquiriendo ya un tono azulado.

—¿Dónde está Miles?

—En mi cama, completamente dormido. Estaba muy borracho. Lo más seguro es que no recuerde nada por la mañana.

Leah sintió un escalofrío al pensar en que el perpetrador de semejante agresión estaba a solo unos metros de ellas. La cabeza le daba vueltas, buscando la mejor manera de proceder.

—Voy a llamar a la policía.

—¡No! ¡No lo hagas! —Una terrible expresión de angustia se apoderó del rostro de Jenny—. ¡Por favor, Leah, no la llames! —suplicó.

Estaba elevando la voz, cada vez más alterada. Lo último que deseaba ella era que Miles se despertara.

—Está bien, está bien, tranquila. No llamaré a la policía. Pero creo que deberíamos llevarte al hospital para que te examinen.

—¡No! —Jenny la miró con cara de pánico—. En realidad no me ha hecho tanto daño. Lo peor ha sido el susto. Estoy bien, en serio.

—¿Seguro que no te duele?

—Tengo el cuello dolorido, pero nada más. Te lo ruego, Leah, no me obligues a ir al hospital. Me preguntarán quién me lo hizo y esta noche me veo incapaz de enfrentarme a un interrogatorio. Si mañana no me encuentro bien, te juro que iré —prometió implorante.

—Sabes que esto no puede continuar, ¿verdad? Y que Miles tiene que irse mañana mismo.

Jenny asintió despacio.

—Podría haberme matado.

Una vez más, Leah había ignorado su propia intuición. La embargó el sentimiento de culpa. Tendría que haberlo echado la última vez.

—Vamos a acostarte. Esta noche puedes dormir conmigo y mañana a primera hora te quiero en el hospital para que te hagan un reconocimiento. No vuelvas antes del mediodía. He de decirle unas cuantas cosas a Miles.

—Leah, ¿por qué tengo una vida tan desastrosa? —preguntó Jenny con pesar—. En Woodstock sentí que estaba empezando a salir del agujero. Me sentía... feliz. Estaba deseando ver a Miles y relanzar mi carrera. Y ahora... No tengo remedio. ¿Por qué, Leah, por qué?

Esta meneó lentamente la cabeza mientras ayudaba a su amiga a levantarse.

—No lo sé, Jenny, de veras que no lo sé.

# 25

A la mañana siguiente, Leah envió a Jenny, que estaba desolada, a buscar atención médica.

A continuación se preparó un café cargado y se sentó a esperar a Miles en la sala de estar.

A las once oyó abrirse la puerta del cuarto de Jenny. El corazón le latía con fuerza cuando él, vestido con el albornoz de su amiga, entró en la sala.

—Buenos días. ¿Quieres un café?

—Ya tengo.

Leah lo siguió hasta la cocina y lo observó mientras llenaba con tranquilidad el hervidor de agua y lo encendía.

—Feliz Año Nuevo, por cierto. —Sonrió—. Qué noche la de ayer.

—Y que lo digas. Siéntate, Miles, he de hablar contigo.

Él parecía vagamente sorprendido por el tono severo de Leah.

—Vale. Por cierto, ¿dónde está Jenny?

—Ha salido.

—Ah. Me extraña mucho que se haya levantado tan temprano. Anoche bebimos más de la cuenta en la fiesta a la que fuimos.

El agua rompió a hervir y Miles llenó su taza antes de sentarse frente a ella.

Su actitud despreocupada después de los brutales actos de la noche previa desconcertó a Leah.

—Miles, cuando llegué a casa a las tres de la mañana me encontré a Jenny llorando. Estaba muy angustiada. Dijo que intentaste estrangularla.

Una expresión genuina de asombro cruzó por el rostro de él.

—¿Qué? —Soltó una risotada—. Está claro que anoche se pasó con los cócteles.

—No lo creo. Estaba cubierta de moretones y no es la primera vez que ocurre. Hace un mes tenía la cara hinchada y un ojo morado.

El semblante de Miles se ensombreció y sus penetrantes ojos centellearon.

—¿Estás diciendo que se lo hice yo?

—Sí. No solo Jenny me dijo que fuiste tú, sino que difícilmente podría haber sido otro, ¿no? Pasaste toda la noche con ella. —Leah pensó en lo absurda que era esa conversación—. Hace un mes quise pedirte que te marcharas, pero ella se negó en redondo. Dijo que siempre le pedías perdón y que le habías prometido que no volverías a hacerlo, por lo que dejé que te quedaras. Pero esto no puede seguir así, Miles. Te quiero fuera de este apartamento hoy mismo.

Él miró a Leah en silencio. La expresión de su cara era la misma que la había hecho temblar de niña. Casi se sentía sucia.

—Entonces ¿crees lo que te dice Jenny? —preguntó despacio, sin pestañear.

—Por supuesto que sí. Le vi los moretones. No tengo razones para dudar de ella. Ahora quiero que recojas tus cosas y que te largues antes de mediodía. Tienes suerte de que se haya negado a llamar a la policía. Si te largas y prometes que no intentarás ponerte en contacto con ella, yo tampoco te denunciaré, por el bien de tu familia.

—¿Mi familia? ¿Qué familia?

—Rose, Miranda y Chloe, naturalmente. Las destrozaría que acabaran juzgándote por dar una paliza a una mujer.

Miles se levantó y se acercó despacio a Leah, asegurándose de quedar por encima de ella. Por primera vez sintió el miedo corriendo por las venas.

—Lo sabes todo sobre mi familia, ¿verdad? De niños siempre intentabas subirte al carro haciéndole la pelota a Rose y, luego, seduciendo al patético de mi primo. Hay que tener cara para decirle a la gente cómo debe dirigir su vida. Doña pura y perfecta.

Miles le acercó la mano a la cara y por un momento Leah pensó que iba a abofetearla. En lugar de eso, deslizó los dedos por el contorno de la mandíbula y siguió por el cuello en dirección al pecho. Eso la hizo reaccionar. Se levantó de un salto.

—¡Basta, Miles! ¡No te atrevas a tocarme! ¡Lárgate de aquí ahora mismo o llamo a la policía!

—Está bien, me voy. —Se alejó de ella con paso tranquilo. Al llegar a la puerta se dio la vuelta y la fulminó con sus ojos oscuros—. Lamentarás esto, mi querida Leah. —Diez minutos después reapareció con su maleta y arrojó la llave de la puerta al suelo—. Conozco la salida. *Ciao*.

Ella oyó el golpe de la puerta y escuchó cómo el ascensor descendía. Confió en que esa fuera la última vez que viera a Miles Delancey. Le inspiraba un miedo horrible, gélido, el cual en ese momento la tenía paralizada. Sentía que volvía a tener dieciséis años y a estar a solas con él en el granero de Rose.

«Tranquila, Leah, ya se ha ido. No volverá. Sabe lo que pasaría si lo hiciera».

Dos horas más tarde oyó la llave en la cerradura y pensó en lo mucho que le iba a costar convencer una vez más a su querida amiga de que la vida merecía la pena.

Jenny entró en la sala de estar. Estaba demacrada y parecía deprimida.

—¿Se ha ido?

—Sí, cariño.

—Ah. —Estalló en llanto. Leah se levantó para abrazarla—. Lo quería de verdad. ¿Qué voy a hacer ahora? —sollozó.

—Seguir adelante y mirar hacia el futuro. Lo siento, Jenny, pero tienes que comprender que estás mejor sin ese cabrón. Conozco a Miles desde hace tiempo y siempre he percibido en él algo inquietante. Cualquier hombre capaz de hacer lo que te ha hecho él es un indeseable.

—Lo sé, pero me daba una razón para vivir. Antes de conocerlo estaba hundida y ahora se ha ido.

—Vamos, Jenny, recuerda lo contenta que estabas en Woodstock. ¿Por qué no telefoneas a Jack? Seguro que consigue levantarte el ánimo.

—No. Está pasando Año Nuevo con su novia. No soy la primera de la lista para nadie.

—Lo eres para mí. Nos tenemos la una a la otra. Jenny, por favor, tienes que seguir luchando. Habrá otros hombres que te querrán y cuidarán de ti en lugar de hacerte daño, como hacía Miles.

La chica se dejó caer en el sofá.

—¿Merece la pena, Leah?

Ella le secó las lágrimas. Su amiga necesitaba un impulso positivo. Decidió mostrarse fuerte.

—Claro que sí, boba. Has tenido una mala racha, eso es todo. Las cosas mejorarán, ya verás.

Jenny le cogió la mano.

—Eres muy fuerte, Leah. Ojalá fuera como tú. Te has portado muy bien conmigo. No hago más que causarte problemas.

—Para eso están las amigas. Lo único que quiero a cambio es que salgas de esto lo más deprisa que puedas. Debes intentarlo. ¿Me prometes que lo harás?

La otra negó tristemente con la cabeza.

—No puedo. Miles era todo lo que tenía. Ya no me queda nada.

—Vamos, Jenny, no debes pensar así. —Leah buscó con desesperación algo que decir para animarla—. ¿Qué te ha dicho el médico?

—No mucho, ya sabes cómo son. No se creyó que me había caído por las escaleras, pero dijo que él no podía hacer nada a menos que le contara la verdad. Me examinó y estoy bien. Me recetó Valium y somníferos.

—Pues dámelos. No puedes empezar otra vez con todo eso.

—No los he comprado —se apresuró a responder Jenny.

—Está bien, pero prométeme que no lo harás. Hincharte a medicamentos no te ayudará, lo sabes, ¿verdad?

Aquella asintió.

—¿Por qué no te tumbas un rato? Debes de estar agotada. Voy a prepararte un té.

Jenny se levantó con cuidado.

—La verdad es que estoy un poco cansada. —Le estrechó la mano—. Gracias por todo.

—No hay de qué. Enseguida te llevo el té.

Salió despacio de la cocina. Leah llenó el hervidor de agua mientras se preguntaba qué debía hacer. No estaba capacitada para ocuparse de alguien con una depresión como la de su amiga y, tras la última recaída, le pesaba la responsabilidad. Decidió telefonear al especialista de Jenny de Lennox Hill.

La recepcionista le comunicó que el doctor estaba de vacaciones hasta el día siguiente y le aconsejó que llamara entonces. Leah colgó. No había nada más que pudiera hacer por el momento, pero llamaría por la mañana si Jenny seguía tan inestable como ahora.

—Aquí tienes. —Le tendió la humeante taza a la patética figura que yacía en la cama.

—Gracias.

—¿Quieres que me quede contigo?

Su amiga negó con la cabeza.

—Estaré bien. Tengo mucho sueño, seguro que me duermo.

—Vale, pero no dudes en llamarme si necesitas algo. Estaré en mi cuarto.

Leah cerró la puerta y fue a su habitación para intentar echar una cabezada.

La proposición de Anthony le vino de repente a la cabeza. Con lo ocurrido con Jenny y Miles no había tenido tiempo de pensar en ella.

¿Lo quería? Se sentía cómoda en su presencia, cuidada y, lo más inusual de todo, comprendida. Y sí, lo encontraba atractivo.

Pero casarse con él... Tenía sus dudas.


Leah entró en la habitación de Jenny a las diez y media de la noche. Estaba sentada en la cama, comiendo una manzana y viendo la tele con su televisor portátil. Se había cepillado el pelo y ella pensó que tenía muy buen aspecto dadas las circunstancias. Tomó asiento a su lado y le cogió la mano.

—Hola, Leah. Me siento mucho mejor.

—Eso parece. ¿Quieres dormir esta noche en mi cuarto?

—No, estaré bien aquí.

—¿Seguro?

La chica esbozó una gran sonrisa.

—Seguro.

—Estoy muy orgullosa de ti, Jenny —dijo ella con ternura—. Ya sabes dónde estoy. Buenas noches, que duermas bien. —Se levantó.

—Leah —buscó su mano y la atrajo hacia sí—, te has portado muy bien conmigo estos últimos meses. No podría tener una amiga mejor. Muchas gracias. Te quiero. —La rodeó con los brazos y la estrechó con fuerza.

—Yo también te quiero. Feliz Año Nuevo, cariño.

—Feliz Año Nuevo. Te mereces lo mejor. Simplemente sé tú misma y todo te irá bien. —Cuando Leah salió de la habitación, Jenny se despidió de ella con un gesto de la mano—. Adiós —susurró a través de las lágrimas cuando la puerta se hubo cerrado.


A las nueve de la mañana le llevó una taza de café recién hecho a la habitación.

Antes de verlo, el fuerte olor a alcohol le dijo que lo peor había sucedido.

Leah encendió la luz y caminó hasta el cuerpo pálido e inmóvil de su amiga. Apartó del edredón las botellas de burbon y las cajas de Valium vacías antes de comprobarle el pulso.

Tomó a la joven en los brazos.

—Ay, Jenny, mi querida Jenny.

Leah rompió a llorar.

## 26

Miranda se detuvo delante del espejo para examinar su aspecto por última vez. Después de dudarlo mucho, se había decidido por un sencillo traje beis de seda con ribetes de armiño de Zandra Rhodes.

No había pegado ojo en toda la noche. Finalmente se había levantado a las cinco y pasado horas arreglando su nuevo cabello moreno.

Miró el reloj. Las 9.55. Ian no tardaría en llegar para sacarla, junto con su bolso de fin de semana, de esta pesadilla y emprender con ella una nueva vida.

El día anterior, Miranda había telefoneado a Roger para que la llevara al banco. Sacó hasta el último céntimo de la cuenta que le había abierto Santos, cinco mil en efectivo y veinte mil en un cheque con el nuevo nombre que aparecía en su pasaporte. Ian se preocuparía si supiera lo que había hecho, pero, para cuando Santos lo descubriera, estarían a miles de kilómetros de allí, y el dinero los ayudaría a arrancar.

Miranda fue a la sala de estar y tomó asiento. Se retorció las manos y no pudo evitar mirar el paso de los segundos en el pequeño reloj de la repisa de la chimenea.

—Por favor, Ian, no te retrases —murmuró.

Desde que había aceptado el plan, se había despertado por las noches bañada en sudor tras soñar que Santos aparecía en el aeropuerto para intentar impedir que subieran al avión.

El reloj marcó las diez pasadas mientras Miranda seguía esperando, cada vez más angustiada. Recordó las palabras de Ian: «Si a las diez y media no he llegado, agarra el bolso, sal del piso y corre sin parar hasta encontrar un taxi. Nos veremos en el registro civil. Si no estoy allí, coge un taxi a Heathrow y nos reuniremos en la sala de embarque».

Miranda sabía que Ian le había encargado un trabajo a Roger para esta mañana, por lo que el chófer le había dicho la noche previa que no estaría disponible hasta el mediodía. Así pues, tenían el camino libre.

Por enésima vez, buscó en su bolso la dirección del registro civil, aunque ya se la sabía de memoria.

El reloj marcó las diez y cuarto y Miranda no pudo aguantarlo más. Se levantó y se puso un buen vaso de vodka. El insípido líquido descendió por la garganta.

A las diez y veinticinco se hallaba en tal estado de agitación que había empezado a pasearse por la sala.

—Ay, Dios, ven, por favor, ven —repetía una y otra vez.

El silencio en la sala era ensordecedor y Miranda puso la tele con la esperanza de que le diera otra cosa en la que concentrarse. Esperaría hasta las once menos veinte y luego haría lo que él le había indicado y tomaría un taxi hasta el registro civil.

Miró con expresión ausente el boletín de noticias de las diez y media.

Entonces vio la cara de Ian aparecer en la pantalla.

Miranda se preguntó si estaba alucinando. Se acercó al aparato y prestó atención a lo que estaba diciendo el presentador: «... muerto en un accidente con fuga a las ocho de la noche de ayer. La policía está haciendo un llamamiento a testigos que pudieran haber visto al conductor del coche. Y ahora pasemos al tiempo. Se espera que la ola de frío...».

La cara de Ian desapareció. Miranda se derrumbó en el suelo y creyó que iba a desmayarse.

—No, no, Dios mío, no...

Empezó a mecerse mientras su mente era incapaz de asimilar lo que acababa de ver.

Tenía un hormigueo en los dedos de las manos y los pies, y el corazón le latía a una velocidad preocupante. Hizo varias respiraciones profundas para tratar de tranquilizarse.

Pasado el mareo, Miranda se levantó a trompicones y agarró la botella de vodka. Bebió un largo trago y regresó al sofá.

Algo en su interior le decía que era de vital importancia mantener la serenidad. Se obligó a pensar en el siguiente paso.

Ian estaba muerto. ¿Había sido un accidente? Miranda se negaba a creerlo.

Probablemente Santos se había enterado de lo que había entre ellos.

Todo lo que aquel le había contado acerca de él regresó raudo a su mente. La había advertido de que el hombre era muy capaz de matar.

Estaba en peligro de muerte y no podía perder ni un segundo. Con un esfuerzo gigantesco, dejó a un lado el dolor y la ira. Era una cuestión de supervivencia. Si no actuaba deprisa, tendría muchas probabilidades de acabar muerta.

El instinto tomó el control. Miranda agarró el bolso de fin de semana y se dirigió a la puerta. Al abrirla tropezó con una cara conocida.

—¡Nooo! —Intentó rodear al chófer empujándolo con los puños, pero él se limitó a levantarla del suelo mientras ella daba gritos y patadas, y a meterla de nuevo en el piso.

—¡Calle! ¡Calle! —Roger la abofeteó repetidas veces mientras Miranda chillaba histérica.

—¡Asesino! ¡Asesino!

—¿Nos ha tomado a todos por ciegos y estúpidos? Se lo advierto, señora, si vuelve a causar problemas esa hijita que tiene en Yorkshire morirá. ¿Lo ha entendido? —Roger le arrojó un sobre marrón al regazo—. Voy a dejarla aquí para que se tranquilice. Mire lo que hay dentro y no olvide lo que le he dicho. El señor Santos está muy muy enfadado. Y todos sabemos lo que ocurre cuando se enfada.

Miranda oyó cerrarse la puerta del piso.

Abrió el sobre.

Dentro había fotografías de su hija Chloe. Estaba delante de la guardería del pueblo de Oxenhope, cogida de la mano de la señora Thompson, con un vestido que ella le había comprado antes de marcharse.

Al ver a su preciosa hija y la feliz escena rompió a llorar otra vez.

Podrían hacerle daño en cualquier momento. Chloe estaba en peligro por su egoísmo.

Corrió hasta el teléfono y descolgó el auricular. Habían cortado la línea.

Intentó abrir la puerta. Estaba cerrada por fuera.

Era una prisionera.

Miranda terminó el resto del vodka y comenzó con el whisky. Tres horas después tenía la mente anestesiada.

La solución era sencilla. Fue a la cocina y agarró el cuchillo más grande que encontró. Si ella moría, Chloe estaría a salvo y Santos se buscaría a otra víctima.

Colocó la hoja sobre la muñeca. La apretó contra la piel hasta que brotó un poco de sangre.

En cuanto la vio, tiró el cuchillo al suelo. No. Esa era una salida cobarde. Ella era la única persona con vida que podía conseguir que Santos pagara por destruirla y por matar a Ian.

Una fuerza repentina se apoderó de ella. Agarró una valiosa figurilla antigua que descansaba en la encimera.

La lanzó contra la puerta. El objeto se rompió en mil pedazos.

—¡Cabrón! Encontraré la manera de hacerte pagar por esto, Santos. Por los dos —añadió en voz baja.

# 27

—Polvo eres y en polvo te convertirás… —recitó sombríamente el pastor.

Leah observó a la pareja mayor, abrazada para darse sostén, acercarse a la tumba abierta. La mujer arrojó una rosa sobre el ataúd, regresó al consuelo de los brazos de su marido y rompió a llorar en silencio.

La mañana gris de enero parecía reflejar el dolor de la pareja. Cuando la madre de Jenny pasó junto a Leah, le cogió la mano. Ella se descubrió mirando los mismos bellos ojos azules que habían hecho de su amiga una mujer tan impactante.

—Gracias de nuevo, Leah. Sé que hiciste todo lo que pudiste. Jenny te quería como a una hermana. Siempre nos hablaba de lo mucho que la ayudabas. —La mujer miró un instante al vacío, le estrechó la mano y siguió su camino.

La gente empezó a dispersarse. Ella dio un paso al frente y, armándose de valor, contempló la tumba.

—Adiós, Jenny —susurró—. Te quiero.

Las lágrimas pugnaban por salir, pero no era capaz de dejar que cayeran. La situación le parecía demasiado irreal. No podía creer que el féretro de roble cubierto de flores tuviera algo que ver con su joven y bella amiga.

Otros presentes en el funeral habían llorado desconsoladamente, sobre todo Madelaine.

Leah se alejó de la tumba y notó un brazo en el hombro.

—¿Estás bien?

La voz era fuerte y reconfortante. Se volvió y levantó la vista hacia Anthony. Jack estaba a su lado con los ojos llenos de tristeza.

—Sí. Será mejor que volvamos al apartamento. Creo que ya he dado la dirección a la mayoría.

Él asintió y la rodeó con el brazo. Salieron del cementerio detrás de los últimos dolientes.

Leah permaneció callada durante el breve trayecto en la limusina de Anthony. Toda conversación se le antojaba banal después de lo que acababa de tener lugar.

Cuando abrió la puerta del apartamento, la sala ya se encontraba llena de invitados y los camareros estaban ofreciendo refrescos y copas de jerez.

Mientras se paseaba entre la gente, Leah sintió que se le revolvía el estómago al oír las conversaciones. Estaban hablando de la joven modelo británica que estaba causando furor y del último número de *Vogue*.

Era como si su amiga no hubiese existido.

—Cariño, ¿qué puedo decir? Qué terrible tragedia. Jenny era una de las mejores modelos que he tenido nunca. —Madelaine, la imagen del dolor elegante con su traje negro de Lanvin y su casquete velado a juego, estaba frente a ella.

A Leah le entraron ganas de gritar. A Madelaine le habían traído sin cuidado los problemas de Jenny. Lo único que le importaba era asegurarse de que su «producto» no se descarriara y le jodiera la comisión. Esa mujer, junto con el resto de hipócritas presentes en la sala, era tan responsable de la muerte de su amiga como la propia Jenny. Todos se habían mostrado encantados de ganar el máximo de dinero posible a costa de ella cuando las cosas iban bien, pero la abandonaron como a un perro cuando se metió en problemas.

Leah trató de controlar su ira.

—Anthony, te presento a Madelaine, la directora de Femmes.

Él alargó la mano y ella se la estrechó.

—Es un placer conocerlo, señor Van Schiele. Leah me ha hablado mucho de usted. Parece que la campaña de Chaval va viento en popa. He oído que las ventas han aumentado un veinticinco por ciento desde que trabaja con ustedes. Los pequeños honorarios que negociamos han merecido la pena, ¿no cree?

Madelaine pestañeó con coquetería y Leah sintió un enorme desprecio por ella.

La semana previa, paralizada por el dolor, la conmoción y la culpa por haber sido incapaz de evitar la muerte de su amiga, se dedicó a pasear por el silencioso apartamento tratando de encontrar sentido a lo ocurrido. No obtuvo respuesta alguna, pero había tomado una decisión. El falso mundo en el que vivía había destruido a una muchacha joven y guapa que debería estar empezando a vivir en lugar de yacer en una caja a dos metros bajo tierra. Se trataba de un mundo corrupto y, aunque Leah sospechaba que no era peor que otros negocios, necesitaba un respiro para intentar recuperar la alegría de ser joven y estar viva. A sus veintiún años se sentía como una vieja amargada. Quería salir de ese estado.

«Hacéis muy buena pareja». Las palabras de Jenny acudieron a su mente.

Mientras miraba a Madelaine comprendió que tenía en sus manos la única arma capaz de hacer verdadero daño a esa mujer fría y calculadora que tan cruelmente había tratado a su amiga. Al recordar la rabia que estalló dentro de ella cuando le impidió que demandara a Carlo, el hombre que había destruido su relación con Brett, supo lo que tenía que hacer.

Sintió una oleada de satisfacción y buscó la mano de Anthony.

—Madelaine, tengo algo que decirte. En cuanto haya terminado los encargos que tengo pendientes, dejaré para siempre la profesión de modelo.

La sonrisa de la mujer fue sustituida por una expresión de horror. El dinero que había ganado con la señorita Thompson le había permitido comprarse una casa preciosa en Cap d'Antibes y un Porsche 954.

—Pe… pero… ¿por qué, Leah?

Ella nunca la había visto enmudecer y contempló con deleite la angustia reflejada en el rostro. Confió en que Jenny estuviera aquí, mirando y disfrutando de la escena. Se volvió hacia Anthony. Un destello de sorpresa asomó en sus ojos, pero enseguida desapareció.

Madelaine repitió la pregunta.

—¿Por qué?

—Porque Anthony y yo vamos a casarnos.

# Tercera parte

*De marzo a agosto de 1984*

*1*

## Nueva York, marzo de 1984

Leah se despertó con el suave trino de los pájaros recibiendo la primavera. Mantuvo los ojos cerrados, disfrutando de esos breves momentos de paz entre sueño y vigilia, cuando sentía todos los músculos del cuerpo relajados y descansados.

Abrió los párpados a regañadientes y echó un vistazo al despertador que descansaba en la mesilla de noche. Las ocho y media. Ni siquiera había oído a Anthony marcharse esta mañana.

El cansancio la había consumido durante los tres primeros meses de sus dos embarazos fallidos y, de nuevo, ahora que estaba de diez semanas, se sentía agotada.

Se levantó despacio de la cama amplia y cómoda, y entró en el cuarto de baño. Llenó la gran bañera redonda de agua y sales, entró y se colocó la toallita sobre la cara. Respiró hondo, preguntándose qué iba a hacer con el día que se extendía ante ella.

Anthony y el doctor Adams, su ginecólogo, habían insistido en que se moviera lo menos posible. Nada de montar a caballo ni nadar en la preciosa piscina cubierta… De hecho, ningún esfuerzo más allá de pasar las páginas de un libro.

Leah salió de la bañera, se envolvió con una toalla y entró en el vestidor para buscar algo que ponerse.

Se detuvo delante del espejo. Su cuerpo conservaba la firmeza y la tersura de los tiempos en que había adornado las portadas de revistas de todo el mundo.

Dejando ir un suspiro, se puso un mono de suave cachemir. Aunque jamás podría reconocérselo a Anthony, a veces echaba de menos aquellos días. Entonces era necesaria. Si llegaba tarde a una sesión de fotos, causaba incontables problemas al equipo contratado.

Si se hubiera pasado los dos últimos años metida en la cama, nadie salvo él se habría dado cuenta.

—Basta, Leah, hablas como una niña malcriada —dijo a su reflejo.

Salió del vestidor, cruzó el pasillo enmoquetado y bajó por la amplia escalera hasta el enorme vestíbulo.

Un desayuno ligero compuesto de cruasanes, fruta y café descafeinado la esperaba en la galería, donde le gustaba sentarse por las mañanas y contemplar los hermosos jardines. Esta mañana la vista era de una belleza especial. Una ligera llovizna de marzo se había llevado los restos de nieve y el primer sol esplendoroso del año hacía su aparición, pregonando el renacimiento de la naturaleza. Leah se sentó a la mesa, se sirvió café y confió en que eso fuera un buen augurio para el nacimiento de su bebé.

Solo faltaban cuatro semanas para superar la fase de riesgo. Los dos embarazos anteriores se habían malogrado a las doce y las catorce semanas, respectivamente. El doctor Adams estaba convencido de que, si lograba sobrepasar ese tiempo, llevaría el embarazo a buen puerto.

Leah lo encontraba harto injusto. Ella, que nunca había fumado, que apenas había probado el alcohol y se mantenía más en forma que nadie, no era capaz de llevar a término lo que millones de mujeres conseguían sin problemas. Pese a las rigurosas pruebas que le habían hecho tras los dos abortos espontáneos, los especialistas eran incapaces de señalar la causa. Le dijeron que gozaba de buena salud y que sus órganos funcionaban a la perfección. La noticia, en lugar de animarla, la hizo sentir aún peor, pues no tenía una excusa para su problema.

Los dos ansiaban un hijo. A sus cuarenta y cinco, Anthony era consciente de que los años pasaban volando. Sin embargo, él estaba realizando su parte sin ningún problema, mientras que Leah, a sus veintitrés, tenía dificultades para hacer lo mismo.

Si perdía este bebé, sabía que no podría volver a pasar por eso. Cada punzada, cada pequeño dolor que en circunstancias normales ni habría notado, la llenaba de pánico.

Leah era consciente de que estaba obsesionada con su problema. Había dominado por completo el último año y constituía un punto de tensión en su por lo demás feliz matrimonio. Anthony había sido todo ternura, amor y comprensión, mientras que ella se había vuelto irritable e irracional.

Si pudiera dar a luz un bebé…, estaba segura de que dejaría de sentirse tan deprimida. A fin de cuentas, por lo demás tenía todo lo que una mujer podía desear. Su matrimonio iba bien y tenía una casa preciosa y dinero suficiente para hacer lo que le apeteciera.

Anthony había insistido en no tocar los ingresos que ella había obtenido como modelo, pues él tenía suficiente para los dos, de modo que los habían invertido y estaban produciendo una pequeña fortuna.

Leah se reprendía a menudo por su egoísmo. Estaba tan centrada en sus problemas que su sueño de hacer algo bueno por el mundo con su dinero se había desvanecido. Sola frente al televisor, enrojecía de remordimiento al escuchar al presentador del telediario describir otro desastre en algún rincón del mundo, hambrunas y derramamientos de sangre que dejaban a miles de personas moribundas y sin hogar; y se decía lo afortunada que era y que debía hacer algo para ayudar. Entonces notaba un pinchazo en la barriga y quedaba de nuevo atrapada en sus propias tribulaciones.

«Cuando el bebé haya nacido —se decía mientras cortaba un kiwi en trozos pequeños—, haré algo que merezca la pena».

El correo descansaba ordenadamente en una bandeja de plata. Leah lo ojeó, seleccionando las cartas dirigidas al matrimonio y dejando a un lado las de Anthony. Todas ellas contenían invitaciones a actos benéficos, inauguraciones de galerías y cenas oficiales. La deprimían, pues sabía que hasta que naciera el bebé no podría ir a ningún lado.

Leah se animó al ver la caligrafía de su madre. Abrió el sobre a toda prisa. Hablaban cada semana, pero hacía más de dos años que no viajaba a Inglaterra. Con los abortos espontáneos, las depresiones posteriores y el nuevo embarazo, nunca lograba encontrar el momento. Y ahora tendrían que pasar por lo menos ocho o nueve meses antes de que pudiera volver. Eso si conseguía tener el bebé, claro.

Su madre la mantenía al tanto de los cotilleos de Oxenhope. Todavía trabajaba a media jornada para Rose Delancey —a pesar de que ya no necesitaba el dinero, pues Leah había asignado a sus padres una holgada renta anual—, pero su madre decía que le gustaba y le proporcionaba una excusa para salir de casa. La misteriosa desaparición de Miranda la tenía fascinada. Al parecer, no la veían desde la fiesta de su veintiún cumpleaños en Londres. Se había marchado, dejando sola a la pequeña Chloe, y no había dado señales de vida desde entonces. Las cosas que su madre decía de ella no eran precisamente amables, pero Leah sabía que Miranda nunca había hecho nada para ganarse el cariño de la gente. Aun así, abandonar a un hijo era lo peor que una madre podía hacer.

Ella oía en la voz de su madre lo mucho que adoraba a Chloe. Daba la impresión de que la señora Thompson se hubiera convertido en madre suplente de la chiquilla de siete años mientras Rose se encerraba en su estudio a pintar.

En cuanto a Miles, su madre siempre le preguntaba si lo había visto últimamente en Nueva York. Ahora que tenía tanto éxito como fotógrafo, Doreen estaba segura de que frecuentaban los mismos ambientes. Leah respondía que no y cambiaba enseguida de tema. No le había contado a nadie la manera en que había tratado a Jenny; solo veía horrorizada el nombre de él empezando a aparecer en los créditos de amplios reportajes de *Vogue, Vanity Fair* y *Harper's Bazaar*. Confiaba en que su amiga fuera un caso aislado y que al guardar silencio no hubiese puesto en peligro la vida de otras mujeres que se hubieran cruzado en el camino de Miles.

¿Y Carlo? No había sabido nada de él desde la noche que le había propuesto matrimonio. Leah suponía que había hecho caso de las advertencias de Madelaine de que la dejara en paz. Había leído en la prensa que Maria Malgasa volvía a ser su musa y primera modelo. El incidente le había dejado un terrible sabor de boca que agriaba lo que deberían ser recuerdos agradables.

Leah leyó la carta de su madre despacio y se mordió el labio al descubrir que su padre debía ingresar en el hospital para un reemplazo de cadera. La suya se había roto en pedazos como consecuencia de la artritis y, aunque su madre sonaba animada, ella percibía su preocupación.

Ojalá pudiera ir a Yorkshire y estar con sus padres para la operación.

Decidió que necesitaba caminar. Abandonó la galería y salió al aire fresco de la mañana tratando de dejar a un lado los pensamientos desagradables. El estrés era malo para el bebé y la diminuta criatura que crecía dentro de ella era lo más importante en su vida.

## 2

Aunque eran las cuatro de la madrugada, David estaba muy despierto. El vuelo DA412 de Delphine Airways había despegado del aeropuerto Kennedy cinco horas antes para iniciar el largo trayecto hasta Niza.

Se levantó y subió a la joroba desierta del 747 para tomar una copa. Se instaló en uno de sus cómodos sillones con un brandy.

La tensión lo consumía por dentro, haciendo que hasta la última fibra de su cuerpo temblara a causa de los nervios. No lo llamaría miedo. No, miedo era lo que había experimentado en Treblinka. Más bien era la sensación de predestinación, como si toda su vida hubiera estado guiándolo hacia este viaje al otro lado del mundo para vengarse del hombre que había asesinado a sus padres y abusado de su querida hermana. Y, naturalmente, por todo lo que sucedió después.

Estaba todo bajo control. Durante la última semana había habido un sinfín de llamadas telefónicas entre él y la organización. Lo único que David tenía que hacer era visitar a Franzen en su casa de Saint-Tropez, según lo planeado. Ya había un miembro de la organización haciéndose pasar por uno de sus empleados.

Él había recibido una pistola, la cual le enseñaron a disparar con precisión. Solo debía utilizarla en caso de emergencia, para proteger su vida. La organización quería a Franzen vivo. Habían diseñado este plan para que su objetivo fuera extraditado por su Gobierno y juzgado en Europa por los crímenes cometidos contra la humanidad.

David tenía que pasar la noche exhibiendo un comportamiento absolutamente normal. Una vez Franzen se pusiera a escribir —para firmar la orden de su propio arresto—, lo sacarían a él de la casa y todo terminaría al fin. Habría tenido su venganza.

Pensó en el efecto que los acontecimientos tendrían en Rose. Solo le quedaba confiar en que el relanzamiento de su carrera artística la ayudara a superarlos. Sabía que la exposición en la galería que él había comprado en Londres había sido un trampolín fantástico para el regreso de su hermana a la escena pictórica.

David consultó la hora. Necesitaba dormir, relajarse.

Regresó a su asiento. Cerró los ojos y elevó una plegaria al cielo.


Mientras el helicóptero privado sobrevolaba la plataforma de aterrizaje, abarcó con la mirada la residencia palaciega de Franzen. Enclavada en lo alto de las colinas de Var, gozaba de unas vistas espléndidas de la playa Pampelonne de Saint-Tropez. La propiedad era moderna, construida teniendo presentes las inquietudes en cuanto a seguridad de su dueño. Media docena de cámaras de vigilancia adornaban los muros encalados y una imponente valla metálica rodeaba el perímetro con excepción de la parte delantera de la casa, donde el inmaculado césped descendía hasta una hilera de matorrales y daba paso a un acantilado.

Cuando el helicóptero tocó tierra, Franzen estaba aguardando para recibirlo.

—Señor Cooper, es un placer volver a verlo. —Le estrechó cordialmente la mano—. Ya conoce a Miranda.

David contempló a la chica demacrada que permanecía detrás de él. La recordaba de hacía tres años como una joven rubia y vivaz. La mujer de ahora tenía el pelo castaño y lacio, y parecía mucho mayor.

—Me alegro de volver a verlo, señor Santos. Y por supuesto que me acuerdo de Miranda, aunque creo que se ha cambiado el color del pelo.

—En efecto. Un capricho femenino, pero pienso que le favorece, ¿no cree? Le pedí que se lo dejara de ese color, ¿verdad, querida? —Franzen sonrió a la chica, que asintió con aire sombrío.

David sonrió.

—Me alegro de volver a verla, Miranda.

Buscó una reacción tras los apagados ojos azules y se preguntó qué demonios le había sucedido a la joven para haber cambiado tanto. Pensó, horrorizado, en la forma en que Franzen había tratado a las mujeres a lo largo de su vida. Por un momento agradeció que *ella* no se hubiera quedado tanto tiempo como para sufrir la suerte de esta pobre muchacha...

—He pensado que podríamos ir a la terraza con una botella de champán —dijo el anfitrión— y disfrutar de las vistas.

Se dio la vuelta y echó a andar por un sendero en dirección a la reluciente piscina azul celeste. David notó que el helicóptero arrancaba de nuevo y se volvió para verlo despegar. En cuestión de segundos pasó a ser un pequeño punto en el vasto cielo. Sintió un vuelco en el estómago.

—¿Estaremos solos todo el fin de semana? —preguntó.

—Sí. A veces los hombres necesitamos un poco de intimidad cuando hay negocios que atender. Pensé que sería mejor que fuéramos pocos. Puede que mañana, una vez cerrado el trato, se sumen otros, pero por el momento solo seremos nosotros tres y mi mayordomo.

El trío salió a la fastuosa terraza de mármol, donde un hombre con un frac blanco los esperaba con champán. Ofreció una copa a Franzen y luego a sus invitados.

—Brindemos por un fin de semana agradable y fructífero. —El anfitrión alzó su copa.

En la mente de David se disparó una alarma, pero lo atribuyó a su propia neurosis. El mayordomo tenía que ser el hombre de la organización.

Media hora después la brisa arreció y empezó a refrescar.

—Es hora de entrar. Cenaremos a las ocho y después nos pondremos a trabajar. Por favor, relájese y disfrute de la casa, señor Cooper. Imagino que le apetecerá una ducha después de su largo vuelo.

—Mucho, gracias.

—Le han preparado toallas en el cuarto de baño de arriba. Lo encontrará al final del pasillo. —Franzen se despidió con un gesto de la mano mientras cruzaba las puertas de vidrio correderas y desaparecía en el interior.

—Querida, ¿te importaría dejarnos solos al señor Cooper y a mí para hablar de nuestro pequeño negocio? Lo siento, pero cuando terminemos con esto podremos dedicar el resto del fin de semana a divertirnos.

Miranda negó con la cabeza. A él no se le escapó su expresión de alivio.

—Buenas noches, David. —Se levantó de la mesa y se encaminó a la escalera.

—Le propongo que vayamos al estudio. Serviré unos licores mientras usted prepara los documentos para firmarlos, ¿le parece?

David asintió. Se levantó y siguió a Franzen por el diáfano salón hasta el estudio.

Se esforzó por contener el temblor de manos mientras abría el maletín y sacaba los papeles. Al hacerlo pulsó un botón para poner en marcha la grabadora oculta en el fondo. Había ensayado el gesto infinidad de veces y ahora lo realizó de manera fluida. Dejó el maletín en el suelo. El acero que le presionaba el costado derecho bajo la chaqueta lo reconfortó.

«Ya queda poco, David. Mantén la calma. Todo está saliendo según lo planeado».

Tendió los documentos a Franzen, quien los dejó sobre el escritorio de caoba y alzó su copa de brandy.

—Brindemos antes de proceder. Por nuestra fructífera sociedad y futuras colaboraciones. —Se lo bebió de un trago.

—Salud. —Dio un pequeño sorbo al suyo. Necesitaba la cabeza clara.

—He de confesarle, David, que me llevé una sorpresa cuando me hizo esta propuesta. Era la última persona que habría esperado que estuviera involucrada con, cómo describirlo, un turbio grupo de activistas de Sudamérica. Pedirme que le proporcionara armas para dicho grupo, enemigos declarados de mi país, significaba mi arresto inmediato y consiguiente expulsión en el caso de que el Gobierno argentino descubriera mi implicación. Por tanto, como es natural, mi gente se empleó a fondo para asegurare de que usted era quien parecía ser. —Franzen lo miró fijamente a los ojos.

David se quedó petrificado.

—¿Y qué descubrieron? —preguntó despacio.

El otro hizo una larga pausa y, acto seguido, sonrió.

—Que era con certeza quien parecía ser. Un empresario rico y transparente. Mis hombres no encontraron ninguna mancha en su expediente.

David se relajó y rio con Franzen.

Este se inclinó hacia él y la expresión de los ojos le cambió bruscamente.

—Pero, claro, ellos no comparten la conexión personal que tenemos nosotros.

Su mente viajó hasta la última vez que vio esa expresión en los ojos de Franzen. Rezumaban maldad.

—Sabía quién eras, como es natural. Qué inmaduro por tu parte pensar que no iba a saberlo. —Se reclinó en la silla, cruzó los brazos y soltó una carcajada.

David permanecía rígido mientras escuchaba sus palabras lentas, hipnóticas. Franzen sabía quién era. No había nada que hacer.

—En fin, quizá no debería burlarme de ti. Después de todo, tu experiencia con la caza de nazis es limitada, ¿verdad, David?

Años de trabajo acababan de irse por la borda.

—¿Cómo? —fue la única palabra que acertó a pronunciar.

—He mantenido una vigilancia extrema, por razones obvias. He de admitir que, la primera vez que te acercaste a mí, no podía creerlo. No era posible que tus amiguitos hubiesen elegido a un candidato tan obvio para mi captura. Mandé registrar tu apartamento para cerciorarme. —Franzen lanzó las manos al aire—. Dadas las circunstancias, ¿no fue una estupidez por tu parte tener un cuadro de Rose Delancey titulado *Treblinka* en la pared del despacho? —Inspiró con satisfacción—. David Delanski, hermano de la deliciosa Rosa. ¿Cómo iba a olvidarla? Después de eso, el resto fue pan comido. Hace años que conozco a tu banda de cazadores intrépidos, pero he de reconocer que el plan era astuto. Habría funcionado... con otro actor principal.

—Hijo de puta —farfulló él.

Franzen sonrió entre dientes.

—Vamos, David. Tú y tu gente os creéis muy inteligentes. Pensáis que merecéis dirigir el mundo. Pero vuestra arrogancia es estúpida. Nunca conseguiréis el poder que anheláis.

Él se levantó.

—Hay otro de los nuestros en esta casa. En cualquier momento...

Franzen alzó la mano.

—Claro, mi fiel mayordomo. Llevaba dos años trabajando para mí cuando descubrí su relación con tus amiguitos. Realmente admirable, pero ahora está maniatado en la bodega y no acudirá en tu ayuda. Lo despacharé más tarde. —Franzen se apartó una pelusa de la americana—. He decidido que es mejor que me deshaga de los dos al mismo tiempo. Sin cabos sueltos, como en los viejos tiempos. Escapaste de Treblinka y voy a encargarme de que pagues por ello.

David comprendió que Franzen seguía viviendo en los tiempos en que podía matar a quien se le antojara.

—¿Y cómo piensas deshacerte de mí? Imagino que por eso te has tomado la molestia de traerme aquí y despedir al servicio —dijo todo lo calmado que pudo.

Franzen asintió.

—Tienes razón. Hace tiempo que uno de mis hombres podría haberte liquidado, pero pensé que me correspondía a mí completar el trabajo que comencé hace cuarenta años. Y no quería arruinar tu pequeño plan. —Sonrió con suficiencia—. Una simple caída es cuanto se requiere. —Señaló la ventana y el fondo del jardín—. El pobre magnate borracho se precipitó por el acantilado mientras disfrutaba de un agradable descanso en la residencia de su amigo Santos. Supongo que saldrá en primera plana. ¡Enhorabuena!

Algo dentro de David estalló y abrió un pozo de odio. Introdujo la mano en la chaqueta, tal como le habían enseñado, y sacó la pistola.

—¡Basta! ¡Esto tiene que acabar, Franzen! Me han enviado aquí para asegurarme de que respondas ante el mundo por lo que hiciste en Treblinka, pero ahora veo que es mi destino matarte. Prometí venganza cuando me fui de allí. ¡Levántate! ¡Ahora!

David apuntó con la pistola a Franzen, que sonrió, se encogió de hombros e hizo lo que le ordenaba. Se puso lentamente en pie.

—Como tú digas, David Delanski. Tú mandas.

—¡Date la vuelta! ¡Camina! —bramó él.

Con una mano apretando la pistola contra la espalda de Franzen, guio a su enemigo hacia las cristaleras del salón y lo obligó a salir a la terraza. Sabía que debería encerrarlo en uno de los dormitorios y pedir ayuda por radio, pero imágenes del rostro aterrorizado de Rosa tras la muerte de su padre estaban irrumpiendo en su cabeza.

Llegaron a la linde del jardín y David obligó a Franzen a pasar por encima de un pequeño y cuidado arbusto. Por primera vez vio la abrupta caída hasta el agua. La casa se asentaba sobre un cerro y él miró atónito la roca dentada que sobresalía ciento cincuenta metros por encima del picado mar Mediterráneo.

—Colócate delante de mí —ordenó a su prisionero.

—Como quieras. —Franzen se acercó peligrosamente al borde.

—Salta —dijo David.

El otro soltó un bufido.

—No pienso ponértelo tan fácil. Tendrás que dispararme, Delanski, aunque dudo de que tengas las agallas necesarias.

Él levantó el arma y la sostuvo a unos centímetros del cráneo de Franzen. La adrenalina le aporreaba las venas, mareándolo y provocándole náuseas. Su respiración era cada vez más entrecortada.

—Llevo mucho tiempo esperando este momento. —David estaba temblando de emoción—. Juré que me vengaría por lo que hiciste. Esto es por mi padre, mi madre, Rosa y todos los demás. ¡Que Dios se apiade de tu alma!

Disparó. Y volvió a disparar. Dos chasquidos huecos atravesaron el aire y retumbaron en el acantilado. Apretó el gatillo varias veces, pero no se produjo ningún estallido. Entonces oyó algo aún más aterrador. Una carcajada. Una carcajada histérica, victoriosa.

David tenía la enorme mano alrededor del cuello y una pistola apuntándole a la cabeza antes de que tuviera tiempo de retroceder. El arma vacía se le resbaló de la mano y cayó detrás de él al tiempo que Franzen lo empujaba hasta la posición que este había ocupado hacía solo unos segundos. Lo tenía ahora cogido por el cuello de la camisa y, de no ser por la fuerza del agarre, David se habría despeñado.

—Pobre idiota. He vaciado tu pistola mientras te duchabas. Mi viejo amigo, no soy yo quien está destinado a morir esta noche, sino tú, David Delanski.

—Una pregunta antes de que te deshagas de mí. ¿Alguna vez sentiste remordimiento por asesinar a miles de inocentes?

—Jamás. Puedes decir una oración, si quieres. A los judíos les gusta rezar antes de morir.

La presión de la pistola contra el cuello aumentó. Tenía la cara de Franzen a solo dos centímetros de la suya.

—¿No? Como quieras. Es una pena que no tengas la oportunidad de darle recuerdos a Rosa de mi parte. La echo mucho de menos. —Rio—. Igual que ella a mí. ¿Cómo reaccionaste cuando te enteraste de nuestro pequeño reencuentro? —Él contrajo el rostro—. Eso pensaba. Me gusta verte sufrir, David. Me hace sentir bien.

—Cabrón —susurró.

—Todavía no he terminado, Delanski. Como ya sabes, te he seguido la pista desde nuestra primera conversación de negocios. Quería hacerte sufrir por este triste intento de venganza. Y, como antes, he jugado una partida larga.

—¿De qué estás hablando?

—De la chica, Miranda. La he tenido como mi mascota. La he tratado como un perro.

—No lo dudo, pero ¿qué tiene que ver eso conmigo?

Los labios de Franzen esbozaron una sonrisa que lo estremeció.

—Es la hija de Rosa. Hice que mi gente la encontrara.

David lo miró atónito.

—No... no puede ser...

—He hecho sufrir terriblemente a tu querida hermana por tus pecados... ¡una vez más! —Franzen chasqueó la lengua y aumentó la presión de la pistola—. Gano yo, Delanski. Como siempre. Y, por si te lo estás preguntando..., Miranda no es tan buena en la cama como tu hermana.

Hizo acopio de las pocas fuerzas que le quedaban para golpearlo, pero fue en vano. Franzen rio de nuevo.

—Adiós, David. Ha sido un reencuentro de lo más interesante.

«Perdóname, Rosa, lo he intentado, pero he perdido, como todos lo que me precedieron».

Un golpe seco y nauseabundo sonó detrás de Franzen. Pegó un grito y la pistola se le cayó de la mano al tiempo que soltaba a David, que se tambaleó hacia delante y se arrojó al suelo. Siguió un crujido que reconoció como el sonido de un hueso al partirse. El hombre gimió y cayó sobre él. Tensando hasta el último músculo, se lo quitó de encima y lo envió hacia el borde del precipicio. Las piernas de Franzen desaparecieron mientras se aferraba desesperadamente al arbusto con las manos.

David vio aparecer unos zapatos rojos de tacón.

El pie derecho asestó una patada rápida y firme en la cara de su captor y él observó cómo Kurt Franzen caía al vacío.

Se quedó tendido en el suelo, resoplando.

—Gracias, gracias —jadeó—. ¿Estás bien?

La figura asintió.

—¿Crees que lo he matado? Le he golpeado muy fuerte en la cabeza.

—No lo sé, pero dudo que alguien pueda sobrevivir a esa caída.

—Quería matarlo, David. No lo hice para salvarte a ti, lo hice por mí. —«Y por Ian», pensó para sí.

La calma con la que hablaba lo asustó. Estaba claro que la joven se hallaba en estado de shock.

Él se levantó.

—Miranda, ¿por qué no entras en casa? Creo que deberíamos pedir ayuda cuanto antes. Yo iré a la bodega para liberar al mayordomo.

—De acuerdo. Estoy cansada. Y tengo frío. —Extendió los brazos—. Ayúdame, por favor.

David caminó hacia ella mientras esta empezaba a temblar violentamente. La tomó entre los brazos.

—Tranquila, todo ha terminado.

Miranda levantó la vista.

—Sí. Llévame a casa con Rose, David.


Él bajó a la bodega y encontró al mayordomo amordazado y atado a una silla. Lo liberó a toda prisa.

—El plan ha fallado. Hace meses que Franzen sospechaba de nosotros. Ya nunca será juzgado. Está muerto o agonizando en el agua, al fondo del acantilado.

El mayordomo le puso una mano en el hombro.

—David, has hecho lo que has podido. Voy a avisar al equipo por radio para organizar una reunión. Tenemos que irnos de aquí de inmediato.

Él asintió y se derrumbó en una silla, incapaz de empezar a pensar siquiera en la última revelación de Franzen.

Miranda... Ay, Miranda...

# 3

Rose colgó y se desplomó en el suelo. Volver a oír la voz de David la había impactado tanto como descubrir que Miranda estaba bien.

Cerró los ojos e hizo cinco inspiraciones profundas.

Iba a ver a su hermano otra vez después de todos estos años. Había sido breve al teléfono y le había prometido que se lo contaría todo cuando llegara. Iba a enviarle su avión privado al aeropuerto de Leeds Bradford para que la llevara a Francia. Le aseguró que Miranda estaba sana y salva, pero juzgaba preferible que se vieran en Saint-Tropez, sin Chloe, para hablar con calma.

Rose sabía que no podía ni empezar a imaginar cómo había encontrado David a su hija en una casa de Saint-Tropez. No tenía sentido hacer conjeturas y en menos de veinticuatro horas sabría toda la verdad.


Justo antes de que el Learjet aterrizara en Niza, Rose se retocó el carmín de los labios y se cepilló el cabello rojo Tiziano.

Cuando salió del control de aduanas, lo vio. Parecía más mayor, naturalmente, con su pelo rubio veteado de canas.

Los pies la llevaron poco a poco hacia él.

A él se le iluminó la mirada al verla.

—Hola, David.

—Hola, Rose. ¿Has tenido un buen vuelo?

—No ha estado mal.

—Debes de estar cansada.

La banal conversación continuó mientras cruzaban el aeropuerto y llegaban al aparcamiento. Su hermano abrió la puerta del pasajero de un Mercedes y la ayudó a subir.

—Estás muy guapa. Apenas has cambiado —comentó David, mirándola.

—Tú también tienes buen aspecto.

—Gracias.

Él subió al coche y lo puso en marcha. Condujeron en silencio, sin saber cómo salvar la brecha entre el punto donde estaban ahora y el punto donde lo habían dejado veintiocho años atrás. Todo lo que se les ocurría era o demasiado liviano o demasiado pesado para manejarlo. Rose miró por la ventanilla la imponente vista del Mediterráneo.

Transcurridos quince minutos, David detuvo el coche en una pequeña zona de aparcamiento. A sus pies se extendía una bahía desierta.

—Vamos a dar un paseo. Hay cosas que debes saber antes de ver a Miranda.

Ella asintió y bajó del coche.


Las figuras azotadas por el viento pasaron dos horas en la playa. Caminaron el uno al lado del otro, manteniendo cierta distancia, mientras el encapotado día de marzo empujaba las olas hacia la orilla. En un momento dado, la mujer detuvo sus pasos, cayó de rodillas y hundió la cara en las manos. El hombre se agachó para consolarla, meciéndola entre los brazos.

Finalmente se levantaron y siguieron caminando, él con el brazo sobre los hombros de ella.


Empezaba a anochecer cuando ambos regresaron al coche.

Rose estaba temblando, no solo por el frío, sino también por el shock y la emoción. David la ayudó a entrar y ella se sentó con la mirada al frente. Él rodeó el coche y se instaló detrás del volante.

—Como puedes ver, todo es culpa mía, Rose. Franzen fue a por ella por mi causa.

Ella negó con la cabeza.

—Yo no te culpo, David. ¿Cómo podría? Solo pretendías que se hiciera justicia. Los dos sabemos que jamás habrías intentado nada de esto si yo no hubiera... —Rose tragó saliva—. Tendría que haberme esforzado más en encontrarla.

David negó con la cabeza.

—Era una tarea imposible. Miranda utilizó el apellido de su madre biológica justamente porque no quería que la encontraras.

Rose se volvió hacia él con el rostro demacrado.

—¿Te dijo cuál era el apellido de su madre biológica?

David negó con la cabeza.

—No. ¿Acaso importa? Por lo menos Miranda no tiene un vínculo sanguíneo con todo esto.

A su hermana se le llenaron los ojos de lágrimas.

—Ay, David, ahí es donde te equivocas.


—¡Rose, Rose! —Miranda se arrojó a los brazos de su madre llorando a lágrima viva.

Esta le acarició el pelo castaño a su hija sintiendo que se le partía el corazón. Sabía que no todo había terminado para ella.

Subieron las escaleras de la casa que David había alquilado y entraron en el salón. Él sirvió tres bebidas fuertes y tomó asiento en uno de los sofás.

—Tenemos muchas cosas que contarte, Miranda, sobre tu pasado y el nuestro. Quería que Rose estuviera aquí antes de comenzar.

—Empieza tú, David. —Se sentó al lado de su hija y abrazó el cuerpo tembloroso de la muchacha.

—¿Tienes alguna idea de por qué estaba yo en la residencia de Santos este fin de semana?

—¿Por negocios?

—Podría describirse así. El verdadero nombre de Frank Santos es Kurt Franzen. Fue subcomandante en Treblinka, un campo de exterminio para los judíos de Polonia durante la guerra. Asesinó a nuestros padres y a muchos otros. Le hizo cosas horribles a Rose. Pero entonces… ella… No fue culpa suya, pero…

David hizo una pausa antes de proceder a relatar toda la historia. El dolor que le producía contarla en voz alta era casi insoportable.

Miranda le sostuvo la mano a su madre mientras su tío narraba las atrocidades del hombre que ella acababa de matar. Le habló de Anya, la chica que los había ayudado a escapar y a la que habían violado Franzen y otros oficiales de las SS.

—Pero, una vez que Anya, Rose y yo escapamos de Treblinka, comprendimos que la lucha por sobrevivir no había terminado —continuó David—. Vivíamos de nuestro ingenio, escondiéndonos en bosques y empleando el dinero que yo había robado del campo para comprar la poca comida que encontrábamos. Anya dio a luz en un granero próximo a la frontera polaca. Después estuvo muy enferma, pero con el tiempo se repuso. —David miró a su hermana y supo que también ella estaba reviviendo aquel horror—. La guerra terminó y conseguimos llegar a Austria. ¿Te acuerdas de Peggetz, Rose?

Esta asintió.

—Sí. Un lugar terrible, una época terrible…

# 4

## Campo de Peggetz, Austria, 1945

Centenares de hombres, mujeres y niños se dirigían al campo de desplazados dirigido por el ejército británico con la esperanza de encontrar allí un hogar. Junto a ellos, convoyes de camiones militares repletos de soldados avanzaban por el terreno montañoso que rodeaba Lienz.

Rosa y Anya rayaban la extenuación y la hija de esta, Tonia, lloriqueaba constantemente mientras rebotaba dentro de la improvisada bolsa que su madre llevaba colgada a la espalda. A punto de cumplir tres años, las penurias de los últimos tiempos habían retrasado su crecimiento.

El campo de Peggetz se extendía interminable sobre el valle del Drava. Había sido un cuartel alemán y ahora estaba repleto de refugiados de todas las nacionalidades y rodeado de miles de soldados cosacos. Sus caballos pastaban en los verdes prados a lo largo de kilómetros.

—David, esto parece Treblinka —murmuró su hermana al cruzar las verjas de madera con los demás.

—Tranquila, Rosa, no estaremos aquí mucho tiempo. Solo tenemos que buscar a un oficial británico y decirle que somos medio ingleses. Ellos nos ayudarán.

Los cuatro pasaron su primera noche en Peggetz bajo las estrellas, pues no había sitio para ellos en los dormitorios.

A la mañana siguiente, David dejó a Anya y a Rosa charlando con un cosaco joven y localizó a un oficial británico uniformado.

—Disculpe, señor. —Llevaba muchos meses sin hablar inglés y se esforzó por recuperar su antigua fluidez—. Mi hermana y yo tenemos familia en Gran Bretaña. Queremos ir allí lo antes posible. Mire. —David le enseñó el pasaporte británico de su madre.

Sorprendido por el buen inglés del desharrapado muchacho, el oficial examinó el documento.

—¿Dices que esta es tu madre?

—Sí, señor. Tengo la dirección de mis abuelos. ¿Hay un tren que podamos coger desde aquí para ir a Inglaterra?

—Me temo que las cosas no van así, muchacho. En este campo son cientos los que quieren marcharse y muchos lo que desean ir a Inglaterra. La Cruz Roja está en aquel barracón de allí. Ve a ver al oficial al mando, tal vez él pueda ayudarte.

David sintió que el alma se le caía a los pies mientras el hombre se daba la vuelta. Sabía que su madre había huido con su padre y que no había hablado con sus propios progenitores desde entonces. Ni siquiera conocían la existencia de sus nietos.

Se dirigió desanimado al barracón que el oficial le había indicado y se sumó a la cola de gente que esperaba para ver al oficial de la Cruz Roja. Finalmente le llegó el turno.

—Nombre.

—David Delanski. Y Rosa Delanski, mi hermana. Queremos ir a Gran Bretaña, a casa de nuestros abuelos.

—¿No me digas? —El oficial se mostró escéptico.

Él explicó su situación lo mejor que pudo. La expresión del otro, endurecida por cientos de historias similares, no cambió.

—Lo único que puedo hacer es escribir a tus abuelos para ver si pueden corroborar tu historia. Quizá entonces pueda hacerse algo. ¿Tienes algún documento de identidad?

—Sí, el pasaporte de mi madre.

—¿Algo más?

David se acordó del medallón, el cual volvía a llevar colgado del cuello. Se lo quitó con cuidado.

—Envíeles esto. Mi abuela se lo dio a mi madre.

El oficial pareció complacido.

—Bien, esto ayudará. Aunque es posible que tardemos en recibir noticias. El correo todavía es lento y tenemos muchos casos de los que ocuparnos.

—¿Qué hay de nuestra amiga Anya? No tiene casa y también quiere ir a Inglaterra.

—¿De qué nacionalidad es?

—Ucraniana.

—Ah. ¿Y cómo has dicho que se llama?

—Anya. No conozco su apellido.

—Está bien, veré qué puedo hacer. Entretanto, por favor, permaneced en el campo.

El oficial observó al muchacho mientras salía del despacho. Para él y su hermana existía una pequeña posibilidad, pero para la chica ucraniana… ninguna. Acababan de recibir la orden de repatriar a todos los ciudadanos soviéticos, a la fuerza si era necesario. En cuestión de semanas, los miles de soldados cosacos y otros refugiados rusos serían trasladados a su patria para enfrentarse a un destino incierto.

David descubrió, cuando estaba en la cola para ver al oficial de la Cruz Roja, que en el pueblo de Lienz se podía comprar pan y leche fresca, bien que a precios abusivos. Regresó junto a Rosa y Anya, que seguían sentadas donde las había dejado con el cosaco.

—¿Cuándo nos vamos a Inglaterra? —le preguntó su hermana.

—Pronto, te lo prometo. —David no dejó que viera las terribles dudas que le cruzaban por la mente.

Rosa se levantó y lo abrazó.

—Bien. No me gusta este lugar.

—Lo sé. Solo tenemos que esperar a que se pongan en contacto con los abuelos y entonces podremos irnos.

Anya señaló al cosaco.

—David, este es Sergei. Dice que hay una tienda cerca de la suya que acaba de quedar libre, pero tenemos que ir ahora, antes de que otros la descubran.

Él le estrechó la mano.

—Gracias, Sergei. Si no te importa acompañar a las chicas a la tienda, yo iré a Lienz a buscar comida.

Anya tradujo sus palabras al ruso y el otro asintió.

Esa noche, los dos hombres hicieron un fuego, donde asaron la salchicha grande que David había comprado. Hacía una temperatura agradable y, una vez se hubo escondido el sol, algunos cosacos se pusieron a cantar y a bailar con las mujeres. Lo convencieron a él para que los acompañara con su violín. Anya danzó con Sergei mientras Rosa cuidaba de Tonia. La madre de la pequeña no regresó a la tienda hasta el amanecer.

—David, corre el rumor entre los cosacos de que habrá una repatriación forzosa para rusos y ucranianos. ¿Será verdad?

Él se encogió de hombros.

—No lo sé, Anya.

El miedo apareció en los ojos de la joven.

—Mi familia huyó hace diez años para escapar del régimen comunista. No soportaría volver allí. Sergei dice que nos castigarán a todos.

—¿Por qué, Anya? Tú no has hecho nada.

—Lo sé, David, pero Stalin es un... —Arrancó una brizna de hierba—. En cualquier caso, los cosacos se reunirán mañana con el mariscal de campo, Alexander. Creo que explicarán todo entonces. —Lo miró a los ojos—. No puedo volver a Rusia. Prefiero morir.

David asintió.

—Si la cosa se pone fea, nos marcharemos de inmediato —dijo.

—Gracias. No obstante, si me ocurre algo..., ¿te... te harás cargo de Tonia?

—Claro, Anya —respondió David sin titubear—. Pero creo que te estás preocupando por nada.

—Puede. —La joven salió de la tienda y contempló el bello paisaje austriaco con el peso del miedo en el corazón.

Al día siguiente, David observó con Anya cómo subían a los oficiales cosacos a camiones.

Esa noche, esos vehículos regresaron vacíos.

Por la mañana, el mayor Davies, el oficial al mando del campo, anunció que los rumores eran ciertos. Stalin, Churchill y Roosevelt habían acordado una repatriación forzosa. La gente sería devuelta a Rusia a partir del día siguiente.

Después de la revelación estalló el caos. Miles de refugiados rusos —hombres, mujeres y niños— procedieron a recoger sus escasas pertenencias y abandonar el campo como autómatas.

Más tarde, en la plaza principal, se erigió una tarima. El sacerdote iba a ofrecer un oficio religioso antes de que comenzara la repatriación.

David buscó a Anya entre la multitud sollozante, pero no la vio.

No lo entendía. Sabía que los cosacos serían considerados enemigos de la Unión Soviética por luchar con los alemanes, pero no iban a castigar a mujeres y niños inocentes, ¿no?

Regresó a la tienda, donde encontró a Tonia profundamente dormida, envuelta en una manta. Llevaba prendido un trozo de papel.

Querido David:

Sergei y yo hemos huido del campo. Si nos quedamos, nos enfrentamos a una muerte segura. Puede que no lo entiendas, pero, créeme, es cierto. Nos vamos a Suiza, donde esperamos que nos den asilo. El viaje será peligroso y por eso te pido, por favor, que cuides de Tonia hasta que envíe a alguien a buscarla.

Te veré en Inglaterra.

Gracias, mi querido amigo.

Buena suerte y adiós,

ANYA

Al día siguiente, David observó por la ventana de uno de los dormitorios ahora vacíos cómo cargaban a la gente en camiones entre gritos y patadas. Los disparos eran constantes. Fue como revisitar sus peores recuerdos de Treblinka. Había cometido la ingenuidad de creer que la guerra había terminado. David agradeció a Dios que Anya se hubiera marchado.

—Que Dios te acompañe —susurró, estrechando a Rosa y a Tonia contra su pecho.


David Cooper tuvo que sacudir la cabeza para regresar al presente. Miranda estaba mirándolo en silencio. Tardó un rato en volverse hacia su madre.

—¿Por qué nunca nos hablaste a Miles y a mí de tu pasado? Sé que no tiene mucho que ver conmigo, porque soy adoptada, pero...

—Cariño. —Rose le cogió la mano—. Perdóname, pues ahí es donde te equivocas. David, por favor, continúa.

Él asintió.

—Después de que Anya partiera y el resto de los rusos fueran repatriados, nos llegó de Inglaterra la noticia de que nuestros abuelos estaban dispuestos a acogernos a Rose y a mí. Pero Tonia, la hija de Anya, no podía acompañarnos. Las autoridades del campo nos dijeron que no nos preocupáramos, que la niña sería adoptada. —David se pasó la mano por el pelo—. ¿Qué elección teníamos? Antes de dejar el campo, le escribimos una carta a la pequeña Tonia donde le explicábamos cómo había escapado su madre de la repatriación. Le decíamos que Anya había jurado que iría a buscarla en cuanto se hubiese asentado y que Rose y yo la queríamos y deseábamos que viniera a Inglaterra con nosotros. Escribimos nuestros nombres completos y la dirección de nuestros abuelos en Londres, y pedimos a la Cruz Roja que guardaran la carta en el expediente de Tonia hasta que tuviera edad para comprenderla. Después nos fuimos a Londres para empezar una nueva vida.

—¿Qué le pasó a Anya? —preguntó la chica en voz baja.

David estudió el semblante contrito de Rose.

—No lo sabemos, Miranda. Creemos que Anya y Sergei fueron detenidos y enviados a un campo de trabajos forzados en Siberia. No muchos escaparon.

—¿Y a Tonia, su hija? —Miró a su madre, que estaba terriblemente pálida; esta se volvió hacia David, quien asintió de forma imperceptible.

—Rose tiene algo más que contarte, Miranda. Puede que entonces comprendas por qué esto tiene tanto que ver contigo. Estaré en mi habitación. Llamadme si me necesitáis.

La mujer asintió mientras David abandonaba el salón. Miró a su hija. Había llegado el momento.

—Cariño, necesito que seas muy valiente, como hasta ahora. Voy a hablarte de tu verdadera madre.

# 5

*Yorkshire, octubre de 1960*

El sobre llevaba una letra que no reconocía. Rose lo recogió del felpudo y vio que lo habían reenviado desde la casa de su abuela hasta su antigua dirección en Londres. De ahí había sido redirigido, junto con el resto de su correspondencia, a su nueva casa de Yorkshire.

Miles estaba llorando en la cocina, de modo que abrió la carta con una mano mientras con la otra daba de comer a su hijo de tres años.

Estaba escrita en un inglés deficiente y con faltas de ortografía. «Querida señorita Delanski…».

El uso de ese apellido la estremeció. Por lo que a ella concernía, Rosa Delanski había dejado de existir hacía muchos años.

Me llamo Tonia Rosstoff. Busco a usted o a David Delanski. Mi madre era Anya Rosstoff. La conoció en Peggetz. Por favor, muy urgente que la vea. Por favor venir a dirección que aparece arriba. Rápido, por favor.

TONIA ROSSTOFF

Miles empezó a berrear cuando la mano que sostenía su puré de manzana se detuvo a unos centímetros de su boca mientras Rose leía la carta.

La dirección que aparecía en la hoja era de algún lugar del este de Londres.

Lo primero era lo primero.

Se concentró en dar de comer a su hijo hambriento, le limpió la cara y lo dejó en el parque que había instalado en un recodo de la cocina. Miles se puso a jugar con su camión de juguete y Rose se sentó a leer de nuevo la carta.

El contenido le provocó un escalofrío en todo el cuerpo. Su primer impulso fue telefonear a David, pero... no. Eso era imposible. No después de lo que ella había hecho. Tendría que lidiar con esto sola.

La idea de tener que regresar a Londres ya era mala de por sí, pero encontrarse con la niña a la que habían abandonado a su suerte le aceleraba el corazón. Por otro lado, era evidente que la muchacha necesitaba verla. Examinó el matasellos original y vio que la carta había tardado más de tres semanas en llegar a Yorkshire.

Su conciencia no le permitía ignorarla. Tenía que ir.

No podía llevarse a Miles consigo, pero, aunque hacía más de tres años que vivía en Oxenhope, todavía no conocía a nadie. Se trataba de una comunidad muy cerrada y, como era una mujer soltera con un bebé, que había comprado la granja de lo alto de la colina, los lugareños la miraban con patente desconfianza.

Rose decidió bajar al pueblo y preguntar en la oficina de correos si sabían de alguien que quisiera ganarse un dinero por cuidar de su hijo.

Tal como esperaba, la señora Heaton, que no solo dirigía la pequeña oficina de correos en el centro del pueblo, sino que estaba al tanto de todos los chismes, se mostró poco colaboradora.

—Cuidar de su hijo, dice...

Era evidente que la mujer se moría de ganas por preguntarle quién era el padre del niño, y Rose se esforzó por contener su irritación. Después de todo, quería vivir aquí el resto de su vida. Obsequió a la señora Heaton con una sonrisa.

—Sí. Mañana he de ir a Londres y no quiero llevarme a Miles conmigo. Volveré por la noche. Es bastante urgente.

—Pobrecito, no tienes a nadie que cuide de ti, ¿eh? —La señora Heaton chasqueó la lengua con desaprobación—. En fin, puede que conozca a alguien —dijo despacio.

A Rose se le iluminó la cara.

—Fantástico. ¿Quién?

—Doreen Thompson. Tiene un bebé de dos meses. Es una buena muchacha, Doreen. Siempre está en casa cuidando de Leah —señaló la señora Heaton.

—¿Puede decirme dónde vive?

—Al otro lado de la calle, junto a la plaza. Número ocho. Seguro que está. Dígale que va de mi parte.

—Gracias, señora Heaton.

El número ocho se encontraba al final de una hilera de casitas adosadas, con una ristra de pañales blancos suspendidos del tendedero en el pequeño jardín de delante. Las gallinas protestaron y se dispersaron cuando Rose abrió la verja de madera y empujó el cochecito de Miles por la estrecha abertura.

Llamó a la puerta y una mujer con un bebé en los brazos la escudriñó por la ventana de la cocina.

—Vengo de parte de la señora Heaton, de la oficina de correos —gritó.

La otra relajó el ceño y abrió la puerta.

—¿Señora Thompson?

—Sí.

—La señora Heaton me ha dicho que podría estar interesada en cuidar de un niño porque usted ya tiene uno. Hola, cielo. —Rose acercó un dedo al bebé, quien lo rodeó con su mano regordeta y lo apretó con fuerza.

—Eh, no estoy segura de que...

—El caso, señora Thompson, es que mañana he de ir a Londres sin falta y el viaje es demasiado largo para Miles. Solo estaré fuera un día. Volveré a las siete, pero tendría que coger el primer tren de la mañana. La verdad es que estoy desesperada, señora Thompson. Y él se porta muy bien, no le causará problemas, ¿verdad que no, cariño?

El crío estaba fascinado con una gallina que merodeaba cerca del cochecito. Alargó los brazos para agarrarla, pero el ave salió disparada.

—Tendría que preguntárselo a mi marido, aunque... —La señora Thompson suavizó la expresión al posar la mirada en el precioso niño—. Estoy segura de que no pasa nada por una vez.

—Le pagaré, naturalmente. ¿Le parece bien dos libras?

La mujer pensó que iba a desmayarse. Luego negó con la cabeza.

—No puedo aceptarlo. A fin de cuentas, no me dará trabajo de más, porque de todos modos estaré aquí con Leah. Con diez chelines basta.

—No... —Rose estaba buscando su monedero en el bolso—. Quiero pagarle dos libras, porque tendré que traer a Miles muy temprano y usted está siendo muy amable al aceptar sin apenas previo aviso. Tome. —Le entregó dos billetes arrugados a la atónita mujer—. Gracias. Vendré mañana a las seis con todo lo que Miles necesitará. Adiós.

Rose sonrió para sí al cruzar la verja con el cochecito e iniciar el largo ascenso por la colina. Sabía instintivamente que su hijo iba a estar bien en las manos competentes y maternales de la señora Thompson.


Cuando el tren entró en King's Cross a las once y cuarto del día siguiente, Rose sintió que se ahogaba en medio de la marea de gente.

Tras abrirse paso por el abarrotado andén, subió a un taxi y dio la dirección que aparecía en la carta de Tonia. Estaba deseando acabar cuanto antes con ese asunto.

Media hora después el coche se detuvo delante de una manzana ruinosa de Tower Hamlets.

—El piso que busca está en aquel edificio, pero voy a dejarla aquí. No es un buen barrio, señorita.

Rose lo veía por sí misma.

Cruzó el patio y levantó la vista hacia los destartalados balcones llenos de ropa tendida. Había un eco de voces infantiles, pero no se veían niños.

Abrió la puerta del edificio que el taxista le había indicado y tomó la escalera. El frío le penetró en los huesos y se encogió al aspirar el olor acre a basura putrefacta. Recordaba muy bien ese hedor.

La puerta desconchada del piso estaba cubierta de manchas negras de patadas y le faltaba un trozo de vidrio.

Rose respiró hondo y tocó al timbre, pero no funcionaba. Golpeó el buzón con los nudillos.

Nadie acudió. Llamó de nuevo, más fuerte esta vez.

Nada.

La puerta del otro lado del rellano se abrió y unos ojos marrones la miraron por la rendija.

—Se ha ido.

—¿Perdone?

La mujer examinó a Rose y abrió la puerta un poco más.

—Se la llevó una ambulancia. Hace dos semanas. Muy enferma. Puede que ya esté muerta. —La demacrada mujer hizo un gesto de impotencia.

—¿Sabe a qué hospital?

—Probablemente Whitechapel. Muy cerca.

—Muchas gracias. Probaré allí.

Rose tomó de nuevo las escaleras. Sabía dónde estaba y decidió que llegaría antes a pie que en taxi. Rezó para que no fuera demasiado tarde.

Cuando llegó diez minutos después, preguntó por Tonia en la recepción y contuvo el aliento mientras la mujer consultaba sus listas.

—Aquí está. Tonia Rosstoff. Pabellón 8.

La mujer le dio las indicaciones y Rose cruzó los pasillos verde pálido procurando no inhalar el olor a enfermedad y desinfectante.

Preguntó a la hermana sentada detrás de la mesa en qué cama estaba Tonia.

La mujer la miró con expresión sombría.

—¿Es usted un familiar?

—No.

—Ah. —La mujer hizo una pausa—. Confiaba en que lo fuera. Parece ser que Tonia no tiene familia ninguna. Por desgracia, vino demasiado tarde. Está muy enferma. —Encogió los hombros con pesar.

—¿Se pondrá bien?

La hermana negó con la cabeza.

—Me temo que no. Tiene tuberculosis en fase muy avanzada. Lo único que podemos hacer es que esté cómoda. Pobrecilla. Las enfermeras no debemos encariñarnos con los pacientes, pero Tonia, en fin... Enseguida entenderá lo que quiero decir. Hay mucha tristeza en esos ojos jóvenes. —La enfermera suspiró—. Y su pobre niña. Llegó al hospital con Tonia completamente desnutrida. —A Rose le dio un vuelco el corazón—. Ahora ya está bien y lista para abandonar el pabellón, pero sabe Dios qué será de ella cuando su madre muera. Supongo que quedará a cargo de las autoridades locales. En fin, sígame. —Al entrar en una habitación adyacente, bajó la voz—. Está muy débil y me temo que su inglés no es muy bueno.

La patética figura que yacía en la cama hizo que a Rose se le saltaran las lágrimas. Tonia parecía empequeñecida por los aparatos que la rodeaban.

Se acercó y vio que dormía. Era menuda y estaba terriblemente delgada. Los pómulos le sobresalían del rostro blanco y consumido, y tenía enormes marcas negras alrededor de los ojos.

Tendida con los cabellos rubios esparcidos por la almohada semejaba una chiquilla de doce años, si bien Rose sabía que debía de tener dieciocho.

—La dejo con ella —susurró la hermana antes de cerrar la puerta con sigilo.

Se sentó en la incómoda silla de madera, junto a la cama.

—Tonia —susurró—, soy Rosa. Rosa Delanski.

No obtuvo respuesta. Le tomó la mano a la muchacha y la estrechó. Probó en polaco.

—Tonia, *kochana*. Tonia, cariño.

Los párpados le temblaron y finalmente los abrió. La chica contempló el techo, como si estuviera soñando.

Rose le apretó la mano con suavidad.

—Tonia, *kochana*, ¿entiendes polaco?

La joven se volvió muy despacio, como si el movimiento le provocara un gran dolor. La miró y asintió.

Hacía mucho que ella no utilizaba su lengua natal y comenzó con cautela.

—Soy Rosa Delanski. Me escribiste una carta para pedirme que viniera a verte.

—Sí. —La voz era apenas un susurro—. Nunca pensé que vendría. Gracias.

—¿Para qué querías verme?

La presión en la mano de Rose aumentó y Tonia se incorporó.

—Tengo hija. Tres meses. En pabellón de hospital. Por favor, cuide de ella cuando yo... —el esfuerzo pareció agotarla y se recostó en las almohadas— muera.

—Tonia, ¿qué te ha pasado? Tengo muchas preguntas. Cuando nos fuimos de Peggetz, la Cruz Roja nos aseguró que serías adoptada y...

La chica meneó la cabeza con vehemencia.

—No. Orfanato. Terrible. Por favor, mi hija no. Por favor, he escrito una carta... en el armario. —Tonia ladeó ligeramente la cabeza—. Mire dentro.

Rose hizo lo que le indicaba. Solo había un sobre.

—Por si usted venía. Dice que cuide de Miranda. Una petición de su madre, ¿entiende?

A Tonia le costaba hablar, lo que contribuía a su confusión.

—¿Puedo abrirla?

Aquella asintió.

La carta estaba escrita en un inglés precario, pero informaba al lector de que David o Rosa Delanski debían tener la custodia de Miranda Rosstoff si Tonia fallecía.

—Mataría a mi bebé antes que abandonarla. Yo crecí sola en un lugar terrible. Sin amor, solo hambre, infelicidad. —Las lágrimas le brotaban de los ojos mientras la pasión le daba fuerzas para hablar.

Rose sintió que se le partía el corazón. Por sus mejillas también rodaban las lágrimas.

—Tonia, ¿por qué no me escribiste antes? Si lo hubiéramos sabido…

—Antes no sabía nada de ustedes. Solo hace doce meses. Estaba en la cárcel; tenía que robar y estar con hombres para ganar dinero para comer y una asistente social me preguntó por mi familia. Le dije que no tenía. Pidió mi expediente a las autoridades y allí estaba su carta. Le escribí, pero no me respondió. Vine a Inglaterra a buscarla. Luego me quedé embarazada. Luego enfermé. Tuve a mi hija y ahora aquí. —Jadeaba.

—Chisss. Tranquila, Tonia. Descansa un rato.

Esta miró a Rose con los ojos llenos de pánico.

—No. Creo que voy a morir pronto. Tengo miedo… Ay, Señor, tengo miedo.

Ella se inclinó y envolvió a la muchacha en sus brazos, notando su fragilidad y cómo se le iba la vida. Le acarició el pelo mientras sus lágrimas le empapaban la cabeza a Tonia. Jamás había sentido tanta impotencia. Los efectos del pasado y la futilidad de la vida nunca fueron tan evidentes como ahora.

—Estoy aquí, *kochana*, Rosa está aquí y cuidará de tu hija. Te lo prometo, cariño.

Tonia se separó y la miró con patente alivio.

—Gracias a Dios que ha llegado antes de que fuera demasiado tarde. Miranda tendrá una familia. Por favor, avise a la hermana.

Rose la recostó en la almohada y llamó a la hermana, que se acercó corriendo por el pasillo.

—¿Está bien? —preguntó con cara de preocupación.

—No lo sé. Dijo que quería verla.

La mujer se acercó a la cama y se inclinó sobre su paciente. Tonia le habló un largo rato en susurros, forcejeando con las palabras. Finalmente, la hermana asintió y levantó la cabeza.

—Creo que ha dicho que he de prometerle que dejaré que se lleve su hija a casa…, que usted es la única familia que tiene. —Inspiró hondo mientras ordenaba sus pensamientos—. Que usted quería a su madre y que quiere que usted sea la madre de Miranda. ¿Puede preguntarle en polaco si la he entendido bien?

Rose obedeció y Tonia asintió.

—Sí. Orfanato no, por favor, prometer.

También la hermana tenía los ojos anegados de lágrimas.

—¿Y si voy a buscar ahora a Miranda?

Tonia esbozó una sonrisa y la mujer se marchó con paso presto.

Rose volvió a sentarse y le cogió la mano.

—Ya está, *kochana*. ¿Lo ves? No tienes de qué preocuparte. Ahora traerán a Miranda y te aseguro que se marchará conmigo. La querré y cuidaré como si fuera mi hija. Tú solo tienes que concentrarte en ponerte buena.

La hermana llegó con un fardo blanco de lana. Tonia hizo señas para que lo cogiera Rose.

Esta no pudo evitar una pequeña exclamación cuando le puso a la pequeña en los brazos.

—¿No es preciosa? —susurró la chica, mirando a ambas.

—Sí. Es igual que su madre. Y que su abuela.

La hermana observó cómo la madre moribunda le sostenía los dedos al diminuto bebé que tan valientemente había entregado a otra mujer. No creía haber presenciado jamás una escena tan desgarradora.

Los ojos se le estaban cerrando.

—Es hora de irse. Tonia estará agotada.

Rose asintió.

—Adiós, Tonia. Volveré dentro de dos horas y seguiremos hablando.

Esta alargó los brazos hacia el bebé. Ella puso a Miranda en ellos y su madre la estrechó con fuerza.

—*Do widzenia, kochana*, adiós, cariño. —Le besó la coronilla con ternura y le devolvió la pequeña.

—Ahora es suya, Rosa. Gracias de todo corazón.

—Podrás verla más tarde, cielo —dijo la hermana.

Ella besó a Tonia.

Esta asintió. Las siguió con la mirada a ella y a su hija cuando salían de la sala. Le lanzó un beso, se recostó en las almohadas y cerró los ojos.


Cuando Rose regreso al hospital dos horas más tarde, la hermana, llorosa, sacudió la cabeza con tristeza.

# 6

*Saint-Tropez, marzo de 1984*

Rose abrió los ojos. Los había cerrado para dejar fuera el presente y remontarse a aquella fría habitación de hospital. El suceso estaba nítidamente grabado en su memoria y quería, por lo menos, ser capaz de transmitirle a su hija todo lo que su madre había dicho antes de morir.

Miranda estaba sentada muy quieta. Rose quería continuar hasta el final.

—Tengo que decir que no pude llevarte de inmediato a Yorkshire, como le prometí a Tonia. Tanto aquella querida hermana como yo sabíamos, cuando hicimos nuestra promesa, que el mundo no funcionaba así, pero por lo menos tu madre murió feliz al pensar que no correrías la misma suerte que ella. Tras su fallecimiento te pusieron con unos padres de acogida. Enseguida solicité tu adopción, pero, como no estaba casada, consideraron que no era la persona adecuada. Pasé tres años e incontables juicios hasta conseguir llevarte a casa. La hermana cumplió su promesa. Y su testimonio y la carta de Tonia convencieron al tribunal de que se me permitiera adoptarte. Jamás olvidaré el día que por fin te tuve en los brazos y supe que eras mía. —Rose dejó ir un sollozo—. Miranda, te juro que te quise como a una hija, pero siempre tuviste la sensación de que Miles iba por delante de ti. A veces me entraban ganas de contarte cómo había luchado por tu adopción solo para demostrarte lo mucho que me importabas.

Miranda miró al vacío.

—Cuando maté a Santos, quiero decir, a Franzen, me vengué de mi verdadera madre y de mi abuela. —Estaba pálida—. Por lo que explicas, existe la posibilidad de que él fuera mi abuelo.

Rose abrazó a su hija.

—A tu abuela Anya la obligaron a tener relaciones con otros oficiales de las SS. Nunca lo sabremos con certeza.

—Dios mío —susurró Miranda.

Las dos mujeres guardaron silencio un largo rato, contemplando la terrible verdad.

Finalmente, la chica miró a Rose.

—Merecía morir, ¿verdad?

—Ay, cariño, desde luego que sí.

—Amenazó a Chloe. Le hizo fotos y dijo que le haría daño si intentaba ponerme en contacto con ella. La… la quiero… tanto… Y mató a Ian. Los últimos dos años me ha tenido encerrada como… a un animal en una jaula porque intenté huir. Yo… —Se le quebró la voz y no pudo continuar.

—Él sabía que eras mi hija. Lo hizo para hacernos daño a David y a mí. Era un hombre retorcido y diabólico. Su crueldad no terminó en Treblinka. Jamás habría terminado. Pero tú no debiste sufrir. Fue culpa mía.

Miranda negó con la cabeza.

—No. Tú me salvaste de vivir como una huérfana. Me acogiste y me diste amor. Yo no te culpo. —Ella contuvo las lágrimas al oír esa afirmación—. Tengo miedo, Rose. ¿Me meterán en la cárcel?

—No, cariño. David y su organización están ocupándose de que eso no ocurra. En lo que concierne a las autoridades, tú no estabas en esa casa. Tu tío le ha contado a la policía francesa que Franzen no estaba cuando el mayordomo y él se despertaron por la mañana. El cuerpo fue lacerado y destrozado por las rocas. Créeme, el caso no va a ir a más. Hay cientos de personas que deseaban la muerte de Franzen.

—Pero lo querían vivo para extraditarlo y juzgarlo. He echado por la borda muchos años de planificación.

—Creo que es lo mejor. Yo, para empezar, no habría sido capaz de declarar contra él en un juicio. La idea de volver a ver a ese hombre... —Tuvo un escalofrío.

—Me obligó a hacer cosas terribles, Rose. No... no te imaginas. —Miranda se aferró a su brazo.

—Cariño, yo pasé por lo mismo que tú. Luego cometí algunos errores terribles. Lo había apartado todo de mi mente para sobrevivir, pero el dolor sigue ahí. Miranda, tenemos que ayudarnos mutuamente, tenemos que intentar empezar de cero, si no por nosotras, por Chloe.

—¿Cómo está?

A Rose se le llenaron los ojos de lágrimas.

—Preciosa.

—Estoy deseando verla, pero me aterra que me haya olvidado.

—Cariño, no ha habido un solo día que no habláramos de ti. Miranda, no te haces una idea del miedo que he pasado. No he dormido bien desde que desapareciste. Las cosas que imaginaba...

Al contemplar el semblante atormentado de Rose, un rayo de sol iluminó la mente de la chica y se llevó las arraigadas telarañas de inseguridad, odio y rabia. Vio con claridad que a lo largo de su infancia su madre no le había mostrado más que paciencia y amor. Solo ahora era capaz de reconocerlo.

La invadió un enorme sentimiento de culpa por el dolor que había causado no solo a Chloe, sino también a Rose.

—No puedo negar que ambas habéis sufrido mucho a causa de mi egoísmo, pero creo que ya he sido castigada —dijo entre lágrimas y la mujer le estrechó la mano—. Me enamoré de un hombre que no era rico ni guapo y me lo arrebataron. A través de él empecé a comprender lo que de verdad vale la pena en la vida y ahora sé que puedo ser una buena madre para Chloe. —Miranda hizo una pausa—. Voy a necesitar tu ayuda los próximos meses.

Rose abrió los brazos.

—Y yo la tuya, cariño, y yo la tuya.


Madre e hija hablaron durante toda la noche y Miranda no se levantó hasta que despuntó el alba.

—Hace dos días pensaba que mi vida había terminado, pero me has ayudado a ver cosas sobre mí y mi pasado que necesitaba comprender. —Suspiró—. Estoy agotada.

—Vete a dormir. Rose está contigo ahora. La pesadilla ha terminado.

—Sí. Buenas noches, mamá. Te quiero.

Miranda abandonó el salón.

Ella se quedó un buen rato sentada, pensando, antes de salir a la terraza para contemplar el amanecer que anunciaba un nuevo día.

Había muchas cosas sobre las que, como su hija, tenía que reflexionar.

—¿Cómo se ha tomado la noticia de que Franzen podría ser su abuelo? —Una mano amable se posó en su hombro.

—¿Qué se puede decir ante algo así? Es una idea cruel y repugnante. Pero Miranda ya ha pasado por cosas terribles. Ha ido tan bien como podía esperarse. Tiene mucho que asimilar y comprender. Me parece muy injusto que la historia se haya repetido.

David suspiró.

—No estamos aquí para preguntarnos por qué. Cuanto mayor me hago, más convencido estoy de que nuestro destino está escrito antes de soltar el primer llanto en este mundo. —Hizo una pausa—. Te he echado de menos, Rose. Siento haberte evitado. Nunca debí...

Ella se alejó.

—Miranda y yo regresaremos a Yorkshire lo antes posible.

—Por favor, Rose, quedaos un poco más. Seguro que ella necesita tiempo para asimilarlo todo. ¿Le has contado quién es Miles?

Ella tragó saliva.

—No he podido.

David asintió.

—Lo entiendo. Quizá pueda ayudarte con eso. —A Rose casi se le escapa una carcajada. Su hijo era justo la razón de que su hermano hubiera roto el contacto con ella todos esos años atrás—. Y hay algo de lo que desearía hablarte —añadió.

—¿De qué se trata?

—De Brett. He intentado protegerlo de la misma manera que tú a tus hijos. No sabe nada del pasado. Ay, Rose, me temo que he sido un padre horrible al disuadirlo egoístamente de que desarrollara su evidente talento artístico porque yo no era capaz de manejarlo. No obstante, quiero poner remedio a eso y asegurarme de que mi pasado no siga perjudicando el futuro de mi hijo. Necesito que me ayudes.

—¿Cómo?

—Este es el plan…

# 7

«Se cree que el industrial Frank Santos, cuya desaparición fue denunciada durante unas breves vacaciones en el sur de Francia, cayó por un acantilado en estado de embriaguez. El aviso lo dio el señor David Cooper, amigo y socio de Santos, además de la única otra persona alojada en la casa aparte del mayordomo. Aunque el señor Santos tenía empresas por todo el mundo, se mantenía alejado de los focos, prefiriendo una vida discreta en...».

Brett escuchó el boletín informativo a primera hora de la mañana, antes de salir de su apartamento hacia el aeropuerto Kennedy, y la noticia lo desconcertó aún más. La noche previa su padre lo había telefoneado para pedirle que tomara el siguiente vuelo a Niza, donde David se reuniría con él.

Once horas más tarde, cuando Brett emergió de la sección de llegadas, allí estaba su padre, sumamente apuesto con un pantalón deportivo y unas gafas de sol de diseño.

—Hola, Brett. —Le pasó el brazo por los hombros—. Gracias por venir tan deprisa. ¿Nos vamos? Hemos quedado con Rose y Miranda en Saint-Tropez para cenar.

—¿Con Rose y Miranda? ¿Por qué?

David se encaminó a su Mercedes alquilado, arrojó la bolsa de viaje de su hijo en el maletero y abrió la puerta del pasajero. Puso el coche en marcha y abandonaron el aeropuerto.

—Brett, tengo dos horas para ponerte al corriente. Me siento fatal por no habértelo contado antes, culpable por ser tan mal

423

padre y un imbécil por no haber escuchado nunca lo que intentabas decirme.

David se concentró en un complicado giro a la izquierda mientras Brett lo miraba atónito.

Su padre siguió hablando con total serenidad.

—Últimamente han ocurrido muchas cosas que tienes derecho a saber. Empezaré por el principio y te pido que me escuches hasta el final. Guárdate las preguntas para entonces. Sentirás consternación y rabia, pero he de contártelo todo.

De modo que, mientras recorrían la magnífica costa del sur de Francia, David le contó su historia, empezando por Polonia y terminando con lo sucedido en la casa de Santos.

—Sé que es demasiada información para asimilarla de golpe, pero pensé que era preferible soltarlo todo. Estoy seguro de que tienes un montón de preguntas y haré lo posible por contestarlas.

—Vaya, papá. —La voz de Brett se quebró a causa de la emoción—. ¿Por qué no me lo has contado antes? Si lo hubiera sabido, te habría ayudado. No debiste cargar con todo eso tú solo. Te pido perdón si no estoy respondiendo muy bien, pero es una revelación sorprendente... y una parte de mí también. No debiste protegerme. Tenía derecho a conocer la historia de mi familia.

—Ahora lo sé. Pero, si te la hubiese contado, nunca habría podido escapar de ella. Habría sido parte de mi futuro y del tuyo.

—Pero la cuestión es que lo ha sido, papá. Ha tenido un enorme efecto en ti y, por consiguiente, en mí... y en mamá —dijo el hijo con tristeza.

—Hice lo que creí que era mejor para todos. Probablemente me equivoqué. Brett, siento mucho haber estado tan ciego. Es difícil explicar cómo me he sentido. Yo... —Meneó la cabeza.

—Inténtalo, papá, puede que lo entienda mejor de lo que crees.

—Está bien. —David lo meditó unos instantes—. Ganar dinero era casi una obsesión para mí, un recurso práctico y, sin embargo, muy poderoso. Fui capaz de bloquear toda la confusión y el odio que eran el legado de mi pasado y concentrarme en eso. No podía hacerme daño. Tenía el control y me hacía sentir seguro. —Dejó ir una larga exhalación—. Además se me daba muy bien.

—Pobre mamá —susurró Brett, casi para sí.

—Sí.

—¿La querías?

—¿Cómo dices? —David estaba completamente absorto en sus pensamientos.

—Que si la querías.

—Sí, Brett, y, como tú, hizo todo lo que pudo por conectar conmigo. Fue culpa mía que no lo consiguiera. —No quería seguir por ahí y cambió de rumbo—. Oye, te he hecho venir para contarte todo esto, pero también por otra razón. ¿Eres feliz trabajando para Cooper Industries?

Brett se encogió de hombros.

—Me gusta.

David lo miró.

—Yo he sido sincero contigo, hijo, así que, por favor, sé sincero tú conmigo.

—Está bien, papá —respondió despacio—. Cuando empecé a trabajar en la empresa, lo detestaba. Estaba resentido por el hecho de que nunca hubieras tenido en cuenta lo que realmente quería hacer con mi futuro y dieras siempre por sentado que seguiría tus pasos. Mi ojo para los negocios nunca ha sido ni será tan bueno como el tuyo. A mí no me estimula cerrar megatratos, pero supongo que con los años he aprendido a aceptar mi situación. —Se puso a juguetear con el botón de la ventanilla—. He sentado la cabeza y he intentado olvidar mi sueño de ser pintor. ¿Soy feliz? He de reconocer que no. Lo cual me avergüenza, porque millones de personas que viven en la pobreza darían lo que fuera por estar en mi lugar.

—Ajá —ponderó David—. La verdad es que gran parte de todo eso es culpa mía, Brett. Después de todo, si hubieses sido pobre, a nadie le habría importado que te marcharas a Francia y te pasaras el resto de tu vida pintando. Así que, de hecho, tener una familia adinerada te ha cortado las alas en lugar de ayudarte a volar.

Brett asintió lentamente.

—Puede. —Contempló la Costa Azul bañada por el Mediterráneo—. Tengo una última pregunta. ¿Fue tu necesidad de romper con el pasado por lo que dejaste de ver a Rose todos estos años?

Era la pregunta que David había estado temiendo, pero tenía preparada una respuesta.

—En parte. También tuvimos fuertes… desavenencias con respecto a algo y los dos fuimos demasiado orgullosos para pedir perdón. Demasiado estúpidos, en realidad. Desperdiciamos veintiocho años. En cualquier caso, ahora ya está todo solucionado. Y, hablando de Rose, tu tía y yo hemos elaborado un plan para ti. Fue idea suya y quiero que sepas que cuenta con mi absoluta aprobación. —David detuvo el coche y le estrechó la mano a Brett—. Perdóname, hijo. Confío en poder reparar el daño que te he causado.

El chico vio que a su padre se le saltaban las lágrimas.

Aunque David bajó rápidamente del coche y el momento pasó, era la primera vez que veía a su padre mostrar una emoción real hacia él.


—De modo que ese es el plan. ¿Qué te parece? —preguntó Rose con la mirada brillante.

El restaurante frente al mar estaba vacío, pues no se esperaba a los primeros turistas hasta abril, cuando el tiempo empezara a mejorar. Ella había estado aguardando su llegada con una botella de vino blanco en la mesa.

Su sobrino no daba crédito a la propuesta que su tía acababa de hacerle. Miró nervioso a su padre.

David sonrió.

—Brett, ya te dije que este plan cuenta con mi beneplácito. Si no sale bien, siempre habrá un lugar para ti en Cooper Industries.

—Creemos que es la manera perfecta para que descubras si eso es lo que quieres —prosiguió Rose—. No habrá presión y, en lugar de ingresar directamente en Bellas Artes, podrás trabajar a tu ritmo.

—También tendrás una de las mejores profesoras para guiarte y ayudarte. —David sonrió—. Bueno, ¿qué dices?

Brett miró a su padre y a su tía. Estaba abrumado. Rose le había propuesto que fuera a Inglaterra y trabajara junto a ella en su estudio durante unos meses. Después sería libre de seguir pintando y matricularse en Bellas Artes o regresar a su situación actual en Cooper Industries.

—Pero…, papá…, ¿qué pasa con mi trabajo en Cooper Industries? No puedo largarme y dejarte colgado así, sin más.

—Nos las apañaremos. —David miró a su hijo con dulzura—. Es lo que quieres, ¿no, Brett?

—Pues… sí. ¡Ya lo creo que sí! —Rio.

—Miranda y yo regresaremos a Inglaterra dentro de una semana —dijo Rose—. Queremos pasar tiempo juntas antes de volver a Yorkshire y ver a Chloe, su hija. Después de eso, puedes venirte cuando quieras.

—Tengo algunos temas que arreglar en el trabajo, pero…

David agitó una mano, restando importancia a las reticencias de Brett.

—Nada que no tenga solución.

El chico dio una palmada.

—Está bien, entonces. ¡Acepto el trato! —Los ojos le brillaban y parecía que le hubiesen quitado un gigantesco peso de los hombros.

—Lamento haber tardado tanto tiempo en reaccionar. Nunca entenderé cómo he podido ignorar el talento de mi propio hijo viniendo de la familia de la que viene —dijo David con tristeza.

—Espera un momento, papá. Hace años que no me pongo delante de un lienzo. Puede que ya no sea capaz de pintar.

—Lo serás, Brett, créeme —lo tranquilizó Rose—. Yo estuve casi veinte años sin pintar. Es algo que se lleva dentro.

Al susodicho le fascinaba ver por primera vez en su vida a su tía y a su padre juntos. Compartían una intimidad y una ternura que se contradecían con las desavenencias que los habían mantenido separados tantos años. No cabía en sí de alegría. Por primera vez en su vida sentía que formaba parte de una familia unida.

Una figura se detuvo en la puerta del restaurante y paseó la mirada por las mesas.

—¡Estamos aquí, Miranda! —David agitó el brazo.

Ella sonrió tímidamente y se acercó. Él se levantó y le retiró la silla.

Brett observó a la chica morena y delgada con asombro. Le costaba creer que fuera Miranda. Su padre le había contado que había pasado por una época muy dura, pero la sombra retraída de la chica que había odiado en el pasado provocó en él una oleada de empatía.

—Hola, Miranda, ¿cómo estás? —le preguntó con dulzura.

Ella levantó la vista y lo miró con nerviosismo.

—Eh…, mejor, gracias.

—Me alegro. No puedo ni empezar a imaginar por lo que has pasado. Creo que eres una persona muy valiente. —Miranda no supo qué decir—. De hecho, dentro de un par de semanas me reuniré con vosotras en Inglaterra. Debes de estar impaciente por ver a tu hija —continuó Brett.

A ella se le iluminó el semblante. Lo miró con ojos llenos de agradecimiento.

—Sí —dijo simplemente.

Cuánto le habría gustado que él hubiese sido el padre de su hija.

## 8

Rose sintió una gran ternura al ver a Miranda juguetear nerviosamente con los botones de su abrigo mientras el taxi subía la cuesta en dirección a la granja. Su hija le cogió la mano.

—¿Y si no se acuerda de mí? Estoy muy cambiada.

—Se acordará —respondió ella con una confianza que no sentía.

Brett indicó a las dos mujeres que se fueran y dijo que él se encargaría de pagar al taxista y de ayudarlo a bajar el equipaje.

Todavía aferrada a la mano de Rose, Miranda se encaminó hacia la puerta.

Esta se abrió antes de que su madre introdujera la llave.

La cara de la señora Thompson asomó por ella.

—¿Va todo bien, Doreen? ¿Chloe? —preguntó con toda la serenidad que pudo.

—Chloe está bien —dijo la señora Thompson—. Mira, cariño, ¿no te dije que tu madre vendría hoy?

Una niña preciosa de siete años salió tímidamente de detrás de ella. Miró con nerviosismo a las dos mujeres que había en el umbral. Por un terrible instante, Rose pensó que Chloe iba a arrojarse a sus brazos.

—Hola, abuela —dijo con una sonrisa tranquila. Acto seguido se volvió hacia Miranda, que estaba mirándola petrificada—. Hola, mamá —añadió y abrió los brazos.

Con un sollozo, la aludida levantó a Chloe del suelo y la estrechó con todas sus fuerzas.

Las dos mujeres mayores contemplaban la escena con los ojos empañados de lágrimas. Rose notó una mano en el hombro. Se dio la vuelta y vio que Brett también tenía húmedos los ojos. Observaron a Miranda mientras entraba con su hija en la sala de estar.

—Ay, cariño mío, mi pequeña. —Sollozó—. Mami ha vuelto, mami ha vuelto.

## 9

Leah despertó y vio que el sol se colaba por las rendijas de las cortinas. Se levantó de la cama y las descorrió. Lucía una preciosa mañana de abril y sintió que le subía el ánimo.

Después de todo, tenía sobrados motivos para estar contenta. Hacía tres semanas que había sobrepasado la fase de peligro y se encontraba bien. Su ginecólogo le había confirmado que el bebé estaba sano y que no había razones para no confiar en que esta vez llevaría el embarazo a buen término.

Un ligero dolor en el costado le contrajo el rostro. Leah no le prestó atención, pues sabía que era del todo normal notar una punzada de vez en cuando. Enseguida se le pasó y decidió ir a la habitación del bebé. Hacía cuatro meses que no entraba por miedo a que trajera mala suerte, pero hoy se sentía relajada y positiva con respecto a su embarazo.

Habían montado el cuarto dos años atrás, en el primer embarazo de Leah. Las sábanas de la cuna se hallaban cubiertas de polvo, que se apresuró a retirar, y el armario, repleto de ropita.

—Vas a ser un bebé muy afortunado —dijo al bulto de su barriga.

Salió de la habitación y fue a darse una ducha.

Para cuando llegó a la galería estaba hambrienta.

Tras dar cuenta del zumo de naranja y los cruasanes, atacó un cuenco de fruta mientras ojeaba el correo. Había tres cartas para ella esa mañana. Dos pertenecían a sociedades benéficas y la letra de la tercera le era desconocida.

La abrió y al ver el contenido ahogó un grito de horror.

Era una foto de ella con un vestido de Carlo hecha en los desfiles de primavera de Milán. Había sido arrancada del número de abril de *Vogue* de hacía cuatro años.

Su cara estaba rajada a lo largo y a lo ancho con un cuchillo.

Leah sostuvo la foto con manos temblorosas, incapaz de apartar la vista de ella.

Comprobó el interior del sobre. No había nada más.

—Dios mío —susurró.

«Carlo».

Las cosas habían estado demasiado tranquilas en ese frente. Llevaba dos años sin saber nada de él, aunque corría el rumor de que su negocio había caído en picado desde la marcha de Leah.

Hizo una mueca al notar un dolor en el costado. Tensión. No debía inquietarse ni ponerse nerviosa. Tenía que telefonear a Anthony y contárselo. Él sabría qué hacer.

Se levantó y cruzó la sala de estar en dirección al teléfono.

Otro dolor le arrancó un grito y la dobló en dos.

—¡No! ¡Ay, no!

Al oír los gritos de Leah, Betty, la asistenta, entró corriendo en la sala. Encontró a su señora acuclillada en el suelo con el rostro desencajado.

—Pide una ambulancia, Betty. Y llama a Anthony. Estoy perdiendo al bebé. ¡No! —gimió antes de desmayarse.

# 10

Leah se recostó en las almohadas, habiendo tocado apenas la bandeja del desayuno que le había llevado Betty. No había tenido hambre desde su vuelta a casa hacía una semana.

Anthony le había propuesto ir a la casa de Woodstock donde habían pasado la más idílica de las Navidades. Ella se había encogido de hombros y había dicho que, si era lo que quería, le parecía bien.

Él le insistió en que fuera a ver al doctor Simons, un psiquiatra, pero Leah no quería que le dijeran que estaba deprimida. Ya lo sabía.

Una pequeña lágrima le asomó en el rabillo del ojo al pensar en el pequeño fardo blanco que habría estado meciendo dentro de cinco meses. No quería hablar con nadie de esos pensamientos.

Abrió con desgana su correspondencia.

Había otra fotografía con su cara y su cuerpo rajados, esta vez perteneciente al desfile de otoño de Carlo de un año después.

Leah arrugó la foto y la arrojó a la papelera mientras los ojos se le llenaban de lágrimas. Sabía que debería contárselo a Anthony, pero no tenía ganas de que la policía la interrogara ni de lidiar con amenazas.

Hoy por hoy, le daba igual morir.


Betty llevó la foto rajada a Anthony después de limpiar el dormitorio.

—Creo que debería ver esto, señor. —Sentía un profundo afecto por la dulce joven, que los trataba muy bien a ella y al resto del personal, y estaba tan preocupada como él por su actual estado de ánimo.

Anthony cogió la hoja arrugada, la miró y suspiró.

—Dios mío.

—La encontré en la papelera después del desayuno. Puede que lo haya hecho con el cuchillo de la fruta, señor.

—Gracias por traérmela, Betty.

—De nada. Estoy preocupada por ella, señor. Una foto tan bonita de la señora… Parece como si estuviera pensando en…

—Sí, Betty. Gracias.

—Bien, señor. La señora bajará dentro de unos minutos. El equipaje ya está en la entrada.

La chica se marchó.

Anthony dobló la hoja de papel y se la guardó en el bolsillo. No era un buen momento para lidiar con eso. Puede que después de dos días de relax en la casa de Woodstock sacara el tema.

Leah entró en la sala de estar. Estaba pálida y delgada, pero preciosa con su traje pantalón de suave lana de Donna Karan.

—Aaah. —Se acercó y la besó en la mejilla—. Deslumbrante como siempre. ¿Lista, cariño?

Ella asintió.

—Nos vamos ya, entonces. No queremos perder ese avión, ¿verdad?

Leah negó con la cabeza.

—Cielo, te prometo que estos días te harán mucho bien. Te encanta la casa y no tenemos que pasar de la puerta si no quieres. ¿Puedes regalarme una pequeña sonrisa?

Ella lo intentó, pero el resultado fue nefasto.

—Qué conmovedor. —Anthony rio—. En fin, vamos.

La sacó de la sala y cinco minutos después estaban en el coche, camino del aeropuerto.

Anthony dejó la bandeja con zumo de naranja, café y cruasanes a los pies de la cama.

—¿Cómo te encuentras esta mañana?

—Bien —dijo ella con voz apagada.

—¿Abro las cortinas? Hace un día precioso.

—Si quieres.

Él dejó escapar un suspiro de frustración. Estaba dolido por el hecho de que Leah hubiese insistido en que durmieran en habitaciones separadas al llegar a la casa. Por supuesto, había accedido. Después de todo, no podía imaginar el peaje físico y emocional que estaba teniendo todo eso para su amada esposa. Rezaba para que, después de dos días de absoluto reposo y relajación, Leah se mudara de nuevo al dormitorio común.

Por el momento no había sido el caso. Cada día le proponía cosas agradables que hacer, lugares que visitar, restaurantes que sabía que le gustaban, pero recibía respuestas vagas y ningún entusiasmo. Anthony no deseaba otra cosa que ayudarla, pero por el momento ella rechazaba su apoyo. Leah parecía estar a miles de kilómetros y ahora se negaba a compartir la cama con él.

Él presentía que era el principio del fin.

Se decía una y otra vez que era solo por la depresión, que la transformación que había sufrido Leah pasaría, que no era porque sus sentimientos hacia él hubiesen cambiado. Sin embargo, conforme pasaban los días, su indiferencia hacía que le resultara cada vez más difícil aferrarse a esa creencia.

Anthony sabía que no debía rendirse. Si lo hacía, estaba seguro de que la perdería para siempre.

Respiró hondo, preparándose para su frialdad, y abrió las cortinas.

—Mira esto. —Se sentó en la cama mientras el sol entraba a raudales por las ventanas—. ¿Te apetece hacer algo hoy, cariño?

Leah se incorporó despacio, apartándose la magnífica melena de la cara y protegiéndose los ojos del deslumbrante sol.

Pocas veces la había visto tan bella.

—No especialmente —contestó.

—He pensado que podríamos ir a Woodstock, hacer algunas compras en esa pequeña boutique que tanto te gusta y comer en la Woodstock Inn. ¿Qué te parece?

—Para serte franca, preferiría quedarme, pero si quieres ir...

Algo dentro de Anthony estalló. Se levantó.

—Da igual, Leah, puedes quedarte aquí compadeciéndote de ti misma. ¿Sabes? La mayoría de las mujeres... —Se interrumpió y la miró a los ojos. La expresión no había cambiado. Se pasó una mano distraída por el pelo—. Oye, lo siento. Me estoy esforzando por entender cómo te sientes, pero... Salgo a dar un paseo. No tardaré.

Leah lo observó salir de la habitación. Sabía que debería sentir algo por la reacción de Anthony, pero no podía. Solo notaba ese constante aletargamiento que le impedía reaccionar, como si la realidad la hubiese abandonado.

Oyó un portazo e imaginó que debería inquietarse.

Anthony salió de la casa a grandes zancadas y bajó por el camino reprendiéndose por haber mencionado alguna vez que le gustaría otro hijo. En lo que a él concernía, amaba locamente a Leah y, aunque tener un bebé fortalecería su unión, él solo quería que ella no saliera perdiendo por estar casada con un hombre mucho mayor.

Había rezado por su bien para que este embarazo fructificara y había quedado destrozado por la misma razón cuando no fue así.

El médico había explicado una y otra vez las razones clínicas del cambio de personalidad de Leah, que era un estado de ánimo que no podía evitar. Le había rogado a Anthony que se mostrara paciente y comprensivo, pero era humano. El deterioro de ella desde su primer aborto involuntario había sido gradual pero notable y él anhelaba el regreso de la chica alegre y feliz con la que se había casado.

A veces barajaba la teoría de que Leah estuviera aburrida y esa fuera la razón de que hubiese concentrado toda su energía en tener un bebé. Su mente rápida y curiosa necesitaba algo más que la rutina diaria de ser la esposa de un empresario, especialmente después de la vida frenética que había llevado antes de casarse. Anthony le había preguntado una y otra vez si quería volver a trabajar de modelo o elegir otra profesión que le permitiera dar buen uso a su cerebro. Leah siempre había respondido que no.

Mientras paseaba por la avenida arbolada escuchando el trino de los cuclillos en las frondosas copas, se descubrió preguntándose una vez más por qué ella había decidido tan repentinamente casarse con él. En aquel entonces estaba tan contento de que hubiera aceptado que no se detuvo a meditarlo en profundidad. Pero, ahora que su relación estaba desmoronándose ante sus ojos, tenía que preguntarse si Leah lo había querido de verdad alguna vez.

Tenía miedo. Perderla era una pesadilla a la que no podía enfrentarse. Una brecha los estaba separando y Anthony no sabía qué hacer para recuperar su unión.

Más tarde se sentaron juntos en la terraza. Él había regresado rebosante de disculpas y Leah había intentado mostrarse agradable.

Se levantó y se acercó a ella.

—¿Por qué no salimos para una cena romántica? Podrías ponerte el vestido de Christian Dior que te compré la semana pasada. ¿Qué me dices, cariño? —Le rodeó el cuello y la besó en la mejilla.

Leah se deshizo de su abrazo y negó con la cabeza.

—Estoy demasiado cansada para salir. Ve tú si quieres. Voy a tumbarme.

Se metió en casa.

Anthony tuvo un escalofrío a pesar de que era una cálida noche de mayo. Suspiró y cogió un ejemplar de *The New York Times* para dejar de pensar en sus problemas.

Una fotografía en la página catorce llamó su atención. Era de la modelo Maria Malgasa en su mejor momento, bellísima con uno de los vestidos del diseñador Carlo Porselli.

Anthony leyó el texto que la acompañaba.

Maria Malgasa, conocida por millones de personas a mediados de los setenta como la modelo mejor pagada del mundo, ha sido hallada estrangulada en su habitación de un hotel de Milán, donde se encontraba trabajando en un reportaje para *Vanity Fair*. El equipo descubrió su cuerpo después de que no se presentara en el aeropuerto para tomar el vuelo de regreso a Nueva York. Su amante de años, Carlo Porselli, está ayudando a la policía con la investigación. Los detalles todavía son vagos, pero se cree que había indicios de una relación sexual.

Al rato, Anthony le enseñó el artículo a Leah.

—La conocías, ¿verdad?

Ella asintió mientras contemplaba la fotografía. Él vio que empalidecía.

—Dios mío, Anthony, yo he estado recibiendo por correo fotos mías hechas jirones.

—Cariño, pensábamos que lo habías hecho tú... Encontramos la que recibiste el día que perdiste el bebé y Betty me enseñó una que rescató de la papelera.

Leah sacudió la cabeza.

—En las fotografías siempre aparezco con un diseño de Carlo en uno de sus desfiles. El matasellos del sobre era de Milán. Si es él quien me está haciendo esto, ¿no te parece probable que él... a Maria? —No pudo pronunciar las palabras.

—No lo sé, pero ahora mismo llamo a la policía.

## 11

—*Per favore*, tiene que creerme. Dejé a Maria justo después de cenar. Dijo que estaba cansada y que quería acostarse pronto. —Carlo se pasó la mano por el alborotado pelo al tiempo que miraba al agente de policía sentado al otro lado de la mesa.

—Señor Porselli, sus huellas dactilares están en los efectos personales de la señorita Malgasa y por toda la habitación.

—¡Ya le he explicado por qué! —Clavó el puño en la mesa con frustración—. Maria y yo hicimos el amor esa noche antes de salir a cenar, no después. Me despedí de ella frente al ascensor del hotel y regresé solo a mi piso.

—Es una lástima que ninguna de las personas que había en el vestíbulo del hotel pueda verificar eso. El portero asegura que vio a un hombre moreno que encaja con su descripción acompañar a la señorita Malgasa a su habitación quince minutos después de la hora a la que usted dice que se fue. Y que vio al mismo hombre marcharse a las cuatro y media de la mañana.

Carlo suspiró hondo.

—*Non lo so*, no sé quién era ese hombre, pero no era yo. ¡Yo amaba a Maria! ¡Era mi primera modelo! ¿Por qué iba a querer matarla? Yo no tengo antecedentes de violencia. Pregunte a cualquiera de las modelos con las que he trabajado.

—Eso hemos hecho, señor Porselli. —El agente arrojó una carpeta de plástico transparente sobre la mesa—. Eche un vistazo a esto.

Carlo sacó las fotos rajadas de Leah.

—¡Uf! ¡Son *nauseanti*! ¡Diabólicas!

—Eso pensamos también nosotros y la señora Van Schiele, que ha estado recibiéndolas por correo. La última llevaba un matasellos de Milán.

Él abrió la boca para hablar, pero cambió de parecer. Sabía por la manera en que lo miraba el agente que lo creía culpable de ambos crímenes.

—¿La señora Van Schiele iba a ser su siguiente víctima, señor Porselli?

Este notó que los ojos se le llenaban de lágrimas de indignación y lástima por sí mismo. No podía creer que él, Carlo Porselli, el gran diseñador, estuviera retenido en la celda mugrienta de una comisaría milanesa, sospechoso de asesinato.

—Lo dejo solo para que reflexione sobre lo que acabo de decirle, *signore*. Tenemos pruebas suficientes para inculparlo.

—¡En cuanto mis amigos se enteren de esto, sufrirá! —gritó Carlo cuando el agente se encaminó a la puerta.

El policía sonrió.

—Creo, *signore*, que no tiene tantos amigos como cree. *Buonanotte*.

La puerta de la celda se cerró con un golpe seco.

Él hundió la cabeza en las manos y rompió a llorar.

El vuelo de dos horas desde el aeropuerto Linate llegó puntualmente a Heathrow. Los pasajeros pasaron el control de pasaportes y aduanas, y salieron al fresco aire de mayo.

Compró un periódico mientras hacía cola para tomar un taxi. Cuando este abandonó el aeropuerto, sonrió al ver el titular. Carlo Porselli había sido acusado del asesinato de Maria Malgasa.

Así lo había planeado, para vengarse de él por haberle arrebatado a Leah y haberla convertido en una zorra arrogante y egoísta que lo había tratado como un perro.

Maria y las demás habían satisfecho sus necesidades durante un tiempo, pero había llegado el momento de reclamar a la mujer que siempre había sido suya. Le había enviado varios avisos y ahora solo le quedaba esperar. Sabía que vendría a él.

El taxi tardó una hora en llegar a la estación de King's Cross. Subió al tren y se instaló para el largo trayecto hacia el norte.

## 12

Brett se despertó en la granja con el trino de una familia de acentores que anidaba bajo el alero de su habitación. Miró el reloj a la luz del alba y vio que eran poco más de las seis. Salió de la cama, se puso un tejano y un jersey viejo, y bajó a su estudio. Al entrar en la estancia, sonrió. Había sido de Rose antes de que esta transformara uno de los graneros y se lo pasara a él. Se detuvo unos instantes, disfrutando del olor de las pinturas y del desorden que él mismo había creado.

Examinó detenidamente el cuadro que descansaba en el caballete.

Sabía que era, de lejos, lo mejor que había pintado hasta el momento. Los colores eran sutiles y se fundían con una armonía perfecta, natural.

Esto no era Brett Cooper imitando a otro artista. Poseía su propio carácter individual y único. Tenía personalidad.

Había necesitado nueve cuadros y tres meses de trabajo infatigable para llegar a este punto. Esparcidas por el estudio, sus demás obras eran buenas, pero carecían de singularidad. Rose había estado alentándolo, diciéndole que debía perseverar y que con el tiempo empezaría a florecer su estilo personal. Le decía que tenía un talento natural que era preciso cultivar, desarrollar y permitir que se expresara con libertad.

Brett sabía que finalmente había hecho eso.

Durante sus años de formación había tomado un objeto o un paisaje y hecho hincapié en su belleza. Pero, desde que había empezado a pintar de nuevo, sentía que quería expresar algo a través del lienzo, darle a la pintura un significado. El cuadro que acababa de terminar era de una bella muchacha con los brazos levantados hacia el cielo. La mitad superior estaba repleta de colores vivos; el cielo era azul, el sol brillaba, los manzanos alrededor de la cabeza de la chica estaban en flor y Brett había empleado el expresionismo romántico hasta el extremo. Pero para la mitad inferior del cuadro había empleado colores mucho más oscuros. Unas manos masculinas le sujetaban los tobillos a la muchacha y el suelo era frío y negruzco. Uno de los brazos se extendía hacia su vientre semidescubierto.

Brett lo contempló unos instantes.

—*Mujer encadenada* —murmuró.

Traería hoy a Rose para que lo viera. Parte de la dicha de vivir en la granja eran las largas conversaciones frente a una botella de vino hasta altas horas de la noche. Ella le hablaba de sus tiempos en el Royal College y juntos comentaban las obras de Freud, Bacon y Shutherland, así como de los contemporáneos de Rose de los cincuenta, dedicando horas a cada una de las pinturas de la enorme colección de catálogos de ella.

Así y todo, mientras miraba su nuevo cuadro, Brett comprendió que había llegado el momento de continuar viaje. Volver a trabajar para su padre en Nueva York quedaba descartado. Necesitaba estar en una institución llena de artistas jóvenes y crecer junto a ellos. Su tía Rose deseaba que estudiara, como ella, en el Royal College, pero Brett sabía adónde quería ir. A París, la ciudad donde su abuelo Jacob había vivido y aprendido su oficio. Lo estaba llamando; por las noches soñaba con ella de manera tan vívida que por las mañanas se despertaba dudando de la realidad del nuevo día.

Decidió que había llegado el momento de hablar de su futuro con Rose, de decirle que quería estudiar en la École des Beaux-Arts de París. Brett cogió la paleta y el pincel, y procedió a darle los últimos retoques al lienzo. Como siempre que se ponía a trabajar, pensó en Leah.

Había leído la noticia de la detención de Carlo por el asesinato de Maria Malgasa, horrorizado y no sin cierta satisfacción. Brett se había preguntado a menudo por qué ella no se había casado con él después del anuncio de su compromiso en los periódicos. Supuso que se habían peleado, pero, a la luz de lo sucedido ahora, empezaba a tener sus dudas. Había sido tal su grado de enfado y embriaguez cuando se encaró con Leah que no había estado en condiciones de escuchar sus explicaciones. ¿Y si le dijo la verdad? Después de todo, el hombre acababa de ser acusado del brutal asesinato de otra modelo.

Brett suspiró. De nada servía torturarse. Ella estaba felizmente casada con otro hombre. No era su sino estar juntos. Él estaba destinado a pasar el resto de su vida soñando con una mujer que nunca podría ser suya.

Soltó el pincel y cayó en la cuenta de que tenía hambre. Abrió la puerta del estudio, cruzó el recibidor y se detuvo a recoger la correspondencia.

Miranda y Chloe ya estaban en la cocina desayunando. A la pequeña se le iluminó el rostro al verlo.

—Hola, tío Brett. ¿Estabas pintando más cuadros?

Él asintió. Cuando se sentaban a la mesa del desayuno experimentaba a menudo una sensación de *déjà vu*. La señora Thompson trajinaba en la cocina y Brett dejaba que su mente se remontara a las primeras vacaciones que había pasado en la granja. Cuánto hacía de eso, cuánto había llovido desde entonces.

Rose entró en la estancia.

—Buenos días a todos. —Tenía cara de cansada.

—¿Has dormido bien? —le preguntó él.

—No. A las tres de la mañana me entró un ataque de pánico por la exposición de Nueva York y llevo en mi estudio desde entonces.

—Vamos, Rose, sé que nunca has expuesto allí, pero tu obra es fantástica —la reconfortó Brett.

—Gracias, querido, pero faltan menos de dos meses y todavía me quedan cuatro cuadros por pintar.

—Estaremos allí para apoyarte, mamá —dijo Miranda con dulzura.

—Lo sé, cariño. Perdonad que esté tan nerviosa, pero es muy importante que la exposición sea un éxito.

—Y te prometo que lo será. Chloe, cielo, vamos a vestirte.

—Sí, mamá.

Madre e hija salieron de la cocina.

Rose suspiró.

—Brett, estoy preocupada por Miranda. Tiene muchos cambios de ánimo. Confío en que el viaje a Nueva York le haga bien, aunque no tendré mucho tiempo para estar con ella. Es una pena que Chloe y ella no puedan pasar conmigo todo el mes, pero la niña tiene que volver para empezar el colegio.

—Estoy seguro de que lo pasarán genial. El dúplex de mi padre es alucinante y está en pleno centro. Me dijo que, mientras os alojéis con él, se tomará tiempo libre para enseñarles la ciudad a Miranda y a Chloe.

Rose sonrió.

—Me alegro.

Brett se levantó.

—Será mejor que vuelva al trabajo. ¿Puedes pasarte más tarde por mi estudio? Quiero enseñarte algo y me gustaría hablarte de un asunto.

—Claro.

Rose se quedó sentada y bostezó.

Si iba a Nueva York, se preguntaba si regresaría algún día a casa.

## 13

Leah deambuló por el bello y soleado jardín podando con ensañamiento los capullos muertos de los rosales.

Miró su reloj. Las 10.10. Un día entero se extendía ante ella, culminando con una velada interminable de tensa conversación durante la cena cuando Anthony regresara a casa.

No podía creer cómo se sentía por dentro. Muerta, aletargada, sin el menor atisbo de interés por nada.

Ni siquiera cuando la policía la interrogó y le mostró las fotografías rajadas que le habían enviado por correo sintió nada. Tenía la sensación de ser una espectadora viendo su vida pasar desde lejos. No había sentido nada cuando acusaron a Carlo después de que sus pruebas se sumaran a las huellas dactilares encontradas en la habitación de Maria. La policía dijo que podrían llamarla a declarar como testigo de la acusación, pero Leah no quería pensar en ello.

Estaba segura de que ya no quería a Anthony. Aun así, todavía le dolía ver lo fácilmente que podía herirlo con una simple palabra.

Hacía más de tres meses que dormían separados, desde su regreso de Woodstock. La idea de tener relaciones sexuales con él la repugnaba, pues solo conseguía recordarle su ineptitud y la muerte de sus tres bebés. Sabía que era inútil seguir intentándolo, de modo que había decidido parar.

A veces se preguntaba si Anthony tenía una aventura. Era normal que buscara consuelo en otra mujer. Sin embargo, nunca llegaba tarde y la telefoneaba a todas horas cuando estaba de viaje de negocios.

En cierto modo, pensaba que sería preferible que tuviera a alguien. Así dejaría de sentirse culpable. Deseaba que se enfadara, como aquel día en Woodstock en que le gritó, pero en lugar de eso aceptaba su comportamiento con resignación.

Anthony le había propuesto que buscaran de nuevo un hijo y, cuando Leah se negó en redondo, planteó la posibilidad de adoptar. También la rechazó. Adoptar un hijo sería la confirmación pública de su ineptitud.

Así que pasaba los días esperando la hora de acostarse para dormirse y tener su sueño maravilloso y recurrente: un bebé en los brazos, menudo, suave y dependiente; Brett orgulloso a su lado, contemplando a los dos con amor.

Podía estar semanas sin pensar en él, pero luego tenía ese sueño y se pasaba el día siguiente recordando lo que había sentido por él, lo perfecto que había sido su amor. Eso despertaba en ella un deseo sexual que creía muerto y pensaba contrita en Anthony y en cómo se sentiría si lo supiera.

Pero también estaba el otro sueño, el que tenía desde que era una niña. La figura oscura persiguiéndola por los páramos hasta que ya no tenía fuerzas para correr… y oyendo la voz de Megan una y otra vez, advirtiéndola…

Leah sacudió la cabeza e intentó volver al presente. Instintivamente supo que estaba perdiendo un tiempo precioso, que su vida había tomado un rumbo indeseable y no estaba haciendo nada para redirigirla.

Era como estar en el limbo esperando a que un acontecimiento que sabía que iba a llegar la salvase de sí misma.

Hasta entonces, la vida debía continuar.

Recogió del suelo las rosas muertas y regresó a la casa.

El teléfono estaba sonando. Descolgó el auricular.

—¿Diga?

—Leah, soy mamá…

Hubo un sollozo al otro lado del teléfono.

—Mamá, ¿estás bien? ¿Qué ocurre?

—Lo… lo siento, Leah, es tu padre. Sabes que estaba recuperándose bien de la operación de cadera, pero anoche me llamaron del hospital. Ha sufrido un infarto, Leah, y de los fuertes. No saben si lo superará. Estoy muy asustada, Leah. No sé qué hacer.

—Escúchame, mamá. Voy a coger el próximo Concorde a Inglaterra. Volaré a Leeds desde Heathrow. ¿Papá está en el hospital Airedale?

—Sí.

—Me reuniré allí contigo lo antes que pueda. Aguanta, mamá, y dile a papá que aguante también.

—Gracias, Leah. Te necesito… Te necesitamos.

—Mantén la calma, mamá. Te llamaré desde el aeropuerto cuando sepa a qué hora llego a Leeds.

Colgó y llamó de inmediato a la central de reservas de British Airways. Le dieron el último asiento del Concorde del mediodía a Londres. Llegaba a las diez y media de la noche, por lo que perdería el vuelo de conexión a Leeds. Tendría que alquilar un coche y conducir de noche hasta Yorkshire.

Subió corriendo a su habitación para meter algunas cosas en una maleta y escribió una nota a Anthony.

Crisis familiar en Inglaterra. Mi padre ha tenido un infarto. Te llamaré cuando llegue. L.

Malcolm la llevó al aeropuerto y pasó el control de pasaportes mientras oía el último aviso para su vuelo.

Cuando el avión despegó, Leah experimentó una oleada de emoción que casi la deja sin respiración. Había un dolor profundo, pero también algo más.

Por primera vez en muchos meses sentía que la necesitaban.

Leah llegó al hospital Airedale a las cuatro de la mañana. La enfermera la condujo hasta la unidad de cuidados intensivos. Doreen Thompson estaba sentada en la sala de espera con la mirada perdida. Ella se mordió el labio al ver lo mucho que su madre había envejecido desde la última vez que la vio. Pequeñas vetas grises le salpicaban el cabello y tenía el rostro cansado y ojeroso.

Se arrojó a sus brazos. Permanecieron así mientras la señora Thompson lloraba en silencio.

—Gracias por venir, Leah. Me estaba volviendo loca sin nadie con quien hablar.

—¿Cómo está?

La mujer hizo un gesto de impotencia.

—Dicen que está igual. Ni mejor ni peor. Tiene muy mal aspecto. Está muy pálido... Lo han conectado a un montón de máquinas. A veces abre los ojos, pero no puede hablar.

—Voy a verlo.

—¿Quieres que te acompañe?

Leah negó con la cabeza.

—Quédate aquí e intenta descansar. Pareces agotada.

Caminó despacio por el silencioso pasillo. Vio a otros familiares sentados junto a sus seres queridos pese a lo avanzado de la noche. En cuidados intensivos no había un horario de visitas.

La enfermera señaló la habitación en la que se encontraba el señor Thompson. Leah respiró hondo y entró.

Reprimió un sollozo, pues no estaba preparada para ver a su adorado padre tan frágil e inmóvil. Yacía boca arriba, conectado a pantallas y goteros.

—Papá, papá —susurró—, soy Leah. —Se inclinó sobre él para que la viera si abría los ojos. Pero no los abrió.

Se sentó pesadamente en la silla que había junto a la cama. Buscó la mano de su padre, agarrotada y deformada después de años de esteroides y otros medicamentos. Su pobre cuerpo había soportado mucho dolor y ella jamás había oído una queja salir de su boca. No tenía ni cincuenta, pero aparentaba sesenta y cinco.

—Papá, Leah está ahora contigo. Quiero que te concentres en ponerte bueno para que mamá y yo te llevemos a casa y seamos la familia que éramos antes.

Las lágrimas le rodaron por el rostro al pensar en todas las veces que podría haber cogido un avión para ir a verlos. Se reprendió por estar tan absorta en sus problemas. Y quizá ya fuera demasiado tarde.

—Papá, ¿recuerdas cuando era niña y contemplábamos los páramos y tú me decías los nombres de los diferentes pájaros que volaban por encima de nosotros? ¿Y mi primer día de colegio, cuando no paraba de llorar y me negaba a entrar? Me dijiste que te pasarías el día entero fuera y que, si no me gustaba, podía salir y tú estarías esperándome para llevarme a casa. Como es natural, una vez dentro todo fue bien, pero a la salida allí estabas. A menudo me he preguntado si de verdad te pasaste allí todo el día. —Sonrió a través de las lágrimas al ver que su padre abría los ojos y una pequeña sonrisa le aparecía en el rostro.

Leah se quedó dos horas antes de, algo más animada, ir a buscar a su madre a la sala de espera

—El médico no tardará en pasar. ¿Por qué no vamos a desayunar a la cafetería? Debes de tener hambre después del viaje.

En lo último que estaba pensando ella era en su estómago, pero probablemente necesitara comer.

La cafetería bullía con el cambio de turno del personal del hospital. Leah y su madre se obligaron a ingerir un desayuno caliente.

—¿Cuánto tardarán los médicos en saber… si el peligro ha pasado?

La señora Thompson se encogió de hombros.

—Quién sabe. Aparte del infarto, tu padre tiene mucha fiebre y está débil por la operación de cadera. Esa fue la causa, Leah. Fue demasiado para su pobre corazón. En estos momentos no saben de qué manera le ha afectado el infarto. Nunca he sido dada a rezar, Leah, pero he dicho unas cuantas plegarias estos últimos dos días. Tu padre es el único hombre que he conocido. Nos casamos cuando yo era muy joven, hace veinticinco años ya. Sé que a veces me irrito con él, pero es la razón de mi existencia. No podría vivir sin él.

Leah le cogió la mano mientras su madre lloraba y se secaba rápidamente las lágrimas con su empapado pañuelo.

—En fin, basta de llantos —dijo—. Tenemos que ser fuertes por tu padre y seguir confiando en que saldrá de esta. Tiene que hacerlo.


Leah y su madre no se separaron de su cama durante los dos días siguientes. Hablaban con él, le leían, le cogían la mano y le acariciaban la frente. Las enfermeras les insistían en que se fueran a casa a descansar, pero no querían ni oír hablar de ello.

—Queremos que sepa que estamos con él en todo momento —dijo la señora Thompson con firmeza.

La tercera mañana desde la llegada de Leah, el doctor las convocó en su despacho.

—Buenas noticias. Vamos a sacar al señor Thompson de la unidad de cuidados intensivos.

—Gracias a Dios, gracias a Dios —sollozó su mujer.

—Pero tendrá que permanecer en el hospital tres semanas más y luego necesitará muchos cuidados. Ahora que sabemos que está fuera de peligro, les aconsejo que se vayan a casa a descansar. No nos gustaría tener a otras dos pacientes, ¿verdad?

—Muchas gracias, doctor.

Leah y su madre cruzaron el pasillo y asomaron la cabeza por la puerta de la habitación de su padre. Una enfermera estaba desconectándole los electrodos del torso.

Se acercaron a la cama. Su padre tenía los ojos abiertos y muy despiertos. Pronunció un hola silencioso con los labios.

—Nos vamos a casa a echar una cabezada y ponernos guapas para tu regreso. —La señora Thompson enarcó las cejas y a Leah le encantó ver que su madre volvía a ser la mujer parlanchina de siempre. Se inclinó sobre su marido y le dio un beso en la frente—. Si vuelves a hacerme esto, se acabaron para ti los budines de Yorkshire.

El señor Thompson asintió con una sonrisa.

—Hasta luego —dijo con los labios.

Madre e hija abandonaron el hospital con andar alegre, regresaron a Oxenhope en el Escort que Leah había alquilado y durmieron como bebés el resto del día.

## *14*

Cuando faltaba una semana para que el señor Thompson abandonara el hospital, Leah pidió cita con el médico.

La invitó a pasar y ella se sentó en una silla frente a la mesa.

—¿Cómo está mi padre?

—Progresa muy bien, Leah. Como dije, durante un tiempo necesitará muchos cuidados. Podemos proporcionarles algo de ayuda; la enfermera del distrito irá a verlo cada dos días, pero me temo que la mayor parte del trabajo recaerá en su madre.

—Eso es lo que me preocupa, doctor. Lleva veinte años cuidando de él y está agotada. Yo puedo quedarme unos días más, pero tarde o temprano tendré que regresar a Estados Unidos. Pensé en contratar a una enfermera, pero la casa es pequeña y mi madre es incapaz de delegar. De modo que se me ha ocurrido una idea. ¿Qué le parece si los mando unas semanas a una clínica de reposo? Así mi madre estaría con mi padre, pero contaría con ayuda las veinticuatro horas del día para hacer todas las cosas que corresponda, lo cual le daría un respiro. Necesita descansar tanto como mi padre. He telefoneado a algunas clínicas privadas y he encontrado una cerca de Skipton que, por lo que muestra el folleto, tiene muy buena pinta y acepta parejas. Mi madre se liberaría de una parte de la carga y yo no estaría tan preocupada.

El médico asintió.

—Creo que sería fantástico, aunque las clínicas de reposo son muy caras.

—Eso no importa. Solo quería saber si le parecía una buena idea.

—Desde luego, para los dos.

—Está decidido, entonces. ¿Podría decírselo usted a mi madre, doctor? Si se lo digo yo, empezará con que es mucho dinero y que la situación no es para tanto.

—Cuente con ello —dijo el médico con una sonrisa comprensiva.


—Y ahora marchaos y no os preocupéis de nada. Papá, procura que mamá se relaje, ¿quieres?

—Haré lo que pueda, muchacha.

Los sanitarios subieron al señor Thompson a la ambulancia que debía llevarlos a la clínica de reposo, la cual quedaba a cincuenta kilómetros del hospital.

—Adiós, mamá. Descansa, que para eso vas.

—Sí, Leah, aunque tu padre y yo habríamos estado bien en casa.

—¡Basta, mamá! —La abrazó—. Tomaré un avión para venir a veros cuando estéis de nuevo en casa.

—Si tienes oportunidad, dile a Chloe que la echaré de menos y que volveré pronto.

—Sí, mamá.

Leah les lanzó un beso mientras las puertas de la ambulancia se cerraban. Los vio partir del hospital y regresó al coche.

Cuando entró en la casa, se vino abajo. Las dos últimas semanas había estado concentrada en atender a su padre y apoyar a su madre. No había tenido tiempo para pensar en sus problemas. Pero ahora, con la casa tan vacía y silenciosa, se puso a pensar en Anthony y en su deteriorado matrimonio. Lo había telefoneado un par de veces para contarle cómo iban las cosas. Él, como siempre, se mostró dulce y le dijo que se quedara el tiempo que quisiera y que, si ella lo deseaba, volaría de inmediato a Inglaterra para estar a su lado. Leah le dijo que quería pasar una semana atando cabos sueltos antes de regresar y Anthony lo aceptó sin rechistar. Ella creía que unos días sola era justo lo que necesitaba para aclarar sus ideas.

Se paseó por la casa guardando en el armario las tazas secas y enderezando los ya perfectamente colocados cojines del sofá. Por fin se sentó y dio un largo suspiro. Quizá fuera una reacción por las dos últimas semanas, pero hoy no era el día para iniciar un camino de introspección.

Agarró las llaves del coche y salió de la casa. Sabía adónde quería ir.

La casa parroquial había recibido una capa de pintura desde la última vez que había estado. Habían construido un anexo que albergaba una tienda de recuerdos y un espacio para exposiciones.

La cola para entrar era larguísima, pero Leah aguardó con tranquilidad al sol, escuchando a un grupo de turistas estadounidenses cargados con cámaras de vídeo charlar estruendosamente delante de ella. Se le hacía extraño pensar en que había pasado los últimos tres años entre ellos; fuera de su país se le antojaban ajenos.

Una vez dentro, la casa parroquial estaba justo como la recordaba. Deambuló por ella empapándose de la atmósfera que había adorado de adolescente. La última vez que estuvo aquí... ¿Por eso había venido? ¿Para evocar recuerdos tan agradables y al mismo tiempo tan dolorosos?

Reflexionó sobre ello mientras descendía por la calle empedrada y entraba en la Vieja Botica para comprar sales de baño con semillas de mostaza.

Se detuvo delante del Stirrup Café. Qué demonios. Si iba a revolcarse en recuerdos del pasado, más valía hacerlo bien.

Eligió una mesa junto a la ventana para ver pasar a la gente y pidió un pastel de carne.

Justo cuando se disponía a tomar un sorbo de café, dirigió la vista al cristal y vio una figura alta con el pelo rojo Tiziano subir la cuesta. ¿Estaba alucinando? Él pareció mirar en su dirección, pero luego siguió andando hasta desaparecer de su vista.

Una terrible decepción la invadió. Leah bebió el café a pequeños sorbos con aire pensativo.

La campanilla de la puerta tintineó, pero ella no miró.

—Dios mío, eres tú. Al principio he dudado, pero... —Estaba de pie frente a ella, sonriendo con nerviosismo.

—Hola, Brett.

—Eh..., hola.

—¿Qué haces aquí?

Él la miró sorprendido.

—Vivo en la granja con Rose. ¿Tu madre no te lo ha dicho?

—No, pero últimamente ha tenido otras cosas en la cabeza.

—Lo sé. Sentí mucho lo de tu padre. Mi tía me lo contó. Pero se está recuperando, ¿verdad?

Leah sonrió.

—Sí, aunque su vida ha estado pendiendo de un hilo.

Brett titubeó. Luego dijo:

—¿Te importa que me siente?

Ella encogió los hombros con desenfado.

—Adelante.

Él dejó dos hogazas de pan en el suelo, junto a su silla.

—A Rose le encanta el pan de la panadería que hay un poco más arriba. Vengo expresamente a Haworth para comprarlo. —Se preguntó qué hacía disculpándose por estar allí cuando esa parte del mundo era ahora su hogar—. Estoy hambriento. ¿Vas a comer?

—Sí.

—Tomaré lo mismo que tú. —Brett hizo señas a la camarera.

—¿Sí? —dijo esta con la libreta en la mano.

Leah enrojeció.

—Otro pastel de carne, por favor —dijo.

—Marchando.

Miró a Brett y supo de inmediato que también se acordaba.

—¿Cuánto tiempo vas a estar aquí? —preguntó él.

—Me queda una semana. Estoy instalada en casa de mis padres. Entonces ¿ya no trabajas para tu padre?

—No. Fue él quien me aconsejó que viniera aquí unos meses para pintar. Luego, si estaba seguro de que todavía era lo que quería, podría matricularme en una escuela de bellas artes. De hecho, esta mañana me han dado buenas noticias. —Brett rebuscó en el bolsillo de su tejano y sacó una carta arrugada—. Gracias a las pinturas que presenté en la École de Beaux-Arts de París he conseguido una entrevista para dentro de diez días. No imaginas cuánto me gustaría estudiar allí. Es la escuela a la que fue mi abuelo.

La camarera llegó con la comida.

—No lo sabía, pero me alegro mucho por ti. No puedo creer que la última vez que te vi estuvieras tan seguro de que tu padre jamás te permitiría abandonar su empresa.

—He hecho esto con su absoluto beneplácito, Leah. —Brett suspiró al tiempo que cogía el tenedor y empezaba a comer—. A nuestra familia le han sucedido muchas cosas este último año. Es demasiado largo de explicar, pero mi padre ocultaba toda clase de heridas que lo hacían ser como era. Ha pasado por una época muy difícil y la experiencia lo ha cambiado por completo. Es otra persona. —Hizo una pausa—. Y yo también. Leah, tienes que pasarte por la granja. Estoy seguro de que a Rose le encantaría verte. Dentro de tres semanas se irá con Miranda y Chloe a Nueva York para su primera exposición en América.

—¿En serio? ¿Y cómo está Miranda? ¿Ha vuelto entonces después de su misteriosa ausencia?

—Sí, y, como mi padre, muy cambiada. De hecho, ahora nos llevamos de maravilla. Y su hija es adorable.

Ella no supo qué responder. Le dolía oírlo hablar de lo maravillosa que era Miranda.

—Tengo que irme, Brett.

—Leah, creo que deberíamos hablar. Me comporté como un imbécil la última vez que nos vimos. ¿Puedo pedirte que cenes conmigo esta noche?

—Esta noche no.

—Ah. —Brett parecía decepcionado—. ¿Mañana, entonces?

—De acuerdo. —Las palabras salieron de su boca antes de que pudiera detenerlas.

—Iremos al Steeton Hall. Rose dice que se come muy bien. Te recogeré a las ocho.

—Está bien. —Leah sacó dinero de su monedero y lo dejó sobre la mesa—. Adiós, Brett, nos vemos mañana.

Él la siguió con la mirada cuando salió del restaurante. Diez minutos después subió por la calle principal con las manos en los bolsillos.

Leah, Leah. Estaba aquí. Había hablado con ella no hacía ni quince minutos.

Se dirigió a los páramos de detrás de la casa parroquial donde la había besado por primera vez. Se sentó en la hierba aspirando su dulce aroma. El sol seguía alto y cerró los ojos.

¿Había terminado? El instinto le decía que no.

Pero empezar otra vez… Brett tenía miedo. Miedo al dolor de abrirse a sus emociones después de haberlas reprimido durante tantos años.

Su padre había cerrado su corazón y arrojado la llave. Era más seguro así, no traía sorpresas ni sufrimiento. Por otro lado, pensó, era una vida plana, como un dibujo en carboncillo que no ha sido rellenado con la belleza viva del color.

Él todavía la amaba.

El pasado era el pasado. Y él quería un futuro.


Al día siguiente por la noche, Leah se vio asaltada por el recuerdo de su primera cita con Brett en Nueva York. Se probó toda la ropa que había traído consigo y fue incapaz de decidirse. Por lo general, entraba en su vestidor y sacaba una prenda sabiendo instintivamente que era la correcta.

Se sentía de nuevo como una adolescente y reflexionó sobre el hecho de que nunca tenía esos problemas cuando salía a cenar con Anthony.

Por otro lado, Brett siempre la había hecho sentir así: cohibida y nerviosa como un gatito.

No había pegado ojo en toda la noche y decidió que era una combinación de estar sola por primera vez y la lucha con su conciencia por haber quedado con él.

En un par de ocasiones mientras despuntaba el alba sobre los páramos pensó en telefonear a Anthony, pero no lo hizo. Él oiría la culpa en su voz.

«Por Dios, Leah, solo vas a cenar con un viejo amigo, nada más».

Pero su corazón no estaba de acuerdo.


Brett condujo hasta el pueblo de Oxenhope. Dobló por la nueva propiedad y, cuando la casa apareció ante él, lo asaltaron los recelos.

Leah se había mostrado muy serena el día previo, como si el encuentro no la hubiese afectado lo más mínimo. En cambio, él había sido un manojo de nervios y había hablado por los codos, pensó. Era tal su estado que Rose casi lo mata cuando confesó que se había dejado el pan en algún lugar de Haworth.

Todos sus sentidos temblaban de expectación cuando llegó a la puerta. Apagó el motor.

«Vamos, Brett, es una mujer casada —le decía su cabeza…—. No es más que una cena agradable para disculparme por mis errores pasados».

Ahora eran dos adultos maduros y sensatos.

Su corazón, sin embargo, le decía otra cosa.

—Hola, Leah. Estás muy guapa.

—Gracias, Brett.

Se quedó en el umbral, pues no sabía si entrar o si ella tenía planeado que fueran directos al restaurante. Decidió preguntárselo:

—¿Vamos directamente al restaurante? El trayecto es bonito y podemos tomar una copa antes de cenar.

—Buena idea. —Leah cerró la puerta y se encaminaron al coche.

Llegaron a Steeton en menos de veinte minutos. Rose le había dejado a Brett su maltrecho Range Rover durante su estancia y ella disfrutó del característico olor a coche viejo: una mezcla de cuero y gasolina.

Se las apañaron para hablar de trivialidades la mayor parte del trayecto, llegaron al restaurante y se instalaron en el bar. Brett pidió cerveza para él y vino blanco para Leah.

—¿O sea que ahora bebes? —le preguntó.

—Solo en ocasiones especiales.

—Me siento muy honrado, señora —contestó Brett, preguntándose si debería lanzarse ya con las explicaciones o esperar a la cena. Optó por lo segundo—. Dime, ¿por qué dejaste el trabajo de modelo? —preguntó.

—Estaba cansada. Y la muerte de mi amiga Jenny fue la gota que colmó el vaso.

Brett la miró con genuino pesar.

—Lo siento mucho, Leah, no lo sabía. —Tragó saliva—. ¿Qué fue? ¿Alcohol, drogas?

—Intentó suicidarse dos veces y la segunda lo consiguió —respondió ella.

—Qué horror. Eh... —Brett sabía que no tenía las palabras—. ¿Cuánto tiempo llevas casada?

—Más de dos años.

—¿Feliz?

Leah inspiró hondo.

—Hemos tenido nuestros problemas, pero en general sí. Anthony es un hombre dulce y bueno.

—Me alegro. ¿Estoy en lo cierto al pensar que es bastante mayor que tú?

—Sí. Me lleva veintidós años. Solo tiene cuarenta y seis, que hoy en día no es tanto.

—No. —Brett advirtió que el maître les hacía señas—. ¿Pasamos?

Leah lo siguió hasta una terraza interior iluminada con velas.


—Es un lugar encantador —dijo ella antes de coger el tenedor para probar su aguacate con gambas.

Durante la cena, cada vez que Brett encontraba el momento idóneo para iniciar su discurso, se amedrentaba y hablaba de otra cosa.

Al final pidió dos cafés y un coñac, y se armó de valor.

—Leah, quiero disculparme por la manera en que me comporté aquella noche en Nueva York. Estaba muy borracho y enfadado. No acepté tu explicación.

Ella meneó la cabeza.

—No, no lo hiciste.

—Estaba tan destrozado cuando leí en la prensa que la chica que amaba iba a casarse con otro que se me fue la olla.

Leah lo observaba con calma.

—Que conste que estaba diciéndote la verdad, Brett. Jamás tuve nada con Carlo y me quedé de piedra cuando me dijo que había comunicado a los medios que íbamos a casarnos. Quise demandarlo, pero Madelaine, mi agente, me detuvo. —Se encogió de hombros—. En cualquier caso, eso ya es agua pasada. Entiendo que estuvieras tan disgustado.

Brett suspiró.

—Cuando lo arrestaron por el asesinato de Maria Malgasa, de repente pensé que probablemente aquella noche te llevó a su *palazzo* con un pretexto falso.

—Así es, tal como te expliqué. —Leah sacudió la cabeza—. No sé, Brett. Carlo es muchas cosas: malcriado, egoísta, arrogante..., pero me cuesta creer que sea un asesino. Por otro lado, estuvo enviándome por correo fotos mías rajadas con un cuchillo. Fui a la policía y creo que eso ayudó a corroborar las pruebas que había contra él. Lo juzgarán hacia finales de año. En fin —tuvo un escalofrío—, hablemos de cosas más alegres. ¿Adónde fuiste cuando desapareciste?

Brett le habló de sus viajes por el mundo visitando las propiedades de su padre, hasta que se percató de que eran los únicos clientes que quedaban en el restaurante.

—Será mejor que dejemos a los pobres camareros irse a casa.

Pagó la cuenta y se dirigieron al coche.

Brett sacó el Range Rover del aparcamiento y bajó por el largo camino. Recurriendo a la oscuridad para ocultar su rubor, dijo:

—Hay algo que quiero preguntarte. ¿Puedes perdonarme y empezar de cero?

—Sí, Brett. Estoy segura de que podemos ser amigos. Hace mucho tiempo de todo eso.

No era la respuesta que esperaba.

Guardaron silencio mientras él detenía el coche delante de la casa.

—Gracias por la cena —dijo Leah.

Brett apagó el motor.

—De nada. No imaginas el peso que me he quitado explicándotelo todo después de tanto tiempo.

—Me alegro de que lo hayas hecho. —Abrió la portezuela—. Buenas noches, Brett.

—Buenas noches, Leah.

Cerró y se encaminó a la casa.

Giró la llave en la cerradura, entró y cerró la puerta tras de sí.

Se derrumbó en el suelo, desfallecida por una mezcla de alivio y expectación frustrada. Dios, le habría encantado invitarlo a entrar, pero... no, la relación había terminado en

Nueva York e, independientemente de las razones, él era su pasado, no su futuro.

Se levantó, se quitó los zapatos y caminó por el pasillo hasta la cocina.

Echó agua en el hervidor y puso la radio para llenar el silencio. Se sentó a la mesa orgullosísima de su autodominio.

Preparó café y fue a la sala de estar.

La taza se le cayó al suelo con un estruendo, desparramando el contenido, al ver la cara dibujada en la ventana.

Tuvo que recurrir a toda su capacidad de autocontrol para impedir que un grito le saliera de los labios al tiempo que se llevaba la mano a la boca.

—¡Soy yo, Leah! ¡Brett! ¡El coche no arranca!

# 15

A la mañana siguiente, mientras yacía en los brazos de Brett, Leah supo que había sido inevitable desde el instante en que le abrió la puerta y lo dejó entrar.

Ninguno de los dos había sido lo bastante fuerte para detenerlo.

Lo habían intentado, él insistiendo en que volvería a casa caminando, luego bebiendo litros de café para retrasar el momento en que había que tomar la decisión.

Cayéndose de cansancio, pero hirviendo todo su cuerpo de deseo reprimido, Leah se había levantado al fin y había propuesto a Brett que durmiera en el sofá, dado que ella estaba en la habitación de invitados, en lugar de pegarse la caminata.

Él se disculpó profusamente por las molestias y aceptó el edredón que Leah le tendía con un gracias y la promesa de llamar al taller más cercano a primera hora de la mañana.

—Buenas noches, entonces —dijo ella, dándose la vuelta para marcharse.

Él le cogió la mano.

—Te quiero, Leah. Nunca he dejado de quererte.

La atrajo hacia sí y la besó como ella había soñado incontables veces a lo largo de los últimos años.

Hicieron el amor en el suelo, incapaces de separarse ni un segundo para ir a la habitación.

Brett fue todo lo que ella había sabido que sería: tierno, cariñoso, apasionado; palabras cuyo significado casi había olvidado. Y ella respondió de una manera que la sorprendía y asustaba. Quería explorar, tocar, acariciar hasta el último centímetro de su cuerpo.

—Dios mío, Leah. —Brett la miró con lágrimas en los ojos—. Eres tú. Siempre has sido tú desde aquel primer verano. Y nunca habrá nadie más. Lo sé. Lo siento en el fondo de mi ser. Amor mío.

Y ella yació en sus brazos, incapaz de sentir culpa o tristeza, únicamente impregnada de la dicha de volver a ser amada por él.

Más tarde, después de ir a la cama y hacer de nuevo el amor, Leah buscó la mano de Brett en la oscuridad.

—Sabes que he de volver.

Él no podía esperar más de lo que ella le había dado.

—Lo sé. —Le apretó la mano—. Así que aprovechemos al máximo el tiempo que nos queda.


Nunca los días habían pasado tan deprisa para Leah.

Dado que los dos eran conscientes de que cada segundo que pasaba era precioso, hacían que todos los momentos fueran especiales y rebosantes de amor. Ella había dejado a un lado los pensamientos sobre el futuro y decidido que ya pagaría más adelante el precio del tiempo que pasara con Brett.

Rose lo supo de inmediato cuando él llegó a casa al día siguiente explicando entrecortadamente que el Range Rover seguía averiado delante de la casa. La felicidad en sus ojos era inequívoca y no pudo evitar alegrarse por él. No sermoneó a su sobrino sobre las consecuencias de lo que estaba haciendo; sabía que él era muy consciente y había decidido asumirlas.

Sintiendo solo muy de vez en cuando una punzada de culpa, Leah gozó con Brett de un viaje romántico al pasado. Cogidos de la mano, regresaron a la casa parroquial, subieron paseando a los páramos de Haworth y se besaron en el mismo lugar donde lo hicieron por primera vez; se tumbaron en la hierba, cerca de la granja, e hicieron el amor bajo el ardiente cielo azul. Por la noche fueron a Haworth y se sumaron a los turistas que comían en los acogedores pubs y restaurantes, antes de regresar a la casa para una noche de amor.

Todo era como en el pasado. Y la figura los observaba ahora igual que entonces.

Cuatro días, tres días, dos días... Leah se despertó junto a Brett la mañana antes de su regreso a Nueva York y vomitó en el cuarto de baño.

Él la encontró en la mesa de la cocina, pálida y abatida, mirando al vacío.

—¿Qué tienes, Leah? —Confió en que fuera lo que él pensaba.

—Nada —contestó.

—Pareces enferma.

—No me encuentro muy bien. Será por el chile que comimos anoche.

Brett necesitaba que reconociera la verdad. Se sentó a su lado.

—¿Es porque mañana has de volver a Estados Unidos?

Al fin lo había dicho, al fin había expresado aquello en lo que ambos habían intentado no pensar durante esos seis días maravillosos.

Roto el hechizo, ella estalló en llanto. Brett la dejó llorar, sin saber muy bien qué hacer ni decir.

—Lo siento. —Leah buscó un pañuelo en el bolsillo de su bata y se sonó la nariz.

Se levantó, reemplazando la vulnerabilidad por un arranque de fortaleza, salió de la cocina y regresó al cuarto de baño.

Mientras se duchaba tomó conciencia de las consecuencias de lo que había hecho. Mañana tendría que regresar junto a su marido y fingir que no había pasado nada pese a saber que sus sentimientos por Brett estaban escritos en su cara. Anthony no era estúpido. Seguro que lo adivinaba. La inundó una oleada de vergüenza al pensar que este no había hecho más que mostrarle amor y dulzura, y ella le había pagado teniendo una aventura en cuanto estuvo fuera de su vista.

Se sentó desnuda en el suelo del cuarto de baño con la cabeza entre las manos. Si Brett le pidiera —lo que no había hecho aún— que se quedara, ¿lo haría?

Ay, Dios, no lo sabía. Ella, que había pensado que esos días a solas en Yorkshire le darían tiempo y espacio para reflexionar sobre el estado de su matrimonio, lo único que había hecho era complicar las cosas hasta el punto de impedirle pensar con sensatez.

No le cabía la menor duda de que amaba a Brett, pero entonces vio el querido rostro de Anthony, mirándola. Unos golpecitos en la puerta interrumpieron sus pensamientos.

—¿Estás bien, Leah?

—Sí. Ya salgo.

Abrió la puerta y se arrojó directamente a los brazos de Brett. Cinco minutos después estaban en la cama.

Su última noche juntos había sido planificada hasta el último detalle. Champán en la casa y luego cena en el Old Haworth Hall.

Fue un desastre. La presencia de la maleta a medio hacer de Leah en el dormitorio bastó para arruinar la velada antes de que empezara. Brett había reservado un vuelo a París para su entrevista en la École de Beaux-Arts, por lo que los dos podrían viajar juntos a Heathrow. Partirían en el coche alquilado de ella a las cinco de la mañana, de modo que las despedidas y los consejos de último minuto para Brett de Rose habían tenido lugar esa tarde. Él regresó a la casa con el ánimo por los suelos.

Ni ella ni él tocaron la comida en el restaurante e hicieron en silencio su último trayecto a la casa en el ya reparado Range Rover.

Leah hizo café y se sentaron en la sala de estar, absortos en sus pensamientos.

«Esta es la última noche que voy a pasar con ella».

«No soporto la idea de separarme de él».

—Deberíamos acostarnos. Mañana hay que madrugar —murmuró ella.

—Leah…

—Chisss. —Le puso un dedo en los labios—. No digas nada.

Se lo llevó al dormitorio e hicieron el amor por última vez. Hubo una desesperación y una ternura en el acto físico que reflejaban sentimientos que ninguno de los dos eran capaces de expresar en alto. Pero ambos sabían que no lo olvidarían mientras vivieran.

No durmieron. Se levantaron a las cuatro e hicieron un último repaso a la casa. Leah cerró la puerta y dejó las llaves en el buzón antes de partir en el coche alquilado.

El aeropuerto Leeds Bradford a las siete de la mañana era un lugar deprimente. Afortunadamente para los dos, el vuelo a Heathrow salió puntual.

Una hora más tarde se dirigieron al mostrador de facturación para el vuelo del Concorde a Nueva York de las diez y media. Leah vio su equipaje desaparecer sobre la cinta transportadora. La próxima vez que viera su maleta estaría a pocos minutos de ver también a Anthony.

Brett tenía los ojos enrojecidos y la cara pálida.

—¿Café?

Leah negó con la cabeza, consciente de que estaba causándose más dolor al prolongar lo inevitable.

—Será mejor que me vaya. Pronto anunciarán mi vuelo.

—Está bien. —Brett trató de controlarse. El nudo en la garganta amenazaba con anegarle los ojos.

La acompañó hasta el control de pasaportes, una distancia que se le hizo angustiosamente corta.

Ella se detuvo a un metro de la puerta que la engulliría y la haría desaparecer para siempre.

—Adiós, Brett. —Tenía la mirada baja.

Él no pudo contenerse más. Dejó que las lágrimas le rodaran por el rostro sin importarle las miradas ajenas.

—Te quiero —susurró.

Ella se dio la vuelta y puso rumbo al mostrador.

Brett la observó como si la vida pasara de repente a cámara lenta. Leah entregó su billete a la chica de seguridad.

—¡No! —gritó él sin apenas reconocer que era su voz. Ella había dejado atrás el mostrador y estaba a punto de desaparecer detrás de la pantalla. Saltó a la acción—. ¡Leah, no! —Corrió hacia ella, pasando junto a la pasmada chica de seguridad, y la agarró del brazo. Temblando, se detuvo y la instó a darse la vuelta—. No puedes irte, no puedes hacerme esto. Sé que me quieres. Por favor, Leah. Siempre fue nuestro destino estar juntos. ¡Reconócelo! —Casi la zarandeó—. Tú me quieres, Leah, me quieres.

Ella contempló las lágrimas que le brotaban de los ojos.

En ese momento eligió su futuro, para bien o para mal.

—Sí, te quiero.


Dos horas más tarde, cuando el vuelo A300 de Air France despegó rumbo a París, Brett sonrió a la bella mujer que viajaba a su lado.

—No lo lamentarás, cariño, te lo prometo.

Leah le devolvió la sonrisa. Luego se giró, miró por la ventanilla y meneó lentamente la cabeza.

# *16*

Anthony colgó despacio. De pie en el magnífico vestíbulo, la araña de luces brilló con más intensidad aún al mirarla a través de las lágrimas.

Instó a su cuerpo a avanzar, a llevarlo a la sala para servirse un brandy doble.

Leah no iba a volver.

La idea se repetía en su cabeza, pero su cerebro no acababa de registrarla como algo que iba a suceder de verdad. Sin duda, dentro de unas horas iría al aeropuerto y recibiría a su mujer recién llegada de Inglaterra. La traería a casa y la vida seguiría como siempre.

No. Leah no iba a estar nunca más dentro de estas cuatro paredes. Se había enamorado de otro hombre y lo había dejado.

Ocurría todos los días, a amigos, a vecinos, a gente de todo el mundo. Y ahora le había ocurrido a él.

Anthony se sentía como si le hubieran dado un puñetazo. Sus piernas no eran más que dos palillos tambaleantes. Agarró una copa de brandy y se sirvió una buena dosis antes de que no pudieran sostenerlo más.

Cayó pesadamente en el sofá beis, derramando un poco en el proceso.

Como siempre, el reloj Fabergè hacía tictac sobre la repisa de la chimenea.

Silencio. El silencio, el legado de Leah para él, su único compañero.

Su desolación era absoluta. No se había sentido así ni siquiera cuando su primera mujer estuvo tan enferma. Pero entonces había tenido tiempo de asumir que iba a perderla mientras veía cómo la vida se le iba poco a poco.

Era el shock. Ni una sola vez durante las semanas que Leah había estado fuera se le había pasado por la cabeza que no volvería. No obstante, mirando atrás, sabía que no debería estar tan sorprendido. Ella llevaba mucho tiempo siendo tremendamente infeliz. Ahora estaba claro que era porque ya no lo quería.

En sus llamadas desde Yorkshire su voz había sonado mucho más animada y Anthony había aceptado de buena gana que se tomara el tiempo que necesitara si eso iba a devolverle a la antigua Leah.

Ahora comprendía que la razón de que sonara tan feliz era que se había enamorado de otro.

El dolor era terrible. Se sintió morir al imaginársela haciendo el amor con otro hombre.

Cuando se casó con ella tendría que haber sabido que era demasiado joven para atarse a un hombre mayor como él. Brett tenía la misma edad que Leah, era joven y fuerte. Anthony estaba seguro de que no tendría problemas para dar a luz un hijo suyo.

Se negaba a creer, sin embargo, que alguien pudiera querer a una mujer tanto como él la quería a ella.

La amaba sin reservas, con total abnegación y entrega. Lloró una vez más.

—¿Eres feliz, cariño?

Ella asintió lentamente. Estaba en la ciudad más romántica del mundo, planeando su futuro con el hombre al que había amado todos estos años.

Aun así, no podía sacudirse el terrible sentimiento de tristeza. La dicha y la libertad que había encontrado con Brett en Yorkshire se desvanecieron en cuanto telefoneó a Anthony desde el aeropuerto de Heathrow.

Su voz sonaba rota, destrozada. Sin embargo, no le suplicó que volviera. Le dijo que la quería, que siempre lo haría, que no se interpondría en su felicidad.

Leah habría preferido que hubiese gritado y despotricado para no sentirse tan culpable.

El día previo se había despedido de Brett con un beso delante de la École de Beaux-Arts de París. La entrevista había durado buena parte de la mañana, de modo que ella había invertido ese tiempo en visitar a viejos amigos diseñadores en sus salones de la avenida Montaigne. Sus maletas seguían, supuestamente, en el aeropuerto Kennedy y solo tenía el vestido que llevaba puesto. Los diseñadores la recibieron con los brazos abiertos y, cuando ella les contó que estaba pensando en instalarse en París, le suplicaron que retomara su profesión y trabajara para ellos. Leah respondió que seguro que ya era demasiado mayor, y ellos rieron y dijeron que hoy día veinticuatro años no eran nada. ¡Mira a Jerry, Christie y Marie!

Se marchó sintiéndose satisfecha, pero también confusa. Poco a poco estaba tomando conciencia de lo que había hecho. Se sentó en un café y pidió un *citron pressé* y una baguette con queso brie.

Leah salió a cenar con Brett el día de la entrevista para celebrarlo. Le habían dicho que había sido aceptado. Fueron a Maxim's y él le preguntó qué le parecería la idea de vivir en París los próximos años. Ella respondió que esa noche no era el momento para empezar a planificar los detalles, pero que estaba segura de que no le importaría en absoluto.

La propuesta de volver a desfilar era tentadora, pues tendría que hacer algo mientras Brett estuviera estudiando. Por otro lado, Leah estaba convencida de que había otras cosas que preferiría hacer.

A él se le iluminó el rostro cuando le dijo que tenía la opción de volver a trabajar de modelo.

—Eso es fantástico, Leah. Yo en la École de Beaux-Arts de París y tú trabajando de nuevo. Después de todo, tú misma me dijiste que estabas harta de no tener nada que hacer salvo arrancar hierbajos en el jardín. ¿Vas a pensártelo?

Ella asintió.

—Sí, claro.

Brett no sería capaz de entender cómo la hacía sentir la idea de volver a trabajar de modelo, lo mucho que la muerte de Jenny la había marcado…, y Leah sabía que tampoco podía esperar eso de él.

Lo besó y se levantó de la cama del hotel. Fue al cuarto de baño y abrió el grifo de la ducha.

Les quedaba un día en París antes de que regresaran a Yorkshire y ella empezara su nueva vida.

Puede que cuando volvieran al lugar que contenía todos sus recuerdos juntos se sintiera más segura y positiva sobre el futuro.

El agua caliente corrió por su cuerpo.

Una vez que el dolor y el sentimiento de culpa por dejar a Anthony hubieran menguado con el paso del tiempo, sería capaz de apreciar de nuevo lo que tenía con Brett.

# 18

—El caso, Rose, es que estaba preguntándome si serías capaz de alojar a otra persona en la casa durante unas semanas, hasta que nos vayamos a París.

Brett estaba en la cocina de la granja, mirando el suelo muerto de vergüenza.

Su tía suspiró.

—¿Dónde está ahora?

—En casa de sus padres, dándoles la noticia. Regresaron ayer de la clínica de reposo y Leah pensó que era preferible quitarse el mal trago de encima cuanto antes. Alquilaríamos algo para estas tres semanas, pero está todo completo. Estamos en plena temporada turística.

Rose asintió despacio.

—Naturalmente que Leah puede instalarse aquí. Imagino que no tendré que prepararle otro cuarto —dijo con un guiño.

Brett se puso colorado.

—No.

—De todos modos, estaréis solos, porque Miranda, Chloe y yo nos vamos a Estados Unidos la semana que viene. A saber lo que Doreen Thompson pensará de todo esto. Imagino que Leah se lo ha dicho ya a su marido, ¿no? ¿No se presentará aquí con dos matones y me destrozará la casa?

—No. Por lo visto se lo tomó razonablemente bien. Creo que hacía tiempo que no eran felices.

Rose observó los ojos brillantes de Brett y se alegró por él.

—¿A Leah le parece bien mudarse a París contigo?

—No lo hemos hablado en serio, pero creo que sí. Quizá vaya a París dentro de dos semanas para buscar piso antes de que empiecen las clases. Ella se reunirá conmigo en cuanto lo haya encontrado. Quiere pasar tiempo con sus padres y asegurarse de que pueden apañárselas solos.

Rose se puso seria.

—Leah debe de quererte mucho para hacer lo que ha hecho. Aunque la relación con su marido no fuera la más feliz, lo ha dejado todo por ti. No le falles, Brett.

—No lo haré, Rose. Ya sabes lo que siento por ella. Soy muy afortunado por haber recibido otra oportunidad. Quiero casarme con ella en cuanto sea una mujer libre.

—Bien. —Sonrió—. Esta tarde tengo que ir a Leeds a comprar ropa para Estados Unidos. ¿Necesitas algo?

—No, gracias. Creo que iré a mi estudio hasta que llegue Leah. Mis dedos están deseando coger un pincel después de cinco días sin pintar.

Brett se acercó a ella y la rodeó con los brazos.

—Gracias, Rose. Sabía que lo entenderías. —Le dio un beso y se marchó de la cocina.

Ella lo siguió con la mirada. Confiaba en que no sucediera nada que impidiera a su todavía idealista sobrino encontrar la felicidad con la mujer que amaba.


—¡Leah, te hacía en Estados Unidos con Anthony! ¿Qué haces aquí? —El semblante de la señora Thompson se llenó de dicha mientras hacía pasar a su hija.

—Enseguida te lo explico, pero primero quiero saber de vosotros. —Siguió a su madre hasta la sala de estar y abrazó a su padre—. He de decir que parecéis dos personas nuevas.

Le estrechó la mano a él. Se sentía fatal por tener que comunicarles una noticia tan triste ahora que se los veía tan bien. Delante de una taza de té, escuchó a su madre relatar las maravillas de la clínica de reposo.

—Y ahora que ya te hemos contado nuestras novedades, dinos a tu padre y a mí por qué sigues aquí.

Leah respiró hondo y se lo explicó. Al ver la conmoción en los rostros, le entraron ganas de llorar.

—Lo siento —fue cuanto acertó a decir.

Tras un largo silencio, la señora Thompson habló:

—¿Estás completamente segura de que no estás cometiendo un terrible error? Anthony es un hombre bueno. Se ha portado muy bien contigo.

Ella quiso taparse los oídos. Su madre tenía razón, pero no soportaba escucharlo.

—Llevaba mucho tiempo siendo infeliz, mamá. Y Brett… —Se retorció las manos—. Lo quiero.

—Te ha fallado antes, Leah. Podría volver a hacerlo. Ese joven es un irresponsable. Tiene la cabeza en las nubes, como su tía.

—No me fallará, mamá. Ha madurado. Ya no es un chiquillo. Es un hombre.

—Supe que ese joven traería solo problemas la primera vez que lo vi —rumió la señora Thompson—. ¿Y dónde vais a vivir?

—Brett va a preguntarle a Rose si puedo quedarme en la granja hasta que nos vayamos a París en septiembre.

—Así que a París… ¿Y qué harás allí mientras él se dedica a sus pinturas?

—Me han ofrecido trabajo en un par de casas de moda.

La señora Thompson parpadeó.

—¿Quién me dijo no hace tantos años que jamás volvería a pisar una pasarela?

—Todavía no he aceptado —contestó Leah, irritada por el hecho de que su madre le saliera con eso—. Los últimos años me he muerto de aburrimiento sin hacer nada…

—¿No crees que encontrarás un poco difícil vivir con un estudiante después de Anthony? Porque eso es lo que será Brett. Se va a París para trabajar día y noche. ¿Cuánto tiempo le quedará para ti?

—El suficiente. Lo quiero, mamá, y la decisión está tomada. Además necesito tener mi propia vida sin depender de un hombre. Eso fue lo que falló entre Anthony y yo. —Se volvió hacia su padre, que guardaba silencio en su silla—. ¿Qué piensas, papá? —le preguntó anhelante.

Él la observo un instante y encogió los hombros.

—Lo importante es que nuestra Leah sea feliz. ¿Lo eres, cielo?

—Sí —respondió ella, mirándolo directamente a los ojos—. Mucho.

# 19

La noche antes de que Rose, Miranda y Chloe se fueran a Estados Unidos, Leah y Brett compartieron con ellas una animada cena en la cocina.

—¿Puedo proponer un brindis por Rose Delancey, que sé que va a cautivar a los estadounidenses? Por Rose. —Brett alzó su copa.

—Por Rose —lo secundaron Miranda, Chloe y Leah.

—Gracias, querido Brett. Y yo brindo por ti y por Leah y por vuestra nueva vida en París. Espero algún día pasearme por la Tate en mi silla de ruedas para admirar tus cuadros. ¡Eso sí, ni se te ocurra hacerte más famoso que yo! ¡Salud! —Rose rio.

Leah se puso de pie.

—Y a mí me gustaría daros las gracias a todos por hacerme sentir como en casa. Os estoy muy agradecida. —Miró a Miranda, quien le sonrió tímidamente.

—Bien, ¿qué tal si recogemos entre todos? —propuso Rose.

Su hija negó con la cabeza.

—No, mamá, tú ve a la sala. Sé que quieres hablar a solas con Brett. Leah y yo fregaremos, ¿te parece?

Ella asintió.

—Tú friegas, yo seco.

—Te ayudo, tía Leah.

—Estupendo, Chloe.

Contempló la cabeza morena inclinada sobre el fregadero y decidió que a Miranda le favorecía ese color de pelo. Más sutil, más profundo y mucho más interesante. Percibía en ella una tristeza profunda y comprendía por qué a Brett ahora le era mucho más fácil llevarse bien con ella. La chica la había tratado con suma amabilidad desde que se había mudado a la casa, aunque no habían tenido muchas oportunidades para hablar.

—¿Te hace ilusión ir a Estados Unidos, Chloe? —preguntó Leah mientras la pequeña secaba minuciosamente un plato.

—Mucha. Vamos a ver a Micky Mouse.

—Bueno, Chloe, el tío David dijo que podremos verlo si te portas bien —repuso Miranda, guiñándole un ojo a ella por encima de la cabeza de su hija.

—¿Te gusta mi peto, tía Leah? La tía Doreen me lo ha regalado hoy.

—Es muy bonito, Chloe.

Sonrió. Esa mañana, Doreen y la niña se habían despedido llorando. La pequeña parecía más unida a la señora Thompson que a su propia madre o a Rose, lo cual no era de sorprender.

Después de fregar, Miranda dejó el trapo de secar sobre el radiador.

—Chloe, ¿por qué no subes y te pones el pijama? Mamá va enseguida.

—Vale. ¿Vas a contarme un cuento, tía Leah?

—Claro.

La niña sonrió de oreja a oreja y se marchó de la cocina.

—Chloe te ha cogido mucho cariño, Leah. Y tu madre se ha portado de maravilla con ella. Chloe la quiere con locura.

—Es una niña adorable, Miranda. Debes de estar muy orgullosa de ella.

La susodicha sonrió.

—Lo estoy. Leah… —jugueteaba nerviosa con una taza de café limpia—, por si no tengo otra oportunidad antes de que Brett y tú os vayáis a París, quería disculparme por lo que dije la noche que cumplí dieciséis años. Estaba muy celosa de Brett y de ti y… lo que dije fue mentira. Hicimos poco más que besarnos y en el caso de Brett bajo coacción. Sabía que te quería y lo odiaba por ello. Lo siento mucho. Hace años que habríais estado juntos de no ser por mí.

Leah se sentó a la mesa de la cocina.

—Olvídalo, Miranda, por favor. Yo lo he hecho. Es cierto que en aquel entonces me quedé hecha polvo, sobre todo porque pensaba que Brett podría ser el padre de Chloe…

A la otra se le ensombreció el semblante.

—No lo es, Leah, te lo juro.

—Supuse que lo era cuando te negaste a desvelar la identidad del padre.

Miranda asintió despacio y la miró. Por un segundo, ella reconoció en sus ojos una necesidad desesperada de desahogarse, pero enseguida se esfumó.

—Me alegro mucho de que Brett y tú estéis juntos. Yo ya no soy la persona que era hace unos años y detesto la manera en que me comporté. Espero que quizá en el futuro podamos ser amigas.

—Me gustaría mucho, Miranda. —Leah sonrió—. Lo vas a pasar muy bien en Nueva York. Es una ciudad maravillosa y estoy segura de que te va a encantar. Cuando vuelvas, podríamos ir a comer a Haworth antes de que me vaya a París. Y ahora será mejor que suba a ver a Chloe.

—Sí. Gracias, Leah.

Miranda se sentó en la cocina, mirando al vacío. Los ojos se le llenaron de lágrimas mientras luchaba por enterrar los recuerdos que la habían perseguido desde que era apenas una niña.


—¿Estás bien, cariño? —Brett se arrimó a ella en la cama la noche siguiente y le frotó el cuello con la nariz—. Te noto un poco callada.

Leah contempló la oscuridad.

—Estoy un poco cansada, nada más. Últimamente no duermo muy bien.

—Ha sido un día largo. Nos hemos levantado a las cinco para llevar a Rose, Miranda y Chloe al aeropuerto. Ya habrán llegado a Nueva York. No puedo creer que hace justo un año yo también estuviera viviendo allí. ¿No te parece extraño el giro que ha dado nuestra vida?

—¿A qué te refieres?

Brett suspiró.

—Anoche estaba sentando en la cocina pensando en lo diferente que es cada uno de nosotros, y, sin embargo aquí estamos, otra vez juntos. Es como si aquel verano hubiese tenido un efecto en todos, en nuestra vida y nuestro futuro. Como si fuera cosa del destino.

—Es cierto —dijo Leah.

—Buenas noches, cariño. —Brett la besó y la tomó en los brazos.

Ella cerró los ojos.

Y volvió. Ahora tenía el sueño cada noche. Siempre el mismo. Pero hoy, por primera vez, le vio la cara.

—¡No!

Se incorporó con brusquedad y buscó el interruptor de la lámpara.

—¿Qué te ocurre, cariño? —Brett se incorporó a su vez, alarmado.

Leah lo sentía tan cerca que todavía oía su respiración.

—Lo siento. He tenido… una pesadilla.

—Cariño, últimamente tienes muchas. Ven aquí, Brett está contigo y cuida de ti.

La meció con suavidad en los brazos, acariciándole el pelo.

Incluso rodeada de su amor, Leah sabía con certeza lo que le impediría dormir el resto de la noche: que nadie podría protegerla del hombre que la había atormentado en sueños desde que tenía once años.

El destino… Megan… El mal… El miedo le oprimió el pecho hasta que despuntó el día.

Ella había vuelto voluntariamente. Había cumplido su parte del destino y sabía que él no tardaría en cumplir la suya.

# 20

—¿Seguro que estarás bien? Detesto dejarte sola en este caserón.

Las maletas de Brett aguardaban en el recibidor. Leah y él estaban en la sala de estar, esperando el taxi.

Ella esbozó una sonrisa tranquilizadora.

—Claro que estaré bien. Si me siento sola, tengo a mis padres aquí al lado. Y Miranda y Chloe volverán pronto.

Brett la atrajo hacia sí.

—Mañana mismo me pondré a buscar piso. Espero encontrar algo en los próximos dos días. Probablemente estarás volando a París a finales de semana.

—Sí.

—¿Me prometes que hablarás con el abogado de Rose sobre tu separación de Anthony? Cuanto más lo retrases, más tardarás en ser una mujer libre.

—Te lo prometo —respondió Leah con firmeza.

Brett le levantó el mentón y la besó con dulzura en los labios.

—No imaginas lo mucho que voy a echarte de menos.

—Y yo —dijo Leah.

Vieron un coche que subía despacio la cuesta.

Él se levantó.

—He de irme, cariño. —Ella lo siguió hasta el recibidor y cogió una maleta—. Te quiero, cielo. Cuídate. Te llamaré cuando llegue al hotel. —La abrazó.

—Adiós, Brett.

Abrió la puerta y el taxista cogió las maletas. Leah observó cómo el coche descendía por la colina y agitó la mano hasta que desapareció.

Se dio la vuelta y entró de nuevo en la casa.

Le resultaba extrañamente inquietante estar sola. Se planteó si debería ir a casa de sus padres, pero decidió que no.

Fue a la cocina para preparar algo de cena. Sopa y pan sería suficiente.

Miró la hora. Las seis y media. Toda una noche sola.

Entró en la sala de estar, admirando una vez más que Rose hubiera conseguido convertir la destartalada casa en un hogar cómodo y acogedor.

Se instaló en uno de los profundos sofás, cogió el mando a distancia y puso la tele. Pasó los canales y, viendo que nada despertaba su interés, la apagó.

En la mesita de centro descansaba una pila de revistas. Se las colocó en el regazo y pasó distraídamente las páginas.

Las 18.50. Estaba espantada de lo mal que se le daba estar sola. De adolescente siempre había sido capaz de entretenerse durante horas y los días que había pasado sola en casa de Anthony había seguido una rutina estricta. La mayor parte del tiempo había estado tan preocupada pensando en los bebés o en su pérdida que no había sido consciente de mucho más.

De repente se dio cuenta de que ya no sabía quién era.

Su vida era un tremendo caos y la chica sensata y centrada que había sido de joven se le había escurrido de las manos sin darse cuenta.

¿Qué había sido del sueño de hacer algo bueno con su dinero, de contribuir a mejorar el mundo? Había dejado que se desvaneciera en cuanto empezó a tener sus propios problemas.

Leah se levantó del sofá y caminó vacilante hacia el surtido mueble bar. Sacó una botella de ginebra y la miró pensativa.

La decisión era suya y deseaba una copa.

Se sirvió ginebra a ojo y le añadió un poco de tónica.

El amargo sabor le quemó la garganta y tosió. Añadió un poco más de tónica y regresó al sofá.

Hombres. Habían dominado su vida desde que tenía quince años. Primero Brett, luego Carlo y por último Anthony. Pese a su próspera carrera, toda su existencia había girado en torno a lo que sucedía en su ámbito personal.

Dando ávidos sorbos a su copa, rememoró su época más feliz, cuando compartía piso con Jenny en Nueva York. Añoraba las noches que permanecían levantadas hasta el alba contando anécdotas y riéndose del extraño universo al que habían ido a parar.

Demasiado tiempo para pensar había hecho que sus problemas para tener un hijo adquirieran una importancia desproporcionada.

Se levantó y se sirvió otra copa.

Creía que había dirigido su propio destino, cuando en realidad había sido tan manipulada por otros como su difunta amiga. Lloró porque el mundo era muy difícil y bello y cruel y maravilloso y porque esta noche podía verse por primera vez a sí misma con total nitidez.

Se bebió media botella de ginebra, pero no se sentía borracha. La sorprendente claridad con la que su vida estaba apareciendo ante ella hacía que la resaca mereciera la pena. Leah sabía que debía tomar sus decisiones pensando solo en su propio bienestar.

Amaba a Brett más que a nada en el mundo.

A pesar de su tumultuosa relación, la hacía sentir segura. Así y todo, ¿quería vivir con él en París? Tenía que reconocer que no estaba convencida del todo. Y menos aún de querer volver al mundo de la moda. Recordar a Jenny esta noche le había hecho preguntarse cómo podría asistir siquiera a esas citas en París.

Sencillamente expondría sus inquietudes a Brett. Si su amor era auténtico, ¿qué importaban unos pocos vuelos de vez en cuando? Si él discrepaba, tendría que tomar una decisión sobre su futuro juntos. Fuera cual fuese el resultado, se aseguraría de que ella estuviera bien.

Pensó entonces en sus padres y en sus opiniones. La voz de su progenitor resonó en su cabeza.

«Lo importante es que nuestra Leah sea feliz. ¿Lo eres, cielo?».

—Sé que puedo serlo, papá —susurró para sí—. Elijo serlo.

Estaba decidida a ser la única responsable de la dirección de su vida. Nadie más tendría nada que decir.

Esas pesadillas recurrentes… Eran manifestaciones de su inestabilidad, una manera de transmitirle que las cosas no estaban bien. Sintió una oleada de alivio. Sí, eso era.

Cinco días antes de que Miranda y Chloe volvieran. Cinco días sin Brett para ordenar las ideas. Un oasis que, estaba segura, le habían concedido por alguna razón.

Leah subió a su cuarto sabedora de que por la mañana sufriría físicamente, pero mentalmente tenía una sensación de libertad que le gustaba.

Sabía que a partir de ahora encontraría las respuestas.

Sintiéndose en paz por primera vez en muchos meses, entró en su dormitorio, se metió bajo el edredón y concilió un sueño profundo sin pesadillas.

Él vio apagarse las luces.


Una lechuza ululó en el granero.

No, no esta noche. Era demasiado arriesgado. Los demás llevaban ya diez días fuera, pero Brett podría volver.

Sabía que no era el momento adecuado.

Esperaría.

## 21

El almuerzo de Anthony se vio interrumpido por el timbre incesante de la puerta. ¿Quién demonios quería verlo con tanta urgencia un domingo?

—Ya voy, ya voy —farfulló al tiempo que veía a la asistenta dirigirse a la puerta.

—No te preocupes, Betty, yo me ocupo.

Ella se encogió de hombros y desapareció por el pasillo.

Anthony miró por la mirilla y vio un uniforme de policía. Al lado había un hombre de paisano. Este colocó una tarjeta de identificación frente a la mirilla. Él asintió, apagó el sistema de alarma y abrió la puerta.

—¿En qué puedo ayudarlos?

—Detective Cunningham, del FBI. Lamento molestarlo, señor, pero ¿está la señora Van Schiele en casa?

—No, me temo que está... —Anthony no fue capaz de decirlo—. Está de vacaciones.

—Lo siento, señor, pero ¿puedo preguntarle adónde ha ido exactamente?

—A Inglaterra. En concreto, a Yorkshire, para ver a sus padres.

Cunningham arrugó el entrecejo.

—En ese caso, señor, creo que debería dejarnos pasar.

—¿Mi esposa está bien?

—Sí, que nosotros sepamos.

Anthony los condujo al salón.

—¿De qué quieren hablar exactamente con mi esposa?

—De esto, señor.

El detective sacó un sobre de plástico de su maletín y se lo tendió.

Él lo cogió y examinó el contenido. Eran ejemplares antiguos de la edición estadounidense de *Vogue* y *Vanity Fair*, y un par de números de la edición inglesa de *Harpers & Queen*.

Miró al detective con desconcierto.

—No entiendo por qué me enseña esto.

—¿Nos sentamos, señor Van Schiele? —Cunningham dio unas palmaditas en el asiento contiguo del sofá y el agente se instaló en la butaca de enfrente—. ¿Ha recibido su mujer más sobres extraños últimamente?

Anthony negó con la cabeza al tiempo que pensaba en la pila de cartas que todavía aguardaba a Leah en el vestíbulo.

—No lo creo, aunque no he abierto su correo desde que se marchó. En cualquier caso, Carlo Porselli está en una cárcel italiana a la espera de juicio.

Cunningham asintió.

—Por desgracia, ese es el principal problema. Creemos que no fue el señor Porselli quien envió esas páginas rajadas a su esposa. —El detective blandió las revistas—. Encontramos esto en el transcurso de otra investigación, y más cosas.

—Lo... lo siento, pero no entiendo nada. ¿Podría explicarse? —dijo Anthony.

—Claro. Hace un par de días, la policía fue requerida en un apartamento de Nueva York. Los vecinos de abajo se quejaron de que del apartamento salía un olor nauseabundo. La policía forzó la puerta y descubrió el cuerpo descompuesto de una joven debajo de los tablones del suelo. Creemos que llevaba un buen tiempo allí. Acudí al lugar y en una habitación del apartamento encontramos cientos de fotos de su esposa clavadas en las paredes. Las habían rajado violentamente con un cuchillo. También encontramos esto. —Cunningham cogió una de las revistas y la abrió por una página marcada—. Las cuatro tienen una hoja arrancada. Al principio no le dimos importancia, pero, tras pedir a las revistas en cuestión que nos enviaran un número idéntico, advertimos que existía una relación. En todas, la página arrancada era una foto de su esposa, la señora Van Schiele. Y, cuando las comparamos con las fotos rajadas que usted nos entregó hace unos meses, vimos que eran las páginas que faltaban.

Cunningham escudriñó el rostro pálido de Anthony en silencio.

—No hay duda de que fue este sujeto quien envió las páginas a su mujer —prosiguió—. También estamos bastante seguros de que están reteniendo al hombre equivocado por el asesinato de Maria Malgasa. A la joven encontrada bajo los tablones la mataron de la misma manera que a ella. Nos pusimos en contacto con el departamento forense, el cual nos confirmó que se habían encontrado otras huellas sin identificar en la habitación de hotel de Milán donde Malgasa fue asesinada. Coinciden no solo con las que hay en los efectos de la víctima de Nueva York, sino con las de otro asesinato idéntico y sin resolver de una prostituta en Gran Bretaña cometido hace tres años. —Anthony estaba horrorizado—. Existe, además, otra conexión. Se sabe que el hombre que alquila el apartamento de Nueva York donde fue hallado el cuerpo estaba en Milán en el momento de la muerte de Malgasa. De hecho, era el fotógrafo del desfile.

Él no pudo aguantar más.

—¿De quién se trata?

—De Miles Delancey, el fotógrafo de moda. Por desgracia, ha desaparecido. No ha vuelto a su apartamento de Nueva York desde que estuvo en Milán con Maria Malgasa. Creemos que ha volado directamente a Gran Bretaña. Y estamos casi seguros de que su siguiente objetivo es su esposa.

# 22

—El teléfono ha sonado hace un rato, cielo. Estaba dormido cuando lo he oído y ha dejado de sonar antes de darme tiempo a contestar. Cuando ha sonado de nuevo, he descolgado con la pinza de agarre, pero me temo que se me ha caído. —El señor Thompson señaló el auricular, que descansaba en el suelo, junto a su silla, emitiendo un pitido monótono.

Su mujer lo cogió y lo devolvió a la horquilla enarcando las cejas.

—Me pregunto quién era. Acabo de dejar a Leah en la granja y allí hace un par de días que no funciona el teléfono, así que no podía ser ella. En fin, si se trata de algo urgente, seguro que volverán a llamar.

Avergonzándose una vez más de su fragilidad, el señor Thompson asintió.

—Voy a hacerte la cena, cariño. Tu plato favorito. Budines Yorkshire y estofado de carne. —La mujer sonrió a su marido y fue a la cocina.

Lo despertó el zumbido de un coche a lo lejos.

Prestó atención mientras el sonido se perdía en la distancia. Ignoraba cuánto tiempo había dormido, pero el granero estaba a oscuras. Encontró su linterna y alumbró el reloj. Las 21.50.

Había estado soñando con ella.

No podía alargarlo más.

Tenía que ser esta noche. Llevaba cuatro días vigilando la casa y nadie, con excepción de su madre, la había visitado. Ahora estaba sola y él tenía que actuar antes de que los demás regresaran.

Otra hora e iría a por ella.

Acariciándose despacio, se deleitó pensando en lo que le iba a hacer.

Él la había amado, la había adorado. Era perfecta, demasiado para ser tocada por un hombre.

Pero luego lo había echado de su apartamento, lo había dejado en la calle. Lo había amenazado y tratado como un perro.

Y tres semanas atrás la había visto tirarse al malnacido de Brett en los páramos.

Entonces supo a ciencia cierta que no era mejor que las demás.

Ella era suya. Siempre lo había sido.

Y había llegado el momento.

Fue hasta la margen del granero y asomó la cabeza. Las luces de arriba estaban apagadas.

No necesitaba forzar la puerta. Después de todo, era su casa y tenía la llave.

Fuera no había luces. Bordeando el granero, avanzó despacio mientras la media luna perfilaba su silueta contra el cielo.

Corrió hasta la puerta, introdujo la llave en la cerradura y abrió despacio.

El recibidor estaba completamente a oscuras. Cerró y se detuvo a otear el entorno.

Mientras sus ojos se adaptaban a la oscuridad, vio una figura con una bata larga bajar por la escalera. Retrocedió entre las sombras y se permitió una sonrisa.

Se estaba acercando a él.

El cuerpo le latió con fuerza mientras la observaba descender con la melena morena caída sobre los hombros.

Llegó al pie de la escalera y cruzó el recibidor.

Miles se abalanzó sobre ella, le tapó la boca y la arrastró por el pasillo hasta la sala de estar.

Ella se resistió, pero poco podía hacer contra su fuerza bruta. La arrojó al suelo, boca abajo.

—Sabes quién soy y sabías que vendría a por ti, ¿verdad?

—Miles…

—¡Calla! Si dices otra palabra o te mueves, te mato.

Era de vital importancia que ella no hablara, que no estropeara el momento que había estado esperando.

Se inclinó y le desgarró la bata. Sí, la haría suya ahí mismo.

Ella emitió pequeños gimoteos mientras él la penetraba salvajemente, pero ya no podía oírlos. Al poco, sus manos viajaron hasta el fino cuello y lo envolvieron. Miles lo apretó al tiempo que descansaba todo el peso de su cuerpo sobre ella.

—¡Zorra! Has deseado esto desde que eras una cría. Siempre has sido mía, siempre. ¡Y yo que pensaba que eras perfecta, pura, y todo este tiempo estabas tirándote a ese malnacido!

Aumentó la presión hasta que la vida abandonó a su presa.

Se levantó de un salto. El sentimiento de culpa no tardaría en consumirlo, como ocurría siempre. Tenía que largarse cuanto antes. Podía coger el Range Rover. Rose guardaba las llaves en el escritorio que había junto a la puerta de la sala.

—¡Mami!

Miles se volvió hacia la puerta por la que había arrastrado a Leah.

En el hueco había una figura menuda. Una mano buscó el interruptor de la pared y encendió la luz.

Él parpadeó.

La figura miró el cuerpo que yacía en el suelo.

Soltó un gritito.

—¡Mami! —Lo miró con sus ojos azules—. ¿Qué le has hecho a mi mamá?

# 23

La niña rodeó a Miles y se arrodilló junto al cuerpo. Lo sacudió y, al ver que no reaccionaba, empezó a chillar.

Él estaba paralizado. No entendía, no…

—¿Qué ocurre, Chloe?

Se dio la vuelta y vio a Leah en el hueco de la puerta. Ella lo miró a los ojos y se llevó la mano a la boca. Luego dirigió la vista a la escena que tenía lugar en el suelo.

Miles sacudió la cabeza, tratando de entender la situación. Él acababa de tomar a la chica que había en la puerta. Estaba en el suelo, muerta.

—Chloe, ven con Leah. Mamá se va a poner bien. Ven conmigo.

Él tenía el pelo largo, despeinado y grasiento, y la cara sucia. Olía mal.

Pero lo que la impactó fueron sus ojos oscuros. Eran los de un loco.

Parecía desconcertado. Había venido a por ella, tal como Leah había soñado que haría. En lugar de eso había encontrado a Miranda, regresada de Estados Unidos hacía unas horas.

Su único pensamiento era sacar a Chloe de la casa, alejarla de él. No había nada que pudiera hacer por ella.

Y tenía que hacerlo aprovechando la confusión de Miles.

—Ven aquí, Chloe. —Hizo señas a la niña, incapaz de fijar la vista en el cuerpo desnudo que yacía en el suelo con el pelo sobre la cara—. Vamos a la cocina a beber agua, cariño —continuó sin apartar la mirada de los ojos de él.

Muy despacio, sacó a Chloe de la sala y puso rumbo a la cocina. Cerró la puerta a toda prisa y giró la llave. Leah sabía que su única opción era huir. El teléfono no funcionaba desde hacía dos días, por lo que llamar a la policía o pedir una ambulancia quedaba descartado. Se agachó para hablar a la pequeña.

—Escúchame bien, Chloe, quiero que hagas todo lo que la tía Leah te diga y te comportes como una niña mayor. Tenemos que correr hasta el pueblo todo lo deprisa que podamos para pedir ayuda para mami, ¿de acuerdo?

Chloe asintió.

Ella se incorporó y la condujo hasta la puerta trasera de la cocina. La abrió con dedos temblorosos, le agarró la mano a la pequeña y salió a la oscuridad de la noche.


Miles tenía la mirada fija en el cuerpo que yacía en el suelo. Caminó hasta él y se arrodilló. Con el corazón desbocado, le apartó la densa melena de la cara y lo giró.

Los penetrantes ojos azules lo miraron exánimes.

Lanzando un aullido animal, la atrajo hacia sí y la estrechó contra su pecho.

—¡Nooo! ¡Por favor, no!

«Miranda no».

Ella lo había entendido, lo había acogido en su cama desde que eran niños y consolado cuando tenía una de sus pesadillas. Meció el cuerpo inerte en los brazos, acariciando el pelo moreno que lo había inducido a asesinarla. Las lágrimas le rodaron por la cara. La besó en un intento de devolverle la vida.

Un movimiento fugaz fuera de la casa atrajo su atención. Se incorporó bruscamente, dejando caer al suelo el cuerpo de Miranda. Dos figuras estaban huyendo colina abajo.

El odio se apoderó enseguida de él. Esto era culpa suya. Leah había causado la muerte de su hermana y debía ser castigada por ello.

Se levantó y corrió hacia la puerta.

—Vamos, cariño, sigue corriendo, puedes hacerlo —resopló Leah tirando de Chloe.

—¿Podemos parar, tía Leah, por favor? No puedo más.

—Tienes que correr, Chloe, tienes que hacerlo por mamá.

Estaba tratando de concebir un plan. Lo más importante era escapar de Miles. Estaba loco, seguro que las mataría a las dos. Iría a casa de sus padres y pediría ayuda desde allí.

—¡Ay! —gritó la niña cuando una zapatilla le salió volando y la afilada grava le arañó la delicada piel del pie.

Frenó en seco y retrocedió para recuperarla. Justo entonces los faros de un coche brillaron en lo alto de la colina y empezaron a descender hacia ella a toda velocidad.

—¡A los páramos, deprisa!

Leah giró a la izquierda, hacia el prado. Tendrían que llegar al pueblo campo a través, pasando por el embalse. Él no podría seguirlas por esa ruta.

Oyó que el coche reducía la velocidad y doblaba hacia los páramos dando tumbos.

—¡Dios mío, no!

Chloe gritaba ahora a voz en cuello. Ella solo podía pensar en llegar a la casa de sus padres para ponerse a salvo y pedir ayuda.

—¡Te lo ruego, Dios, no dejes que nos alcance! ¡Ayúdanos!

Tiró de la niña campo abajo en dirección al embalse. El coche estaba cada vez más cerca y casi sentía la luz blanca de los faros perforándole la espalda.

No había donde esconderse y las piernecitas de Chloe eran incapaces de seguirle el ritmo.

De pronto tuvo una idea. Miles no iba a por la cría, sino a por ella.

Miró atrás. El coche se hallaba a solo quinientos metros. No había escapatoria. Les daría alcance y las mataría a las dos.

Por lo menos podía darle una oportunidad a Chloe.

Con un ímpetu que ignoraba que su exhausto cuerpo pudiera darle, la arrojó por la ladera que corría al lado rezando para que la pequeña tuviera un aterrizaje seguro. Volvió a mirar atrás y vio que el coche no se había detenido y continuaba en pos de su presa.

Siguió corriendo. Corriendo por los páramos, corriendo con todas sus fuerzas, como hacía en el sueño una y otra vez.

A doscientos metros divisó un muro alto y por primera vez vislumbró un rayo de esperanza. Él no podría seguirla con el coche, tendría que bajarse.

Con el pecho jadeando ahora dolorosamente, se precipitó hacia el muro suplicando a sus piernas que fueran más deprisa.

Tenía a Miles cerquísima ahora. No podía permitirse mirar atrás.

Alcanzó el muro y se encaramó a él. El embalse refulgía a los pies de la pronunciada pendiente de los páramos y al otro lado titilaban las luces de Oxenhope.

Saltó y aterrizó en la hierba, gritando de dolor cuando el peso de su cuerpo cayó sobre el tobillo con un desagradable crujido.

«No, por favor, no dejes que me desmaye o moriré».

Aupándose sobre las manos y las rodillas, consiguió ponerse en pie. El dolor del tobillo era tan lacerante que sentía náuseas.

«Tengo que seguir, tengo que seguir». Las lágrimas le caían por el rostro al tiempo que oía detenerse el coche al otro lado del muro y abrirse la portezuela.

Renqueando todo lo deprisa que era capaz, vio unas lucecitas azules parpadear contra el cielo y se instó una vez más a no desmayarse.

—Déjalo ya, Leah. Voy a alcanzarte. Estoy a solo unos centímetros de ti. Ríndete.

—¡No! ¡No!

Un pronunciado montículo la lanzó al suelo de cabeza, dejándola sin aliento.

Intentó levantarse, pero no pudo.

Se quedó tendida en la hierba, esperando.

No había escapatoria.

Oyó la respiración de Miles a su espalda. Cerró los ojos y dijo una oración mientras oía la maleza crujir y a él arrodillarse detrás de ella.

Él le rodeó el cuello con las manos y apretó. Leah ya no tenía fuerzas para luchar.

Era su destino.

Sintió que se quedaba sin aire.

Entonces sonó un disparo.

La presión en el cuello cesó de golpe. Ella sabía que debía intentar moverse, pero no podía.

—Levántate con los brazos en alto y no te haré daño.

Grogui por la falta de oxígeno, Leah pensó que estaba soñando cuando la voz masculina retumbó en los páramos.

Miles se incorporó sobre las rodillas y alzó la vista.

—Entrégate y no te haremos daño —repitió la voz—. Aléjate de la chica.

Un foco bañó de luz los páramos y él parpadeó.

—Jamás, jamás. Es mía. —Le rodeó de nuevo el cuello a Leah.

«¡Dios mío, no, por favor, no!».

Sonó otro disparo. Miles saltó hacia atrás y aulló de dolor. Rodó sobre un costado, agarrándose la pierna.

—¡Vamos, vamos, arriba! —se gritó a sí mismo.

Se puso en pie con el pantalón empapado de sangre a la altura de la espinilla. La levantó del suelo, le rodeó el pecho con los brazos y la arrastró hacia el muro.

—Suelta a la chica, Miles.

Su aliento hediondo le abofeteó el rostro a Leah.

—No dispararán mientras te tenga de escudo, ¿entiendes?

Llegaron al muro, lo trepó tirando de ella y, una vez arriba, rodaron juntos hacia el otro lado.

—Subiremos al coche y tú conducirás.

—No… no puedo. Mi tobillo.

Miles estaba arrastrándola hacia el vehículo. Abrió la puerta del conductor y la metió dentro. Acto seguido gateó por encima de ella y aterrizó en el asiento del pasajero.

—¡Conduce! ¡Conduce!

Leah forcejeó con la llave del contacto. Cuando el motor arrancó al fin, pisó el embrague con cuidado y soltó un grito de dolor al recibir la presión en el tobillo.

—¡Calla y conduce, zorra estúpida! ¡Hacia abajo, lejos de esos cabrones!

Ella puso el pie en el acelerador y el coche se precipitó hacia delante. Él intentaba remangarse el pantalón para ver si podía detener la sangre que le corría por la pierna.

—Nos estamos dirigiendo al embalse, Miles. Tenemos que subir para llegar a la carretera. —Contempló aterrorizada la pronunciada ladera con el agua fulgurando abajo.

—¡No! Sigue bajando y al llegar al embalse iremos campo a través.

—Es demasiado empinado, Miles, nos…

—¡Obedece! —bramó.

—Está bien, está bien.

Leah vio por el retrovisor que los seguían unos faros.

—¡Más deprisa, más deprisa! ¡Nos están alcanzando!

—¡Si voy más deprisa nos vamos a estrellar!

—¡Por Dios!

Miles le apartó el pie del acelerador y puso el suyo. Agarró el volante.

—¡Para, por favor, para! ¡Vamos a hundirnos en el embalse!

Pero él no la escuchaba. El coche descendía a toda velocidad por la colina, acercándose cada vez más al agua.

Leah supo que, una vez abajo, se enfrentarían a una muerte segura.

—¡Dios, Dios! —sollozó.

Retiró el pie del pedal y apretó todo el peso del cuerpo contra la puerta del conductor.

Solo podía hacer una cosa. Hurgó detrás de ella y encontró la manilla.

Tiró con todas sus fuerzas y se abrió.

Salió rodando del vehículo y aterrizó en la hierba.

A pocos metros de ella, la bala de un tirador golpeó uno de los neumáticos, provocando una explosión.

Leah alcanzó a levantar la cabeza y ver cómo el coche daba varias vueltas de campana, estallaba en una bola de fuego anaranjado y se hundía en el agua.

Acto seguido perdió el conocimiento.

## 24

Con el rostro pálido, Rose observó a los sepultureros introducir el féretro en la tierra. Tenía los ojos hinchados de tanto llorar.

De Miles había quedado muy poco para enterrar.

Además, ¿qué miembro del clero oficiaría el sepelio de un hombre que había asesinado a su hermana y a otras mujeres?

Sintió que iba a desfallecer al oír al pastor bendecir el alma de Miranda.

Las personas que la rodeaban colocaron coronas de flores junto a la tumba y empezaron a dispersarse.

—Vamos, Rose, es hora de irse. —Su sobrino le pasó el brazo por los hombros.

Ella negó con la cabeza.

—No, Brett. Quiero quedarme un rato más. ¿Te importaría atender a los invitados en casa hasta que yo llegue?

—Claro que no. —La miró preocupado—. No tardes mucho.

—No.

Rose observó a los dolientes alejarse. El rumor de los coches se fue apagando hasta que en esa agradable tarde de septiembre ya solo se oía el gorjeo de los pájaros en los árboles.

Caminó hasta la tumba y se arrodilló.

—Miranda, cariño, no sé si puedes oírme. Si es así, te pido que escuches lo que tengo que decirte. He de contárselo a alguien, explicar por qué yo tengo la culpa de que yazgas bajo tierra. Rezo para que lo entiendas y me perdones.

Rose se secó las lágrimas y respiró hondo.

# 25

*Londres, octubre de 1946*

David y Rosa pasaron su primera noche en Londres acurrucados bajo un seto de Hyde Park.

Él jamás se había sentido tan desamparado. Sabía que eso era porque le habían hecho creer que finalmente habían encontrado un lugar seguro.

Nadie se sorprendió tanto como él cuando el oficial de la Cruz Roja le informó de que había una carta de su abuela Victoria. Conforme los días se convertían en semanas y las semanas en meses, David había empezado a pensar que nunca llegaría una respuesta. Pero al fin un oficial lo llamó a su despacho y le informó de que su abuela había escrito para decirles que estaría encantada de darles un hogar cuando llegaran a Londres. Había incluido dinero para que reservaran una litera en un barco lo antes posible.

Lo único que lamentaba David era tener que dejar a la pequeña Tonia en el campo. No era de la familia, y, aunque le permitieran viajar a Inglaterra, él no podía pedir a sus abuelos que la acogieran a ella también. Con todo, el oficial de la Cruz Roja le aseguró que cuidarían bien de la niña y que sería adoptada en cuanto le encontraran un hogar.

El barco atracó en Tilbury y los subieron a un autobús con destino a la estación de King's Cross. Al llegar los recibieron una mujer menuda elegantemente vestida y un hombre trajeado alto e imponente que miró a los desnutridos adolescentes con cara de pocos amigos. Era Robert, lord Brown, su abuelo materno.

Mientras Victoria y el resto de la nación británica habían escuchado sobrecogidos los informes de las atrocidades que los alemanes habían cometido contra los judíos, su marido había permanecido impasible.

Él era antisemita, antialemán y antitodo, menos antibritánico. Sus años en la India lo habían convertido en un patriota de la peor clase, y sus opiniones eran estrechas de miras y de una firmeza arrogante.

Cuando Beatrice los había telefoneado desde París para decirles que Adele había desaparecido, y con el paso del tiempo había quedado claro que no iba a volver, Robert la desterró por completo de su mente y de su vida. Contó a los amigos que había muerto en un trágico accidente de coche cerca del Arco del Triunfo. Incluso insistió en marcharse a su casa de Somerset la semana que iba a celebrarse el funeral.

Victoria le había suplicado que ayudara a buscar a su hija, pero Robert ordenó con vehemencia que el nombre de Adele no volviera a mencionarse en su casa. Que su hija había muerto.

Por consiguiente, había leído la misiva de la Cruz Roja con cara de furia y casi estalló en cólera cuando vio que su hija se había casado con un judío. Arrojó la carta al fuego y le dijo a su esposa que no volviera a mencionar el asunto. La respuesta era un rotundo no.

—Deja que se pudran como su madre —bramó.

—¡No puedo creer lo que estás diciendo, Robert! ¡Ten misericordia! ¡Son tus nietos, tu familia! —respondió, desesperada, Victoria, retorciéndose las manos.

El hombre fornido y medio calvo plantó las manos en la repisa de la chimenea y negó con la cabeza. Ella se derrumbó en la butaca. Era un caso perdido.

—Entonces ¿qué quieres que haga? Si nos negamos a acogerlos, serán deportados como extranjeros ilegales a un campo de desplazados de Polonia. Ya han sufrido mucho. No puedo creer que incluso tú le desees eso a alguien, y menos aún a unos niños que son sangre de tu sangre.

—¡Ellos no son sangre de mi sangre! Mi hija está muerta. Murió hace veinte años. Esos chicos son unos impostores.

Mientras escuchaba a su marido, Victoria sintió que la bilis le subía por la garganta. Estaba enfermo, era cruel y, peor todavía, un hipócrita. Se cuadraba frente al Cenotafio para rendir tributo público a los ingleses fallecidos en la guerra y, por otro lado, dejaba a sus nietos en la calle porque eran medio judíos.

Victoria lo desafió escribiendo a la Cruz Roja para asegurarles que Robert y ella les proporcionarían un hogar feliz. Al infierno con ese hombre. Si hacía falta, se los llevaría con ella y dejaría a su marido. Su plan salió a la luz cuando él interceptó la respuesta con los detalles de la llegada de los Delanski a la estación. Montó en cólera y amenazó con deportarlos y echar a su esposa a la calle sin nada.

Después de horas suplicando y persuadiéndolo, Victoria acordó con su marido que sus nietos podrían quedarse en Inglaterra con la condición de que Robert les diría firmemente que nunca más intentaran ponerse en contacto con él ni con su esposa.

Una vez en la estación, sintió que se le partía el corazón cuando su marido declaró que David y Rosa no eran sus nietos.

El chico pensó que el ofrecimiento de un hogar en Inglaterra había sonado demasiado bonito para ser verdad.

En cierto modo, estaba agradecido a lord Brown. No iba a impugnar que se quedaran en el país. David no podía arriesgarse a que los deportaran de nuevo al infierno en vida que representaría otro encarcelamiento en Polonia. Puede que Rosa no sobreviviera al viaje. Bajo el frondoso seto, la observó dormir arrimada contra él para protegerse del frío.

Ella había tenido una vida terrible hasta el momento, mucho más de lo que cualquier persona debería tener que soportar. Había visto mucho dolor y sufrimiento, y no recordaba lo que eran el bienestar, el amor y la seguridad.

Al contemplarla, una inyección de fuerza le penetró en los huesos. David había prometido a su madre que cuidaría de Rosa y eso iba a hacer.

Tenía que encontrar la manera de crear una vida nueva para los dos. Ahora sabía con certeza que solo podía confiar en sí mismo.

Con las manos prácticamente congeladas a causa del frío, abrió el estuche de su violín, hurgó debajo del forro y extrajo las últimas monedas.

Quedaban cuatro y era una mezcla de dinero alemán y polaco. Sabía que no podía utilizarlas aquí; levantaría demasiadas sospechas.

Por tanto, tenía que vender el instrumento. No le quedaba elección. El Stradivarius era valiosísimo y, si conseguía un buen precio, les proporcionaría comida, techo y la oportunidad de sobrevivir.

Después de haberlo conservado durante tanto tiempo, se sintió culpable de que todo lo demás hubiese salido mal.

Al alba despertó a su hermana y cruzaron una gran rotonda hasta una calle llamada Oxford.

—Me muero de hambre, David. ¿Tenemos dinero para comprar comida?

Él sacudió la cabeza.

—No, Rosa, pero lo tendremos para mediodía.

—¿Cómo?

—Eso no importa. Bajemos por ahí, parece un subterráneo. Hará más calor que aquí fuera.

Bajaron los escalones de la estación de metro de Oxford Circus. En el rincón había un banco y sentó allí a Rosa.

—¿Qué vamos a hacer, David? ¿Y si la policía viene a por nosotros?

—Nos aseguraremos de que no nos encuentre, cariño.

Miró el reloj dispuesto al otro lado de la estación. Las 7.50.

Se levantó y se acercó a la taquilla.

—Perdone —dijo al soñoliento empleado—, ¿podría decirme cómo se va a Suddeby's? Creo que es una tienda de antigüedades en Bomb Street.

El hombre rio.

—Creo que te refieres al Sotheby's, en New Bond Street. Está al final de la calle, no queda lejos.

David prestó atención a las indicaciones del empleado.

—Gracias, señor. —Regresó junto a su hermana y la cogió de la mano—. Vamos a conseguirnos el desayuno, Rosa.


—Adelante, adelante. —El hombre los hizo pasar a un cuarto pequeño abarrotado de bellos y valiosos objetos—. Soy el señor Slamon. Mi ayudante me ha dicho que tenéis un objeto especial que os gustaría vender. ¿Puedo verlo?

David asintió y colocó el estuche sobre la mesa. Sacó el instrumento y se lo tendió.

Al hombre le brillaron los ojos al acariciar la delicada madera de pícea. Giró el instrumento e inspeccionó el impecable reverso de arce. La elaboración del violín era exquisita. Examinó la etiqueta con creciente entusiasmo.

—Bello, muy bello. ¿De dónde lo has sacado?

—Mis padres me lo compraron cuando cumplí diez años. Vivíamos en Varsovia.

—Eres un muchacho muy afortunado de tener unos padres dispuestos a comprarte semejante tesoro. ¿Te dijeron tus padres si el violín tiene nombre?

—Sí. Ludwig.

Slamon escudriñó al joven que tenía delante. Era poco probable que, si hubiese robado el violín, conociera cómo se llamaba.

—Como es lógico, tendremos que comprobar si es auténtico, lo que nos llevará un par de días.

—¡No! —dijo David—. Quiero venderlo ahora.

Slamon tosió.

—Entiendo. Eh, ¿tienes algo que demuestre que el instrumento es tuyo? Sotheby's no puede permitirse comerciar con objetos robados.

David lo fulminó con la mirada y se lo arrebató.

—Si eso es lo que cree, me llevo mi violín a otra parte.

—Espera, espera, tranquilízate. Te pido disculpas, pero desde la guerra vienen a vernos individuos de toda índole ofreciéndonos objetos que es imposible que sean suyos.

—Toca, David —susurró Rosa—, eso lo convencerá.

A él le dolía profundamente tener que demostrar que no era un ladrón, pero, al ver el hambre en los ojos de su hermana, asintió.

—Está bien, tocaré para usted.

Con suma delicadeza, se encajó el violín bajo el mentón y colocó el arco sobre las cuerdas. Cerró los ojos y tocó.

Slamon quedó convencido. La familiaridad entre instrumento y violinista era inefable, algo que solo podía adquirirse a lo largo de varios años. El muchacho tocaba de forma exquisita. Y el sonido era el de un violín bello y raro, fabricado por el mismísimo gran maestro.

—Gracias, ha sido precioso. Y te pido disculpas por dudar de ti. Evidentemente he de solicitar la opinión de mi colega, pero, después de oírte tocar, estoy convencido de que es auténtico. ¿Me permites el instrumento? —David se lo tendió con recelo—. Puedes venir conmigo, si quieres, o puedo pedir a mi ayudante que os sirva té y galletas mientras esperáis aquí.

A Rosa se le iluminó la mirada.

—Esperaremos aquí —dijo él a regañadientes.

Media hora después, Slamon regresó con una sonrisa.

—Mi colega está de acuerdo conmigo. Es, efectivamente, un Ludwig, fabricado por Stradivarius en 1730. —Se sentó frente a su mesa—. Bien, nosotros dirigimos subastas los miércoles y Sotheby's se queda un diez por ciento en concepto de comisión, como es natural. Creo que un objeto como este podría alcanzar…

—Por favor, señor, ya le he dicho que quiero el dinero hoy.

—Entiendo. Lo que podríamos hacer es darte un adelanto hasta que tengamos un comprador. De hecho, hay un caballero en concreto que sé que estaría interesado. ¿Qué te parece si te avanzo doscientas libras junto con un recibo en el que conste que el resto te será entregado en cuanto vendamos el violín?

—¿Y por cuánto lo venderá?

Slamon golpeteó la mesa con los dedos.

—Mmm, déjame ver. Creo que estableceremos un precio de salida de mil doscientas libras, de modo que esa será la suma mínima que recibirás, menos nuestra comisión. Pero, tratándose de una pieza tan excepcional, podría venderse por el doble o el triple.

—Lo siento, señor, pero ¿cuánto es eso en eslotis polacos?

—Ahora mismo no sabría decirte. ¿Te vale en francos franceses? ¿Sabrías pasarlos a eslotis?

David asintió.

Slamon realizó un par de cálculos y se los mostró.

Él hizo algunas operaciones rápidas en su cabeza y se le iluminaron lo ojos. La suma era una fortuna, suficiente para mantenerlos a Rosa y a él varios años.

—De acuerdo, acepto las doscientas libras, pero quiero que venda el instrumento lo antes posible.

—De acuerdo. Te extenderé un cheque a nombre de…

David negó con la cabeza.

—En efectivo, por favor.

Slamon se encogió de hombros.

—De acuerdo, aunque eso me llevará un rato. ¿Más té?


Una hora después, ambos salían al lánguido sol de octubre.

David levantó a Rosa del suelo y se puso a dar vueltas.

—¿Lo ves? Te dije que tu hermano encontraría una solución. Bien, vamos a buscar un café y a zamparnos el desayuno más grande que has visto en tu vida.


Pasaron las dos noches siguientes en un pequeño hotel junto a Bayswater Road. David se compró un traje y partió en busca de una vivienda para alquilar.

La primera inmobiliaria que visitó le pidió que rellenara un formulario.

Arriba del todo tenía que anotar su nombre.

Pensó deprisa. No quería escribir su verdadero nombre por si la policía iba a por él. ¿Cómo había llamado el hombre del café a los policías? Co… Coo… ¡Coopers! Eso era.

Escribió su nombre nuevo en la casilla y sonrió. David Cooper. Sonaba bien y muy inglés. A partir de ese momento, David y Rosa Delanski dejaban de existir.

Pensando que dos hermanos jóvenes buscando un lugar donde vivir podrían levantar sospechas, explicó a la secretaria de la inmobiliaria que estaba buscando un piso pequeño para él y su esposa.

La mujer le dio la dirección de dos pisos para visitar. David compró un plano de Londres y se subió a un autobús rojo. El primer piso, situado en un barrio llamado Notting Hill, era diminuto y la casera una fisgona.

El segundo, a un tiro de piedra del hotel de Bayswater Road en el que se alojaban, era mucho más agradable.

El único problema era que solo tenía un dormitorio con una gran cama de matrimonio.

No importaba, pensó David. Él dormiría en el sofá de la sala de estar.

El piso estaba en la última planta y el casero no vivía en el edificio. Era pequeño, pero estaba impecable y les serviría para empezar.

Dijo que se lo quedaba y que se mudaría de inmediato. Sorteó el problema de proporcionar referencias entregando al casero seis meses de alquiler por adelantado. En los difíciles tiempos de recesión de la posguerra, el dinero en efectivo laxaba las normas de todos.

A Rosa le encantó. Se puso a bailar por el piso feliz como una perdiz.

Después salieron a buscar comida para la cena. Con el racionamiento todavía vigente en Londres, tuvieron que desprenderse de un buen puñado de billetes cada vez que un tendero sacaba con disimulo productos escondidos debajo del mostrador.

Pero valió la pena cuando se sentaron a degustar la cena preparada por Rosa, compuesta por croquetas de pollo y «cascos pequeños», un sabroso plato de patata que solía hacerles su madre. La acompañaron con una botella de vino que se les subió directamente a la cabeza.

—¡Un brindis por los Cooper! Y hablando de eso, he pensado que quizá deberíamos modificar tu nombre. David no llama la atención, pero Rosa es menos habitual. ¿Qué te parecería llamarte a partir de ahora «Rose» Cooper?

Ella lo meditó unos instantes y alzó su copa.

—¡Me gusta! Es muy… inglés.

## 26

David y Rose vivieron felices en el piso durante casi dos años. El Ludwig se había vendido por dos mil quinientas libras y gozaban de seguridad económica. Él jamás había conocido tanta dicha. No tenían amigos ni conocidos en Londres, pero no echaba de menos eso. Tenía a Rose, su confidente, su hermana, su genio. Pasaban las veinticuatro horas del día juntos, explorando Londres, disfrutando de la seguridad de su piso diminuto. Después de tanto miedo, dolor e incertidumbre, el santuario de su pequeño hogar y la compañía del otro se convirtieron en el pilar de ambos.

David se tumbaba en el sofá, feliz de observar a Rose frente al caballete que le había comprado, dibujándolo a él o cualquier cosa que encontraba.

Poco a poco, sus pinturas empezaron a evolucionar con respecto al trabajo puramente figurativo que había hecho hasta el momento.

A veces tiraba el pincel y se arrojaba sobre la cama presa de la frustración.

—Uf, David, sé lo que quiero plasmar, pero no consigo trasladarlo al lienzo.

Él llevaba a Rose a todas las galerías y exposiciones que encontraba. Fueron a la National Gallery y a la Tate, y pasearon hasta Cork Street para estudiar la serie *Miserere* de Georges Rouault en la galería Redfern. No obstante, la exposición que más atrajo a Rose fue la de Graham Sutherland en la galería Hanover.

—Es... brutal. —Se volvió hacia David—. Quiero ir a casa y pintar.

Esa misma semana, él examinó un lienzo que su hermana acababa de terminar y tuvo un escalofrío. Había algo oscuro y lóbrego en él: caras y ojos distorsionados mirándolo por detrás de unos barrotes dispuestos en ángulos extraños.

—Rose, ¿cómo lo has titulado?

—Treblinka —respondió ella con desenfado.

David sabía que había llegado el momento de que la chica diera un paso adelante. Había que fomentar su talento.

Le asustaba la idea de que conociera a otras personas, de que saliera y lo dejara solo durante horas mientras ella estaba en la escuela de arte. Pero él tendría muy pronto que empezar a buscar trabajo, sobre todo si debía pagar los estudios de Rose.

Esa noche lo hablaron durante la cena.

—¿En serio crees que me aceptarían en el Royal College, David?

—Estoy seguro de que lo harán en cuanto vean tu trabajo.

Al día siguiente se subió a un taxi y metió cuatro lienzos de Rose en el asiento de atrás.

—A Exhibition Row, por favor.

El vehículo se detuvo frente a la gran entrada del Royal College of Art y David entró cargado con las pinturas.


—Verá, señor Cooper, esta no es la forma en que hacemos las cosas aquí —dijo la aturullada recepcionista—. Necesita un impreso de solicitud y...

—¿Podría pedirle a alguien que eche un vistazo a estos lienzos, por favor, y que se ponga en contacto con nosotros si cree que mi hermana tiene talento? —David anotó su nombre y dirección en un trozo de papel—. Buenos días. —Se despidió de la sorprendida mujer con un gesto de la cabeza y salió del edificio convencido de que alguien sabría captar el don que poseía Rose.

Y no se equivocaba. Diez días más tarde, su hermana recibió una carta donde le pedían que se personara en el Royal College el lunes. Tendría que pasar dos días haciendo dibujos del natural y asistiendo a numerosas entrevistas.

La noche previa Rose era un manojo de nervios.

—Saldrás airosa, ya lo verás. —David la abrazó.


Tres meses después, en septiembre de 1948, la chica iniciaba su diplomatura en el Royal College of Art. Aunque solo tenía diecisiete años, la institución había reconocido su talento y la había aceptado.

El primer día sin ella fue insoportable. David deambuló por el piso vacío y silencioso sin saber en qué entretenerse. Se sentía desamparado sin Rose.

Pero tenía cosas que hacer, planes que concebir. Debía empezar a pensar en su propio futuro. Les quedaba dinero para vivir otros dos años, pero los estudios de su hermana iban a llevarse un buen pedazo.

David cogió lápiz y libreta, y se sentó a la mesa de la cocina. Hizo una lista de trabajos para los que creía que servía y a renglón seguido los tachó todos.

Nada de lo que había escrito lo atraía lo más mínimo. Él quería ser independiente, iniciar su propio negocio donde el cielo fuera el único límite. Era tan diferente de otros hombres de su edad que sabía que nunca podría encajar en un trabajo rutinario de oficina.

Se paseó por el piso con las manos en los bolsillos, meditando.

A las tres y media se dio por vencido. Acababa de prepararse una taza de té cuando llamaron a la puerta.

David abrió y vio que era su casero.

—Pase, señor Chesney, tengo el dinero del alquiler para usted.

—Gracias, señor Cooper. Me gusta que mis inquilinos sean puntuales con sus pagos.

—¿Tiene muchos? —preguntó él, tendiéndole un sobre.

—Ya lo creo, unos veinticinco. Poseo siete casas. Las compré por cuatro chavos después de la guerra y las transformé en pisos. Es lo mejor que he hecho en la vida. Adiós, señor Cooper. —Se tocó el sombrero y se alejó por las escaleras.

David cerró la puerta y regresó a la mesa para beberse el té. Reflexionó sobre lo que Chesney le había dicho. El hombre le había dado una idea.

Al día siguiente visitó varias inmobiliarias. Se quedó de piedra al ver lo barata que era una casa adosada de tamaño mediano. Se llevó información sobre una muestra representativa de las propiedades y se sentó en casa a hacer números.

Los repasó una y otra vez para asegurarse de que no se había equivocado.

Y no se había equivocado. El dinero que se podía ganar era mucho si estaba dispuesto a arriesgar el capital inicial. Sospechaba que era un mercado en crecimiento, pues cada vez eran más los jóvenes que querían independizarse. Muchos no podían permitirse comprar ni alquilar una casa, pero sí un piso.

Hizo anotaciones detalladas y realizó predicciones de flujo de caja. A continuación se marchó a la City en busca de un banco que lo ayudara a financiar su proyecto. Todos se negaron en redondo. David regresó a casa descorazonado, pero dispuesto a seguir intentándolo.

Sabía que tenía que tomar una decisión. La única manera en que podía hacerlo era coger el dinero que quedaba de la venta del Stradivarius, dejando suficiente para vivir Rose y él durante los próximos seis meses. De ese modo podría comprar dos casas pequeñas o una grande y dividirlas en unidades independientes.

Volvió con una botella de champán y lo celebró con su hermana eufórica y todavía abrumada por su primera semana en la universidad. Él no le contó el riesgo que estaba corriendo.

—Por nosotros. —David levantó su copa—. Por el magnate inmobiliario y por la mejor pintora de la siguiente mitad del siglo.

# 27

Durante los tres años siguientes el negocio de David no hizo más que crecer. A comienzos de los cincuenta encontró que la demanda superaba con creces la oferta. Se ganó la reputación de ofrecer reformas de calidad a un alquiler sumamente razonable. Sus inquilinos estaban contentos y hacían correr la voz.

En 1951 era propietario de quince casas en Londres. Empezó a buscar en la City solares que hubieran sido bombardeados para comprarlos baratos y construir edificios de oficinas. Los bancos se peleaban ahora por prestarle dinero.

Todo era perfecto. Salvo una cosa.

Rose. Durante su primer año de universidad las cosas habían seguido más o menos igual. David trabajaba mucho durante el día y las noches las pasaban juntos, como siempre. No obstante, durante el segundo año, ella empezó a trasnochar. Llegaba a casa pasada la medianoche hablando sin parar del club Colony Room, en Dean Street, donde ella y otros estudiantes de la universidad bebían con Muriel, la propietaria, y con artistas como Bacon y Freud.

Empezó a asistir a clases nocturnas en el Borough Polytechnic junto con otros estudiantes del Royal College.

—David, las técnicas de Bomberg son fascinantes. Rechaza todo lo artificial o confeccionado. Me está enseñando mucho.

Él escuchaba pacientemente y asentía y sonreía en los momentos adecuados. Se alegraba de que Rose estuviera desarrollando su talento e intentaba que no le afectara que casi no le quedara tiempo ni energía para él.

Durante el tercer año, sin embargo, David apenas la veía. Su hermana lo atribuía a la carga de trabajo de la universidad, a que tenía que quedarse hasta tarde para terminar las pinturas, pero, con frecuencia, el aliento le olía a alcohol y a veces no llegaba hasta el alba.

Y, durante el último trimestre, muchas veces ni siquiera iba a casa.

David se preguntaba si estaba con un hombre.

Era una chica joven; se merecía una vida normal y él no debía impedirlo.

La noche después de su graduación del Royal College, la invitó a cenar. Le habían concedido su primera exposición en la galería Redfern y estaba muy ilusionada.

—¿Puedes creerlo, David? ¡Una exposición, yo! Y todo gracias a ti.

—No, Rose, gracias a tu gran talento. Y para celebrarlo, toma. —Le tendió un sobre.

—¿Puedo abrirlo? —preguntó emocionada.

Él asintió, sabedor de que a su hermana le encantaban las sorpresas.

Ella leyó el documento que contenía y se le demudó el semblante.

—¿Qué ocurre?

—Vaya, David, lo siento mucho.

Él se alarmó.

—¿Por qué? ¿Qué quieres decir? Pensaba que te haría ilusión mudarte a un apartamento en Chelsea. Es mío, Rose. Nos merecemos nuestro propio hogar.

Ella lo miró por encima de la mesa y, seguidamente, bajó la vista.

—Hace… hace tiempo que quería decírtelo, David.

—¿Decirme qué? Habla, Rose, por lo que más quieras.

—Creo que es mejor que dejemos de vivir juntos. He conocido a alguien… —Se removió incómoda en su asiento.

David asintió. Había estado preparándose para ese momento.

—No pasa nada, Rose, lo entiendo.

Ella hundió el rostro en las manos.

—No…, me temo que no lo entiendes.

Su hermano acertó a soltar una risita.

—Sea quien sea, si cuida de ti y tiene una buena higiene personal, será un placer conocerlo.

—No entiendes…

—¿Cómo se llama? —David bebió un sorbo de vino—. ¿Es inglés?

Rose negó con la cabeza.

—No.

—Ah. ¿Polaco?

—Alemán —susurró ella.

David se tensó ligeramente, pero quería demostrarle que no albergaba rencor.

—No te preocupes por eso. ¿Lo conociste en el Royal College?

Rose había empalidecido.

—Más o menos. Él… admira mi obra. Ha comprado uno de mis cuadros.

—¿De veras? En serio, Rose, no tienes por qué inquietarte. —David posó la mano en la de ella para tranquilizarla—. Me alegro por ti.

Ella cerró los ojos.

—Nunca me lo perdonarás, David.

Él arrugó la frente.

—¿Qué he de perdonarte? Todavía no me has dicho su nombre.

Rose respiró hondo.

—Se llama Frank.

—¿Y a qué se dedica Frank?

Ella paseó la mirada por la sala.

—Es empresario. Tiene negocios por todo el mundo. Algo relacionado con la seguridad.

—Entonces ¿es mayor que tú? —David entendió de repente las reticencias de su hermana.

—Sí.

—Mientras te trate bien, para mí no es un problema.

Rose se llevó la mano a los labios. Su hermano se alarmó al ver que los ojos se le llenaban de lágrimas.

—Te trata bien, ¿no?

—Te juro que ha cambiado.

David frunció el ceño.

—¿Cambiado? Entonces ¿es alguien del pasado?

Ella parecía estar a punto de vomitar.

—Sí —acertó a susurrar.

—Rose, ¿de qué estás hablando?

—Él dice que siempre intentó protegerme…

A David se le heló la sangre.

—¿Protegerte?

—De los horrores de Treblinka.

Su hermano quiso hablar, pero descubrió que no podía.

—Me dijo que había decidido cuidar de mí durante los últimos años. Que me quería más que a nadie en el mundo…

—Rose —David tenía los ojos desorbitados de miedo—. No es… No puede…

Ella estaba llorando ahora.

—Sé que es imposible para ti entenderlo, pero lo quiero.

Esas palabras le atravesaron el corazón como un cuchillo.

—¿Franzen? ¿Kurt Franzen?

Su hermana asintió con gravedad.

—¿El monstruo que mató a nuestro padre?

—No quería hacerlo, David. No tuvo elección. Si no demostraba que era fuerte, lo habrían matado.

Tenía la sensación de estar dentro de una pesadilla de la que no podía despertar.

—Tú no te crees eso, ¿verdad Rose? ¡Por Dios, era uno de los comandantes del campo!

—Todos tenían que responder ante alguien.

—¡Abusó de ti!

—Porque me quería. Me ha pedido perdón mil veces. Sabe que lo que hizo, siendo yo tan joven, estuvo mal.

—¡Rose! —exclamó él—. ¿Te has vuelto loca? No... no... —Se le nubló la vista y el mundo empezó a girar.

—Lo siento mucho, David...

—¿Cómo ha conseguido llegar aquí?

—Tiene amigos poderosos que están ayudándolo a empezar de nuevo. Es lo único que quiere. Lo único que yo quiero.

—Acudiré a las autoridades. No pueden permitirle... —Fue a levantarse, pero descubrió que las piernas no le respondían.

—Lo sé, David, lo sé. No puedo explicarlo. Pero creo que no puedo vivir sin él. Él...

—¡Te ha seguido la pista! ¡Ha venido en tu busca! ¿Es que no lo ves?

—Eso solo demuestra lo mucho que me quiere... Lo arriesgó todo cuando se puso en contacto conmigo después de comprar el cuadro.

—¡No puedo creer lo que estoy oyendo, Rose! Mató a miles de personas. Mató a nuestro... a nuestro... —David apenas podía respirar—. Estás enferma. Esto es solo una enfermedad. Puedes curarte.

Ella meneó lentamente la cabeza.

—Me daba mucho miedo contártelo, pero merecías saberlo. Ahora voy a irme.

Rose se levantó de la mesa con el rostro bañado en lágrimas. David hizo acopio de las pocas fuerzas que le quedaban y le cogió la mano.

—En realidad no lo quieres. Te ha engatusado, Rose. ¡Te está utilizando! ¿Es que no lo ves?

—No, David, por favor. No puedo escucharte. Lo siento mucho.

Salió corriendo del restaurante. Él no fue capaz de seguirla.

Esa noche ella no regresó a casa, y tampoco la siguiente. Los intentos de David por ponerse en contacto con ella fueron infructuosos. Nadie de su círculo de amigos quiso desvelarle su paradero. Fue a la policía, por supuesto, pero apenas tenía información que darles. Sabía que era importante que no lo investigaran a él ni a su hermana con demasiado detalle. Después de todo, tras la negativa de sus abuelos a adoptarlos, técnicamente no tenían derecho a vivir en Gran Bretaña.

Transcurridas dos semanas, David comprendió que Rose no iba a volver.

## 28

*Londres, 1950*

Kurt Franzen dio una larga calada a su cigarrillo mientras contemplaba el río Támesis desde el Victoria Embankment de Londres. Era un río muy muy sucio, el que corría por el corazón de esa gran ciudad. Qué acertada metáfora para un país tan hipócrita. Se habían aliado para detener la maquinaria bélica alemana bajo el disfraz de la decencia y la democracia, y, sin embargo, nadie en la historia del mundo había conquistado y esclavizado tanto como los británicos.

Quizá por eso encontraba la derrota particularmente indignante.

Franzen se había convencido a sí mismo de que todo había empezado con aquella rata, David Delanski. Su huida de Treblinka aquel día había logrado algo mucho peor que herirle el orgullo. Había inspirado a otros. A partir de ese momento, los prisioneros sabían que existía una oportunidad para ellos.

El 2 de agosto de 1943 se produjo una revuelta en el campo. Empleando un duplicado de la llave del arsenal de Treblinka, los conspiradores habían robado treinta rifles, veinte granadas de mano y varias pistolas, junto con depósitos de petróleo. Unos cuantos prendieron fuego a edificios mientras un grupo de judíos armados atacaba la entrada principal, permitiendo a otros saltar la valla. Doscientos prisioneros escaparon ese día y solo menos de la mitad fueron capturados.

Ese había sido el principio del fin para Kurt Franzen. Sabía cuáles iban a ser las consecuencias. Como abyecto fracasado, el alto mando nazi lo enviaría al frente para deshacerse de él. Él, desde luego, no iba a permitir que eso ocurriera. Se había asegurado de contar con un plan de fuga por si lo necesitaba algún día. El subcomandante no esperó a que sus superiores llegaran al campo; huyó de Treblinka esa misma noche.

Era bien sabido que ciertos líderes católicos simpatizaban con la causa nazi porque temían el bolchevismo, su enemigo común. Sin duda, Franzen podría convencer a algún obispo de que él era un chivo expiatorio, una víctima a la que iban a perseguir por algo que nunca quiso hacer.

Había oído hablar a algunos ucranianos católicos de una vía para llegar a Sudamérica a través de una comunidad en Génova. Se había pasado meses trazando la ruta que tomaría a través de Hungría y Yugoslavia en caso necesario. Echando mano de documentos falsos que había mantenido consigo, por lo que pudiera ocurrir, Franzen llegó a Italia. Como era de esperar, un ingenuo lo ayudó a obtener un visado para Argentina y un pasaporte falso de la Cruz Roja.

Se largó mucho antes de que los demás empezaran a utilizar las llamadas «rutas de las ratas» hacia el final de la guerra. Los dos años extra le permitieron establecerse en Buenos Aires y, cuando la caza de nazis fugados comenzó, Kurt Franzen ya había caído en el olvido. La ausencia de trámites burocráticos y miradas entrometidas significaba que Argentina era para él un patio de recreo. Utilizando su atractivo y su inteligencia, generó confianza, obtuvo contactos y expandió sus negocios…, y, si alguien ponía en duda su identidad, se aseguraba de que no durara mucho tiempo.

Frank Santos, en quien se había convertido, había dejado de ser sospechoso y ahora viajaba por el mundo como un ciudadano argentino libre.

Incluso aquí. ¿Le había inquietado venir a Inglaterra, una de las potencias aliadas que habían doblegado a Alemania? Un poco, quizá. Pero sabía que la venganza merecería la pena.

Podría matar a David Delanski, desde luego, pero se le antojaba muy poco… elegante. Quería que sufriera una humillación similar a la suya.

Y Franzen sabía qué tecla tocar.

Con su eficiente red de contactos y la fortuna que había amasado, había sido relativamente fácil seguirles la pista. Ahora se enfrentaba a la parte más difícil del plan.

Tras comprar el cuadro de Rose —o de Rose Cooper, como se hacía llamar—, le había escrito. La carta, cuya redacción era impecable, cubría de elogios su talento artístico y declaraba que su don había sido un regalo de los dioses. Incluía la dirección del piso que alquilaba en Londres para que le respondiera y el carteo había continuado durante unas semanas. Franzen siempre se había enorgullecido de su habilidad para elegir las palabras justas y disfrutaba enormemente con el juego de la manipulación. Le había contado a Rose que, aunque era un hombre de negocios internacional, su verdadera pasión era el arte y su obra había liberado en él algo que estaba oculto… Se sentía solo… Ella era especial…

Franzen era muy consciente de lo vulnerable que era esa joven y se aseguraba de explotar dicha debilidad a cada oportunidad. En cuanto a su plan, el corazón de Rose se abría un poco más con cada carta que le enviaba.

Había calculado que, después de lo que la chica había sufrido en su corta vida, la sensación de seguridad sería muy importante para ella. Esa sería la puerta de entrada de Franzen. En su última carta se había ofrecido a convertirse en su benefactor, apoyándola económicamente para que pudiera dedicarse en exclusiva a su arte.

Tal como había previsto, fue Rose quien propuso un encuentro después de eso.

Sus labios esbozaron una sonrisa. La estrategia estaba dando sus frutos. Ella estaba empezando a sentirse cortejada y cuidada.

Quedaron en verse la semana siguiente en el River Restaurant del Savoy. Franzen había elegido el lugar con cuidado.

Aunque no preveía una escena, la pintora emergente no provocaría un alboroto delante de miembros de la alta sociedad que esperaba que llegaran a ser sus clientes.

Cuando Rose entró, él la reconoció al instante. Su denso cabello rojo Tiziano y sus grandes ojos lo transportaron a otros tiempos. Era tan bella como la recordaba. Esto no iba a representar un esfuerzo.

Se puso en pie y levantó el brazo. Cuando ella lo vio, una gran sonrisa le iluminó el rostro. El reconocimiento no fue recíproco, tal como Franzen había esperado. Por razones obvias, actualmente llevaba un corte de pelo distinto y utilizaba maquillaje para taparse los lunares y las manchas del rostro.

Él sabía que el nombre del juego de hoy era humildad y generosidad. Durante los dos primeros platos la conversación fluyó como el vino, permitiéndole tejer su telaraña de cumplidos y comentarios tranquilizadores antes de conducir la charla hacia el tema del dinero.

—En serio, me gustaría mantenerte durante el resto de tus estudios, y también después.

—Ya has hecho mucho por mí, Frank. Jamás podría pedirte que...

Él agitó una mano.

—¡Imagina lo que habría logrado Monet si no hubiese tenido que preocuparse por las facturas, querida! —Rose rio al tiempo que él le servía más champán—. Además, poseo una fortuna y no tengo con quién gastarla. —Franzen reparó en la mirada empática de ella y supo que estaba ganando.

—No sé...

—No hace falta tomar una decisión antes del postre, querida. Cuéntame más sobre tu amor por Van Gogh. Adoro oírte hablar con tanta pasión.

Hacia el final de la comida todas las defensas de Rose habían caído. La tenía al alcance de la mano. Después de pagar la exorbitante cuenta, Franzen esperó su momento. Cuando ella alargó el brazo para coger el vaso de agua, posó suavemente la mano sobre la de ella. Para su regocijo, la chica no la apartó.

—Me ha encantado conocerte en persona, Rose.

Ella se ruborizó.

—Lo mismo digo, Frank. Gracias por la comida.

—Ha sido un placer. ¿Estamos de acuerdo en que cubriré todos tus gastos mientras pintas?

—¿Cómo puedo negarme? Gracias.

La pareja se miró a los ojos unos instantes. Franzen se inclinó entonces sobre la mesa y besó a Rose dulcemente en los labios. Ella esbozó una sonrisa amplia y bajó la mirada.

—Lo siento, no he podido contenerme. Espero no haberte ofendido.

—¡No, en absoluto! —La respuesta fue enfática.

Perfecto. Franzen inspiró hondo y optó por una pausa.

—Me alegro mucho de que hayas tenido la oportunidad de ver a la persona que soy en realidad. —Su actuación ahora tenía que ser impecable.

—¿Cómo dices?

Él hundió la cara en las manos, clavándose sutilmente los dedos en los ojos para hacerlos llorar.

—Frank, ¿estás bien?

—No, querida, me temo que no. Tenía mucho miedo de que me reconocieras y salieras huyendo.

Rose lo miró inquieta.

—¿De qué estás hablando?

Franzen retiró despacio las manos del rostro para mostrar una fachada de tristeza y arrepentimiento.

—Creo que sabes, en el fondo de tu corazón, que esta no es la primera vez que nos vemos. —Le tomó la mano y la miró fijamente a los ojos—. Debes entender que no tenía elección. O mataba o me mataban. Eso no justifica nada de lo que hice, pero… ¡Ay, Dios! —Forzó unos cuantos sollozos.

—No entiendo nada, Frank.

—Hice todo lo que pude por protegerte. Siempre supe que eras especial. Y tu hermano también, desde luego. —Franzen reparó en el cambio de expresión de Rose.

—¿Mi hermano?

—Sí. Por eso lo puse en la orquesta. Sabía que eso lo mantendría a salvo.

—¿Qué...? —La voz de Rose era un susurro.

—Lo cierto es que te amaba. Estaba seguro de que llegarías a ser alguien especial. Por eso —esta tenía que ser la parte más convincente de su mentira— le di las cerillas a Anya aquel día. Sin ellas, David no habría podido encender el fuego que os permitió escapar. Yo conocía vuestro plan y os ayudé. —Estaba especialmente orgulloso de esta ocurrencia.

A Rose se le llenaron los ojos de lágrimas.

—Franzen...

—¡No me llames así, te lo ruego! Kurt Franzen era una creación, una consecuencia tóxica, putrefacta y detestable del régimen nazi. —Hizo una exhibición de candor—. No era yo.

Rose estaba petrificada.

—No...

—Tú sabes que no era yo. Mi verdadero yo intentó que no te hicieran daño. Mi artista especial. Mi Rosa.

Ella se levantó bruscamente. No pasaba nada, ese momento era inevitable. Franzen le agarró la mano.

—Entiendo, querida, que debas irte. Pero, por favor, intenta recordar que yo me aseguré de que vivieras cuando muchos otros murieron. —Rose hizo ademán de partir, pero él la sujetó con más fuerza—. Acuérdate de mí, de mi auténtico yo, no de Kurt Franzen. Tienes mi dirección. Y vigila a quién le cuentas esto. —Parecía hundido—. Lo que me pase a mí me da igual, pero sé que tu hermano y tú estáis en este país con una identidad falsa. —Meneó la cabeza—. Detestaría que os pasara algo malo por mi culpa. —Clavó en Rose una última mirada antes de soltarle la mano.

La observó cruzar apresuradamente el River Restaurant.

El encuentro había ido aún mejor de lo que esperaba. Franzen se reclinó en su asiento y se terminó el champán. Si algo se le daba bien era desmontar a la gente. Presentía que Rose estaba a punto de resquebrajarse.

En efecto, menos de dos semanas después recibió una carta suya.

Cuando volvieron a verse, él prosiguió con su relato: Treblinka era un infierno y él había sido el ángel protector de los Delanski. Disparar a su padre había sido un acto de humanidad, pues llevaba demasiado tiempo sufriendo. Franzen era un buen hombre y una víctima del malvado régimen de su país. Lo único que anhelaba era la oportunidad de demostrárselo.

Al cabo de unas semanas empezó a ingresar dinero en la cuenta corriente de Rose. Para cuando las semanas se convirtieron en meses, le había abierto las puertas concertando reuniones con adinerados marchantes de arte y clientes potenciales.

Su fama creció lentamente, y no podía negar la ayuda que había recibido de su «protector». Tardó seis meses en volver a besarlo. Franzen derramó lágrimas falsas e insistió en que solo debían continuar si ella lo deseaba de verdad. Se trataba de una partida larga.

Después de otros tres meses se acostaron por primera vez. Él no podía estar más satisfecho. Este era su objetivo último. Y, en cuanto hubiese terminado su tarea, la dejaría para siempre.

En el verano de 1951, Rose llegó al apartamento de Franzen muy alterada. Le dijo que le había contado a su hermano su relación mientras cenaban. Como siempre, él estaba preparado. La consoló, le dijo que lo entendía y que todo se arreglaría.

—¡Nunca me lo perdonará! —sollozó ella.

—Claro que sí, solo tienes que darle tiempo —mintió aquel.

Era la señal para abandonar la ciudad. La «relación» era lo bastante sólida para que él pudiera hacer frecuentes visitas, en lugar de quedarse y arriesgarse a que David diera con él.

Franzen hacía todo lo que podía por mantener a Rose interesada en él. Seguía apoyándola económicamente y se aseguraba de que su carrera prosperara. Le había sugerido que se cambiara el apellido a Delancey. Constituía una manera sutil de arrebatársela a David, aunque un dolor mayor estaba por venir. Cada pocos meses volaba a Londres para verla y, de vez en cuando, se la llevaba a Buenos Aires. En tales ocasiones, Franzen se aseguraba de que se acostaran con frecuencia.

La cosa se estaba alargando más de lo previsto. ¿Y si Rose no podía?

Hasta que una noche, mientras cenaban en el River Restaurant, recibió la noticia que había estado esperando. Le había llevado casi cuatro años de su vida, pero la tarea estaba terminada.

—¿De cuánto estás? —le preguntó.

—De tres meses, desde que…

Franzen pagó la cena, se marchó y nunca volvió a ponerse en contacto con Rosa Delanski.

Su trabajo había concluido.

# 29

David se volcó en la bebida, apurando hasta la última botella de la ciudad. Tras confirmar que sus penas podían ahogarse pero no extinguirse, dirigió sus esfuerzos a encontrar a Franzen. Invirtió vastas sumas de dinero en detectives privados, pero ninguno fue capaz de proporcionarle algo aparte de rumores y teorías. Sí dieron con Rose, claro, quien estaba viviendo con su amigo Roddy. Sus intentos de ponerse en contacto con ella fueron infructuosos. De nada sirvió que le escribiera, telefoneara o se presentara en su casa. Su hermana, sencillamente, no podía enfrentarse a él.

Aunque no la había visto en persona, a lo largo de los cuatro años siguientes observó cómo iba creciendo su fama como pintora. Cada periódico que abría hablaba de la obra de la joven «Rose Delancey». David reparó en el sutil cambio de apellido.

Para 1955, su hermana, con veinticuatro años, era toda una celebridad en Londres. Los críticos de arte elogiaban su fuerte estilo personal; John Russell, de *The Sunday Times*, destacaba su semejanza con Bacon. El trasfondo de su vida durante la guerra estaba presente en todos sus cuadros. Los columnistas la adoraban. Lo tenía todo: belleza, talento, inteligencia y un pasado desconocido.

David había visto en una ocasión una foto de Rose con un hombre no identificable en Regent's Park. Llevaba sombrero y tenía el rostro girado hacia su hermana. Quizá fuera Franzen. Quizá no.

Los artículos que leía solo mencionaban a un «hombre misterioso».

¿Había sido todo una alucinación?

Como siempre, pasaba su tiempo concentrando sus emociones en su imperio empresarial, el cual estaba elevándolo rápidamente al estatus de inversor multimillonario.

Entonces, una noche de verano sonó el teléfono.

—David Cooper.

—Hola, David, soy Rose.

Tragó saliva. El mero sonido de su voz bastó para que le fallaran las piernas.

—Hola, Rose.

—Me… me preguntaba si podría ir a verte esta noche. ¿Estás ocupado?

Él contempló la montaña de papeles que tenía delante y dijo:

—No, en absoluto. Ven cuando quieras.

—En media hora estoy ahí.

La luz que emitió al entrar en la sala fue abrumadora. David comprendió por qué la prensa amarilla estaba tan interesada en ella.

Rose sacó una boquilla y un cigarrillo del bolso, pero al cabo de un instante volvió a guardarlos. Se detuvo frente a la ventana para apreciar las vistas desde el apartamento y él pensó en lo sofisticada que se había vuelto.

—¿Te apetece una copa?

—Solo agua, gracias.

—De acuerdo. ¿Te importa si yo…?

—En absoluto.

David le dio un trago a la botella de vino antes de servirse una copa en la cocina y regresó a la sala con las dos bebidas.

—Gracias. —Rose cogió el vaso.

—¿Para qué querías verme?

—Quería… quería disculparme por no haberme puesto en contacto contigo estos últimos años. No… no podía. —Levantó la vista y él vio el dolor en sus ojos—. ¿Lo entiendes, David?

La atmósfera entre ellos era tensa.

—No.

Rose respiró hondo.

—Antes de continuar necesito que sepas que Frank... Franzen y yo ya no estamos juntos.

A David le dio un vuelco el corazón.

—¿Dónde ha estado los últimos años? No pude encontrar una sola pista sobre su paradero.

Ella bebió un sorbo de agua.

—En Buenos Aires, principalmente. Pero viaja mucho. —Siguió un silencio insoportable—. Lo siento mucho, David. Ahora lo veo todo claro.

—Ya. —Respuestas monosilábicas era cuanto él podía ofrecer mientras parpadeaba para ahuyentar las lágrimas.

—He intentado racionalizarlo. He hablado con gente, con psicólogos, con médicos.

David se esforzaba por mantener la calma.

—¿Y qué te han dicho?

—Existe una teoría sobre una disfunción que puede desarrollarse en el cerebro. Cuando alguien está en una relación abusiva y hay un desequilibrio de poder, pueden crearse vínculos emocionales. —La explicación de Rose fue pragmática y clínica.

—Entiendo.

—Los vínculos son completamente irracionales, por supuesto. Paradójicos. La simpatía que la víctima siente por su abusador es lo opuesto a lo que percibiría una persona sana. —David advirtió que su hermana estaba encontrando esto muy difícil—. El vínculo puede ser muy fuerte si la relación comienza cuando la víctima es pequeña.

Él asintió despacio.

—Eso lo entiendo.

—Al principio fue muy amable, se disculpó por el pasado y me prometió el mundo. —Rose tragó saliva.

David cogió un ejemplar de *The Sunday Times* de la mesa de centro y se lo puso delante.

—Te has hecho famosa.

—Sí. A él siempre le gustó mi arte. Me presentó a marchantes y coleccionistas. Mi obra se ha… vendido bien.

—Lo sé, Rose. Leo a menudo sobre ello.

—Sí. Eh… —No sabía qué decir.

David apuró su copa y apretó los puños, incapaz de seguir conteniéndose.

—¿En qué demonios estabas pensando, Rose?

Su hermana dirigió la vista al suelo.

—Tenías razón, estaba enferma. —Lo miró de nuevo—. Pero ahora estoy bien, te lo juro. Lo siento mucho, David.

—¿Lo sientes? ¿Se supone que he de perdonarte?

—Desde luego que no, pero confiaba en que entendieras…

—¿Qué tengo que entender? ¿Que mi hermana se enamoró del hombre que mató a su padre? ¿Del hombre que exterminó a miles de los nuestros?

—Pensaba que…

—Pensabas que te protegía. Recuerdo muy bien lo que me dijiste. Pero él no te protegía, Rose. Yo sí. ¡YO! —Arrojó el periódico al suelo.

Ella suspiró.

—Estuvo mal, David. Lo comprendí conforme fui madurando. Mi mente estaba enferma. En Treblinka dependía completamente de él. Puedo entender las razones por las que lo hice, pero eso no significa que actuara bien.

—¡Ya lo creo que no! ¿Qué te diría papá? ¿O mamá? —Estaba enardecido.

—David…

—¡No! Cuatro años, Rose, cuatro años en los que he tenido que aceptar que elegiste a ese monstruo en lugar de a mí. Le juré a mamá que cuidaría de ti. Arriesgué mi vida para salvar la tuya y así me lo pagaste. Así se lo pagaste a tu familia. ¿Cómo pudiste? ¿Cómo te atreves?

—Lo… lo siento… —Rose fue incapaz de pronunciar otra palabra antes de que se le cayera el vaso. Enterró la cara en las manos y lloró sin consuelo.

Instalado en la rabia acumulada en su interior, David respiró hondo varias veces. A pesar de la ira que sentía, ver a su hermana temblar incontrolablemente provocó en él una respuesta automática. Fue transportado a su triste vida en Varsovia, cuando era una niña hambrienta y asustada.

Al margen de lo que hubiera pasado, Rose era la persona que más quería en el mundo. La furia empezó a diluirse y caminó hasta su hermana para abrazarla.

—Lo siento mucho, David… Lo siento mucho.

La sostuvo en los brazos hasta que los sollozos amainaron.

Durante la larga noche que siguió, Rose le contó los pormenores de su relación con Franzen.

Para cuando hubo terminado de hablar, él estaba convencido de que su hermana era poco más que una víctima de sus horribles circunstancias. Su familia le había sido arrebatada de una manera absolutamente cruel e inhumana. La niña vulnerable había acabado por ver a Franzen —la única constante durante el tiempo que pasó en Treblinka— como una suerte de guardián. El susodicho había contado con eso y, como el más mortal de los depredadores, se había negado a renunciar a su presa.

David y Rose habían escapado de sus garras, lo habían humillado.

Y Franzen había buscado venganza.

—¿Dónde está ahora? —preguntó él en un tono suave.

—En Argentina, supongo. Pero tiene casas por toda Sudamérica. No me sorprendería que se hubiera mudado.

—¿Hay alguna forma de llegar a él? A través de las autoridades, quiero decir.

Rose negó con la cabeza.

—Lo dudo mucho. Tiene muy buenos contactos y allí hay mucha corrupción… Dios, sé que no es lo que desearías oír.

David levantó la mano.

—No te preocupes. Lo importante es que estás aquí, que estás a salvo. —La cogió por los hombros—. Pero necesito que me jures, Rosa Delanski, que la pesadilla ha terminado, que nunca volverás a ver a Franzen… y que jamás volverás a mencionar su nombre.

David vio un miedo sincero en sus ojos.

—Lo juro.

Se puso en pie, ayudó a su hermana a levantarse y la atrajo hacia sí. Al hacerlo se percató de que Rose se protegía instintivamente la barriga curvando la espalda hacia delante.

Dio un paso atrás y la observó. Una idea terrorífica cruzó por su mente.

—¿Seguro que no quieres una copa de vino?

Ella negó con la cabeza.

—No, gracias, estoy bien así.

—¿Hay alguna razón por la que no estés bebiendo?

Rose enrojeció.

—No. Es que no me apetece.

Él miró fijamente la barriga de su hermana mientras ella intentaba ocultar el ligero bulto con las manos.

—Ay, Rose.

—¿Qué?

David se sintió como si alguien lo hubiera abofeteado, como si estuviera ahogándose y no pudiera respirar.

No podía dejar que ella lo viera.

—Acabo de recordar que la próxima semana me voy a Estados Unidos. Iré en barco y me quedaré seis meses. Estoy pensando en expandir mi negocio allí.

David se enorgulleció de su autodominio. Ahora solo quería que ella se marchara para poder dejar salir su dolor.

—Ah. Espero que nos veamos a tu vuelta.

—Claro. —No supo qué más decirle, pero estaba seguro de que esa iba a ser su última conversación—. Buscaré tus cuadros mientras esté allí.

Rose suspiró.

—Gracias. Aunque, para serte franca, ahora mismo estoy un poco agobiada. Me siento como si estuviera en una cadena de producción. No me iría mal un descanso.

David percibía su agotamiento.

—Has sido una señorita muy ocupada estos últimos años. Permite que te felicite de nuevo por tu éxito.

—Gracias. En realidad es papá trasladándome su don. —Rose contempló la pared—. Tienes ahí el *Treblinka*. Odio ese cuadro. ¿Por qué lo has colgado?

Él podría haber contestado que le recordaba a los maravillosos tiempos en que los dos habían vivido en su pequeño caparazón, la época más feliz de su vida.

En lugar de eso, se encogió de hombros.

—Me gusta, eso es todo.

Rose miró su reloj con nerviosismo.

—Tengo que irme, David. He quedado con Roddy a las ocho y media. —Se levantó—. Ha sido un placer volver a verte. —Se encaminó hacia la puerta y él la siguió. Ella se dio la vuelta con la mano en el picaporte—. Adiós, David. —Le dio un beso fugaz en la mejilla.

Él cerró tras su hermana. En ese momento la perdonó, pero juró que nunca volvería a ver a Rose ni a su hijo.

Ella se detuvo en el pasillo, mantuvo la compostura unos instantes y finalmente dejó que las lágrimas brotaran. Pese a su silencio, sabía que David había reparado en su embarazo. Era inevitable. No había tenido oportunidad de colar una explicación falsa sobre quién podía ser el padre. Y, aunque la hubiese tenido, su hermano no la habría creído.

Rose sintió que se ahogaba. Necesitaba escapar de esta ciudad.

—Adiós, David —susurró—. Lo siento.

# 30

## Yorkshire, agosto de 1984

Rose reparó en que el cielo empezaba a oscurecerse. Miró el reloj. Llevaba más de dos horas sentada junto a la tumba de Miranda. Se enjugó las lágrimas con el dorso de la mano.

—Hija, ahora ya sabes por qué David no quiso volver a verme. Era demasiado doloroso para él. Se marchó a Estados Unidos una semana después. Dios, yo estaba tan confundida, tan agotada después de los últimos años... Fue entonces cuando decidí venir a Yorkshire. Si me hubiese quedado en Londres y dado a luz un hijo, la prensa se habría puesto las botas conmigo. No habría sido capaz de manejarlo.

»Necesitaba estar sola. A mis veinticuatro años estaba mental y emocionalmente exhausta. Sabía que no volvería a ver a David, que él jamás podría aceptar que hubiese tenido un hijo de ese hombre.

»El hijo de Kurt Franzen. —Rose pronunció las palabras en alto por primera vez—. Por eso yaces bajo tierra, Miranda, porque fui demasiado débil para evitar enamorarme de mi propio captor. Di a luz un hijo que estaba sentenciado desde el principio. Rezaba para que saliera bien, lo observaba en busca de indicios y encontré pocos. Miles era muy inteligente. Siempre fue encantador conmigo.

»Estaba cegada por el amor. Hace tiempo que tendría que haber visto lo que había creado. Un monstruo.

»Así que no debes culpar a Miles —susurró Rose—. Aquello en lo que se convirtió no fue culpa de nadie salvo mía. Miranda, siento muchísimo lo que he hecho. Si puedes oírme, perdóname, por favor, perdóname.

Rompió de nuevo a llorar. Cuando alzó la vista, vio que una hilera de pájaros se posaba en el árbol situado junto a la tumba de su hija. El viento agitó las hojas y los pájaros empezaron a trinar hasta crear un coro de vida.

Casi había anochecido.

Sonrió.

—Gracias, Miranda —susurró—. Todo ha terminado, ¿verdad?

Una voz masculina la sobresaltó:

—No, Rose, no ha hecho más que empezar.

Se dio la vuelta y vio a David. Él la tomó suavemente de los hombros y la levantó.

—Ven conmigo, Rose.

Ella alzó la vista.

—Sí.

Su hermano la estrechó contra su pecho.

Despacio, descendieron abrazados por el camino. Desde los árboles que custodiaban la tumba, los pájaros los observaron hasta que apenas fueron un punto en la lejanía.

# Epílogo

## París, 1992

—Bienvenidos, damas y caballeros. Gracias de corazón por asistir al desfile de moda de esta noche en el gran salón de baile del Ritz. También me gustaría dar las gracias al director por cedernos este magnífico espacio de manera gratuita.

»Como la mayoría de ustedes ya sabrán, la Fundación Delanski se creó hace cuatro años. Es una organización benéfica con una diferencia, porque no discrimina entre las distintas formas de sufrimiento humano.

»El sufrimiento tiene muchas caras, ya sea un joven muriendo de sida o un veterano de guerra cuya pensión no alcanza para disponer siquiera de las comodidades básicas que todas las personas merecen.

»En los últimos tres años hemos ayudado en más de mil causas, algunas de ellas relacionadas con desastres a escala nacional, otras con seres humanos individuales.

»Esta noche, sin embargo, estamos ayudando a la Fundación del Holocausto a continuar su buena obra. Está integrada por un grupo de mujeres y hombres que han decidido asegurarse de que el asesinato de seis millones de ciudadanos no caiga en el olvido y no se repita jamás. También acompañan a víctimas y familiares que han perdido a seres queridos para ayudarlos a reconciliarse con lo que les ha sucedido.

Hubo un sentido aplauso por parte de los asistentes.

—Me gustaría presentar a mi suegro, David Cooper, hombre del que seguro que todos habrán oído hablar y presidente de la Fundación del Holocausto. Démosle la bienvenida.

El susodicho subió al estrado y se colocó al lado de Leah. Le dio dos besos y ella se sentó a escuchar lo que tenía que decir.

—Buenas noches, damas y caballeros. Gracias por acompañarnos hoy. Leah ha manejado con brillantez el timón de una organización que, en sus inicios, ocupaba una habitación de su casa. Ahora abarca una planta entera de mi bloque de Nueva York y ella tiene un despacho más grande que el mío.

Hubo risas quedas y más aplausos.

David esperó a que amainaran.

Cuando empezó su discurso, Leah bajó del estrado y fue a sentarse junto a su marido.

—¿Ha llegado? —le preguntó con nerviosismo.

Brett asintió.

—Sí. El vuelo de Moscú se ha retrasado un poco, nada más.

La estelar audiencia pujó casi cincuenta mil dólares por el exquisito surtido de vestidos de la nueva colección de Carlo. Este, un hombre mucho más humilde y amable desde su temporada en prisión esperando juicio por asesinato, abrazó calurosamente a Leah. Hacía tiempo que le había pedido disculpas por sus faltas y ella, consciente de lo mucho que había sufrido, y sintiéndose en parte culpable por haber puesto entre rejas al hombre equivocado, las había aceptado.

Rose, David, Chloe, Brett y Leah estaban sentados en torno a una mesa, charlando y disfrutando de la excelente cena.

Ella miró feliz a su alrededor, pensando en lo extraño que era ver a todas estas personas que habían tenido un efecto tan grande en su vida reunidas de nuevo.

Después de la tragedia, ocho años atrás, Rose había dejado Yorkshire para ir a Nueva York, huyendo de los terribles recuerdos que encerraba la granja para ella. Se instaló con David en el dúplex y no había vuelto desde entonces.

Esta noche, Leah pensó en lo felices que parecían los dos hermanos.

Chloe había preferido quedarse a vivir con la señora Thompson en Yorkshire y pasar las vacaciones escolares con Rose en Estados Unidos. Ella no podía por menos que alegrarse de que sus padres tuvieran a la niña para hacerles compañía. Con su frenética agenda, sus visitas a Yorkshire eran menos frecuentes de lo que le gustaría.

Aquella terrible noche en los páramos, Leah había recuperado el conocimiento en los brazos de Brett. Después de telefonearla insistentemente, y también a sus padres, Anthony había conseguido dar con él en París, quien concertó un avión privado para regresar de inmediato. La pareja voló a Nueva York dos días después del incidente, una vez que Rose hubo regresado a Yorkshire y se hubo llevado a Chloe a casa de la señora Thompson. Leah y Brett buscaron refugio en el apartamento de David.

Ella había tardado muchos meses en recuperarse de la traumática experiencia de aquella noche en Yorkshire. Gracias al amor y la comprensión de Brett, lo había conseguido. A lo largo de los últimos ocho años su relación no había hecho más que fortalecerse. Él había escuchado las dudas de Leah con respecto a París y se había matriculado, en su lugar, en la Escuela de Artes Visuales de Nueva York. Bajo el asesoramiento de Rose, su carrera empezaba a despegar de verdad y ella se sentía muy orgullosa de su dedicación. No tenían hijos, pero estaban evaluando la posibilidad de adoptar. Y quién sabía lo que podría traer el mañana. Por el momento, Brett y la fundación proporcionaban a Leah toda la dicha que necesitaba.

Y esta noche su trabajo y su vida personal se daban la mano.

Un año atrás, él había hecho una petición a su esposa: «Leah, necesito la ayuda de tu organización», le dijo y le contó su idea.

Supuso una enorme cantidad de esfuerzo; pistas que se daban de bruces contra un muro, burocracia y papeleo que no hacían más que desbaratar sus planes una y otra vez.

Hasta que dieron con ella.

Y, por fin, aquí estaba.

Brett temblaba de emoción.

Posó la mano en la de su mujer.

—Gracias por todo, Leah. No imaginas lo que esto significa para mí.

Ella se levantó de su asiento.

—David, Rose, Chloe, ¿os importaría venir conmigo? Tengo a alguien que creo os gustará ver esperándoos.

Se alejó de la mesa y el resto la siguió con cara de desconcierto por una puerta lateral del salón de baile.

Los condujo por el pasillo y llamó a una puerta.

Respondió una voz débil.

Leah abrió la puerta y entró seguida de David.

Este miró a la frágil dama sentada en la butaca. El rostro le resultaba tremendamente familiar, pero no sabía de qué.

—Hola, David —dijo la mujer.

Los ojos se le llenaron de lágrimas. Corrió hacia ella y la abrazó mientras la cubría de besos. Rose se unió a su hermano y Chloe contempló la escena con fascinación.

—Anya, Anya…, pensaba que habías muerto. Dios mío…

Leah cerró la puerta con sigilo y los dejó solos.

Brett aguardaba fuera y reparó en sus ojos vidriosos.

—Cariño, tengo algo para ti. —Le tendió un paquete cuadrado envuelto en papel marrón.

Ella lo arrancó y al ver el cuadro se quedó sin respiración.

—Está basado en el dibujo a carbón original que te hice cuando tenías quince años. Es un regalo para agradecerte todo lo que has hecho para ayudar a encontrar a Anya. Se titula *La chica oculta*.

—No me lo merezco.

—Sí te lo mereces. Y mucha gente aquí está de acuerdo conmigo. Era muy importante para mí encontrar a Anya, por el bien de mi padre. Traer el pasado al presente lo ayudará a reconciliarse por fin con lo que les sucedió a Rose y a él. Sufrieron mucho juntos y ahora la vida ha cerrado el círculo. Has hecho algo maravilloso al sacar a Anya de Rusia y traerla aquí. Te quiero, Leah. —Le alzó el rostro y la besó suavemente en los labios.


Dentro de la suite del hotel estalló el flash de una cámara.

—Ahora no, Chloe. Podrás hacerle fotos a tu bisabuela más tarde.

La bonita muchacha de dieciséis años miró a Rose y sonrió.

—Lo siento, abuela.

Ella tuvo un estremecimiento.

Había visto antes esa mirada fría, distante.